The Mystery Collection

THIS HEART OF MINE

湖に映る影

スーザン・エリザベス・フィリップス／宮崎 槙 訳

二見文庫

湖に映る影

主要登場人物

モリー・ソマヴィル……………売れない童話作家
ケヴィン・タッカー……………〈シカゴ・スターズ〉のクォーターバック
フィービー・ケイルボー………モリーの姉で〈シカゴ・スターズ〉のオーナー
ダン・ケイルボー………………フィービーの夫
ハンナ・ケイルボー……………フィービーとダンの娘
ロン・マクダーミット…………〈シカゴ・スターズ〉のジェネラル・マネジャー
ジャニス・スティーブンス……モリーの作家仲間
ヘレン・ケネディ・ショット…バードケイジ・プレスのモリー担当編集者
シャーロット・ロング…………ケヴィンの両親の友人
リリー・シャーマン……………ケヴィンの叔母で映画スター
リアム・ジェナー………………アメリカ画壇の大御所
エイミー・アンダーソン………ウインド・レイク・コテージの従業員
トロイ・アンダーソン…………エイミーの夫でコテージの雑用係

1

ウサギのダフニーはスミレ色のマニキュアにうっとりと見とれていました。するとちょうどそのとき、アナグマのベニーが真っ赤なマウンテンバイクで、ダフニーの前足を蹴散らしながら走り抜けていきました。
「あいつなんか最低のアナグマよ！」ダフニーは大声でいいました。「いっそのことタイヤの空気でも抜いてやればいいんだわ」

――「ダフニーが転んだ」

ケヴィン・タッカーの車にもう少しで轢《ひ》き殺されそうになった日、モリー・ソマヴィルは不毛の愛といよいよ決別しようと心に誓った。
シカゴ・スターズの本部事務所の駐車場で凍った地面を避けながら歩いていると、いずこからか猛スピードで一台の車が飛びだしてきた。ケヴィン・タッカーが最近購入した真紅のフェラーリ355スパイダーである。タイヤが甲高い音をたててきしみ、エンジン音が轟《とどろ》く。

低い車体がまるで飛ぶようにコーナーをまわり、解けかかった泥まじりの雪をはね散らす。赤い車体が突如バックで突っこんできたので、思わずうしろに飛びのいたモリーは義理の兄のレクサスのバンパーにぶつかり、怒ったように吹きつけるフェラーリの排気ガスをしたたかに浴びながら足場を失って転倒した。

ケヴィン・タッカーはスピードを緩《ゆる》めもしなかった。

モリーは遠ざかるテールライトをにらみつけ、歯ぎしりしながら立ち上がった。汚れた雪と泥が高価なコム・デ・ギャルソンのパンツの裾にべったりとつき、プラダのバッグはだいなしになり、イタリア製のブーツには傷がついた。「あいつは最低のクォーターバックよ」モリーは小声でつぶやいた。「あんなやつ、いっそのこと、去勢してやればいいんだわ」

こちらを見もしなかったぐらいだから、モリーを轢き殺しそうになったとは気づいてもいないのだ。こんなことはいまに始まったことではない。ケヴィン・タッカーはフットボールの世界に入って以来ずっとシカゴ・スターズに在籍している。なのにモリーに会釈さえしたことがないのだ。

ダフニーはフワフワのしっぽのほこりを払い、キラキラ光る青のパンプスの泥を落としました。そして世界で一番スピードの出るローラー・ブレードを買おうと決心しました。ベニーのマウンテンバイクに追いつけるくらい速いローラー・ブレード……。

モリーはしばし考えこんだ。メルセデスを売ったあと買った中古の薄緑色のフォルクス・

ワーゲン・ビートルでケヴィンを追いかけてやろうかと思ったのだ。しかし彼女の豊かな想像力をもってしても、そんなシーンは描きだせなかった。スターズ本部の入口に向かいながら、モリーは自己嫌悪に陥り、首を振った。もうたくさん。報われぬ恋なんて金輪際やめよう。

これは真の意味で恋とはいえないかもしれない。恋というより、あんな男に哀れなほどにのぼせているだけなのだ。これが十六くらいの小娘ならまだ許されるだろう。だが、天才に近いＩＱを持つ二十七歳の女性となると、なんともはやお笑い種《ぐさ》でしかない。

まったく、なんの天才なのか。

スカイ・ブルーの楕円形に三つの金色の星のチーム・ロゴが入ったガラスのドアを抜けてロビーに入ると、体が一陣の暖気に包まれる。近ごろは高校生のときのようにチーム本部に入りびたることはあまりなくなっている。そのころでさえ自分がよそ者のような気がしていた。根っからのロマンチストであるモリーは肉弾戦のような接触競技を観戦するより優れた小説を読んだり美術館で名画に没頭したりするほうが好きだ。むろんスターズの熱烈なファンではあるのだが、これは自然な好みというより家族的背景によるものだ。飛び散る汗、血、そして砕けんばかりに激しくぶつかる肩の防具。こうした光景はモリーにとって本来受け入れがたい異質なものだ……それをいうならケヴィン・タッカーも同様なはずなのだが。

「モリーおばちゃま！」

「待ってたのよ！」

「とんでもないことが起こったの！」

モリーは金髪をなびかせながらロビーに駆けこんでくる器量よしの姪《めい》たちに笑顔を向けた。テスもジュリーも、モリーの姉フィービーをそっくり小さくしたように母親似だった。一一卵性双生児ではあるのだが、テスはジーンズとだぶだぶしたスターズのロゴ入りのスウェットシャツに身を包み、一方のジュリーは黒のカプリ・パンツにピンクのセーターといういでたちである。ふたりとも運動神経は発達しているが、ジュリーはバレエが好きで一方のテスはチーム競技で力を発揮している。快活で楽天的なケイルボー家の双子はクラスの人気者ではあるが、挑発されれば絶対に乗ってしまう勝ち気なところが両親にとっては悩みの種らしい。

双子の金切り声がぴたりとやんだ。モリーの髪を見ていいかけたことも消えてしまったのだ。

「あらら、赤だわ！」

「真っ赤だわ！」

「かっこいい！　どうして早くいってくれなかったのよ」

「衝動的に染めたくなっちゃってね」モリーは答えた。

「あたしもまねしよっと！」ジュリーがいう。

「それはやめたほうがいいんじゃない」モリーは慌てていった。「それより何かいおうとしていたんじゃないの？」

「パパがメチャメチャ怒ってるのよ」テスが目を見開いていった。

ジュリーがさらに目を見開いていう。「パパとロンおじちゃまがまたケヴィンと喧嘩《けんか》してるの」

モリーは耳をそばだてた。報われぬ恋はもう振り返らないと心に誓ったばかりだというのに。「いったい何をやらかしたの？　私を轢き殺しそうになっただけじゃまだ足りないのかしら」

「そんなことがあったの？」

「なんでもない。それで？」

ジュリーは大きく息を吸いこんでいった。「ケヴィンったらブロンコス戦の前日にデンバーに行ってスカイダイビングをしたの」

「やれやれ……」モリーは落胆した。

「パパがそのことを知ってケヴィンに一万ドルの罰金をいい渡したのよ！」

「それはすごい！」モリーの知るかぎりケヴィンが罰金を科せられたのははじめてである。

チームのクォーターバックであるケヴィンの型破りで無謀な行動は七月のトレーニング・キャンプ直前から始まっていた。オートバイのアマチュア・ダートトラック・レースに出場して手首をくじいてしまったのだ。ケヴィンを完璧なプロフェッショナルと認めているダンは、試合でプレーに支障が出るようなことを彼がするはずがない、と好意的に解釈していた。だが、正規のシーズンに入ったというのにケヴィンが今度はアリゾナのモニュメント・ヴァレーでパラグライディングをしたという話を聞くに及んで、さすがのダンも態度を変えた。その後まもなくケヴィンは先刻モリーを転倒させた高性能のフェラーリ・スパイダーを購入した。さらに先月は月曜のゲーム後のミーティングのあと、シカゴを出てアイダホに飛び、サン・ヴァレーの人里離れた窪地で一日ヘリ・スキーを楽しんだとサン・タイムズにすっぱ抜かれたばかりである。ケヴィンに怪我はなかったので、ダンはケヴィンに訓戒を与えたにとどまった。しかし今回のスカイダイビングにはさすがの義兄も堪忍袋の緒を切らしたのだろう。

「パパってしじゅう怒鳴ってばかりだけど、いままで一度もケヴィンを怒鳴ったところを見たことはなかったわ」とテスがその様子を話してくれた。「ケヴィンも怒鳴り返したのよ。自分の行動は自覚しているし怪我もしていない、プライベートには口を出さないでくれといってたわ」

モリーはその様子を想像してぞっとした。「きっとパパはそれを聞いて腹を立てたでしょうね」

「パパ、それからは本気で怒鳴りだしたわよ」とジュリーがいう。「ロンおじちゃまも最初はふたりをとりなしていたんだけど、コーチも割って入ってきたからおじちゃままで怒鳴りだしちゃった」

姉のフィービーがとりわけ怒声を嫌悪していることをモリーは知っている。「ママはどうしてた?」

「ママはオフィスにこもって、すごいボリュームでアラニス・モリセットを聞いていたわよ」

たぶんそれが最良の策といえるだろう。

五歳になる甥《おい》のアンドルーが、ケヴィンのフェラーリ顔負けの素早さでスニーカーの足音も荒々しく駆けてきた。「モリーおばちゃま！　聞いてよ」勢いあまってモリーの膝にぶつかった。「みんながわめき散らすからぼく、耳が痛くなっちゃった」

アンドルーは父親の美貌ばかりでなく、よく通る声も受け継いでいる。耳が痛くなったという言葉は信じられなかったが、モリーは甥の頭を撫《な》でてやった。「そうなの。かわいそうに」

アンドルーはショックに打ちのめされたような目でモリーを見あげた。「ケヴィンはパパやロンおじちゃまやコーチのことすごーく怒ってたから、使っちゃいけない汚い言葉を使ったんだ」

「それはまずかったわね」

「二回もだよ！」

「おやおや」モリーは笑いをこらえた。荒っぽいプレーが売りのナショナル・フットボール・リーグの本部に入りびたることでケイルボー家の子どもたちが聞かずもがなの卑猥《ひわい》な言葉を耳にすることも多くなる。だが家庭の規則は明確だ。ケイルボー家では不適切な言葉は即重い罰金である。ケヴィンの一万ドルに比べればものの数ではないが。

自分のケヴィンに対する片思い——片思いがやりきれないのは、相手がよりによって世にもまれな浅薄な男性であるということだ。あの男はフットボールしか頭にない。フットボールと、次々登場する無表情なモデルたちだけ。いったいどこで出会うのだろう？　無個性が売り物のサイトで探しだすのだろうか？

「モリーおばちゃま」

姉たちと違って八歳のハンナは走ったりせず、歩いてモリーのところにやってきた。モリーはケイルボー家の四人の子どもたちを平等に愛しているが、姉たちのような素晴らしい運動能力や底なしの自信を持たない、どこか脆《もろ》さのあるこの真ん中の子どもに、モリーは特別の思いを抱いていた。姉たちとは反対にハンナは夢や空想にふけり、過敏で、ありすぎるくらいの想像力をもち、読書好きで絵の才能があり、そんなところは叔母のモリーにそっくりだった。

「おばちゃまの髪好きよ」

「ありがとう」

洞察力のあるハンナの灰色の目は姉たちが見落としたものをとらえた。モリーのパンツについた汚れである。

「何があったの?」

「駐車場で滑っただけよ。たいしたことじゃないわ」

ハンナは下唇を噛んだ。「ケヴィンとパパが喧嘩したこと、聞いた?」

ハンナは困惑の表情を浮かべている。モリーにはその理由は察しがついた。ケヴィンはケイルボー家をときたま訪れることがある。この子も愚かな叔母と同じく、彼に片思いをしているのだ。だがモリーのそれとは違い、ハンナの思いは純粋なものだ。

アンドルーがまだ膝にまとわりついていたので、モリーは寄り添ってきたハンナのほうへ腕を伸ばした。「人はだれでも自分のとった行動の結果を受け入れなくてはならないの。そしてそのことではケヴィンも例外ではないわ」

「ケヴィンはこれからどうすると思う？」

ケヴィンのことだ。英語はともかく色事には長《た》けたモデルを相手に気分直しをするのは十中八九まちがいない。「怒りがおさまれば、きっと元気を取り戻すわよ」

「何か愚かな行動に走るんじゃないかと心配なの」

モリーはハンナの薄茶色の髪の一房をうしろ向きに撫でてやった。「ブロンコス戦の前日のスカイダイビングみたいに？」

「きっと何も考えていなかったのよ」

ケヴィンのちっぽけな脳味噌にフットボール以外のことを考えるだけの余地がはたしてあるのかどうかはなはだ疑問だったが、ハンナには黙っていた。「ママに少し話があるの。それがすんだら出発できるわ」

「ハンナのあとはぼくの番だよ」ようやくモリーの膝から離れながらアンドルーが念を押した。

「ちゃんと覚えてるわよ」子どもたちはモリーのちっぽけな北海岸のマンションにかわるがわる泊まりにくる。泊まるのは火曜日の夜ではなく、たいてい週末なのだが、明日は教員の現職教育日なので、ハンナにはとくに注意してやらなくてはいけないと思っている。「リュックをとってらっしゃい。私の用はすぐ終わるわよ」

モリーはふたりを残してシカゴ・スターズの歴史を記録した写真が並んだ廊下を進んでいった。最初に父親の写真があり、モリーがずっと以前にいたずら書きした頭の黒い角《つの》は姉の手によって消されていた。シカゴ・スターズの創設者バート・ソマヴィルは十数年前に他界したが、彼の残酷性はふたりの娘の記憶のなかでまだ生々しく残っていた。

次にスターズの現在のオーナーであるフィービー・ケイルボー、そのあとに姉の夫ダン・ケイルボーの写真がある。彼がいまのようなチーム社長ではなくヘッド・コーチだったころの写真である。モリーは血の気の多い義理の兄の顔を微笑みながら見た。ダンとフィービーはモリーが十五歳のときから養育してくれたが、ふたりともバート・ソマヴィルが最高に親らしかったときよりずっと親として優秀だった。

スターズで長年ジェネラル・マネージャーを務め、子どもたちにとっての伯父でもあるロン・マクダーミットの写真もある。フィービーもダンもロンも、NFLのチーム運営という激務と家庭生活のバランスをとろうと最大限の努力をはらっている。ここ数年のあいだには幾度かの組織の立て直しを行ない、ダンがチームをしばし離れ、ようやく復帰したといういきさつもあった。

モリーは急いでトイレに立ち寄った。シンクにコートをかけ、自分の髪に厳しい目で見入った。髪をギザギザにカットして少し気は晴れたが、それだけでは満足できなかった。そこでダーク・ブラウンだった髪をとくに明るめの色調の赤で染めてみたのだ。まるで緋色《ひいろ》の鳥のようだ。少なくともこの髪の色が、どちらかというと平凡な面立ちにはっとするような印象を加えていることは確かだ。自分の容姿に不満があるわけではない。鼻も口も悪くない。細すぎも太すぎもしない、これまたとりたてて欠点のない体だが、健康で機能にも問題はなく、その点では喜ぶべきかもしれない。バストラインを一瞥《いちべつ》しただけでとうの昔に悟ったことをまたも思い知った。ショーガールの娘なのに、まるで詐欺にあったようなものだ。

だが目元はなかなかいい。自分ではそのわずかな傾きが目元にミステリアスな感じを添えていると思うことにしている。子どものころ、よく顔の下半分をペチコートで覆い、美しいアラビアのスパイになったつもりになった。モリーは溜め息をつきながら古いコム・デ・ギャルソンのパンツの汚れを落とし、お気に入りの、だが使い古したプラダのトート・バッグを拭いた。やれるだけやると、「ターゲット」のバーゲンで買ったキルティングの茶のコートを手にとり、姉のオフィスへ向かった。

十二月の第一週なので、スタッフの何人かでクリスマスの飾りつけを始めている。フィービーのオフィスのドアにはモリーが描いたスターズのユニフォームを着たサンタクロースのマンガが飾ってある。モリーはドアのあいだから顔をのぞかせた。「モリーおばちゃまです」魅力的なブロンド美人の姉がペンを置いたとき、ゴールドのバングルが手首できらりと光った。「よかったわ。その声だとどうやら正気——なによそれ！　髪の毛どうしたの？」ふわりとした淡いブロンドの髪、琥珀《こはく》色の瞳、はっとするようなスタイル。フィービーはマリリン・モンローが生きて四十代になったらこうなっていただろうというような容姿をしている。もっとも、シルクのブラウスにグレープ・ゼリーの食べこぼしの汚れをつけたままにしているマリリン・モンローなんて想像もできないが。どんなに頑張っても姉の美貌にかなうわけはないが、モリーは気にしないことにしている。フィービーがその官能的な肉体と妖婦的な美貌に苦痛を感じていたことはあまり知られていない。

「ああモリーったら……もうやめてよ」姉の目に浮かんだ狼狽《ろうばい》の色を目にしたとき、モリーは帽子をかぶってこなかったことを悔やんだ。

「落ち着いてよ、ね？　何も起きやしないって」

「これがどうして落ち着いてなんていられるのよ？　あなたが髪の毛に何か思いきったことをすると決まって事件が起きるのよ」

「事件なんてとっくの昔に卒業したわよ」モリーは苦笑いしながらいった。「これはただの美容」

「そんなの信じないわ。何かまたクレージーなことをやらかそうとしているんでしょ、違う？」

「違いますったら！」そう口にすることで自分自身を納得させようとしているのかもしれなかった。

「あれはまだ十歳のころだったわ」フィービーはぼそぼそと独り言をいった。「寄宿学校一聡明で品行方正な生徒だった。なのに突如前髪を切り刻んだかと思うと大食堂に悪臭弾をこっそり置いた」

「あれは才能ある児童の単なる化学の実験よ」

「十三歳のときはおとなしかった。勉学に励んでいたわ。悪臭弾の事件以来、一度も過失は犯さなかった。グレープ・ゼリーの粉を髪になすりつけるまではね。それからの変化はじつに速かった！　バートの大学時代のトロフィーを箱詰めにしてごみの収集会社に電話して運ばせた」

「そのことを話したとき、よくやったといってくれたじゃない。認めなさいよ」

しかしフィービーは勢いづいていたので、認めるはずもなかった。「四年がたった。模範的なふるまいと優秀な学業成績の四年間。ダンと私はあなたをわが家に引き取って、受け入れた。最上級生になり、卒業生総代を務めることになっていた。安定した家庭があり、家族に愛されてもいた……あなたは生徒会の副会長だった。だからあなたが髪に青とオレンジの縞模様を入れたときも、私が不安を抱くはずはなかった」

「あれはスクール・カラーだったの」モリーは弱々しい声でいった。

「警察から電話がかかってきて、私の妹が――私の勤勉な、頭脳明晰な、『今月の市民』に選ばれるほどの優れた妹が！――五時限めの昼食時間に故意に火災報知器の装置をオフにしたって！　もうこれはモリーにとってちっぽけないたずらなんかじゃすまないわ！　なんてこと！　モリーはいっきに第二級の重罪に走ってしまったのよ！」

モリーのこれまでの行ないのなかでこれがもっとも破廉恥な行動だった。自分を愛する人たちを裏切り、一年間の裁判所の監督、長時間に及ぶ地域社会への奉仕活動を経ても理由は説明できずじまいだった。理由がはっきりしたのはノースウェスタン大学の二年生のときだった。

あれは学年末試験を直前に控えた春先のことだ。モリーは気分が落ち着かなく、集中できないでいた。勉強もせず、ロマンス小説を読みあさったり絵を描いたりしていたがそのうち、鏡で髪の毛を凝視し、ラファエロ前派風のなにかを施したくてたまらなくなった。次々とあらゆるヘア・ピースを試したりしてお茶を濁してみたものの、そわそわした感じはおさまりそうにない。そんなとき、大学の本屋を出た彼女は代金を払ってもいない計算機がバッグにつっこまれているのに気づいた。高校時代よりは理性が働くようになっていたから、急いで店に入り、商品を下に戻し、ノースウェスタン大学のカウンセリング室に向かった。

フィービーが急に立ち上がったのでモリーの思考はさえぎられた。「そして最後は……」モリーはひるんだ。これでいよいよフィービーの話も終わるとわかっていてもやはり動揺する。

「……あなたが最後に髪の毛に思いきったことをした、つまり髪をあの恐ろしいクルーカットにしたのは二年前のことだった……」

「あれは最新流行の髪形だったのよ。ちっとも恐ろしくなんかなかったわ」

フィービーは歯を食いしばった。「最後にあなたがやった恐ろしい行ないは、一五〇〇万ドルを全額寄付してしまったことよ！」

「ええ、でも……クルーカットはただの偶然よ」

「なんともはや！」

それこそ千五百万回、モリーは理由を説明した。「バートのお金に窒息してしまいそうだった。私は過去のしがらみからどうしても逃れたかったの。そうすれば自分を取り戻せると思えたのよ」

「貧しい自分をね！」

モリーは微笑んだ。決して認めようとはしないだろうが、モリーがなぜ遺産相続を放棄したか、フィービーは完全に理解しているのだ。「ものごとの明るい面も見ましょうよ。私が遺産を寄付したことはほとんどだれも知らないのよ。中古のビートルに乗り、クローゼットみたいな手狭な部屋に住む私を、なんて酔狂なんだとみんな思っているわ」

「あなたはあんな部屋が大好きなのよね」

モリーもそれを否定するつもりはなかった。あのロフトはモリーにとってもっとも貴重な財産である。しかもその家の毎月のローンを自分の稼ぎで支払っていると思うと嬉しくなる。真に自分のものだといえる家を持たず大人になった人だけがこの気持ちをわかってくれるだろう。

モリーはフィービーがこの話をまた蒸し返す前に話題を変えることにした。「チビたちから聞いたけど、ダンが人格浅薄氏に一万ドルの罰金をいい渡したって?」

「彼のこと、そんな名前で呼ぶべきじゃないわ。ケヴィンは決して浅薄な人物じゃないのよ。ただ——」

「興味障害?」

「モリー、まったく、あなたがどうして彼のことをそんなに毛嫌いするのかさっぱりわからないわ。何年たってもあなたたちはほとんど言葉を交わしたことさえないんですものねえ」

「故意によ。私はフットボールの話しかしない人は避けてるの」

「もう少し彼のことを知ったら、きっと私と同じくらい彼を好きになるわよ」

「彼がもっぱら片言の英語しか話せない女性とばかりデートするってなかなか素敵な話じゃない? でも、会話なんていう愚かな行為でセックスが妨げられることはないからかえってそれがいいのね、きっと」

フィービーもそれを聞いて思わず吹きだした。

モリーはどんなことでもほとんど姉に話していたが、自分がスターズのクォーターバックにのぼせていることだけは明かしていなかった。屈辱的な話だからという理由ばかりではない。フィービーはその秘密をすぐにダンに打ち明けてしまうだろうし、ダンは頭に血がのぼりやすい人物なのだ。この義理の兄はことモリーに関しては少々過保護なほどで、相手が安泰な結婚生活を送っているかゲイでもないかぎり、彼女がどんな選手にも近づくのを好まない。

そんなモリーの内心の思いも一瞬の間《ま》に部屋じゅうにはじけ散った。ダン・ケイルボーは大男で、ブロンドのハンサム・ガイである。歳月の流れも彼には優しかったようで、初めて出会ってから十二年たったいま、少し増えたしわさえも精悍《せいかん》な面立ちに品格を添えているだけだ。おのれの任務のなんたるかを知る完璧な自信家であり、一歩部屋に入っただけで圧倒的な存在感を発揮するタイプの人間である。

フィービーがスターズを相続したとき、ダンはヘッド・コーチだった。不幸にしてフィービーはフットボールに関してまるで素人で、ダンはただちに宣戦布告した。当初ふたりの論争は激しく、一度などあまりの罵詈雑言《ばりぞうごん》にロンがダンを停職に処したことがあったくらいである。だがふたりの怒りがまったく別のものへと形を変えるのにそう時間はかからなかった。

フィービーとダンの恋物語はモリーにいわせればある意味伝説である。もし姉とダンのような恋にめぐり逢えないのなら、いっそ恋などしたくない。これはずいぶん前から心に決めている。素晴らしい大恋愛でもないかぎり、心は満たされないだろう。そんなことが起きれば、きっとあらゆるものごとに対してきっと鷹揚《おうよう》になれる。ダンがケヴィンの罰金を取り消してやってもいいと思うような、そんな心境になるかもしれない。

義理の兄は無意識にモリーの肩に腕をまわした。家族といるといつもだれかの肩を抱いている。そのとき、心のなかに強い痛みが疾《はし》った。ここ数年というもの、モリーは多くのまともな男性とつき合い、そのなかのひとりやふたりに対しては恋心を抱いていると思いこむ努力もした。だがその男性では義理の兄の巨大な影を埋められるはずがないことをモリーが認識した瞬間、恋はたちまちしぼんでしまうのだった。もはやそうした資質をそなえた男性はいないのではないかとモリーは思いはじめていた。

「フィービー、きみがケヴィンを気に入っているのはわかるけど、あいつも今度ばかりはやりすぎだよ」ダンのアラバマ特有の母音を延ばす話し方は動揺するといっそう長くなるが、いまや糖蜜でもたらしているようにのろくなっている。

「前回も同じことをいっていたわ。それにあなただってケヴィンが好きじゃない」

「おれには理解できん！　スターズのために働くことこそやつの人生でもっとも重要なことじゃないか。そいつをだいなしにするようなことを、なぜ頑張ってやるんだ？」

フィービーは優しい微笑みを浮かべた。「その理由はここにいるほかのだれよりもあなたが一番わかってるはずよ。だって私といっしょになる前のあなたときたら、相当なひねくれ者だったもの」

「だれかと混同してるんじゃないか」

フィービーは笑いだした。するとダンの苦い表情もくずれ、いっきに親密な微笑みに変わった。こんな瞬間を数えきれないほど目にしてきたモリーだが、そのたびになんともいえない羨望《せんぼう》を覚えた。やがてダンの笑みが消えた。「あいつのことをもっと知らなかったら悪魔にでも魅入られたかと思ってるところさ」

「悪魔は悪魔でも」モリーは不意に言葉を差しはさんだ。「外国訛《なま》りと大きな胸をもった悪魔だわ」

「それならどんなフットボールの選手にもつきものさ。よーく肝に銘じておくといい」

モリーはこれ以上ケヴィンの話題を耳にしたくなかったので、ダンの頬にさっとキスするといった。「ハンナが待ってるの。明日の午後遅く送り届けるからね」

「明日の朝刊はあの子に見せないでくれよ」

「見せないわ」スターズについて好意的でない記事を読むと、ハンナは気に病むのだ。ケヴィンの罰金問題が論議を呼ぶのはまずまちがいない。

モリーは手を振って別れを告げ、ハンナを迎えにいき、あとの子どもたちにキスをして自宅に向けて車を出した。東西線有料道路はラッシュアワーを前にすでに渋滞しはじめていた。現在の自宅もあり母校もある旧北海岸のエヴァンストンまでたっぷり一時間はかかるだろうと思われた。

「スライテリン！」モリーは無理な割りこみをした無礼なドライバーに向かって叫んだ。

「下劣な卑しいスライテリン！」ハンナがまねしていった。

モリーは含み笑いを浮かべた。スライテリンとは『ハリー・ポッター』の本に出てくる悪ガキどものことで、モリーはそれを罵《ののし》りの言葉に転用しているのだ。フィービーやダンまでもがこの言葉を使いはじめ、モリーは愉快でしかたがない。今日一日のことを話すハンナの言葉を聞きながら、モリーはいつしかまたフィービーとのやりとりや遺産を相続した直後のことを思い出していた。

バートの遺言によりスターズはフィービーが相続することになった。幾度かの投資の失敗によって残されたあとの遺産はモリーが相続した。まだ未成年だったモリーにかわってフィービーが資産を管理し、最終的には資産は一五〇〇万ドルにまで増えた。ようやく二十一歳を迎えて相続権が解禁になり、ジャーナリズムでの学位を取得したモリーは遺産をみずから管理できるようになり、シカゴの高級住宅地ゴールド・コーストにある高級アパートで贅沢《ぜいたく》な生活を始めた。

その地域はなんの面白みもないところで、隣人は年長者ばかりだったが、選択を誤ったと悟るまでには時間がかかった。それどころか大好きなデザイナーものの洋服に身を包み、高級車を買ったり友人へのプレゼントを次から次へと買ったりしていた。だが一年たち、さすがのモリーも怠惰な金満家の暮らしは性に合わないことをようやく思い知った。学校にしろ、ダンに勧められて始めたアルバイトにしろ、モリーは懸命に努力するタイプである。そこで一念発起、ある新聞社に勤めることにした。

新聞社での仕事は忙しかったが、満足できるほど独創性のある仕事ではなく、モリーはだんだん生活の糧《かて》を得るためではなく趣味で仕事をしているのではないかという気になりはじめた。結局昔からの夢だった壮大でロマンチックな大河小説を執筆することに没頭しようと、勤めは辞めてしまった。ところが気づくといつのまにかケイルボー家の子どもたちのために見よう見まねで童話を書いていた。ナイチンゲールの森のはずれの小屋に住み、最新ファッションに身を包んだ、いつも面倒なことばかりに巻きこまれる、元気いっぱいのウサギの物語である。

はじめは新聞に物語だけが掲載されていたが、そのうちに楽しい挿絵を入れるようになった。絵は昔からよく描いていたが、まじめに取り組んだことはなかった。ペンとインクで描いたスケッチに鮮やかなアクリル絵の具で着色していくうちに、主人公のダフニーや仲間たちが生き生きとしてくる。

シカゴの小さな出版社バードケイジ・プレスが最初の本『こんにちは、ダフニー』を買ってくれたときは最高の気分だった。前渡し金は切手代にもならないほど小額ではあったが。それでもモリーはようやく自分の生きる場所を得たのだった。だが巨額の資産があるがために、仕事が職業というより趣味のように思えてしまい、なおも満たされない思いを引きずっていた。落ち着かない気持ちがじょじょに大きくなっていった。アパートも着る物も髪の毛も、なにもかもがいやだった……髪を派手なクルーカットにしてみても、そんな気分は払拭できなかった。

もはや火災報知器を鳴らすしかなかった。

そうした日々を重ねたのちに、いつの間《ま》にか顧問弁護士のオフィスに腰かけ、恵まれない子どもたちの救済を目的とした財団に自分の財産をすべて寄付してほしいと告げていた。弁護士はそれこそ腰を抜かさんばかりに驚愕《きょうがく》したが、彼女自身は二十一歳になって以来はじめて、完全な満足感を覚えた。フィービーはスターズを相続したとき、みずからの力を証明する機会を与えられたが、モリーにはそんなチャンスは一度としてめぐってこなかった。いまこそ、そのチャンスなのだ。書類に署名すると羽のように身軽になり自由になった気がした。

エヴァンストンの繁華街から数分のところにあるちっぽけな二階のロフトの鍵を開けると、ハンナが溜め息をもらした。「この場所にあるからいいのよね」モリー自身も満足の溜め息をついた。そう長く外出していなかったときでさえ、自分の家に一歩を踏み入れるその瞬間がたまらない。

ケイルボー家の子どもたちはみな、モリーおばちゃまのロフトは世界じゅうで一番素敵な場所だといっている。この建物は一九一〇年に、現在は自動車メーカーで当時は馬車の会社だったスチューデベーカー社の代理店ビルとして建てられ、その後オフィス・ビル、やがて倉庫として使われたのちに、数年前改造されたものだ。天井から床までのオフィス用の窓があり、配管はむきだしのまま、古い煉瓦の壁には自作の水彩画や油絵が掛けてある。モリーのユニットはビル全体のなかでもっとも狭くもっとも値段の安い部屋だ。だが一四フィートの高さの天井がゆったりとしたたたずまいをもたらしている。毎月ローンを支払うとき、封筒にキスしてから投函することにしている。ばかげた儀式ではあるけれど、毎月同じことをしてしまう。

周囲の人の多くはモリーがまだスターズと個人的に関与していると思っていて、モリーがもはや裕福な遺産相続人ではないことを知っているのは、ごく親しい友人のうちの何人かだけである。フリーランスの記者として『シック』という十代の読者向けの雑誌に記事を書いて、ダフニーの本から入るわずかな収入を補填している。月末には、素敵な洋服やハードカバーの本など、せめてもの贅沢を楽しむだけの余裕さえないのが現状だ。だがそんなことは気にならない。もっぱらバーゲンで買い物をし、図書館も利用している。

人生はなかなか充実している。フィービーのように大恋愛はできないかもしれないが、モリーには素晴らしい想像力と生き生きした夢にあふれた人生がある。さしあたって何も不満はないし、かつての落ち着かない気分がまたも予測もつかない形で頭をもたげてくる恐れなどまったくもって思い当たらない。新しいヘアスタイルはファッションの表現でしかない。

ハンナはさっとコートを脱ぐとしゃがみこんでルーに挨拶した。ルーとケイルボー家のプードルのカンガは、フィービーの愛犬プーの子どもたちである。

「ルー、私がいなくて寂しかった？」モリーは郵便物を置くと、ルーの淡い灰色をした頭部の毛にキスした。ルーもモリーの下顎を舌でぺろりと舐《な》めてお返しをし、しゃがんでとっておきのうなり声を出してみせた。

「はいはい、私たち、大いに感じ入りましたよ。そうよね、ハンナ？」

ハンナはクスクス笑い、モリーを見上げた。「警察犬のふりをするのがまだ気に入っているのよね」

「落ちこぼれの警察犬だけどね。プードルのくせになんていって、ルーの自尊心を損なわないようにしましょ」

ハンナは特別心をこめてルーを抱きしめ、やがてルーのもとを離れ、オープン・リビングの端にしつらえられたモリーの仕事場へ向かった。「次の記事は書いたの？ このあいだの『卒業パーティの夜の情熱』はよかったわ」

モリーは微笑んだ。「もうすぐよ」

市場の需要に合わせ、彼女がフリーランスの記者として書く記事は、発行されるときにたいていきわどいタイトルがつけられる。内容はしごくおとなしいものなのだが。『卒業パーティの夜の情熱』はとくにカー・セックスのもたらす結果を強調したものだ。『乙女から雌ギツネまで』は化粧品についての記事で、『良い子たちがイケナイ行動に走るとき』は三人の十四歳の少女たちのキャンプ旅行をつづったものだ。

「新しい絵を見てもいい？」

モリーはふたりのコートを掛けた。「絵はまだないの。新しいアイディアを思いついたばかりだから」絵本はなにげないスケッチから生まれることもあるし、先に本文ができることもある。今日は現実の出来事からひらめきが生まれた。

「話して！　ねえ、お願い！」

ほかのことを始める前にまず、オレンジとシナモンの香りがついたフレーバーティを飲むことにしているので、モリーは仕事場の反対側にあるちっぽけなキッチンに行き、お湯を沸かした。ひどく小さなロフトがキッチンの真上にあり、ロフトからは下のリビングが見下ろせるようになっている。階下の壁にしつらえられた金属製の本棚にはモリーの愛読書があふれんばかりに詰まっている。それらは、大好きなジェーン・オースティンの小説、ぼろぼろになったダフネ・ド・モリエール、アニヤ・シートン、メアリ・スチュアートの早期の全作品、そしてヴィクトリア・ホルト、フィリス・ホイットニー、そしてダニエル・スティールなどである。

もう少し幅の狭い本棚には奥と手前二列に並べたペーパーバックが並んでいる。歴史大河小説やロマンス小説、ミステリーや旅行ガイドから参考書までいろいろある。好きな文学者たちの本や女性の著名人の伝記もよく揃っているし、オープラ・ウィンフリーの『憂鬱にならないですむ本』のシリーズのなかから選り抜いた本もある。そのほとんどは、オープラが有名になる前に手に入れたものだ。

お気に入りの児童文学は寝室にしているロフトに置いている。そのコレクションのなかには、『エロイーズ』の物語や『ハリー・ポッター』のシリーズ、『ブラックバード・ポンドの魔法使い』、ジュディ・ブルームの本が数冊、ガートルード・チャンドラー・ワーナーの『ボックスカーの子どもたち』や『赤毛のアン』も入っている。楽しい気分になりたいときは『スウィート・ヴァレー・ハイ』などもいい。十歳のときに手に入れ、いまはボロボロになったバーバラ・カートランドの作品もある。まさしく熱心な読書家の蔵書だが、ケイルボー家の子どもたちはモリーのベッドに寝そべってまわりに本を山ほど並べ、次は何を読もうかと迷うのが楽しくてたまらないらしい。

モリーは繊細な金の縁取りに紫のパンジーを散らした陶器のティー・カップを取りだした。

「新しい本の題は『ダフニーが転んだ』にしようと今日決めたわ」

「すじを聞かせてちょうだい!」

「そうね……ダフニーがいろいろと考えごとをしながらナイチンゲールの森を歩いていると、どこからかマウンテンバイクに乗ったベニーが走ってきて、乱暴に通りすぎたから、ダフニーは転んでしまうの」

ハンナは首を振りながらいった。「いやなアナグマ」

ハンナはずるがしこそうな表情でいった。「ベニーのマウンテンバイクをだれかが盗んでしまえばいいのよ。そうすればもう悪さができなくなるでしょ」

モリーは笑っていった。「ナイチンゲールの森では『盗む』ことは存在しないのよ。前にあなたがベニーのジェット・スキーを盗めばいい、っていったとき、その話をしたでしょ」

「そうだったかも」ハンナの頑固そうな口元は父親から受け継いだものだ。「でも、ナイチンゲールの森にマウンテンバイクやジェット・スキーがあるというのなら、『盗む』ことがないっていう理由がわからないわ。それにベニーは悪さをしたくてしているんじゃないと思うの。ただいたずらが好きなだけよ」

モリーの脳裏にケヴィンの顔が浮かんだ。「いたずらと愚かさのあいだにはわずかな境界線があるのよ」

「ベニーは愚かなんかじゃないわ!」

ハンナの悲しそうな顔を見ながら、モリーはわれながらよけいなことを口にしたものだと悔やんだ。「もちろん愚かじゃないわ。ナイチンゲールの森でも一番かしこいアナグマよ」モリーは姪の髪をくしゃくしゃに撫でながらいった。「お茶にしましょ。それから湖までルーを散歩に連れていきましょうね」

夜になり、ハンナがぼろぼろになった『ジェニファー・ウィッシュ』を読みながら眠りにつくまで郵便物を見るチャンスはなかった。電話の請求書をクリップでとめ、ぼんやり何も考えず事務用封筒を開封した。便箋に入ったマークが目に飛びこんできたとき、開封したことを悔やんだ。

健全なアメリカを担う健全な子どもたち
過激な同性愛主義があなたのお子さんを標的にしています！　わが国の純真無垢《むく》な国民がいまわしい本や無責任なテレビのショー番組によって倒錯という悪におびき寄せられようとしています。それらの本やメディアは社会規範から逸脱した、非道徳的行動を美化して伝えるものです……。

「健全なアメリカを担う健全な子どもたち」SKIFSAはシカゴを本拠地とする団体で、狂気の目をしたメンバーたちがこの地域のトーク・ショーに次々と出演しては、根拠のない偏執的な自説をとうとうとまくしたてている。そのエネルギーを、未成年の銃所持禁止キャンペーンを行なうとか、何かほかの建設的なことに差し向けてくれればどんなにかいいのにと思いながら、モリーはその手紙をくずかごに投げ入れた。

翌日の午後遅く、モリーは車のハンドルを握っていた片手を下げてルーの頭の毛の一房を撫でた。さきほどハンナを両親のもとに送り届け、ウィスコンシンにあるケイルボー家の別荘に向かっているところである。到着は夜半になるだろうが、道路はすいており、夜のドライブも気にならない。

今回の別荘行きはふとした思いつきで決めた。昨日の姉との会話から、ここのところみずから懸命に否定してきたことがはっきり姿を現わしたのだ。姉の言い分は正しかった。髪を赤く染めたのはより大きな問題の象徴なのだ。かつての落ち着かない気分がまたぶり返しているのは事実である。

正直なところ、火災報知器のレバーを引きたいというような抑えがたい欲望があるわけではなく、財産を全額寄付するという選択肢はもはや使えない。そうはいってもなにか別の新たな騒動を引き起こしたい願望が潜在意識のなかにないとはいいきれない。もう二度と戻ることはないだろうと思っていたあの状態にまた引き戻されてしまうのではないかという落ち着かない感覚におそわれているのだ。

ノースウェスタン大学の学生だったころ、カウンセラーにいわれた言葉が脳裏によみがえってきた。

「子どものころのあなたは、自分の務めさえはたせば父親に愛されるようになるのだと信じていました。実際、優秀な学業成績をおさめ、行儀作法に気を配り、規則を守っていればあなたの父はおよそ子どもの望みそうなことはなんでもかなえてくれた。だが彼は肝心の愛情を与えることのできない人物だった。その結果あなたのなかで何かがぷつりと切れてしまい、考えうるかぎりの最悪の行動を起こしたというわけです。あなたの起こした反乱はじつはきわめて健全なものなのです。そうすることであなたの精神を正常に保てたのですからね」

「でも、それでは私が高校時代に引き起こした行動の説明がつきません」モリーはカウンセラーにいった。「父のパートはすでに他界していて、わたしはフィービーとダンと暮らしていました。ふたりとも私を愛してくれました。万引きの理由はどう説明できますか?」

「フィービーとダンの愛情を試したかったのかもしれませんね」

胸のなかで奇妙な感覚がうごめいた。「どういう意味ですか?」

「ふたりの愛情が無条件のものであるという確信を得るためには、何か恐ろしいことをしでかして、それでもふたりがあなたを見棄てるかどうか確かめるしかなかったんでしょうね」

ふたりはモリーを見棄てることはなかった。

ではなぜ忘れたはずの悩みがまた戻ってきたのか。もう騒動を引き起こすのはたくさんだった。絵本を書き、友人たちと楽しみ、犬と散歩に行き、姪や甥たちと遊べればそれで幸せだった。それなのにここ数週間落ち着かない気分が続いている。一目このひどい髪を見れば、自分がまたしても深い破滅への瀬戸際に立っていることは明らかというものだ。こうした衝動がおさまるまで賢明な行動をとるようにし、一週間ぐらいはウィスコンシン州ドア郡の別荘にこもっていようと思う。あそこまで行けば、どんなやっかいごとも持ちこめそうもない。

ケヴィン・タッカーはクォーターバックのレッド・ジャック・エクスプレスがクォーターバックスニークでの得点に手間取っている夢を見ていたが、何かに夢から引き戻された。寝返りをうち、一声うなると、いまどこにいるのか判断しようとした。だが眠る前にあおったスコッチのせいで、それもうまくいかなかった。ふだんはアドレナリンを好む彼だが、今夜だけはアルコールのほうがふさわしいと思えたのだ。

ふたたび音が聞こえた。ドアのあたりでひっかくような音を聞き、すべてを思い出した。ここはウィスコンシン州ドア郡で、今週スターズは試合がない。それに、ダンから一万ドルの罰金をいい渡されたのだった。小切手を書き終わると、あいつは次にケイルボー家の別荘まで行って頭を冷やしてこいとのたまった。

この頭にはなんの問題もないが、ケイルボー家のハイテク防犯システムにはたしかに問題がありそうだ。だれかがこの家に無理やり入ってこようとしているのだから。

2

もしも彼が学校じゅうで一番セクシーな男の子だったらどうしますか？　大切なことは彼があなたにどんな態度で接するかなのです。

――「そのセクシーさに負けてしまいそう？」
モリー・ソマヴィル（『シック』誌掲載）

ケヴィンはスコッチに夢中で防犯システムをセットしなかったことを思い出した。こいつはついている。彼はちょっとした気晴らしの到来にわくわくして、またスコッチを一杯あおった。

家のなかは冷えこみ、真っ暗だった。ケヴィンは裸足の足をカウチの端でこすり、コーヒーテーブルにどすんとぶつかった。悪態をつきながらむこう脛《ずね》を擦り、跳ぶようにしてドアのところまで行く。強盗と格闘するなんて今週の運勢にあったっけ？　野郎め、武器でも持ってないと命はないぞ。

ずんぐりしたアームチェアらしきものをひらりとよけたとたん、小さくて鋭いものを踏んでしまった。あちこちに散らばっていたブロック玩具だろう。この別荘は広くて豪奢《ごうしゃ》な造りになっている。ウィスコンシン州の森林地帯の奥深くに立地し、三方を林に囲まれ、裏手には氷の張ったミシガン湖がある。

ちくしょう、なんて暗いんだ。ケヴィンはひっかくような音をめざして進んだ。ちょうど音の元へ到達したとき、ドアの掛け金のきしむ音がした。ドアが開きはじめた。

大好きなアドレナリンが体じゅうを駆けめぐるのを感じ、ケヴィンはなめらかな動きでドアを壁に押しつけると反対側にいる人物につかみかかった。

男は妙に軽量で、こちらめがけて飛びかかってきた。床に飛びおりたときの叫び声から察するに、敵はなよなよした男らしい。ところが残念なことにケヴィンが捕まえたのは犬だった。それも大型犬だった。

攻撃犬の低い、ぞっとするようなうなり声を聞き、ケヴィンは首のうしろの毛が逆立った。奮起するいとまもないうちに、犬はケヴィンの足首をどしんと踏みつけた。彼は伝説的とも評される鋭い運動神経でスイッチのあるところに突進し、同時に強い決意で足首の骨の危機にそなえた。玄関の広間の明かりがあたりを照らし、ふたつのことが判明した。

襲ってきたのはロットワイラーではなかった。それにあの悲鳴は男のものではなかった。

「ああ、なんてこった……」

足元のスレートの床に横たわり、金切り声を張り上げているのは真っ赤な髪の小柄な女性だった。そして彼の足首を圧迫し、お気に入りのジーンズに穴をあけているのは小さな灰色の……。

どうにも言葉が浮かんでこない。ケヴィンがつかみかかったとき落ちた女の荷物があたりに散らばっていた。犬を振り払おうとしたとき、たくさんの本や、水彩画の画材、ナッター・バター・クッキーズの箱がふた箱、大きなピンクのウサギがついた寝室用のスリッパが目に飛びこんできた。

ケヴィンはようやく犬を振り払った。女は這《は》うようにしてようやく立ち上がり、どこか軍人のような勇ましい姿勢をとった。説明しようと口を開いたとき、女の足が上がり、膝の裏を襲った。気づくと肘鉄をくらっていた。

「まったく……たいへんな手間がかかったわ」

たしか床に転がったときには女はコートを着ていたはずだが、彼と床のあいだにはデニムが重なっているだけだ。ケヴィンは辟易《へきえき》して寝返り、あおむけになった。犬は彼の胸の上に飛びかかった。吠える犬の息が顔にかかり、犬の首に巻かれたバンダナの端がぴしゃぴしゃと彼の鼻に当たる。

「私を殺そうとしたわね！」女は甲高い声で叫んだ。真っ赤な髪の小さな毛束が炎のように顔のまわりで光っている。

「わざとじゃない」この女と前に会ったことがあるのは確かなのだが、いったいだれなのかさっぱり思い出せない。「このピットブル、そっちに呼んでくれないか」

恐怖におののいたような顔が怒りの表情に変わり、女は犬と同じように歯をむきだした。

「おいで、ルー」

犬は一声うなるとケヴィンの胸から這うようにして離れた。彼は突如思い当たった。なんということだ。「きみは、ええと、フィービーの妹だよな。だいじょうぶかい？」なんとか名前を思い出そうとするものの――「ミス・ソマヴィル？」スレートの床に横たわり、尻には青痣《あざ》を作り、足首には刺し傷を受けたのは彼のほうなのにこんな質問をしたのはいわば礼儀を考えてのことだ。

「二日間のあいだに二度目よ！」

「なんのことかな？」

「二度目だっていってるの！　気でも狂ってるの、このばかなアナグマ！　それが目下の病気なの、それとも本物のおばかさん？」

「そのことだったら、ぼくは――ぼくのことをアナグマっていったのかい？」

彼女はまばたきした。「野蛮人といったの。野蛮人と」

「それなら結構だ」残念ながらケヴィンの下手なユーモアでは彼女を笑わせることはできなかった。

ピットブルは飼い主のところへ戻った。ケヴィンはスレートの床から起き上がり、足首をさすりながら自分の雇主の妹について何か知っていることはなかったかと懸命に考えた。だが思い出せるのは彼女がインテリだということぐらい。スターズの本部で本のページのあいだに顔をうずめているのを何度か見かけたことはあったが、髪の色はたしかこんな色ではなかったはずだ。

この娘とフィービーに血のつながりがあるのがそもそも信じがたい感じがする。この娘はまず女っぽい魅力とはかけ離れている。だがまったく魅力のない女かというと、そうではない。どちらかというと平凡なのだ。フィービーが曲線的だとすると彼女は起伏が少ない。フィービーが大きい部分は小さい。姉と違ってこの娘の口はシーツの下で卑猥な言葉を口にするように形づくられてはいない。むしろこの妹の口は一日じゅう図書館で『しーっ、静かに』とまわりの人を黙らせるために動いているような感じがする。あたりに散らばった本からもわかるように、この女性がケヴィンのもっとも苦手とする、頭脳明晰でそのうえまじめすぎるタイプであるのは火を見るより明らかだ。しかもそのうち立て板に水のような能弁さも発揮しだすに違いない。ケヴィンはこれがまたまた苦手である。しかし公平な目で見れば、この妹の目の力には高得点を与えざるをえない。ブルーとグレイのあいだの、ちょっと変わった色で、両目が眉と同じくわずかに傾斜しているのがなんともセクシーなのだ。しかもその眉は顔をしかめると真ん中でぴったりくっついてしまうことにケヴィンは気づいた。ほんとうになんということだろう！　この娘がフィービーの妹とは！　今週はこれ以上最悪にはなりようがないと思っていたのに。

「だいじょうぶかい？」

ブルー・グレイの虹彩がトルネードが去ったあとのイリノイの夏の午後の空のような色に輝いた。ケヴィンは子どもをのぞいて、スターズを支配する一家のメンバーを片っ端から怒らせてきたが、これこそ、しっぺがえしというものかもしれない。

そろそろ失地回復を図るべき彼としては魅力こそなににも勝る美点だというわけで、ふっと明るい笑顔を浮かべてみせた。「きみを脅かすつもりなんてなかったんだよ。てっきり泥棒が入ったと思ってね」

「あなたはいったいここで何をしているのよ？」

ケヴィンは彼女の金切り声を聞きながら、魅力などなんの役にも立たなかったのを思い知った。

彼女のカンフーのような足の構えに視線を走らせつつ、ケヴィンはいった。「ここで何日間か自分の状況を考えてみろとダンにいわれたんだ……」少し口ごもったが続けていう。「おれはそんな必要を感じていないんだけどね」

彼女がスイッチをたたくと、鉄の壁に取りつけた素朴な突きだし燭台の明かりがともり、ずっと離れた部屋の隅までがあかあかと照らされた。

この家は丸太作りではあるが、六部屋もある寝室といい、二フロアを突き抜けてむきだしの屋根梁《はり》まで続く天井といい、この屋敷は開拓時代の丸太小屋とは似ても似つかない規模を誇っている。大きな窓が森林さえもインテリアの一部に取りこんでいる感じを与え、部屋の片側の端を占領している巨大な石の暖炉は水牛でさえローストできそうだ。家具はすべて大きく、ふっくらと気持ちよく、大家族の酷使にも耐えられるような造りになっている。横には二階に続く幅の広い階段室があり、片方の端は小さなロフトも完備している。

ケヴィンは前屈みになって彼女の荷物を拾い上げ、ウサギのスリッパにしげしげと見入った。「狩猟シーズンにこんなものを身につけて怖くないのかい？」

彼女はスリッパをひったくるようにして取った。「返してちょうだい」

「べつに自分で履こうとしていたわけじゃないよ。こんなものを履いていたら男どもの尊敬を得るのは少々むずかしそうだからね」

スリッパを手渡しても彼女はニコリともしなかった。「ここからそう遠くないところにロッジがあるわ」と彼女がいった。「今夜泊まる部屋ぐらいきっとあるわよ」

「ぼくを放りだすには時間が遅すぎる。それにぼくは招待されたんだぜ」

「ここは私の家。それにあなたは招かれざる客よ」彼女はカウチの端にコートを放り投げるとキッチンに入っていった。ピットブルは口をねじ曲げ、まるで中指を突き上げて愚弄《ぐろう》するかのように、ピンポン飾りのしっぽをピンと立てた。このメッセージが相手に伝わったのを見届けてから、犬は彼女のあとを追った。

ケヴィンはあとをついていった。キッチンは広々として居心地がよく、名工の手に成る飾り棚があり、どの窓からも昼間はミシガン湖が見渡せるようになっている。彼女は六つのスツールに囲まれた五角形の島式カウンターに荷物を置いた。

ファッションに対する目は確かだなとケヴィンは彼女を評価した。ぴったりフィットしたチャコール・グレイのパンツと、おしゃれな、サイズのたっぷりしたメタリック・グレイのセーターはよろいを思い起こさせた。燃えるようなあのショートヘアで勝ち戦を終えたばかりのジャンヌ・ダルクのように見えなくもない。彼女が身につけているものはどれも高価そうだが、新しくはない。その点はケヴィンの目には奇異に映った。たしか彼女がバート・ソマヴィルの遺産を相続したという話を耳にしたことがある。ケヴィン自身も裕福ではあるが、彼が財産というものを手に入れたのは人格形成期からかなりたってからのことである。彼の経験によれば、およそ裕福な生い立ちの人間は努力や勤勉さを理解せず、好ましからざる人物が多い。この俗物的な娘も例外ではない。

「あのうミス・ソマヴィル、追いだされる前にいっておきたいんだけど……きみはケイルボー夫妻にここへ来るつもりだということを前もっていってこなかっただろ。もしいっていれば、ここがすでにふさがっていることを聞いたはずだからね」

「私も使用権をもってるのよ。いう必要はないの」彼女はクッキーを引き出しに投げ入れると乱暴に閉めた。そしてピリピリとした怒りも露わに、じっくりとケヴィンの顔をながめまわした。「私の名前を覚えていないのね?」

「覚えてるとも」ケヴィンは懸命に記憶の糸をたぐってみたが、まったく何も思い出せなかった。

「少なくとも三回は紹介されているんだけど」

「そんな必要はなかったね。だってぼくは人の名前はよく覚えるたちだもの」

「私の名前は駄目でしょ。忘れちゃったのね」

「もちろん忘れてなんかいないよ」

彼女はケヴィンの顔をじっと見つめていたが、彼はプレッシャーのもとで仕事をすることに慣れているので、相手が次の行動に出るまで待つことなど、なんでもない。

「名前はダフニーよ」と彼女がいった。

「もう知っているのに、なぜいうかな? きみはいつもこんなふうにだれに対しても偏執的な態度をとるの、ダフニー?」

彼女は唇をすぼめ、なにごとか小声でつぶやいた。たしかまた「アナグマ」という言葉を聞いたような気がした。

ケヴィン・タッカーは私の名前さえ知らなかった！　これを教訓にしなくては。モリーは危険なほど華やかな面立ちにしげしげと見入りながら考えた。同時に、彼から身を守る術《すべ》を見いださなくてはならないと悟った。彼はたしかにはっとするほどの美貌の持ち主である。美貌だけなら世のなかに美しい男はごまんといる。そう、だがそれでもダーク・ブロンドの髪と光り輝く緑色の瞳という特殊な組み合わせをもつ男はそうはいないはずだ。そのなかでも分厚い胸板ではなく、ほっそりと彫刻のような体をもつ男となるとさらに少ないだろう。それでもモリーは、素晴らしい肉体と美しい顔、切り替えのできる魅力しかない男にうまく騙《だま》されるほど愚かではない。

たしかに、いい年をして慰めの言葉ももらえないような片思いにうつつを抜かしているのを見ればわかるように、自分はじゅうぶん愚かではある。だが少なくとも自分の愚かさは自覚している。

ご機嫌をうかがい、あとをついてまわるようなファンにだけは成りさがるつもりはない。逆に思いきり鼻持ちならない態度をとってやろうと思う。インスピレーションを得るために『オーバーボード』のゴールディー・ホーンを呪文で呼び出した。「あなたには出ていっていただくしかないわね、ケン。あら失礼、ケヴィンね。ケヴィンだったわよね、たしか」これは少々やりすぎだったらしく、ケヴィンが口の片端を吊りあげた。「少なくとも三回は紹介されたんだろ。覚えててくれたかと思ったのに」

「フットボールの選手はたくさんいるし、みんなよく似ているんですもの」

ケヴィンが片眉をつりあげた。

一応の主張は通したし、夜も更《ふ》けている。ここは寛大さを見せてやってもいいかなと思う。ただしあくまで恩着せがましくいこう。「今夜はここに泊まってもいいわ。でも私はここに仕事をしにきたの。だから明日の朝はひき払ってちょうだい」裏手の窓から外に視線を走らせると、ガレージのそばにケヴィンのフェラーリが駐まっている。モリーが家の前に車を停めたとき彼の車が目に入らなかったのはそのためだ。

ケヴィンはここに居座るつもりであることを態度で示すかのように、ゆっくりとスツールに腰をおろした。「どんな仕事をしているの?」と訊きながらも、その言葉にはどうせたいした仕事ではないだろうという、見下したような響きが感じられた。

「作家よ」とモリーはフランス語で答えた。

「作家かい」

「童話のね」今度はスペイン語でつけ加える。

「英語を使えない理由でもあるの?」

「外国語のほうがあなたには気分がいいんじゃないかと思って」あいまいに手を振りながらいう。「どこかでちらっと読んだような……」

ケヴィンはたしかに浅薄な人間かもしれないが愚かではない。いまのはいいすぎだっただろうかという思いが頭をよぎった。だが調子にのってとうとうまくしたてている最中だ、いまさら撤回はできない。「ルーの狂犬病はもうだいじょうぶだと思うけど、念のために予防接種を受けたほうがいいかもしれないわね」

「泥棒と間違えたこと、まだ怒ってるんだね」

「ごめんなさい、よく聞き取れないわ。たぶんあのとき転倒して脳震盪《のうしんとう》を起こしたせいよ」

「謝ったじゃないか」

「たしかにね」モリーは子どもたちが置いていったカウンターのクレヨンの山を脇に寄せながらいった。

「もう二階に上がって寝ようかな」ケヴィンは立ち上がるとドアのほうへ向かったが、ふと立ち止まってモリーのすさまじい髪にもう一度目を向けた。「本当のことを話してくれよ。それってフットボールの賭けの結果かなにかなの？」

「おやすみなさい、カーク」


モリーは寝室に入ると、息遣いが荒くなっているのに気づいた。ケヴィンが眠っている客用寝室とは薄い壁一枚隔てているだけである。肌がヒリヒリするような感じで、髪の毛にハサミを入れたいという抑えがたい衝動を覚えた。もはや切るだけの髪は残されてもいないのだが。明日になったら髪を本来の色に染め直したほうがいいかもしれない。ただ、それであの男をいい気にさせるわけにはいかない。

ここにやってきたのは身を隠すためであって、ライオンの檻《おり》の隣りで眠るためではない。そんな思いに駆られ、モリーは自分の荷物をつかんだ。ルーをうしろに従えながら急いで廊下を進み、いつもはケイルボー家の三人の女の子たちが使っている大きな、寮スタイルの部屋へと移動し、部屋の鍵をロックした。

脇柱にもたれ、気持ちを落ち着かせようと、この部屋の傾斜した天井や屋根窓に見入る。

これらの造りは夢見るようなひとときに浸れるよう設計されたものだ。ふたつの壁にはモリーが描いたナイチンゲールの森の壁画がある。いまではケイルボー家のだれもがこの物語の世界に親しんでくれている。もうだいじょうぶだ。明日の朝には彼もここをひき払ってくれるだろう。

とはいえ、眠りにつくのは不可能だった。なぜいつものようにここにくることをフィービーにひとこと知らせてこなかったのだろう？　髪のことであれ以上説教されたり、「事件」に関する警告めいた言葉を聞かされるのはたくさんだと思ったからだ。

悶々として、なんども寝返りを打ち、時計をにらんでいたが、ついに明かりをつけて新作のためのアイディアをスケッチしはじめた。だがどうにも落ち着かない。いつもなら、木枯らしが堅い丸太に吹きつける音を聞くと心が鎮まるのだが、今夜は風の音を聞いていると、着ているものを脱ぎ捨てて踊りだしたいような、勤勉な優等生の仮面をはぎとって、本来の放縦さを露わにしたいような、そんな気持ちに駆られてしまう。

モリーはカバーをはねのけ、勢いをつけてベッドから降りた。部屋は寒々と冷えているのに、体が火照《ほて》り、熱っぽい感じがする。こんなところにこず、自宅にいればよかったのに。ルーが眠たげに片方のまぶたを上げたが、やがてまた閉じた。モリーはもっとも屋根窓に近いパッドつきのベンチのところに行ってみた。

霜の小羽根が窓枠を飾り、吹雪は細いリボンのような渦巻きとなって木々のあいだを舞い躍っている。夜の美しさに気持ちを集中しようと努めてはみるのだが、脳裏に浮かぶのはケヴィン・タッカーの面影ばかり。肌はまるで棘《とげ》にでも刺されたようにちくちくと痛み、乳房は疼《うず》いている。彼を求める気持ちがこれほど強いとは！　モリーは聡明な、というより才気あふれる女性ではあるが、どれほど否定してはみても、これでは性に飢えたグルーピーと変わらないではないか。

もしかすると、これは人間的な成長がゆがんだ形となって現われているのかもしれない。少なくともまだ体験したことのない素敵な大恋愛ではなく、セックスに取り憑《つ》かれているのは事実である。

同じ取り憑かれるのでも、大恋愛に取り憑かれていたほうがずっとましだと思い当たった。ダンはフィービーの命を救ったのだ！　これこそ想像しうるかぎり最高にロマンチックな恋物語ではあるが、じつは自分はそのエピソードのせいで非現実的な期待を抱きすぎているのではないかとも思う。

モリーの思いは大恋愛を離れ、またセックスに取り憑かれた。ケヴィンはあれをするとき、英語で話すのだろうか？　それとも使える語句だけいくつか外国語を覚えたりするのだろうか？　モリーはうなって枕に顔をうずめた。

数時間の浅い眠りののち、寒々とした灰色の空に暁が訪れるころ目を覚ました。外を見てみると、ケヴィンのフェラーリがない。これで安心だ！　モリーはルーを表に連れだしてからシャワーを浴びた。体を拭き、自分を励ますようにしてしゃにむに『ウィニー・ザ・プー』の鼻歌を口ずさんでみたりしたが、遺産を全額寄付してしまう前に買ったグレイのパンツとドルチェ・アンド・ガッバーナのセーターを着るころには、見せかけの楽しい気分も消え果てていた。

いったい自分になんの不満があるというのだろう？　素晴らしい人生ではないか。健康で良き友人にも恵まれ、最高の家族も心楽しませてくれる犬もいる。財政状況はつねに逼迫《ひっぱく》しているが、住まいにしているロフトは無理して支払いをする価値はじゅうぶんにあるから、まるで気にしていない。仕事に対する愛情もある。ケヴィン・タッカーが出ていったのだから、人生はもう完璧なはずだ。

憂鬱《ゆううつ》な気分にうんざりして、双子の姪たちが誕生日にくれたピンクのスリッパを履き、キッチンにそっとおりていった。歩きながら、爪先についたピンクのウサギがゆらゆら揺れる。簡単な朝食をとって、仕事を始めようと思う。

昨夜ここへ着いたのがあまりに遅い時刻だったせいで、食料品を購入することができなかったので、カップボードからポップ・タルトを出す。その一枚をトースターに入れているとルーが吠えだした。勝手口が開いて、ケヴィンがビニールの食料品店の袋を抱えて入ってきた。モリーの愚かな心は高鳴った。

ルーはうなり声をあげたが、ケヴィンはそれを黙殺した。「おはよう、ダフニー」

いっきにふくらんだモリーの喜びは不快感に変わった。スライテリン！

ケヴィンは中央のカウンターの上に袋をどさりと置いた。「食料が不足してたからさ」

「不足しようとしまいとどんな違いがあるの？　あなたはここを出ていくんでしょ？　忘れた？　ヴ・パルテ・サルガ？」モリーは外国語の一語一語をはっきりと発音し、相手の表情に不快感が浮かんだのを見て満足した。

「ここを出ていくのは得策とはいえないね」ケヴィンはミルクびんのキャップを強くひねり

ながらいった。「おれはいまこれ以上ダンとのあいだに波風をたてるつもりはない。だから出ていくべきなのは、そちらだと思うよ」

彼の言い分はもっともだと思うが、その態度がいまいましかったので、モリーはちょっと意地悪女を演じてみることにした。「それは無理ね。あなたは肉体を使う仕事のプロだから理解できないでしょうけど、私の仕事は実際に沈思黙考しなくてはならないから、静かで平和な環境を必要とするのよ」

ケヴィンはあきらかにこの言葉に込められた侮辱を感じ取ったはずだが、無視するという態度に出た。「おれはここにいるよ」

「私も出ていかないわ」モリーも頑として譲らない。

ケヴィンがモリーを追い出したがっているのは明白だが、相手がボスの妹とあればそうもいかないらしい。彼はゆっくりと時間をかけてミルクをグラスに注いだ。「でかい屋敷だ。共用しよう」

「とんでもない、それなら私が出ていくわよ」という言葉が喉元まで出かかったが、何かがそれを押しとどめた。ちょっと聞くと「共用」なんてひどくクレージーなことに思えるが、じつはそれほどでもないかもしれない。

彼に対する病的なまでの執着をふっきるもっとも手っ取り早い方法は、現実の姿の下に潜む卑怯《ひきょう》なスライテリンを暴きだしてそれを直視することだ。そもそもどんな人間なのかさえ知らないので、彼の人間性に魅かれたことはなかった。ケヴィンの幻影——ゴージャスな肉体、セクシーな目、選手たちをリードする勇壮なプレーなどに心が惑わされているだけなのだ。

モリーは彼がミルクをぐいと飲み干すのをじっと見つめた。一度のげっぷ。それがあればじゅうぶんだ。何がいやといって、げっぷをする男ほどいやなものはない……股を掻く男も……それとテーブル・マナーの悪い男も。それに、派手なクリップで留めた分厚い札束をこれみよがしに懐から出して女の気を引こうとするやつも最低だと思う。

彼はひょっとすると金のチェーンを身につけているかもしれない。モリーは身震いした。それでもう決まりである。あるいは拳銃フリークだったりして。それとも「おめえがやれ」なんて乱暴に口走る男かも。ほかにもいろいろあるが、それがひとつでもあったら、ダン・ケイルボーの基準には到達しない。

そう、セクシーなグリーンの目が売り物のミスター・ケヴィン・タッカーを待ち受ける落とし穴は数限りなく存在するのである。たった一度げっぷをしても……一度股ぐらを掻いても……あのゴージャスな首元でかすかに金がきらめいても……。

気づくと口元には笑みが浮かんでいた。「わかった、泊まってもいいわ」

「ありがとう、ダフニー」ケヴィンはミルクを飲み干したが、おくびはしなかった。

モリーは目を細め、相手が「ダフニー」と呼びつづけるかぎり、本気で接するのはやめようと心に誓った。

モリーはラップトップ・コンピュータを見つけてロフトまで運び、スケッチブックといっしょに机の上に置いた。『ダフニーが転んだ』でも、『ネッキング——どこまで許す?』の記事でも、どちらから取りかかってもいい。

だが、とても仕事をしようという気分にはなれそうもない。たとえ十代向けのものではあっても、いまこのときにセックスに関する記事を書くというのはどうにも具合が悪い。階下でフットボールの試合のビデオを再生している音がして、ケヴィンが宿題をすませるためにビデオをここに持ってきたのだと気づいた。どうしてたまには本を読んだり、映画を観にいったり、フットボールと関係のないことをしないのだろうかとモリーは思う。

そろそろ気持ちを仕事に向けなくては。モリーはルーの頭の上に片足をぽんと乗せ、怒った白帽の自警団員のような吹雪がミシガン湖の禁断の湖水に襲いかかる様子を窓越しに眺めた。ダフニーが夜遅く小屋に戻ると、あたりは真っ暗闇だった、としようか。一歩小屋に入ると、ベニーがなかから飛びだしてきて――。

ストーリーにこれほど実体験を盛りこんだりするのは感心しない。

それなら、とモリーはスケッチブックを開いた。ダフニーはハロウィーンのお面をかぶってみんなを驚かせる――だめだ、これはすでに『ダフニー、かぼちゃを植える』で使っている。

こういうときは絶対に、友人に電話を入れるのがいい。モリーはそばにあった受話器を取り、一番親しくしている作家仲間のジャニン・スティーブンスの番号を押した。ジャニンの本はヤング・アダルト層がターゲットだが、作品に対するふたりの観点は同じで、よくいっしょにブレイン・ストーミングをしている。

「いいときに電話をくれたわ！」ジャニンは声を上げた。「午前中いっぱいあなたに連絡をとろうと何度も電話したのよ」

「何かあった?」

「もう、いろいろとあるのよ! 今朝のローカル・ニュースに髪をすごくふくらませたSKIFSAの女性が登場してね、昨今の児童文学が同性愛的ライフ・スタイルへ子どもたちを勧誘する役割を演じているって、わめきたてたの」

「児童文学がなぜ道を誤らせるっていうの?」

「モリー、彼女はね、私の『恋しくて』を、これが子どもたちを倒錯の世界へ誘惑する不浄な本の一例だといったのよ!」

「ああジャニン……なんてひどい話なの! 『恋しくて』は十三歳の少女がほかの子どもたちからゲイのレッテルを貼られてしまった芸術の才能に秀でた兄からいじめられながらも、なんとか良い関係を取り戻そうと努力するお話だったわよね。素晴らしい作品だし、感受性の鋭い、心を打つ物語よ」

ジャニンは鼻をかんだ。「担当の編集者が今朝電話してきたの。会社としてはほとぼりがさめるまで様子をみることにしたっていうのよ。次の本の出版は一年後まで延期するって!」

「書き終えてからもう一年はたっているのに!」

「そんなことおかまいなしよ。信じられないわ。私の本の売り上げ、とうとう下降しはじめたの。もう失速してしまいそうよ」

モリーは懸命に友人を慰めた。電話を切るころには、SKIFSAこそどんな悪質な本よりも社会にとっての脅威であるという確信を抱いていた。

階下で足音が聞こえ、モリーは試合のビデオが終わったことに気づいた。ジャニンとの会話でひとつよかったのは、そのあいだだけはケヴィンのことを考えないですんだことだ。

深みのある男性の声が下からモリーを呼んだ。「あのさ、ダフニー！　このへんに飛行場があるかどうか知ってる？」

「飛行場？　ええ、あるわ。スタージャン湾に一カ所。場所は——」いいかけてはっと顔を上げた。「飛行場？」

モリーは椅子から跳び上がり、階段の手摺りまで走った。「またスカイダイビングに行こうとしてるのね！」

ケヴィンは首を傾けてモリーの顔をしげしげと見た。ポケットに手をつっこんではいても、彼はまるで太陽神のように背が高く、目が眩《くら》むほど輝いている。

お願いだからげっぷをして！

「スカイダイビングになんか行くわけないよ」ケヴィンは穏やかにいった。「ダンに禁止されてるからさ」

「そういわれたからって、あなたがやめるかしら」

ベニーはマウンテンバイクのペダルをこぐ足をどんどん速めていきます。こぐことに夢中なあまり、ベニーはナイチンゲールの森を抜ける道路に降りつける雨もすぐ間近に迫る水溜まりも、まるで目に入りませんでした。

ケヴィンからできうるかぎり距離をおくべきだという認識などどこへやら、モリーは階段を駆けおりた。「やめてちょうだい。ゆうべは一晩じゅう突風が吹き荒れていたし、いままだ風が強いわ」

「そんな話をしてじらしているのかい」

「危険だと説明しているの！」

「だからこそやる価値があるんじゃないかな？」

「こんな日に乗せてくれる飛行機はないわ」ただし、ケヴィンのような有名人がご所望とあらば、なんであろうと人は動いてくれるはずだ。

「パイロットを探すのはそんなに大変じゃないと思う。スカイダイビングしようというつもりになればね」

「ダンに電話するわよ」モリーは脅しにかかった。「あなたが謹慎をどれほど軽く見ているかという話をダンはきっと聞きたがるでしょうよ」

「今度はビクつかせようっていうのかい」ケヴィンはのろのろとした話し方でいった。「きみってさ、クラスの男子がなにかよくないことをしでかすとすぐ先生に告げ口するこうるさい女の子だったんだろうな、きっと」

「十五歳まで共学の学校には行かなかったから、残念ながらそんなチャンスはなかったわ」

「そりゃそうだよな。きみは裕福な家の子だものな」

「裕福で甘やかされて育ったわ」モリーは嘘をいった。「あなたはどうなの？」会話で気をそらせば、もしかするとスカイダイビングのことを忘れてくれるかもしれない。

「中流家庭の出で、まるきりわがままとは無縁さ」

ケヴィンの落ち着かない様子はまだ続いている。何か話題はないかと心のなかで探していると、以前にはなかった本が二冊コーヒーテーブルの上に置かれているのが目にとまった。近づいてみると、一冊はスコット・テューローウの新作、もう一冊は宇宙についてのやや学術的な分厚い書物である。後者はモリーがかつて読もうとして結局途中で挫折《ざせつ》し、ほかのもっと軽めの本に替えたことのある本だ。「あなた、本を読むの？」

ケヴィンはユニット式のソファに座りながら口をひきつらせた。「だれかに読んでもらえないときはね」

「それは面白い」ケヴィンが読書家であるという意外な事実に憮然《ぶぜん》としながら、モリーはカウチの反対側に腰をおろした。ルーはケヴィンがまたしても女主人を襲ってやろうというよからぬ考えを抱いたときに備えて近づき、身がまえた。

そうなるよう願いなさい、ルー。

「わかったわ。あなたには見かけほどの……知的障害はないと認めてあげる」

「そいつを記者会見の資料につけ加えることにするよ」

これでわなはうまく仕掛けられた。「そうした事実にもかかわらず、どうしてあなたはそんなに愚かなことばかりするわけ？」

「愚かって、どんな？」

「たとえばスカイダイビング。ヘリコプターからのスキー。それにトレーニング・キャンプの直後のダートトラック・レース」

「ずいぶんとぼくのことに詳しいみたいだね」

「あなたがわが家の事業の一端を担う人物だから知っているだけ。個人的なことと受け止めないでほしいわ。それにあなたの行動は逐一シカゴじゅうに広まるのよ」

「マスコミは根も葉もないことを書き立てる」

「火のないところに煙は立たず、よ」モリーは履いていたウサギの顔がついたスリッパを脱ぎ捨て、椅子の上に座った。「わからないわ。あなたはいつもプロのアスリートのいわば模範的存在だった。飲酒運転も女性への暴力もない。練習にはだれよりも先に出て、一番最後まで残っている。ギャンブルに関わったというスキャンダルもないし、スタンドプレーもない。ばか話もめったにしない。それなのに突如あなたは奇妙な行動に走りはじめた」

「奇妙な行動に走った覚えはないけど」

「ほかにどう表現しようがあるというの？」

ケヴィンははっと顔を上げた。「ぼくの行動を探らせようと、連中がきみを送りこんできたんだな。そうだろ？」

モリーは思わず笑ったが、それでは金持ちのいやみな女という役割に瑕《きず》がつく。「私はチームのことで姉たちがもっとも頼れない人物よ。私ってある種の変人だから」モリーは自分の心臓のあたりに大きなXを描いてみせた。「さあケヴィン、ほらこのとおり神にかけて誓うわ。口外は絶対しない。本当の事情を話してよ」

「スリルを少しばかり楽しんでるけど、それについて弁明するつもりはないよ」

もう少し深く探りたかったので、モリーは調査の任務を続行することにした。「あなたのおしとやかなご友人たちは心配しない？」

「ぼくの性生活について知りたいのなら、そう訊けばいい。そうすれば、こっちもよけいなお世話といい返して溜飲が下がる」

「どうしてまたあなたの性生活を私が知りたがるっていうの？」

「こっちが知りたいよ」

モリーはとりすました顔でケヴィンの顔をしげしげと眺めた。「そういう女性を国際カタログかなんかで見つけるのかしらって思ってたわ。それともウェブ・サイトで見つけるの？　孤独なアメリカの男性に外国女性を紹介するのを専門にしているグループがあるって、写真で見たことがあるわ。『二十一歳のロシア美人。ヌードでクラシック・ピアノを演奏。余暇を利用して官能小説を書くのが趣味。アメリカのダンディといっしょに気ままな時間を過ごしたいといっている』」

がっかりしたことに、ケヴィンは気分をこわすどころか笑いだした。「アメリカの女性とだってデートするさ」

「そんなに多くないわね、絶対」

「きみがそんなに詮索《せんさく》好きだったなんてだれかに聞いたことがあったかな」

「私は作家だから。仕事柄よ」気のせいかもしれないが、ケヴィンは座ってすぐのころと比べるとそれほどそわそわしていないように見える。詮索は続けることにした。「家族の話をしてよ」

「たいして話すことなんてないさ。ぼくはPKなんだ」

「プライズ・キッサー（ご褒美大好き人間）とか？　パセティック・クラッツ（哀れなうすのろ）？」

ケヴィンは苦笑いするとコーヒーテーブルの上で足首を交差させた。

「牧師の息子ってことだよ。数え方によっては四代目ってことになる」

「そうだ、どこかで読んだことがあるわ。へえ、四代目なの？」

「父はメソジスト派の聖職者で、父の祖父がメソジストの巡回牧師《サーキット・ライダ》のひとりで、福音書を未開の土地に持ちこんだ人物だったそうだ」

「あなたのむこうみずな気質はきっとそこからきているのよ。巡回牧師だなんて」

「たしかに父から受け継いだものではないね。父は人格者ではあったけど、リスクを冒すことはない人だった。かなりのインテリだったよ」ケヴィンは微笑んだ。「きみみたいにね。ただ、もっと礼儀正しかったけど」

モリーはその言葉を黙殺した。「もうご存命ではないの？」

「六年前に亡くなったよ。ぼくが生まれたときすでに五十一歳だったからね」

「お母さまは？」

「一年半前にこの世を去ったよ。母も親としては歳を取っていた。たいへんな読書家で歴史のある家系学の学会の会長を務めていたんだ。両親の生活のなかで夏は一年のうちでもハイライトだった」

「バハマで何も着ず泳ぐとか？」

ケヴィンは声をあげて笑った。「そんなんじゃないよ。ミシガン北部にあるメソジスト教会のキャンプ場にみんなで行ってた。それが何代も受け継がれたならわしになっていたんだ」

「あなたの家族がキャンプ場を所有していたの？」

「丸太小屋が何軒もあって、大きな木造の会堂で礼拝を行なっていた。ぼくも十五歳までは毎年夏はつき合わされたよ。だけどやがてぼくは反抗しはじめた」

「ご両親は育て方が悪かったかもしれないと悩まれたんでしょうね」

ケヴィンの目に相手を締めだすような警戒心が浮かんだ。「そりゃ、くる日もくる日も悩んだろうよ。ところで、きみはどうなのさ？」

「まるでみなしごよ」毎度この質問に答えるときの、ごく軽い調子でいった言葉だったのに、妙にぎこちない感じがした。「バートはヴェガスのショーガールとしか結婚しないんだと思ってたわ」モリーの深紅の髪からささやかな胸のふくらみのあたりに泳いだケヴィンの視線は、彼女の遺伝子支給源に輝かしい要素がある可能性を信じていないことを如実に物語っていた。

「母はザ・サンズのショーガールだったの。バートの三番目の妻で、私が二歳のときに亡くなったわ。離婚成立のお祝いにコロラド州アスペンまで飛行機でいくところだったのよ」

「きみとフィービーは腹違いなの？」

「そうよ。フィービーの母親は最初の妻で、もとはザ・フラミンゴのショーガールだったの」

「ぼくはバート・ソマヴィルに会ったことはないけど、聞いた話によると、ともに暮らすにはむずかしい人だったらしいね」

「さいわい五歳のときに遠くの全寮制の学校に入れられたの。その前には次々と魅力的な乳母の手に預けられていた記憶があるわ」

「なかなか面白い話だね」ケヴィンはコーヒーテーブルから足をおろし、置いてあったシルバー・フレームのレヴォスのサングラスを手にとった。モリーは羨望の面持ちでそれをながめた。デパートのマーシャル・フィールズでは二七〇ドルするものだ。

ダフニーはベニーのポケットから落ちたサングラスを自分の鼻にかけ、前屈みになって、泉に映った自分の顔にうっとりと見入りました。パルフェ！（自分の容姿についてあれこれ考えるにはフランス語ほどふさわしい言葉はないとダフニーは思っているのです）

「おい！」とうしろからベニーの声がしました。

「ポチャン！」サングラスはダフニーの鼻から泉のなかへ落ちてしまいました。

ケヴィンはカウチから立ち上がった。彼のエネルギーが部屋じゅうに満ちているのをモリーは感じた。「どこへ行くの？」と訊いた。

「しばらく外出してくるよ。新鮮な空気が吸いたくなった」

「外出ってどこへ？」

ケヴィンはサングラスのつるを折りたたんだ。ゆっくりとしたしぐさだった。「きみと話せて楽しかったけど、経営者側からの質問はこれ以上遠慮したい感じなんだ」

「いったでしょ、私は経営者側の人間じゃないって」

「きみは財務的にスターズに関与しているだろう。ぼくの判断ではきみはりっぱに経営者側の人間さ」

「いいわ。では経営者側の人間としてあなたの行き先を尋ねるわ」

「スキーだよ。それについてなにか異議があるとでも？」

モリーにそんなつもりはないが、ダンなら簡単に賛成はしないはずだ。「このあたりでアルペン・スキーのできる地域は一カ所しかないし、それも滑降距離がたった一二〇フィートのコースなの。そんなじゃあなたには物足りないでしょ」

「くそ」

モリーは内心の愉快さを押し隠した。

「だったら、クロス・カントリーに行くよ」とケヴィンはいう。「ここには世界屈指のコースがあるらしいからさ」

「積雪量がまだ不十分よ」

「例の飛行場を探すよ！」ケヴィンはコート・クローゼットに向かって駆けだした。

「だめよ！　一緒に——一緒にハイキングに行きましょう」

「ハイキングだって？」ケヴィンはまるでバード・ウォッチングにでも誘われたような顔をした。

モリーはめまぐるしく思考をめぐらせた。「断崖に沿って足場の危険なルートもあるの。危険なので風があったり、降雪の気配があるだけで閉鎖されることもあるわ。でも私はそこへ通じる裏道を知ってる。ただし相当な覚悟がいるわよ。狭くて道は凍っているし、一歩足を踏みはずしただけで死の淵に呑みこまれてしまうのよ」

「口からでまかせじゃないのかい」

「それほどの想像力はないわよ」

「作家なのに」

「児童文学の作家ですもの。童話は暴力的要素とは無縁よ。何もしないで突っ立って、午前中いっぱい話して過ごすかどうかはあなたしだいよ。でも私としてはちょっと冒険してみたい気分だわ」

ようやくケヴィンは興味を掻き立てられたらしい。

「じゃあ、行ってみるか」

ハイキングはなかなか楽しかったが、モリーがあると断言した足場の危険なルートの場所をなかなか探し当てることができなかった。――そもそも作り話なのだから当然なのだが。とはいえふたりが通った断崖は肌を刺すように寒い場所で風も強く、ケヴィンが不満をもらすことはなかった。凍った道では手を差し伸べてくれたりもした。だがモリーはそれを手放しで喜ぶような愚直な反応は見せたくなかった。なので、むっつりした表情で「私のことより自分が気をつけたほうがいいんじゃないの。道が凍ってるくらいでいちいちビクビクしないでよ。手助けなんてしないからね」などと憎まれ口をたたいた。

ケヴィンは笑い声を上げ、連なる滑りやすい岩の上によじ登った。冬枯れ色の湖水に顔を向け、吹きつける風に顔をあおられ、ダーク・ブロンドの髪をなびかせているその姿に、モリーは息をすることさえ忘れて見入った。

散策の後半、モリーがいやみな態度をとることを忘れたので、気分はずっと盛り上がった。別荘に戻るころには寒さで歯をがちがちと震わせつつも、モリーの女性としての心も体も燃えるように熱くなっていた。

ケヴィンはコートを脱ぎながら両手を擦り合わせながらいった。「熱い風呂を使わせてもらおうかな」

なんならこの熱い体を使ってくれてもいい。「お好きにどうぞ。私は仕事に戻らなくちゃならないけど」ロフトに向かいながら、かつてフィービーにいわれた言葉が胸をよぎった。あなたが私たちくらいの歳になったらのことだけどね、モリー。気軽なセックスって混乱しか生み出さないものなの。人に必要なものは魂をこめた深い愛だけど、だれ彼となくベッドをともにしていても、それは絶対に見つからないのよ。

気軽なセックスをしたことはないが、フィービーの意見は正しいと思う。だが、健康な肉体をもった二十七歳の女性が魂をこめた深い愛に出会っていなかったらどうすればいいのだ。散策のあいだに、ケヴィンが浅はかで愚かな振る舞いを見せてさえいたら……だが彼はフットボールの話は一度もしなかった。話題はもっぱら書物のことや、シカゴでの暮らしのこと、共通して情熱を注いでいる「これが脊髄穿刺《せきずいせんし》だ」についてだった。

どうもダフニーに集中できないので、ラップトップのパソコンを開き、『ネッキング——どこまで許す?』にとりかかったものの、そのタイトルにいっそう意気消沈した。

ノースウェスタン大学の三年のとき、待てど暮らせど到来しない「大恋愛」にしびれを切らせ、一カ月ほどつき合った男の子で手を打つことにしたことがあった。しかし処女喪失は失敗だった。その出来事によってもたらされたものは陰鬱な気分だけで、モリーはフィービーの言葉がいかに正しかったかを思い知ったのだった。モリーは気楽なセックスには向いていないのである。

数年後、もう一度試してみようと思える男性とようやくめぐり逢った。だが情事のあとの辛い悲愴感がじょじょに薄れていくのに数カ月もかかった。

その後ボーイフレンドは大勢できたが、恋人と呼べる人はいない。性衝動は仕事に励むことやよき友人たちとのつき合いに転化させるように努力している。貞節など時代遅れなのかもしれないが、十五歳になるまで本当の愛を知らなかった女性にとって、セックスは感情の泥沼なのだ。そんな自分がよりによってケヴィン・タッカーと同じ屋根の下にいるときに、なぜセックスのことばかり考えるのかわからない。

それは自分が人間で、スターーズのクォーターバックがいわば甘くておいしい肉体の麻薬、歩く媚薬《びやく》、性的好奇心の格好の対象だからだ。モリーは苛立ちのうめき声をあげ、なんとか仕事に集中しようと努めた。

五時になり、ケヴィンが出かける音が聞こえた。七時までには『ネッキング——どこまで許す?』の原稿はほとんど書きあげた。困ったことに、この題材を書くことによって、欲望と性的興奮が残ってしまった。ジャニンに電話を入れたが、友人は留守だった。しかたなく階下におり、キッチンの小さな鏡に映るわが姿にじっと見入った。もう時間が遅いので店は開いていないが、そうでなかったら毛染めを買いにひとっ走りしていただろう。いっそのこと切ってしまおうか。数年前に試したクルーカットもそう悪くはなかった。

しかしそれは自分に対する嘘だった。じつはぞっとするくらいひどいものだったのだ。

ハサミのかわりにダイエット食品「リーン・キュジン」をつかみ、キッチンのカウンターでそれを食べた。そのあと、チョコとナッツのアイス・クリームのカートンからマシュマロを見つけだして食べた。ようやくスケッチブックをつかむと、暖炉の前に腰を落ち着けた。だが前の晩によく眠れなかったせいで、すぐにまぶたが重くなる。十二時をどのくらい過ぎたころだろうか、ケヴィンが帰ってきたらしい音で、はっと飛び起きた。

「やあ、ダフニー」

モリーは目をこすった。「ハイ、カール」

ケヴィンは椅子の背にコートを掛けた。香水の匂いがした。「ちょっと空気にあてなくちゃ」

「それはこっちがいう台詞《せりふ》よ」嫉妬が心をむしばんでいく。ケヴィンの肉体にまさに垂涎《すいぜん》の思いで恋い焦がれ、とらわれの気持ちに苦しんでいるあいだ、モリーはある重大な事実を無視していた。ケヴィンがモリーに対してこれっぽっちの興味をも抱いていないという事実である。「ずいぶんとお忙しかったようね。香水の匂いは一種類ではないわね。みんな国内産かしら、それともどこかでオペア・ガール（英語を学ぶために家庭に住みこんで家事を手伝う外国人子女）でも見つけた？」

「それほどのツキはなくてね。女性たちは残念ながらみんなアメリカ人で、みんないやになるくらいおしゃべりでさ」辛辣《しんらつ》な表情がおまえも同類だと告げていた。

「きっと一語以上の語句でできた文章を耳にしているうちに、頭痛がしてきたんじゃないの？」こんな反応はやめるべきなのだ。ケヴィンはモリーの期待に反してそれほど鈍感な男ではない。言動に留意しないと、モリーが彼の個人的生活にどれほど多大な関心を抱いているのか、見抜かれてしまう。

ケヴィンの表情に浮かんだものは怒りというより、苛立ちだった。「たまたまぼくはデートするときはリラックスしたい質《たち》なんだよ。世界政治について討論したり、地球温暖化について論議したり、思いがけずきれい好きな人たちの下手くそな詩の暗誦を拝聴したりするのはごめんなのさ」

「あらまあ、みんな私が大好きなことばかり」

ケヴィンは首を振りながら立ち上がり、そのほっそりした体のひと節ひと節を伸ばすように、伸びをした。もはやモリーに飽きてしまったのだ。彼のこれまでの戦績を褒めそやすなどしてご機嫌をとらなかったからだろう。

「もう帰ったほうがいいと思うんだ」とケヴィンはいった。「明日の朝一番で出発する。会えないといけないからいっておくけど、おもてなし、ありがとう」

モリーはやっとの思いであくびをしてみせた。「チャオ」そろそろ現実に立ち戻らなくてはいけないのはわかっていても、失望はやわらがなかった。

ケヴィンは微笑んだ。「おやすみ、ダフニー」

モリーは階段をのぼる彼のうしろ姿をじっと見つめた。細い脚と幅の狭い腰をデニムが包み、Tシャツの下で筋肉が小さく揺れている。

なんということだろう。この私がよだれを垂らしそうになっている。優秀な学生だった証し、ファイ・ベータ・カッパのこの私が。

同時に胸が痛み、不安で落ち着かなく、自分の人生のすべてに不満を感じた。

「もういや！」モリーはスケッチブックを床に放り投げると、すっくと立ち上がり、バスルームに直行し、われとわが髪をまじまじと見た。髪なんていますぐ剃《そ》ってしまおう！　だめだ！　丸坊主にだけはなりたくない。今度だけは狂った行動に走るわけにいかないのだ。

モリーは意図的にビデオ・セットのあるところまで行き、『わなにかかったパパとママ』のリメイク版を取りだした。モリーの心のなかに棲む子どもは双子が両親の仲をもとどおりにするストーリーが大好きで、子どもはデニス・クェイドの微笑みに魅かれるのだ。ケヴィンも同じようなゆがんだ笑いを浮かべる。断固とした意志で、ビデオ・デッキに入っていたフットボールの試合のビデオを抜き取ると、『わなにかかったパパとママ』を入れ、椅子にもたれて見はじめた。

午前二時にハリーとアニーは両親を仲直りさせたが、モリーのそわそわした気分は消えるどころか増している。古い映画や情報コマーシャルを早回しで見ていたが、昔のショウ『レース・インク』の聞き慣れた主題歌が耳に飛びこんできて、再生ボタンに切り替えた。

「レースは事件を引き受けるー……見事事件は解決よ、オーイェー……」ふたりの美人が画面を横切っていく。セーブル・ドレイクとジンジャー・ヒルというふたりのセクシーな探偵の物語である。

『レース・インク』はモリーの子ども時代のお気に入りの番組のひとつだった。マロリー・マッコイ演じる頭の切れるブルネット美人セーブルに憧れていた。ジンジャーは赤毛のセクシーな空手の達人である。『レース・インク』は性的興味をそそる番組だったが、気にしなかった。気ばらしに、女性たちが悪い男どもをやっつける様子を見るのが好きだっただけなのだ。

オープニングの配役、出演者の表示には最初にマロリー・マッコイの名前が出て、次にジンジャー・ヒルを演じたリリー・シャーマンの名前が出る。スターズの本部でふと小耳にはさんだ会話の断片が脳裏によみがえって、モリーははっと背筋を伸ばした。それはリリー・シャーマンがケヴィンと何か関係のある人物だという話だった。自分が彼に関心を抱いているということをだれにも知られたくないばかりに、何も訊かなかった。モリーは注意深くこの女優を観察してみた。

トレードマークのぴったりしたパンツとハイヒール。肩のあたりでカールする、長く伸ばした赤い髪、カメラに向けて蠱惑《こわく》的にまばたきをするその目。時代遅れのヘアスタイルや大きな輪型のイヤリングにもかかわらず、たいへんな美人である。

シャーマンはいまは四十代になっているはずで、ケヴィンの恋の相手としては少々薹《とう》が立ちすぎているのはまちがいない。ではいったいどんな関係なのだろうか。数年前にこの女優の写真を目にしたことがあるが、TVショーのころと比べると太ったようだ。それでもいまだ美人であることに変わりはなく、ふたりに一度や二度の性的関係があったとしてもおかしくない。リモコンを押すと、化粧品のコマーシャルが出た。化粧品こそいまの彼女に必要なものなのかもしれない。完全なイメージ・チェンジ。テレビを消して階上に行った。なぜかイメージ・チェンジをしてもいまの自分の厄介な状況が改善されるとは思えなかった。

熱いシャワーを浴びてから、まだ裕福だったころに買ったアイリッシュ・リネンのナイトガウンをはおり、ダフニーの構想を練ろうと、ノートをもってベッドに入った。だが午後に感じた独創性の高まりはもはや消え果てていた。

ルーがベッドの足元で静かないびきをかいている。眠くなる、眠くなると自分にいい聞かせてはみるものの、いっこうに眠くはならない。

では記事の手直しでもしようかと、ロフトにラップトップのパソコンを取りにいく途中、ゲスト用のバスルームをのぞいてみた。ドアがふたつあり、ひとつはいま立っているところ、もうひとつはケヴィンが眠っている部屋にじかにつながっている。そちらのドアが少し開いている。

そわそわと落ち着きのないモリーの足がタイルの上に乗る。

カウンターの上にルイ・ヴィトンのシェービング・キットが載っている。ケヴィンがこれを自分で買っているところなど想像もつかない。きっと例の国際的な美人たちのひとりがプレゼントしたものだろう。近づいてみると、鋭い白の剛毛がついた赤い歯ブラシがあった。

アクアフレッシュのチューブのキャップはちゃんと閉めてある。円柱型のデオドラント剤の蓋《ふた》に指をさっと当て、高価なアフターシェーブのつや消しのガラスびんに手を伸ばす。栓をまわし、鼻先に近づけてみる。ケヴィンの匂いがするだろうか。彼はコロンをつけまくるタイプではないし、匂いを知るほどそばに近づいたこともない。しかしどこか親しみのあるその香りを、目を閉じて深く吸いこんだ。モリーは身震いをしてそのびんを置き、開いたままになっているシェービング・キットのなかをのぞいた。抗炎症剤のイブプロフェンのびんと抗生物質のネオスポリンのチューブの隣りに、ケヴィンのスーパーボウルの指輪があった。選手生活に入って間もない時期にキャル・ボナーの代役として出場した王座決定戦スーパーボウルでスターズが優勝し、ケヴィンがその指輪を勝ち取ったことをモリーは知っている。チャンピオンシップ・リングがシェービング・キットのなかに無造作に投げこまれているのにモリーは驚いた。だが知りえたケヴィンの人となりを考え合わせると、彼がほかの人物との関わりで手に入れた指輪などを身につけたがるはずがないのは理解できた。

離れようとしたとき、シェービング・キットのなかに別のものがあるのが見えて、ふと立ち止まった。

コンドームだった。

驚くようなことではない。彼がコンドームを持ち歩いているのはしごく当然なことだ。コンドームなど、たぶん大箱いっぱいはもっているはずだ。手にとってしげしげと見つめる。なんの変哲もないただのコンドームだ。それなのになぜこうも熱心に見入ったりするのだろう？　これはまさしく狂気だ。今日は一日じゅう妄想に取り憑かれたような行動を続けている。いまここで自制しないと、『危険な情事』の狂った女を演じたグレン・クローズのようにウサギを釜茹《かまゆ》でするような奇行に走ってしまう。

モリーはその光景を想像して縮み上がった。ごめんなさい、ダフニー。

一目のぞくだけ。それだけでいい。彼の寝姿を一目見たら、さっさと立ち去るのだ。

モリーは寝室のドアに近づき、そっと押し開けた。

3

その夜遅く、ダフニーは恐ろしいハロウィーンのお面をかぶってベニーのほら穴にしのびこみました……。
「ダフニー、かぼちゃを植える」より

廊下から差すほの暗い明かりがカーペットの上でくさび形をなしている。ベッド・カバーの下の大きな形がどうにか見分けられた。禁断の行為にスリルで心臓が高鳴っている。モリーはためらいながら部屋のなかに一歩足を踏み入れた。

十七歳のとき火災報知器のレバーを引いた直後と同じ危険なエネルギーのほとばしりを感じた。ケヴィンに近づいていく。一目見たらここから立ち去るのだ。

ケヴィンはこちらに背を向けて横臥していた。息遣いは深く、ゆっくりとしたものだった。昔の西部ではガンマンたちはかすかな物音にも目を覚ましたという話が脳裏をよぎる。モリーは寝乱れた髪のケヴィンから腹部にコルト45を突きつけられている様子を想像した。彼が目を覚ましたら、夢遊病のふりをしようと思う。

床の上に靴が置いてあり、モリーは片足で靴の片方をどけた。靴底がカーペットをこするかすかな音がしたが、ケヴィンは身動《みじろ》ぎひとつしない。もう片方もどけたが、これにも彼は反応しなかった。コルト45はなし。

掌がじっとりと汗ばんでいる。モリーはガウンで両手をこすった。そのときベッドの端に軽くぶつかってしまった。

ケヴィンは正体もなく眠りこけている。

どんな寝姿か確かめたのだから、もう立ち去ろう。だが、脚は逆に彼の顔が見えるベッドの反対側へと歩いていく。

甥のアンドルーがやはりこんな眠り方をする。隣りで花火が打ち上げられたとしても身動ぎひとつしないような熟睡。だが見かけはまるきり違う。モリーはその驚くべき横顔にじっと見入った。力強い額、しっかりとした頬骨、まっすぐで完璧な比率の鼻筋。フットボールの選手なのだから鼻を骨折したことは一度や二度あるはずだが、隆起はまったく認められない。

これは重大なプライバシーの侵害である。言い訳は通用しない。だが乱れたダーク・ブロンドの髪を見つめていると、額からうしろに撫でつけたい衝動にかられる。完璧な彫刻のような肩がカバーの上に出ている。モリーはその肩を舐めたいという欲望を感じた。

そうだわ！　モリーは理性を失っていた。もうどうなってもかまわなかった。

コンドームはまだ手のなかにあり、ケヴィンは毛布の下に横たわっている。露《あら》わな肩から察するに、裸だろう。もし彼の横にそろそろと入りこんだらどうなる？

考えるのも許されないことだ。

だが、他人に知られることはない。ケヴィンは目を覚ましさえしないかもしれない。だがもし目を覚ましたらどうなる？　オーナーの性欲過剰な妹といっしょにいたなどと彼が人にいうはずはない。

心臓の鼓動があまりに速く、頭が朦朧《もうろう》としてきた。本気でこんなことを実行しようとしているのか？

感情的な余波はないだろう。魂をこめた愛の幻影さえ心に抱いてもいないのに、そんなものが残るはずもないのだ。彼がどう思うかについていえば……女性が自分から身を投げだすことに慣れているので、まず驚くとは思えない。

目の前の壁に火災報知器が掛かっているのが目に浮かび、手をふれてはいけないとモリーはみずからにいい聞かせた。だが両手はピリピリと痛み、息遣いが速く、浅くなっていく。意志の力はもはや尽きている。この落ち着きのなさ、そわそわした足にわれながらいやけがさした。どう対処すればいいのか途方に暮れたあげく、髪を切り落としたりすることにほとほといやけがさした。あまりに長いあいだ完璧であろうと努力してきて、うんざりしきっている。ウサギのスリッパを脱ぎながら、欲望とつのりくる恐怖感で肌はじっとりと汗ばんでいた。

スリッパを履くのよ！

だがそんな内なる声にも従わなかった。火災報知器が頭のなかで大きく鳴り響いていた。ナイトガウンのへりに手を伸ばし、それを首から脱いだ……そして震えながら裸で立っていた。モリーは自分の指がカバーのあたりで曲がり、ぐいと引っぱるのを驚愕の思いで見つめた。毛布を剝がしながらもまだ、こんなことはやめるのよと自分にいい聞かせていた。だが乳房はヒリヒリと痛み、肉体は欲望のあまり叫んでいた。

マットレスに腰をおろし、ゆっくりとカバーの下に滑りこんだ。ああなんてことなの、本当に実行しようとしているのね。一糸まとわぬ姿でケヴィン・タッカーのベッドに入りこんだのね。

当のケヴィンは小さないびきをかきながら大きく寝返りを打ち、カバーをほとんど自分のほうへもっていった。

ケヴィンの背中を見つめながら、モリーはここを立ち去れという神のお告げを受けたのだと悟った。たったいまこのベッドから出なくてはいけないのだ。

そんな思いとはうらはらに、モリーは体をケヴィンに添わせ、その背中に胸を押しつけ、深く息を吸いこんだ。これよ……わずかに残るムスクのアフターシェーブの香り。こんなふうに男性の肉体にふれたのは本当にひさしぶりのことだ。

ケヴィンは身動ぎをして、体の位置を変え、夢でも見ているのか、なにごとかつぶやいた。

火災報知器の甲高い音がますます大きくなっていく。ケヴィンの体に手をまわし、彼の胸を撫でた。

ほんの数分だけよ、とモリーは自分にいい聞かせた。そうしたらここを出ていくの。

ケヴィンは昔のガールフレンド、カトヤの手を自分の胸のあたりに感じた。彼はガレージに立っている。そばには初めて買った車があり、エリック・クラプトンがいる。エリックからギターのレッスンを受けていたのだ。だがエリックはギターではなく、熊手を弾こうとしている。ふと目をあげると、エリックの姿は消え、この気味の悪い長い部屋にカトヤとふたり取り残されている。

ケヴィンはしきりに彼の胸を撫でるカトヤが何も着ていないことに気づいた。股間に血液が集まり、エリックのギター・レッスンのことなどどうでもよくなった。カトヤとの関係は数カ月前に終わっていたが、やはり抱きたい。カトヤはいやな匂いの香水をつけていた。強すぎる香水。だが、女性と別れる理由としてはばかげていたかもしれない。なぜならいまのカトヤはシナモン・ロールの匂いがしているからだ。

いい匂い。セクシーな香りだ。なんだか汗ばんでくる。つき合っていたとき、こんなふうに欲望を刺激された記憶はない。あいつはユーモアのセンスもなかった。それに化粧に時間がかかりすぎた。だがすぐにでも彼女を抱きたい。たったいま。

ケヴィンは寝返りを打って女のほうを向いた。指先を女の下半身に這わせる。どこか手ざわりが違う。いつもよりふっくらとして、充実感がある。

ケヴィンは疼くような欲望にかられた。ほんとうにいい匂いだ。今度はオレンジの香りがしてきた。女の乳房が彼の体にぴったりと寄りそっている。温かくて、柔らかで、ジューシーなオレンジのような乳房。女は彼の唇に唇を重ね、体じゅうをまさぐっている。戯れ、撫でるように、手が男の中心部を目指していく。

ケヴィンは愛撫に身悶えながら、女の匂いを嗅いだ。もうそろそろ限界だ。体を動かすのはいやだったが女の肉体の感触を確かめたかった。

女の局部はしとどに潤い、しっとりとした蜂蜜のようだった。

ケヴィンはうめいてまた寝返りを打ち、女の上にまたがった。女のなかに進入しようとするが、なぜかいつものようにすんなりとはいかない。おかしい。

夢は薄れつつあったが、欲望は逆に燃えさかっていた。欲情のために体じゅうが熱っぽくなっていた。石鹼とシャンプーと女の匂いが男を燃え上がらせる。ケヴィンは激しく突き、捏《こ》ね、進んでは後退し、やがてまぶたを開けた。そして……われとわが目を疑った。

いま自分の肉体を包みこんでいるのはダフニー・ソマヴィルなのだ。

何かいおうとしたが、肉体はもはや言葉を発する状況になかった。血管は激しく脈打ち心臓の鼓動は速く、頭のなかに轟音が響いていた。そして張りきっていた欲望がはじけた。その瞬間モリーの内部はいっきに冷めていった。だめ！ まだだめよ！

モリーはケヴィンがそのとき身震いしたのを感じた。彼の重みに押し潰されそうだ。マットレスに体が沈んでいく。いまさら遅いが、モリーは正気に戻った。

ケヴィンの分身が力を失い、衰えていった。生気のない重みが彼女を圧迫していた。無益な活気のない重み。

終わった。こんなに早く！ だが、たとえ世にもまれなる最悪の性愛でも、そのことで相手を咎《とが》められる立場ではない。これは身から出た錆《さび》だからだ。

ケヴィンは頭をすっきりさせようと首を振り、分身を引き抜き、カバーから飛びでた。

「いったいここで何をしている？」

モリーはこんな失望を与えた責任をとってよとわめいてやりたかった。それ以上に自分自身を罵りたかった。またしても火災報知器のレバーを引いてしまったのだ。しかも、もはや十七歳ではない。モリーは過ぎた歳月を思い、打ちのめされたような気がした。

屈辱感で胸が焦がれるように痛んだ。「む、夢遊病かしら?」

「夢遊病だと、ばかいえ!」ケヴィンはベッドを飛びでるとバスルームに直行した。「そこを動くんじゃない!」

遅まきながらケヴィンが恨みを忘れないことで名高い選手であることを思い出した。昨年スティーラーズとの対戦が再試合になり、大逆転の勝利をおさめたことがあったが、じつはその前の年に同チームの三〇〇ポンドもの巨漢ディフェンスのヴァイキング(中央突破)を彼はタックルで捕らえそこねていたのだ。モリーはベッドから這いでて、狂ったようにナイトガウンを捜した。罵りの叫びがバスルームから響いてきた。

ガウンはいったいどこにあるの?

全裸に怒りをみなぎらせながら、ケヴィンはバスルームから飛びだしてきた。「あのコンドームをいったいどこから持ってきた?」

「あなたの——あなたのシェービング・キットから」リネンのガウンが目にとまり、モリーはそれをつかむと胸に押し当てた。

「おれのシェービング・キットだって?」ケヴィンはバスルームに戻った。「持ちだしたのか、おれの——くそっ」

「もののはずみだったの。夢遊病中の偶然よ」モリーは小刻みにドアに向かって移動しはじめたが、そこへ到達する前に彼がバスルームから戻り、カーペットを横切るように突進し、彼女の腕をつかんで全身を揺さぶった。

「あれがどのくらいあのなかに入れっ放しになっていたかわかるか？」

ものたりないくらいに短時間だったわ！　やがてモリーはケヴィンがコンドームのことを話していることに気づいた。「何をいおうとしているの？」

ケヴィンはモリーの腕を放すとバスルームを指さした。「あまりに長いあいだ入れっ放しにしていたから、破れてしまった、ということだよ！」

ぴったり三秒が経過した。モリーの両膝は力が抜け、ベッドに向かいあうように置かれた椅子にへたりこんだ。

「それで？」ケヴィンは怒鳴った。

モリーの朦朧とした脳がようやく機能しはじめた。「心配ご無用よ」さきほどから両腿を伝う湿り気にようやく気づいている。「月のうちでも安全な時期なの」

「安全な時期なんてものは存在しない」ケヴィンはそういいながらフロアの照明をつけた。その明るさがあまり見せたくない、モリーの平凡な一糸まとわぬ裸体を露わに照らしだした。

「私にはあるのよ、それが。私の周期は時計のように正確なの」生理のことを彼に話すのは本意ではなかった。モリーはナイトガウンをつかみ、これ以上わが身をケヴィンの視線にさらす前になんとかガウンを着るにはどうすればいいのか考えた。

ケヴィンのほうはモリーの裸にも、自分が裸であることにもまるで興味はないらしかった。

「いったい何が目的で、おれのシェービング・キットのなかをあさってた？」

「たまたま、ええと、口が開いていたから、なにげなくのぞいてみたの。それで……」モリーは咳払いをした。「どうしてそんなに古いものを持ち歩いたりしていたの？」

「忘れていたんだよ！」

「それはばかげた理由だわ」

あの人工芝のような緑の瞳が危険な光を放った。「このことでおれを責めようというのか？」

モリーは深く息を吸いこんだ。「いいえ、違うわ。責めるわけないわ」そろそろ卑怯な態度は慎み、甘んじて報いを受けるべきなのだ。モリーは立ち上がってナイトガウンを頭からかぶった。「ほんとうにごめんなさい、ケヴィン。私、最近行動がおかしいの」

「言い訳はたくさんだ」

「お詫びします。恥ずかしいわ」モリーの声は震えていた。「恥ずかしいどころじゃないわ。屈辱そのものよ。できれば、あなたにはこのことを忘れてほしいの」

「そうはいかないね」ケヴィンは床に置かれていたグリーンのボクサー・パンツをつかみ、脚を通した。

床にひれ伏しても当然だが、そんなことをしてもなんの助けにもならないようなので、モリーは物質的快楽に飽きた、わがままな女相続人に立ち返ることにした。「本当のことをいうと、人恋しくて、あなたはちょうど都合のいい相手だったのよ。あなたは——プレイボーイという評判だし。あなたならたいして気にしないでくれると思ったの」

「都合のいい相手だって？」あたりの空気にパリパリとひびが入っていく。「ちょっと考えてみようじゃないか。もし立場が逆だったら、これをなんと表現すべきか考えてみようよ」

「何をいいたいのかわからないわ」

「たとえばおれが意図的にきみの——合意もない女性のベッドに忍びこんだとしたら、その状況をなんと呼ぶ?」

「それは——」モリーの指はそわそわとナイトガウンの裾をいじりまわしている。「ええ、そうね。あなたのいいたいこと、わかるわ」

ケヴィンの目は細くなり、声は低く、危険な響きを伴っていた。「それをレイプというんだ」

「まさか本気でいってるわけじゃないでしょうね。私があなたをレイプした、ですって?」

ケヴィンは冷酷な目でモリーを見据えた。「そのとおりだ」

こんな状況になるとは想像もしなかった。「それはおかしいんじゃない。あなたも——合意していなかったなんていわせないわ」

「合意したとしても、それはぼくが眠っていて、きみのことをほかの人だと思ったからにすぎない」

その言葉を聞くのは辛かった。「そうなの」

ケヴィンは主張をゆるめなかった。それどころか、表情はますます険しくなっていく。「きみの想像とはうらはらに、ぼくはセックスに至る前に人間としての関係を築くことを大切にしている。それに、何につけ、他人に利用されるのは願いさげだ」

モリーが犯したのはまさしくそれだった。モリーは泣きたくなった。「ごめんなさい、ケヴィン。いうまでもないけれど、私の行動は常軌を逸していたわ。どうか忘れていただけないかしら」

「ほかにどうしようもないだろうな」ケヴィンはその言葉を嚙み切るようにいった。「こんな話を新聞記事にされたくはないからさ」

モリーはあとずさりながらドアまで行った。「わかってほしいの。私は絶対に他言しません」

モリーに注がれるケヴィンの視線は嫌悪感に満ちていた。

モリーの顔が悲しげにゆがんだ。「ごめんなさい。ほんとうに」

4

ダフニーはスケート・ボードを跳びおりて、長く伸びた雑草のなかでしゃがみました。こうすれば巣のなかがよく見えるからです。

――「ダフニー、赤ちゃんウサギを見つける」（予備の草稿）

ケヴィンはフィールド後方のポケットに戻った。歓声をあげる六万人の観客は総立ちだったが、彼自身は完璧な静寂に包まれていた。ファンも、テレビ・カメラも、ブースにいる『マンデー・ナイト・フットボール』の番組スタッフのことも頭にはなかった。彼のためにこそ用意されたこの試合でプレーすることだけに集中した。お気に入りのレシーバー、レオン・ティペットはパターンを完璧に走り、逃げきった。あとはケヴィンが強力な球を強打してよこすだけだ。

そのとき、一瞬にしてプレーが崩れた。いずこからか相手チームのセーフティマンが現われ、いまにもインターセプトを試みようとしている。

ケヴィンの体にはアドレナリンがみなぎっていた。彼はスクリメージ・ラインのずっと後方におり、別のレシーバーが必要だったが、ジャマルはダウンしており、スタブは相手チームのパスを防ぐためふたりでカバーにまわっている。

ブリッグスとワシントンがスターズのラインを突破し、制圧した。このふたりの火を吹く怪物どもはタンパ・ベイ・チームの前衛線両端で、昨年はケヴィンの肩を脱臼させそうになったが、ケヴィンは絶対にボールを放さなかった。昨今災いばかりを招いている持ち前の無謀さで、ケヴィンは左を向いた……そして右へ向けて鋭い、むこうみずな、常軌を逸したカット（すり抜け）を始めた。居並ぶ相手チームの白いジャージーのあいだに間隙が必要だった。きっとある、と彼は願望をこめて思い、それを見つけた。トレードマークになっている敏捷《びんしょう》性を駆使し、ケヴィンは怪物のあいだをするりと抜けた。ブリッグスとワシントンは空をつかんだ。ケヴィンはくるりと回転し、自分より八〇ポンドは体重の多いディフェンダーを振りきった。

さらにカット。そして相手を混乱させる軽く小刻みな動き。やがてケヴィンは流れのようになめらかに走り抜けた。

フィールドを離れると、ケヴィンも身長六フィート二インチ（一八八センチ）、体重一九三ポンド（八七キロ）の偉丈夫だが、この突然変異怪物《ミュータント・ジャイアンツ》王国においては小柄で上品で、敏捷さに優れた存在である。その駿足が人工芝を征服した。ドームの照明がケヴィンの金色のヘルメットを流星のように輝かせ、緑がかった青のジャージーは天からの授かりものの旗印のように見えた。人の世の賛歌、神からのくちづけ。神の天祐を一身に受けし者として、ケヴィンはゴールラインを突っ切ってエンドゾーンにボールを運びこんだ。

　審判員がタッチダウンのサインを出しても、彼はまだその場に立ちつくしていた。

ゲーム後の祝勝会はキニーの家で行なわれ、ドアを開けた瞬間、ケヴィンは女性たちにもみくちゃにされはじめた。

「すばらしいゲームだったわね、ケヴィン」

「ケヴィン、ケリド、ここへいらっしゃいよ！」

「あなた素敵だったわよ。あんまり喚声を上げたから声が嗄《か》れちゃったわ！」

「プレーが成功したとわかったとき興奮した？　そうよね、興奮するにきまってるわよね。でもそんなときの気分っていったいどんな感じなの？」

「おめでとう《フェリシタシオン》！」

「ケヴィン、シェリ！」

　魅力的な女性たちが気軽な感じで次々とやってくる。ケヴィンは輝くような笑顔を返しつつ、すり寄る女性たちを巧みにかわしていく。だがそのなかでもふたりだけは執拗《しつよう》だった。

「美人で寡黙っていうのがあなたの好みよね」と親友の妻から先日いわれた。「だけど寡黙な女性なんてそうそういない。だからあなたはもっぱら英語の堪能でない外国の女性ばかりを相手にするのよ。必要以上の親交を避けるための古典的な手法だわ」

　ケヴィンはそんな彼女の言葉に対して気怠《けだる》そうな一瞥を投げたことを思い出した。「そうかな。ここは、しかとお聞きくださいよ、ドクター・ジェーン・ダーリントン・ボナー。お望みとあらばあなたといつでも親密な関係になってもいいんですよ」

「そいつはおれの知らないところでやってくれ」と彼女の夫キャルがディナーのテーブル越しに口をはさんだ。

親友キャルをからかうのはなかなか楽しい。いま思い出しても悔しい補充要員時代からこんなつき合い方をしてきた。だがいまではキャルはフットボール界を退き、内科医を目ざして、ノース・カロライナの病院で実習医を務めている。

ケヴィンはキャルを冷やかさずにはいられなかった。「これは主義の問題なんだぜ。問題点はぜひとも証明しなくてはいけないね」

「証明は自分の相手とやってくれ。うちの奥さんは巻きこむな」

ジェーンは笑いながら夫にキスし、娘のロージーにナプキンを手渡し、生まれてまもない息子のタイラーを抱き上げた。ケヴィンはタイラーのおむつにつけられたポストイットの付箋紙のことを話題にしてキャルをからかったことを思い出してニヤリとした。

「それはタイラーの脚に妻がこれ以上メモを書かないようにするためだよ」

「いまでも書いてるんだね?」

「腕といわず脚といわず、かわいそうな息子は歩く理科のノートになってしまいそうだったんだ。でも妻のポケットにポストイットを突っこむようにしたら、状況はいくらか改善されたがね」

少々風変わりなものの面に上の空で方程式をメモしてしまうジェーンの奇癖はつとに有名で、ロージーが不意に声を上げた。

「ママったらあたしの足にも書いたことがあるのよ。そうよね、ママ。それと別のときには

――」

ドクター・ジェーンは娘の口に鶏のすね肉を突っこんだ。

思い出し笑いをしていると、右手にいた美人のフランス女性が音楽にかぶせるように大きな声で話しかけた。「疲れてるの、シェリ？」

ケヴィンはあらゆる言語が堪能だが、そのことは経験を通して伏せておくことにしている。

「ありがとう、でも食べるものは要らないよ。そうだ、スタブス・ブラディに紹介するよ。ふたりは共通点がいろいろありそうだ。それときみはヘザーだったっけ？　レオンのやつが、ずっときみのことを好色そうなまなざしで見つめてるぜ」

「どんなモノの持ち主？」

そろそろ異性関係の整理が必要なことは間違いない。

女性の好みについてジェーンの説が正しいと認めたりはしなかった。だが持てる能力のすべてを試合に捧げるなどと口先だけの誓いの言葉を口にするチームメイトたちと違い、ケヴィンの決意は本物なのだ。肉体や頭脳だけでなく心まで試合に捧げるとなれば、主張の強い女性を相手にはできないということになる。美人でしかも自己主張しない。女性にケヴィンが求めるものはそれだけだ。その条件を満たすのは外国の女性しかいない。

スターズのためにプレーすることだけがケヴィンにとっては大切な事柄なのである。何人《なんぴと》にもそれを阻ませるつもりはない。ケヴィンは緑青に金のユニフォームを着て、ミッドウェスト・スポーツ・ドームのフィールドを席巻することが好きでたまらない。だがそれにも増してフィービー、ダンのケイルボー夫妻のために頑張ることが生きがいなのだ。そうした真《しん》摯《し》な姿勢というものは聖職者の子として過ごした子ども時代がもたらしたものなのかもしれないが、シカゴ・スターズの一員であることに誇りを抱いているからだともいえる。これはNFLの他のチームにいては抱くことのない思いといえるだろう。

ケイルボー家のためにプレーするとき、試合に対する敬意は損得勘定を超越したものになる。シカゴ・スターズは気の荒い暴力的なプレーをする選手も、またチームの規則に縛られたくないスター気取りの選手も受け入れない。ケヴィンもこの仕事について以来、輝かしい才能にあふれた選手がフィービーとダンの設けた性格基準に適合しないという理由だけでトレードされるのを幾度も目にしてきた。自分が他チームのオーナーのためにプレーするなど、考えられない。フィールド上でスターズのためにおのれの能力を発揮できなくなったら、そのときは潔《いさぎよ》く引退して後輩の指導にあたるつもりでいる。

だが今シーズンはそんな夢も危うくするような出来事がふたつも起こった。ひとつは自分で蒔《ま》いた種――キャンプ終了直後に突如起こした狂気じみた無謀な行為だ。無鉄砲なところは昔からあったが、これまではシーズンが終わるまで自制していたのだ。もうひとつはダフニー・ソマヴィルが真夜中に彼の寝室を訪問してきたこと。キャリアの危機を招くという視点から見て、この事件の重大さと比べれば、スカイダイビングだのダートバイク・レーシングなんてまるで比べものにならない。

熟睡するたちなので、愛を交わしている最中に目覚めたのは初めてではないが、これまでは相手は自分で選んでいた。皮肉なことだが、あんな血縁関係がなければ、相手に選んでいたかもしれない。いわゆる禁断の木の実ゆえの魅力なのかもしれないが、彼女とともに過ごした時間は楽しかった。彼女との話は気が抜けなかったし、また笑い声をあげるほど愉快だった。気取《け》られないように細心の注意は払いつつ、ふと気づくと彼女に見入っていた。いかにも裕福な家庭の子女らしいしぐさがセクシーに思えたりもした。肉体的な派手さはないもののの、すべてがきちんと整っている。そんなことも注目していた。

それでも一定の距離は置いたつもりだ。彼女はオーナーの妹であり、チームと関わりのある女性と親交を結ぶことはしないのが彼の信条である。コーチの娘や、事務局の秘書、チームメイトの姉妹にさえ近づかないようにしている。それほどの慎重さにもかかわらず、とんでもないことになってしまった。

考えているとまたふつふつと怒りがわいてくる。ケイルボー家にとって腕利きのクォーターバックは家族以上に大切な存在であったとしても、あの夜の出来事が夫妻の耳に入ったら真っ先に説明を求められるのはほかならぬ彼なのだ。

分別が早く彼女に電話をしろとせきたてる。なんでもなかったという結果を確認するだけでいいのだから。なんでもないにきまっているさ、とみずからにいい聞かせる。もういらぬ不安に悩まされることはないのだ。とくにいまは心が散漫になってはいけない。日曜日にAFC（アメリカン・フットボール・コンファレンス）の決勝戦が行なわれ、失敗は絶対に許されないのだ。それに勝てば究極の夢が、自分の力でスターズをスーパーボウルに出場させるという夢がかなうのだ。

だが六日後、そんな彼の夢は消え果てた。ケヴィンは自責の念に苦しんだ。

モリーは日夜仕事に励み、ようやく『ダフニーが転んだ』の原稿を仕上げ、スターズがAFCの決勝戦で敗れたのと同じ週にそれを郵送した。残り十五分の時点で、ケヴィン・タッカーは安全策を拒み、あえてダブル・カヴァレッジ（守備選手がふたりでレシーバーひとりをカバーすること）のレシーバーに向けてボールを投げたのだ。ケヴィンのパスは途中で奪われ、スターズは相手チームのフィールドゴール（ポイント以外のキックによるゴールで三点）による追加点によって敗戦を余儀なくされたのだった。

モリーは一月の夜の寒さをやわらげようとお茶を淹《い》れ、作業机まで運んだ。『シック』誌の原稿の締切日が近づいているのだ。しかしラップトップ・パソコンのスイッチは入れず、新作『ダフニー、赤ちゃんウサギを見つける』用のアイディアを書き留めようと、カウチに置いた法律用箋を手に取った。

座ったとたん、電話が鳴った。「もしもし」

「ダフニーかい？　ケヴィン・タッカーだ」

お茶がソーサーの上に飛び散り、モリーは息が止まりそうだった。かつてモリーはこの男に報われぬ恋心を抱いていた。それなのにいまでは声を聞いただけで心が恐怖で縮み上がってしまう。

モリーは無理やり息を吸いこんだ。まだダフニーと呼んでいるところをみると、彼女のことをだれにも話していないに違いない。よかった。人に話すことはおろか、思い浮かべてもほしくないと思う。「私の電話番号をどうやって調べたの？」

「きみから教えてもらったじゃないか」

忘れたのは、すべてを忘れようと努力してきたからだ。「私、あのう……何かご用？」

「シーズンが終了したんで、しばらくこの町を離れるつもりなんだ。電話したのは、その……あのことから……なにか不運な結果が生じていないか確かめたかったからなんだ」

「ないわ！　そんなことはまったくないわ。もちろんないわ」

「それならいいけど」

彼の冷ややかな受け答えに安堵《あんど》がにじんでいるのをモリーは感じた。そのとき状況打開をたやすくするためのある方策を思いつき、そのアイディアに飛びついた。「いま行くわ、あなた！」モリーは想像上の人物に向かって声をかけた。

「ひとりじゃないみたいだね」

「そうなの」また声を上げる。「いま電話中なのよ、ベニー！　すぐ行くから待ってて！」

そういってモリーは辟易《へきえき》した。もうちょっとましな名前を考えつけないものだろうか？　いったいなにごとなのかと、ルーがキッチンから小走りでやってきた。モリーは受話器を握りしめた。「お電話くださってありがたいと思ってるわ、ケヴィン。でもそんなお気遣いは無用だったのよ」

「ぼくとしては状況がすべて――」

「なにもかもうまくいっているわ。でももう失礼しなきゃ。試合残念だったわね。お電話ありがとう」受話器を置いたモリーの手はまだ震えていた。

このおなかの子の父親とたったいま話したのだ。

掌をまだ平らな腹部に当ててみた。自分が妊娠しているという感覚がまだ完全につかみきれていない。生理がスケジュールどおりにこなかったとき、モリーはストレスが原因だと自分を納得させた。だが乳房が日増しに過敏になっていき、吐き気を覚えるようになって、ついにモリーも妊娠検査薬を買ってきた。結果に狼狽した彼女は思わず同じ薬を買いに走ったほどだ。

間違いない。モリーはケヴィン・タッカーの子を身ごもっているのだ。

だが最初に脳裏に浮かんだのはケヴィンではなく、ダンとフィービーだった。あの夫婦の生活の中心は家族である。片親だけで子どもを育てるなんて、ふたりには想像もつかないことだろう。きっとふたりはこのことを知って驚愕するに違いない。

ようやくケヴィンのことを考えたとき、彼に妊娠のことは絶対に知られないようにしようという決意だけははっきりとしていた。彼は不本意なままモリーの行為に巻きこまれたいわば被害者だ。だからこの結果はモリーがひとりで受けとめなくてはならない。

このことをケヴィンに隠しておくことは存外むずかしいことではないと思えた。シーズンが終了して彼とばったり出会うチャンスはほとんどないし、夏になってスターズの練習が始まれば本部に寄りつかないようにすればいい。ダンとフィービーが開くチームのためのパーティをのぞけば、モリーは選手連中とパーティで会ったこともない。結局はモリーが出産したという話はケヴィンの耳に入ってしまうだろうが、今朝の電話のおかげで彼女には別の男がいると信じこんだはずである。

モリーはロフトの窓越しに冬空を見つめた。午後六時にもなっていないのに、すでに宵闇に包まれている。彼女はカウチの上で伸びをした。

二日前までよもや自分がシングル・マザーになるなんて、想像もしていなかった。そもそも自分が子どもを持つことすら考えたことがなかったのだ。いまではもうそれ以外のことは考えられなくなっている。まるでバックビートのように彼女の人生のリズムを刻んできたあの落ち着かない気分は消え、かわりにすべてがあるべき形に収まったという不慣れな感じを覚えるようになっている。やっと自分の家族が持てるのだ。

カウチからぶらりと垂らした片手をルーが舐めた。モリーは目を閉じ、最初のショックが癒えて以来抱きはじめた空想にふけった。赤ちゃんは男の子かしら？　それとも女の子？　それはどちらでもかまわない。甥や姪と多くの時間をいっしょに過ごしながら、自分に母親としてのじゅうぶんな適性があることはわかったし、この赤ん坊には両親ふたり分の愛情を注いでやるつもりでいる。

自分の子。自分の家族。

すっかり満ち足りた思いで、また伸びをした。これこそ、この何年間かずっと求めてやまなかったものなのだ。自分だけの家族。覚えているかぎり、かつてこれほど心が安らかだったことはなかった。髪の毛でさえ穏やかな落ち着きを取り戻している。もはや無茶なショートカットも必要なく、毛の色も本来の茶色に戻した。本当の自分らしさを取り戻した感じだ。

ルーが湿った鼻先で手をつついた。

「おなかすいた？」立ち上がってルーの餌を用意しようとキッチンに行きかけたとき、また電話が鳴った。心臓の鼓動が速まったが、なんのことはない、フィービーだった。

「ダンと私はレイク・フォレストの会議に出ていたの。いまエデンズなんだけど、ダンがおなかがすいたっていうのよ。あなたもいっしょにヨシの店で食事しない？」

「喜んで」

「よかった。三十分ぐらいで迎えにいくわ」

受話器を置くと、この妊娠が姉夫婦をどんなに傷つけるだろうかという思いに、強い衝撃を覚えた。ふたりはモリーが自分たちにならって、深い、無条件の愛を礎《いしずえ》とした確固たる人生を送ることを願っている。だがそんな幸運な人間はそうはいない。

着古したドルチェ・アンド・ガッバーナのセーターと、昨年の春に「フィールズ」の半額セールで買った、ぴったりしたくるぶし丈のスカートを着る。ケヴィンの電話で心が乱れていたのでテレビをつけた。最近『レース・インク』のビデオを繰り返し観るのが習慣になってしまっている。このショウは懐旧の情をくすぐるもので、それはわずかな子ども時代の心地よい記憶とリンクしていた。

ケヴィンとリリー・シャーマンの関係はなんだろうと、いまでも考えてしまう。フィービーなら知っているだろうが、モリーは彼の名前にふれることすら不安なのだ。もっともフィービーはドア郡の別荘でモリーがケヴィンといっしょにいたことすら知りもしないのだが。

「レースはどんな事件も引き受ける……レースは難事件も解決する」

配役表示に続いてコマーシャルが入り、ジンジャー・ヒルに扮したリリー・シャーマンが画面に現われる。ぴったりした白のショート・パンツに明るいグリーンのビキニ型のトップからは豊かな胸がこぼれんばかりになっている。顔のまわりにとび色の髪がウェーブし、頬骨のあたりには金色のライトが輪状にあたり、その魅惑的な微笑みは官能の喜びを暗示している。

カメラ・アングルが広がり、浜辺にいるふたりの探偵を映しだす。露出の多いジンジャーとは対照的に、セーブルのほうはハイ・カットの肩ひものないワンピース水着である。そういえば、ふたりの女優のあいだにはスクリーンを離れても親交があったという。

ロビーからブザーの音がした。モリーはテレビを消し、数分後姉と義理の兄のためにドアをあけた。

フィービーがキスをした。「なんだか顔色がよくないわね。だいじょうぶなの？」

「シカゴの一月だもの。顔色の悪くない人なんていないわよ」モリーはいつもよりちょっぴり長めに姉を抱擁した。いつもコッコッコッとダフニーに話しかけてくる、ナイチンゲールの森のお母さん的存在、めんどりのセリアは姉のために創作したキャラクターだ。

「モリー、ひさしぶりだね」といいながらダンはいつものように肋骨が折れるような力強い抱擁をする。

抱擁を返しながら、モリーはふたりに会えた喜びを感じた。「年が明けてまだ二週間しかたってないわよ」

「もう二週間もうちに帰ってないじゃないか。フィービーがイライラしてるよ」ダンはジャケットをカウチの背にかけながらいう。

フィービーのコートを受け取りながらモリーは微笑んだ。ダンはいまでも彼らの家がモリーの本当の家だと考えているのだ。自分自身の城に対するモリーの思い入れはダンには理解してもらえないようだ。「ダン、初めて会ったときのこと、覚えてる？　私ったら、フィービーから体罰を受けてるのよって懸命に訴えようとしてたのよね」

「あんなこと、忘れようったって忘れられるものじゃないよ。きみがなんていったかいまでもはっきりと覚えているよ。『フィービーもまるっきりの悪人じゃないの。ただ、一見温和そうだけど屈折してるのよ』ってそういったんだ」

フィービーが笑った。「いまではなつかしい思い出ね」

モリーは優しいまなざしで姉を見つめた。「あんなに生意気な小娘だったのに、フィービーから体罰を受けなかったのが不思議なくらいよね」

「ソマヴィル家の女たちはかつて逆境にめげず生き残るために、自分らしい生き方を選んだって聞いてるわ」

それをいまも実行している女がここにいるのよ、とモリーは思った。

フィービーを敬慕しているルーは、フィービーが座ったとたん、ひょいと膝の上に乗ってきた。「送る前に『ダフニーが転んだ』のイラストを見るチャンスがあってほんとによかったわ。雨水の水溜まりでマウンテンバイクが滑ったときのベニーの表情は最高よ。新作のアイディアはなにかあるの？」

モリーはたじろいだ。「まだ構想を練っている段階よ」

「ダフニーがベニーの前足に包帯を巻いてあげるところを見て、ハンナったらもう大喜びよ。ダフニーがベニーを許すとは思わなかったのね、きっと」

「ダフニーはとても寛大なウサギなの。包帯にはピンクのレースのリボンを使ったのがせめてものしっぺ返し」

フィービーは笑った。「ベニーも自分の女性的な面を認識すべきってところかしらね。素晴らしい本よ、モリー。どの本でもストーリーに人生の教訓をたくみに織り混ぜながらしかもユーモアたっぷりに描けているわ。あなたが作品を書きつづけていること、ほんとに喜ばしいことだと思っているわ」

「昔からの夢だったのよ。ただ、それに気づいてはいなかったけれど」

「そういえば……ダン、あなた覚えてる——」ダンがいないのに気づいたフィービーは何かをいいかけてやめた。「きっとトイレに行ったのね」

「あら、何日も掃除していないのに。汚れてはいないとは思うけど——」モリーははっと息を呑み、振り返った。

だが、時すでに遅し。ゴミ入れに捨ててあった空の箱を持ち、ダンは戻ってきた。ダンの大きな手のなかで、妊娠検査キットはまるで充塡した手榴弾のように見えた。

モリーは唇を嚙んだ。まだ打ち明けたくはなかったのだ。ただでさえAFC決勝での敗戦のショックがまだ癒えていないこのふたりに、これ以上の失望を与えたくない。

フィービーは自分の掌に落とされて初めて夫が何を持ってきたのかを知った。ゆっくりとそれを持ち上げたフィービーの手が頰のあたりをさまよう。「モリー?」

「きみが二十七歳の女性であることはじゅうぶん承知している」とダンがいった。「それに、ぼくらはきみのプライバシーを尊重するつもりでいる。だがこれについてはぜひ問いただしたいね」

ひどく取り乱したダンの表情が、モリーを苦しめた。フィービー以上に子ども好きなダンにはこのことは受け入れがたいだろう。

モリーは箱を受け取り、脇へ置いた。「とにかく座ってちょうだい」

ダンはその大きな体をのろのろと折り、妻の隣りに腰かけた。フィービーの手は無意識に夫の手のなかにもぐりこんだ。一心同体とはこのふたりのようなことをいうのだ。ふたりの愛の深さを見せつけられると、心底孤独を感じることがある。

モリーはふたりに向かい合うように座り、あやふやな笑みを浮かべた。「状況を説明するのは簡単じゃないけど、子どもは生むわ」

ダンはたじろぎ、フィービーは彼にもたれた。

「お姉さんたちにショックを与えるのは承知のうえよ。それに申し訳ないとも思っている。でも子どものことは悲観していないわ」

「まず結婚式を挙げるっていってくれ」

ダンの唇がかろうじて動いた。モリーはダンの確固不動な性格をいまさらながら思い知った。いまこちらの立場を固守しておかなければ、今後彼は決して黙ってはいないだろう。

「結婚式はなし。父親もなし。これは断固変えるつもりはないから、お義兄さんたちにもその事実を受け入れてもらわなくてはいけないわ」

フィービーの表情がさらに苦悩の色を増した。「私――私はあなたに特別な交際相手がいるなんて知らなかったわ。いつもは私に知らせてくれるのに」

フィービーにあまり探りを入れられたくはなかった。「たしかになんでも打ち明けてはいるけど、すべてではないのよ、フィービー」

ダンの顎の筋肉が痙攣《けいれん》しはじめた。悪い兆候であるのは間違いない。「相手はだれなんだ？」

「明かすつもりはないわ」モリーは落ち着いていった。「これは自分で決めたことよ。彼は関係ないの。私の人生に彼を関わらせたくはないのよ」

「妊娠するまでは関わらせたかったというわけか！」

「ダン、やめて」フィービーはダンの癇癪《かんしやく》を恐れない。そんなことより妹のことが心配でしかたがない、そんな表情をしている。「モリー、結論を急ぎすぎないで。いまどのくらいなの？」

「まだ一カ月半。決意を変えるつもりはないわ。赤ちゃんとふたりで生きていくわ。できればお姉さんたちにも応援してほしいけど」

ダンは急に立ち上がるとそこらを歩きまわりはじめた。「どんな状況が今後待ち受けているのか、きみにはまるきりわかっていない」

毎年何万という独身女性が母親になっているという事実やダンたちの考え方は時代遅れであるということを指摘することもできたが、ダンの人間性を熟知しているだけに、いっても無駄なことは明白だった。しかたなく、モリーは現実面に集中することにした。

「心配するなっていっても心配するかもしれないけど、思い出してほしいの。私は普通の独身女性より子どもを育てる条件がそなわっているわ。もうすぐ三十歳だし、子どもは大好きだし、感情的にも安定しているわ」生まれて初めてこれが真実ではないかという気がしている。

「経済状況も劣悪じゃないか」ダンの口元は厳しくひきしまっている。

「ダフニーの本の売り上げはゆっくりとだけど上昇しているわ」

「きわめてゆっくりとな」とダンがいった。

「それにフリーの仕事をもっと増やすことも考えているわ。家で仕事をするから保育料もかからないし」

ダンは頑固な表情でモリーを見据えた。「子どもには父親が必要だ」

モリーは立ち上がって義兄のもとへ行った。「たしかに子どもには良き男性の存在が必要だわ。この子のためにお義兄さんがその役目を担ってやってほしいの。だってお義兄さんは私の知るかぎり最高の男性なんですもの」

この言葉はダンの心に感銘を与えた。兄は義妹を抱擁していった。「おれたちはきみが幸せになってほしいだけなんだよ」

「わかってるわ。だから私もふたりのことを大切に思うのよ」

「あの娘には幸せになってほしい」気まずい夕食のあと、車で自宅に向かう道すがらダンはまた同じことをフィービーにいった。

「それは私だって同じよ。でもあの子は自立した女性なんだし、あの子が自分で決めたことだから」フィービーは懸念で眉を曇らせた。「いま私たちにできることは、あの子を支えてやることしかないいんじゃないかしら」

「十二月の初めごろの出来事なんだよな」ダンの目が細くなった。「フィービー、きみにひとつだけ約束しておくよ。おれはモリーをあんな目に遭わせたろくでなしを絶対に見つけだし、張り倒してやる」

だが相手を探しだすのは言葉でいうほど簡単ではなかった。またたくまに一週間がたち、二週目に入っても、ダンはいまだ真実をつかむにはほど遠いところにいた。口実を作ってはモリーの友人宅へ電話し、恥を忍んで情報を聞きだしたりもした。だがモリーがそのころだれかとデートしていたことを覚えている人間はひとりもいなかった。わが子たちにも探りを入れたが、結果はさらに芳しくなかった。捨て鉢になったダンはついに妻にも内緒で探偵を雇ったが、返ってきたのは多額の請求書とすでに知っていることばかりが書かれた報告書だけだった。

二月の半ばになって、ダンとフィービーは週末の休みを延長して子どもたちにスノーモービルを楽しませてやろうとドア郡の別荘へ出かけた。モリーにも誘いをかけたが、『シック』誌の記事の締切りが迫っているので仕事を中止するわけにいかない、とのことだった。これ以上小言を聞かされるのがいやだというのが本当の理由であることは、ダンも承知していた。

土曜日の午後、スノーモービルで冷えきった体を暖めようと、ダンがアンドルーを連れて戻った。マッドルームでブーツを脱いでいるアンドルーにフィービーが声をかけた。

「楽しかった?」

「うん!」

アンドルーがソックスのまま濡れた床の上を走って母親の腕のなかに飛びこんでいくのをダンは笑って見た。両親のどちらかと一時間以上離れているといつもこうだ。

「それはよかったこと」フィービーは息子の髪に唇を埋め、キッチンに向けて体を押してやった。「おやつを取ってらっしゃい。りんごジュースは熱いから、テスに注いでもらいなさい」

アンドルーが走り去ると、ダンはゴールドのジーンズに茶色のセーターを着たフィービーがいつにも増して魅力的だと思った。その体に手を伸ばそうとしたとき、フィービーが黄色のクレジット・カードのレシートを差し出した。「階上《うえ》で見つけたの」

一瞥するとモリーの名前が見えた。

「町の小さな薬局のレシートなの」とフィービー。「その上にある日付を見て」

日付を見たが、妻がなぜこうも動揺しているのかダンはまだ理解できない。「だからどうなんだい？」

フィービーは力なく食器洗い機にもたれた。「ダン、それはケヴィンがここに泊まっていた時期なのよ」

ケヴィンは歩道のカフェから出てケアンズの遊歩道を滞在先のホテルに向かって歩きはじめた。陽光あふれる二月の風に椰子《やし》の木が揺れ、船やボートが港にプカプカと浮かんでいる。オーストラリアのグレート・バリア・リーフのノース・ホーン・サイトの近くにある珊瑚《さんご》礁《しょう》の海で鮫《さめ》たちと五日間もダイビングをして過ごしたあとは、文明も快く感じられる。

クィーンズランド州北東部のケアンズはダイビング旅行の基点となる町である。この町にはよいレストランも五つ星のホテルもあるので、ケヴィンはここにしばらく滞在しようと決めていた。これだけシカゴから離れれば、AFCの決勝残り十五分の時点でなぜ彼がダブル・カヴァレッジのほうに向けてパスを投げたのか知ろうとして殺到するスターズのファンに囲まれる恐れはない。チームをスーパーボウルに導くための勝利をもたらすどころか、チームメイトたちを失望させてしまったという思いはいまも心を苛《さいな》み、鮫たちと泳いでも忘れることはできなかった。ホルターネックのトップにぴったりした白のショート・パンツを着たオージーの色っぽい女性が誘いかけるような微笑みとともに二度めの声をかけた。「アメリカのお兄さん、ツアー・ガイドはいらない？」

「ありがとう、でも今日はいいよ」

女性は失望の表情を浮かべた。誘いに乗るべきなのだろうが、興味がわかないのだ。ダイビングの船上でコックとして働きながら将来の博士をめざしているセクシーなブロンドの魅惑的な誘いも無視した。だがそれには一理ある。頭脳明晰で自己主張の強い女性だったからだ。

クィーンズランドはちょうどモンスーンの季節で、大きな雨粒がポツポツと降りはじめた。ホテルのヘルス・クラブでしばらくワーク・アウトして、そのあとは、ブラック・ジャックでもしにカジノへでも行こうと思う。

ジム用のウェアに着替えたとき、ドアを鋭くノックする音がした。ドアに向かい、開けてみる。「ダン？　いったいなんの用――」

ここまで言葉にしたとき、ダンの鉄拳がケヴィンを直撃した。

ケヴィンはうしろによろめき、カウチのへりをつかみ、倒れた。

アドレナリンが熱く速く体じゅうを駆けめぐる。ケヴィンはダンを木っ端みじんにしてやろうと起き上がった。だが躊躇《ちゅうちょ》した。それは相手が上司だからではなく、その表情に浮かぶ露骨な激怒からなにかひどく不吉なものを感じたからだ。ダンは試合に関しては必要以上といえるほど、ケヴィンに理解がある。だからダンの怒りは軽率だった例のパスとは関係がないとケヴィンは判断した。

反撃しないのは持って生まれた性分に反することではあったが、ケヴィンは振り上げた拳をおろした。「ここまでするにはよほどの理由があるんだろうな」

「このたわけ野郎が。本気で逃げるつもりだったのか？」

尊敬する男の顔に浮かぶ深い侮蔑《ぶべつ》の色に、ケヴィンの気持ちは萎《な》えていく。「逃げるって、何から？」

「おまえにはなんの意味もないことだった、というわけなんだな？」ダンは皮肉った。

ケヴィンは相手の出方を待つことにした。

ダンは口をゆがめながら前へ出た。「十二月にうちの別荘に泊まったとき、ひとりじゃなかったってどうしていわなかったんだ？」

ケヴィンはうなじの毛がチクチクと痛む気がした。彼は慎重に言葉を選んだ。「それはぼくの役目じゃないと思っていたからだ。あの別荘に行くとあなたたちに告げるのはダフニーの問題だと思っていたんだ」

「ダフニー？」

もうたくさんだ。ケヴィンの持ち前の癇癪がはじけた。「気の狂ったあんたの義理の妹が現われたのはおれのせいじゃない!」

「おまえはあの娘の名前すら知らないんだな?」

ダンはいまにもまた飛びかかってきそうな様子だったが、ケヴィンは憤激のあまり、それならそれでいいと腹をくくった。「ちょっと待ってくれ! 彼女は自分でダフニーと名乗ったんだ」

「ああ、そうかい、そうかい」ダンは愚弄するようにいった。「いいか、彼女の名前はモリーなんだぞ、この下司《げす》野郎。あいつはおまえの子を身ごもっているんだ!」

ケヴィンは茫然とした。「なんの話なんだ?」

「まるでゴミかなにかのようにあちこちに私生児をまき散らす高所得のスポーツ選手たちのこと。自分には天賦の権利があるとでも思っているのか。そんなやつらを見てるとこっちの堪忍袋の緒もいいかげん切れる、って話だよ」

ケヴィンは気分が悪くなってきた。電話をしたとき彼女は不運な結果は何もない、といいきったではないか。しかも彼氏もいっしょだった。

「せめてコンドームを使うだけの作法ぐらいは持ち合わせていてもいいだろう!」

ケヴィンの脳はまた機能しはじめた。どう考えてもこの件に関して自分に咎《とが》はない。「ぼくはシカゴを離れる前にダフ——あなたの義理の妹さんと電話で話した。彼女は何も問題はないといった。この話は彼女のボーイ・フレンドとしたほうがいいんじゃないのかな」

「彼女にいまボーイフレンドとつき合う気持ちの余裕はないよ」

「きっと内緒にしているんだよ」ケヴィンは慎重にいった。「あなたも、こんなところまで来ることはなかったのに。彼女はベニーという男とつき合っているんだ」

「ベニー？」

「どのくらいいっしょにいるのか知らないけど、現在の状況に責任があるのはその男だと思う」

「ベニーっていうのは彼女のボーイフレンドなんかじゃないんだよ、この傲慢《ごうまん》野郎。そいつはアナグマの名前なんだ！」

ケヴィンはまじまじとダンの顔をながめ、水道のあるカウンターへ向かった。「話し合いを初めからやり直したほうがいいんじゃないかな」

モリーはフィービーのBMWのうしろに自分のビートルを駐めた。車から出るとき、薄汚れ表面が凍った雪の小塚をひょいとまたいだ。イリノイ州北部は極寒の魔法がかけられ、しかも当分その魔法が解けそうにもないが、モリーは平気だった。温かいパソコンとスケッチブックを抱え、丸くなって寝たり、ただ空想にふけったりするには、一年のうちでも二月はうってつけの月だからだ。


ダフニーは赤ちゃんウサギが大きくなっていっしょに遊べる日が来るのが待ち遠しくてなりません。キラキラ光るビーズのついたスカートをふたりではいて、「あなたすごくきれいよ！」なんて騒いだりしたいのです。それからふたりでベニーやその仲間に水入り風船を落としてやろうと思っています。

教養昼食会でのスピーチが終わって、モリーはほっとしていた。フィービーが精神的援助のため、付き添ってくれたことも、嬉しかった。学校を訪問して子どもたちに本を読んで聞かせるのは好きだが、いまはとくに胃の状態が不安定なだけに、大人の聴衆を相手にスピーチをするのは不安だった。

妊娠を知ってから一カ月が経過していた。日を追うごとにおなかに子どもがいることが現実味を帯びてきた。小さなユニ・セックスのオーバーオールを買わずにいられないし、マタニティ・ウェアを着るのが待ち遠しくてたまらないのだ。だが、妊娠二カ月半ではそんなものはまだ不必要だった。

モリーは古くてだだっ広い石の農家のなかを姉についていった。ダンとフィービーが結婚する前からこの家はダンが所有していたものだが、花嫁といっしょにその妹が越してきてもダンはひとことも不満をもらさなかった。

ルーがモリーたちを歓迎しに走りでてきた。もう少し礼儀正しい姉のカンガがそのうしろから小走りでついてくる。昼食会のあいだ、ルーを姉たちの家に預けていったのだが、コートをかけるとさっそく二匹の犬たちに挨拶しようと前にかがんだ。「やあ、ルー君。こんにちは、カンガ、おりこうさんね」

二匹のプードルたちはおなかを掻いてもらおうと、ごろりとあお向けになった。

モリーはその要望に応じながら、フィービーがいままで巻いていたエルメスのスカーフをとり、アンドルーのポケットに突っこむのをじっと見守った。

「どうしたの？」とモリーが訊く。「お姉さん、今日は午後じゅうずっと変だったわ」

「変？　変ってどういう意味よ？」

モリーはスカーフを取りにいき、姉の目の前に突きだした。「アンドルーは四歳になったとき、女装をやめたはずよ」

「あら、それはきっと――」ダンが家の裏手から入ってきて、フィービーは言葉を切った。

「何をしているの？」とモリーが訊いた。「旅行中だってフィービーはいっていたけど」

「たしかに旅行だった」ダンは妻にキスをした。「いまちょうど戻ったところだ」

「洋服のまま眠ったの？　ひどい顔よ」

「長いフライトだったんだ。居間まで来てくれないか、モリー」

「いいわ」

裏手に向かうモリーを犬たちが追う。ケイルボー家の家族が増えるに従って家は増築され、居間はその増築された部分にある。たっぷりしたガラス窓を多く取り入れ、座るための心地よいスペースをふんだんに用意した部屋で、読書のための椅子や、宿題やゲームを楽しむテーブルつきの椅子もある。最先端の技術から作りだされたステレオ・システムにはラッフィーからラフマニノフまでなんでも揃っている。

「ところでどこへ行っていたの？　てっきり――」部屋の隅にいるダーク・ブロンドの体の大きな男性の姿に目をとめたモリーは言葉を失った。かつてひどく魅惑的だと思えた緑色の目がむきだしの敵意をたたえ、モリーを見つめていた。

モリーの心臓は早鐘のように高鳴っていた。ケヴィンの洋服もダンと同じように皺《しわ》だらけで、顎には無精ひげが生えている。日焼けはまだ新しいのに、寛《くつろ》ぎのバケーションから戻った人のようには見えない。それどころか、まるで武器を所持し、いまにも発砲しそうな危険な雰囲気さえ漂わせている。

午後フィービーが上の空だったことをいま思い出した。モリーのスピーチがすんだ直後、携帯電話に出るために、そっと部屋の裏へまわったときのこそこそした様子。この顔合わせには偶然の要素はない。なんらかの方法でフィービーとダンは真実を突きとめたのだ。

フィービーが静かな決意のこもる声でいった。「みんな座りましょう」

「ぼくは立ったままがいい」とケヴィンがほとんど唇を動かさずにいった。

モリーは気分が悪くなり、怒りがこみあげ、狼狽した。「いったいここで何が起きようとしているのかは知らないけれど、私は関係するつもりはありません」踵《きびす》を返そうとしたが、ケヴィンが前へ出て行く手をふさいだ。

「逃げようなんて考えるな」

「これはあなたにはいっさい関係のないことよ」

「聞いた話では、ないとはいえないらしい」冷ややかな緑の瞳が、まるで緑色の氷の破片のように鋭くモリーの瞳に切りこんでくる。

「あなたの聞いた話は間違いよ」

「モリー、座りましょうよ。そうすれば話し合えるでしょ」とフィービーがいった。「ダンははるばるオーストラリアまでケヴィンを探しにいったのよ。だからせめてあなたは――」

モリーは義理の兄のほうを振り向いた。「オーストラリアまで行ったの?」

ダンは高校の卒業パーティのあと、モリーが共学の学校の女生徒のところに泊まりにいくことを許さなかったときと同じ頑固な顔を向けた。モリーがヨーロッパで放浪の旅をするために大学を留年しようとしたときも、ダンはこの頑固な顔で拒否した。だがもうティーンエージャーではなくなってひさしい。

「お義兄さんにはそんな権利はないわ！」自分でも思いがけない行動だったが、気づくとモリーは部屋の向こう側にいる義兄に向かって突進していた。

モリーは暴力的な人間ではない。短気でもない。ウサギやおとぎ話の森や陶器のティーポット、リネンのナイトガウンが好きだ。だれかを殴ることは決してない、まして愛する人間に一撃を与えるはずもない。それなのにモリーは自分の手が拳になって義理の兄に向かって飛ぶのを感じた。

「ひどいわ！」モリーはダンの胸を殴りつけた。

「モリー！」姉が叫んだ。

ダンは驚愕のあまり目を見開いていた。ルーが吠えはじめた。

罪悪感と怒り、不安がないまぜになってモリーのなかで大きなかたまりになっていく。ダンはあとずさりはじめたが、モリーはなおも兄を追い詰め、またも一撃を加えた。「これはお義兄さんが口を出すべきことじゃないの！」

「モリー、やめて！」フィービーが大声で叫んだ。

「許さないわ！」モリーはまた腕を振りあげた。

「モリー！」

「これは私の人生よ!」モリーは狂ったように吠えるルーの鳴き声と姉の抗議の声にかぶせるように叫んだ。「どうして放っておいてくれないのよ!」

もう一度殴りかかろうとするモリーの腰を力強い腕がつかんだ。ルーが遠吠えをした。ケヴィンがモリーの背中を自分の胸に引き寄せた。「少し冷静になったほうがいいんじゃないか」

「放してよ!」モリーはケヴィンに肘鉄をくらわせた。

ケヴィンはうめきながらも離れなかった。

ルーがケヴィンの足首に噛みついた。

ケヴィンは鋭い叫び声をあげ、モリーはまた肘鉄をくらわせた。

ケヴィンは悪態をつきはじめた。

ダンもそれに加わった。

「みんな、お願いだから!」甲高い音が空気を切り裂くように響き渡った。

5

どうしようもなく友だちに会いたいことがあります。でもそんな日にかぎって、みんな留守だったりするのです。

――「ダフニーの寂しい一日」

フィービーの歯に挟まれたおもちゃの笛から発せられるけたたましい音がモリーの鼓膜をビリビリと震わせた。

「もうたくさんよ！」姉が勢いよく前進した。「モリー、あなたはオフサイド（競技できない位置でプレーを行なう反則技）をおかしたのよ！　ルー、離しなさい！　ケヴィン、モリーから手を離して。」さあ、みんな座りなさい！」

ケヴィンは手をおろした。ダンは胸をこすった。ルーはケヴィンのパンツをはいた脚を離した。

モリーは胸がむかむかしてきた。いったい自分はなにをなし遂げようとしていたのか？ここにいる全員に視線を向けることさえ堪えがたい苦痛だった。ケヴィンの睡眠中にモリーが彼を襲ったという事実を姉と義理の兄がいまでは知っていると考えただけで、いいしれぬ屈辱感に襲われた。

それでもモリーには事情を説明する義務があり、逃げだすことは許されない。ダフニーのファンにならって、モリーは気慰めに愛犬に手を伸ばし、ほかの顔ぶれからはできるかぎり離れた位置にある肘かけ椅子へと犬を連れていった。犬は同情をこめてモリーの顎を舐めた。

ダンはカウチに腰かけた。さきほどモリーの怒りをあおった頑固一徹な表情をいまだ崩していない。夫の隣りに座った姉の様子は心配顔のラスヴェガスのショーガールのようで、着ている主婦然とした衣服が妙にそぐわなかった。そしてケヴィンは……。

ケヴィンの怒りは部屋じゅうに充満していた。暖炉の脇に立ち、腕組みをし、両手を脇の下に抱えこんだその姿は、まるでその腕をモリーに対して使わないよう自制しているように見えた。これほど危険な男に自分はなぜ夢中になったりしたのだろう？

はっと思い当たったのはそのときだった。フィービー、ダン、ケヴィン……これはウサギのダフニーの作者とNFLの対決なのだ。

唯一の戦法は強力な攻撃しかない。いやな女を演じることにはなるが、ケヴィンのためを思えばこれが一番親切な方法なのだ。「私も忙しいので、簡潔に願いたいの。話をするだけでもうんざりなのよ」

ケヴィンがダーク・ブロンドの眉をひそめた。

フィービーが溜め息をついた。「そんなまねをしても無駄よ、モリー。ケヴィンはそんな虚勢が通じる相手じゃないわ。あなたのおなかの赤ちゃんの父親が彼だということを私たちは知ってしまったの。ケヴィンにここに来てもらったのは将来のことについて話し合うためよ」

モリーははっとしてケヴィンに視線を投げた。彼は事実を明かしてはいないのだ！　モリーがしでかしたことをフィービーが知っていたら、こんな話し方はしていないはずである。ケヴィンの目からは何も読み取れなかった。

なぜ彼は沈黙を守っているのか？　フィービーとダンに真実を知らせさえすれば、こんな苦境から逃れられるというのに。

モリーは姉のほうを向いた。「将来に彼を巻きこむことはないの。じつは、私——」

ケヴィンが暖炉から飛んできた。「コートを取ってこいよ」ケヴィンは鋭い口調でいった。「ちょっと外を歩こう」

「ほんと、そんなことは——」

「さあ！」

ケヴィンとの対面はいやだが、ケイルボー・マフィアの前で言葉をやりとりするよりも、彼だけを相手に話をするほうがことはずっと簡単だ。モリーは愛犬をカーペットの上におろして立ち上がった。「ルー、ここにいて」

哀れっぽい声で鳴きはじめたプードルをフィービーが抱きあげた。

背筋をピンと伸ばしながら、モリーは勢いよく部屋を出た。ケヴィンがキッチンで追いつき、モリーの腕をつかんで、引きずるように洗濯室へ連れていった。ケヴィンはそこにあったジュリーのピンクとラベンダーのスキー・ジャケットをつかんで押しつけ、自分にはフックに掛かっていたダンのダッフル・コートをつかんだ。彼は勝手口の扉をさっと開け、あまり礼儀正しいとはいえない突きでモリーを外に押しだした。

モリーはコートを引っぱるようにして着て、ジッパーをぐいと引っぱったが、コートが小さすぎて前が合わない。風がシルクのブラウスを通して吹きこんでくる。ケヴィンは夏用のニットシャツとカーキのパンツという軽装にもかかわらず、ダンのコートの前を合わせもしない。激しい怒りで体が熱いのだ。

モリーはそわそわとジュリーのコートのポケットを探し、色あせたバービーの貼り布のついたニット帽を見つけた。頭上部にはきらきらした飾りのふさがわずかな数本の糸でぶらさがっている。モリーはその帽子をぐいと自分の頭にかぶせた。ケヴィンはモリーの手を引いて森へ続く敷石の小道へ連れていく。モリーは体じゅうにみなぎる彼の怒りがこぼれ落ちてくるような気さえした。

「おれに話す気はなかったんだな」とケヴィンがいった。

「その必要がなかったから。でもあのことは、私の口からフィービーとダンに伝えるつもりよ！　ダンが現われたときその話をすればよかったのよ。そうすれば面倒な長旅をせずにすんだのに」

「真実を話したときのダンの反応が目に見えるようだよ。『ぼくに過失はない。おたくの完璧な義理の妹にレイプされたんだ』きっと彼は信じたと思うよ」

「いまでも信じるわ。ほんとうにあなたには……こんなふうに迷惑をかけて申し訳なく思ってるの」

その言葉がモリーにはまるで鞭《むち》のように思えた。

「迷惑なんて言葉じゃとても片づけられないね」

「わかってる。私が――」

「きみらのような裕福な人間にはせいぜい『迷惑』程度のことなのかもしれないが、一般世間では――」

「わかってるわ！ あなたが被害者だってことぐらい！」モリーは風を受け、背を丸め両手をポケットに突っこんだ。「これは私が対処すべき問題よ。あなたは関係ないわ」

「おれはだれかの被害者なんかじゃない」ケヴィンが怒鳴るようにいった。

「被害者よ。だからこの結果の全責任は私にあるわ」

「きみは『結果』と簡単にいってるけど、これはひとりの人間の生命に関わることなんだぜ」

モリーは歩みを止めて、ケヴィンを見上げた。髪の毛の一房が風にあおられ、彼の額を打つ。その表情は厳しく、美しすぎる端整な面立ちには譲歩を許さない断固とした意志が感じられた。

「それは認識しているわ」とモリーはいった。「ぜひとも信じてほしいんだけど、これは私が意図的に作った状況ではないのよ。でも身ごもった以上、この子は絶対に生みたいの」

「おれはいやだ」

モリーはひるんだ。論理的には理解できる。彼が子どもの誕生を望まないのは当然のことだ。しかし彼の怒りはあまりに激しく、モリーは思わず腹部を守るように両手を交差させた。

「それならなにも問題はないじゃない。あなたは関わらないでいいのよ、ケヴィン。ほんとうに。あなたがこのことをいっさい忘れてくださったら、感謝するわ」

「おれがそんなまねをすると本気で思っているのか?」

このことはモリーにとっては個人の問題だが、ケヴィンにとっては職業上の危機を意味する。彼のスターズに対する情熱は有名である。フィービーとダンは彼の上司であり、NFLでももっとも発言力のある存在だ。

「私からフィービーとダンに真実を話せば、あなたは無罪放免なのよ。あなたのキャリアにはなんら影響はないわ」

ケヴィンの目が細くなった。「あのふたりには何も話すな」

「話すわ!」

「いっさい口を閉ざせ」

「それは自尊心のなせるわざ? 被害者だという事実が他人に知れるのがいやなの? それともあのふたりのことが怖い?」

ケヴィンの唇はかろうじて動いた。「きみはおれのことを何も知らない」

「正しいこと、間違っていることの違いぐらい知っているわ! 私の行ないは間違っていたし、この件に関して今後もあなたを巻きこんでさらに過ちを重ねるようなまねはしないつもりよ。なかに戻ったら私——」

ケヴィンはモリーの腕をつかむと全身を揺すった。「いいか、おれは長時間の飛行で疲れてる。同じことを二度はいいたくないから、しっかり聞け。おれもこれまでいろいろ罪なことをしてきたが、私生児を作るようなまねをしたことは一度だってなかったし、今後も絶対にない」

モリーはさっと離れ、自分自身を守るように両手を胸の前で強く交差させた。「私はこの子を堕ろすつもりはないから、それを暗示するような言葉を使ったりもしないで」

「そのつもりはない」ケヴィンの口元には厳しさがあった。「おれたちは結婚するんだ」

モリーは驚愕のあまり言葉を失った。「結婚なんてしたくないわ」

「それはおれだって同じさ。だから結婚は一定期間だけのものになるだろう」

「私としては――」

「これ以上何をいっても無駄だ。きみはおれを騙した。だからこの件についてはおれの決定に従ってもらうよ、お嬢さん」

ケヴィンはふだんはダンス・クラブが好きだ。だが今日ばかりは来たことを後悔した。ケイルボー家の連中との話し合いは昨日の午後終わっていたが、まだ他人と肩触れ合うような気分にはなれない。

「ケヴィン！　こっちよ！」

キラキラのアイメイク、セロファンのようなドレスの女性が騒音にかぶせるような大声でケヴィンを呼んだ。昨年の夏二週間ほどつき合った女性である。ニナだったか、ニタだったか。名前もよく思い出せないが、まあどちらでもいい。

「ケヴィン！　ねえ、こっちへいらっしゃいよ。飲み物おごるから！」

ケヴィンはどちらの声も聞こえなかったふりをして、人混みを掻き分けながらいま入ってきたばかりの通路をあと戻りした。こんなところへ来たのが間違いだった。いまは友人たちと顔を合わせるのさえいやなのに、ましてリーグ決勝戦での負け試合を話題にしたくてたまらないファンの相手なんてまっぴらだ。

コートを受け取ってもボタンもかけず、ディアボーン・ストリートに出る。木枯らしが激しく体に吹きつける。そういえば市内へ入る車中で気温が零下三度だとラジオが告げていた。シカゴの冬。ボーイがケヴィンに気づき、二〇フィートばかり向こうのめだつ場所に停めた車を取りにいった。

来週はいよいよ独身生活ともおさらばだ。仕事と私生活を切り離せるのも、もはやこれまでということか。ボーイに五〇セントを渡し、スパイダーの運転席に座り、車を出した。

「ケヴィン、おまえはみんなの模範とならなくてはいけない。世間の人は聖職者の息子にりっぱな行ないを期待するものなのだ」

ケヴィンは優れた聖職者だった父、ジョン・タッカーの声を振り払った。これは自分のキャリアを護るための手段なのだ。たしかに私生児という言葉を聞いただけで自分はぞっとするが、その言葉にいやな感じを抱かない人はいないだろう。絶対に牧師の息子であったことの名残りではない。すべてはゲームのためなのだ。

フィービーもダンもケヴィンとモリーの円満な結婚までは期待していなかったから、結婚は一時的なものになりそうだという事実にも驚きはしなかった。同時に、結婚という形をとることでケヴィンはフィービーとダンに対して泰然とした態度を貫ける。そしてモリー・ソマヴィル。オーナーとの重大な関係、軽率な品行。憎んでも憎みきれない相手である。これで友人の妻ジェーン・ボナーが揶揄《やゆ》したような物静かで何も要求しない女性との結婚はなくなったわけだ。それどころか、これから結婚する相手は、すきあらばこちらを出し抜こうとするような傲慢なインテリ女性なのだ。むろんそんなまねは絶対許さない心積もりはあるが。

「ケヴィン、人の世には善と悪とがあるのだよ。人生の日陰を歩くか陽の当たる道を歩くかはおまえの行ないしだいなのだ」

ケヴィンは父の声を振り払うように、レイク・ショア・ドライブへ向けてアクセルを踏みしめた。これは断じて善悪の意識からの行ないではない。あくまでキャリアの損失を防ぐためなのだ。

そうとも言いきれない、と心のなかでささやく声がする。ケヴィンは急に左のレーンに移動した。さらに右へ戻り、また左へ移る。いま必要なのはスピードと危険。だがレイク・ショア・ドライブではスピードも危険も手に入らない。

フィービーとダンの待ち伏せの数日後、モリーは結婚式の手続きのためにケヴィンに会った。その後繁華街のハンコック・ビルディングまで別々の車で行き、たがいの資産を分離するための法的手続きの書類に署名した。モリーがもはや分離すべき財産を所有していないという事実をケヴィンは知らないし、モリーもそれを告げるつもりはなかった。それをいえば、ますます気が狂っていると思われるだけだからだ。

事務弁護士が書類に関する説明を行なっているあいだも、モリーはそっぽを向いていた。

生まれくる子どもの人生に対してケヴィンがどんな役割を担うのかという点についても、ふたりはひとことも話し合ったことはなかった。モリーはそうした話を持ちだすだけの気力もなかった。ふたりで実行するべきことが、あとひとつあった。

オフィスを出ながら、モリーは勇気をふりしぼってふたたびケヴィンに話しかけた。「ケヴィン、これはやっぱり無茶だわ。せめてフィービーとダンに本当のことを話させてちょうだい」

「いっさい口を閉ざすという約束だろ」

「それはそうだけど、でも――」

ケヴィンの緑の目には骨の髄まで凍らせるような、冷たさがあった。「きみにも、そのくらいの自尊心はそなわっていると思いたいね」

モリーは何もいわなければよかったと悔やみ、目をそむけた。「いまは一九五〇年代ではないのよ。この子を育てるのに結婚は必要ないの。シングル・マザーなんていまや珍しくもなんともないわ」

「この結婚はおたがいにとってちょっとした面倒でしかない。まさかきみは、この事態を改善するために自分の人生の数週間を犠牲にするのもいやだというほど利己的な人間なのかい？」

彼の声に含まれる侮蔑的な調子や、利己的という表現がモリーはいやだった。とくに彼がフィービーやダンとの良好な関係を保つためだけにこの結婚を成立させようとしているとあってはなおさらである。だが答えようとする前にケヴィンは歩み去っていた。モリーはついにあきらめた。ひとりを相手に闘うことはできても、三人が相手では勝ち目はない。

結婚式は数日後、ケイルボー家の居間で執《と》り行なわれた。モリーはフィービーが買ったふくらはぎ丈の純白のドレスを身にまとい、ケヴィンは深いチャコール・グレイのスーツに配色のいいネクタイという出で立ちである。そんな彼を容姿端麗な葬儀屋のようだとモリーは思った。

ふたりとも友人をこの儀式に招くのを拒んだため、式に列席したのはダンとフィービー、子どもたちと犬たちだけだった。女の子たちが居間を白のクレープ紙で作ったテープで飾り、犬たちにもリボンを結んでやった。ルーは首につけ、少々ゆがんでいるが、カンガは頭頂部の毛につけた。カンガは恥ずかしげもなくケヴィンに媚《こ》びを売り、注意を引こうとして頭を振り、しっぽを打ちつけた。ケヴィンはそんなカンガも、またうなるルーも無視したので、彼もまたプードルなんて相手にするのは男らしくないと考える男性のひとりなのだとモリーは判断した。ドア郡の別荘で彼がげっぷをしたり、金のチェーンを巻いていたり、品のないいいまわしをしたりするのを期待するより、そんなことを考慮すればよかったのだ。

ハンナは目を輝かせ、ふたりがおとぎ話の主人公であるかのように見入った。モリーはそんな姪の気持ちを思いやって、吐き気がするほど気分が悪いのを隠し、ひたすら幸せそうな様子をつくろった。

「おばちゃま、ほんとにきれいよ」ハンナは溜め息をついた。そしてケヴィンのほうを向いた彼女は目をハートマークにしていった。「あなたもすごく素敵。王子さまみたい」

テスとジュリーはこれを聞いて吹きだした。ハンナは真っ赤になった。「ありがとうね」ケヴィンは笑わず、微笑みを浮かべて少女の肩を抱きしめた。

モリーはまばたきし、目を逸らした。

式を執り行なう判事が一歩前へ進みでた。「では始めましょう」

モリーもケヴィンもまるで障害区域でも通り抜けるような様子で判事のそばに近づいた。

「たがいに深く愛し……」

アンドルーが母親のそばから身をくねらせて離れ、素早く花嫁と花婿のあいだに割って入った。

「アンドルー、ここへ戻りなさい」ダンが連れ戻そうと手を伸ばしたが、モリーとケヴィンがアンドルーの動きを止めようと、まさしく同時にべたつく小さな手をつかんだ。

ふたりの結婚式はこんなふうに終わった。およそ似つかわしくないクレープ紙のテープで飾りつけた田舎家風の居間で、五歳の男の子をあいだにはさんで、灰色のプードルが花婿を睨みつけているそんな結婚式だった。その間《かん》モリーとケヴィンは一度として視線を交わさなかった。口を閉じたままの素っ気ない、素早いキスのあいだも目と目が合うことはなかった。

アンドルーがしかめつらをした。「気持ちわるーい。キスなんかして」

「花嫁花婿はキスをするものなのよ、赤ちゃん」テスがうしろから声をかけた。

「ぼく、赤ちゃんじゃないもん！」

モリーがかがんで抱きしめたのでアンドルーは機嫌を直した。視界の隅でダンとケヴィンが握手を交わし、フィービーが素早くケヴィンを抱擁するのが見えた。そうした不自然な光景が不快で、モリーはいますぐここから逃げだしたかった。そんなことをすればことはもっと厄介になるだけなのだが。

ふたりはシャンパンを一口すすったふりをしたが、小さなウェディング・ケーキは一口しか食べなかった。「ここから出よう」ついにケヴィンがモリーの耳元で怒鳴るようにいった。

モリーは頭痛がするふりをする必要もなかった。午後になってから気分は悪くなる一方なのだ。「いいわ」

ケヴィンは雪になる前に出発したほうがいいからというようなことを、ぼそぼそといった。

「それがいいわね」とフィービーはいった。「あなたたちが私たちの申し出を受けてくれてよかった」

ドア郡の別荘でケヴィンと数日ともに過ごせばいいのではないかという姉夫婦の期待が、じつはもっとも忌避したい悪夢なのだという思いをモリーは極力悟られまいとした。

「それが最良の選択だよ」とダンも相槌をうった。「あれほど離れていれば、結婚の発表とともに巻き起こる騒動にも巻きこまれないですむからね」

「それに」とフィービーが偽りの陽気さを振りまきながらいった。「おたがいをもっと深く知るチャンスにもなるじゃない」

「着くのが待ち遠しいくらいだ」とケヴィンが小声でいった。

着替える気にもなれないので、その十分後にはモリーはルーにさよならのキスをしていた。こんな事情では、愛犬は姉に預けていくのがいいと考えたのだ。

モリーとケヴィンがフェラーリに乗って走り去る際、テスとジュリーはアンドルーにクレープ紙のテープを巻きつけ、ハンナは父親にぴったりと寄り添っていた。

「私の車がここから数マイル先のエクソンのガソリン・スタンドに駐車してあるから、ハイウェイに入る手前で左折してちょうだい」北ウィスコンシンまで七時間半の長旅をふたりきりで過ごさなくてはいけないと考えただけで、神経が持ちそうもない。

ケヴィンはシルバー・フレームのサングラス、レヴォスをするりとかけた。「ドア郡の別荘行きのプランには双方が同意したはずだけど」

「私は自分の車で行くわ」

「べつに異存はないよ」

ケヴィンはモリーの指示に従い、数分後にはサービス・ステーションに車を停めた。助手席のドアを開けようとして、彼の腕がモリーの腹部を押さえた。モリーはバッグから車のキーを出して、外へ出た。

ひとことも言葉を交わさないまま、ケヴィンの車は轟音とともに走り去った。

モリーはウィスコンシンの州境まで声をあげて泣きつづけた。

ケヴィンは途中、オーク・ブルックの区画コミュニティの一角にある自宅に立ち寄り、ジーンズとフランネルのシャツに着替えた。お気に入りのシカゴのジャズ・グループのＣＤと、スーツケースに入れ忘れていたエヴェレスト登頂の本を手にとった。べつに急ぐ旅でもないので、何か食べるものを用意しようかと考えたが、自由を失ったと同時に食欲も失せてしまっていた。

ルートI‐94をウィスコンシンに向けて北上しながら、ほんの一週間前に珊瑚礁の鮫たちと泳いだときの感覚を思い出そうとしたが、あの興奮を呼び戻すことはできなかった。大金を稼ぐ運動選手は野心家の女たちの格好のターゲットである。ひょっとするとモリーは故意に妊娠したのではなかったかという思いがふと心に浮かんだ。だがモリーに金は必要ない。それどころかむしろ裕福であることに反発している感があり、自分の行為がどんな結果を招くか彼女はまるで頓着していなかった。

シボイガン市の北部まで来たとき、携帯電話が鳴った。出てみるとシャーロット・ロングの声だった。ケヴィンが物心ついて以来両親の友人だった女性である。両親と同様、彼女も両親が所有する北ミシガンのキャンプ場で夏を過ごすのがならわしだった。いまでも毎年六月になるとキャンプ場へ行っている。母が亡くなって以来ケヴィンのほうからはまったく連絡を取っていなかった。

「ケヴィン、あなたの叔母さんのジュディスの弁護士がまた電話してきたのよ」

「そいつは最高だ」ケヴィンはつぶやいた。日々の礼拝のあとでシャーロットが会堂のなかで父母と語り合っていた姿が思い出される。もっとも最近の記憶のなかでさえ、彼らはみな時代とかけ離れた存在のように思える。

ケヴィンが生まれたときには、父母の秩序正しい生活は父が牧師を務めるグランド・ラピッド教会と読書や学究的な趣味を中心に営まれていた。ほかに子どもはいなかったから、父母は目に入れても痛くないほど可愛いくて、しかも理解できない活発な小さな息子をどう扱ってよいのやら、皆目見当がつかなかった。

お願いだからじっと座ってごらん。

どうしたらそんなに汚くなるんだい？

そんなに汗をかいて、どうした？

あんまり急いではいけないよ。

あんまり大声を出してはだめだ。

あんまり荒々しい行動をとってはいけないよ。

フットボールだって？　父さんの昔のテニス・ラケットがたしか屋根裏にあるはずだから、テニスをやってみたらどうかな？

それでも息子が出場する試合は観にきてくれた。グランド・ラピッドではそうすることが良い親の義務とされていたからだ。スタンドを見上げると両親の心配そうな当惑げな顔があったことをいまでもよく覚えている。

ご両親は育て方が悪かったと悩まれたんでしょうね。

これは、両親の話をして聞かせたとき、モリーがいった言葉だ。

ほかのことでは間違いだらけの彼女だが、この点では正しかった。

「彼はあなたからの連絡がないとこぼしていたわ」シャーロットの声には責めるような強い調子がこもっていた。

「だれが？」

「あなたの叔母さんジュディスの弁護士よ。少しは気にかけてよ、ケヴィン。弁護士はキャンプ場のことであなたと相談したいのよ」

シャーロットのいわんとすることはわかるものの、ハンドルを握る手に思わず力がこもる。ウィンド・レイク・キャンプ場にまつわる話になるときまって緊張する。だから避けてしまうのだ。そこは自分と両親との隔たりがもっとも堪えがたかった場所なのだ。キャンプ場は一八〇〇年代の終わりごろ、辺鄙《へんぴ》なミシガン北東部のとある土地を物々交換で手に入れた曾祖父によって創設された。当初からこのキャンプ場はメソジスト派の信仰復興運動をめざす夏期集会の会場として役立てられた。海洋に面しておらず、内陸の湖畔に面した立地条件であることから、ニュー・ジャージーのオーシャン・グローブや、マーサズ・ヴァイン・ヤードのオーク・ブラフスのような名声を勝ちうることはなかったものの、同様のけばけばしく飾り立てたコテージや礼拝を行なう会堂は備えている。

成長するにつれ、ケヴィンは父が日々の礼拝を執り行なうキャンプで夏を過ごすようになった。毎年参加する老人たちはひとりまたひとりと減っていった。つねに子どもはケヴィン以外だれひとりいなかった。

「ジュディスが亡くなったんだからキャンプ場はあなたに遺されたんだって認識しなきゃだめよ」シャーロットがいわずもがなのことを口にした。

「ぼくにはいらないものだよ」

「そんなわけにいかないわ。百年以上にわたってタッカー家に代々引き継がれてきた土地なのよ。公益的施設なのだから、あなただってそれを終焉《しゅうえん》させる人物にはなりたくはないわよね」

喜んでなる、とケヴィンは思った。「シャーロット、あの土地は莫大な維持費がかかるんだよ。ジュディス叔母さんが亡くなったから、もう管理する人間はいないんだ」

「あなたが管理しなさいよ。ジュディスはとにかく目が行き届く人だったわ。あなたなら運営のために人を雇うことだってできるじゃないの」

「ぼくとしては売却を考えている。自分の仕事で手一杯だからさ」

「だめよ！　ほんとうに、ケヴィン、あの土地はあなたの家の歴史の一部なのよ。それにね、いまでもみんな戻ってきているのよ」

「せいぜい地元の葬儀屋を繁盛させるだけじゃないのかな」

「なんですって……まあ……もう切るわ。でないと水彩画のお稽古に遅刻してしまうのよ」

結婚の報告をする前に、シャーロットの電話は切れた。悪いことは重なるものだ。キャンプ場についての話がただでさえ暗い気分をさらに暗くした。

本当に、あのころの夏は辛かった。友だちはみな家で野球をしたり気ままに遊んだりしているというのに、ケヴィンは大勢の老人や数限りない規則にがんじがらめにされていたのだ。

「水に入ったら、あまり水しぶきを上げないようにしなければいけないよ。女性たちは髪が濡れるのを好まないからね」

「礼拝があと三十分で始まる。掃除をしておきなさい」

「また会堂に向けてボール投げをしていたのかい？　ペンキの上にたくさん跡がついているよ」

十五歳になったとき、ケヴィンはついに反抗し、両親を悲嘆に暮れさせた。

「もうぼくは行かないよ、なんといわれてもね！　あそこは死ぬほど退屈だよ！　大嫌いだよ！　また無理やり連れていかれたら、逃げだすよ！　本気だよ！」

両親は彼の意見を聞き入れ、次の三年間はグランド・ラピッドで友だちのマットと夏を過ごした。マットの父親は若くてタフだった。かつてカレッジ・フットボールのスパルタンズの選手だった彼は、毎晩マットとケヴィンのフットボールのスローイングの練習につき合ってくれた。ケヴィンはマットの父親を崇拝していた。

結局ジョン・タッカーが高齢となって牧師を務められなくなり、会堂も焼け落ちて、キャンプ場の宗教的意義はついえていた。ケヴィンが両親と泊まっていた荒れ果てた古い家にジュディス叔母が越してきて、夏のコテージの貸し出しを続けた。ケヴィンは以後一度も行っていない。あの終わりなき夏、顔さえ見れば「しーっ」と沈黙を強要するばかりの老人たち。そんな退屈な夏のことは思い出すのもいやで、ケヴィンは新しいＣＤのボリュームを上げた。

だが州間高速自動車道を抜けたとき、見慣れた薄黄緑色のフォルクス・ワーゲン・ビートルが路肩に停車しているのが目にとまった。車を寄せるとき、車台に砂利がぶつかる音がした。たしかにモリーの車だった。モリーはハンドルにもたれていた。

素晴らしい。これこそ待ち望んだもの、ヒステリーの女だ。彼女はいったいなんの権利があってこんなヒステリーを起こさなくてはいけないのだろう。わめきたいのはこっちなのに。このまま走り去ろうかと考えたが、たぶんモリーは気づいてしまっただろう。ケヴィンはしかたなく車から降りてモリーの車のほうへ向かった。

モリーは痛みで息ができなかった。息ができないのはひょっとすると恐怖のせいかもしれなかった。病院に行かなくてはならないのはわかっていたが、動くのが恐ろしかった。動けば、すでに白のウェディング・ドレスのスカート部分に染みだしている温かな粘り気のある水分がどっと出て、胎児を流しだしてしまいそうで恐ろしかったのだ。

最初に急激な腹痛が起きたとき、一日じゅう食事をすることも忘れていたせいで空腹のあまり痛みがきたのかと考えた。だが次に起きた痙攣はあまりに強く、車を路肩に寄せるのもやっとだった。モリーは握りしめた両手を腹部に当て、前に屈んでいた。お願いです、神さま。私からこの子を奪わないでください。どうかお願いします。

涙でかすむ車の窓越しに、ケヴィンがのぞきこんでいるのが見えた。動けないでいると、彼はガラスをコツコツとたたいた。「モリー、どうした?」

モリーは答えようとしたが、できなかった。

ケヴィンはドアの取っ手を小刻みに揺すった。「ドアのロックをはずせ!」

ロックに手を伸ばしかけたが、また激痛に襲われた。モリーはしくしくと泣きながら太腿《ふともも》を離すまいとして必死に腕を巻きつけていた。

ケヴィンはふたたびガラスをたたいた。いっそう強くたたいた。「ロックを押せ。ただ押せばいいから!」

モリーはどうにかケヴィンのいうとおりにした。ドアが勢いよく開き、一陣の寒風がモリーの体に吹きつけ、ケヴィンの息が白く煙った。「どうした?」

恐怖で喉が塞がれていた。モリーはただ唇を噛み、太腿をいっそう強く合わせるしかなかった。

「おなかの子に何かあった？」

モリーはやっとの思いで強くうなずいた。

「流産しそうなのかい？」

「いいえ！」モリーは痛みと闘いながら冷静さを取り戻そうと努めた。「違うの。流産じゃないの。ただの――ただの痙攣よ」

その表情からケヴィンが彼女の言葉を信じていないのは明白だった。モリーはそんな彼が憎らしかった。

「病院へ行こう」

ケヴィンは車の反対側へ走ってまわり、ドアを開け、モリーを助手席へ移そうと手を伸ばした。だがモリーは抵抗した。もし動いたら……「いやよ！　やめて！……動かすのはやめて！」

「動かすしかないよ。辛いことはしない。約束する」

ケヴィンには理解が及ばないことなのだ。辛いのは彼女ではない。「やめて……」

だがその声はケヴィンの耳には届かなかった。彼がモリーの腰の下に手を差し入れてぎこちなく助手席に移したとき、モリーはひたすら太腿を精一杯の力で合わせていた。力を入れたせいで、彼女はあえいでいた。

ケヴィンは自分の車に走って戻り、まもなく携帯電話とスタジアム・ブランケット（観戦用防寒毛布）を手にして戻り、それをモリーにかぶせた。運転席に座る前にジャケットを敷いた。モリーの血液を覆うためだった。

ケヴィンがハイウェイに戻ろうしているあいだも、モリーは両腿を合わせている両腕の力が持ちますようにと祈るような気持ちだった。ケヴィンは電話でだれかと話をしていた……病院の場所を尋ねていた。ハイウェイを猛スピードで走り、カーブを曲がりながら、モリーのちっぽけなビートルのタイヤはきしみ、悲鳴を上げていた。無謀でむこうみずな運転。お願いです、神様……。

病院までいったいどのくらいかかったのかわからなかった。ケヴィンが助手席のドアを開け、ふたたび彼女を抱き上げようとしたときモリーは現実に戻った。

モリーはまばたきして涙を払い、ケヴィンをじっと見上げた。「お願いよ……あなたが私のことを憎んでいるのは知っているけれど……」ふたたび痙攣に襲われ、彼女はあえいだ。

「脚は……脚は閉じさせて」

ケヴィンはしばらくモリーの顔をまじまじと見ていたが、やがてゆっくりとうなずいた。ケヴィンがウェデング・ドレスのスカートの下に両腕を差し入れ、あまりにやすやすと抱き上げたので、モリーはまるで自分の体重がなくなったような気がした。ケヴィンは自分の体にモリーの両腿を押しつけるようにしてドアを運び抜けた。

車椅子を持ってだれかが前へ進み出てきたので、ケヴィンも急いだ。

「だめ……」モリーはケヴィンの腕を握りしめようとしたが、力が出なかった。「私の脚が……もし下におろされたら……」

「ここです」案内係が声をかけた。

「どこまで運んだらいいのかだけ教えてくれ」とケヴィンがいった。

「申し訳ありませんが、それはちょっと——」

「いいから通せ！」

モリーはケヴィンの胸に頰を当てながら、しばし自分とおなかの子は助かるのだという気がした。だがその一瞬の安堵も、ケヴィンがカーテンで仕切られた小部屋に彼女を運び入れ、テーブルの上に寝かせたとき、消え果てた。

「患者さんはこちらで看ていますから、あちらで受診の手続きをすませてきてください」とナースがいった。

ケヴィンはモリーの手を握りしめた。オーストラリアから帰ってきて以来初めてのことだった。ケヴィンの顔からあの敵愾心《てきがいしん》は消え、そこには懸念に満ちた表情があった。「すぐに戻るよ」

上で明滅する蛍光灯をじっと見つめながら、ケヴィンは書類に何を書き入れるのだろうとモリーは思った。彼はモリーの誕生日もミドル・ネームも知らない。彼女のことは何も知らないのだ。

ナースはまだ若く、柔和な、人好きのする顔をしていた。だがナースがモリーの血のついたパンティを脱がせようとしたとき、モリーはそれを断わった。脱ぐためには閉じた脚を緩めなくてはならないからだ。

ナースはモリーの腕をさすった。「注意してやりますから」

だが結局うまくはいかなかった。救急治療室のドクターが診察しようと到着したときには、モリーはすでに子どもを失くしていた。

ケヴィンはモリーを次の日まで退院させないよう主張した。そして有名人ゆえにその意向を通すことができた。個室の窓越しに駐車場と、実のならない木の並木が見えた。モリーは話し声から逃れるように目を閉じた。

医師のひとりが有名人と話すときの常で、うやうやしい口調でケヴィンに話しかけている。

「奥様はまだ若く健康でいらっしゃいます、タッカーさん。かかりつけの医師の診察はお受けになられたほうがよろしいかと存じますが、おふたりがまたお子さまをもうけられない理由はないと私は思いますよ」

それができない理由をモリーは知っている。

だれかがモリーの手をとった。ナースなのか医師なのか、ケヴィンなのかはわからないが、もうどうでもよかった。

「気分はどう？」ケヴィンがささやいた。モリーは手をひっこめた。

モリーは眠ったふりをした。

ケヴィンはモリーの部屋にずいぶん長いあいだいた。やっと彼がいなくなったとき、モリーは反対側を向き、電話に手を伸ばした。

処方された薬のせいで頭が朦朧としており、二度番号を押してやっと電話が通じた。フィービーの声を聞いたとたん、モリーは泣きだした。「迎えにきてちょうだい、お願い……」

ダンとフィービーは真夜中を少し過ぎたころ現われた。ケヴィンはすでにいなくなっているとモリーは思っていたのだが、どうやらラウンジで眠っていたらしい。彼がダンと話す声がした。

フィービーはモリーの頰を撫でた。四人の子どもたちを無事生み落とした、繁殖力の旺盛なフィービー。フィービーの流す涙の一滴がモリーの腕に落ちた。

「ああモリー……かわいそうに」

フィービーがナースと話すためにベッドのそばを離れたとき、ケヴィンがかわりに入ってきた。なぜ、そっとしておいてくれないのだろう。彼は他人だ。人は人生を左右するほどの悲しみに見舞われたとき、他人のそばにはいたくないものだ。モリーは首をまわして枕に顔を埋めた。

「あのふたりを呼ぶ必要はなかったのに」ケヴィンは静かな声でいった。「ぼくがちゃんと送り届けるつもりだったんだよ」

「わかってる」

優しい声をかけてくれたので、モリーはケヴィンのほうを向いた。その目には懸念と疲労の色はあったが、悲しみの翳《かげ》りはまるで見えなかった。

帰宅したモリーは『ダフニー、赤ちゃんウサギを見つける』の原稿を破り捨ててしまった。

翌朝、モリーの結婚の記事が新聞紙上を賑わせた。

6

森のカエル、メリッサはダフニーの親友でした。ふだんもパールやオーガンジーでおしゃれをするのが大好き。でも日曜日は特別の日。ショールをまとい、映画スターのようにしゃなりしゃなりと歩くのです。

――「ダフニー、迷子になる」

「『今週のシカゴの有名人』はフットボール界の裕福な後継者、モリー・ソマヴィルにスポットライトを当てます。華々しい存在感を放つ姉のフィービー・ケイルボーと違い、モリー・ソマヴィルのプロフィールはあまり知られていません。ところがいわば道楽で童話を書いたりしているモリー嬢は、だれも知らないあいだにちゃっかりと、シカゴでもっとも結婚を望まれる独身者で、魅力的なスターズのクォーターバック、ケヴィン・タッカーを手に入れてしまったのです。ふたりがつい先週ケイルボー家でひっそりと結婚式を挙げたことに、ごく親しい友人たちですら驚きを隠せない様子です」

ゴシップレポーターはうわべだけは一見深い憂慮と映るような表情を作った。「でもこの新婚カップルの行く手には悲しい結末が待ち受けていました。情報筋によれば結婚式の直後、このカップルを新婦の流産という不幸が襲い、ふたりは別れたそうです。スターズのスポークスマンは、ふたりは災難を切り抜けようとそれぞれ奮闘しているところで、メディアへのコメントは控えさせてもらいたいとだけ述べています」

リリー・シャーマンはシカゴ・テレビの番組を切り、深い溜め息をついた。ケヴィンが中西部のわがままな女相続人と結婚した。ブレントウッドの庭を見下ろす格子ガラスのドアを閉めながら、リリーは手が震えてしかたがなかった。やがてベッドの足元に置いてあったコーヒー色のパシュミナ・ショールを手にとった。レストランに着くまでにはなんとかして気持ちを落ち着かせなくてはいけない。マロリー・マッコイは親友だが、この秘密だけは明かしていない。

リリーはセント・ジョンの最新ニットを着た肩にパシュミナをはおった。このニットは金のボタンと美しいモールの縁取りがついたクリーム色のツーピースだ。彼女はきれいにラッピングしたプレゼントの入った袋を持ち、ビバリー・ヒルズで最近オープンしたばかりのレストランに向かった。テーブルに案内されると、ブラックベリーのキール酒を頼んだ。隣りの席のカップルの好奇心に満ちたまなざしを無視して、リリーは店の装飾をじっくりとながめた。やわらげた照明が灰味のある白の壁をぼかし、小規模ながらも洗練されたこのレストラン独自の芸術作品の陳列を明るく照らしだしている。茄子紺《なすこん》のカーペット、くっきりと白いリネン類、銀食器はなめらかなアール・デコ調のデザイン。ここは、もはや歓迎しがたくなった誕生日を祝うには格好の場所といえる。五十回目の誕生日。じつはだれも知らない秘密である。マロリー・マッコイでさえ、リリーの四十七歳の誕生日を祝うつもりでいる。

リリーが案内されたのはこの店でも最上のテーブルではなかったが、リリーは忘れ去られた往年のプリマドンナを演ずることには慣れていた。最上の席はＩＣＭの上層部のふたりの男性が占領していた。一瞬こちらから彼らの席まで出向いて自己紹介しようと考えた。むろん向こうはこちらのことを知っているはずだ。『レース・インク』のジンジャー・ヒルを覚えていない男性はめったにいない。だがこの町では、かつてセクシーな魅力でならした女優が五十回目の誕生日を祝っている姿ほど歓迎すべからざる光景はない。

実年齢には見えないからだいじょうぶとリリーは自分を励ました。カメラに映える明るいグリーンの目はそのままだし、とび色の髪はかつてのようなロングではないものの、ビバリー・ヒルズでも最高の技術を誇るカラリストの手によって、かつての艶と輝きは保たれている。若いころから日光浴を許さなかったクレイグのおかげで、しわもほとんどない肌はいまもなめらかだ。

夫と二十五歳以上離れた年齢差、夫の美貌とマネージャーという役割は必然的にアン・マーグレットとロジャー・スミス、あるいはボーとジョン・デレクのカップルと比較された。クレイグがリリーにとってスヴェンガーリ（モリエールの小説でヒロインを催眠状態に陥れて操る音楽家）であったことは事実だ。三十年以上前にＬＡにやってきたとき、リリーは高校の卒業証書も持っておらず、装い方、歩き方から話し方に至るまですべてクレイグから手ほどきを受けた。クレイグはリリーを文化、教養に触れさせ、不器用な十代の小娘を八〇年代のもっとも魅力的なセックス・シンボルに仕立てあげたのであった。リリーが多くの書物を読み、文学的教養を身につけ、芸術にひときわ情熱を注ぐようになったのもクレイグの指導があったからこそである。クレイグはリリーのためならばなんでもしてくれた。その献身ぶりは徹底していた。リリーは時として、クレイグという人格の圧倒的な支配力に自分が呑みこまれそうな気がした。彼は死の床にあってさえ、独裁的だった。それでもクレイグの愛は真に深く、最後にはリリーもそれ以上の愛情をなんとか彼に注ぎたいと願ったものだった。

リリーは気晴らしにレストランの壁にかかった絵をながめた。リリーの視線はジュリアン・シュナーベルからキース・ハリングを過ぎ、見事なリアム・ジェナーの油絵に注がれた。ジェナーは好きな画家のひとりで、彼の絵を見るだけで心が安らぐ。

時計にちらりと目をやる。マロリーはあいもかわらず約束の時間に現われない。『レース・インク』のTVシリーズを撮影していた六年のあいだ、セットに最後にやってくるのはきまってマロリーだった。リリーはたいてい気にしないが、今日は時間を持て余すとついケヴィンのことに思いは及んでしまう。結婚式の認可状のインクも乾かないうちに、莫大な資産の相続人である妻と別れてしまったというケヴィン。モリー・ソマヴィルは流産したとレポーターはいっていた。ケヴィンはそのことをいったいどう受けとめているのだろう。そもそもその子は本当にケヴィンの子どもなのだろうか。

有名な運動選手はえてして悪辣《あくらつ》な女たちの格好の対象になりやすい。裕福な女たちのなかにも質《たち》の悪い女はいる。

マロリーがテーブルに向かって走ってきた。マロリーは『レース・インク』のころと同じ四号サイズを保ち、連続テレビドラマの女王の座につくことで、いまなお女優としてのキャリアを維持している。それでもふだんのマロリーにはリリーのような存在感はなく、彼女が到着してもだれも気がつかない。リリーはそのことでマロリーにしつこいくらいに注意してきた。「姿勢に気をつけるのよ、マロリー！　映画一本で二〇〇万ドル稼ぐスターとしてのプライドを感じさせる歩き方をするの」

「遅れてごめんなさい」マロリーは甲高い陽気な声でいった。「おめでとう、おめでとう、愛しのリリー！　プレゼントはあとでね」

ふたりは社交的なキスを交わした。まるでクレイグの長い闘病生活そして二年前の死去という辛い体験のあいだも、一度として慰めの抱擁を交わさなかったかのような儀礼的なキスだった。

「誕生祝いの夕食に遅刻してきたから、私のこと、頭にきちゃった？」

リリーは微笑んだ。「これを聞いたら驚くでしょうけど、二十年もつき合えばすっかり慣れっこよ」

マロリーが溜め息をついた。「つき合いが、それぞれの結婚生活より長くなっちゃったわね」

「それは私のほうがあなたの元のご亭主たちよりずっと人間的に魅力的だからよ」

マロリーが笑った。ウェイターがマロリーの飲み物の注文を取りにやってきた。ウェイターはふたりがメニューに見入っているあいだ、ラタトゥイユに山羊のチーズをのせたタルトをオードヴルにいかがですかと、勧める。リリーはカロリーをざっと計算して、タルトを頼むことにした。とにかく今日は誕生日なのだから、ダイエットのことは考えまい。

「あなた、あれがなくて寂しくない？」

マロリーの言葉の意味を尋ねる必要はなかった。リリーは肩をすくめた。「クレイグが病床にあったとき、彼の看護で精一杯だったから、セックスのことを考えるゆとりもなかったわ。亡くなったら亡くなったで、自分でやることが多くなったでしょ。やっぱりゆとりがないのよね」じつは太ってしまったので、だれにも体を見せたくないというのが本音なのだが。「あなた、ずいぶんしっかりしてきたわ。二年前は有価証券の一覧表を見てもさっぱり内容が理解できなかったし、ましてその運用なんてとても考えられなかったのにね。あらゆる責任を引き継いで、うまく対処した手腕はお見事というほかないわ」

「もうやるしかなかったのよ」クレイグの財務計画のおかげで、働かなくても一生食べていけるだけの莫大な財産は残せた。だがそのために財産の運用だけが人生の目的になってしまった。過去何年かはいくらかまともな映画で、男優のセクシーな母親という役どころばかりを演じていた。プロなのだからそうした役柄も完璧にこなせはしたが、撮影の期間中ずっとこんなことでいいのだろうかという反発に似た思いと闘わなくてはならなかった。年齢と体のサイズを考えれば、たとえ少々薹《とう》が立っている役であっても、性的魅力にあふれた女性を演じるのはどうにも無理があったのだ。

自分の存在意義をもはや情熱を持てない職業のなかに求めるのにいやけがさしてはいたものの、演技しか取り柄のない彼女はクレイグの死後はつねに多忙をきわめる必要があった。過ぎさもなければ自分の犯した間違いについて、くよくよと考えすぎてしまうからだった。過ぎ去りし歳月を剝がしとり、進むべき道を誤ったあの決定的な時点まで、戻れるものなら戻りたかった。

ウェイターがマロリーの飲み物と、オードヴルを運んできて、メニューにある多彩な料理についてくどくどしい説明を始めた。料理を選ぶと、マロリーがシャンパンの細長いグラスを掲げた。「私の一番大切な友人へ、お誕生日おめでとう。私のプレゼントを気に入ってくれないと、もう殺しちゃうわよ」

「あいかわらずお品のよろしいこと」

マロリーは笑い、椅子の脇に置いたトート・バッグから平らな長方形の箱を取りだした。プレゼントはペイズリー柄の紙にワイン色のリボンを使ってプロの手で包装されている。リリーが包みを開いてみると、金色のレースでできた美しいアンティークのショールが出てきた。

リリーは胸がつまり、目頭が熱くなった。「きれいだわ。いったいどこで見つけたの？」

「友だちの友だちが、珍しい編み物を扱ってててね。スペイン製で、十九世紀の終わりごろのものらしいわ」

レースの象徴するものを考えると言葉が出てこなくなる。だが何もいわないわけにはいかないので、リリーはテーブル越しに友人の手を取っていった。「あなたが私にとってどれほど大事な人か、いったことがあったかしら？」

「それは私も同じよ。私にはなつかしい思い出がいっぱいあるわ。私の最初の離婚のときにも、マイケルとの辛い数年間にも、あなたは私をしっかりと抱きしめてくれた……」

「あなたのフェイス・リフトのこともお忘れなくね」

「なによ！　そんなことといえば、あなただって数年前ちょこっと目に細工したじゃないの」

「あら、なんのことかしら」

ふたりは微笑み合った。整形手術は世間の大部分では虚栄のためのものでしかないが、セックス・アピールを武器に名声を築いた女優にとっては必要不可欠なものなのだ。とはいえたった二〇ポンドの体重も減らせないくせに、なぜ目の整形など気にするのか、リリーはわれながら解せなかった。

ウェイターがリリーの前に金の縁取りがついたヴェルサーチの皿を置いた。皿の上には細切りの煮たロブスターが入った小さなゼリーが載り、まわりをクリーミーな泡状のサフラン・ソースがたなびくように囲んでいる。マロリーの皿にはごく薄くスライスしたサーモンが載り、アクセントとしてケーパーと千切りのリンゴが添えてある。リリーは心のなかでカロリーを比較していた。

「気にするのはやめなさいよ。あなたったら自分の体重ばかり気にして、自分がいまもどんなにきれいか見えなくなってるわ」

リリーは何度も聞かされてきた友人の善意の叱咤《しった》をはぐらかして、椅子のうしろに手を伸ばし、贈物の袋を持ち上げた。それを手渡すとき、取っ手に結びつけた滝状のフレンチ・リボンが手首をくすぐった。

マロリーは嬉しそうに目を輝かせた。「リリーったら、今日はあなたの誕生日じゃないの。どうして私にプレゼントをくれるのよ？」

「たまたまなの。今朝仕上げたものだから、もう待ちきれなくってね」

マロリーがリボンをほどいた。リリーはその様子をながめながら、マロリーの意見がどれほど自分にとって意味あるものなのかは、極力見せまいとしてキールを飲んだ。

友人はキルトの枕を取りだした。「ああ、なんて素敵……」リリーは急いでいった。「まあ、「デザインがちょっと奇抜すぎるかもしれないんだけど」

実験的な試みね」

クレイグの闘病中にリリーは趣味でキルトを始めた。だが伝統的な柄には飽き足らなかったので独自のデザインの試作を始めたのだった。マロリーのために作った枕はさまざまな色相と模様の青が渦巻くようにひとつになり、複雑な図案となっており、意外なところに繊細な金色の星が列をなして現われている。

「全然奇抜じゃないわよ」マロリーがにっこり微笑んでいった。「これまでのどの作品より美しいと私は思うわ。一生大切にするわ」

「ほんとにそう思う？」

「あなたの技術はもう芸術の域に達しているわよ」

「ばかいわないで。ただの手仕事よ」

「いつもそんなことばかりいって」マロリーは満面の笑みを浮かべた。「お気に入りのフットボール・チームの色を使ったのはただの偶然？」

リリーはまるで意識していなかった。きっと、偶然の符合にすぎない。

「あなたがなんでまた、それほどのスポーツ・ファンになったのかさっぱり理解できないわ」とマロリーがいった。「それも西海岸のチームじゃないしね」

「ユニフォームが気に入ってるの」

リリーは肩をすくめ、話題を変えた。だが心はあるひとつのことから離れることはなかった。

ケヴィン、あなたは何をしたの？

シェフのリック・ベイレスが経営する最先端のメキシコ料理が評判となって、「フロンテラ・グリル」はシカゴでランチを食べさせる店のなかでも大人気の店のひとつとなった。モリーも資産を寄付してしまう以前にはよくここへ通ったものだった。いまではここノース・クラーク・ストリートのレストランで食事ができるのはだれかほかの人物が勘定を払ってくれるときだけになってしまった。今回その人物はバードケイジ・プレスでモリーを担当しているヘレン・ケネディ・ショットである。

「……当社は全面的にダフニーのシリーズを支持しています。でも懸念を抱いていることも事実です」

次に何をいわれるのか、モリーにはわかっていた。『ダフニーが転んだ』の原稿を提出したのは一月の中旬だったから、少なくとも次の本のアイディアくらいはヘレンに伝えていなくてはいけない頃合なのだ。だが『ダフニー、赤ちゃんウサギを見つける』は破棄してしまったし、モリーはいま作家として致命的な思考途絶に陥っているのだ。

流産して二カ月、モリーはまったく何も書けなくなってしまった。『シック』の記事さえも書けない。そのかわりに学校で読書に関する短い講演を引き受けたり、地元の未就学児童の家庭教師をしたりして多忙な日々を送っている。亡くした子どもではなく、生きている子どもたちの必要性に心を傾けるよう無理やり自分を仕向けているのだ。大人たちと違い、子どもたちはモリーがシカゴでもっとも有名なクォーターバックの元妻になろうとしていることなど気にもかけていない。

つい先週も、シカゴでも人気のあるゴシップ欄で取り上げられたことがきっかけで、またしてもメディアがモリーにスポットライトを当てはじめた。

莫大な遺産の相続人であり、スターズのクォーターバックと結婚したものの、不仲に陥っているモリー・ソマヴィルはこのところますます鳴りをひそめている。その理由は倦怠《けんたい》なのか、それともミスター・フットボールとの結婚が破綻《はたん》したことに対する失意なのか？ シカゴのナイト・スポットで彼女を見かけた者はいない。一方タッカーはあいかわらず異国の美人同伴であちこちに出没している。

少なくともこのコラムではモリーのことを「道楽で童話を書いている」作家だとはいっていない。最近は「道楽で」書くことすらできなくなっているくせに、そのことに何も触れられていないと、それはそれで傷つく。朝になると今日こそは『ダフニー・シリーズ』の新作あるいは『シック』の記事のアイディアを思いつくぞと自分にいい聞かせるのだが、結局空白の紙を呆然と見つめるだけなのだ。そのあいだにもモリーの経済的状況は日増しに悪化していった。どうあっても『ダフニーが転んだ』の二回目の前払い金を貰いたかったが、ヘレンの同意はまだ得られていなかった。

レストランの室内装飾がにわかにまぶしく見え、まわりの賑《にぎ》やかなおしゃべりの声が神経を苛立たせた。自分が直面している思考途絶についてはだれにも話していない。ましてテーブルの向こう側に座っている女性に話すなど、もってのほかである。モリーは言葉を選びながら話した。「私としてはこの本を特別なものにしたいと思っているんです。アイディアだけはいくつも浮かんできているんですが――」

「いえ、いえ」ヘレンは手を挙げた。「じっくり取り組んでくださっていいんですよ。このところ、いろいろ続いたんですもの」

原稿の心配でないとすると、なぜランチに招いたりしたのだろう？　モリーは皿の上のトウモロコシ粉でできた小さな船をフォークでもてあそんだ。本来大好物なのだが、流産以来食べ物も喉を通らない感じなのだ。

ヘレンはマルガリータのグラスの縁に手をふれた。「じつはSKIFSAから『ダフニー・シリーズ』についていくつかの問い合わせが来ているんです」

ヘレンはモリーの驚きの表情を別の意味に取った。『健全なアメリカを担う健全な子どもたち』、これは反同性愛の団体です」

「SKIFSAのことは知っています。でもどうしてそんな団体が『ダフニー・シリーズ』なんかに興味を持つのかしら？」

「もしあなたのことがこれほどメディアで取り上げられることがなかったら、彼らがダフニーの本に目をとめることはなかったんじゃないかと思いますよ。どうやら新聞記事を見てあなたに興味を抱いたらしく、数週間前にいくつかの懸念を表明してきたんです」

「どんな懸念があるというんです？　ダフニーは性とは無関係よ！」

「ええ、たしかに。でもそれをいえば『テレタビーズ』のティンキー・ウィンキーが紫色で、ハンドバッグを持っているせいでジェリー・ファルウェルの非難の対象になる理由もないわけで」

「ダフニーがハンドバッグを持ってもなんの問題もないでしょう。女の子なんですもの」

ヘレンは作り笑いのような笑みを浮かべた。「問題になっているのはバッグのことではないと思いますよ。彼らの懸念というのは……表現のなかに同性愛的な含みがあるということなんです」

モリーが食べている最中でなくて幸いだった。あまりの驚きに窒息していただろうから。

「私の本のなかに？」

「困ったことに、そうなんです。ただ、いまのところ告発はありません。さきほど申し上げたように、彼らはあなたの結婚に注目し、これを活動の宣伝に使うチャンスととらえたのだと思いますよ。彼らは『ダフニーが転んだ』を出版する前に一度検閲させろといってきました。われわれとしてもとくに問題はないだろうと判断し、印刷前のレイアウトを送りました。残念ながらそれが間違いのもとでした」

モリーは頭痛を覚えはじめた。「いったい彼らはどんな懸念を抱いているというんですか？」

「そうですね……あなたの本のなかで虹が多用されていると彼らは指摘しています。虹は同性愛者の誇りを象徴するものですから……」

「いまでは虹を使うのは悪いことなの?」

「最近ではそれも否定できなくなってきたようです」ヘレンはそっけなくいった。「ほかにもあるんです。もちろんすべて、ばかげた論理です。たとえば『ダフニーが転んだ』を含む、少なくとも三つの異なる本のなかで、あなたはダフニーがメリッサにキスするシーンを描いていますね」

「ふたりは親友ですからね!」

「ええ、それはそうなんですが……」モリー同様ヘレンも食べるふりすらやめ、テーブルの縁で両腕を交差させた。「それと、ダフニーとメリッサが手を取り合ってペリウィンクルの小道をスキップしていきますが、そのときに台詞があるでしょう」

「歌です。ふたりは歌をうたっているんです」

「ああ、そうでしたね。歌詞は『春よ! 春がきたのよ! 楽しいわ《ウィア・ゲイ》! 楽しいわ《ウィア・ゲイ》!』でしたね」

モリーはここ二カ月で初めて笑い声をあげたが、編集者のこわばった笑みを見て、気分がしぼんだ。「ダフニーとメリッサに性的関係があるとSKIFSAの連中が考えているなんて、ヘレン、まさか本気でいっているんじゃないでしょうね」

「ダフニーとメリッサのことだけじゃないんです。ベニーが――」

「もうやめてちょうだい! いかに偏執的な人物でもベニーがゲイだといって責めることはできないはずよ。ベニーはとくに男っぽくて――」

「彼らが指摘しているのは、『ダフニー、かぼちゃを植える』のなかでベニーが口紅を借りるところなんです」

「ベニーはただダフニーをびっくりさせようと、自分の顔を恐ろしげに見せるために口紅を使っただけよ！　あまりにばかばかしくて、まともにとりあう価値もないわ」

「おっしゃるとおりです。でも一方でこの件に関してわれわれがいささか神経をとがらせていることも認めないわけにはいきません。SKIFSAのイメージ・アップのためにあなたを利用しようというのが彼らの狙いですから、きっと『ダフニーが転んだ』に照準を合わせてくると思います」

「だからどうだというの？　ある過激派グループが『ハリー・ポッター』の悪魔崇拝を理由にJ・K・ロウリングを槍玉にあげたことがあったけど、出版社はとりあわなかったわ」

「ごめんなさいね、モリー。でも『ダフニー』は『ハリー・ポッター』ほど名が知れ渡っているわけではありません」

それにモリーにはJ・K・ロウリングほどの影響力も財力もない。

ヘレンが前渡し金を認めてくれる可能性は刻一刻と遠のいていくばかりだ。

「ねえモリー、たしかに彼らの言い分はばかげていますし、バードケイジ社は全面的にダフニーの本を支持しています。その気持ちについては一点の曇りもありません。ただ、わが社はなにぶんにも弱小の出版社ですし、『ダフニーが転んだ』についてかなりの重圧を感じているというのも事実です。その点をあなたにお伝えするのが妥当だと判断したわけなんですよ」

「そんな騒ぎはマスコミが私の——私の結婚について記事を書かなくなれば、きっとなくなると思いますけど」

「それには少し時間がかかるかもしれません。根も葉もない憶測が飛び交っていますから……」ヘレンは細部を巧みに暗示するように、語尾を濁した。

いつまでもマスコミが興味を失わない理由は、彼女の結婚にまつわるある種の不可思議な要素にあるということはモリーも承知していた。だがモリーもケヴィンもいっさいのコメントを控えている。その後の様子を尋ねるケヴィンの丁重かつ儀礼的な電話も、モリーが固辞したために、もうかかってこなくなった。モリーの妊娠を知ってから流産に至るまでの彼の態度は完璧で、彼のことを思い浮かべるたびに憤りを感じてしまう自分を恥じ、モリーはケヴィンのことを考えないようにしている。

「いまは慎重な態度を貫くのがいいと思うんです」編集者は脇に置いていたフォルダーから一枚の封筒を出してテーブル越しにモリーに手渡した。残念ながら封筒が大きすぎて、中身が小切手であるはずはなかった。

「さいわいにも『ダフニーが転んだ』はまだ最終的な製本段階に入ってはいませんでした。ですからSKIFSAが示唆する数カ所を手直しするチャンスはあるわけです。単に誤解を避けるという目的で」

「私は変更を加えたくありません」肩のあたりの筋肉が張って痛みすら感じるほどだった。

「それはわかります。でもわれわれとしては——」

「気に入ってくださってたじゃありませんか」

「その言葉にまったく嘘はありません。私が勧めている変更はわずかなものです。全体を見て、ちょっと考えてみてくださいませんか。来週もう少し深く検討してみましょう」

レストランをあとにしながらモリーは腹が煮えくり返る思いだった。だが家に帰り着くころには怒りは消え、ふたたび全身に振り払うことのできない虚無感がまとわりついていた。モリーはヘレンの助言がつまった封筒を放りだし、ベッドに入った。

リリーはJ・ポール・ゲティ美術館へ行くのに、マロリーから貰ったショールをはおっていった。この美術館の最大の見どころである曲線の多いバルコニーに立ち、ロサンゼルスの街に連なるいくつもの丘陵をじっとながめた。五月の陽光は明るく、少し見る角度を変えればブレントウッドも見えるほどだった。自宅のタイル張りの屋根も見分けられる。クレイグといっしょに最初にいまの家を見つけたとき、心から気に入ったが、いまでは壁にさえも圧迫感を覚えてしまう。彼女の人生のほかの部分がたいていそうであるように、この家も彼女以上にクレイグに属するものだったのである。

そっと美術館のなかへ戻ったが、壁にかかった巨匠たちの作品に気持ちが向かなかった。好きなのはゲティ美術館そのものなのだ。素晴らしいバルコニーをしつらえ、予測できない角度からなる超近代的な建造物の集合体はそれ自身がひとつの芸術作品であり、館内に収められた貴重な作品の数々よりはるかにリリーの心をとらえて離さない。リリーはクレイグの死後何十回となく、客を丘の上の美術館まで運んでくれる小綺麗な白の路面電車に乗った。人をつつみこむようなこの建物独特のたたずまいが、あたかも自分が芸術の一部になったような——完璧な瞬間のなかに凍結されてしまったような気分にさせてくれるのだ。

今日発売の『ピープル』誌がケヴィンとその不可思議な結婚について二ページにわたる記事を掲載していた。ここに逃げるようにしてやってきたのは、ケヴィンについて内々に情報提供してくれる唯一の女性であるシャーロット・ロングに電話をかけたいという抑えがたい衝動に駆られたからだ。いまはもう五月で、ケヴィンの結婚と別離は三カ月前のことだというのに、それ以来何ひとつ詳しいことは伝わってこないのだ。なんとかケヴィンの耳に入ることなく、シャーロットに電話できさえすればよいのだが。

階段をおり、中庭に向かいながら、これからあと半日、何をして過ごせばよいのか考えてみた。だれかが新作の映画に出演してほしいとドアをたたくことは、もうない。キルトの新作を始めるのも気が進まない。手を動かしながら、有り余る時間のなかでつい考えごとをしてしまうからだ。このところただでさえ考えごとをすることが多くて、困っている。そよ風がリリーの髪を吹き抜け、髪の束が頬をかすめた。いっそ結果を案ずるのはやめて、シャーロット・ロングに連絡したいという衝動に身を任せてみようかとも思う。しかしハッピー・エンドの可能性がないとわかったとき、自分はどんな苦悩を背負いこむつもりなのか。ケヴィンに会うことさえできれば。

7

睡眠薬を多量に飲むのがいい？　ダフニーは自分に尋ねます。それともものすごく高い木の上から飛びおりる？　ちょうど必要なときに一酸化炭素がもれたりしないのはなぜ？


——「ダフニーの神経衰弱」

（非出版草稿メモ）


「元気よ」モリーは姉と話をするたびにこう答えた。「この週末うちまで出かけてこない？　約束するわ、『ピープル』は一冊も置かないから。いまアヤメがまっさかりできれいよ。それに私はちゃんと知ってるのよ。あなた五月が大好きじゃないの」

「今週はだめ。来週ならいいかも」

「このあいだも同じことをいったわ」

「近いうちにきっと。約束する。いまはあれやこれやで忙しいの」

それは嘘ではなかった。クローゼットにペンキを塗ったり、アルバムに写真を貼ったり、ファイルを整理したり、眠そうなプードルの毛並みの手入れをしてやったりしていた。なんでもやったが、ヘレンに無理やり同意させられた作品の修正には取りかかっていなかった。同意したのはひとえに前渡し金の残りを貰いたかったからだ。

ヘレンは『ダフニーが転んだ』の台詞の変更と挿絵を三カ所描き直すことを要求した。二カ所ではダフニーとメリッサの立つ位置を離し、もう一カ所ではベニーが友だちといっしょに食べているものをホット・ドッグではなくチーズ・サンドイッチにするというものだ。だれも彼もよってたかって大人の好色な心でダフニーをいじくりまわそうとする。ヘレンも出版社に改訂のために戻ってくるこれまで出た『ダフニー・シリーズ』の本文の内容を書き換えてほしいという。だがまるきり手をつけてはいない。主義のためではない。そうあれかしと願う気持ちとは裏腹に、ただ集中できないという理由からだ。

友人のジャニンはいまだSKIFSAの糾弾に苦しんでいたが、モリーがバードケイジ社に反論しなかったことで戸惑っていた。だがジャニンには毎月のローンを払ってくれる夫がいるのだ。

「子どもたちがあなたに会いたがっているわ」とフィービーがいった。

「今夜きっと電話するわ」

たしかに子どもたちには電話を入れ、双子とアンドルーとは一応あたりさわりのない話をしたが、ハンナは心を痛めていた。

「私のせいなのよね、そうでしょ、モリーおばちゃま?」ハンナは小声でいった。「おばちやまが最近うちに来なくなったのはそのせいよね。このあいだおばちゃまがうちに来たとき、赤ちゃんが死んでしまって悲しいってあたしがいったからよね」

「まあ、そんな……」

「赤ちゃんのことにふれてはいけないって思わなかったの。約束するわ、もう絶対あんなこといわない」

「あなたはちっとも悪くないのよ。今週は行くわよ。楽しく過ごしましょ」

しかしそうした遠出は気分をいっそう滅入らせる結果となった。心配で顔を曇らせるフィービーに責任を感じたりするのも憂鬱だし、まるで腫れ物にでもさわるような、優しい思いやりにあふれたダンの話し方にも耐えられなかった。子どもたちと過ごすことはそれ以上の苦痛をもたらした。腰に腕を巻きつけて、最近作ったものをいっしょに見にきてほしいといわれたりすると、息ができないほど辛かった。

ケイルボー家の家族はその深い愛情ゆえにモリーの心をかき乱した。モリーは早々に辞去した。

気づけば暦は五月から六月に移っていた。挿絵を描こうと何十回となく座ってはみるものの、いつもなら軽やかに動いてくれるペンも動いてはくれない。『シック』の記事のアイディアを思いつこうと努力はしてみるのだが、頭のなかはまるで彼女の銀行口座のように空っぽなのだった。七月まではなんとかローンは払えるが、それが限界だ。六月も一日、二日と日がたち、モリーの生活から些細なことが少しずつ抜け落ちていった。隣人のひとりが郵便受けからあふれた郵便物を袋に入れドアの外に置いてくれた。洗濯物は山のように積まれ、いつもは清潔なマンションの床にもほこりが積もっていた。モリーは風邪をこじらせていた。ある金曜日の朝モリーは頭痛がひどいのでボランティアでやっている家庭教師を休む旨の電話を入れ、寝た。やっと体を引きずるようにしてルーが用足しをするあいだだけ外へ出、ときどき無理やりトーストを一切れ飲みこむ以外は週末のほとんどを眠って過ごした。月曜になると、頭痛は消えた。だが風邪の後遺症で体力が落ちており、モリーはまた病欠の電話をした。パンの箱は空になり、シリアルも切れていた。戸棚にフルーツの缶詰を見つけた。

火曜日の朝うとうとしていると、ロビーのブザーが鳴って眠りが妨げられた。ルーが気づかせようと跳ねた。カバーの奥深く潜ったが、また眠ろうとしたとき、だれかがドアをドンドンとたたく音がした。枕を頭にかぶせたが、キャンキャンと吠えるルーの声よりひときわ明瞭に聞こえる、深い聞き慣れた声をふさぐことはできなかった。

「開けろ！　なかにいるのはわかっている！」

あの恐ろしいケヴィン・タッカーだ。

モリーはくしゃみをして、指を耳のなかに突っこんだ。しかしルーは吠えつづけ、ケヴィンはドアをたたきつづけた。哀れな犬。むこうみずで恐ろしいクォーターバック。このビルじゅうの人たちがいまに文句をいいはじめるだろう。モリーは悪態をつきながらやっとの思いでベッドから出た。

「なんの用なの？」ずっと声帯を使っていなかったので声がかすれていた。

「ドアを開けてもらいたい」

「なぜ？」

「話があるからだ」

「結構だ。もし内々の話の内容をこのビルじゅうの人に知られたくなかったら、ドアを開けたほうがいいと思うがね」

しぶしぶ、モリーはロックをはずした。ドアを開けたとたん、モリーは身なりを整えなかったことを悔やんだ。

健康な肉体、きらめくブロンドの髪、燃え立つような緑の瞳。ドアの向こうに立つケヴィンはまばゆいほどに完璧だった。モリーの頭のなかで脈動が大きく響いた。

いっそ黒いガラスの陰に身を隠したいほどだった。

ケヴィンはうなりつづけるプードルの前を強引に通り抜け、ドアを閉めた。「ずいぶんひどい様子だな」

モリーはよろめきながらカウチに座った。「ルー、おだまり」

腰をおろすモリーを見ながら、犬は気分を害したように鼻を鳴らした。

「医者には診てもらったのかい？」

「医者はいらないわ。風邪はもうほとんど治ったの」

「精神科医に診てもらったらどうなのさ」ケヴィンは窓のあるほうへ行き、開けはじめた。

「やめて」ケヴィンのこんな傲慢さと威嚇《いかく》的ともいえるほどのまばゆい美貌に耐えなくてはならないなんて、ひどすぎる。新鮮な空気もいまはたくさんだ。「帰ってくれない？」

ケヴィンが部屋のなかをまじまじと見まわしているとき、モリーはキッチン・カウンターのあまりに散らかった汚れた皿の山やカウチの端にぶらさがったバス・ローブ、ほこりだらけのテーブルの上が気になった。しかし、相手は招かれざる客なのだ、気にするのはやめようと思い直した。

「昨日きみは弁護士との約束をすっぽかしたね」

「なんの約束？」モリーはぼさぼさの髪に手を突っこんだが、ひどくからんでいるのに気づき、たじろいだ。三十分ほど前によろめくようにして洗面所に行き、歯だけは磨いたものの、シャワーを浴びるのを忘れたのだ。それに着古したノースウェスタン大学のロゴが入ったナイトシャツはプードルのような臭いがしている。

「婚姻無効の手続きだけど？」ケヴィンはドアの横に置かれたクレイト・アンド・バレルの買い物袋からはみだしている未開封の郵便物の束にちらりと視線を走らせ、皮肉っぽくいった。「どうやら手紙は受け取っていないようだね」

「らしいわ。もう帰ったほうがいいわよ。私の風邪、まだ感染《うつ》るかもしれないから」

「運を天にまかせてみるよ」ケヴィンは窓のそばに行き、じっと駐車場を見おろした。「いい眺めじゃないか」

モリーは目を閉じ、眠りのなかに逃げこんだ。

ケヴィンはこれほど哀れを誘う人間に会った記憶がなかった。蒼白い顔、べたつく髪、かびのような臭い。鼻をすすりながら悲しい目をするこの女性が自分の妻だとは。彼女がショーガールの娘とは信じがたいことだ。ケヴィンとしては、この件のいっさいを弁護士に任せるべきだったのかもしれないが、流産しかかった赤ん坊を体内にとどめておけるのは肉体の力だけだと信じているかのように、両腿を離さないでくれと哀願した彼女の、目のなかに浮かぶあの生々しい絶望の色が脳裏にこびりついているのだ。

「あなたが私を憎んでいることは知ってるわ、でも……」彼女はあのときそういった。なんとかおなかの子どもを守ろうと不毛の抵抗を続ける彼女の姿を目の当たりにしたあとでは、もはや憎しみの気持ちを抱きつづけることはできなかった。むしろそうした彼女に対してある種の責任を感じてしまう自分の気持ちのほうがいやだった。あと二カ月もしないうちにトレーニング・キャンプが始まる。次のシーズンに向けての準備にすべてのエネルギーを集中させなくてはならないのだ。

ケヴィンは憤りを覚えながらモリーをじっと見つめた。

「ケヴィン、おまえはみんなの模範とならなくてはいけないのだよ。いつも正しい行ないを心掛けなさい」という父の言葉が耳によみがえる。

ケヴィンは窓から離れ、役立たずの甘やかされた犬をまたいだ。なぜ彼女のような富豪がこんな狭苦しいところに住んでいるのだろう？　もしかすると利便性のためなのかもしれない。どう見てもあと三カ所は住まいを保有しているはずだ。あとはみな暖かい気候の土地にあるのだろう。

ケヴィンはモリーが寝ているカウチに向かいあうように置かれたユニット式のソファに腰をおろし、批判的な視線をモリーに注いだ。流産以来、体重は一〇ポンドは落ちているだろう。髪は顎のあたりまで伸びているが、結婚式のときのようなシルキーな光沢はいまはない。化粧っ気もまるでなく、あのエキゾチックな目の下にはまるで殴られでもしたような痣《あざ》のような黒い隈ができている。

「近所の人と面白い話をしたよ」

モリーは目の上に手首をのせた。「約束するわ。帰ってくれたら、明日の朝一番にあなたの弁護士に電話する」

「近所の人はぼくの顔を知っていたよ」

「当然よ」

皮肉をいうだけの気力はあるのか、とケヴィンは思い、ますます腹が立った。

「彼はそれは嬉しそうにきみの悪口をいっていた。どうやらきみは数週間前から郵便受けを見なくなったみたいだね」

「だれも面白いものを送ってこないんですもの」

「それに木曜の夜以来きみが外に出たのは、ピットブルの散歩くらいだってさ」

「ルーのことそんな名で呼ぶのはやめてちょうだい。私の風邪はよくなっているわ。それでいいじゃないの」

たしかに鼻は赤いが、どこか普通ではない感じがするのは風邪のせいだけではなさそうだ。

ケヴィンは立ち上がった。「いい加減にしろよ、モリー。こんなふうに閉じこもっているのは異常だよ」

モリーは手首の下からケヴィンを覗き見た。「まるで正常な行動の達人みたいな言い方ね。

聞いた話だとダンがあなたの居所を探し当てたとき、あなたは鮫たちと泳いでいたっていうじゃない」

「もしかするときみ、鬱病かもしれないね」

「ありがとう、タッカー先生。さあお帰りください」

「きみは子どもを失ったんだよ、モリー」

ケヴィンは事実を述べたまでだが、それは彼女にとって銃撃に等しかった。カウチから飛び上がったモリーの険しい表情はケヴィンが目を背けたくなるほどに、生々しく真実を物語っていた。

「出ていってちょうだい。でないと警察を呼ぶわ！」

いま彼のなすべきことは、ドアをくぐり抜けることだけだ。だれにもいわないが、『ピープル』誌が引き起こした噂《うわさ》によってすでにじゅうぶんな苛立ちを感じている。そのうえ彼女といるだけでむかむかする。おなかの子を失うまいとして必死になっていた彼女のあのときの表情さえ忘れられれば。

ケヴィンは喉元まで出かかった言葉をなんとか呑みこんだ。「服を着ろよ。連れていくところがある」

モリーは自分の激しい怒りに驚いたらしい。極力たいしたことではないという印象を与えようとしている彼女の様子をケヴィンはじっとうかがった。それでもモリーがやっとの思いで口にしたのは哀れなしわがれ声のいやみだけだった。「タバコでも吸いすぎた？」

ケヴィンは自分に対して激しく憤りながら、モリーが寝室にしているロフトへ続く五段の階段を足音も荒々しくのぼっていった。宝石を盗まれてはいけないと、ピットブルがすぐあとをついてくる。キッチン・キャビネットの上からモリーを見下ろす。こんなことをしている自分がいやでたまらない。「着替えてもいまの格好のままでもどっちでもいいよ。その格好のまま行けば、保健所に隔離されることになるだろうけど」

モリーはまたカウチに横たわった。「何をいっても無駄よ」

どうせ数日間のことだ、とケヴィンは自分にいい聞かせた。ウィンド・レイクのキャンプ場まではるばる出かけていかなければいけないというだけですでに気分は最悪なのだ。いっそ彼女を道づれにしてとことん最悪の気分をきわめてやろうではないか。

ウィンド・レイクには金輪際行きたくなかったが、そういうわけにはいかなかった。何週間かは見に行かないまま売却してしまえると考えていたが、ビジネス・マネージャーからの質問になにひとつ答えられなかったとき、さすがのケヴィンも腹をくくらざるをえなかった。ここは歯を食いしばってキャンプ場の荒廃ぶりをこの目で確かめるしかないのだ。そうすれば少なくとも同時にふたつの不快な義務を排除できるというものだ。キャンプ場の件を片づけ、モリーが元気を取り戻すよう促す。うまくいくかどうかはモリーしだいだが、少なくともケヴィンの良心はすっきりする。

ケヴィンはクローゼットの奥からモリーのスーツケースを見つけだし、引き出しをぐいと引いた。散らかったキッチンとは違って、ここはきちんと片づいている。ケヴィンはトップスとショート・パンツ、さらに下着を何枚かずつスーツケースに投げこんだ。ジーンズやサンダル、スニーカーも見つけた。サンドレスが何枚かあるのに目をとめ、一番上に入れた。

あれがない、これがないと不機嫌な顔をされるくらいなら多めに持っていったほうがいい。スーツケースが一杯になったので、古い大学時代のバック・パックをつかみ、バスルームがどこか見まわして探した。階下の玄関脇にバスルームはあり、ケヴィンはありとあらゆる化粧品や洗面用具を投げこみはじめた。しかたがないとあきらめて、ケヴィンはキッチンへ行き、ドッグ・フードを詰めた。

「それ、全部元のところに戻してくれるんでしょ?」モリーはピットブルを抱いて冷蔵庫のそばに立っていた。その目からは裕福な女性らしい輝きは失せ、疲労の色がにじんでいた。

こんな荷物を元に戻せるものなら戻したいが、モリーの様子はひどく哀れだった。「まずシャワーを浴びるか、それとも車の窓を開けっぱなしにして走るのがいいかい?」

「耳が聞こえないの? 私はあなたがあれこれ指図できるルーキーとは違うのよ」

ケヴィンはシンクの縁に手をのせ、そのルーキーによく見せる冷酷な表情を向けた。「選択肢はふたつ。いまおれと同行するか、さもなくば、きみを姉さんのところへ連れていく。いまの様子を見てフィービーはきっと喜びはしないだろうね」

モリーの表情を見るかぎり、ケヴィンの投げたいちかばちかのパスは成功したらしい。

「お願いだから私のことは放っておいて」

「きみがシャワーを浴びているあいだ、本棚でも見せてもらうよ」

8

賢い女性は他人の車に決して同乗しません。たとえ彼がすばらしく魅力的な男性だったとしても。

「ヒッチハイクのもたらす不幸」
――『シック』誌の記事より

モリーはケヴィンがフェラーリのかわりに乗ってきたしゃれたSUVの後部座席にルーとともに乗りこんだ。持ってきた枕にもたれて眠ろうと頑張ってみたが、眠れなかった。車はゲイリーの荒廃地域を抜け、かなりのスピードで東へと向かい、ミシガン市へ通じるI-94に入った。その間《かん》モリーはなぜ郵便物を見なかったのか、その理由を幾度も考えてみた。弁護士事務所に顔を出せばよかったのだ。そうすれば、なにも意地の悪いクォーターバックなぞに誘拐されずにすんだのだ。

かたくなにケヴィンとの会話を避けつづけるのもなんだか子どもっぽいような気がしてきた。それに頭痛もしなくなって、いったいどこへ向かっているのか知りたくなってきた。モリーはルーを撫《な》でた。「どこか行く当てがあるの？　それとも行き先は成り行きしだいの誘拐なのかしら？」

ケヴィンは黙殺した。

まったく会話がないまま、ケヴィンはベントン・ハーバーの近くでガソリン補給のため車を停めた。タンクにガソリンを入れている最中、ファンがケヴィンに気づき、サインを求めた。モリーはルーに引きひもをつけ、草地に連れていき、トイレに入った。手を洗いながら鏡に映った自分の顔を一瞥《いちべつ》した。ケヴィンのいったとおりだった。たしかにひどい顔だ。髪の毛は洗ったが、洗い髪に指を通しただけで何もしなかった。肌の色は蒼白で、目は落ちくぼんでいる。バッグのなかに手を入れて口紅を探したが、無駄な努力と判断した。また、友だちのひとりに電話をして迎えにきてもらおうかとも考えたが、自分がこのような体調であることをフィービーに知らせるという、ケヴィンの脅しの言葉を思い出し、躊躇した。もうこれ以上姉たちに心配はかけたくない。いまは彼についていくほうがまだましというものだ。

車に帰ると、ケヴィンはまだ戻っていなかった。また後部座席に座ろうか迷ったが、顔が見えないと彼は話をしないのではないかと思い、ルーを後部座席に乗せ、自分は前に移った。ケヴィンはビニールの袋と発砲スチロールのカップを抱えてサービス・ステーションから出てきた。車のなかに入ると、カップ・ホルダーにコーヒーを突っこみ、袋からオレンジ・ジュースを取りだして、モリーに手渡した。

「コーヒーのほうがいいんだけど」

「とんでもない」

冷たいびんが手に快く、また喉も乾いていることにモリーは気づいた。だがびんの蓋《ふた》を開けようとしたが、力が出ない。思いがけず目に涙があふれた。

ケヴィンは黙ってびんを取り、蓋をひねり、それをモリーに手渡した。

ガソリンの自動給油機から車が離れるとき、喉の奥がくっつきそうな感じを振り払うように、モリーはいった。「少なくとも、あなたのような筋力自慢の男たちが何かの役に立つこともあるわけね」

「ビール缶をつぶしてほしいときはいつでもいってくれよ」

モリーは自分の笑い声を聞いてはっと驚いた。オレンジ・ジュースが冷たく甘く、喉を伝っておりていった。

車は州間高速自動車道に出た。左手に砂丘が広がっている。水面は見えなかったが、湖上にはクルーザーや、シカゴ、ルーディントンに向かう途中の貨物船のたぐいも浮かんでいるだろう。「どこに行こうとしているのか、教えていただけないかしら」

「ミシガン北西部。ウィンド・レイクという湖」

「カリブ海のクルーズを夢見ているのにな」

「前に話した例のキャンプ場だよ」

「あなたが子どものころ夏を過ごしたという土地のこと?」

「うん。父から叔母が相続したんだけど、何カ月か前にその叔母も亡くなってしまってね。不運にもぼくが始末をつけなくてはならない羽目になっちゃってさ。売却するつもりではいるんだが、まず状況を調べる必要があるんだ」

「キャンプへは行けないわ。Uターンして私を家に送り届けてちょうだい」

「いっておくけど、長く滞在するつもりはない。長くて二日間だ」

「日数は問題じゃないわ。キャンプはもうたくさんなの。子どものとき毎年行かされたのよ。二度と行かないって心に誓ったんだから」

「キャンプのどこがそんなにいやだったのさ？」

「あの何もかもきちんと整えられた活動がいや。スポーツも嫌い」モリーは鼻をかんだ。「本を読むひまもないし、思いに耽《ふけ》る時間もない」

「スポーツは苦手なの？」

ある年の夏、モリーは真夜中にこっそりと小屋を抜けだして道具置き場からすべてのボール――バレーボール、サッカー、テニス、ソフトボールなどのボールをすべて持ちだしたことがあった。それらすべてを運び、湖に投げ捨てるのに六往復はしただろうか。キャンプの指導員たちは犯人を見つけることはできなかった。実際口数が少なく頭のいいモリー・ソマヴィルを疑う者はだれひとりいなかった。前髪を緑色に染めたりすることはあっても、もっとも協力的な生徒として名が知られていたからである。

「フィービーよりは運動神経が発達しているわ」とモリーがいった。

ケヴィンは身震いした。「この前のスターズのピクニックでやったソフトボール大会のときのフィービーのプレーはいまだに語り草になってるよ」

モリーは行かなかったが、その様子は想像がつく。

ケヴィンは急に左のレーンに車線を移し、皮肉っぽい口調でいった。「毎年金満家の子弟だけを集めたキャンプに二、三週間送られたからって、それほどいやな思いをさせられたとは思えないな」

「あなたのいうとおりかもしれない」

ただし期間は二、三週間ではなかった。六歳になってからは毎年、夏のあいだずっとキャンプに行かされたのだ。

十一歳のとき、はしかが大発生し、キャンプの参加者たちは全員帰宅させられることになった。父は激昂した。モリーを見る人間が見つからなかったのでしかたなくヴェガスに連れていった。父は娘に自分とは別のスイートを用意し、この歳で子守は必要ないといい張る娘の声には耳を貸さず、両替係の女性を子守に雇った。昼間その子守はメロ・ドラマを見て過ごし、夜になると廊下の向こう側でバートと寝た。

それはモリーの子ども時代のなかでも最高の二週間だった。メアリ・スチュアートの全集を読み、ルーム・サービスでチェリー・チーズケーキを頼み、スペイン語をしゃべるメイドたちと仲良くなったりした。ときどき子守の女性にプールに行くといって部屋を出たが子だくさんの大家族を見つけるまでカジノのあたりをうろついた。そして自分がその家族の一員であるかのように、そばにいたりした。

家族を作ろうとした子どもっぽい企てを思い出すと笑ってしまうのが常なのに、今日はなぜか目頭が熱くなり、涙を呑みこんだ。「スピード・リミットを越えたの、気がついた?」

「不安を感じる?」

「感じるのが当然でしょうけど、長年ダンの車に同乗して麻痺《まひ》してしまったわ」そのうえそんなことはあまり気にならないというのが本音である。自分が未来に対して興味を失ってしまったという認識がショックだった。お金のことや、『シック』誌の編集者が電話をしてこなくなったという事実を心配するだけのエネルギーさえないのだ。

ケヴィンはアクセルをゆるめスピードを落とした。「そういうわけだから、キャンプ場のある場所はどこといって取り柄のない土地で、コテージも昔のものだからいまは廃屋に近い状態だと思うよ。それに七十歳以下の人間はまず行かないから、その退屈さはありきたりのBGM以下だよ」ケヴィンはサービス・ステーションで買った食べ物が入った袋に向けて首を傾けた。「オレンジ・ジュースを飲み終えたんなら、なかにチーズ・クラッカーが入ってるよ」

「おいしいでしょうけど、パスする」

「最近そうやって何度も食事をパスしているみたいだね」

「気づいてくれてありがとう。あと六〇ポンドも体重が落ちれば、あなたの異国の恋人のひとりと同じくらい痩せっぽちになっちゃうわね」

「遠慮はいらないから、自分の神経衰弱に集中してくれよ。そうすれば少なくとも口数は減るだろう」

モリーは微笑んだ。ひとつだけケヴィンを評価できる点は、彼がフィービーやダンのように優しい態度をとらないことだ。大人として扱われるのは気分がいい。「食べるより一眠りしようかしら」

「そうすれば」

だが眠ることはできなかった。眠らずに目を閉じ、次の本の構想を練ろうと努力した。だがモリーの心は居心地のよいナイチンゲールの森の小道へ一歩も入ろうとしなかった。

州間高速自動車道をはずれると、ケヴィンは沿道にある燻製小屋のある店の前に車を停め、茶色の紙袋を抱えて戻ってきた。モリーの膝の上にその袋をのせ、彼はいった。「ミシガン風の昼食だ。サンドイッチを作れるかい？」

「集中してやれば、できるかな」

袋のなかには、大ぶりの白身の魚の燻製と匂いの強いチェダー・チーズの厚切り、ふるいにかけないライ麦粉で作った黒っぽいパンがひとかたまり、プラスチックのナイフと紙ナプキンも入っている。モリーは体力をふりしぼるようにして、ごくシンプルなオープン・サンドイッチを、ひとつはケヴィンに、もうひとつ小ぶりのほうは自分用に作った。けれど何口か食べただけで、結局あとはルーに食べさせてしまった。

やがて州の中央部に近づきつつあった。モリーの半ば閉じた目に開花しかかった果樹園や、サイロのあるこざっぱりとした農場が次々と飛びこんでくる。午後の陽が傾くころ、I-75に向けて北上した。この道路ははるかカナダのスーセント・マリーまで通じている。

会話はとぎれがちだった。ケヴィンは持ってきたCDを聴いていた。モリーは彼がジャズ好きだということを初めて知った。一九四〇年代のビーバップからフュージョンまでありとあらゆるタイプの曲を聴いているようだ。困ったことに彼はラップも好きで、モリーは十五分ばかり『チューパック』の女性観をうたった歌詞を無視していたが、我慢しきれなくなり、イジェクト・ボタンを押し、ディスクをつかんで窓の外に投げ捨てた。

怒鳴るケヴィンの耳が赤くなるのにモリーは気づいた。

州の北部に近づくころ、宵闇が迫ってきた。グレイリングの瀟洒《しょうしゃ》な町並みを過ぎると、フリーウェイからどこへ行き着くのかわからない二レーンのハイウェイに入った。やがてふと気づくと車は木々の密集した森のなかを走っていた。

「ミシガン北西部は一八〇〇年代に木材業者によってほとんど伐採されつくしたんだ」とケヴィンがいった。「いま見えているのは二代目三代目の森なんだよ。人の手がいっさい入らない野生のままの状態の森もある。この地域の町は小さく、まばらなんだ」

「あとどのくらいで着く?」

「もうあと一時間ちょっとだけど、荒廃した場所だから日没後に到着っていうのはあまり感心しない。ここからそう遠くないところにモーテルがある。だけど、リッツを期待しちゃだめだよ」

彼が暗闇を不安がっているとはとても思えなかったので、口実をつけて到着を遅らせようとしているのではないかとモリーは察し、体を丸めるようにしてシートに深々ともたれた。ときたま出会う対向車のヘッド・ライトがケヴィンの顔に明滅する光を投げかけ、男性用下着のモデルのような頬骨の下に危険な影を落としていく。不吉な予感に身震いしたモリーは目を閉じ、まるで自分ひとりのふりをした。

そのままじっと目を閉じていると、ケヴィンは沿道沿いの白いアルミの壁、人工のレンガでできた、八ユニットからなるモーテルの前に車を停めた。宿帳に記名するために車から出ていくその姿を見ながら、彼が別個のユニットをとってくれるだろうかとモリーは考えた。だがつい常識が頭をもたげる。

だがそれはいらぬ心配だった。ケヴィンは首尾よくふたつのキーを持って戻ってきた。部屋割りを見てみると、彼のユニットは彼女のユニットとはまるきり反対側の端だった。

翌朝早く、ドアをたたく音とプードルの吠える声でモリーは目を覚ました。「スライテリン」とモリーはぶつくさいった。「悪い癖だわ」

「あと三十分で出発するぞ」ケヴィンがドアの向こうから声をかけた。「急いで支度しろよ」

「おいっちに、おいっちに」モリーは枕に向かってつぶやいた。

モリーはやっとの思いで窮屈なバスルームでシャワーを浴び、髪もとかした。だが、口紅をつける気はなかった。ひどい二日酔いのような気分だ。

ようやく出ていくと、ケヴィンは車の近くでそわそわと歩きまわっていた。降り注ぐレモン色をしたモザイク状の陽光が厳しい口元と酷薄な表情を露わにしていた。ルーが低木で用を足しているとき、彼はスーツケースをつかみ、車の後部座席に投げこんだ。

今日のケヴィンはその筋肉質の体を水色のスターズのTシャツとライト・グレーのショート・パンツで飾っている。ごくありふれた服装なのに、その装いには美しく生まれついた者の自信がそこはかとなくにじみでている。

モリーはバッグのなかのサングラスを手探りで探し、憤慨してケヴィンをにらみつけた。

「あなたがそれを控えることはないわけ？」

「控えるって、何を？」

「その根本的な醜悪さよ」モリーはつぶやいた。

「こんなやつ、ウィンド・レイクなんかに連れていくのはやめて、妙な農場で降ろしてしまおうかな」

「どうとでもして。コーヒーを飲みたいっていうのは無理なお願いかしら?」サングラスをかければよいのだろうが、彼の腹立たしいほどの美しさ、いまいましいくらいの存在の輝きはサングラスなどでは到底シャットアウトできそうもない。

「車のなかにあるよ。だけどきみの支度が長くかかりすぎたから、もう冷めているだろうな」

だがそのじつコーヒーは淹《い》れたての熱々で、走りだした車のなかでモリーはその飲み物をゆっくりとすすった。

「朝食はフルーツとドーナツくらいしか用意できなかったけど、袋に入ってるよ」モリーはケヴィンの言葉に不機嫌な響きを感じた。空腹は覚えなかったのでひたすら景色をながめることに没頭した。

シボレーやシュガー・ポップ、ソウル・ミュージックを作る州ではなく、ユーコン準州の未開地を走っているのかもしれない。オーセーブル川にかかる橋から岸辺にせりだした断崖と向こう岸の深い森が見える。ミサゴが水辺へすっと舞い降りていく。すべてが野性的で文明からかけ離れた感じがする。

ときおり農家の前を通りすぎるものの、ここは明らかに森林地である。楓《かえで》やブナ、松、白樺、ヒマラヤスギなどの樹木が競うように茂っている。あちらでもこちらでも、連なる樹木の枝がなす天蓋《てんがい》の隙間から、まるで金色のストローのように陽光が細長い光を落としている。

素晴らしくのどかなながめで、モリーは安らかな気分に浸ろうと努めたが、うまくいかなかった。

ケヴィンは罵りの言葉を口にしながらリスを避けようとして急にハンドルを切った。目的地に近づいているというのに、彼の気分は晴れないらしい。モリーはハイウェイの金属の標識にウィンド・レイク出口と書かれているのに目をとめたが、ケヴィンはそこを走りすぎた。

「あれは市街地なんだよ」と彼は怒鳴るようにいった。「キャンプ地は湖のずっと向こう側にあるんだ」

その後数マイルほど走ると、上のほうをチッペンデール風に金箔で飾りつけた緑と白の装飾的な看板が目に飛びこんできた。

ウィンド・レイク・コテージ

朝食つき民宿

創設　一八九四年

ケヴィンは眉をひそめた。「看板は新しいみたいだな。民宿のことはだれからも聞いてない。たぶん叔母が古い家に客を泊まらせることにしたんだろう」

「それだと困るの？」

「カビ臭くてひどく暗い家なんだ。あんなところに泊まりたい人間がいるなんてとても信じられないよ」ケヴィンは砂利道に車を入れながらいった。半マイルほど行くと、キャンプ場が現われた。彼は車を停め、モリーはほっと一息入れた。土台から崩れかかった荒れ果てた丸太の小屋が見えると予想していたのに、車が乗り入れた先はおとぎ話に出てくるような村だった。

中央には木陰にある長方形の共有地があり、まわりにはボンボンの箱からこぼれたようなけばけばしい色の小さなコテージが建っている。ミント色にオレンジ色とキャラメル色の組み合わせ、コーヒー色にレモン色とクランベリー色やブラウン・シュガーのアクセントといった色彩だ。小さなひさしからは木で編んだレースがぶらさがっている。脚輪つき寝台よりは大きくない程度の玄関ポーチの境目には、ねじり形に彫った小柱がある。共有地の端にはチャーミングなあずまやも見える。

近づいてよく見てみると、花壇の花々は少々伸びすぎで、花壇を囲む輪状の道には新しい砂利を足す必要がありそうだ。どこを見ても手入れ不足という気配が漂ってはいるものの、長期間ではなく、ごく最近そうなった感じである。コテージのほとんどはきっちりと鎧戸《よろいど》が下りているが、何軒かは開いている。その内の一軒から年配の夫婦づれが出てきた。あずまやの近くをステッキをつきながら歩いている男性もいる。

「こんなに人がいるのはおかしい！　この夏の貸し出しはすべてキャンセルしたんだから」

「きっと知らせを受け取ってないのよ」あたりを見まわしたモリーは奇妙な親しみの感情を覚えた。こんな場所に行ったことはないのに、いわくいいがたい思いにとらわれている。

共有地から始まる道の行く手にはピクニック用の敷地があって、そのすぐうしろは三日月型の砂浜になっており、並木が続く岸辺を背景にしてブルー・グレイに霞むウィンド・レイクの湖水が細長く望める。風化した桟橋の近くにはカヌーやローボートが何艘か裏返しに置かれている。

浜辺がさびれていることは意外ではない。六月初めの朝の陽光にあふれているとはいえ、ここは北部の森林地帯である。湖水はかなり冷たく、よほどのつわものでなければ泳げないだろう。

「七十歳以下の人はいないから、よく見てごらん」ケヴィンはアクセルに足をかけながら大声でいった。

「まだ時期が早いのよ。夏休みに入っていない学校も多いわ」

「七月の終わりでもこんな感じだと思うよ。ぼくの子ども時代へようこそ」ケヴィンは共有地から素早く車を出し、湖沿いの細い道路に入った。さらにいくつかのコテージが見えたが、どれも同じカーペンター・ゴシック様式で建てられている。そのなかでもひときわ目を引くのは美しい二階建てのアン女王朝様式の建物だ。

これはケヴィンが表現したような暗くてカビ臭い家とはまるで別物である。淡いココア色を基調に、ポーチや切妻型のひさし、ポーチの柱などの木造部にサーモン・ピンクや薄い黄色、モス・グリーンを差し色として使い、華やかに飾り立てている。家の左側には曲線的な小塔がしつらえられ、幅広いポーチが両側に広がりを見せている。玄関ドアのそばでは粘土の鉢に植えられたペチュニアがいまを盛りと咲きほこり、ふたつのドアにはつると花の柄を彫りつけた揃いのすりガラスがはめこまれている。茶色の籐《とう》のスタンドからシダがあふれんばかりに茂り、昔風の木製のロッキングチェアには木の部分によく似合うチェリー色のチェックのクッションがついている。なんだか一昔前の世界にさまよいこんだような錯覚にとらわれてしまう。

「まったく信じられないよ！」ケヴィンは車から飛びおりた。「ここを最後に見たときは、まるで廃屋だったのに」

「間違いなく廃屋などではないわね。むしろ美しいわ」

モリーはケヴィンがドアを乱暴に閉めたので一瞬ひるんだが、自分も車を降りてみた。ルーは制止を振りきって灌木《かんぼく》のあるほうへ向かった。ケヴィンは両手を腰に当ててにらむように家を見上げた。

「叔母はいったいいつここを民宿なんかにしてしまったんだろう？」

そのとき玄関のドアが開き、六十代半ばぐらいの年格好の女性が出てきた。灰色混じりの金髪をクリップで留めてはいるのだが、あちこちから房になった髪が出てしまっている。背が高く骨格もがっちりして、大きな口の上の高い頬骨と明るいブルーの目が印象的である。小麦粉だらけのブルーのエプロンのおかげでカーキ色のスラックスと短い袖の白いブラウスは汚れてはいない。

「ケヴィン！」その女性は急いで階段を降り、ケヴィンを勢いよく抱きしめた。「可愛いケヴィン！　あなたはきっと来るってわかってたわ！」

対するケヴィンの抱きしめ方はモリーにはおざなりに見えた。

女性はモリーを値踏みするような視線でながめた。「私はシャーロット・ロングよ。夫と私は毎年夏になるとここに来ていたの。夫は八年前に亡くなったけど、私はいまでも『一身の利益』と名づけられたコテージに泊まりにくるのよ。ケヴィンはいつもうちのバラの花壇に捕らえそこなった球を探しにきていたわ」

「ミセス・ロングはぼくの両親と叔母の親友だったんだ」とケヴィンがいった。

「ああ、ジュディスが恋しいわ。家族全員で初めてここに来たとき、出会ったの」彼女の鋭い青い目がふたたびモリーに向けられた。「こちら、どなた？」

モリーは手を差しだした。「モリー・ソマヴィルです」

「あら……」ミセス・ロングはケヴィンに視線を戻しながら唇をすぼめた。「雑誌にはかならずといっていいほどあなたの結婚に関する記事が出ているわ。別の人とつき合うのは少しばかり早すぎやしないこと？　奥さんとの関係をいまのようにあやふやな状態にしていたらタッカー牧師はきっとがっかりなさるわよ」

「あのう、モリーはぼくの……」言葉が喉元にひっかかっているらしく、そんなケヴィンが気の毒に思えたが、モリーは自分から妻だというつもりはなかった。

「モリーはぼくの……妻なんだ」ケヴィンはやっとその言葉を口にした。

ふたたび探るような青い目がモリーに向けられた。「あら、それならよかったわ。でもどうしてソマヴィルって名乗るの？　タッカーは良い、誇るべき名前ですよ。ケヴィンのお父さまであるタッカー牧師は私の知るもっともりっぱな方のおひとりだったわ」

「そうでしょうね」モリーは元来人を失望させるのがいやなたちだ。「ソマヴィルは私が仕事で使っている名前でもあるんです。私は童話作家なんですよ」

ミセス・ロングの非難はたちまち消えた。「私もずっと童話作家になりたかったの。そうね、なかなかいいことね。あのね、ケヴィンのお母さまがまだご存命だったころ、薬物に依存したり、だれとでも性的な関係を結んだりするスーパーモデルのひとりと彼が結婚してしまうのではないかしら、ってとても心配なさってたのよ」

ケヴィンはむせそうになった。

「あら、ちび犬ちゃんたら。ジュディスのロベリアの花壇から出なさい」シャーロットが太腿をポンとたたくと、ルーは花を踏みつけようとしていた足を止めた。シャーロットはルーの下顎を撫でた。「この子から目を離さないほうがいいわ。このあたりにはコヨーテがいるからね」

ケヴィンがいたずらっぽい表情をした。「大きいの？」

モリーが叱るように、ひとにらみした。「ルーは家のまわりを離れないわよ」

「それはそれでいやだね」

「さて、私は行かなくちゃ！　ジュディスのパソコンに宿泊客と到着日のリストが入ってて、ピアソン夫妻がまもなく到着することになってるのよ。バード・ウォッチングをしにくるの」

ケヴィンは日焼けの下で顔色を失った。「宿泊客？　いったいそれは――」

「エイミーにジュディスの部屋を掃除させておいたわよ。ほら、あなたのご両親が使っていた部屋よ。ほかの部屋は全部お客さんが使っているの」

「エイミー？　ちょっと待って――」

「エイミーとトロイのアンダーソン夫婦よ。トロイは雑役夫なの。エイミーはまだ十九でトロイは二十歳だけど、新婚なのよ。どうしてそんなに慌てていっしょになったのかは、知らないけどね」シャーロットはうしろに手を伸ばしてエプロンをはずした。「エイミーには掃除を任せてあるんだけど、ふたりは熱々だからまるで使い物にならないのよ。あのふたりにはうるさくいい聞かせなくちゃね」シャーロットはエプロンをモリーに手渡した。「あなたが来てくれてよかったわ、モリー。私は昔から料理が苦手でね。お客から文句をいわれているのよ」

モリーはエプロンをまじまじと見つめた。年配の女性が歩み去ろうとしたとき、ケヴィンはすばやく前に出た。「ちょっと待ってよ！　キャンプ地は閉鎖したんだ。予約はぼくがすべてキャンセルした」

シャーロットは納得できないという顔でケヴィンを見つめた。「どうしてそんなことが考えられるの？　なかには四十年間も続けて来てくれている人たちもいるのよ。ジュディスはコテージをきれいにしたりこの家を民宿に改築するのに全財産をつぎこんだわ。『ヴィクトリア・マガジン』に広告を出すのにいったいいくらかかるか知ってる？　それにウェブ・サイトを開設するのに町のコリンズとかいう男の子ったら、一〇〇〇ドルもとったのよ」

「ウェブ・サイト？」

「インターネットに慣れていないなら、一度見てみることを勧めるわ。素晴らしいものよ。ただしあいうポルノはいただけないけど」

「インターネットには慣れてるよ！」ケヴィンは叫んだ。「さあ、ぼくがここを閉鎖したにもかかわらず、お客が来つづける理由を教えてくれよ」

「それは私が来てくださいと頼んだから。ジュディスもそう望んだはずよ。そのことはあなたに説明しようと努力したでしょう。顧客全員と連絡をとるのに一週間もかかったの」

「電話をかけたのかい？」

「それにも例のEメールを使ったのよ」シャーロットは誇らしげにいった。「こつを呑みこむのにそう時間はかからなかったわ」彼女はケヴィンの腕をぽんぽんとたたいた。「心配しなさんな、ケヴィン。あなたたち夫婦だってうまくやれるわよ。おいしい朝食をたっぷり出してあげればたいていの人は満足するものよ。メニューとレシピはキッチンに置いてあるジュディスのノートを見ればいいの。そういえばトロイにいって、『緑の牧野』のトイレを見させなきゃ。水もれするの」

シャーロットは道の向こうに姿を消した。

ケヴィンはうんざりした顔をしていた。「これは悪夢だといってくれよ」

モリーはミセス・シャーロットのうしろ姿が消えると同時に一台の新型のホンダが民宿の看板のほうへ向かってくるのをじっと見つめた。「実際のところ、これ以上ないくらいにはっきり目が覚めているんじゃないの」

ケヴィンはモリーの視線の先をにらみ、車が民宿の看板の前で停まったのを見て罵《ののし》りの言葉を口にした。モリーは疲れてこれ以上立っていられなくなったので、階段の一番上に座り、ショウを楽しむことにした。ルーは小道からやってきたカップルにキャンキャンと吠え、歓迎の意を表した。

「ピアソンです」痩せた、丸顔の六十代くらいの女性がいった。「私はベティ、こちらは夫のジョンよ」

ケヴィンは頭に強い一撃でもくらったような様子をしているので、モリーがかわりに答えた。「モリー・ソマヴィルです。こちらは新しいオーナーのケヴィンです」

「ああそうだった。あなたのこと聞いたことがありますよ。たしか野球選手でしたよね」ケヴィンはガスの街灯柱にがっくりともたれた。

「バスケットボールですよ」とモリーはいった。「でも身長がNBAの基準には足りないので苦労しているんです」

「私も夫もスポーツには疎《うと》くてね。ジュディスが亡くなったって聞いて悲しかったわ。あの方はほんとに可愛い女性でした。この土地の鳥類の分布にとても詳しかったのよ。私たち、カートランドのムシクイ科の鳴鳥の跡を追っているの」

ジョン・ピアソン氏は妻より体重が二〇〇ポンド近く多そうだ。氏は二重顎を揺するようにしていった。「出す料理にあまり変更を加えないでもらいたいですな。ジュディスが朝食に出してくれたごちそうは有名だからね。それに彼女のチョコレートケーキときたら……」氏はここで言葉を切ったが、彼が指先にキスでもするのかとモリーは思った。「午後のお茶は午後五時で変わりないのかな？」

モリーはケヴィンが答えるものと思ったが、彼はもはや答える気力も失ってしまったらしい。「もう少し遅くなりそうな感じです」

9

ダフニーはナイチンゲールの森のなかでも一番きれいなコテージに住んでいました。こんもりと茂った森のはずれに建っていたので、だれにも文句をいわれずに、いつでも好きなときにエレキ・ギターを弾くことができました。

——「ダフニー、迷子になる」

ケヴィンは片耳に携帯電話を、もう片方の耳には民宿の受話器を当て、玄関ホールをそわそわと歩きまわっている。一方ではビジネス・マネージャーを怒鳴りつけながら命令をくだし、別の電話では秘書か家政婦と話している。彼のうしろにはクルミ材の堂々とした階段がある。続き階段を経て向きが右に変わる階段だ。らせんの柱はほこりだらけで、豊かな感じのする模様のカーペットも掃除機をかける必要がある。階段の踊り場にある壁柱の上には垂れ下がった孔雀の羽根を入れた壺が飾られている。

歩きまわるケヴィンの様子を見ているだけで疲れるので、モリーは彼が話しているあいだに家のなかを探索してまわることにした。小走りでついてくるルーといっしょに、モリーは家の正面にある客間にゆっくりと入っていった。針山のようなソファと楽しい多種多様な椅子は美しいきんぽうげとバラの模様で統一されている。クリーム色の壁には金色の額縁に入れた植物と田園風景の絵が掛けられ、窓はレースのカーテンに縁取られている。暖炉の上の炉棚には真鍮《しんちゅう》の燭台、陶器の植木鉢、クリスタルの箱が飾られている。真鍮は錆《さ》び、クリスタルはくもり、テーブルの上もほこりだらけだった。見るからに顧みられない部屋といった雰囲気をかもしだしている原因は、けばだったオリエンタル調のカーペットにあった。

音楽室も同様で、伝統的なパイナップルの模様の壁紙をバックにバラ模様の読書用椅子と小型のアップライト・ピアノが置かれている。隅にある書き物机にはアイボリーの便箋と旧式な万年筆とインクびんがあり、上には一対の錆びた燭台と古い翁《おきな》形のジョッキが置かれている。

廊下の反対側にある食堂には、アン女王朝様式のテーブルとそろいの高い背もたれのついた椅子が十脚あり、優美な雰囲気をかもしだしている。この部屋の顕著な特徴は、四角い、下をカットした張り出し窓で、湖と森の景観をたっぷりと楽しめるようになっている。食器台の上に置かれた背の高いクリスタルの花瓶には、ジュディス叔母の存命中は生花が飾られていたのだろうが、いまは台の大理石の上には朝食に出した皿の残りが乱雑に置かれている。

家の裏手にあるドアを抜けると、昔風のカントリー・キッチンがあり、青と白のタイル、木製のキャビネットが心をなごませる。キャビネットの上にはチンツ地のカバーをかけた陶器の水差しが並んでいる。中央には頑丈な作業用の大理石板のついた農家風のテーブルがあるが、いまはその上に汚れた攪拌《かくはん》ボウルや卵の殻、計量カップ、蓋の開いた乾燥クランベリーのびんなどが散らかっている。ごく近代的なレストラン・サイズの料理用レンジも掃除の必要があるし、皿洗い機の蓋は開いたままになっている。

窓の前にはふだんの食事のための丸い樫《かし》のテーブルがあり、田舎家風の椅子には柄もののクッションが当てられている。また、天井から穴あけブリキのシャンデリアがぶらさがっている。裏庭は両側が森で、ゆるやかな傾斜とともに湖に続いている。

モリーはベーキング用のスパイスの香りに惹かれ、広くて貯蔵品も豊富な食料貯蔵室をのぞき、隣りにある部屋に入った。古い居酒屋風のテーブルの上に最新型のパソコンが置かれ、ここが事務所であることがうかがえる。歩き疲れたモリーは座ってパソコンを起動してみた。

二十分ほどたったころ、ケヴィンの声が聞こえた。

「モリー！　いったいどこにいる？」

スライテリンの不作法な態度には応える価値もないというわけで、モリーはケヴィンの声を無視して、次のファイルを開いた。

いつもは立ち居振舞いの上品なケヴィンが、今朝ばかりは足音も荒々しい。モリーの居場所を知ってから、かなり時間がたって近づく足音がした。「どうして返事をしないんだ？」

モリーはケヴィンが背後に近づくと、正面切って向かい合うべき時機だと決意し、マウスを元に戻した。「怒鳴り声には応えないの」

「怒鳴ってなんかいない！　ぼくはただ――」

いい終えないうちに、モリーは顔を上げ、ケヴィンの気持ちを逸らしていたものの正体を見た。窓の外でぴったりした黒のショート・パンツと胸元が大きく開いたトップを着たひどく若い女が庭を走り、同様に若い男がそのあとを追いかけているのだ。女は向きを変え、笑いながら男を挑発している。男がなにごとか大声でいった。女はトップの縁をつかみ、上に引っぱり上げ、裸の胸を見せびらかした。

「おいおい……」ケヴィンがいった。

モリーは肌がかっと熱くなるのを感じた。

男は女の腰のあたりをつかみ、森のなかに連れこんだ。道路から見えないようにするためだろうが、かえってケヴィンとモリーからはいっそうはっきりと視界にとらえられるようになった。男は古い楓の木の幹にもたれ、女はすぐさま男の上に跳び乗り、男の腰に両脚を巻きつけた。

おたがいの肉体をむさぼるように愛撫しはじめた若いカップルを見つめるケヴィンの様子に、モリーは静かに脈打っていた自分の胸の鼓動が乱れるのを感じた。男は女の腰を手で丸く包みこんだ。女は乳房を男の胸に押しつけ、肘を男の肩にのせ、より激しいキスを求めるかのように男の頭を固定させた。

ケヴィンが背後で身動ぎする音が聞こえ、モリーの体じゅうをゆっくりと強い鼓動が駆けめぐっていた。背の高いケヴィンの体からのしかかるような圧迫を感じ、彼の体温が貧弱なモリーの上半身を突き抜けていくような気がした。彼は汗をかくことを仕事にしているのに、どうしてこんなに清潔な匂いがするのだろう。

若い男は向きを変え、今度は女が木の幹にもたれる形となった。男は女のTシャツの下に手を差し入れ、乳房を手で包みこんだ。

モリー自身の乳房も疼いている。目を逸らそうとしても、どうしても見てしまう。どうやらそれはケヴィンも同じらしく、声がどことなくかすれている。

「どうやらエイミーとトロイ・アンダーソン夫妻を初めてお見かけしてしまったようだね」

若い女は地面に倒れこんだ。小柄だが脚線美で、くすんだブロンドの髪をアップにして毛先は紫に染め、クシャクシャとまとめてある。男の髪はそれより黒めで短く刈りこんである。男は痩せ型で女より少し背が高い。

女の手が合わせた体の隙間をまさぐっている。女が何をしようとしているのか、モリーも一瞬後には気づいた。

男のジーンズのジッパーをおろそうとしているのだ。

「ぼくたちの目の前であれをしようとしているんだよ」ケヴィンが小声でいった。

ケヴィンの声で呆然としていたモリーもはっとわれに返った。パソコンの前に座っていたモリーは慌てて立ちあがり、窓に背を向けた。「私の前ではないわ」

ケヴィンの視線は窓からモリーに移り、しばし沈黙があった。ケヴィンはしげしげとモリーを見つめた。ふたたびあのゆっくりした脈動がモリーの血管を走り抜けていった。肉体が交わったことがあっても、彼のことを何ひとつ知らないのだとモリーはいまさらながら思い知った。

「きみには少々刺激が強いかな？」

困ったことに体が熱くなっている。「私、のぞき見の趣味はないわ」

「おや、それは意外だね。むしろ好みにぴったりじゃないのかい。きみは無防備な獲物を狙うのが好きらしいからさ」

時間が経過しても恥ずかしい気持ちは薄らいではいない。また詫びの言葉が口元に出かかったが、ケヴィンのどこか打算のにじむ表情を見て、その言葉を呑みこんだ。ケヴィンは卑屈な態度には興味はないのだということにはたと気づいたのだ。むしろ論争を楽しもうとしているのである。

ケヴィンは相手にとって不足はない人物だ。だがあまりに長いあいだ脳を働かせていないので、気の利いた答えを思いつくことはできなかった。「それは酔っているときだけよ」

「あの夜酔っ払っていたとでもいうのかい？」ケヴィンの視線は一瞬窓の外に向き、ふたたびモリーに戻った。

「一本空けちゃったのよ。ウオッカをロックでね。ほかにどんな理由があって、あんな行動をとるというのよ？」

ふたたび視線が窓の外へ向いた。今度は少しばかり長い。「きみが酔っていた記憶はないけどね」

「あなたは眠っていたでしょう」

「たしかきみは、夢中歩行していたっていわなかったっけ」

モリーは怒ったように鼻を鳴らしてみせた。「それはね、自分がアルコール依存の気があるってなかなかいいだせなかったからよ」

「もういまはよくなったんだろ？」その緑の目はすべてを見通す洞察力を宿している。

「ウオッカのことを考えただけで吐き気がするわ」

ケヴィンはゆっくりと、だが確実にモリーの体に視線を這わせた。「いま何を考えているかわかるかい？」

モリーは固唾を呑んだ。「興味ないわ」

「ぼくはきみにとって欲望を抑えきれない相手だったんじゃないかと思うんだ」

痛烈に反駁してやりたくて懸命に大脳の想像力の領域を働かせようとしてみたが、結局「どうとでも思えば」という惨めな言葉しか思いつかなかった。

ケヴィンは外のながめをよく見ようと、体の位置を変えたが、すぐに顔をしかめた。「あれじゃ痛いだろうな」

モリーは見たい気持ちを抑えきれそうもなかった。「悪趣味だわ。見るのはやめたら」

「面白いよ」ケヴィンはわずかに首を傾けた。「あれが最近のやり方なんだよ」

「もうそんな話、やめて！」

「だけどあんな行為は法律違反だね」

我慢できなくなったモリーはさっと振り返ったが、恋人たちの姿はすでにそこにはなかった。

ケヴィンのふくみ笑いには意地悪な響きがあった。「走って追いかければ、行為の最後を見届けられるかもしれないよ」

「面白い冗談のつもりなんでしょ」

「かなり面白いだろ」

「そう、それならこれを聞くともっと面白いわよ。ジュディス叔母さんのパソコンの記録を調べてみたんだけど、民宿は九月まで予約でいっぱいの状態らしいわ。コテージもほとんど予約が詰まっているわよ。あなたには意外でしょうけど、多くの人たちがここに泊まるために喜んでお金を使おうとしているのよ」

「内容を見せてくれ」ケヴィンはモリーを押しのけるようにしてパソコンのほうへ行った。

「好きなだけ見ててよ。私は自分の泊まるところを探してくるわ」

ケヴィンはパソコンの画面を操作するのに夢中で、モリーが空いているコテージの名前を書き留めるのに使ったメモ用紙を取ろうと手を伸ばしたときも、何もいわなかった。

机の隣りにハンガー・ボードが掛かっており、モリーはそのなかから該当する鍵を取り、ポットに突っこむと、キッチンを通り抜けた。今日は朝から何も食べていない。通りながらシャーロット・ロングの作ったクランベリー・ブレッドの残りをつまんでみた。一口食べただけで「私は料理があまり得意ではないの」といったシャーロットの言葉は正しかったと納得し、ゴミ入れに投げ捨てた。

廊下に出るころには疲労より好奇心が強くなり、この家の残りを見るために階段をのぼった。駆け足でついてくるルーといっしょにそれぞれ違った装飾が施された客室をひとつずつのぞいてまわった。本がたくさん置かれた部屋の隅。窓から望む美しい景観。家庭的なインテリアが平均以上のクォリティを期待する宿泊客の心をつかむはずだ。

モリーはいくつも重ねた古臭い帽子箱の上に置かれた、骨董的なビー玉をつめた鳥の巣に目をとめた。針金の鳥かごの近くには薬剤びんが並んでいる。楕円形のフレームに入った刺繍《しゅう》をほどこした布、古い木製の標識、かつては花を生けたと思しき素晴らしい炻器《せっき》（陶磁器の一種）の花瓶がそここにしまいこまれている。また、ベッドメイクしていないベッド、ごみがあふれんばかりになっている屑かご、使いっ放しのタオルが投げだしてある汚れたバスタブもある。エイミー・アンダーソンにとっては、掃除などより新婚の夫と森のなかでじゃれ合うほうがいいにきまっている。

廊下の端まで来て、貸し出されていない唯一の部屋のドアを開けた。それがわかったのは、部屋がきちんと片づいていたからだ。鏡台の上に立てかけてある家族写真から見て、この部屋はジュディス・タッカーのものだったようだ。この家の角に位置し、小塔もある。ゆるやかな曲線を描くヘッドボードの下で眠るケヴィンの姿を思い描いてみた。彼はとても背が高いので、マットレスの上では斜めに寝なくてはならないだろう。

モリーが彼のベッドに滑りこんだあの夜のケヴィンの姿が胸によみがえる。モリーはそんなイメージを振り払うようにして階下におりていった。玄関から一歩外に出ると松の木やペチュニア、湖の匂いがした。ルーは植木鉢のなかに鼻を突っこんだ。いまは何よりも揺り椅子に身を沈めひとときの午睡を楽しみたいが、ジュディス叔母さんの寝室でケヴィンといっしょに寝るつもりはないので、泊まる場所を見つけなくてはならない。「おいで、ルー。空いてるコテージに行ってみましょ」

パソコンのファイルのなかにそれぞれのコテージの位置を示した図があった。共有地に近づくと、いくつかのコテージの玄関ドア近くに置かれた小さな手書きの標識が目に飛びこんできた。標識はそれぞれ『ガブリエルのトランペット』『ミルクとはちみつ』『緑の牧野』

『朗報』と書かれている。

『ヤコブのはしご』の前を通りすぎるとき、ハンサムで骨格のがっちりした男性が森を出てきた。年の頃は五十代半ばといったところで、これまでモリーが見かけたどの在住者よりかなり若い。モリーがうなずくと、相手もぞんざいにうなずいてみせた。

モリーは反対側にあるプラム色とラベンダー色に縁取られた『生命の樹』と名づけられた珊瑚色のコテージに向かった。そこも、『神の子羊』も空いていた。どちらもとてもチャーミングだったが、共有地近くのコテージにはない、隠れ家的な感じの場所を探したいと思い、向きを変えて、湖沿いの小道に建つ、やや孤立したコテージのあるほうへ歩いていった。

モリーは奇妙な既視感に襲われた。なぜこの場所にこれほどの親しみを感じてしまうのだろう？　民宿の前を通りすぎるとき、ルーは跳ねるように前を歩き、ときおり立ち止まってはハコベの藪《やぶ》に鼻先を突っこんだり、魅惑的な草地を見つけたりした。小道のはずれに来て、彼女は林のなかにまさしく望みどおりのコテージ『荒野の百合』を発見した。

その小さなコテージにはごく薄いクリーム色の塗装が最近施されたばかりらしい。らせん状の小柱とレース細工を施した縁取りを淡いブルーと貝殻のなかと同じくすんだピンクにしてアクセントづけしてある。モリーの胸は痛んだ。このコテージは保育園そっくりだ。

階段をのぼったモリーは網戸がいかにもといった感じにきしむのに気がついた。ポケットのなかから合う鍵を探しだし、鍵を錠前のなかに差しこんでまわし、なかに足を踏み入れた。このコテージは流行の先端ではなく、どこか堅実で地味な感じの小粋なインテリアでまとめられている。古風な白塗りの壁も素敵だ。ちりよけカバーの下には色褪《いろあ》せたプリント柄の布を張ったカウチがある。その前にはコーヒーテーブルがわりに、使い古した木製のトランクが置かれている。壁際にはこすり洗いされた松の木のチェスト、その隣りには真鍮製のアームが揺れるスタンドがある。カビ臭いにもかかわらず、白壁とレースのカーテンのおかげで、すべてが爽《さわ》やかに見える。

左手を見ると、ちっぽけなキッチンに旧式なガスコンロがあり、小さな垂れ板つきのテーブルと、民宿のキッチンにあったのとよく似た農家風の椅子が二脚置かれている。ペンキ塗りの木製の食器棚をちらりとのぞくと、そのミスマッチな感じが素敵な、陶器や陶磁器、それ以上に多くの押し型ガラス食器や、スポンジ・ペイントのマグが並んでいる。子ども用のピーター・ラビットの食器セットを目にしたモリーは何か疼くような痛みを心の内に感じた。

バスルームにはかぎづめ状の脚がついた浴槽があり、シンクは古めかしい台座付きである。だれが描いたのか、ステンシルのつる模様が天井近くに見える。裏手には寝室が二部屋あり、ひとつはひどく狭く、もう一方はダブル・ベッドとペンキ塗りの引き出しが置けるだけの広さがある。色褪せたキルトのカバーがかかったベッドには曲線的なヘッドボードがついており、色は淡い黄色で中央に花かごの模様が入っている。ベッドサイドテーブルの上には白濁ガラスの小さなスタンドが置かれている。

森のなかに埋もれるように建っているコテージの裏手には網戸つきのポーチがある。壁沿いにカーブした籐の椅子が並び、ひと隅にハンモックがかかっている。今日一日でこの数週間の活動量を全部合わせたより多くのさまざまな行動をした。ハンモックを見ただけで、モリーは自分がどれほど疲れているかに気づいた。

モリーはハンモックに横たわった。頭上の玉縁の板でできた天井は家の外壁と同じクリーミーな黄色に塗装され、壁の上に張った蛇腹にはアクセント・カラーとしてくすんだピンクとブルーが使われている。なんて素敵な家。まるで保育園のようだ。

モリーは目を閉じた。ハンモックがまるで揺りかごのように揺れた。間もなく、モリーは眠りに落ちた。

コテージのドアのところでルーがうなり声をあげ、歯茎をむき出してケヴィンを出迎えた。

「やめろ。そんな気分じゃない」

ケヴィンは犬の前を通りすぎて寝室に入り、モリーのスーツケースを置き、キッチンに行ってみた。キッチンにモリーの姿はなかった。だがシャーロット・ロングがたしかにモリーがここに入っていくのを見かけたという。ポーチのハンモックで彼女は眠っていた。モリーの番犬が任務に就こうと、大急ぎでケヴィンの前を通りすぎた。ケヴィンはモリーをじっと上から見おろした。

モリーは小さく無防備に見える。顎の下で丸めた片手、頬にかかる褐色の髪の一房。濃く豊かなまつげも、目の下にできた隈までは隠しきれていない。ケヴィンはこれまで彼女に辛くあたったことを思い、罪悪感を覚えた。しかし同時になぜか彼女が甘やかすような態度に反応するとも思えないのだ。彼女を甘やかす可能性があったかというと、それは違う。まだ怒りは消えてはいないからだ。

ケヴィンの視線はモリーの体の上を滑るように進み、やがてぐずぐずとさまよった。明るい赤のカプリ・ジーンズとチャイナ風の襟がついた、皺くちゃの黄色い袖なしブラウス。目覚めているときの小生意気な態度からは、親から受け継いだはずのショーガール的な素質はとてもうかがえないが、眠っているとまるで違う。足首は締まり、脚も細く、腰のラインは柔らかく曲線的だ。ブラウスの下の胸も起伏に富み、開いたVネックから黒のレースが垣間見えた。ボタンをはずしてもっとよく見たいと、手がムズムズする。

ケヴィンは自分の反応に嫌悪感を覚えた。シカゴに戻ったら昔の恋人にでも電話をしたほうがよさそうだ。最後にセックスしてからあまりに時間がたちすぎているのは明らかだからだ。

どうやら心の内を読まれてしまったらしく、ルーはケヴィンにうなり声をあげたかと思うと、吠えはじめた。

犬の声でモリーが目を覚ました。ゆっくりと目を開いたモリーはのしかかるような男の影に息を呑んだ。慌てて身を起こそうとして、ハンモックが傾いた。

落ちて足をつく前にケヴィンが抱きあげた。「まず考えたらどうなのさ」

モリーは目にかかった髪を手で払い、まばたきしながら目を覚ました。「なんの用?」

「今度姿を消すときは前もっていってくれよ」

「いったわ」モリーはあくびをした。「あなたはミセス・アンダーソンの胸をぽかんと口をあけて見とれるのに忙しそうだったから」

ケヴィンは壁際の籐の椅子を引っぱり、その上に腰をおろした。「あのカップルはまるで使いものにならないよ。彼らに背を向けたとたん、体を重ねあうんだから」

「新婚ですもの」

「それをいうなら、ぼくらだって新婚だ」

モリーはどう反応していいのかわからなかったので、金属製のぶらんこ椅子に座った。クッションがなくなっていて、ひどく座り心地が悪い。

ケヴィンの表情が打算的な色を帯びてきた。「エイミーについてひとことだけいうとしたら、彼女は夫を支えているよ」

「トロイは木の幹にエイミーを押しつけているから――」

「ふたりだけの世界。仕事も二人三脚。たがいに助け合ってる。彼らはひとつのチームなのさ」

「微妙ないいまわしをしているつもりかもしれないけど、そうは聞こえないわ」

「ぼくを助けてほしいんだよ」

「なんにも聞いてないからそのつもりでね」

「明らかにぼくはここのことで夏じゅうかかりきりになりそうなんだよ。できるだけ早くこの運営を任せられる人間を見つけるつもりではいるけど、それまでは……」

「それまでもへったくれもないわ」モリーはブランコ椅子から立ち上がった。「私は引き受けるつもりはないわよ。セックスに夢中の新婚カップルが助けてくれるわよ。それにシャーロット・ロングはどうなの？」

「料理は嫌いだっていってる。それに彼女が料理なんかをしてくれてるのは、ひとえにジュディス叔母のためなんだよ。それに宿泊客のカップルがぼくを探しにきてね、せっかくのシャーロットの努力に対してみんなが批判的な意見を持っているっていうんだよ」ケヴィンは立ち上がり、うろうろと歩きはじめた。落ち着きのないそのエネルギーは害虫駆除機の騒音のように気ざわりだった。「宿泊客に料金の返金を申し出たんだが、バケーションのこととなると人はまったく理性をなくしてしまう。返金の他に例の『ヴァージニア・マガジン』で約束したものを返せだとさ」

「ヴィクトリア」

「どっちでもいいよ。いいたいのは、この神に見捨てられた土地に予定より長く滞在しなくてはならないということだ」

モリーにとっては神に見捨てられた土地ではない。魅力にあふれた土地だ。ここでの滞在が長引くことに喜びを感じようとしてみたが、感じたのは虚しさだけだった。

「きみが美容休憩をとっているあいだに、ぼくは地元の新聞に求人広告を載せようと町へ行ってみたんだ。そしてわかったことは、ちっぽけな町だから新聞は週刊だということ。おまけにさ、新聞は今日出たばかりなので、次の号は七日後だって！　いくつかの地元紙に広告を出したけど、効果があるかどうかはわからない」

「あと一週間はここにいようと思ってるの？」

「いや、滞在客と話し合うつもりだよ」ケヴィンはいよいよ標的をとらえにかかろうとするような表情をしている。「でも、広告が出る前に人を見つけられなくても、チャンスはあると思うんだ。大きなチャンスはないだろうが、不可能ではない」

モリーはぶらんこ椅子に座った。「それまではあなたが民宿を運営するってことね」

ケヴィンは目を細めた。「どうやらきみはぼくを支えると誓ったことを忘れているらしいね」

「誓ってないわ！」

「自分が口にする結婚の誓いの内容を把握していた？」

「極力考えないようにしていたわ」とモリーは認めた。「私は、自分が守れないとわかっている約束をする習慣はないの」

「ぼくだってそうさ。これまでは約束を守ってきたつもりだよ」

「愛し、敬い、従う？　それはどうかしら」

「ぼくらがした誓いはそんなのじゃない」ケヴィンは腕組みをしてモリーをじっと見つめた。

モリーはケヴィンの意向を探ろうとしたが、モリーの記憶のなかの結婚式はプードルたちとアンドルーのべたつく手を必死で押さえつけていたことだけだ。

不安な感じが忍び寄ってくる。「私が思い出せるように話してちょうだい」

「フィービーがぼくたちのために書いてくれた誓約書のことをいってるんだよ」ケヴィンは静かにいった。「本当にあの誓約書についてきみにひとことも話はなかったのかい？」

フィービーはまえもって話してくれてはいたのだが、あまりに惨めな気分だったのでまるで聞こえていなかったのだ。「きっと聞いてなかったのね」

「ぼくは聞いていたよ。誓約の内容をより現実的にするためにいくつか文を加えたぐらいだからね。記憶が正確ではないかもしれないから、きみの姉さんに電話して確認してもいいけど、要旨としてはこうだ。きみ——モリーはぼく——ケヴィンを少なくとも一定期間夫として受け入れることを誓約した。またきみは今後ぼくを思いやり、尊敬することを誓った。注目すべき点は愛し敬うという点には言及していないこと。きみはまた、他人にぼくの悪口をいわないとも約束した」ケヴィンがモリーをひたと見据えていった。「そしてふたりで分かち合うことすべてにおいてぼくを支援するとも誓った」

モリーは唇を噛んだ。こうした内容を書くのはいかにもフィービーらしい。むろん、これもひとえに生まれ来る赤ん坊のためを思ってのことなのだ。

モリーは自制心を取り戻した。「わかったわ。たしかにあなたはりっぱなクォーターバックだわ。尊敬という部分はだいじょうぶ。それにフィービーとダンとルーは別にすれば、それ以外の他人にあなたの悪口をいったりもしないわ」

「それを聞いて胸が一杯で涙が出そうだよ。ほかの部分についてはどうなのさ？　支援する部分は？」

「それについてはきっと――あなたは承知しているはずよね」モリーはまばたきすると深呼吸した。「フィービーは私にあなたの民宿の運営を手伝うことまでは強いるつもりはなかったはずよ」

「コテージのことをお忘れなく。聖なる誓いはまさしくそれを指しているんだよ」

「昨日は私を誘拐し、今日はうまいことといって私に労働を強要しようというのね！」

「ほんの数日間だけだよ。長くて一週間。それとも裕福なご令嬢にお願いするのはお門違いかな」

「これはあなたの問題であって、私の問題ではないのよ」

ケヴィンはじっと長いことモリーの顔をまじまじとながめていたが、やがて冷たい表情を浮かべていった。「ああ、そうかもしれない」

ケヴィンはやすやすと人に頼みごとをするような人物ではない。モリーは不機嫌な態度をとったことを悔やんだ。だがいま彼女は他人と接したりできる状態ではない。とはいえ、同じ拒むにしてももう少し如才なく断わるべきだった。「私はただ――最近あまり体の調子がよくないから――」

「もういいよ」ケヴィンはぶっきらぼうにいった。「自分でなんとかするから」彼は大股でポーチを抜け、勝手口から出ていった。

モリーはしばらくコテージのあたりを足音も荒く歩きまわった。気分は落ちこみ、苛立っていた。ケヴィンはスーツケースを運んでくれていた。ジッパーを開けてはみたものの、またポーチに出て、湖をにらんだ。

例の婚礼の誓約……ありきたりの誓約なら守るつもりは毛頭なかった。愛し合っているカップルでも長い一生のあいだには婚礼の誓約を守れないことがある。だがあの誓約――フィービーが書いたあの誓約書は違う。志操の正しい人物ならば守ってしかるべき内容なのだ。ケヴィンはたしかに誓約を守っている。

「もうっ」

ルーが見上げた。

「たくさんの人といたくないだけなのよ」

だがモリーは自分に嘘をついていた。彼のそばにいたくないというのが主な理由なのだ。

腕時計をちらりと見ると五時になっていた。しかめ面でプードルをじっと見下ろす。「私たち、だれかさんと関わるにはよほどの気骨を養っておく必要があるわね」

『キンポウゲとバラの間』には十人の客が午後のお茶を楽しむために集まっていた。だが『ヴィクトリア』誌がこうした場面に承認を与えてくれるとはとても思えない。壁寄りの奥のテーブルの上には口の開いたオレオ・ビスケットの袋、グレープ・ハイCの缶、コーヒーポット、発砲スチロールのカップ、粉末の紅茶が入っているようなびんが載っている。そんな内容にもかかわらず、宿泊客たちはなんだか楽しそうだ。

バード・ウォッチングに来たピアソン夫妻は針山のような長椅子に腰かけたふたりの年配のご婦人たちのうしろに立っている。向こうの壁寄りには白髪頭のカップルがふた組、おしゃべりに興じている。ふしくれだった老婦人たちの指には古いダイヤの指輪と、それよりは新しい結婚記念日の指輪がきらめいている。男性のひとりは両端が垂れ下がったもじゃもじゃとした口ひげをたくわえ、もうひとりの男性はライム・グリーンのゴルフ・スラックスに白のエナメル革の靴を履いている。もう一組のカップルはそれより若めで、五十代の前半、ラルフ・ローレンの広告から出てきたようなベビー・ブーム世代の成功者といった感じだ。

だがこの部屋を支配しているのはケヴィンだ。暖炉のそばに立つケヴィンの様子にはまるで荘園の領主といった趣があり、ショート・パンツにスターズのTシャツが乗馬ズボンに乗馬用上着ならもっと似つかわしかったかもしれない。

「……というわけで、合衆国大統領の席は五〇ヤード・ラインのあたりにあり、スターズは四ポイント負けており、残り時間は七分。そのときぼくは自分の膝の捻挫《ねんざ》をほぼ確信していました」

「さぞや痛かったでしょうね」ベビー・ブーム世代の女性が優しい声でいった。

「あとにならないと痛みは感じないものなんですよ」

「その試合のこと、覚えているよ！」彼女の夫が感嘆したように叫んだ。「きみが五〇ヤードのポスト・パターン（サイド・ラインに近いダウン・フィールドをまっすぐ行きゴール・ポストの方向へ走るパス・レシーバーのルート）でティペットをヒット（攻撃）し、スターズが三点差で勝利した試合だね」

ケヴィンは謙虚に首を振った。「ぼくはただ幸運だっただけですよ、チェットさん」

モリーは目玉をぐるりとまわした。運を信じてNFLのトップにのぼりつめた人物はいない。彼のいまの地位は実力で勝ちえたものだ。親しみやすさを演じる彼の態度は客たちの心を惹きつけるかもしれないが、モリーは真実を知っている。

それでもこうした彼の態度は、厳しい自制の成せる業にほかならないのだということは見ていてわかった。悔しいが、これは尊敬に値する。だれひとり、ここにいたくないという彼の本心に気づいてはいない。彼が聖職者の息子であるという事実をうっかり忘れがちだが、それは間違いだ。ケヴィンはたとえ意に染まぬことであろうとも、課せられた義務を果たす人間なのだ。ちょうどモリーとの結婚を決めたときのように。

「いまでも信じられないわ」チェット夫人が甘い声でいった。「北西ミシガンの原野で民宿を選んだとき、ホストが有名なケヴィン・タッカーだなんて夢にも思わなかった」

ケヴィンは夫人に対する栄誉としておずおずとした表情を向けた。モリーは夫人に、あなたは外国訛りがないからいい寄っても無駄よといってやりたかった。

「ドラフトの成果についてぜひ聞きたいものだな」明るい黄緑のポロ・シャツの肩にはおった紺のコットン・セーターの位置を直しながら、チェットがいった。

「よかったら、今夜玄関ポーチでビールでも飲みながら話しませんか？」

「ぼくも仲間に入ろうかな」口髭の男が不意に言葉を差しはさみ、ライム・グリーンのスラックスの男性が同意するようにうなずく。

「じゃあ全員で、ってことにしましょう」ケヴィンが愛想よく応じた。

ジョン・ピアソンがオレオ・ビスケットの最後の一枚を平らげた。「私も妻のベティもあなたと知り合いになったのだから、スターズを応援しなくてはね。ひょっとして、そのう、ジュディスの『レモンとけしの種のケーキ』が冷凍庫に残ってはいませんかね？」

「わかりません」とケヴィンは答えた。「そういえば、明日の朝食のことでまえもってお詫びしなくてはなりません。ぼくが用意できるのはせいぜいミックス粉を使ったパンケーキくらいなので、もしお帰りになることを決められたとしてもしかたありません。宿泊料の二倍返しは変更なしです」

「こんな魅力的なところを去ろうなんて夢にも思わないわ」チェット夫人はケヴィンに不貞願望に満ちた表情を向けた。「それに朝食の心配は御無用よ。喜んで協力するわ」

モリーは無理やり戸口から部屋に入り、十戒を守るために役割を果たした。「そこまでしていただく必要はございません。ケヴィンもお客さま方がここに滞在なさっているあいだは寛いでいただくことを願っていると思いますし、明日の朝食は今日よりは改善されるとお約束できます」

ケヴィンの目がキラリと光ったが、感謝で足元にひれ伏すかと思いきや「これが別居中《エストランジド》の妻モリーです」と紹介してモリーの予想を見事にくつがえしてくれた。

「そんなに変わった方《ストレンジ》には見えませんわね」口髭の男性の妻が友人の耳元でささやきにしては大きすぎる声でいった。

「それは彼女のことをご存じないからですよ」ケヴィンがぼそぼそといった。

「妻はちょっと耳が遠いものでね」口髭氏も明らかにまわりと同じくケヴィンの紹介の言葉に面食らっていた。部屋にいた数人がモリーに好奇の視線を向けた。人、人、人……モリーは不快な気分になろうとしてみたが、幸せな夫婦を演じなくてもよくなって、逆にほっとしていた。

ジョン・ピアソンが慌てて前に出た。「ご主人はじつにユーモアのセンスをお持ちですな。奥さまが私たちのためにみずから料理の腕をふるってくださるとは、まことに光栄ですよ、タッカー夫人」

「どうかモリーと呼んでくださいな。私はちょっと失礼してキッチンの食糧を見てきます。皆さまのお部屋もじゅうぶん整頓されてはいないのは承知しておりますが、就寝時までにはケヴィンみずからが清掃にあたりますので」モリーは廊下を進みながら、毎度毎度タフ・ガイ氏に決定発言を任せるわけにはいかないと決意していた。

溜飲を下げたのもつかのま、キッチンのドアを開けると若い恋人たちがジュディス叔母さんの冷蔵庫によりかかって、性の宴の真っ最中だった。モリーが思わずあとずさると、ケヴインの胸板にぶつかっていた。

モリーの頭越しにのぞいたケヴィンが声をあげた。「おやおや、なんてこった」

恋人たちは慌てて体を離した。モリーは目を逸らそうとしたが、ケヴィンは大股でキッチンに入っていった。髪は乱れ、ボタンをかけ違えているエイミーをにらみつけていった。

「たしか皿を洗っておけと命じたはずだよな」

「ええ、それはその……」

「トロイ、おまえはいまごろは共有地の草刈りをしているはずなんだがな」

トロイはジッパーを上げるのに手間取りながら答えた。「ちょうどいま、やろうとしていたところ――」

「おまえが何をやろうとしていたのかはわかっている。冗談じゃない、それをして草なんか刈れっこないだろうが！」

トロイはすねたような顔でぶつくさとなにごとかつぶやいた。

「何かいったのか？」ケヴィンのこの怒鳴り声はルーキーを相手に発する声ときっと同じなのだろう。

トロイの喉ぼとけが動いた。「ここは、あのう、給料のわりに仕事の量が多すぎるんで」

「いくらもらってる？」

トロイの告げた額を聞き、ケヴィンは即座にそれを倍額にした。トロイは目を輝かせた。

「すげえ」

「そのかわり」ケヴィンが言葉たくみにいった。「その額にみあうだけの働きはしてもらう。

エイミー、いいか。今夜は客室が全部きれいになるまで仕事が終わったと思うな。それとトロイ、おまえには芝刈り機の係を命ずる。何か質問は？」

ふたりが用心深い顔で首を振ったとき、ふたりそろって首にキスマークがあるのが見えた。モリーの胸の奥で何か心地の悪いものがざわめいた。

トロイがドアに向かい、エイミーの焦がれるようなまなざしは、『カサブランカ』の逃亡でハンフリー・ボガードに最後の別れを告げたときのイングリッド・バーグマンを思い起こさせた。

あれほど人を恋い焦がれるって、いったいどんな感じなのだろう？　そう思ったとき、またしても胸の奥で、不愉快なざわめきが起こった。恋人たちが離れ離れになってはじめて、モリーはそれが嫉妬という感情であることを知った。ふたりはモリーが決して体験しそうもないものを持っているのだ。

10

「危なすぎるわ」とダフニーがいいました。
「だから面白いんだよ」ベニーは答えました。
――「ダフニー、迷子になる」

それから何時間がたち、保育園に似たコテージに戻り、網戸のついたポーチの自分で作り上げた寛ぎのスペースに一歩足を踏み入れたモリーはあらためて喜びを覚えた。ブランコ椅子には青と黄色のストライプのクッションを置き、籐細工の椅子にはチンツ柄のクッションを置いた。白のペンキが剝げた、たれ板つきのキッチン・テーブルには網戸の片側に不釣合いな農家風の椅子二脚をいっしょに置いた。その上に載せたじょうろに明日花を摘んできて飾ろうと思う。

民宿からこのコテージに運んできた生活必需品のいくつかを使って、トーストとスクランブル・エッグを用意し、テーブルに出した。居眠りをしているルーのそばで、樹木のあいだにのぞく湖のかなたで薄れゆく陽の光をながめた。松の木の香り、そして湿り気をふくんだかすかな湖水の匂いがあたりにたちこめている。外で明らかに人間の動く気配がする。これが自宅なら警戒心を持つはずだが、ここでは椅子の背にもたれ、だれが姿を現わすのかとゆったりした気持ちで待った。残念ながら現われたのはケヴィンだった。

玄関の網戸に掛け金をおろしておかなかったので、彼が無断で入ってきても驚きはしなかった。「パンフレットには朝食は七時から九時と書いてあるよ。休暇中だというのに、そんなに早く朝食をとりたがるのはどんな連中なのかな?」ケヴィンは目覚まし時計をテーブルに置き、スクランブル・エッグの残りをちらりと見やった。「ぼくと町にバーガーを食べに行けばよかったじゃないか」あまり熱意の感じられない言い方だった。

「ありがとう、でもバーガーはだめなの」

「じゃあ、きみも姉さん同様ベジタリアンなのかい?」

「それほど徹底してはいないのよ。姉は顔があるものは食べない。私はかわいい顔のものは食べないの」

「それはそれは」

「実際、これはかなり健康にいい食べ方よ」

「つまり牛はかわいいと思っているわけだね」ケヴィンの声にはこのうえなく懐疑的な調子がこもっていた。

「牛は大好き。絶対かわいいわよ」

「豚はどうなの?」

「映画『ベイブ』を思い出してもみてよ」

「子羊なんて訊くまでもないよな」

「訊くだけヤボよ。ウサギだって同じ」モリーは身震いした。「ニワトリや七面鳥にはあまり心惹かれないの。だからたまに禁を破って食べることもあるわ。魚も好きなものだけ避けて食べる」

「それってイルカだろ」ケヴィンはモリーと向かい合う古い木製の椅子に腰をおろし、いまにも歯をむきだしてうなろうとしているルーを見下ろした。「おまえもここが気に入ったんじゃないの？　たとえばここにはぼくが明らかに嫌悪するある種の動物がいるものな」

モリーは絹のようになめらかな微笑を浮かべた。「プードルの嫌いな男性は人間の肉体を切り刻んで生ごみと一緒に捨てたりするらしいわね」

「退屈したらするかも」

モリーは笑った。そしてこんなに魅力的な体験のきっかけを作ってくれたのは彼で、自分もそのことに関わりつつあるのだという思いに打たれ、いいかけた言葉を呑みこんだ。これが彼に協力する報酬だというのだろうか？「あなたがなぜここをそんなに嫌うのか理解できないわ。湖は美しいし。水泳、ボート漕ぎ、ハイキングもできるじゃない。どこがいやなの？」

「まだ子どもなのに、毎日礼拝に出なくちゃいけなかったら、魅力も失せるというものさ。それにボートにつけるモーターの大きさに制限が設けられているから、水上スキーは無理だよ」

「ジェット・スキーもね」

「何？」

「なんでもない。あなたのほかに子どもはいなかったの？」

「たまにはだれかの孫がやってきて、数日間泊まっていったりはしたよ。それがぼくの夏休みのハイライトだった」ケヴィンは顔をしかめた。「もちろん孫の半数は女の子だったよ」

「人生は辛いものよ」

ケヴィンは椅子が傾くほど深く、椅子の背にもたれかかった。椅子が倒れるのではないかとモリーは思ったが、ケヴィンはバランス感覚にとくに優れているのでそんなことにはならなかった。「きみは本当に料理ができるの？　それとも客の手前、かっこつけただけ？」

「かっこつけてみただけよ」モリーはケヴィンを不安にさせてやろうと、嘘をいった。素人料理だから完璧とはいえないだろうが、甥や姪たちのためにオーブンでパンやケーキを焼いてやるのは大好きだ。なかでもウサギの耳をつけたシュガー・クッキーが得意だ。

「そりゃいい」宙に浮いていた椅子の二本の脚がどすんと床に戻った。「あーあ、ここは退屈な所だなあ。暗くなる前に湖のまわりでも散歩しようよ」

「疲れているからいやよ」

「疲れるほどのことは何もしてないじゃないか」捌《は》け口のないエネルギーを持て余していたケヴィンがモリーの手首をぐいとつかみ、引っぱるようにして椅子から立たせたのも意外な行動とはいえないかもしれない。「行こうよ。もう二日間もトレーニングしてないんだ。このままじゃ変になりそうだよ」

モリーは体を離しながらいった。「なら、トレーニングすればいいじゃない。だれも止めないわよ」

「もうすぐファン・クラブの飲み会が始まる。それにきみにも運動が必要だ。だから頑固な態度はやめろよ。おまえはここで待ってろよ、ゴジラ」ケヴィンは網戸を開け、モリーをそっと押しだし、吠え立てるルーをなかに閉じこめた。

実際に抵抗はしなかったものの、モリーは本当をいえば疲れきっており、ケヴィンとふたりきりになるのが好ましくないことはわかっていた。「なんかそんな気分じゃないし、ルーを置いていけないわ」

「ぼくが草は緑だといっても、きみはおれに反論するんだろうな」ケヴィンは小道にモリーを連れだした。

「誘拐犯に優しくするつもりはないの」

「誘拐されたくせに、逃げる気はまるでなさそうだ」

「ここが気に入ったから」

ケヴィンはモリーがポーチに作った居心地のいいコーナーをちらりと振り返っていった。

「お次は室内装飾家でも雇うんだろう」

「金持ちの女はたとえ数日でも生活に楽しみを求めるものよ」

「かもね」

湖に近づくにつれ小道は幅が広がり、しばらく岸に沿って曲がりくねったかと思うとふたたび道幅が狭まり、急な斜面から湖水を見下ろす岩だらけの崖へと続いている。ケヴィンが向こう岸を指さしていった。「あそこに湿地帯があって、キャンプ場のうしろが小川の流れる草原になってる」

「ボボリンクの草原ね」

「えっ？」

「ええと——なんでもない」じつはナイチンゲールの森のはずれにある草原の名前なのだった。

「あの崖の上にのぼると町がよく見えるんだ」

モリーは勾配のきつい道を見上げながらいった。「登るだけのエネルギーがないわ」

「それなら途中まででもいいよ」

それが嘘であるのはわかっていた。だが脚も昨日までのようにふらつかないので、いっしょに歩きだした。「町の人たちはどうやって生計を立てているの？」

「主に観光事業だね。湖はいい漁場だし。しかし、なにぶんにも都会からうんと離れているから、ほかの観光地のように開発が進みすぎることはないんだ。まずまずのゴルフ・コースもあるし、この地域には州のなかでも有数のクロス・カントリーのコースがある」

「大規模なリゾート開発で自然が損なわれてないのは、なによりだわ」

小道は上り坂になりはじめた。モリーは息をはずませながら登った。ケヴィンがずんずん先へ登っていくことに驚きはしなかった。それよりも自分が登りつづけているという事実に驚きを感じていた。

ケヴィンが崖の頂上から声をかけた。「どう見てもフィジカル・フィットネスの歩く広告塔にはなれそうもないな」

「ティーボー（究極の筋肉トレーニング）のクラスは」モリーはあえぎながらいった。「さぼったことがあるわよ」

「酸素ボンベが必要かい？」

モリーは息が上がりすぎて答えられなかった。

頂上からの眺めに、頑張ったかいはあったと実感する。湖の向こう岸にある町が見渡せるだけの明るさは残っており、古風な趣のある素朴な風景だ。港では船が揺れており、虹色キャンディのような空をバックに教会の尖塔が森のなかから垣間見える。

ケヴィンは崖に近いひとかたまりの豪奢《ごうしゃ》な邸宅を指さした。「あれは別荘地だよ。前回ぼくがここに来たときには、あのあたりは森だった。でもほかはほとんど変わってないよ」

モリーは眺めに見入った。「きれいだわ」

「そうだね」ケヴィンは崖の端まで進み、湖水をのぞきこんだ。「夏、よくここから飛びこんだものさ」

「子どもがひとりでやるのはちょっと危険なんじゃない？」

「だから面白いんじゃないか」

「ご両親はよほど徳が高い方たちだったのね。あなたのおかげでどれほど白髪が――」ケヴィンがモリーの話などそっちのけで、靴を脱ぎ捨てているのに気づき、言葉を切った。本能的に足を一歩踏みだしたが、間に合わなかった。ケヴィンはすべて身につけたまま、宙に身を投げた。

息を呑み、崖の縁まで駆け寄ると、ちょうど鋭く鮮やかなラインを描いて彼の体が水面を打つのを見守るかたちになった。水しぶきもほとんど上がらなかった。

息を殺して待ったが、ケヴィンは上がってこない。モリーは両手を口に当てた。水面を目で探したが、彼の姿は確認できなかった。「ケヴィン！」

そのとき水面に小波《さざなみ》が立ち、頭が現われた。モリーはほっと息をつき、ケヴィンが黄昏《たそがれ》の空に頭を向けたのを見てまた息を止めた。きれいな湖面にしずくをしたたらせながら、どこか得意げに顔を輝かせている。

モリーは拳を握りしめながら上から叫んだ。「この大ばか者！　完全に頭がいかれてるんじゃないの？」

ケヴィンは水のなかで足を動かしながら、真っ白な歯を見せてモリーを見上げた。「姉さんに告げ口する？」

モリーはまだ震えが止まらないので、足を踏み鳴らしていった。「飛びこめるだけの水深があるかどうかわからなかったんじゃないの？」

「最後に飛びこんだときはちゃんと水深があったからさ」

「それ、どのくらい前のことなの？」

「十七年くらい前かな」ケヴィンはひょいと背中を下にした。「でも最近だいぶ雨が降ったみたいだ」

「いかれてるわ！　何度も脳震盪《のうしんとう》を繰り返したから脳細胞が乱れちゃった？」

「でもこのとおりちゃんと生きてるじゃないか」ケヴィンは命知らずの男らしい、満面の笑顔を見せて、いった。「ここへおいでよ。水はあったかいから」

「いいかげんにしてちょうだいよ。私は崖から飛び下りたりはしないの！」

ケヴィンはさっと脇を下にしてゆったりと水を掻きながらいった。「ダイビングできないの?」

「できるわ。サマー・キャンプに七年間も行ったのよ!」

ケヴィンの声が低く物憂げにモリーを挑発する。「きっと下手くそだろうな」

「上手よ!」

「だったら、臆病なだけか?」

なんということだろう。まるで頭のなかの火災報知器が鳴りだしたかのようだった。サンダルを脱ぐこともせず、モリーは岩の縁で爪先を丸め、ケヴィンの狂気をまねるようにして、断崖から身を投げた。

落ちるあいだ、モリーは叫ぼうとした。

ケヴィンより強く水面にぶつかり、水しぶきも多く上がった。水面に浮かび上がると、呆然としたケヴィンの顔にたくさんの水滴がはねていた。

「なんてこった《ジーザス》」息まじりの声は、罵りの言葉より祈りの言葉のように響いた。やがてケヴィンは怒鳴りだした。「いったい何をしているつもりなんだ?」

水があまりに冷たいので、モリーは息もできない状態だった。骨の髄まで凍えそうだった。

「凍りそうに冷たいわ!　嘘つき!」

「こんなことをまたやらかしたら……」

「あなたが挑発したんじゃないの!」

「もし毒を飲めと挑発されたら、ほんとに飲むほど愚かなのか?」

無謀な行為を煽動《せんどう》したケヴィンに対し怒りを感じているのか、挑発に乗った自分に腹を立てているのか自分でもわからなかった。腕で水面をたたいたので、水が飛び散った。「私を見て！　ほかの人たちといると、この私だって正常な人のようにふるまうのよ！」

「正常？」ケヴィンは目に飛びこんだ水しぶきをまばたきしてはらった。「正常だから腐ったエビみたいな様子であんなふうに部屋に閉じこもってたというのかい？」

「少なくともあそこにいれば安全だったわ。それにひきかえ、ここでは肺炎にかかってしまいそうだわ！」モリーの歯がまたガチガチと鳴りはじめ、氷のような水のしみこんだ衣服は体に張りついている。「それとも断崖から飛びこむように仕向けるっていうのは、あなたの治療法だったわけ？」

「ほんとにやるなんて思いもしなかったんだよ！」

「私は気が狂っているのよ、忘れた？」

「モリー……」

「いかれたモリーなの！」

「そんなこと……」

「あなたはそう思ってるのよ。異常なモリー！　精神異常のモリー！　おばかなモリー！　精神鑑定でもクロ！　ちょっとした流産であんなにもおかしくなる女！」

喉がつまってそのあとの言葉が出てこなかった。口にするつもりはなかった。二度とそのことにふれないでおこうと思っていた。だが断崖から飛びおりた勢いでついその言葉が出てしまったのだ。

重苦しい沈黙がふたりのあいだに流れた。やっとケヴィンの口からもれた言葉には憐憫《れんびん》の情が感じられた。「もう帰ろう。暖をとらなくちゃいけないよ」ケヴィンは向きを変え、岸に向かって泳ぎはじめた。

モリーは声を上げて泣きはじめていたので、元の場所にとどまっていた。ケヴィンは岸に泳ぎ着いたが、上がろうとはせず、うしろを振り返ってモリーを見た。水は腰のあたりで波打っている。ケヴィンの声は優しい小波のようだった。「上がらなくちゃだめだよ。もうすぐ日が暮れる」

冷たさで四肢はいうことをきかなかったが、心まで麻痺していたわけではない。モリーは深い悲しみに襲われていた。このまま水のなかに沈んで二度と浮かび上がらなければいいとさえ思った。深く息を吸いこむと絶対に口にするつもりのなかった言葉をつぶやいていた。

「ほんとは、どうでもいいんじゃないの？」

「わざと、喧嘩を売ろうとしているな」ケヴィンは穏やかな声でいった。「さあ、歯がガチガチ鳴ってるじゃないか」

喉の奥から言葉が滑りでてくる。「私のことなんかあなたにとってはどうでもいいことだって、私は知ってる。それを理解さえしているわ」

「モリー、もうこんなまね、やめろよ」

「私たちの赤ちゃんは女の子だったわ」モリーはささやいた。「病院で調べてもらったの」

湖水が岸辺を洗っていた。彼の抑えたような声がなめらかな湖面を流れてきた。「知らなかったよ」

「あの子にサラという名前をつけたの」

「きみは疲れている。いまは辛い時期なんだよ」

モリーはかぶりを振り、空をじっと見上げた。彼を責めるつもりではなく、なぜ気持ちを理解してもらえないのか、伝えるためにただ真実を語ったのだ。「あの子が亡くなったことは、あなたにとってなんの意味もないことなんでしょ？」

「そのことを考えたことはなかったよ。きみが感じていたほど現実味はなかったから」

「そのこと、じゃなくてあの子のこと、よ！　赤ちゃんは物じゃなくて人間なのよ！」

「ごめんよ」

彼を攻撃することの不当さに気づき、モリーは黙りこんだ。悲しみを共有しないからといって、彼を責めるのは間違っている。ケヴィンに赤ん坊の現実味などあろうはずもない。ベッドに誘ったわけでもないし、子どもを欲しがったわけでもないし、身ごもったわけでもないのだから。

「謝らなくてはいけないのは私のほうよ。感情的になると、抑制がきかなくなるの」目にかかった濡れた髪をはらうとき、手が震えた。「もう二度とこの話を持ちださないわ」

「もう出ろよ」ケヴィンは穏やかにいった。

冷たさのために手足の動きはぎこちなく、岸へ泳ぎながら衣服が重く感じた。岸辺へたどり着くと、ケヴィンは低い平らな岩にのぼっていた。

ケヴィンはしゃがみこみ、モリーを引っぱり上げてくれた。膝から岸へ上がったモリーは冷たい水をしたたらせた、漂着物のようだった。

ケヴィンは気分を明るくしようとしていった。「少なくともぼくは飛びこむ前、靴を脱いだ。きみの靴は水面に当たったとき、飛んでしまったよ。追って追えなくはなかったけど、なにしろあまりのことにぼくもショック状態だったから」

岩は昼間の温度をいくぶん保っており、湿ったショート・パンツを通してわずかな暖かみがしみこんでくる。「いいのよ。古いサンダルだったし」それはモリーの持つ、マノーロ・ブラーニクスの最後の一足だった。いまの経済状態から見て、買い替えるとしても、ゴム製のシャワー・サンダルがせいぜいだろう。

「サンダルはあした街で買えるよ」ケヴィンは立ち上がった。「もう帰ったほうがいい。じゃないと寝こむことになるよ。歩きだしてなよ。ぼくは自分の靴を取って追いつくからさ」

ケヴィンは上り坂を上がっていった。日暮れの寒さに、モリーは自分の体を抱きしめるようにしながら、何も考えまいと、一歩ずつ歩いていった。それほど進まないうちにケヴィンが追いつき、隣りを歩く。Tシャツもショート・パンツも体に張りついている。ふたりは黙ったまましばらく歩いた。

「ほんというと……」

彼がそのあとを続ける前に、モリーは見上げていった。「なあに？」

ケヴィンは困ったような顔をした。「なんでもない」

まわりの木々が夜風に合わせ、サワサワという木の葉が擦れ合う音をたてている。「そう」

ケヴィンは靴をもう一方の手に持ち替えた。「あのことが終わってから……ぼくは……あの子のことを考えないようにしていた」

その気持ちは理解できたものの、モリーの寂寥《せきりょう》感はいっそうつのった。彼は口ごもった。あまりないことだった。ケヴィンはいつでも迷いのない人間に思えたからだ。「あの子はどんなふうに――」ケヴィンは咳払いをした。「サラはどんな子になったと思う?」

モリーは胸が締めつけられるような思いがした。また新たな苦痛が体じゅうを駆けめぐった。だがかつての苦痛のように疼くことはなく、傷口に当てた消毒薬のような痛みだった。肺が膨らみ、縮んで、また膨らんだ。自分がまだ呼吸し、動けることを思い、モリーは驚嘆した。コオロギたちの夜の演奏がまた始まった。リスたちは葉と葉のあいだを忙しく動きまわっている。

「そうね……」モリーは震えていた。自分の口から滑りでるものがいったい抑えた笑いなのか、それとも残っていたすすり泣きなのか確信はなかった。「あなたに似たら素晴らしく美形でしょうね」胸は痛んだが、痛みと闘うのではなく、痛みを抱きしめ、受け入れ、自分の一部として認めた。「私に似ればすごく頭がいいはずよ」

「そして無鉄砲。今日でそれは証明されたと思うよ。美形ねえ。褒めてくれたのならありがとう」

「それじゃ自分が美形だって知らないみたいに聞こえるわ」気持ちが少し軽くなった。モリーは鼻水の出る鼻を手の甲で拭いた。

「じゃあ、きみの頭がいいっていう根拠は何さ?」

「ノースウェスタン大学を首席で卒業。あなたは?」

「普通に卒業した」

モリーは微笑んだ。だがサラの話をまだやめる気はなかった。「私はあの子を絶対にサマー・キャンプになんか行かせなかったと思うわ」

ケヴィンはうなずいた。「ぼくも夏のあいだ毎日教会に行かせたりしなかったと思うよ」

「毎日は多いわね」

「九年間のサマー・キャンプも相当多いよ」

「あの子、きっと不器用で覚えが悪かったでしょうね」

「サラはそんなことないさ」

ささやかなぬくもりの膜が心を囲んだ。

ケヴィンが歩調をゆるめた。木々を見上げ、片手をポケットに突っこみながらいう。「ぼくは思うんだ。サラにとって、いまは生まれるべき時期じゃなかったんじゃないかなって」

モリーは息を吸い、ささやき返した。「私はそうじゃないと思うわ」

11

「お客さまが来るのよ!」めんどりのセリアがコッコッと鳴きました。「ケーキとタルト、それにカスタード・パイを焼きましょう」

——「ダフニーの大さわぎ」

モリーはケヴィンが置いていった目覚まし時計を五時半にセットした。七時にはブルーベリー・マフィンの香りが民宿の一階に漂っていた。食堂のサイドボードには中央にイチョウの葉が描かれた淡い黄色の陶器の皿が積み重ねられ、ダーク・グリーンのナプキンと、押し型ガラスの水用ゴブレット、ミスマッチが楽しいスターリング・シルバー製の食器が用意してある。冷凍庫から出した粘り気のある丸いパンをオーブンで焼いている最中で、作業台の上の大理石の板の上には茶色い陶器のベーキング用の皿がのり、厚切りの食パンがバニラとシナモンの香りをつけた卵のつけ液に漬かっている。

モリーはここ数カ月で初めて旺盛な食欲を感じたが、食べる時間はなかった。満室の宿泊客たちのために朝食を用意することは、ケイルボー家の子どもたちのために笑った顔のパンケーキを作るより、ずっと大変だった。フレンチ・トーストのつけ液からジュディス叔母さんのレシピ・ノートを離れた場所に移しながら、まだ階上で眠っているケヴィンに対する怒りの気持ちを掻き立てようとしてみたが、できなかった。昨夜赤ん坊を認知することで、ケヴィンはモリーに贈物をくれたのだ。

流産という心の重荷もひとりで耐えるべきものという感じはしなくなっていた。また、朝起きたとき、枕が涙でぐっしょり濡れていることもなかった。憂鬱《ゆううつ》な気分はすぐに消えることはないだろうが、ふたたび幸福な気持ちが戻る可能性を確信できそうな気がしている。

ケヴィンはジョン・ピアソンにフレンチ・トーストのおかわりを運んでから、ふらふらと入ってきた。目はかすみ、いかにもひどい二日酔いといった様子をしている。「廊下できみのピットブルがぼくを追い詰めようとしたぞ」

「あなたのことが嫌いなのよ」

「そうらしいな」

何かがなくなっていることに気づいたが、それが何なのか認識するのにしばらくかかった。彼の敵意なのだ。ケヴィンがモリーに対して抱きつづけていた怒りも、ようやく薄れたようだ。

「ごめん、寝すごした」とケヴィンがいった。「きみがここに来ても、ぼくがまだ眠っていたら、たたき起こしてくれっていっただろ」

それは金輪際しない。いかなる理由があろうとも、ケヴィン・タッカーの寝室に入ることはない。彼が不倶戴天《ふぐたいてん》の敵でも見るような目つきでモリーを見なくなったいまはなおさらだ。

モリーは空になった酒のびんに向けて首を傾けた。「昨夜はかなり盛り上がったようね」

「ドラフトの話題でもちきりだったんだよ。ひとつの話題が次の話題にどんどんつながっていってさ。あの年代についてひとつ確信したよ。彼らはたしかに酒の飲み方を心得ている」

「ピアソンさんの食欲にはなんの影響もなかったみたいね」

ケヴィンはグリドルの上できつね色に変わっていくフレンチ・トーストにじっと見入った。

「きみは料理ができないのかと思っていたよ」

「マーサ・スチュアートに電話したのよ。お客さまがベーコンやソーセージをご希望なら、あなたが焼くのよ」

「ベイブみたいに?」

「誇らしいと思わなくちゃね。それとお給仕もやってね」モリーはケヴィンにコーヒーポットを押しつけ、フレンチ・トーストのほうを向いた。

ケヴィンはコーヒーポットをしげしげと見た。「NFLでプレーして十年。ここまで落ちぶれるとはね」

ぶつくさいったわりには、その後の時間のたち方の早さにケヴィンも驚いた。コーヒーを注ぎ、料理を出したり下げたり、客のご機嫌をとり、モリーのパンケーキをこっそりつまんでみたりした。モリーの料理の腕はたいしたものだった。このまま続けてもらうことにした、などと口走ってモリーににらまれた。

モリーのあの目のきらめきが快い。昨夜本音をぶつけ合ったことで、彼女の憂鬱も少しは晴れたようだ。それにドア郡の別荘で見たあの輝きも取り戻しつつある。一方ケヴィンは夜が明けるまで寝室の天井をにらんでいたのだ。赤ん坊のことを抽象概念としてとらえることは二度とできない。昨夜あの子に名前がついたのだ。サラ。

ケヴィンはまばたきするとコーヒーポットをつかみ、もう一周コーヒーを注いでまわった。シャーロット・ロングがモリーの様子をうかがうためにのぞき、結局マフィンを二個平らげた。ねばり気のある丸いパンは角が少し焦げたが、フレンチ・トーストはうまく焼け、客からはなんの不満も聞こえてこない。立ったまま自分も朝食をとっていると、エイミーが現われた。

「遅れてすみません」エイミーはぼそぼそといった。「昨日の夜十一時までここから出られなかったんです」

エイミーの首に新しいキスマークがついているのにモリーは目をとめた。今度のは鎖骨のすぐ上だ。またしても嫉妬心が疼くのをモリーは恥ずかしく感じた。「うまくできているわ。どの部屋もずいぶん見よくなったわよ。さあこのお皿を洗ってちょうだいな」

エイミーはうろうろと流しまで歩いていき、皿洗い機に食器類を入れはじめた。小さなピンクのヒトデがついたクリップで髪をうしろにまとめている。目にはアイラインを入れ、アイシャドウをつけ、マスカラも塗っている。しかし、わざわざ口紅を塗る気はないのか、それともトロイがキスで落としてしまったのか、口紅はつけていない。

「おたくのご主人、ほんとキュートね。あたしはフットボールは観ないんだけど、私でも顔を知ってるもの。かっこいいわよね。NFLでも三番目に優秀なクォーターバックだって、トロイがいってる」

「三番目どころかナンバー・ワンよ。彼、才能をコントロールする必要はあるけれどね」

エイミーは伸びをすると紫色のトップをおへその上まで引っぱり上げ、ショート・パンツを無理やり腰骨のところまで引き下げた。「あなたたちも新婚なんだって？　結婚生活はうまくいってる？」

「夢がかなったって感じ」モリーはさりげなくいった。どうやらエイミーは『ピープル』を読んでいないらしい。

「あたしたちは結婚して三カ月半くらい」

ケヴィンとモリーとの結婚もちょうどそのくらいはたっている。ただ、いっときも離れるのが辛いという問題は、モリーたちにはない。

エイミーは皿洗い機に汚れた皿を入れる作業を再開した。「まだ結婚は早い、ってだれもがいうの。私は十九、トロイは二十歳。でももう待てないの。あたしもトロイもクリスチャンだから、婚前交渉はすべきでないと信じているのよ」

「だからこれまでの埋め合わせをしようとしているわけ？」

「すごーくいいんだもん」エイミーが満面の笑みを向け、モリーも微笑みを返した。

「これからはその埋め合わせを仕事中にしないほうがいいんじゃないかしら」

エイミーはミキシング・ボウルをすすいだ。「そうかもしれないけど、やめるのはすごくむずかしい」

「人使いの荒いボスがたぶんあなたたちを見張ってるはずよ。だからここの仕事がすんだら寝室の掃除を始めたほうがいいわ」

「うん……」エイミーは溜め息をついた。「外でトロイに会ったら、愛してるって伝えてくれる?」

「それは、お断わりよ」

「うん、それってなんか子どもっぽいわよね。姉がね、あまりベタベタするなっていうの。そうしないとトロイに軽く見られるって」

モリーは熱愛の気持ちをたたえたトロイの若い顔を思い出した。「まだそんな心配をする必要はないと思うわ」

モリーがキッチンの作業を終えるころにはケヴィンの姿はなかった。きっと二日酔い気味なのだろう。アイス・ティーを淹れて、フィービーに電話して居場所を知らせた。姉の困惑した声は予想外のことではなかったが、自分の心と体の状態についてほとんど伏せたまま、ケヴィンに脅されるようにして連れてこられたといういきさつを説明するのはむずかしかった。だからただ、ケヴィンには助けが必要で、自分もシカゴを離れたかったから、とだけいっておいた。フィービーが「めんどりのセリア」のような声でお説教を始めたので、モリーは急いで電話を終えた。

午後のお茶のためにジュディス叔母さんのブントケーキ(ドーナツ状のケーキ)を焼き終えるころには、モリーは疲れていたが、パーラーの飾りつけを加えずにはいられなかった。切り子ガラスのボウルにポプリを入れていると、ルーが吠えだした。外へ出てあたりをうかがってみると、ほこりっぽいボルドー色のレクサスからひとりの女性が出て、共有地をしげしげとながめているのが見えた。今日新しい宿泊客が到着するのか、ケヴィンはパソコンで調べなかったのだろうかという疑問が胸をよぎる。もう少し業務をきちんとこなしていく必要がある。

モリーは女性のライト・グレイのチュニックやブロンズ色のカプリ・パンツ、模様を彫りつけたサンダルにじっと見入った。身につけているものすべてがお洒落で贅沢《ぜいたく》な感じがする。こちらを向いた女性の顔を見て、モリーはそれがだれなのかすぐにわかった。リリー・シャーマンだった。

これまでモリーは多くの著名人に会っており、そうした人物の名声に気圧されることはなかったが、リリー・シャーマンには圧倒された。輝くような性的魅力が全身から発散しており、その登場によって交通が混乱するほどのスター性をそなえた女性なのだ。ひょっとして松の木のあいだからパパラッチが飛びだしてくるのでは、とモリーは半ば本気で思った。トレードマークの赤褐色の豊かな髪は頭頂部にのせたお洒落なサングラスでまとめた形になっている。ジンジャー・ヒルを演じていたころと比べると髪が短くなっているものの、セクシーにくしゃくしゃっとまとめたスタイルは健在である。肌は白く陶器のようになめらかで、体つきは肉感的だ。摂食障害でガリガリに痩せた知り合いの女性たちのことをつい考えてしまう。かつて女性たちはみなリリーのような体型を理想としたものだし、そのほうがずっと好ましい。

民宿に向かって道を歩いてくるリリー・シャーマンの目が際立って明るいグリーンであることにモリーは気がついた。テレビで見るよりずっと鮮やかなグリーンである。目尻にかすかな皺はあるものの、四十歳ぐらいにしか見えない。ルーに挨拶するために身をかがめたとき、左手にはめた大粒のダイヤモンドがきらりと光を放った。ルーがリリーに腹を撫でられているという事実をモリーが受け入れるのに、しばらく時間がかかった。

「ここまで来るのは大変だわ」ジンジャー・ヒルを演じていたころと同じハスキーな声だったが、いまのほうがいっそう官能的な感じがする。

「ちょっと孤立した土地ですからね」

リリーは背筋を伸ばして近づき、著名人が一般人との距離を置くためによくする、曖昧《あいまい》な慇懃《いんぎん》さでモリーを見た。その直後鋭い目でモリーを観察したリリーの瞳に、冷ややかな光が宿った。「私はリリー・シャーマンです。スーツケースを運んでくださる方はいらっしゃるかしら？」

あらまあ。リリーは『ピープル』の記事を読んでいたので、モリーがすぐわかった。この女性とは親しくするわけにはいかない。

玄関ポーチの階段を上るリリーのために、モリーは場所をあけながらいった。「現在運営を再編成している最中なんです。ひょっとして、ご予約をいただいていますか？」

「予約もなしにこんなところまで来ませんわ。二日前にミセス・ロングとお話ししたとき、一部屋空いているとお聞きしましたのよ」

「ええ、たぶんあると思います。どの部屋が空いているのか、いまはたしかなことが申し上げられませんが。ところで私、あなたの大ファンなんですよ」

「それはどうも」リリーの反応があまりに冷淡だったので、モリーはそんな言葉を口にしたことを悔やんだ。

リリーはブルース・ウィルス風の冷笑を印象づけようとしているルーをまじまじとながめた。「車にネコがいるの。連れてきてもかまわないって、ミセス・ロングにいわれたのよ。でもあなたの犬はちょっと獰猛《どうもう》みたいね」

「そんなふりをしているだけなんですよ。ルーはネコに近づくのをいやがるかもしれませんけど、傷つけたりはしません。私はなかに入ってお部屋を確かめてきますので、そのあいだにおたくのネコちゃんをこの子に会わせてみたらいかがですか」

スター性が褪せたとはいえ、リリー・シャーマンがいまだスターであることに変わりはない。人から待たされることをリリーが不満に思うのではないかとモリーは思ったが、リリーは何もいわなかった。

なかに入りながら、ケヴィンはこのことを承知しているのだろうかと、モリーは疑問に思った。ふたりはかつて交際していたのだろうか？　それにしてはリリーはインテリすぎるように思える。そのうえ、完璧な英語をしゃべる。だが……。

急いで階上に行ってみると、エイミーがバスタブにかがみこんで、掃除の最中だった。ぴったりしたショート・パンツが食いこんで、お尻の形がくっきりと露わになっている。

「お客さまが到着なさったんだけど、どこにご案内したらいいのかわからないの。宿泊客のうち、どなたかがお帰りになるのかしら？」

エイミーはかがんでいた体を起こすと、奇妙な顔でモリーをじろじろと見た。「いいえ、でも屋根裏部屋ならあるわよ。今年はだれも泊まった人はいないけど」

「屋根裏部屋？」

「結構素敵な部屋よ」

リリー・シャーマンに屋根裏部屋を使わせるなんて想像もつかない。

エイミーはかかとに重心をかけてしゃがんだ。「あのね、モリー。もしあのことで私に相談があるんだったら、いつでも……」

「あのこと?」

「つまりね、ケヴィンの部屋を掃除したら昨晩あなたがあの部屋に寝た形跡がなかったから」

あちこちにキスマークをつけた人物から同情されるのはいかにも腹だたしいことだった。

「私たちは別居中なのよ、エイミー。あなたに心配してもらうことは何もないわ」

「それは残念ね。ええとね、もしその原因がセックスとかのことだったら、なんでも訊いてちょうだい。アドバイスだってしてあげられるし」

モリーはついに、十九歳の同情屋の哀れみの対象にまで成りさがってしまったのだ。「必要ないわ」

階段をのぼったモリーは屋根裏部屋が傾斜した天井、屋根窓があるにもかかわらず、驚くほど広いことを知った。アンティーク家具もくつろげる感じで、四本の柱がついたダブル・ベッドのマットレスも寝心地はよさそうだ。壁の端に陽光をさらに多く取りこむための大きな窓がつけ加えられている。モリーはその窓を開け放って新鮮な空気を入れ、窓と反対側に位置する小さな旧式のバスルームを調べた。どうにか合格点があげられるかどうかといった部屋だが、なにぶんにもほかの部屋とは離れた、きわめて私的な空間である。もしリリーが気に入らなかったら、お帰りいただくしかない。

　そう考えただけで心が軽くなった。

　エイミーに部屋の準備をいいつけ、急いで階下におりた。いまだケヴィンの姿はない。モリーは玄関ポーチに戻った。

　リリーは手すりの近くで腕に抱いたマーマレード色の大きなネコを撫でながら立っていた。ルーは木製のロッキングチェアの下でむっつりとした顔をしていた。玄関ドアを開けるとルーが跳ねるように立ち上がり、モリーに憮然とした顔を向け、また急いで椅子の下にもぐってしまった。モリーは明るい顔をつくろった。「ネコちゃんが、うちの犬に優しくしてくれるといいですけどね」

「おたがい近づこうという気はないみたいよ」リリーはネコの顎を親指でこすりながらいった。「この子の名前はマーマレード。ふだんはマーミーと呼ばれているわ」

　長毛のネコはアライグマに近い大きさで、目は金色、大きな前足、巨大な頭部が特徴的だ。

「マーミーちゃん、ルーと仲よくやってちょうだいね」ネコはニャーと答えた。

「申し訳ないんですけれど、唯一の空室が屋根裏部屋しかないんです。バスルームも最高とはいいがたい代物です。宿泊をお考え直されてもかまいませんし、なんでしたらコテージもお使いいただけますよ。まだいくつか空いていますから」

「私としては宿泊のほうが希望なの。その部屋で結構よ」

　リリーならどう見ても「フォーシーズンズ」のような最高級のホテルに泊まるのが本当だという気がするので、その部屋でかまわないと答える理由がモリーには皆目わからない。だが、礼儀は礼儀である。「私はモリー・ソマヴィルです」

「ええ、一目でわかりました」リリーは冷ややかにいった。「ケヴィンの奥さんよね」

「私たち別居中なんです。何日間か彼の手伝いに来ているだけです」

「そうなの」とリリーは口ではいったが、納得していない顔だった。

「お待ちのあいだ、アイス・ティーでもお持ちしますね」

モリーが大急ぎで飲み物を用意し、玄関ポーチに戻ろうとすると共有地を通って民宿に向かってくるケヴィンの姿が目に入った。朝食後着替えたらしく、色褪せたジーンズに履き古したスニーカー、古いTシャツといういでたちだが、袖がほころんで二の腕にほつれ糸が垂れている。ポケットからカナヅチが突きでているところを見ると、二日酔いが直ったか、苦痛に対して非常に強い忍耐力を持っているかどちらかだろう。ケヴィンが試合で何年間も激突を受けつづけてきたことを思い起こし、きっと後者なのだろうとモリーは思った。ここがそれほど好きではないのに、なぜ自分で修理など思い立ったりしたのだろうとモリーは疑問を感じた。退屈だったのか、それとも牧師の子らしい義務感のなせる業なのか。その義務感があだになってケヴィンはいつも面倒に巻きこまれている。

「おい、ダフニー! 街へ買い出しに行くんだけど、つき合うかい?」

またダフニーと呼ばれて、モリーは苦笑した。「新しいお客さまなのよ」

「そいつは最高だ」ケヴィンはおざなりな言い方をした。「願ったりかなったりだよ」

ロッキングチェアが壁にどすんとぶつかった音がして、振り返るとリリーが立ち上がっていた。プリマドンナは消え、かわりにそこにいるのはいかにも脆弱《ぜいじゃく》そうな蒼白い顔の女性だった。モリーはアイス・ティーのタンブラーを置いた。「大丈夫ですか？」

かろうじてそれとわかる程度のかすかな動きで、リリーは首を振った。

ケヴィンの足がポーチの階段の一番下にかかった。彼が上を見上げた。「街へ行ったらさ——」射すくめられたかのように動きが止まった。

ふたりのあいだにはやはり恋愛関係があったのだ。モリーはいまやそれを確信した。年齢差はあるものの、リリーは美しい女性だ。あの髪、あのグリーンの目、なまめかしい体つき。リリーは彼を取り戻したくて会いに来たのだ。それなのに、モリーは彼を譲る心の準備はまだできていない。そのことがモリーにはショックだった。またぞろあの片思いがぶり返したのだろうか？

ケヴィンは動こうとしなかった。「ここで何をしている？」

ケヴィンの無礼な態度にも、リリーはひるまなかった。むしろ予想どおりの成り行きだという表情だった。「こんにちは、ケヴィン」リリーの腕がひらひらと脇にふれた。ケヴィンに手をふれたいけれどできない、といった感じだった。リリーの目はケヴィンの顔を貪《むさぼ》るように見つめていた。

「休暇でここに来たのよ」しわがれた声は息切れのようでひどく自信なさげに聞こえた。

「やめてくれ」

リリーが自制して落ち着こうとする様子をモリーはじっと見守った。「予約はしてあるの。ここに泊まるわ」

ケヴィンは踵《きびす》を返して民宿を背に、大股で歩いていった。

リリーは指を口に当てた。くすんだブラウンの口紅が滲み、目は涙できらきらと光った。同情の気持ちがモリーの心にわき起こったが、リリーはそんな同情心など我慢がならないとでもいうように、モリーに食ってかかった。「私は泊まりますからね！」

モリーは不安げに共有地のかなたを見つめたが、ケヴィンの姿は消えていた。「いいですよ」ふたりに恋愛関係があったのかどうか知りたかったが、だしぬけにそんなことを言いだすわけにはいかなかった。「あなたとケヴィンには過去がありそうですね」

リリーがロッキングチェアに身を沈めると、ネコが膝の上に跳び乗った。「私は彼の叔母なの」

安堵感を覚えたとほとんど同時に、モリーはケヴィンを守りたいという不可思議な感覚に襲われた。「あなた方の関係は何か修復が必要な感じがします」

「ケヴィンは私を憎んでいるの」突如リリーはスターにしてはあまりにはかなげな様子になった。「憎まれているのに、彼のことをこの地球上でだれよりも愛してるの」リリーはまるで気を逸らそうとでもするように、アイス・ティーのタンブラーを手にとった。「彼の母親のマイダは私よりずっと年上の姉だったのよ」

リリーの声の強さがモリーの腰のあたりにチクチクとした刺激を与えた。「ご両親はだいぶご年配でいらしたと、彼から聞きました」

「そうよ。マイダはちょうど私が生まれた年にジョン・タッカーと結婚したの」

「ずいぶんと年が離れていたんですね」

「姉は私にとって二番目の母親のようだったわ。少女時代、姉たちと私たち家族は同じ町に住んでいたのよ。じつは隣り同士で」

リリーがこんな話を打ち明けるのは、相手に聞かせたいからではなく、そうでもしないと取り乱してしまいそうだからだという感じをモリーは受けた。モリーの好奇心はそのことを利用した。「たしかとても若くしてハリウッドに行かれたと、何かで読んだことがあります」

「マイダはジョンがグランド・ラピッドの教会を任されたとき、引っ越していったの。私は母と折り合いがよくなくて、その後はすべてが坂道を転がるように悪化していった。だから私は家出して、結局ハリウッドにたどり着いたのよ」

リリーは急に黙りこんだ。

モリーはもっと追及したかった。「ひとりでよく頑張られましたね」

「時間はかかったわ。私は無謀だったしいくつも過ちを犯したわ」リリーはロッキングチェアにもたれた。「その過ちのいくつかはいまだに埋め合わせがつかないままよ」

「私も姉に育てられたんです。でも姉は私が十五になるまで私の人生に関わりがなかったんです」

「私もそのほうがよかったのかもしれないけれど、わからない。思うんだけど、この世には周りの人たちをトラブルに巻きこむために生まれついたような人間がたしかにいるのよ」モリーはケヴィンがなぜあれほどまで敵意をむきだしにするのか、その訳を知りたかったが、リリーは顔をそむけてしまった。ちょうどそのときエイミーがポーチに駆けだしてきた。若すぎるからか、自分のことで頭がいっぱいなのか、エイミーは著名人の客に気づきもしない。

「お部屋の準備ができました」

「階上をお見せします。エイミー、シャーマンさんのスーツケースをお車からお運びしてちょうだい」

屋根裏部屋に案内したとき、こんなにみすぼらしいところはいやだと不平をいわれるだろうと予想していたが、リリーは何もいわなかった。モリーは窓から湖岸のだいたいの方向を指し示した。「湖に沿って素敵な歩道があります。でもきっと何もかもご存じなんでしょうね。ここにいらしたことはありますか？」

リリーはバッグをベッドの上に載せた。「招《よ》ばれなかったわ」

さきほどからずっと首のうしろに不快なチクチクした感じがあったが、それがさらに強まった。エイミーがスーツケースを持って現われると、モリーは辞去した。

午睡をとりにコテージに向かうのはやめて、音楽室へぶらぶらと入っていった。机の万年筆に手をふれ、次にインクびん、その次は上に『民宿ウィンド・レイク』という文字が刻まれたアイボリーとバラ色の便箋に手をふれてみた。そわそわとあれこれ触るのをようやくやめて、座って考えた。

小さな金色の記念日の時計が時刻を知らせるころには、ケヴィンを探してみようと決意していた。

最初は浜辺を探した。トロイがボートのひもをはずし、波止場に上げて修理をしていた。ケヴィンのことを尋ねてみると、トロイは首を振り、民宿を出ようとしたときルーが見せたのと同じような哀れみの表情を浮かべた。「しばらく姿を見ていないよ。エイミーを見なかった？」

「寝室を整えているわ」

「もうすぐ仕事が全部片づきそうなんで、今日は早く家に帰れるな」そしてたがいの衣服をはぎ取って、ベッドに倒れこむんでしょう。「それは素敵だこと」

トロイはまるで顎の下を撫でられたように嬉しそうな顔をした。

モリーは共有地に向かい、一軒のコテージの裏手で響く、怒ったようなカナヅチの音を目指して進んだ。ケヴィンは屋根でしゃがみ、苛立ちを新しい屋根板にぶつけていた。

モリーは親指をショート・パンツのうしろのポケットに突っこみ、どう切りだすべきか考えてみた。「まだ街に行く予定は変えてない？」

「あとで行くかもしれない」ケヴィンはカナヅチを打つのをやめた。「あいつはいなくなった？」

「いいえ」

カナヅチがバシッと屋根板を打つ。「あいつはここには泊まらせない」

「予約をとっているのよ。追いだすわけにはいかないわ」

「ちくしょう！　モリー！」バシッ！「頼むからさ……」バシッ！「追い払ってくれよ！」

バシッ！

モリーはバシッ、バシッと目の前で打たれるのはいやだったが、昨夜の名残りの温かい感情が残っていて、ケヴィンに優しい態度で接することができた。「ちょっとでいいから、降りてきてくれない？」

バシッ！「どうしてさ？」

「見上げていると首が痛いし、話がしたいの」

「見上げるなよ！」バシッ！　バシッ！「それに話はいいよ！」

モリーは重ねた屋根板の上に腰をおろし、どこにも行くつもりがないことを示した。ケヴィンはモリーの存在を無視しようとしたが、罵りの言葉を吐きつつカナヅチを置いた。モリーはケヴィンがはしごを降りてくる様子を見守った。ほっそりとした筋肉質の脚。形のよいヒップ。どういうわけか、男性のヒップには心がそそられる。地面に降りたケヴィンはモリーをにらみつけたが、その表情に浮かぶものは敵意ではなく不快感だった。「なんだよ？」

「リリーのことを話してちょうだい」

ケヴィンはグリーンの目を細めた。「嫌いなんだよ」

「そうらしいわね」ずっと心をむしばみつづけている疑惑が消えてくれない。「子どものころ、いつもクスマス・プレゼントを忘れてたとか？」

「ここにいてほしくないだけだ」

「いなくなるつもりはなさそうよ」

ケヴィンは両手を腰に当てた。突きでた肘がまるで怒りの翼のようだ。「それがあいつの問題点なんだよ」

「あなたも彼女がここにとどまるのを望まないんだから、それがあなたの問題点じゃないかしら」

ケヴィンははしごに向かった。「今日は午後のお茶をひとりで取りしきってくれないかな」

またしても首の付け根がチクチクする。何かがひどく間違っている。「ケヴィン、待って」

振り向いたケヴィンは苛立った顔をしていた。これは自分の関わるべきことではないのだとモリーはみずからを戒めたが、放っておけない気持ちなのだ。「自分はケヴィンの叔母だとリリーはいったわ」

「ああ、だからどうだっていうのさ？」

「彼女のあなたに向けたまなざしを見て、奇妙な感じを抱いたの」

「単刀直入にいえよ、モリー。おれは忙しいんだ」

「愛情のこもったまなざしだったわ」

「そんなはずないよ」

「彼女はあなたを愛しているのよ」

「おれのことを知りもしないさ」

「あなたがなぜそれほど取り乱すのか、という疑問について奇妙な感じを抱いているの」モリーは唇を嚙み、こんな話を始めなければよかったと悔やんでいた。しかしある強い本能が中途退却を阻んでいた。「リリーはあなたの叔母さんなんかじゃないと私は思うのよ、ケヴィン。あの人はあなたのお母さんだと思うの」

12

「ファッジ!」ベニーは舌鼓を打ちます。「ファッジは大好物さ!」

——「こんにちは、ダフニー」

ケヴィンは打ちのめされたかのような顔をしていた。「なぜわかった? だれも知らないのに!」

「推測しただけ」

「嘘だ。あいつから聞いたんだな。くそっ!」

「あの人は何もいわなかったわ。でもね、あのグリーンとそっくり同じ色の目を持っている人はあなただけなんですもの」

「目を見ただけでわかったというのかい?」

「ほかにも何点かあるわよ」憧れのまなざしを注いでいたモリーは、ケヴィンを見つめるリリーの表情が叔母にしては真剣すぎることを知ってしまったのだ。さらにリリーの言葉が鍵になった。

「ひどく若いときに家を出たとリリーから聞いたわ。その後妊娠したとも。あなたのご両親がご年配だったことも知っていたし。ただの勘よ」

「すごい勘だよ」

「私はもの書きよ。少なくともかつては書いていたわ。文筆家というものは直感が優れているものなの」

ケヴィンはカナヅチを投げだした。「おれは出かける」

モリーも同行するつもりだ。昨夜ケヴィンはモリーを置き去りにしなかった。モリーもこんな彼を放っておくつもりはない。ついはずみで「また断崖からのダイビングに行きましょうよ」といってしまった。

「断崖からのダイビングに行きたいのか？」

いいえ、断崖からのダイビングなんてまっぴらよ！　気違いじゃあるまいし。「そうよ」

ケヴィンは長いあいだモリーの顔をまじまじと見ていた。「よし、行くか」

こんな成り行きになるのを一番恐れていたのだが、いまさら引っこみがつかない。前言撤回でもしようものならまたケヴィンから「バニー・レディ」と呼ばれてしまうだろう。幼稚園児に自作の物語を朗読してやったとき、子どもたちからこの名で呼ばれたが、ケヴィンにそう呼ばれると、ただの無邪気な呼び方には感じない。

一時間後モリーは断崖にほど近い平らな岩の上で、一息入れていた。濡れた衣服を通して染みこむ岩の熱を感じながら、ダイビングもまんざらではないなと思った。ダイビングの腕前もまずまずだし、楽しかったのだ。苦手なのはもう一度ダイブするために元の道をもう一度登ることだ。

道を登っていくケヴィンの足音が聞こえる。モリーと違い、彼の呼吸が荒くなることもない。モリーは目を閉じた。開けていればまた、最初のダイブに備えて紺のボクサー・パンツ一枚になるケヴィンの姿を見ることになってしまう。小波程度にしか水面を乱さない見事なダイビングと、あのなめらかな長い筋肉質の体を目にするのは辛い。ダイブ中にボクサー・パンツが脱げてしまったらどうしようと、不安とも期待ともつかぬ思いを抱いてしまうのだが、なぜかそれが実際に脱げてしまうことはない。

モリーはあらぬ妄想を振り払った。これまでの災いを招いた元凶はほかならぬこの妄想なのである。ここはケヴィンが性愛の達人ではないことを思い出すべきなのかもしれない。それどころか、彼は下手だった。

だがそれは不当な評価といえる。不利な点がふたつも重なっているのだから。睡眠中であったこと、モリーに魅力を感じていなかったことだ。

いまも変わらぬことがいくつかある。どうやらモリーに対して一時《いっとき》ほどの軽蔑は抱かなくなったらしいが、性的に魅かれているとか、少しは興味を覚えるといった兆候はまるで見えない。

性について考えられるようになったことに戸惑いは覚えるものの、同時に勇気もかき立てられる。心の冬に突然クロッカスの花がぱっと咲いたような感じだ。

ケヴィンはモリーの隣りにごろりと横になり、仰向けにゆったりと体を伸ばした。初夏の陽射しの熱さ、湖、魔性の男の匂いがモリーの鼻孔を刺激した。

「もう宙返りはよせよ、モリー。マジで。岩に近づきすぎて危ない」

「一度しかやっていないし、岩の端がどこかははっきりとわかっていたわよ」

「おれの言葉が聞こえなかったのか？」

「まったく、その言い方、ダンそっくりだわ」

「さっきの様子をダンが見たらなんていうか、考えたくもないね」

ふたりはしばし黙ったまま横になっていた。その静寂が意外なほどに気分をやわらげてくれた。体じゅうの筋肉が痛むのに、体ものびのびと寛いでいた。


ダフニーが岩の上で日光浴をしていると、ベニーが小道を駆けてきます。ベニーは大声で何かを叫んでいます。

「どうしたの、ベニー？」

「なんでもないよ、ほっといてくれ！」


モリーははっと目を開けた。モリーの頭のなかでダフニーとベニーが想像上の会話を最後に交わしてから四カ月近くがたつのだ。この一節は偶然浮かんだだけなのだろうけれど。モリーは寝転んだまま体の向きを変えて、ケヴィンのほうを向いた。このいいムードをだいなしにはしたくなかったが、モリーがサラを失ったことで支えを必要としたように、リリーのことでケヴィンも助力を必要としているのだ。

ケヴィンは目を閉じていた。額の上で乾きかけている髪の色よりまつげのほうが濃い色をしている。モリーは手の上に顎を載せた。「リリーが生みの母だということを、ずっと知っていたの？」

ケヴィンは目を開けなかった。「両親が、六歳のとき話してくれたよ」

「無理に事実を隠そうとしたりせず、ご両親は正しい行ないをなさったわね」モリーはケヴィンの答えを待ったが、彼はそれ以上何もいわなかった。「ずいぶん若くしてあなたを生んだのね。見たところ四十歳にもなっていないみたいだし」

「五十歳だよ」

「すごい」

「典型的なハリウッド女優だよ。整形を繰り返してる」

「小さいころ何度もリリーに会うことはできたの？」

「テレビではね」

「でもじかには会えなかったのね？」そう遠くないところでキツツキが木の幹をつついている音がする。タカが上空を舞うように飛んでいる。モリーは盛り上がっては沈みこむケヴィンの胸をじっと見つめた。

「ぼくが十六歳のときに一度姿を現わしたことがあったよ。金ぴかの町ハリウッドではきっと時間はゆっくりと流れていくのさ」ケヴィンは目を開け、起き上がった。そのまま立ち上がってどこかへ行ってしまうのかとモリーは思ったが、彼はそのまま湖を見つめていた。

「ぼくにとって、この世で母親はたったひとり、マイダ・タッカーだけだ。ここに現われて、白痴美の女王がいったいどんなゲームを楽しもうとしているのか知らないが、ぼくは相手をするつもりはない」

『白痴美』という言葉がモリーの古い記憶をかきたてた。かつてフィービーもそんなイメージで見られていたことがある。何年も前に姉から聞いた言葉をモリーは思い出した。『白痴美』という言葉は、生存力において男性を凌駕《りょうが》している女性に対して優越感を持ちたくて、男性が作り上げた言葉ではないかと思うことがあるの」

「最善の策はリリーと話をすることかもしれないわ」とモリーはいまこそという感じでいった。「そうすれば彼女の望みが何なのかわかるでしょ」

「どうだっていいよ」ケヴィンは立ち上がり、ジーンズをつかんで脚を突っこんだ。「つまんない一週間になりそうだ」

ケヴィンにとってはそうでも、モリーは違う。ここ数カ月で最高の一週間になりそうなのだ。

ケヴィンは濡れた髪に指を差しこみながら、口調をやわらげた。「まだ街に行きたい？」

「ええ」

「いま出かければ、五時までには戻れる。お茶のことは引き受けてくれよな」

「いいわよ。でも遅かれ早かれリリーのことは対処しなくてはいけないわ」

ケヴィンの顔を激しい感情がよぎるのをモリーはじっと見守った。「いずれ対処するつもりではいるよ。だが、その時間と場所は選ぼうと思う」

リリーは屋根裏部屋の窓辺に立ち、ケヴィンがフットボールの遺産相続人といっしょに車で出かけていくのを見ていた。ケヴィンに投げつけられた侮蔑の言葉が胸によみがえり、喉の奥が張りつきそうな気がした。愛しいわが子……まだ自分自身がやっと子ども時代を終えたか終えないかという若さで、この世に生み落とした子ども。実の子として育ててくれるという姉の手に委ねた息子。

その決断は間違っていなかった、決して利己的な行ないではなかったと、いまでも思う。ケヴィンがその後人生の成功者となったことを考えれば、それは証明されたといえる。スターを夢見る、学歴もない、困惑した十七歳の少女を親に持って、ケヴィンにいったいどんなチャンスがあっただろうか？

リリーはカーテンを手から離し、ベッドの縁に腰をおろした。LAでバスを降りたその日に少年と出会った。オクラホマの牧場から出てきてスタントの仕事を探しているティーンエージャーだった。節約のためにふたりは薄汚いホテルの一室を共同で使った。若く性への関心が強かったふたりは、危険な街に対する恐れを、つたないセックスと強気の言葉のうしろに隠した。身ごもったことをリリーが知る前に、少年は姿を消した。

給仕係の仕事が見つかったのは幸運だった。ベッキーという名のちょっと年上のウェイトレスがリリーに同情し、自分の部屋のカウチをベッドに使わせてくれた。ベッキーはシングル・マザーだったが、過酷な労働に疲れ果てた母親には三歳の女の子がせがむことに応える余力が残ってはいなかった。母親の残酷な言葉やときおり飛ぶ平手打ちを怖がる幼い女の子の様子を目の当たりにしたことは、現実の厳しさを知る苦い経験となった。ケヴィンが生まれる二週間前、リリーはマイダに電話をかけ、赤ん坊のことを話した。姉とジョン・タッカーはすぐLAまで車で駆けつけた。

ふたりはケヴィンが生まれるまで付き添ってくれ、いっしょにミシガンに帰ろうとまでいってくれた。帰郷するわけにいかなかったし、また姉たちが交わす視線から、本当は自分の帰郷を願ってはいない姉夫婦の本心も知っていた。

病院でリリーは機会があるたびに可愛い息子を抱き、生涯愛しつづけるとささやきかけた。ケヴィンを抱き上げるたびに姉の顔に愛情が花咲いていき、ジョンの表情もやわらいで、切望が見えはじめる様子をリリーはじっと見守っていた。わが子の人生を託すのに、姉夫婦が絶対的に適任であることはこのうえなく明白だった。そのことを考えると、姉たちに対して愛情と憎しみという矛盾した感情を抱いた。息子とともに車で去っていく姉夫婦を見つめ、リリーは人生の最悪の瞬間を体験した。その二週間後、クレイグと出逢った。

ケヴィンを手放したことは正しかったと思ってはいるが、その代償はあまりに大きかった。三十二年間というもの、リリーは心にぽっかりとできた穴とともに生きてきた。その穴は、仕事でも結婚でも埋めることができなかった。たとえその後子どもを生んでいたとしてもその穴がふさがることはなかっただろう。いまこそその傷を癒したいとリリーは願っているのだ。

十七歳のリリーが息子のためにできることは、息子を手放すことだった。だが彼女はもはや十七歳の小娘ではない。息子の人生になんらかの形で居場所を見いだすことができるのかどうか、いまこそ見きわめるべき時期がきたのだ。どんなものでもいい、ケヴィンがよこすものを受けとめようと思う。年に一度のクリスマス・カードでもいい。笑顔でもいい。もう憎しみは抱いていないと何かの形で知らせてくれるならなおいい。マイダが亡くなってから連絡をとろうとするたびに、逢いたくないというケヴィンの気持ちは残酷なほど明白に突きつけられたものだが、それは今日の彼の態度でいっそうはっきりした。だがまだ努力が足りないのかもしれない。

モリーのことが心をよぎり、寒気がした。リリーは有名な男性を食い物にする女性に敬意を払うつもりはない。そんな様子はハリウッドでいやというほど目にしてきた。自分自身の人生もなく、倦怠をもてあました裕福な若い女たちが、有名な男性を釣り上げることに意義を見いだす。モリーは妊娠と、フィービー・ケイルボーの妹という地位を利用してケヴィンをわなにかけたのだ。ケヴィンが大人になるまでに、彼が救いを必要としても手を差し伸べてやることはできなかった。だがいまその埋め合わせをするチャンスが訪れたのだ。

ウィンド・レイクは典型的なリゾートの村である。中心は古風で趣があり、端のほうになるとややみすぼらしく荒れている。湖ぞいに走るメインストリートの呼び物としてレストランが何軒かと土産物屋、マリーナや裕福な旅行者向けのブティックや小さな宿ウィンド・レイク・インが軒を連ねている。

ケヴィンが車を停め、モリーは車を降りた。キャンプ場を出る前にシャワーを浴び、髪を整え、少しアイメイクをほどこし、口紅も塗った。履き物はスニーカーしかないので、サンドレスは選択肢に入れられなかった。しかたなく淡いグレイの引きひもつきのショート・パンツに裾をカットした黒のトップを着た。そのとき、体重が落ちたのでへそより下ではくシヨート・パンツがよく似合うようになったことに気づいてみずからを慰めた。

車の前部をまわって近くに来たケヴィンの目がモリーの全身を滑り、さらに近づいてじっとながめた。モリーは刺すような不快な刺激を感じ、ケヴィンは好意的に見ているのだろうか、それとも例の各国代表の美人たちと比べて劣る評価を下しているのだろうかと考えた。

それがどうしたというのだ。モリーは自分の体も顔も気に入っている。ケヴィンにとっては印象的な容姿ではないだろうが、自分では満足している。それに彼がどう思おうと、いっこうにかまわない。

ケヴィンは身振りでブティックのほうを差し示した。「湖でなくしたサンダルの替わりが欲しいんなら、きっとここにあるよ」

ブティックのサンダルはモリーの懐具合からいって予算オーバーである。「ビーチの出店を見てみるわ」

「出店のはかなり安っぽいよ」

モリーはサングラスを鼻の上のほうにかけ直した。ケヴィンのレヴォスと違い、モリーのサングラスはシカゴのデパート、マーシャルで九ドルで買ったものだ。「シンプルなものが好きなの」

ケヴィンはもの珍しそうにモリーをながめた。「まさかきみは吝嗇《りんしょく》の資産家ではないよな」

モリーは一瞬考えたが、このことでケヴィンを騙しつづけるのはやめようと決意した。自分の気違いじみた行為も何もかも、知らせるべき時がきたのだ。「私、じつは資産家でもなんでもないのよ」

「きみが遺産を相続したことは相当有名な話だよ」

「まあ、それはそうなんだけど……」モリーは唇を噛んだ。

ケヴィンは溜め息をついた。「突飛な話なんて期待してるはずがないだろ？」

「突飛かどうかはあなたの見方によると思うわ」

「先を続けろよ。ちゃんと聞くから」

「私は無一文なの、わかった？」

「無一文？」

「気にしないで。百万年たってもあなたには理解できないでしょうよ」モリーはケヴィンから離れて歩きだした。

通りを渡ってビーチの出店に向かっていると、ケヴィンが追いついて並んだ。非難するような彼の顔が癪《しゃく》だが、ものごとの本道を往くタイプの人間なのだからそうした反応は想定しておくべきだった。本人がいくら否定しても、彼なら成人した牧師の息子の模範的存在になれる。

「大金を手にした途端、無駄遣いしたんじゃないの？　きみがあんな狭い所に住んでるのはそういうことだったのか」

モリーは道の真ん中でケヴィンと向き合った。「いいえ、無駄遣いなんてしなかったわ。そりゃ最初の一年は少しばかり贅沢したけど、でも信じてよ、ほとんど全額残っていたの」

ケヴィンはモリーの腕をつかみ、往来から歩道の縁まで連れていった。「だったら、何があったのさ?」

「うるさく詰め寄る以外にやり方はないの?」

「まあ、ないね。投資の失敗? ベジタリアン用に作られたワニの肉に全財産を投資しちゃったんじゃないの?」

「すごく面白いわ」

「市場に出ているウサギのスリッパをすべて買い占めた?」

「こんなのどうかしら?」モリーはビーチの出店の前で立ち止まった。「最終戦でスターズに全財産を賭けたのに、どこかの能なしがダブル・カバレッジの方向に球を投げてしまったの」

「あれは最低だった」

モリーは深く息を吸いこみ、サングラスを頭の上に載せた。「じつは数年前に全財産を寄付してしまったの。後悔はしていないわ」

ケヴィンは目をぱちくりしていたが、やがて笑いだした。「寄付しただって?」

「頭がどうかしちゃったの?」

「いや、正気さ。本当のことを話してくれよ」

モリーはケヴィンをにらみつけると、出店のなかに入っていった。

「信じられないよ。ほんとに寄付しちゃったのかい」ケヴィンはうしろをついてきた。「いくらあったの?」

「あなたの財産目録にある額よりずっと多い額よ、おにいさん」

ケヴィンはにやりと笑った。「いいから教えろよ」

モリーは履き物が入った箱のほうへ向かったが、すぐに後悔した。安っぽいプラスチックのサンダルばかりだったからだ。

「三〇〇万ドル以上なの？」

モリーはケヴィンを無視してもっともプレーンなサンダルに手を伸ばした。爪革に銀色のキラキラした飾りがついたうんざりするような代物だった。

「三〇〇万以下？」

「教えない。さあ、あっちへ行っててよ。邪魔しないでちょうだい」

「教えたら、あのブティックへ連れてってやる。ぼくのクレジット・カードでなんでも買っていいよ」

「それ、乗った」モリーは銀ピカのサンダルを置くとドアに向かった。

ケヴィンは先まわりしてドアを開けた。「腕をつねってやれば、ちょっとはプライドが保てるかな？」

「あのサンダルがどんなに見苦しいか、あなたも見たでしょ。それにあなたが昨シーズンいくら稼いだのか、私は知っているもの」

「婚前同意書に署名しといてよかったよ。当初きみの財産を守るための同意書だと思っていたけど、なんてことだ、人生が時に投げかける皮肉な展開というべきか、守られていたのはじつはぼくの財産だったというわけだ」ケヴィンはいっそう顔をほころばせた。「こんなことになるなんてねえ」

ケヴィンがあまりひとりで悦に入っているので、モリーは歩調を速めた。「いっておくけど、ものの三十分であなたのクレジット・カードの限度額まで使っちゃうわよ」

「三〇〇万ドル以上だったのかい？」

「買い物がすんだら、教えるわ」モリーは年配の夫婦ににっこりと微笑んだ。

「嘘をついたら、全額取り返すよ」

「どこかに鏡はないかしら。せいぜい自分の姿に見とれてなさい」

「ぼくの容姿にそれほどこだわる女はこれまでいなかったよ」

「あなたの美貌にこだわらない女はいないの。みんな、あなたの人柄に惹かれているふりをしているだけよ」

「だれかが尻をたたいたほうがいいな」

「あなたはそんなことをするタイプじゃないわよ」

「いまいましいチビっこだよ」

モリーはにっこり笑うとブティックへ向かった。十五分後、モリーは二足のサンダルを抱えて出てきた。サングラスをかけたとき、ケヴィンもショッピング・バッグを持っているのに気がついた。「何を買ったの？」

「水着が必要だと思って」

「買ってくれたの？」

「サイズはあてずっぽうだけど」

「どんな水着なの？」

「まったくさ、もしだれかがぼくにプレゼントを買ってくれたら、ぼくはそんな疑わしげな目で見たりしないで、ただ喜ぶけどな」

「革ひもの水着なら返品よ」

「ぼくがそんな失礼なことをするわけがないだろ」ふたりは通りをぶらぶらと歩いていった。

「革ひもの水着だけがあなたにとって唯一無二の水着なのよ。あなたのガールフレンドはみんな革ひもの水着を着ているのね、きっと」

「そんな話ではぐらかそうとしたって無駄だよ」ふたりは『セイ・ファッジ』という可愛らしい店の前を通りすぎた。その隣りはいくつかの紫陽花《あじさい》とベンチがあるだけの公園になっている。「さあ約束を果たす時間だよ、ダフニー」ケヴィンはベンチを指さし、モリーの隣りに座った。ベンチの背に腕をもたせかけようとして、ケヴィンの腕がモリーの肩にふれた。

「財産のこと、全部話してくれよ。二十一歳になる前に遺産を受け取ることができたんだろう?」

「ええ。でもまだ学生だったから、フィービーがいっさい自由にさせてくれなかったの。学校を卒業する前にお金を自由にしたければ、私を訴訟しなさいってフィービーにいわれたわ」

「賢い女性だよ」

「フィービーとダンは相当厳しく私を束縛したの。だから卒業してやっとフィービーから財産を受け取ったら、あなたが想像したとおりのことを全部やったわ。車を買い、贅沢なアパートに移り、山のように洋服を買いこんだ。たしかにああいう洋服はいまも恋しいわ。でもしばらくたつとね、信託資金の受益者としての生活は輝きが失せてきたの」

「仕事をすればよかったんじゃないの？」

「仕事はしたわ。だけどどうしても財産がつきまとうの。その財産には自分が稼いだお金はまったく含まれていないのよ。もしかすると、もしその財産がバート・ソマヴィル以外の人から受け継いだものだったら、あんなに苦しまなかったと思うの。彼がまたあの汚らわしい頭を私の人生に突っこんでくる気がしてすごくいやだった。結局基金を設立して全額寄付してしまったの。この話をだれかにもらしたりしたら、きっと後悔させてあげるからね」

「全額寄付したの？」

「はしたも含めて全額」

「いくら？」

モリーはショート・パンツのひもを手でもてあそんだ。「いいたくないわ。もうすでに私のこと頭がいかれていると思っているあなたに」

「サンダルを返品するのはいとも簡単なことなんだよ」

「一五〇〇万ドルよ、これでいいでしょ！」

ケヴィンの顔はフェース・マスクでもつけたようにこわばっていた。「一五〇〇万ドルを寄付してしまったのか！」

モリーはうなずいた。

ケヴィンは頭をのけぞらせて大笑いした。「たしかにきみは頭がいかれているよ！」

モリーは自分が断崖から宙返りしてダイビングしたことを思い出した。「たぶんそうね。

でも一瞬たりとも後悔したことはないわ」とはいえ、いまならあの金の一部を取り戻してもかまわない気がする。そうすればローンが払いつづけられるからだ。

「ほんとに惜しくはないの？」

「ええ。でも洋服は別よ。これはもういったわね。ところでサンダル、ありがとう。とても気に入ったわ」

「どういたしまして。実際きみの話はすごく面白かった。次回街へ出たときは洋服も買ってあげるよ」

「ええ！」

「ああ、女性がひとりで毅然《きぜん》と頑張る姿を見るのは辛いよ」

モリーは笑った。

「ケヴィン！　こんにちは！」

はっきりしたドイツ訛りが聞こえ、目を上げてみると小さな白い箱を持ったすらりとしたブロンドの女性がこちらへ向かって走ってくるのが見えた。女性は黒のスラックスとVネックのトップの上にブルーと白のストライプのエプロンをつけている。美しい女性である。豊かな髪、褐色の瞳、上手なメイク。たぶんモリーより何歳か年上で、ケヴィンに近い年齢なのだろう。

「やあ、クリスティーナ」ケヴィンは立ち上がって挨拶するだけにしてはやけにセクシーな笑顔を向けた。女性は白いボール紙でできた箱を差しだした。箱の横に「セイ・ファッジ」という文字が浮き彫りになったブルーのシールにモリーは目をとめた。「あなた昨日の夜、ファッジを楽しんでいたでしょ。これはウィンド・レイクにようこそっていうご挨拶がわりのプレゼント。うちのサンプルが入った箱なの」

「どうもありがとう」ケヴィンがあまりに嬉しそうなので、モリーは「これはただのキャンディよ。スーパーボウル・リングじゃないのよ！」といってやりたくなった。「クリスティーナ、こちらはモリー。クリスティーナはあそこのファッジ・ショップのオーナーなんだ。昨日バーガーを食べに来たとき会ったんだ」

クリスティーナはファッジ・ショップのオーナーにしてはほっそりとした女性だった。そのことがモリーには反自然的犯罪のように思えた。

「お会いできて光栄です、モリーさん」

「はじめまして」クリスティーナの表情にある好奇心を無視することもできたが、モリーはそれほど徳のある人間ではない。「ケヴィンの妻です」

「あら！」クリスティーナの失望はファッジの箱を抱えてきた使命同様、露骨だった。

「別居中の妻」ケヴィンが口をはさんだ。「モリーは童話作家なんだ」

「あら、そうなの。私もずっと童話を書きたいと思っていたの。いつか相談に乗ってくださいね」

モリーは笑顔は絶やさなかったが、あたりさわりのない返事しかしなかった。一度でいいから、童話を書きたくない人に会いたいものだと思う。童話は短いので、書くのは簡単だとだれもが思いこんでいる。よくできた童話を書くとはどんなことなのか、わかっていないのだ。子どもたちが純粋に楽しめて、しかも何か教訓を学べ、いわゆる大人がかくあるべしと考えるような童話とは一線を画する作品。

「あなたがキャンプ場を売るつもりだと聞いてとても残念よ、ケヴィン。寂しいわ」クリスティーナはケヴィンを相手に感傷的な調子で話をつづけようとしたが、その前にファッジの店に女性がひとり入っていくのが目に入った。「もう行かなくちゃ。今度街にいらっしゃるときには、ぜひうちのチェリー・チョコレートを試食してくださいね」

こちらの声が届かない所までクリスティーナが行ってしまうと、モリーはケヴィンのほうを向いていった。「キャンプ場を売っては駄目よ！」

「売るつもりだということは、最初から話しておいたはずだよ」

たしかにそうだが、あの時点ではモリーにとってなんの意味もないことだったのだ。いまではキャンプ場をケヴィンが投げだすと考えただけでも耐えられない。キャンプ場は永久にケヴィンと、ケヴィンの家族の一部であり、どうにも分析しようのない不可思議な感情なのだが、モリー自身の一部でもあるような気がしはじめている。

ケヴィンはモリーの沈黙を誤解した。「心配するな。そう長くとどまらずにすみそうだからさ。あとを引き継ぐ人間を見つけしだい、ここを出よう」

キャンプ場への帰り道、モリーは自分の気持ちを整理してみた。ケヴィンと深い結びつきのある場所はここだけだ。両親を亡くし、血を分けた兄弟もなく、リリーを自分の人生に関わらせるつもりもないようだ。育った家は教会が所有している。キャンプ場を除けば、ケヴィンは過去と自分をつなぐものをいっさい持っていないのだ。そんな場所を手放すのは間違っている。

共有地が視界に入ってきて、モリーの千々に乱れた心も安らかな気持ちに変わった。シャーロット・ロングが自分のコテージの玄関ポーチを掃除しており、その前を年配の男性が三輪の自転車で通りすぎていく。ベンチでおしゃべりに興じているカップルもいる。モリーは童話のようなコテージや木陰にうっとりと見とれた。

ここに到着した瞬間に、えも言われぬ親近感を抱いたのも不思議はない。モリーは自作の物語のページを通り抜け、ナイチンゲールの森に足を踏み入れたのだ。

人に会うかもしれない湖沿いの道は避け、リリーは共有地のかなたに続く狭い小道に入っていった。着る物も、スラックスとスクエア・ネックの渋い茶色のトップに着替えていたが、それでもまだ暑く、ショート・パンツをはけるほどスリムだったら、と悔しかった。『レース・インク』のころのお決まりの衣装だった白のごく短いショート・パンツなど、いまはとてもはけそうもない。

森から草地に抜けるあたりで、草が脚をこすった。砂がサンダルのなかに入ってそれが妙に心地よい。一日じゅう抱きつづけていた緊張感が少しずつほぐれていく。小川のせせらぎが聞こえ、その音の源を目で探していたリリーはひどく場違いなものを見て、思わずまばたきした。

シートが赤のビニールでできたクローム製の食堂椅子だった。

なんのためにそれが草地の真ん中に置かれているのか、皆目見当もつかなかった。椅子のあるほうへ向かっていくと、葦《あし》や苔《こけ》の生えた岩のあいだにシダが繁茂する入り江が見えた。

椅子は苔むした大きな岩の上に置かれていた。真っ赤なビニールのシートが陽射しを浴びてきらめき、錆《さび》がついていないところを見ると、椅子はごく最近置かれたらしい。だが、なんのために？　椅子の置かれた場所は不安定で、手をふれるとぐらぐらする。

「さわるな！」

くるりと振り返ると、陽射しを避けるようにして草地の端にしゃがんだ、大きな熊のような男が見えた。

リリーははっと喉元に手を当てた。

うしろで椅子が水音とともに入り江に落ちた。

「なんてことだ」男はさっと立ち上がった。

男の体は巨大で、肩など十二レーンのLAのフリーウェイほどあり、しかめ面の粗野な顔はまるで昔のB級西部劇の悪人のようで「おめえのような女の口を割らせるなんざ、朝飯前なんだぜ」とでも口走りそうな感じだ。ただ、そのいかめしい顎には一週間ほど伸ばしっぱなしにしたような無精髭はない。髪はハリウッドの美容師が見たら、悪夢か白昼夢だと嘆くような髪形をしているが、はたしてどちらだろうか。髪は多く、こめかみに白髪が混じりはじめており、襟首のあたりは伸びすぎている。ブーツのなかに隠し持ったナイフで乱暴に打ちつけでもしたような乱れがある。だが現実にはブーツではなく履き古したランニング・シューズに、足首のあたりまでだらしなく垂れたソックスをはいている。そしてよく日焼けした、どこか危険な感じを漂わせた皺のある顔のなかで、黒い瞳が神秘的な輝きを放っている。ハリウッドの映画のキャスティングを専門にするエージェントにとって垂涎《すいぜん》の的のような存在感がある。

リリーの頭のなかにはこうしたさまざまな思いが交錯し、「逃げる」という考えはまるで浮かばなかった。

男はリリーのほうへ向かってくる。カーキ色のショート・パンツの下からのぞく脚はよく日に焼け、力強い。まくり上げたワークシャツの袖からは黒い体毛の生えたたくましい上腕が出ている。「あの椅子をあの位置に定めるのにどのくらい時間がかかったかわかるか？」

リリーは男から離れようとあとずさった。「ずいぶんとお遊びに時間をかけるんですね」

「ふざけてるつもりか？」

「いえ、そんなつもりは」リリーはなおもあとずさる。「ふざけてなんていません、全然」

「人が一日じゅう苦心惨憺《さんたん》して作った作品をだいなしにして楽しいのか？」

「作品？」

男は眉根を寄せた。「何をやっているんだ」

「何をって？」

「じっと立ってろ。そんなところでしゃがみこむのはやめろ」

「しゃがみこんでなんていません！」

「いいから。危害を加えるつもりなどない！」低い声でぶつぶつつぶやきながら、さきほどまで座っていた場所に戻り、地面に置いた何かを持ち上げた。リリーは男の注意が逸れたすきに乗じて、小道のほうへ立つ位置をずらしていった。

「動くなといったはずだ！」

男はある種のノートを抱えていた。もはや極悪人のようではなく、ただ信じられないほどに無礼なだけだった。リリーはハリウッド特権階級の威厳を精一杯ににじませながら男を見据えた。「世のなかには礼儀をわきまえない御仁もいらっしゃるようね」

「エネルギーの浪費だ。ここへは世間に内緒で来ている。そこにいてくれというのは、それほど無理な頼みか？」

「全然。だって私はいますぐいなくなりますもの」

「あそこ！」男は怒りにみちた指先を入り江のほうに向けた。

「何かおっしゃったかしら？」

「あそこに座れ！」

リリーはもはや怯《おび》えてはいなかった。ただ不快だった。「ご遠慮申しあげます」

「きみは私の午後の仕事をだいなしにしたのだ。私のために座るのがせめてもの埋め合わせというものだ」

男が抱えていたのはスケッチブックで、ノートではなかった。画家だったのだ。「やめておきますわ」

「座れといったのだ！」

「あなたが不作法な人物だということを指摘した人はいませんの？」

「作品に心血を注いでいる最中なのだ。丸石の上に座って顔を太陽に向けろ」

「ありがたいお申し出ですが、陽射しは浴びないことにしていますの」

「一度でいいから虚栄心の強くない美人に出会いたいものだよ」

「お褒めにあずかって光栄ですけれど、美人と呼ばれる限界は十年と四〇ポンド前に過ぎてしまいましたわ」

「がきっぽいことはいうな」男はもはやリリーといい争うのも、数フィート先に置いた折りたたみ式の腰かけに座るのも面倒だといわんばかりにポケットから乱暴に鉛筆を出し、スケッチを始めた。「顎を傾けて。ああ、じつに美しい」

まったく感情のこもらないその褒め言葉は、とてもお世辞には聞こえなかった。リリーは全盛期の私を見せたかった、といいたくてたまらない気持ちを抑えた。「虚栄心についてはあなたのおっしゃるとおりですわ」リリーは男を苛《いじ》めてやりたくて、そういった。「だからこそ、これ以上陽の射すこんな場所で立つのは遠慮したいんです」

スケッチブックの上で鉛筆が素早く動いている。「私は仕事中にモデルから話しかけられるのを好まない」

「私はあなたのモデルではありません」

今度こそとばかりに、立ち去ろうとしたちょうどそのとき、男はワークシャツのポケットに鉛筆を押しこんだ。「じっとしてくれないと、集中できないじゃないか」

「よく聞いてください。あなたが集中しようとしまいと、私の知ったことではないんです」

男は眉をひそめた。脅しつけてでもここにとどまらせるべきか迷っているのではないかと思われた。ようやく男はスケッチブックを閉じた。「それなら、明日の朝ここで会おう。時間は七時。その時間なら陽射しもそう強くないはずだ」

リリーの苛立ちは消え、だんだん愉快にさえなってきた。「六時半ではどう?」

男は目を細めた。「ずいぶんと恩着せがましい態度だな」

「無礼で抜け目ない。素敵な組み合わせだことね」

「ギャラは払う」

「高すぎて無理だと思いますけど」

「そんなはずはない」

リリーは笑みを浮かべながら小道に戻った。

「私がだれか知ってるか？」男が大声でいった。

リリーはちらりと振り返った。男の顔はこのうえなく威嚇的だった。「知るわけないでしょ」

「私はリアム・ジェナーだ。……ったく！」

リリーは息を呑んだ。リアム・ジェナー。アメリカ画壇のJ・D・サリンジャーともいうべき画家。なんということだろう……彼はここで何をしているのか？

リリーが男の正体に気づいたことがわかり、彼の声は怒鳴り声から気取った声に変わった。

「では七時ということにしよう」

「そうね」リアム・ジェナー！「考えてみますわ」

「そうしてくれ」

なんていやな男！　孤独な翳《かげ》りのある画風で世界に認められた画家だというのに。でも……。

リアム・ジェナー。アメリカでもっとも有名な画家のひとり。そんな画家からモデルになってほしいと望まれているのだ。二十歳の若さと美貌が取り戻せるものならどんなにかいいだろう。

13

ダフニーはカナヅチを置き、玄関のドアに釘で打ちつけた看板を満足そうにながめました。『アナグマお断わり』（それはあなたのことよ！）今朝ダフニーが自分で描いた看板なのです。

——「ダフニーの寂しい一日」


「脚立を使って上の棚を調べてくれないか、エイミー？」ケヴィンが貯蔵庫から声をかけた。

「ぼくはこの山積みの箱をどけるよ」

街から戻ったケヴィンは食糧備蓄の在庫調べを手伝ってほしいとエイミーに頼んだ。エイミーはその後十分間というもの、ケヴィンのいる食糧貯蔵室とモリーがお茶の支度をしているキッチンとのあいだを、双方の様子を見ては早足で行き来した。ついにエイミーは黙っていられなくなった。

「なんか、あなたとモリーが結婚したのと私とトロイが結婚したのが同じ時期だっていうのが、面白いわよね」

ヴィクトリア王朝風のケーキ皿にリング・ケーキの一枚目のスライスを載せていたモリーはケヴィンがエイミーの質問をはぐらかすのを耳をすまして聞いていた。「ブラウン・シュガーがもっと必要だってモリーがいってるんだけど、そこにあるかな?」

「ふた袋あるわ。結婚について書かれた本があるんだけどね……」

「ほかには?」

「レーズンの箱がいくつか。なんとかいうベーキング・パウダー。その本によるとね、結婚したばかりのカップルにもいろいろなことを調整しなくてはいけない、辛い時期があるものなんだって。やっぱり、結婚って大きな変化なわけだから」

「オートミールはどう? それも必要らしいよ」

「箱はあるけど、あんまし大きくない。トロイもさ、どっちかっていうと、結婚って怖いって思ってるみたい」

「ほかに何がある?」

「鍋とかだけ。食糧はそれ以外ないわ。もしさ、調整とかのことで悩みがあるんなら、トロイに話してみたらいいんじゃない」

その言葉のあとの長い沈黙にモリーは微笑んだ。ようやくケヴィンがいった。「冷凍庫のなかも調べたほうがよさそうだな」

食糧貯蔵室から出てきたエイミーはモリーに哀れむような視線を投げた。このティーンエージャーの体についたキスマークが、同情を表わしていた。

ケヴィンのいないお茶の時間は盛り上がりに欠けた。ケヴィンが所用で出かけたということをモリーから聞いたチェット夫人——夫のグエンもだが——は失望を隠そうともしなかった。リリー・シャーマンがここに泊まっているということを知れば、夫人もきっと元気も出たかもしれないが、リリーは姿を現わさなかったので、モリーもリリーのことはひとまず伏せておいた。

モリーが明日の朝に備えて攪拌用の陶器のボウルを並べていると、乾物類を抱えたケヴィンが勝手口から帰ってきた。ケヴィンは、足首に食らいつこうとしたルーをかわし、カウンターの上に紙袋を置いた。「なんできみがこんなことをしてるんだい？　エイミーは？」

「やめなさい、ルー。エイミーは帰してあげたの。トロイ欠乏症で泣きだしそうだったから」

そういい終わらないうちに、裏庭を通って夫のもとに駆け寄るエイミーの姿が見えた。愛妻の匂いでも嗅ぎつけたのか、トロイがどこからともなく姿を現わした。

「また始まったよ」ケヴィンがいった。

ふたりの再会は香水のコマーシャル以上に情熱的だった。モリーはトロイが露わになったエイミーの胸に唇を埋める様子に見入った。エイミーは頭をうしろに反らせた。首が弓なりにしなった。

またひとつキスマークができてしまう。

モリーはタッパウェアの蓋《ふた》をパチンと閉めた。「トロイがあんなことばかり続けていれば、エイミーはそのうち輸血しなくてはいけなくなるわね」

「そんなこと気にしてないんじゃないかな。男が自分の印を残すのを好む女性っているものさ」

ケヴィンの視線の何かがモリーの胸を疼《うず》かせた。モリーはそんな自分の反応がいやだった。

「なかには、女性より優位に立とうという不安な男性の哀れな試みと見ている女性もいるわよ」

「まあね、そういうこともあるね」ケヴィンは気怠《けだる》そうな微笑みを浮かべ、横の戸口から残りの乾物を取りに出ていった。

荷物をおろしながら、ケヴィンはモリーに街に夕食を食べにいかないかと誘ったが、モリーは断わった。いちどきに本心をさらすには、あまりにケヴィンに惹かれる要素が多すぎるからだ。

自分を戒めたことに満足しながら、モリーはコテージに戻った。

太陽は大空の大きなレモン・クッキーのようで、ダフニーはおなかがすいてきました。思い浮かんだのは青豆でした。タンポポの葉っぱを上にふりかけましょう。デザートはイチゴのショートケーキがいいな。

動物のことがぱっと心に浮かんだのは今日これで二度目だ。もしかするとまた仕事ができる状態に戻っているのかもしれない。文章は無理でも、少なくともヘレンが望むような絵を描くことができて、前金の残りをもらえるかもしれない。

コテージに入ってみると、冷蔵庫には食料品がたっぷり入り、戸棚にもこまごまとした必需品が用意されているのがわかった。モリーはケヴィンのことを過小評価しすぎていたようだ。彼は思いやりを尽くそうと、努力してくれているのだ。ケヴィンに対する好意がどんどんと増していくのは、あまり喜ばしいこととはいえないので、彼は浅薄で、自己中心主義者で、自信過剰で、フェラーリに乗っているし、モリーを誘拐してきたし、プードルが嫌いだし、女たらしだし、と自分にいい聞かせながら彼への怒りを掻きたてようとした。ただしケヴィンが女たらしである証拠を目にしたことはなかった。一度として。

それは、ケヴィンがモリーに魅力を感じないからだ。

モリーは髪をつかみ、自分の救いようのない惨めさにくぐもった叫び声を上げた。そして大盛の夕食を作り、がつがつと平らげた。

その夜モリーはポーチに座って引き出しのなかで見つけた紙のつづりをにらみつけていた。ダフニーとメリッサの距離を少しだけ離すのはそんなに辛いことだろうか？　しょせん、童話ではないか。ダフニーとメリッサの距離がどのくらいか、という事柄にアメリカの市民的自由がかかっているわけではないのだ。

モリーの鉛筆が最初はためらいながら、じょじょに速度を増しながら動いていく。だが現われるスケッチは思いどおりのものではなかった。そのかわりに、ふと気づくと水に入ったベニーを描いている。被毛から目に水がしたたり、啞然と口を開けたまま、断崖からダイビングしているダフニーを見上げている。ダフニーの耳はうしろ向きに流れ、デニムのジャケットのビーズ飾りのついた襟は広がり、とてもお洒落なマノロ・ブラーニクスが足から脱げてしまっている。

モリーは眉をひそめ、現代の若者たちが、不慣れな水に飛びこんで体が麻痺してしまうという事故があとを絶たないという記事の数々について考えた。こんな情景を絵本に取りこんで、小さな子どもたちに安全のためのどんなメッセージを送れるというのか？

モリーは紙をパッドから引きちぎり、くしゃくしゃに丸めた。これこそ、世間によくいる絵本を書きたがる人々が決して考慮することのない類いの問題だろう。

モリーの脳はまたしても乾いてしまった。ダフニーとベニーのことは忘れ、気づくとケヴィンのこと、キャンプ場のことに思いを馳せている。キャンプ場は彼が引き継いだ遺産であり、売るべきではない。子どものころここにいることが退屈でしかたなかったとケヴィンはいっていたが、大人になったいまは退屈しないのではないだろうか。もしかすると彼には遊び仲間が必要なのかもしれない。いったいどんな遊びならケヴィンが熱中するのだろうか？

モリーはめまぐるしく思考をめぐらせた。

モリーは共有地に行ってみることにした。気慰みにコテージの絵など描いてみるのもいいかもしれない。途中、小走りで先を行くルーはシャーロット・ロングに出会い、挨拶がわりに死んだ犬のふりをして感心させた。半分以下のコテージは借し出し中だが、住人のほとんどが夕方の散歩に出かけているらしく、長く冷たい影がひっそりと草地に影を落としている。ここナイチンゲールの森では生活が普通よりゆっくりと過ぎていく……。

モリーはあずまやに目を向けた。

お茶会をしよう！　友だちを呼んで素敵な帽子をかぶって、チョコレートの砂糖がけを食べてこういうの。「ねえ、こんなよいお天気の日、いままであったかしら?」って。

持ってきたビーチ・タオルの上に脚を組んで座り、スケッチを始めた。何組かのカップルが通りすがりに立ち止まってながめたが、マナーを身につけた最後の世代なので、邪魔をすることはなかった。モリーは絵を描きながら、サマー・キャンプで過ごしたころを思い出していた。あるアイディアがかすかな軌跡を描いて形を成しつつあった。お茶会のことではなく――。

モリーはノートを閉じた。そんなに先のことを考えて、いったいなんになるだろう? バードケイジ社は次の二冊のダフニー・ブックスに対して契約上の権利を持っているが、モリーが要求どおりに『ダフニーが転んだ』を書き換えなければ、何も受け入れてくれるはずはないのだ。

コテージに戻ると明かりがすべて点いていた。点けた覚えはなかったが、あまり不安はなかった。

さっそく吠えはじめたルーはバスルームのドアに向かって突進していき、自分の頭をぶつけて、ロックされていなかったそのドアを数インチ開けてしまった。

「ワンコちゃん、落ち着きなさい」モリーが残りを開けると、ケヴィンがいた。一糸まとわぬ美しい裸身を旧式の浴槽に横たえ、脚を組んで縁に乗せ、本を手に持ち、小さな葉巻を口の端にくわえている。

「私の浴槽で何をしているの?」湯は浴槽の一番上まで入っているものの、体を覆う泡がないのでモリーは近づかなかった。

ケヴィンは口の端から葉巻を引き抜いた。煙は出ておらず、モリーはそれが葉巻ではなく、チョコレートかルートビアーの棒状のキャンディだと気づいた。

ケヴィンは厚かましくも苛立ちの声を発した。「何をしていると思うんだよ？　それとさ、いきなり突入しないで、まずノックしろよ」

「突入したのはルーよ。私じゃないわ」ルーは自分の任務は完了したとばかりに、のんびりと出ていき、飲み水が入ったボウルのほうへ向かった。「どうして自分の浴槽を使わないの？」

「浴槽を人と共用にするのがいやなんだ」

モリーは明白なある事実――彼がどうやら浴槽をモリーと共用しようとしているという事実を指摘しなかった。モリーはケヴィンの胸部が濡れていても、乾いているときと同様にいやそれ以上にきれいだということに気づいた。ある風情をふくんだケヴィンのまなざしにモリーは苛立ちを覚えた。「キャンディ、どこで買ったの？」

「街でね。でも一個しか買わなかった」

「ご親切だことね」

「買ってきてって頼めばよかったんだよ」

「それじゃ、あなたがキャンディを買いにいくって私が知ってたみたい。賭けてもいいけど、美しいフロイライン（女性）のファッジがどこかに隠してあるわよね」

「出るときはドアを閉めてってよ。それとも裸になってここにいっしょに入るかい？」

「どうもありがと。でも浴槽が小さすぎるわ」

「小さい？ そんなことはないよ」

「もう、子どもじみたことはいわないで！」

モリーがくるりと踵を返してドアを閉めると、ケヴィンのクスクス笑う声が追ってきた。

スライテリン！ モリーは小さいほうの寝室へ向かった。思ったとおり、ケヴィンのスーツケースがあった。モリーは溜め息をつき、こめかみを指で押さえた。また頭痛がぶり返してきそうだ。


ダフニーはエレキ・ギターを置き、ドアを開けました。ベニーが外に立っていました。

「きみんちのお風呂使ってもいいかな、ダフニー？」

「どうして？」

ベニーはおびえたような顔をしました。「どうしても」


モリーはソーヴィニョン・ブランをグラスに注いだ。冷蔵庫に冷やしてあったのを見つけポーチに持ってきたのだ。裾の短い黒のトップは夜の冷気にあたるには薄着すぎるが、わざわざなかへ入ってセーターを取ってくる気にもなれない。

ぶらんこ椅子を揺らしていると、ケヴィンが出てきた。グレイのスウェットのソックスをはき、栗色と黒のストライプのシルキーなローブを着ている。女性がねんごろな仲の男性にプレゼントするような類いのローブで、モリーは嫌いだ。

「ここを去る前に、あのあずまやでお茶会をしましょうよ」とモリーはいった。「催しものとして、コテージに泊まっている人全員を招待するの」

「どうしてそんなこと、したいんだい？」

「楽しそうだから」

「なんだか乗り物に乗るスリルみたいだな」ケヴィンはモリーの隣りに座り脚を伸ばした。ふくらはぎの毛は濡れて肌に張りついており、デオドラント石鹸と何か高級な――女たちの失恋ハートを警備保障のトラック一台分費やした――贅沢な香水の香りがした。

「私としてはあなたがここには泊まらないほうがいいんだけど」

「ぼくは泊まりたいんだよ」ケヴィンは自分で運んできたグラスに注いだワインを一口飲んだ。


「ここに泊めてくれる、ダフニー？」

「いいけど。でもどうして？」

「だってぼくんち、幽霊が出るんだもん」

「永久にリリーから隠れていることはできないのよ」とモリーはいった。

「隠れているわけじゃないよ。タイミングをはかっているだけさ」

「婚姻無効の宣告を受ける手続きのことは詳しくないけど、こんな状況は手続きに障害を及ぼすんじゃないかしら」

「そもそも最初から障害はあったさ」とケヴィンはいった。「弁護士の話では、法律の要求する婚姻無効の根拠は不実表示または不法な強要だそうだ。きみが強要を理由にしたとしても、ぼくとしては反対するつもりはなかった」

「でもいまこうしていっしょにいることで、その事実は疑わしいものになってしまうわ」

「まずいね。じゃあ離婚すればいい。時間は少しかかるけど、結果は同じだよ」

モリーはぶらんこ椅子から立ち上がった。「でもやっぱりここに泊まってほしくない」

「ぼくのコテージだよ」

「私には借家人の権利があるわ」

ケヴィンの声が柔らかく、セクシーにモリーを包む。「ぼくのそばにいると不安なんだろ」

「そうなのよ」モリーはあくびでごまかした。

面白がるように、ケヴィンはワイングラスに向かってうなずいた。「きみは酒を飲んでる。また眠っているあいだにぼくを襲うんじゃないかと心配なんじゃない？」

「あらら、病気がぶり返すかしら。そんなこと、全然考えてなかった」

「それともぼくがきみを襲うことを心配してるとか？」

心の奥底をよぎるものがあったが、モリーはあくまで冷静を装い、テーブルまでゆったりと歩いていき、置いてあったナプキンでパン屑を拭いた。「そんな心配するわけないでしょ。あなたは私に魅力を感じないんですもの」

わずかな沈黙ののちに返ってきたケヴィンの答えがモリーを落ち着かない気持ちにさせた。

「ぼくがだれに魅力を感じるか、どうしてきみにわかる？」

モリーの心は揺れ動いた。「あら大変！　いまのいままで私の英語を使う能力が障害になっているとばかり思っていたわ」

「いやみな女だよ、きみは」

「ごめんなさい。でも私、もっと人格的に深みのある人が好みなの」

「つまり、ぼくが浅薄な人間だといいたいわけ？」

「舗道の水溜まりみたいに浅いわ。でもあなたはお金持ちだし、美形だからいいのよ」

「ぼくは断じて浅薄じゃない！」

「空欄を埋めなさい。ケヴィン・タッカーの人生においてもっとも重要なものは――」

「フットボールはぼくの仕事だ。フットボールのために人間が薄っぺらになるはずがないよ」

「ケヴィン・タッカーの人生における二番目、三番目、四番目に大切なものはフットボール、フットボール、またまたフットボール」

「いい仕事をしていると自分でも思うし、恥じるつもりはないね」

「ケヴィン・タッカーの人生で五番目に大切なものは――ちょっとお待ちください、女ですね」

「それも寡黙な女。だからきみはまず失格！」

うまいしっぺ返しを口にしかけたとき、ふと思い当たることがあった。「わかったわ。あらゆる外国の女たち……」ケヴィンはまたかという顔をした。「あなたは気持ちを相互に伝えあえる相手を望んでいないのよ。幼少のころ身についた脅迫観念によって、意思の伝達を無意識に阻もうとしているのね」

「根拠のない話はやめろよ。もう一度いうけど、ぼくはアメリカ女性ともデートしている」

「それに、いつでも取り替えられる相手ばかりのはずよ。美人でそれほど頭もよくなくて、ズケズケものをいうようになったら、お引き取りいただく――ってところかしら」

「昔はそんなこともあったかな」

「気づいてないかもしれないけど、私、あなたを侮辱したのよ」

「気づいてないかもしれないけど、ぼくも侮辱し返した」

モリーは微笑んだ。「こんなにズケズケとものをいう人物と同じ屋根の下で過ごすのはいやでしょ」

「ぼくはそう簡単に出ていかないよ。実際の話、いっしょに住む利点はいくつもある」ぶらんこ椅子から立ち上がったケヴィンは汗ばんだ体と乱れたシーツを思い起こさせるようなまなざしでモリーをじっと見つめた。そんなモリーの妄想を打ち破るように、ケヴィンはローブのポケットに手を入れた。

出てきたのはくしゃくしゃに丸めた紙切れだった。それがモリーの描いた水に飛びこむダフニーの絵だと気づくのに時間はかからなかった。

「くずかごのなかにあったんだ」ケヴィンは紙のしわを伸ばすようにしながらモリーのそばに来て、ベニーを指さした。「こいつは？　アナグマなの？」

モリーはゆっくりとうなずきながら、気づかれるようなところに捨てなければよかったと悔やんだ。

「どうして捨てたりしたのさ？」

「子どもたちの安全に対する認識のことを考えたからよ」

「ふーん」

「たまに自分の生活のなかの出来事から着想を得ることもあるの」

ケヴィンの口がゆがんだ。「どうやらそのようだね」

「私は画家というより漫画家なのよ」

「漫画にしては描写が細かいよ」

モリーは肩をすくめ、返してくれというように手を差しだしたが、ケヴィンは首を振った。

「返さない。気に入ったから」彼は紙切れをポケットに突っこみながら、キッチンのドアに向かった。「服を着てくる」

「そうね。ここに泊まってもいいことはないわ」

「いや、ここに泊まるよ。ちょっと街へ出かけてくるだけ」ケヴィンはふと立ち止まってゆがんだ笑みを向けた。「よかったらいっしょに来る？」

モリーの脳は警告の音を発していた。「どうもありがと。でも私のドイツ語はもう錆びついているし、チョコレートを食べすぎるとにきびができちゃう」

「きみのことよく知らなかったら嫉妬していると思うだろうな」

「ちゃんと覚えていてね、リーベリング《ダーリン》、目覚ましは五時半に鳴るのよ」

午前一時をいくらか過ぎたころにケヴィンが帰ってきた音が聞こえた。だから明け方に彼の部屋のドアをたたきながら、モリーは意地悪な喜びを覚えた。夜中に雨が降っていたようだが、ふたりとも睡眠不足でふらふらしていたので、道を歩きながら口もきかず、雨上がりの暁を愛《め》でる余裕もなかった。ケヴィンはあくびをし、モリーはただひたすら一歩一歩足を前に進め、水溜まりを避けることだけに集中した。ルーだけが元気いっぱいにあたりをじゃれまわっていた。

モリーはブルーベリー・パンケーキの準備をし、ケヴィンは不規則な形のフルーツを薄切りにして青い陶器のボウルに入れた。ケヴィンは手を動かしながら、パス成功率六五パーセントの記録を持つ選手が台所仕事なんてするのはおかしい、とぶつくさいった。だがそこへリリーの愛猫のマーミーが入ってきた。

「このネコはどこから来たのかな？」

モリーはその質問をはぐらかした。「昨日からいるの。名前はマーミーよ」

ルーはひゅうんと鼻声を上げて、テーブルの下に潜りこんだ。ケヴィンはふきんで手を拭いた。「おい、ネコちゃん」ケヴィンはしゃがんでネコを撫でた。マーミーはすぐにくねくねと体をすり寄せた。

「動物は嫌いだと思ってたわ」

「動物は大好きさ。どうしてそんなこと思ったんだい？」マーミーは前足をケヴィンの膝に乗せた。彼はネコを抱き上げた。

「私の犬のことでそう思った」

「あれが犬？　そりゃ失礼。てっきり産業廃棄物から偶然発生した生物だと思ってた」彼の長く細い指がネコの長い毛並みを撫でる。

「スライテリン」モリーは小麦粉入れの蓋を乱暴に戻した。特別素晴らしいフレンチ・プードルよりネコのほうが好きだなんて、どうかしている。

「いま、なんていった？」

「小説からの引用よ。あなたにはわからないでしょうけど」

「『ハリー・ポッター』。そんな名前で呼ばれるのはごめんだね」

モリーは唇を嚙んだ。しょせんあいつは顔だけが取り柄の男なのよ、と自分にいい聞かせるのもだんだんと無理になってきている。

最初に食堂に姿を現わしたのはピアソン夫妻だった。ジョン・ピアソンは六枚のパンケーキとスクランブル・エッグを平らげながら、これまで成果のないカートランドの鳴き鳥探しについての現状報告をケヴィンに聞かせた。チェットとグエンは今日ここを去ることになっている。食堂をのぞいてみるとグエンがケヴィンにいかにもそばに来てもらいたそうな視線を送っているのが見えた。少したって、家の前で人の騒ぐ声がした。熱源のスイッチを切り、休憩室に行ってみると、ここに到着した日に共有地のあたりで見かけた部外者がケヴィンに食ってかかっていた。

「赤毛。背が高い女——そう、五フィート九インチくらい。それに美人だ。昨日の午後ここで見かけたって人から聞いて来てみたんだ」

「その女性にどんな用なんです？」ケヴィンが訊いた。

「約束がある」

「どんな約束です?」

「いるのか、いないのか?」

「その怒鳴り声に聞き覚えがあると思ったら、やっぱりそうね」リリーが階段の上に姿を現わした。シンプルな明るい青紫のキャンプ用シャツと散歩用のショート・パンツも彼女が着るとなぜかとても魅力的に見える。リリーは全身これスクリーンの女王といった威風を放ちながら階段を降りはじめたが、ケヴィンの存在に気づくととたんに歩調が乱れた。「おはよう」

ケヴィンはぞんざいにうなずき、食堂に姿を消した。

リリーは冷静さを保った。リリーに会いにきた男は食堂のあたりをにらみつけた。モリーはその顔を見て、最初の日に森から出てくるところをすれちがった男だと気づいた。リリーはなぜこの男を知っているのだろう？

「もう八時半だ」男はぼやいた。「七時に会う約束だったのに」

「しばらく考えてはみたんですけど、寝てたほうがいいと判断したの」

男は不機嫌なライオンのようにリリーをにらみつけた。「行こう。陽射しが強まってしまう」

「陽射しは場所を選べばきっとなんとかなると思うわ。そのあいだ朝食を食べて待ってもらえますか？」

男は眉根を寄せた。

リリーはモリーのほうを向いた。冷ややかな表情だった。「食堂ではなくキッチンで食事をするのは可能ですか？」

モリーはリリーの敵意など気にしないよう自分にいい聞かせ、無視することにした。このゲームの参加者はふたりでたくさんだ。「もちろんですわ。よければおふたりでいかがかしら。ブルーベリー・パンケーキを作りましたの」

リリーは憮然《ぶぜん》とした。

「コーヒーはあるのか？」男はがなりたてた。

モリーは、他人の賛意を得ることにまるで頓着しない人物に会うと、つい惹きつけられてしまう。それはたぶん彼女が長いあいだ父親に認められようと努力しつづけたからだろう。この男の荒々しいまでの気むずかしさに、モリーは惹かれた。しかも、この年代にしては際立った性的魅力をそなえている。「いくらでも召し上がれますわ」

「それなら結構だ」

モリーは少し気がとがめて、リリーの様子をうかがった。「キッチンはいつでもお好きなときにお使いください。朝起き抜けにファンと顔を合わせるのはおいやでしょう」

「どんなファンなのだ？」男は訊きただした。

「これでも、けっこう有名なの」リリーはいった。

男はリリーの名声を簡単に片づけてしまった。「どうしても食事をするというのなら、早くしてくれないか」

リリーはモリーに話しかけたが、その言葉が男の怒りをあおることは承知のうえだった。

「この信じられないくらい自己中心的な男性はリアム・ジェナー。ジェナーさん、こちらはモリー。私の……甥の妻です」

わずか二日のあいだにモリーは二度もスターに出会って感激したことになる。「ジェナーさん？」モリーはあえぐようにいった。「どれほど光栄に思っているか、言葉にいい表わせないくらいです。私は長年あなたの素晴らしい作品に敬服しつづけているファンなんです。こんなところでお会いできるなんて信じられません！　私——いつもマスコミが使う写真では髪が長いから、つい。何年か前の写真なんですよね。でも——すみません。ぺちゃぺちゃおしゃべりしてしまって。それだけあなたの作品は私にとって大きな意味があるってことなんです」

ジェナーはリリーをにらみつけた。「名を明かしたければ、みずから名乗る」

「私たち幸運よね」リリーはモリーにいった。「ミスター・チャーム・コンテストの優勝者にやっとお会いできたんですものね」

モリーは落ち着こうと努めた。「だいじょうぶです。お察しします。プライバシーを侵害しようとする人は多いでしょうけど——」

「お追従はそのくらいにして、パンケーキの準備にとりかかってくれ」

モリーは息を吸いこんだ。「いますぐにいたします」

「いっそカニのケーキのほうがよかったかもしれないわね」とリリーがいった。

「聞こえたぞ」ジェナーがつぶやいた。

キッチンに入ったモリーはいくぶん冷静さを取り戻し、リリーとリアム・ジェナーを出窓のそばの丸テーブルに案内した。モリーは放置していたスクランブル・エッグを急いで取りにいき、皿にのせた。

ケヴィンが戸口から入ってきてリリーとジェナーにちらりと視線を走らせたが、どうやら何も訊くまいと決意しているらしかった。「卵はもう出せるの?」

モリーは皿を手渡した。「ちょっと焼きすぎなの。ピアソン夫人がご不満なら、あなたがなんとかご機嫌をとってちょうだい。コーヒーを運んでくださる? キッチンにお客さまよ。こちらリアム・ジェナーさん」

「そしてきみはケヴィン・タッカーだね」ジェナーの顔に初めて微笑みが浮かび、いかつい顔のその変わりように、モリーははっと息を呑んだ。じつにセクシーな微笑みだったのだ。それにはリリーも注目していたが、見たところモリーほど心を動かされなかったようだ。

ジェナーは立ち上がって手を差しだした。「すぐに気づくべきだった。私はずっとスターズを応援しているんだ」

ふたりの男たちが握手を交わし、神経質な画家がフットボールの一ファンに変わるさまをモリーは見つめていた。「昨シーズンはかなり良い成績をおさめたね」

「あともう少し頑張りたかったですけどね」

「毎年優勝するのは無理だと思うよ」

話題がフットボールに移ると、モリーは三人をつくづくとながめた。なんと奇妙な顔ぶれがこの人里離れた土地で一堂に会したものだと思う。フットボールの選手、画家、そして映画スター。

ここギリガン島で。

モリーは微笑みとともに、会話を楽しんでいるらしいケヴィンから皿を受け取り、トレイにのせると、食堂まで運んでいった。さいわい卵料理に対する不満の声は聞かれなかった。コーヒー沸かしからコーヒーをマグに注ぎ、追加のクリームと砂糖を取り、それを持ってキッチンに戻った。

ケヴィンは食料品庫のドアにもたれ、ジェナーと話しながら、リリーを無視していた。

「……街で耳にしたんですが、あなたを一目見たくてウィンド・レイクにやってくる人たちもいるそうですよ。どうやらあなたは地元の観光業に恩恵をもたらす存在らしい」

「好き好んでやっているわけじゃないがね」ジェナーはモリーが前に置いたコーヒーを手にとり、椅子の背にもたれた。ジェナーは彼なりに寛《くつろ》いでいるとモリーは思った。がっしりした体軀、白髪交じりの髪。画家は頑強な野外生活者に身をやつしているのだ。「私がここに家を建てたという話が広まると、ありとあらゆるばかが出没しはじめた」

リリーはモリーが手渡したスプーンを受け取り、コーヒーをかき混ぜた。「あなたはご自分の作品の愛好家のことはあまりお考えにならないようね、ジェナーさん」

「連中は私の作品ではなく、名声に感銘を受けるのだ。みないちように会えて光栄だとかなんとかしゃべりだすが、四分の三のやつらは私の作品が自分を感動させるものかどうか、知ろうともしない」

ジェナーの前でしゃべりだしたひとりとして、モリーはこれは聞き捨てならなかった。

「一九六八年の『マミーの熱意』ごく初期の水彩」モリーはグリドルにパンケーキのミックス液を流しこみながらいった。「あらゆる情緒が入り組み、しかも一見違った印象を抱かせる単純な線で描かれています。『象徴』一九七〇年ごろの作品。ドライ・ブラッシュの水彩。批評家には不評でしたが、その評価は誤りでした。一九九六年から一九九八年まであなたはアクリル画の『砂漠シリーズ』に取り組んでいました。絵画様式としては、これらの絵はポスト・モダニズム的な折衷主義と古典主義、あなただけがその影響を受けてこなかった印象派にもいくばくかの傾倒がうかがえる、混成画といえます」

ケヴィンが笑った。「モリーはノースウェスタン大学の首席卒業者なんですよ。ウサギの本の作家でね。ぼくが個人的に好きなのは風景画で——いつごろの作品なのか、どんな批評を受けたのかまるでわからないんですが——遠くに子どもがひとりいて、それが気に入っているんです」

「私は『街娼』が大好き」とリリーがいった。「市街地にひっそりとたたずむ女性の姿。履き古した赤い靴。絶望に満ちたその表情。十年前、二万二〇〇〇ドルで売れたわ」

「二万四〇〇〇だ」

「二万二〇〇〇よ」リリーはこともなげにいった。「私が買ったんですもの」

はじめてリアム・ジェナーは当惑して言葉につまったようだった。だがそれは長くは続かなかった。

「きみは何を生業にしている？」

リリーはコーヒーを一口すすって、いった。「かつて事件を解決していたわ」

リリーがたくみに答えをはぐらかしているのを、傍観していていいものかモリーはしばし逡巡したが、この先どうなるのかという好奇心には勝てなかった。「ジェナーさん、この方はリリー・シャーマンという、とても有名な女優なんですよ」

ジェナーは椅子の背にもたれ、リリーの顔をまじまじとながめていたが、ようやくぼそぼそといった。「あのばかげたポスターがそうだったか。やっと思い出したよ。きみはたしか黄色のビキニを着ていた」

「そうよ。ポスターの時代は明らかに昔話になってしまったわ」

「それは神に感謝しなくてはいけない。あのビキニは猥褻《わいせつ》だった」

リリーは驚きの表情を浮かべ、やがて憤然として、いった。「あれは猥褻さとは無縁のものよ。今日と比べれば控え目だったわ」

ジェナーの濃い眉が寄った。「体を何かで覆うこと自体、猥褻なんだよ。ヌードになるべきだった」

「ぼくは席をはずすよ」ケヴィンは食堂に戻っていった。

荒馬でさえモリーをキッチンから引きずりだすことはできなかっただろう。モリーはパンケーキの皿をふたりの前に置いた。

「ヌード?」リリーのカップがソーサーの上でカタカタ鳴った。「この半生に一度としてヌードになったことはないわ。一度『プレイボーイ』誌のためにポーズするという幸運な仕事を蹴ったことはあるけれど」

「『プレイボーイ』とどう関係があるんだ? 私は芸術の話をしているのであって、性的刺激とは関係ない」ジェナーはパンケーキを次々と平らげた。「素晴らしい朝食だったよ、モリー。こんなところは辞めて、私のために料理してくれ」

「私はじつは作家で、コックではないんです」

「童話か」ジェナーのフォークが宙で止まった。「私もかつて童話を書こうと思ったことがある……」ジェナーはリリーの皿の手をつけていないパンケーキにフォークを突き刺して取った。「私のアイディアではたいして受けないだろうがね」

リリーがふふんと笑った。「ヌード絡みの話ならだめよ」

モリーがくすくす笑った。

ジェナーは静まれといわんばかりにモリーをにらんだ。

「すみません」モリーは唇を嚙み、およそレディらしくなく、鼻を鳴らした。

ジェナーの眉がいっそう険しくなった。もう一度詫びの言葉を口にしようとしたとき、モリーはジェナーの口の端が小刻みに震えているのに気づいた。つまり、ジェナーはうわべほど気むずかしい人物ではないということなのか。これはますます面白いことになりそうだ。

ジェナーは半分残ったリリーのコーヒー・マグを身振りで示しながらいった。「それは持っていけばいい。朝食の残りもな。もう出発しなければ」

「モデルを務めるとはひとこともいってませんよ。あなたのことが嫌いなんですもの」

「私を好きなやつはいない。だがきみはむろん私のモデルを務めるさ」辛辣《しんらつ》な響きを伴った低い声だった。「多くの人が列を成してその名誉な役目を得ようとするのだから」

「モリーを描けばいいでしょう。あの目をちょっと見てごらんなさい」

ジェナーがじっとモリーを見つめた。モリーは自意識でまばたきした。「たしかに風変わりな目だ」と彼がいった。「だんだん味の出てくる顔だが、真の魅力が出るには人生経験がまだ足りない」

「ねえ、目の前で私のことをあれこれいうのはやめてくださらない」

ジェナーはモリーに向けて黒い眉を片方つり上げたが、リリーに注意を戻した。「相手が私だからそうなのか？　それともきみはだれに対してもそんなに片意地を張るのか？」

「片意地を張っているつもりはないわ。ただ芸術家として妥協を許さないというあなたの評判を落とすまいとしているだけよ。いま二十歳に戻れたら、喜んでモデルを務めるけれど――」

「なぜ私が二十歳のきみを描くことに興味を持たなくてはならんのだ？」ジェナーはほんとうに途方に暮れた顔をしている。

「あら、それは明白だと思うわ」リリーはあっさりといった。

ジェナーはリリーの顔をまじまじとながめていたが、その表情にはうかがい知れない何かがにじんでいた。やがて彼は首を振った。「やっぱりあれか。国じゅうが痩身に取り憑《つ》かれているが、その歳でも、まだそんな騒動に巻きこまれるというのか？」

リリーは完璧な微笑みを浮かべ、椅子から立ち上がった。「それは当たり前ですわ。朝食ごちそうさま、モリー。さようなら、ジェナーさん」

キッチンから流れるような動作で出ていくリリーのうしろ姿をジェナーは食い入るように見つめた。リリーが肩にしょった緊張にジェナー氏は気づいたかしら、とモリーは思った。

モリーはジェナーがコーヒーを飲み終えるまで、ひとり物思いに耽《ふけ》る彼を放っておいた。彼はやっとテーブルから皿を取り、シンクのところまで運んだ。「ここ何年もこれほど旨いパンケーキを食べたことはなかったよ。いくら払ったらいいだろう？」

「これは売り物になる味だからね」ジェナーはいい直した。

「そうでしょうか。でも料金はいっさいいただきません。召し上がっていただけて光栄でした」

「感謝するよ」ジェナーは背を向けて立ち去った。

「ジェナーさん」

「リアムと呼んでくれればいい」

モリーは微笑んだ。「いつでも好きなときにいらして、朝食を召し上がってくださいね。キッチンにそっと入ってきていいんですよ」

ジェナーはゆっくりとうなずいた。「ありがとう。そうさせてもらうかもしれない」

「いくら?」

14

「水際に来てごらんよ、ダフニー」とベニーがいいます。

「濡れないからさ」

——「ダフニーの混乱」


「新作のアイディアは浮かんだ？」翌日の午後早く、フィービーが電話で尋ねた。歓迎しがたい話題だったが、最初の十分間、ケヴィンについてのお節介な質問をうまくかわしたあとだったので、どんな言い方でもフィービーにはましな答え方に聞こえたはずだ。

「少しはね。でも『ダフニーが転んだ』は三冊分の契約の最初の本だということを忘れないで。バードケイジ社は私が要求どおりの書き換えを終えないかぎり、次の原稿は受け取らないはずよ」朝食後ケヴィンの車を借りて画材を買いに街へ行ったとはいえ、その書き換えにまったく手をつけていないということを姉にわざわざいう必要もなかった。

「SKIFSAなんてどうってことはないわよ」

「でも決して愉快じゃないわね。コテージにはテレビがないの。最近彼らはテレビに出た？」

「昨日の夜出たわよ。新たに議会で同性愛者の人権を守る法律が制定されたことで、SKIFSAの連中の地元のテレビへの出演の回数も増えたの」フィービーが口ごもるときは悪い知らせがあるという前ぶれなのだ。「モリー、彼らはまたダフニーのことを取り上げたのよ」

「信じられないわ！　なぜこんなことをするのかしら？　私は大物童話作家じゃないのに」

「ここはシカゴだし、あなたがシカゴ一有名なクォーターバックの妻だから。その関係を利用して彼らはテレビ出演を求めるのよ。あなたはまだケヴィンの妻よね？」

モリーはその話題を蒸し返されるのはいやだった。「いまのところはね。次は多少なりとも気骨のある出版社を選ぶようにしたいわ」そういってしまってから、すぐに悔やんだ。というのも、気骨を持つべき出版社はなにもバードケイジ社だけではないからだ。勘定を支払うためには選択の余地などないのだということを、モリーはいまさらながら思い知った。フィービーはモリーの気持ちを読んだかのように、いった。「お金はどうしているの？　私の知るかぎりあなたは——」

「だいじょうぶよ。心配いらないわ」フィービーに対する愛情が深い分、姉が関わることはすべて大成功してしまうことがモリーはときどきいやになる。自分がひどく無能だと感じてしまうのだ。フィービーは裕福で、美人で、感情的にも安定している。モリーは貧しく、多少人間的な魅力はあるものの、精神状態も自分で認める以上に神経衰弱に近い。フィービーは大きな差を克服して、スターズをNFL一の強力なチームに仕立て上げた。それなのにモリーは自分の作り上げた架空の世界のウサギを現実世界からの攻撃から守ってやることすらできないでいる。

電話を切ってから、宿泊客たちの何人かとおしゃべりし、客室のバスルームのタオルを新しいものと取り替えた。そのあいだケヴィンはクリーヴランドから来た隠居夫婦のチェック・インをすませ、コテージに案内した。その後、モリーはケヴィンが買ってくれた赤い水着に着替えて泳ぎにいこうと、自分のコテージに向かった。

バッグからツーピース型の水着を引っぱり出してみると、ボトムのほうは思ったほどビキニタイプではなかったが、脇のところが細いひも一本でつながっているので、モリーの好みより肌の露出度が高い。だがトップのほうは下にワイヤーが入っているので、胸の位置を高く見せるようにできており、ルーも気に入ったらしい。

気温は八十度（摂氏二十七度くらい）以上あるが、まだ湖水の温度は上がっていないので、モリーが浜に着いたとき、人けはなかった。湖に足を入れたモリーはその冷たさに思わずたじろいだ。ルーも前足を水につけてはみたが、あとずさりしてサギを追いはじめた。モリーは寒さに耐えきれなくなって、水にもぐった。

あえぎながら水から顔を出したモリーは、体温を保つために活発に横泳ぎを始めたが、ふと共有地に立っているケヴィンの姿が目に入った。九年間の夏期キャンプでたがいの安全に責任を持ち合う二人組の方式の大切さを学んだが、いま溺れかけても、叫び声が聞こえる距離にケヴィンがいる。

背を下にしてしばらく泳いだが、深みは避けた。ケヴィンがなんといおうと、モリーは水の安全に関してはきわめて思慮深い人間なのだ。次に共有地のほうを見たときも、ケヴィンはまったく同じ位置に立っていた。

退屈そうな顔だった。これはよくない兆候だ。というより由々しき事態といっていい。水に潜ったモリーは思考をめぐらせた。

ケヴィンは泳ぐモリーをながめながら、新しい大型のごみ収集容器を運んでくることになっているごみ容器会社の車が現われるのを待っていた。モリーがえび形飛び込みをしたとき、一瞬ひらりと真紅のものが躍り、水中に消えるのをケヴィンの目がとらえた。あんな特殊な形の水着をモリーに買ってやったのは大間違いだった。心を惹きつけるあの小さな体があまりにも露わになり、だんだん無視するのが辛くなってきたのだ。だがブティックであの色に強く惹かれた。初めて会ったときのモリーの髪の色とほとんど同じ色だったからだ。

いまモリーの髪はあの色ではない。ここへ来てまだ四日しかたっていないが、モリーは自分の身なりに気を配るようになってきて、パンケーキにかけたメープル・シロップのような豊かな色をたたえるようになった。これは、モリーが生き生きした元気を取り戻す経過を観察しているようなものだと思う。顔色ももう蒼くはないし、目も輝きはじめた。からかおうとするときなど、ひときわきらめきが増す。

あの目……あのいたずらな目は、何やら無茶なことをたくらんでいる感じがありありと出ているのに、そのメッセージを感じ取っているのはどうやら彼だけらしい。ダンやフィービーの目には子どもやウサギ、へんてこな犬たちを愛する頭のいい妹としか映らないようだ。モリー・ソマヴィルの血管を流れるものは血液ではなく、騒動の種なのだということを知っているのは彼だけなのだ。

シカゴに戻る飛行機のなかで、ダンはいかにモリーがなにごとにもまじめに取り組んできたかを話してくれた。いたずらなどいっさいしなかった子ども時代。勤勉で理想的な学生時代。二十七歳にして精神年齢は四十歳だともダンはいった。二十七歳にして精神年齢は七歳というのが本当だとケヴィンは思う。童話作家としてキャリアを築いてきたのも不思議はない。彼女が楽しませているのは、自分と同等の仲間なのだから。

自分のことは棚に上げてよくも、人のことを「無謀」と呼べるものだと思う。彼は一五〇〇万ドルを寄付してしまったりしない。ひとついえるのは、彼女の辞書には「安全策」という言葉は存在しないことだ。

水のなかでふたたび赤い色が躍った。さすがに長年サマー・キャンプで鍛えただけあって、モリーは危なげない、優美な泳ぎをする。そしてあのきれいな、均整のとれた体……だが、モリーの体を思い浮かべるのはいまのケヴィンには毒でしかないので、モリーの愉快なジョークをいろいろと思い出してみた。

だがモリーが癪《しゃく》の種ではないかというと、そうではない。自分とあまりに違うからなのか、人の頭のなかまで土足で踏みこんで詮索《せんさく》しようとする図々しさもちゃんと持ち合わせている。

ケヴィンはふたたび湖上に視線を走らせたが、モリーの姿は見えなかった。いまに赤いものが目に飛びこんでくるだろうと、ケヴィンは待ちかまえていた。さらに待ちつづけた……湖水があまりになめらかなので、ケヴィンは緊張で肩をこわばらせ、思わず一歩足を踏みだした。そのとき、モリーの頭が浮き上がったが、離れているので点より小さく見えた。ふたたび水中に沈もうとする直前、モリーはやっとひとこと、消え入りそうな声を上げた。

「助けて！」

ケヴィンは走りだした。

モリーは限界まで息を止め、ふたたび水面に顔を出して肺いっぱい息を吸いこんだ。案のじょう、ケヴィンは競技さながらの見事な身のこなしで、水に飛びこんだ。

これで彼のアドレナリンもたっぷりと体を駆けめぐることだろう。

モリーは見つけてくれるまで体を激しく動かし、ふたたび水のなかにもぐった。水中深く潜水したまま、右のほうへと泳いでいった。これは汚い手かもしれないが、やるだけのことはあると思う。ケヴィンにとって退屈は不幸そのものである。しかも彼はウィンド・レイク・キャンプ場にまつわる楽しい思い出をほとんど持っていない。これでひょっとしたら、キャンプ場を売りたい気持ちが多少薄れるかもしれないのだ。

モリーはふたたび水面に顔を出した。巧みなモリーの水中での方向転換のおかげで、ケヴィンは左に進みすぎた形となった。モリーは息継ぎをして、また水にもぐった。

ダフニーがこれで三度、水にもぐったので、ベニーは泳いで……。

これは削除しよう。

ベニーがこれで三度、水にもぐったので、ダフニーはいっそう泳ぎのスピードをあげました……。

ダフニーに助けられればベニーも考えを改めるはずだと、モリーは妙に高潔なことを考えた。連れもなしに泳ぎにいったりするのは無謀な行為なのだ。

モリーは水中で目を開けてみたが、雨のあとなので湖水は濁っており、よく見えなかった。そういえばキャンプの仲間のなかには、「魚に噛まれたらどうしよう」などと、プールではなく湖で泳ぐことを怖がる子たちもいた。だがモリーはひと夏キャンプを経験しただけですっかり慣れてしまい、いまでは湖に入ってもリラックスしている。

肺が熱くなりはじめたので、もう一度水面に顔を出して息継ぎをした。ケヴィンは一五ヤードほど左にいる。次の動きに入る前に「おおかみ少年」の話が頭をかすめたが、深く考えるのはやめた。

「助けて!」

ケヴィンは水中でくるりと体の向きを変えた。濡れたブロンドの髪が美しい額に張りついている。「待ってろ、モリー!」

「急いで! 私——」——頭に穴があいているの——「こむらがえりを起こしたの!」といいながら下へもぐった。モリーはさっと右へ向きを変え、サイドラインに向けてアメフトの十一番目のパターンどおりの動きをとった。

ふたたび肺が熱くなった。そろそろゴール前の息継ぎをすべき時間だ。

ケヴィンは試合では居並ぶ選手のなかからレシーバーを選ぶのにひどく手間取るくせに、モリーの姿は瞬時にとらえる。そのストロークがあまりに力強く、水を掻き分けるなめらかな動きについ見とれ、モリーはもぐることも忘れていた。ケヴィンの手がモリーの太腿《ふともも》をかすめ、小さな水着のボトムのあたりをがっちりとつかんだ。

お尻にあたるケヴィンの手。これも考えておくべき状況だった。

ケヴィンが水着を強く引き寄せたので、細いひもの結び目がほどけた。彼は腕をモリーの体に強く巻きつけながら、ぐいと水面に引き上げた。

水着のボトムはいっしょについてはこなかった。

流れ去るボトムを見ながら、モリーはなぜこんな状況におちいってしまったのだろうと、ただただ驚くしかなかった。これがささやかな善行の報いだというのだろうか？

「だいじょうぶか？」

ちらりと顔が見えたかと思うと、ケヴィンは岸をめざしてモリーを曳行《えいこう》しはじめた。本当に驚かせてしまったものだと、心苦しい気もする。それでもモリーは水のなかを引かれていきながら、咳きこんであえぐことは忘れなかった。同時に気持ちのなかには、つつましやかさとの葛藤があった。

ケヴィンはほとんど息も乱れておらず、モリーはしばし彼に身を委ね、体と体の触れ合う感じを楽しんだ。だが下半身が露わな状態のままリラックスするというのは、やはりむずかしい。「私――こむらがえりを起こしたの」

「どっちの脚なの？」ケヴィン自身の脚がモリーの臀部をかすめたが、何かが足りないとは気づいていないようだ。

「止まって――ちょっとだけ止まってちょうだい」

ケヴィンは泳ぎのスピードを落とし、モリーの体の向きを変え、自分の腕のなかに抱き入れた。その顔を見て、懸念が怒りにかわったのがわかった。「ひとりで水に入ったのが間違いのもとなんだよ！　溺れていたかもしれないんだぞ」

「たしかに……思慮が足りなかったわ」

「どっちの脚？」

「ええと……左。でもだいぶ良くなったわ。もう動かせる」

ケヴィンは片腕を離し、モリーの片脚に手を伸ばした。

「だめ！」彼が途中で事実を悟ってしまうことを恐れ、モリーは悲鳴をあげた。

「また痙攣《けいれん》した？」

「いいえ……ちょっと違うみたい」

「とにかく岸へ行こう。着いたら見てやるよ」

「もうだいじょうぶなの。もう――」

ケヴィンはかまわず、浜辺をめざしてモリーを引きはじめた。

「ああ、ケヴィン……」口いっぱいに水が入り、モリーはむせた。

「いいかげんに、じっとしてろよ！」

さすが牧師の息子、ごりっぱな言葉である。とくに溺れかけている被害者に対する言葉としては。モリーはケヴィンの下半身から自分の下半身を必死で離そうとしたが、彼の体は執拗《しつよう》なほどにするりするりと触れてくる。するりと滑るように……するりと滑るように……モリーは湧き起こる快感にうめいた。

ケヴィンの動きが変わった。底に脚が届くところまできたのだ。モリーは体を離そうとした。「もう手を離して。歩けるから」

ケヴィンは少し先まで泳いでから、握っていた手をゆるめ、立った。モリーも足を下ろした。

水はモリーの顎の下あたり、ケヴィンの肩より下にある。濡れた髪の束が額に張りつき、ケヴィンは不機嫌そうな顔をしていた。「少なからず感謝してもらいたいね。その迷惑な命を救ってやったんだから」

少なくともケヴィンの顔からは倦怠の色は消えている。「ありがとう」

ケヴィンはモリーの腕をつかんだまま、また岸へ向かおうとした。「いままで、今日みたいに痙攣を起こしたことはあるの？」

「一度も。ほんとに突然起こったの」

「どうして足を引きずっているの？」

「寒いの。たぶんショックのせいよ。Tシャツを貸してくれる？」

「いいよ」ケヴィンはなおも浜辺に向かってモリーを引っぱりつづけている。

モリーはかかとをひきずりながらいった。「いま、貸してくれる？」

「いま？」水はモリーの胸にぱしゃぱしゃと打ち寄せている。赤のトップのおかげで、モリーの胸はきれいに持ち上げられており、ケヴィンの視線はその胸に釘づけになっていた。ケヴィンのくっきりした緑の目の上で、まつげが小さな鋭いスパイクを形作っていることに、モリーは気づいた。急に膝の力が抜けるような気がした。

「水から出る前に着たいの」モリーはできるかぎり楽しげな様子をつくろった。

ケヴィンは胸に注いでいた視線をやっと離し、また岸へ向かって動きはじめた。「暖を取るなら、早く岸へ上がったほうがいい」

「止まって！　止まってちょうだい！」

ケヴィンは動きを止めたが、頭がいかれてしまったのかとでもいわんばかりの怪訝《けげん》な顔をしている。

モリーは下唇を噛んだ。善行は試練をともなうもの。本当のことを話すしかない。「じつはちょっと問題があって……」

「その先をいってやろうか。きみはいかれてる。ご自慢のノースウェスタン大学首席卒業も、じつは狂気卒業者と読むのが正しい」

「黙ってそのTシャツを貸してちょうだい。お願いよ」

ケヴィンは脱ぐ様子などまるでなく、疑わしげな目を向けはじめた。「どんな問題なんだい？」

「じつはどうやら……とても寒いの。あなたは寒くない？」

ケヴィンは待っていた。その頑固な表情はモリーが本当のことをいうまで一歩も譲らないという意志を表わしていた。モリーは精一杯の威厳をこめていった。「私、どうやら……」咳払いをして続ける。「水着の下の部分を……湖底に沈めてしまったらしいの」

当然ながら、彼の最初の反応は濁った水の下をのぞきこむことだった。

「見ないで!」

目を上げてしげしげとモリーを見つめるケヴィンの目はいつもの翡翠《ひすい》の短剣のような鋭さが薄れ、明るい緑色のジェリー・ビーンズのようにきらめいていた。「どうしてそんなことをしたの?」

「私がしたんじゃない。あなたがしたの。私を助けるときに」

「引っぱって脱がせちゃったのかな?」

「そうよ」

ケヴィンは破顔一笑した。「おれ、女の扱いは上手《うま》いからね」

「いいから。そのばかげたTシャツをよこしなさい!」

偶然なのか、ケヴィンの太腿がモリーの臀部《でんぶ》を一瞬かすめた。ケヴィンはまた水のなかをじっとのぞきこんだ。そのときモリーの心は突然、この水がいますっかり澄んでしまえばいいのに、と狂った願望に取り憑かれた。ケヴィンの声はハスキーで魅力的だった。

「つまり水面の下にあるのは裸の下半身というわけ?」

「そんなこと聞かなくてもわかってるくせに」

「さて、これは面白いジレンマを生みだしそうだな」

「ジレンマなんてないわ」

ケヴィンは口の端を親指でこすり、煙のように柔和な笑みを浮かべた。「ぼくらはまさしく真の資本主義の真髄に直面しているんだよ。ここで、この瞬間に、きみとぼくとがね。偉大なるアメリカに幸あらしめたまえ」

「純粋なる資本主義さ。ぼくはきみが欲しい商品を所有している――」

「いったい何を――」

「また脚が痙攣しはじめたわ」

「聞かせてくれないかな」ケヴィンはモリーの胸に目を釘づけにしたまま、だらだらと言葉を長引かせていた。「きみはこの商品の代償に何をくれるつもりだい?」

「コックとして働いてあげているじゃないの」モリーは慌てていった。

「どうかな。昨日のサンダルは結構高かったよ。三日分の調理代金はすでに支払ったことになると思うよ」

ケヴィンの言葉が心を快く刺激する。モリーはそんな自分の反応がいやだった。「あなたがたったいま、そのいまいましい、発達しすぎの胸から、同じくいまいましいTシャツを脱がないかぎり、私はもう明日からここにはいませんからね!」

「これほど恩知らずの女に会ったことがないよ、まったく」ケヴィンはTシャツを脱ぎはじめたが、腕をこすってたくみに時間稼ぎをし、またシャツを引っぱった。少しずつ胸が露わになり、美しい筋肉が収縮する……。

「プレーの遅延により二〇ヤードからのフリーキック!」

「五ヤードのペナルティだよ」ケヴィンはTシャツの下から指摘した。

「今日は違うの!」

ケヴィンようやくTシャツを脱いだが、『おあずけ』をするためにまた頭からかぶろうとするところを、モリーはひったくるようにして取り上げた。この手のゲームは、NFLのクォーターバックのほうがウサギの本の著者よりうんと有利であることは間違いない。

「尻が丸出しか……」ケヴィンは満面に笑みを浮かべている。

そんな彼を無視して、モリーはシャツを着ようと奮闘したが、胸元まである冷たい水のなかで濡れた綿素材を扱うことはそう簡単ではなかった。当然彼は手を貸さなかった。

「着る前に水から出たほうがいいんじゃないかい？」

ケヴィンのおふざけは答えるに値しなかった。裏返しながら、ようやくTシャツを着たものの、巨大なエア・ポケットが体のまわりでふくらんでいる。モリーはそれを下に押しだすと、幸いにも人影のない海岸に向かって堂々とした歩調で歩いていった。

ケヴィンはその場所にとどまり、水から出るモリーのうしろ姿をじっと見ていた。うしろからのながめは呼吸が乱れるほどに刺激的だった。白のTシャツは濡れるとティッシュ・ペーパーのようになるということを、モリーはまるで念頭に入れていないらしい。まず細い華奢《きゃしゃ》なウェストが現われ、次に曲線の美しいヒップ、最後にこれまで目にしたどんな脚より美しい脚が現われた。

その可愛らしい、華奢な下半身に、ケヴィンは固唾を呑む思いで見入った。光沢のせいで白いTシャツがまるで砂糖を吸いこんだような感じに見える。

ケヴィンは唇を舐《な》めた。水が氷のように冷たいのが幸いだった。海岸に向かって大股で歩いていくモリーの姿に熱い興奮を覚えたからだ。あの小さな丸いヒップ……黒く魅力的なクレバス。しかもまだ前からのながめはちらとも見てはいないのだ。

うしろで水を飛び散らす音が聞こえ、ケヴィンが大股で追いついた。さらに前に進み、勢いよく腕を振り動かすたびに、背中の筋肉が波打つ。浜辺にたどりついたケヴィンは振り向いてモリーを見た。

いったい何がそれほど面白いというのか?

モリーは不安になった。ケヴィンの片手が動いた。彼はうわのそらで濡れた股上の浅いジーンズをはいている。「なんだかんだいっても、きみのお母さんがショーガールだったこと、そんなに意外な事実ではないかもしれない」

自分の下半身をちらっと見下ろしたモリーはあっと息を呑んだ。Tシャツの生地をつかみ、体から離そうとして引っぱり、踵を返すとコテージに向かって一目散に駆けだした。

「あれ……モリー? うしろからのながめも結構面白いよ。それにお客さんもこっちへやってくる」

その言葉どおり、だいぶ向こうからピアソン夫妻がこちらへ向かってくる。手に抱えたビーチチェアやらトート・バッグ、冷却器の陰になってほとんど姿は見えていない。

モリーは、コテージに戻るのにケヴィンの協力などあてにする気はなかったから、Tシャツの前もうしろも体から離すようにし、さらに丈も長くしようと下へも引っぱりながら森のほうへ向かった。

「だれかに魚を投げつけられたとしたら」ケヴィンがモリーの背中に向かって叫んだ。「それはきみがペンギンみたいによたよた歩いているからだよ」

「あなたがだれかにロバの鳴き声をまねしてほしいといわれたとしたら、それはあなたがまるで――」

「おしゃべりはあとにしようよ、ダフニー。ごみ容器の会社の連中が新しいごみ収集箱を持ってくるからさ」

「そのなかに入ったら、ちゃんと蓋を閉めるのよ」モリーはよたよた歩きながらも、さらなる災難にも見舞われず、なんとかコテージにたどり着いた。なかに入るなり、熱い頬を押さえ、笑いだした。

だがケヴィンは笑ってはいなかった。コテージの方向をにらみ、共有地に立ちつくしながら、もはやこんな状況を続けるわけにはいかないと悟った。なんと皮肉だろう。結婚していながら、彼は結婚によってもたらされる第一の利点を利用していないのだ。

問題は、今後自分がどうするつもりなのか、ということだ。

15

ダフニーは大好きな香水、オー・ド・ストロベリー・ショートケーキを頭のまわりにたっぷりと吹きつけました。そして耳の毛をふんわりふくらませ、おひげをまっすぐに伸ばし、おニューのティアラをかぶりました。

――「ダフニー、かぼちゃを植える」

湖でのひと泳ぎのあと、モリーはシャワーを浴びて、着替えをした。そして気づくと、ポーチに出て、今朝町で買いこんできた画材の袋を置いたテーブルのほうをじっと見つめていた。絵を描くのにひどく手間取っている。

しかしテーブルのそばには座らず、ぶらんこ椅子に腰かけ、昨日断崖からダイビングするダフニーのスケッチを描くのに使った紙パッドを手にとった。遠くを見つめていたが、ようやく書きはじめた。

「ナイチンゲールの森の反対側で、マラード夫人がサマー・キャンプをやるんですって」ダフニーはある日の午後、ベニーとメリッサ、めんどりのセリア、ベニーの友だちのラクーン、コーキーに知らせてあげました。

「サマー・キャンプは嫌いなんだよ」ベニーはぶつくさいいます。

「映画スターみたいなサングラスをかけてもいいかしら？」メリッサが訊きました。

「雨が降ったらどうするのよ？」セリアがコッコッといいました。


ノートパッドを置くころには『ダフニー、サマー・キャンプに行く』の冒頭の部分は書き終えていた。たった二ページ分でもいい。いつ脳がひからびてもいい。要望どおりに『ダフニーが転んだ』を書き換えるまでこの本を出版社が買ってくれなくてもいい。少なくとも原稿が書けたのだし、いまはそれで満足だ。

民宿に足を踏み入れたモリーをレモンの家具磨きの匂いが出迎えた。じゅうたん類にはきちんと掃除機がかけられ、窓はきらきら輝き、居間のティーテーブルの上にはドレスデンのバラの陶器の皿と揃いのカップとソーサーが用意されている。任務完了までは会うことを禁じるというケヴィンの作戦はどうやら効を奏しているらしい。


新しいタオルを何枚も抱えて裏手から出てきたエイミーは、モリーのカナリア・イエローのサンドレスに一目で気づいた。かつてオーダーメイドしたもので、裾のほうに四列のカラフルなリボンがあしらってある。「わあ！　すごく素敵。お化粧もきれい。これはケヴィンの気を惹くのにいいんじゃない」

「ケヴィンの気を惹くつもりはないわ」

エイミーは首の付け根についた官能的な小さな痣《あざ》を優しく撫でた。「新しい香水がバッグに入ってるの。これを私の……ちょっぴりつけただけでトロイ、メチャメチャ燃えるんだ。少し貸してあげようか」

モリーはエイミーを絞め殺したいのを我慢して、キッチンへ急いだ。今朝焼いたアンズのスコーンとオートミールとバター・スコッチのパンを出すにはまだ早いので、出窓近くのキッチンチェアに愛犬といっしょに座った。ルーは頭をモリーの顎の下に押しこみ、腕の上に前足を乗せた。モリーはルーを抱き寄せた。「あなたも私と同じくらい、ここが好き？」

ルーはそれを肯定するように舐めた。

モリーは湖に向けて傾斜している庭をじっとながめた。心のなかでナイチンゲールの森だと思っているこの土地に来て数日のあいだに、モリーは生気を取り戻した。ルーの温かなおなかを撫でながら、ケヴィンといっしょに過ごしていることがその大きな要素となっていることをモリーは認めた。頑固で横柄で、それはもう信じがたいほど腹立たしい男ではあるが、モリーが生き生きとした感情を取り戻せたのは彼のおかげであることは否めない。

ケヴィンはやたらにモリーをインテリ扱いするけれど、彼自身、知性に遜色《そんしょく》はない。モリーの知るかぎりそう何人もいないが、ダンや、キャル・ボナー、トム・デントンら一部の運動選手がそうであるように、ケヴィンの運動に対する情熱も鋭敏な知性と共存しており、そうした知性は、愚かしいふるまいの陰でも輝きを放つものなのだ。

ケヴィンとダンを比較するつもりはない。たとえばダンの犬たちに対する愛情、子煩悩なところ、そして何よりもフィービーに捧げる愛の深さ。

モリーはまた溜め息をつき、視線をなにげなく裏庭に移した。トロイは冬にたまったごみをようやく取り除いてくれたようだ。ちょうどライラックが花をつけ、数本のアヤメがひだ飾りのような花びらを開きかけており、シャクヤクも開花間近である。

ちらちらとした動きがモリーの目をとらえた。見るとリリーが鉄製のベンチの縁に座っている。最初本を読んでいるのかと思ったが、何かを縫っているのだと気づいた。モリーに対するあの冷淡な態度は個人的な気持ちなのか、それとも悪意に満ちた結婚報道によるものなのだろうか……「道楽で童話などに手を出したりしているシカゴ・スターズの遺産相続人」か……モリーはためらったが、立ち上がって勝手口から裏庭に出た。

リリーは小さなハーブ園の近くに座っていた。だれもが認める銀幕の女王だった人が屋根裏部屋のようなところに押しこめられても文句ひとついわないのはおかしなことだとモリーは思う。軽く肩にはおっているのはアルマーニだというのに、伸びすぎのハーブ園のそばに座ってせっせと針を動かすリリーの様子には意外なほど満ち足りたものが感じられる。リリーは謎の女性だ。自分に対して冷淡な態度をとる人物に好意を抱くのはむずかしいものだが、モリーはどうしてもリリーのことを憎みきれない。それは単に昔『レース・インク』が大好きだったからという理由からだけではない。ケヴィンがあれほど敵愾《てきがい》心を露わにするのを目の当たりにしながら、ただじっと耐えているのもきっと勇気のいることなのだと思うのだ。

マーミーは大きな籐《とう》の裁縫箱に寄り添うようにリリーの足元に寝そべっている。ルーはネコを無視して前を過ぎ、飼い主のほうに挨拶し、リリーもかがんで犬を撫でてくれた。リリーが縫っていたのはキルトだとモリーは気づいたが、それはいままで見たものとは趣が違っていた。きちんとつなぎ合わさった幾何学的な模様ではなく、微妙な色調のグリーンの曲線や渦巻きがありとあらゆる形をなして集まり、ラベンダーや驚くほど軽いタッチのスカイ・ブルーがところどころに彩りを添えている。

「きれいですね。芸術家の一面もお持ちだとは知りませんでしたわ」

いまではおなじみになった敵愾心がリリーの目に浮かび、夏の日の午後に一月の冷気をもたらした。「ただの趣味です」

モリーは自分を締めだそうとする冷ややかな態度を無視することにした。「本当に素晴らしいわ。何を作ろうとなさっているんです？」

「たぶんキルトらしいキルトになるでしょうね」リリーはいやいや答えた。「いつもは枕のような小さな物を手掛けているんだけど、でもこのハーブ園にはもっとドラマチックな味付けが必要でしょうね」

「庭のキルトを作っていらっしゃるのね？」

身についた礼儀正しさから、リリーは答えた。「ただのハーブ園よ。昨日から実験的に始めてみたの」

「下絵を描くんですか？」

会話に終止符を打とうとして、リリーは首を振った。モリーはリリーの意思を尊重しようかとも思ったが、やはり話をやめたくなかった。「下絵もなしに、どうしてこんなに複雑なものが作れるんです？」

リリーはしばらく間をおいて答えた。「気に入った布きれを集めることから始めるんです。

そしてハサミを出して、気の赴くままにやってみるの。結果は惨澹たるものになることもあるわ」

モリーにはよくわかる。彼女も、数行の台詞や思いつくままのスケッチなど、断片的なものから始めるという点では同じやり方をするからだ。ある程度書き進むまでは、どんな物語になるのか自分でもわからない。「生地はどこで入手なさるの？」

リリーの高価なケイト・スペードのサンダルの片方にルーが顎を乗せているが、リリーにとってはモリーのしつこさのほうがずっと気障りだった。「車のトランクにはいつも箱一杯の生地を入れているの」リリーはぶっきらぼうにいった。「端切れはよく買うわ。でも、この作品にはもっと歴史を持った生地が必要ね。古着を売っているアンティークの店で探してみようと思います」

モリーは振り返ってハーブ園を見つめた。「何を見て描いていらっしゃるの？」

モリーはすげない拒絶を予想したが、またしてもリリーはそのたしなみのよさから答えた。「最初はラベンダーに惹かれたんです。好きな植物のひとつなのでね。それに、うしろの銀白色をしたセージも大好き」リリーの作品に対する熱意が個人的な反感を凌駕した。「スペアミントは間引きをしなくちゃダメね。生存力が旺盛で、すぐにはびこってしまうの。あの小さなタイムの房が、それに対抗して生き残ろうと頑張っているのよ」

「どれがタイムなんです？」

「あの小さな葉っぱ。いまはとても弱々しいけれど、スペアミントに負けないほどの力を持つ可能性を秘めているの。それを目指していま、巧妙な手を弄しているところよ」目を上げたリリーの視線はしばしモリーをとらえた。

モリーはそのまなざしの意味を理解した。「タイムと私には共通点があると思ってらっしゃるのね？」

「あなたはどう思います？」リリーは冷たく答えた。

「私も欠点だらけの人間ですけど、巧妙さだけは持ち合わせていません」

「でもそのように見受けられるわ」

モリーはハーブ園の端までぶらぶらと歩いた。「あなたから嫌われているらしいので、あなたのこと嫌いになろうとしているんですけど、これがなかなかむずかしいんです。あなたは私の子ども時代の憧れの的だったんですもの」

「それは嬉しいこと」氷のような心がわずかに溶けた。

「それにあなたは私の犬のことも可愛がってくださいますし。あなたの態度は私個人に対するものというより、私の結婚に対するあなたの懸念に関係があるという気がしてなりません」

リリーが体をこわばらせた。

いまここで不躾《ぶしつけ》な言葉を口にしても、失うものは何もないとモリーは判断した。「私はあなたとケヴィンの本当の関係を知っています」

針を持つリリーの指が止まった。「彼がそのことを打ち明けたなんて驚きだわ。あの子は絶対そのことを口にしないってマイダがいってましたから」

「彼が打ち明けたわけじゃありません。推測したんです」

「ずいぶんと抜け目ないわね」

「あなたはとても長い時間をかけて、やっと彼に会いにいらしたんですね」

「彼を棄てたあと、という意味？」リリーの声には辛辣な響きがあった。

「そうはいっていません」

「でもそう思っているでしょう。子どもを棄てておきながら、また子どもの人生にじわじわと入りこもうとするなんて、なんという女なんだと」

モリーは慎重に言葉を選んだ。「彼を棄てたっていうのは、少し違うのではないかと私は見ています。あなたはわが子のために良い家庭を選んだのではないかしら」

リリーはハーブ園をじっと見つめていた。しかしさきほどまで感じていた安らぎはもはやそこにはないのではないかと、モリーは思った。「マイダとジョンはいつも子どもを欲しがっていましたし、ケヴィンが生まれて以来あの子のことを可愛がってくれていました。でもその決断がどんなに辛いものであったにせよ、私があまりに簡単にあの子を手放してしまったことは事実です」

「おーい、モリー！」

ゆったりと腕のなかで寛ぐマーミーを抱いて、ケヴィンが角を曲がってやって来たので、リリーは緊張した。リリーの姿が目に入り、ケヴィンは急に立ち止まった。魅力あふれる目が憎しみをたたえた厳しいまなざしに変わっていくのをモリーは目の当たりにした。

リリーの姿など目に入らなかったかのように、ケヴィンはモリーに近づいた。「だれかがこのネコを放したみたいなんだ」

「放したのは私よ」とリリーがいった。「何分か前までいっしょにいたの。きっとあなたの足音が聞こえたのよ」

「あなたのネコ？」

「そうよ」

ケヴィンはまるで放射能に汚染されているものでも扱うように、ネコを地面におろし、背を向けて立ち去った。

リリーはベンチから立った。必死なその形相には悲壮感さえ漂っている。「じつの父親のこと、知りたくない？」リリーは突如いいだした。

ケヴィンは体をこわばらせた。長いあいだじつの母親について考えた、ありとあらゆる疑問が心に浮かび、モリーは彼の心情を思いやった。ゆっくりと彼は振り返った。

リリーは拳を握りしめていた。まるで長い距離を走ったあとのように息遣いが激しくなっている。「名前はドゥーリー・プライスというの。名字が本名なのかどうか、わからないけれど、私が知っているのはそれだけなの。オクラホマの牧場から来た背の高い、痩せた男の子だった。LAに着いたその日にバスの停留所で逢ったの」リリーは貪るようにケヴィンの顔を見つめた。「髪の色はあなたと同じ淡い色、顔立ちはもっとがっしりとしていた。あなたは私のほうに似ているの」リリーは俯《うつむ》き、すぐに顔をあげた。「きっとあなたはこんな話、聞きたくないでしょうね。ドゥーリーは運動能力が優れていたの。ロデオ競技にも出ていて──たしか賞金も獲得したのよ──映画のスタントで絶対に金持ちになるって確信していたわ。これ以上のことは覚えていないの。またひとつ黒星が増えてしまうわね。たしかマールボロを吸っていて、キャンディ・バーに目がなかったような気がするわ。でも昔のことだから、だれかほかの人のことと混同しているかもしれない。私が妊娠に気づく前にふたりは別れてしまったし、彼のことをどうやって探しだしたらいいのか、私にはわからなかった」リリーは言葉を切り、自分の気持ちを奮い立たせているようだった。「何年かたって、彼が車のスタントで死亡したという記事が新聞に出たの」

ケヴィンは硬い表情をくずしていない。リリーの話す事実が自分にとってどんな意味を持つのか、彼は絶対に人に悟られたくないのだろう。モリーにはその思いが痛いほどわかった。人の悩みに敏感なルーは立ち上がってケヴィンの足首を舐めた。

「彼の写真はありますか?」ケヴィンが自分からは決して尋ねないことを知っているので、モリーはかわりに訊いた。たった一枚だけ残された母親の写真はモリーにとって宝物なのだ。

リリーはどうしようもない、というような身振りで首を振った。「私たちはまだ子どもだった。途方に暮れたふたりのティーンエージャーだったの。ケヴィン、許してちょうだい」

ケヴィンは冷ややかな目でリリーを見た。「ぼくの人生にあなたのいる場所はない。これは一点の曇りもないくらいはっきりしている。あなたには、ここから去ってほしいと思っている」

「わかっているわ」

二匹の動物たちは歩み去るケヴィンのあとを追っていった。モリーのほうをくるりと向いたリリーの目はあふれ出る涙で濡れていた。「私はここから出ていくつもりはありません!」

「出ていくことはないと思いますよ」モリーは答えた。

ふたりの視線が絡んだ。たがいを隔てる壁にわずかながら隙間ができたのを、モリーは感じた。

半時間ばかりして、モリーがアンズのスコーンを籐のかごに移していると、エイミーが現われ、ケヴィンがモリーのコテージに移って使わなくなった二階の寝室をトロイとふたりで使うと言いだした。「夜間にだれかが寝泊まりしなくちゃいけないでしょ」エイミーは説明する。「それにケヴィンはそうしてくれればその分はよけいに払ってくれるっていうの。すごくいい話でしょ?」

「よかったじゃない」

「あのね、私たち、音をたててはいけないんだけど――」

「そこのジャムをとってくれる?」モリーは、エイミーとトロイのスーパーボウル級の性生活についてこれ以上詳しい話を聞かされるのはたくさんだった。

だがエイミーは話をやめない。バターのような遅い午後の陽射しが、熱心にモリーを見つめるエイミーの、愛の嚙み傷だらけの首に反射している。「きっと、ケヴィンとのあいだだってうまくいくようになるって。ちょっとの努力でね。香水のことは本気でいってるのよ。セックスは男にとってすごく大事なことなの。だからほんの少し――」

モリーはスコーンをエイミーに押しつけると、急いで居間に向かった。

その後コテージに戻ってみると、ケヴィンがすでに帰っていた。玄関脇の部屋で、少しくたびれた感じのカウチに座る彼の隣りで、ルーがクッションにだらりと寄りかかっている。

ケヴィンは両脚をテーブルに乗せ、膝の上には本が広げてある。なんの悩みもないような顔をしているけれど、モリーの目はごまかせない。

ケヴィンはちらりとモリーを見上げた。「このベニーってやつ、気に入ったよ」

読んでいたのが『こんにちは、ダフニー』だったとわかり、モリーはがっかりした。同じシリーズのほかの四冊もそばに置かれている。

「どこで手に入れたの？」

「昨日の夜街へ出かけたときに。子ども向けの店があって、主に衣類を売っているんだけど、オーナーがおもちゃや本も扱っててさ。ウィンドウに飾ってあったんだ。きみがここに滞在しているって話したら、彼女、かなり感激してたよ」ケヴィンは人差し指でページをとんとんとたたいた。「このベニーのキャラクターってさ――」

「しょせん童話なのよ。なんでわざわざそんなものを読みたいのかわからないわ」

「好奇心さ。ベニーのことでなんだかすごく身近に感じることがあるんだよ。たとえば――」

「ほんとに。それはどうもありがとう。ベニーはまったくの想像の産物なの。でも読者がだれかと結びつけて考えやすいように、登場人物のキャラクターにさまざまな特徴を持たせるようにはしているわ」

「そう、たしかにベニーのイメージははっきり思い浮かぶね」ケヴィンは自分がいつもかけている銀縁のレヴォスにそっくりなサングラスをかけたベニーの絵をまじまじと見下ろした。

「ひとつだけ理解できないことが……店のオーナーから聞いたんだけど、お得意さんのひとりからこのシリーズはポルノっぽいから本棚に置くなって強く迫られたんだそうだ。何か知っていたら補足してくれよ」

ルーがようやくカウチをぴょんと飛びおりて、モリーを出迎えた。モリーはかがんで犬の体を撫でてやった。「SKIFSAって聞いたことある？『健全なアメリカを担う健全な子どもたち』っていう」

「うん。ゲイやレズを攻撃の対象にしている団体だよね。女はすごく髪をふくらませていて、男はみんな歯をむきだして笑うやつら」

「そのとおりよ。そしていま彼らが攻撃の対象にしているのが、私のウサギちゃんなの」

「どういう意味だい？」ルーはふたたび小走りでケヴィンの元に戻っていった。

「同性愛を鼓舞するものとして、『ダフニー・シリーズ』を攻撃しているの」

ケヴィンは笑いだした。

「冗談でいっているんじゃないのよ。私たちが結婚する前は私の本なんかにこれっぽっちも興味を示さなかったのに、私たちのことがマスコミを賑わすようになったら、とたんに時流に乗れとばかりに私に矛先を向けはじめたってわけ」気づくと、ヘレンとのやりとりや、ダフニーの本を書き換えてほしいというバードケイジ社のことも彼に話していた。

「内容を変えたら、会社は具体的にどう対処してくれるのかについて話しておくべきだったと思うよ」

「そう簡単にいかないの。契約があって、私が新しい挿絵を送らないかぎり、会社は『ダフニーが転んだ』の出版を予定に入れないのよ」モリーは前渡し金の残りをもらっていないことにはふれなかった。「それにダフニーとメリッサの距離を数インチ離しても全体のストーリーに影響はないの」

「じゃあ、なぜ挿絵を仕上げてないの？」

「じつは……著述遮断におちいっているの。でもここに来てからだいぶ回復したわ」

「つまり、これから取りかかれそうだってことかい？」

モリーはケヴィンの声のなかにある非難の色を敏感に感じ取り、愉快ではなかった。「銀行に何百万ドルも資産があれば、主義を貫くのはやさしいことよ。でも私はそうじゃない」

「かもしれないね」

モリーは立ち上がってキッチンへ向かった。ワインを一本引きだすと、ルーが足首に体をこすりつけた。ケヴィンがうしろに近づく音がした。

「また酒を飲むんだね」

「もし私が手に負えなくなっても、あなたには追っ払えるだけの体力があるじゃない」

「パスする腕を傷つけるのだけは勘弁してくれよ」

モリーは笑ってワインを注いだ。モリーが手渡したグラスをケヴィンが受け取り、どちらから誘うでもなく、ふたりはポーチに出た。ケヴィンがモリーの隣りに腰をおろしワインをひとすすりすると、ぶらんこ椅子がきしんだ。

「きみは優れた作家だよ、モリー。きみの本がなぜ子どもたちに受けるのか、よくわかるよ。ベニーの絵を描くとき、自分でも気づいていたのかい？　どれほど――」

「あなたと私のワンちゃんはどうしちゃったの？」

「知るもんか」ケヴィンは自分の片足の上に倒れこんでいるプードルを上からにらみつけた。「民宿からここへついてきたんだよ。本当なんだ、ぼくが仕向けたわけじゃない」リリーとの庭での一件に際して、ルーがケヴィンの悩みを理解したことを、モリーは思い出した。明らかに、ケヴィンとルーとのあいだには絆《きずな》が芽生えている。ただ彼がまだそれに気づいていないだけのことだ。

「脚の調子はどう？」ケヴィンが訊いた。

「脚？」

「こむらがえりの後遺症は？」

「ちょっと……痛むわ。かなり痛い。鈍いけど、ずきずきするような痛みがあるわ。実際、結構辛いわね。タイレノールを塗ったほうがいいみたい。でも明日になれば、少しはよくなると思うわ」

「もうひとりで泳いじゃいけないよ。まじめな話。あれは愚かな行為だったよ」ケヴィンは片腕をクッションのうしろにまわしながら、お得意の〝おい、下っぱの新入り。おれの話を耳かっぽじってよく聞けよ〟という表情をモリーに向けた。「それと当分はリリーとなれなれしくしないでくれよ」

「それは心配いらないわ。気づいてないといけないから、いっておくけど、リリーは私のことがあまり好きではないの。それでも私はやっぱり彼女の話を終わりまで聞いてあげるべきだと思う」

「そうはならないよ。これはぼくの人生なんだよ、モリー。きみには絶対理解できないよ」

「絶対ともいいきれないわ」モリーは慎重な言い方をした。「私も孤児ですもの」

ケヴィンは腕を引っこめた。「二十一歳を過ぎたら、もうみずから孤児とはいわない」

「重要なことはね、私の母親は私が二歳のときに亡くなったということ。だから自分が血縁的系譜から分断されたという思いを少しは理解できるの」

「ぼくらの置かれた状況はまるで違うよ。だから無理に比べようとしなくていい」ケヴィンは森をじっと見つめた。「ぼくにはりっぱな両親がいた。きみにはいなかった」

「私にはフィービーとダンがいたわ」

「そのころきみはもう十代になっていた。その前は自分で自分を育てたんじゃないの」

彼は意図的に自分のことから話題を逸らそうとしていた。モリーにもその気持ちがわかるだけに、それを妨げようとは思わなかった。「自分とダニエル・スティールよ」

「なんの話なんだい？」

「私は彼女のファンだったのね。それで彼女が子だくさんだということを知っていたの。私はいつも自分が彼女の子どものひとりだというつもりになっていたわ」モリーは面白がるケヴィンに微笑みかけた。「人によっては哀れな話だと思うかもしれないけど、かなり独創的な考えだと思うの」

「たしかに奇抜だよ」

「そのうち私はバートが苦痛のない死を迎えるようにと願うようになったの。そしてそこで大事なのが、バートの死によって魔法のようにじつの父親の存在がわかるということだったのね。私のじつの父親は――」

「当ててみようか。ビル・コスビー」

「当時の私は、まだそれほど適応力はなかったわ。ブルース・スプリングスティーンだったの。これには何もいいっこなし、いいわね？」

「すでにフロイトが説明してくれているのに、いうわけがないよ」

モリーはケヴィンに向かってしかめ面をしてみせた。ふたりは意外なほどに気持ちのよい静寂のなかで座っていた。静寂を乱すものはルーの規則正しいいびきだけだった。しかしモリーは当たらずさわらずというのがどうも苦手である。「やっぱりリリーの話を最後まで聞いてあげるべきだと思うわ」

「その理由はひとつとして思い当たらないね」

「それはね、あなたに話を聞いてもらうまで、彼女はどこへも行くつもりがないから。それと、あなたはこのことを今後もずっと引きずってしまうからよ」

ケヴィンはグラスを置いた。「きみがまるで取り憑かれたようにぼくの人生を分析したがる理由は、自分のノイローゼを苦にして落ちこまなくてすむからなんだよな」

「たぶんね」

ケヴィンはぶらんこ椅子から立ち上がった。「街へ出て夕食っていうのはどう？」

今日はあまりに長い時間をケヴィンと過ごしたが、彼が街のドイツ風チョコレート店のオーナーとよろしくやっているあいだ、独りぼっちでここにいるのかと思うと耐えられなかった。「いいわ。セーターをとってくるわね」

寝室に戻りながらモリーはすでにわかりきっていること——彼と外に食事に出かけるのは

最低のことで、ポーチに座っていっしょにワインを飲むのと同じくらい最低のことだと自分に言い聞かせた。それをいうなら同じ屋根の下で彼が寝ることに強く反論しないのも最低のことなのだが。

彼の目を意識するわけではないものの、サンドレスにはセーターよりショールのほうがファッション的にも好ましいと決め、ドレッサーの一番下の引き出しで見つけた赤いテーブル・クロスを引っぱり出した。それを広げていると、ベッド脇のテーブルの上に先刻までなかった、見覚えのないものが置かれているのに気づいた。

「あああっ！」

ケヴィンが部屋に飛びこんできた。「どうした？」

「あれを見てよ！」モリーはドラッグストアで売っている小さな香水のびんを指さした。「あのお節介な……あばずれ！」

「なんのこと？」

「エイミーがあの香水を置いていったのよ！」モリーはケヴィンに食ってかかった。「私に嚙みついてよ！」

「なんで怒るんだい。ぼくが置いたわけじゃないのに」

「だめ！　嚙んで。ここにキスマークをつけてちょうだい」モリーは鎖骨より少し上の部分を指さした。

「キスマークをつけてくれというのかい？」

「耳が聞こえないの？」

「びっくり仰天しただけ」

「ほかに頼める人はいないし、明日もまた、あの色情狂から夫婦についてのアドバイスをくどくどと聞かされるのは我慢できないの。キスマークでもつけておけば、歯止めがかかるわ」

「きみってハッピー・ミールの基準を満たさなかったフライド・ポテトみたいだってだれかにいわれたことはないかい？」

「どうぞどうぞ、好きなだけからかえばいいわ。あの子ったら、私には優越感のかたまりみたいな顔で親切そうなことをいうけど、あなたには同じことをしないのよね」

「もういいじゃないか。キスマークなんてつけないよ」

「いいわ。ほかの人に頼むから」

「それはだめだよ！」

「窮すれば手段を選ばず。シャーロット・ロングに頼んでみる」

「気持ち悪いよ」

「彼女ならあの恋人たちの行動はよく知っているわ。きっとわかってくれる」

「あのおばさんがきみの首をくちゃくちゃ嚙むと想像しただけで食欲がなくなったよ。まわりに人がいるのに、痣を見せるのはちょっと恥ずかしいと思わないか？」

「襟のついたものを着て、その襟も立てるからいいの」

「それでエイミーの顔を見たとたんに襟をおろすんだ」

「わかったわよ。たしかにあまり誇れることではないわ。でも何かをしないと、あの子の首を絞めたくなってしまうのよ」

「相手はまだひよっこじゃないか。なんでそう気にする?」

「わかった。もういい」

「それでシャーロット・ロングのところに駆けていくつもり?」ケヴィンの声は低くかすれていた。「それはやめたほうがいい」

モリーは固唾を呑んで、いった。「あなたがやってくれるの?」

「しかたないだろう」

すごい……モリーは目をぎゅっとつぶり、ケヴィンのほうへ首を傾けた。心臓が高鳴りはじめた。自分はいったい何をしようとしているのだろう?

ところがふと気づくと、何も起きてはいない。彼はまだ指一本触れていなかったのだ。

モリーは目を開けてまばたきした。「早くしてくれる?」

ケヴィンは指一本触れもしないかわりに、離れもしない。ああ、この人はなぜこんなに美しいのだろうか? どうして肌が皺《しわ》だらけで、腹が突きでていたりせず、筋力トレーニングの歩く広告塔のような肉体をしているのだろうか? 「何を待っているの?」

「十四歳のとき以来キスマークなんてつけたことがないんだ」

「集中すれば、勘が戻るわよ」

「集中は問題ない」

あのくすんだグリーンの目のきらめきを見れば、モリーのふるまいが狂気と奇矯の境界線上にあることがわかる。さきほどの弾けるような憤慨も失せてしまった。自分自身を解放しなければいけない。「もういいわ」

くるりと向きを変えて離れようとしたそのとき、ケヴィンが腕をつかんだ。肌に当たる彼の指の感覚にモリーは震えた。「しないとはいってない。少しウォーム・アップが必要なだけだ」

まるで足が燃えだしたかのように、モリーは動けなかった。

「ただいっきに嚙むことはできない」ケヴィンの親指がモリーの腕を撫でていた。「そういう性分じゃないんだ」ケヴィンが手を持ち上げ、うなじに指を這《は》わせると、モリーの体を戦《せん》慄《りつ》が走り抜けた。

モリーの声は苛立ったようにかすれてきた。「だいじょうぶ。いっきに嚙んでいいのよ」

「ぼくはプロの運動選手だよ」モリーの首の付け根に親指でゆったりとしたS字の軌跡を描くケヴィンの言葉はまるで誘惑の愛撫のようだった。「正しいウォーム・アップを欠くことは怪我につながる」

「それがいいたいことなの？　えっ、怪我？」

ケヴィンは答えなかった。彼の唇がぐっと近づいてきたとき、モリーは息を止めた。唇の端を彼の唇がかすめ、モリーは衝撃を覚えた。

まだ直接唇を合わせてはいないのに、モリーはもう骨まで溶けてしまいそうだった。かすかな聞き慣れない音を聞き、それが自分の肉体から発せられた声だと気づいた。なんと自分は感じやすい女なのだろう。

ケヴィンはモリーを抱き寄せた。優しい動きではあったが、肉体のふれあいは身を焦がすほど熱かった。固い骨と温かい肉。完全に唇を合わせたくて、モリーは首を動かしてケヴィンの唇を求めた。しかし彼は道筋を変え、モリーが熱望するキスを避け、反対側の唇の端にそっとふれた。

顎から首へ、唇が這うように進み、やがてモリーの頼みを実現する瞬間を迎えようとしていた。

気が変わったの！　嚙まないで！

だがそんなことは起きなかった。モリーの息がはずみ、浅くなるまでケヴィンの唇はモリーの柔肌をもてあそんだ。モリーは焦らすケヴィンが憎らしかったが、体を離すことはできなかった。やがて戯れは終わり、ふたつの唇がひしと重なった。

世界がくるくると回転し、すべてが逆転した。ケヴィンの腕がモリーを優しく支えた。そのなかに包まれていることが自然だった。どちらが先に唇を開いたのか覚えてはいないが、ふたりの舌がふれあった。

孤独な夢が溶けこんだキス。はるかな時間を経たキスだった。あまりにも自然で、なぜこれを避けてきたのか理由さえ思い出せないほどだった。

ケヴィンの手がモリーの髪をまさぐり、固いヒップが押しつけられた。モリーはそれまでの愛撫を思い出し、喜びを覚えた。ケヴィンの手が乳房を包み、モリーはぞくぞくとした刺激を感じた。

ケヴィンが叫び声をあげ、手を離した。「ちくしょう！」

モリーははっとうしろに飛びのき、自分の胸に歯でも生えたかと本能的に見てみた。だが嚙んだのは彼女の胸ではなかった。

ケヴィンは下にいるルーをにらみつけた。鋭い犬の爪が脚に食いこんでいた。「ばか犬、あっちへ行ってろ！」

モリーは突如現実に引き戻された。よりによって〝ミスター・セクシー〟を相手に、性的な戯れに興じるとは、いったい自分は何を考えているのか？　こんなことになったのは彼のせいではない。自分が仕掛けたことなのだ。

「ルー、やめなさい」モリーは震えながら、犬を引き離した。

「こいつの足の爪、切ったりしないの？」

「この子はあなたを襲うつもりじゃなかったのよ、ただ遊びたかっただけ」

「そう？　それをいうなら、ただ遊びたかったのはおれのほうだよ！」

震えるような長い沈黙があった。

モリーはケヴィンから先に目を逸らしてほしかったが、彼のほうは視線を動かす気がなさそうなので、しかたなく自分が目を逸らした。がっくりと力が抜けていく感じだった。ベッドの下にでももぐりこみたいような気分なのに、ケヴィンは一晩じゅうでもそこに突っ立ったまま、考えこむつもりのようだ。彼の手に包まれていた乳房がいまもまだ熱い。

「ややこしいことになってきたね」ようやくケヴィンがいった。

ＮＦＬの選手を相手に立ちんぼう合戦をしてみても始まらない。モリーはゴムのようになってきた自分の脚を無視することにした。「べつに。ところで、あなたはキスはなかなか上手よ。運動選手ってよく嚙みつくようなキスをするらしいけど」

ケヴィンの目元がゆるんだ。「ほんとにきみは何かと反論ばかりするよな、ダフニー。さて、食事に出かけようか。それともまた、キスマーク作りに励む？」

「キスマークのことはもういいわ。病気を治療しようとして逆に悪化させてしまうこともあるし」

「そのうえバニー・レディが怖じ気づいてしまうこともあるし」

モリーはこんな戯れ言で相手をいい負かすつもりはなかったので、いまもなお富豪の遺産相続人であるかのような気取った様子で赤いテーブル・クロスをつかみ、肩にはおった。


北部森林風の装飾様式でしつらえられたウィンド・レイク・インの食堂は狩りに使う古い山小屋のような雰囲気のレストランだった。長く幅の狭い窓には、インディアン風ブランケット・プリントのカーテンがかかり、素朴な壁には雪ぐつや骨董のわな、台に取りつけた鹿やヘラジカの頭部が飾られている。モリーはそうした動物の凝視するようなガラスの目ではなく、もっぱら垂木《たるき》からぶら下がる樺《かば》の樹皮で作ったカヌーを見つづけていた。モリーの心理を読むのがうまくなったケヴィンが、動物に向かってうなずきながらいった。「以前ニューヨークに、カンガルーや虎、象など、非土着の猟獣のステーキ専門のレストランがあったんだよ。あるとき、友人にライオン・バーガーを食べに行こうって連れていかれたんだ」

「気持ち悪い！　ライオンを食べるなんて、異常よ」

ケヴィンは含み笑いをしながらまた鱒《ます》料理を食べはじめた。

「ぼくは食べなかったよ。かわりにポテトのハッシュ・ブラウンズとピーカン・ナッツのパイを食べた」

「私をからかおうとして変な話ばかりしてる。もうやめて」

ケヴィンの視線がモリーの体の上でゆっくりとしたタンゴのステップを踏んだ。「最初は気にしなかったくせに」

モリーはサングラスの縁を手でもてあそびながらいった。「あれはアルコールのせい」

「セックスをしなかったからだよ」

モリーはケヴィンの話をやめさせようと口を開きかけたが、彼のほうがそれを遮っていった。「黙って聞けよ、ダフ。そろそろ重大な事実を直視すべきじゃないかと思うよ。事実その一、ぼくらは結婚している。その二、ぼくらは同じ屋根の下に寝起きして――」

「私の選んだ状況ではないわ」

「そしてその三、ぼくらは現在禁欲主義を守っている」

「ほんの短期間の禁欲主義なんてないのよ。それを長いあいだ守ろうとするライフ・スタイルなの。信じて、これは本当のことよ」最後の部分は声を大にしていうつもりはなかった。ひょっとすると声を大にしたかったのかもしれないのだが。モリーは食べたくもない輪切りのニンジンをフォークで突き刺した。

ケヴィンはフォークを置き、モリーの顔を間近でまじまじと見つめた。「いまのは冗談だよね？」

「もちろん、冗談よ」モリーはニンジンをむしゃむしゃ食べた。「本気だと思った？」

ケヴィンは顎を撫でた。「冗談をいっているようには聞こえなかったけど」

「そこからウェイターの姿が見えない？　そろそろデザートにしたいの」

「もっと詳しく話したいかい？」

「もういい」

ケヴィンはじっとタイミングをうかがっていた。

モリーはフォークでニンジンをもてあそんでいたが、やがて肩をすくめた。「いくつかはっきりさせたい問題点があるの」

『タイム』誌の記者みたい。はぐらかすのはやめろよ」

「まず、この会話の目指すものはなんなの？」

「知ってるくせに。目指すのはまさしく寝室さ」

「寝室ね」彼がこんなに険しい顔をしていわなくてもいいのにと思いながら、モリーは強調していった。「それぞれの寝室でしょ。そうでなくてはいけないわ」

「何日か前だったら、ぼくだってそう思ったさ。しかしいまやぼくらはたがいによく承知している。もしあのゴジラが爪をたてさえしなかったら、いまごろぼくらは裸だったはずだとね」

モリーは身震いした。「実際にそうなったかどうか、断言はできないはずよ」

「いいかい、モリー。来週の木曜日まで新聞広告は出ないんだぜ。今日はまだ土曜日だ。その後面接に数日かかる。だれかを雇ったとして、訓練するのにさらに一両日かかるだろ。何度夜を過ごすことになると思う？」

精一杯はぐらかしたモリーだったが、もう食べるふりはやめることにした。「ケヴィン、私は気軽なセックスはしないのよ」

「それはおかしい。十二月のある夜のことを思い出すと……」

「私はあなたに夢中だったの、わかった？　愚かな片思いからの暴走だったのよ」

「なんだよ、思春期の女の子じゃあるまいし」

「意地悪いわないでよ」

「夢中だったたって？」

ケヴィンの皮肉っぽい笑いはダフニーを思いどおりに連れだせたときのベニーの笑い方にそっくりだった。ダフニーはそれがいやだったし、モリーも同じだった。

「同時にアラン・グリーンスパンにも夢中になっていたの。いま思えば、あきれるばかりよ。でもグリーンスパンのほうにもっとのぼせていたかな。あんなセクシーな書類入れを持った男を相手にしなくてよかったわ」

ケヴィンはモリーの取るに足りない言葉の数々は黙殺した。「興味深いことに、ダフニーもベニーに夢中らしいじゃない」

「それは違うわ！　ベニーのことが怖いだけよ」

「ダフニーが気持ちを打ち明ければ、ベニーだって態度を改めるさ」

「そんなの、私とシャーロット・ロングよりずっと気持ち悪いわよ」モリーは話題を変えたかった。「あなたはセックスの相手には不自由してない。でも私たちには友情があるし、そのほうがずっと大事よ」

「友情？」

モリーはうなずいた。

「まあね。友情はあるかも。だからこの関係がより刺激的なのかな。ぼくはこれまで友人とセックスしたことはないし」

「禁じられたものに魅かれているだけよ」

「なぜそれがきみにとって禁じられたものなのか、わからないよ」ケヴィンは眉をひそめた。

「失うものはぼくのほうがずっと多いんだぜ」

「いったい何をいいたいの？」

「いいかい。ぼくが自分の仕事に対してどんな気持ちを抱いているか、きみも知っているだろ。よりによってきみの親族はぼくにとっては雇用者なんだよ。それに現在彼らとの関係は不安定になっている。ぼくがチームと離れたところに女性関係を求めるのは、ひとえにそうした理由があるからなんだ。スターズのチアリーダーのメンバーとデートしたこともないくらいだよ」

「それなのに、いまボスの妹と関係を持とうとしているわけ？」

「何かを失うのはぼくのほうであって、きみが失うものはない」

あるのはこの傷つきやすい心だけだ。

ケヴィンはワイングラスの脚を親指でなぞった。「実際の話、性的な戯れを幾晩か続ければ、きみの作家としてのキャリアにもきっとプラスになる」

「それは待ち遠しいわ」

「潜在意識をリプログラムすることになって、ひそかに同性愛的メッセージを作品に忍ばせるようなこともなくなるよ」

モリーは目玉をぐるりとまわした。

ケヴィンは満面に笑みをたたえていた。

「少し時間をちょうだい。シカゴに帰ったら私とセックスすることなんてきっと思い浮かぶこともなくなるわよ。これってすごいお世辞でしょ」

「こんなふうに毎日いっしょにいたら、どうしたってそのことを考えるよ」

ケヴィンは意図的に問題点をはずそうとしている。だが、そのことを指摘する前にウェイトレスが現われ、「お食事を残していらっしゃいますが何か不備でもありましたか」と尋ねた。

ケヴィンが、食事そのものに何も問題はなかったというと、ウェイトレスは目一杯の笑顔を返し、まるで親友のようなおしゃべりを始めた。かつてダンとフィービーに対しても一般の人たちが同様の反応を示すところを見ていたモリーは、こうした形で会話が中断することには慣れていたが、ウェイトレスが可愛いグラマーな女性だったので、あまりいい気分ではなかった。

ようやくウェイトレスが行ってしまうと、ケヴィンは椅子の背にもたれ、モリーがもっとも思い出してほしくない話題を蒸し返しはじめた。「例の禁欲主義の話だけどさ……どのくらい続けているの？」

モリーはチキンの小さなかけらを切りながら時間稼ぎをした。「しばらくのあいだかな」

「何か特別な理由はあったの？」

モリーはチキンをゆっくりと嚙み、彼の質問について考えるふりをしていたが、そのじつどうやってこの苦境から逃げだせるかと思考をめぐらせていた。しかしどう考えても逃げ道はないので、なんとか威厳を保ち、謎めいた感じを出せないものかと心中ひそかにあがいていた。「ひとつの選択かな」

「これも、ぼく以外のだれもが信じているきみの優等生的な一面なのかい？」

「だって優等生ですもの」

「きみは悪ガキさ」

モリーは内心気をよくしたが、鼻で笑い、それを認めはしなかった。「徳の高い女性がどうして身の証《あかし》を立てなくてはいけないの？　徳の高い、っていうのがいいすぎだとしたらや徳の高い、でもいいけど。とにかく私があなたに対して非理性的な行動をとったあの一件以前に、処女だったなんて思わないでちょうだい」だが、ある意味でモリーは処女と変わりなかった。セックスのことを知らないわけではなかったが、たった二度の体験から性愛について何かを学ぶことはなく、さらにケヴィンとのあのいまわしい夜から得たものもなかった。

「だってぼくら、友だちだからさ。だろ？　友だちならなんでも打ち明けるものだよ。きみはすでにほかのだれよりもぼくのことを知っているじゃないか」

遺産を全額寄付してしまったことを打ち明けただけではすまなくて、心の秘密を打ち明けてこれ以上恥ずかしい思いをするのは耐えられなかった。そこでテーブルに肘を乗せ、祈りの手をした。「あなたのその性的な鑑識眼の鋭さは決して恥じるべきものじゃないわ」ある意味で家族以上にモリーのことを理解しているケヴィンだが、その彼が眉をつりあげたことは、モリーの言葉に納得していないことを示していた。

「セックスを気軽に考える人が多いことは知っているけれど、私にはそれはできない。私にとって、あまりに重大なことだから」

「そのことをとやかくいうつもりはないよ」

「そう、だったら文句ないわ」

「よかった」

これはただの想像だったのか、それとも彼の表情のなかのわずかな独善を看破したのだろうか？

「よかったって何が？　私が簡単に体を許さなくても、すぐ誘惑に乗る女性がそれこそスタジアムにあふれるくらいいるということに安心したの？　それって、性について女性にはより厳しい、二重基準かしら？」

「あのさ、ぼくだってべつにそれを誇らしいと思ってるわけじゃない。例の染色体にプログラムされているだけなんだよ。それにスタジアムにあふれるくらい、なんて嘘さ」

「じゃあこういい換えるわ。世のなかには責任を負う意志もなくセックスする人々がいるけれど、私はそのひとりではないの。だからあなたは民宿のほうへ戻ったほうがいいと思う」

「法律的な話になるけどさ、ダフニー、ぼくはきみに対して相当大きな責任を負ったと思うよ。だからそろそろお返しがあってもいいと思うんだけどな」

「セックスは物ではないわ。だから取引きなんてできない」

「そうかい？」ケヴィンの笑いははっきりと悪魔じみてきた。「街のブティックには素敵な服がたくさんある。それにクレジット・カードはいくら使ってもいい」

「なんて誇らしい瞬間なのかしら。危うくウサギの本の著者が売春婦になるところだわ」ケヴィンもこの言葉を面白がったが、その笑い声も食堂の反対側から近づいてきたカップルにさえぎられた。「失礼ですけど、ケヴィン・タッカーさんではありませんか。あのですね、ぼくも家内もあなたの大ファンなんですよ……」

ケヴィンが崇拝者たちの対応に追われているあいだ、モリーは椅子の背にもたれ、コーヒーをすすっていた。彼は心を溶かす存在、それなのにその逆を装っても無駄というものだ。自分の心を惹きつけているものが、あの整った容貌だけだったとしたら、それほど危険な相手ではない。だがあの魅力的な生意気さが心の砦をどんどん崩していく。それにあのキスといったら……。

そこでとどまるのだ！ キスの甘さに足元から崩れ落ちそうになったからといって、それを理由に行動するわけにはいかない。モリーはやっと落ちこみそうな気持ちをひき立たせ、ちょっと鬱に逆戻りしそうな自滅的な気持ちを追い払った。ケヴィンはただ退屈していて、ちょっとした恋愛遊戯を楽しみたかっただけなのだ。彼にとって、相手はだれでもよかった。たまたま手近にいたのが自分だったというのが厳しい現実なのだ。それでも、かつての片思いがふたたびよみがえったことは、もはや否定しようもなかった。

愚かさゆえ、生きていくことすらままならない女も世のなかにはいる。

ケヴィンは、コテージに着くなりモリーが隠そうとして隠しきれなかった『ダフニー・シリーズ』の最後の一冊をぽとりと下に置いた。信じられない思いだった。彼の最近の生活の大半がモリーの本のページに描かれていた。むろん削られてはいる。だがそれでも……。

ケヴィンはアナグマのベニーだったのだ。赤のハーレー……ジェット・スキー……あのさいなスカイダイビングのエピソードも大きく拡大されて表現されている……それにベニーは銀色のレヴォスをかけて、オールド・コールド・マウンテンをスノーボードで滑りおりている。これは訴訟ものだ。

でも悪い気はしない。モリーは素晴らしい作家である。物語も斬新でユーモアがあり、よくできている。ただ『ダフニー・シリーズ』で唯一気に入らない点は、いつもダフニーがベニーをやりこめて話が終わるところだ。これで、幼い男の子たち、さらにいえば大人の男たちに、いったいどんなメッセージを送ろうというのだろう。

ケヴィンはたるんでカウチともいえない代物に背をもたれ、モリーが閉めた寝室のドアをにらみつけた。夕食で盛り上がった気分も失せてしまった。彼女がおれに惹かれているという事実に目をつぶれというのか。だがなんのために？

おれを困らせる、これが目的だ。プライドを取り戻すために、こちらから懇願するのを待っているのだ。彼女にとってこれもある種のパワー・ゲームというわけか。そばにいて可愛らしく楽しくふるまい、いっしょにいて快い相手と思わせる。ふんわりした髪、セクシーな服で男の欲望を掻き立てる。ところがいざそれを実行しようとすると、うしろに飛びのき、責任のないセックスは信条に反するなどとのたまう。ばかな。

シャワーを浴びたい、それも冷たいシャワーを。だがあるのは浅い浴槽だけ。そこはじつに気に入らない。彼女はなぜこんなことを大げさに騒ぎ立てるのだろう？　夕食のテーブルではノーと拒絶したくせに、キスをするとあの愛らしい小さな体は間違いなくイエスと答えていた。おれたちは結婚している！　しかもこの結婚で妥協を強いられたのは彼女ではなく、このおれなのだ！

仕事と遊びを絶対に関わらせないという信念は見事に崩れた。寝室のドアを見まいとしても見てしまう自分がいやでたまらない。ちくしょう、おれはケヴィン・タッカーなんだぞ。こちらの気を惹こうとする女が列を成しているというのに、女を口説き落とす必要はない。もうたくさんだ。今後はビジネスに専念しよう。キャンプ場の運営に気を配り、最高の体調でトレーニング・キャンプに臨めるよう、トレーニングを強化する。たまさか自分の妻となっているあの小悪魔に対しては……シカゴに戻るまでは絶対に無干渉を貫こう。

16

「ボーイフレンドの両親が一晩留守をすることになり、彼に誘われました。一歩足を踏み入れたとたん、これから何が起きるのか、わかりました……」

――「ボーイフレンドの寝室」『シック』誌への寄稿

リリーは誘いを断われない自分がいやだった。しかしリアム・ジェナーが自宅に招待し、自作のコレクションを見せてくれるというのに、それを断わる美術愛好家がどこにいるだろうか？　愛想のよい誘い方では決してなかった。日曜の朝の散歩から戻ると、エイミーが受話器を手渡した。

「私の絵が見たかったら、今日の午後二時にうちに来なさい」彼は怒鳴るようにいった。「それより前は駄目だ。それまでは仕事に集中するから。呼び鈴が鳴っても出ない」

彼の無礼な物言いが新鮮に感じられるところを見ると、リリーはLAに長く居すぎたのかもしれない。ハイウェイをおり、聞いたとおりに脇道に入りながら、自分がいかに無意味な賛美や空疎な追従に慣れてしまっていたかを悟った。思ったままを口にする人間がいまも存在するということをリリーは忘れていたのだ。

目印にするよう教えられていた、風雨にさらされたターコイズ・ブルーの郵便受けを見つけた。郵便受けは、トラクターのタイヤにセメントを詰めて固定させた古い金属の棒にゆがんで取りつけられていた。錆びたベッド・スプリングと、ひねったトタンの波板で作られた「立ち入り禁止」の立て札が、轍《わだち》のある草のおい茂った小道の入口の溝のところに立っているが、そんなものは不必要な感じがする。

リリーは敷地に入り、車をそろそろと走らせた。それでも轍のできた小道で車が危険なほどに傾いてしまい、しかたなく車を置いてそこから歩くことにした。だがふと気づくと、生い茂った草は突如消え、その先はでこぼこ道の表面に真新しい砂利が敷かれている。その直後、屋敷を目にしたリリーは思わず息を呑んだ。現われたのはこぎれいな現代風の建物で、白いコンクリート製の欄干や壁面の棚、ガラスなどが目につく。こうしたデザインのすべてにリアム・ジェナーのサインが入っている。車から降りて玄関のドアを支える壁龕《へきがん》に向かいながら、リアム・ジェナーのような人物を相手に仕事をしてくれる奇特な建築家を彼はどこで見つけたのだろうと思った。

ちらりと腕時計を見たリリーは、御前演劇にちょうど三十分遅れたことを知った。予定どおりの到着である。

ドアが乱暴に開かれた。時間どおりに来なかったと怒鳴られるものと覚悟していたが、ジェナーがわずかにうなずき、リリーを迎え入れるために一歩うしろに下がったのを見て、逆に失望を覚えた。

なかに入ったリリーは目を見開いた。入口の反対側にあるガラスの壁は床から十数フィートの狭い鉄製の通路で二分された不規則な部分で構成され、ガラス越しに湖や断崖、森などの広範囲の景色が一望できる。

「見事なお屋敷ですこと」

「ありがとう。何か飲むかい？」

勧めの言葉には心がこもっていたが、むしろ彼が絵の具で汚れたデニムシャツとショート・パンツから黒のシルクのシャツとグレイのスラックスに着替えていたことのほうに感動を覚えた。皮肉なことに、洗練された服装が彼の疾風怒濤《しっぷうどとう》のようないかつい顔を強調してしまっている。

リリーは飲み物の勧めを断わった。「でも見学はさせていただきたいわ」

「いいとも」

屋敷はふたつの不均等な部分からなっている。大きくとってあるのが広々とした生活空間、キッチン、書斎、一端が飛びだした食堂で、低い部分にいくつかの小さな寝室が寄り集まっている。入ってきたとき見えた狭い通路は周囲をガラス張りにした塔に通じており、そこにアトリエがあるとリアムがいう。アトリエを見せてくれるかと期待したが、見せてくれたのはまるで修道院のような簡素な設計がほどこされた主寝室だけだった。

そこここに素晴らしい芸術作品が展示され、それぞれの作品についてジェナーは情熱的でありながら鋭い洞察をこめた説明をしてくれた。アグネス・マーティンの青とベージュからなる黙想的な構図の絵があり、そこからそう離れていない場所に巨大なジャスパー・ジョンズのキャンバスがかかっている。書斎のアーチ形ドアのそばにはブルース・ノーマンのネオン彫刻がチカチカと明滅している。その反対側にはデビッド・ホックニーの作品と、チャック・クローズの手によるリアムの肖像画がかかっている。生活空間に設けられた長い壁にはヘレン・フランケンサーラーの壮大なキャンバスが飾られており、トーテム像のような石と木でできた彫像が玄関脇の広間にそびえている。現代芸術家のよりすぐった名作の数々がこの屋敷には集められている。ただそこにはリアム・ジェナーの作品はひとつとして展示されていない。

リリーは見学が終わり、中央のリビングに戻るのを待ちかねていたかのように、その理由を尋ねた。「どうしてご自身の作品を掛けていらっしゃらないの？」

「アトリエ以外で自分の作品を見ると、まるで仕事と休息の区別がつかなくなるからだよ」

「そんなものかもしれませんね。でもここにあったらさぞ楽しかったでしょうに」

ジェナーはリリーの顔をしげしげとながめた。やがていかつい顔が柔和にほころんだ。

「きみは相当なファンなんだね」

「じつはそうなんです。現に数カ月前、あなたの作品——『作品No.3』を競り落としたぐらいですもの。ビジネス・マネージャーから二五〇万ドルもの支払いの報告を受けちゃいました」

「とんでもないね」

言葉とはうらはらなジェナーの嬉しげな様子に、リリーも思わず笑ってしまった。「ここまでくると、あなたにとって恥じゃないかしら。どう見てもあれは二〇万ドル以上の価値はなかったたし。それに私、あなたを褒めちぎるのがいいかげんいやになってきたの。だってあなたって横柄きわまりない人物なんですもの」

「そのほうが人生、楽なものでね」

「大衆を遠ざけるという意味で？」

「私はプライバシーを大事にしている」

「だからアメリカのビッグサーやフランスのコート・ダ・ジュールのアンティーブ岬のような高級リゾート地を避けて、こんな北ミシガンの辺鄙《へんぴ》な地に風変わりな家を建てたりなさるわけね」

「もはやそこまで読まれているとはね」

「いわば唯我独尊の境地でしょう。私はあなたよりずっとプライバシーの侵害を受けたけれど、隠遁《いんとん》しようとは思わなかった。私はいまだに、どこに出かけても人の視線にさらされてしまうわ」

「私なら耐えられない」

「なぜそれほどこだわるんです？」

「昔からの信念だね」

「話してくださいな」

「とんでもなく退屈な話さ。そんな話、聞きたくもないだろう」

「絶対聞きたいわ」リリーはジェナーをうながすようにカウチに腰をおろした。「人それぞれの歴史に耳を傾けるのが大好きなの」

ジェナーはリリーをじっとにらんでいたが、溜め息をついた。「まもなく二十六歳の誕生日を迎えようかというころ、私の作品が批評家の目にとまるようになった。本当にこんな話を聞きたいのか？」

「ぜひとも」

ジェナーはポケットに手をつっこみ、窓辺へゆったりと歩いていった。「私はある日突然世間の注目を浴びる存在になっていた。だれもが私を招待者リストに入れたがり、全国紙の記事で大きく取り上げられるようになっていった。金に糸目をつけず私の作品を買おうという連中が大挙して押し寄せてきた」

「そのときのこと、私も覚えてます」だれもが理解しえなかった思いをリリーが理解してくれているという事実にジェナーの気持ちもやわらいだらしい。窓を離れ、リリーの向かい側に手足を伸ばして椅子に座ったが、その様子にはどんな場所にいても放たれる独自の威圧感が伴っていた。リリーは一瞬不安を覚えた。夫のクレイグにも同じような抗しがたい威圧感があったからだ。

「私は思い上がっていた」ジェナーの話は続く。「それにありとあらゆる麻薬にも手を出した。それも覚えているかな？」

「その点私は幸運でした。現実逃避できないよう夫からしっかり管理されていましたから」

あまりに管理されすぎていたといまでは思う。彼女が批判より賞賛をどれほど必要としていたのか、クレイグはまるで理解しようとしなかった。

「私はその点不運だった。世間の賞賛は作品そのものに向けられるのであって、芸術家に向けられているものではないという事実を忘れていたのだ。私は絵筆をとらず、社交界に入りびたり、酒に溺れた。コカインとフリー・セックスにどんどんのめりこんでいった」

「ただしその代償は大きい、でしょ？」

「結婚し、妻を愛していればその代償はとてつもなく大きいものだ。だが、私は自分の行動を正当化していた。妻こそ真に愛する対象であり、ほかのセックスは無意味なものだとね。妻が妊娠し、しかも体調が思わしくなく、医師から出産がすむまでセックスを禁止されたことを理由にしていたんだ」

その声ににじむみずからへの蔑《さげす》みをリリーは感じた。彼こそは他を律する以上に厳しく自分を律する人間なのだ。

「もちろん妻はそんな私の裏切りに気づいた。そして当然ながら私を見捨てた。その一週間後、彼女は分娩室に入った。だが子どもは死産だった」

「まあ、リアム……」

そんなリリーの同情を、リアムは口をゆがめて拒否した。「あとには幸せな結末が待っていたよ。彼女は雑誌の編集者と結婚し、その後三人の健康な適応力のある子どもを生んだよ。私のほうはというと……人生において何が大切か、何が大切でないかについて重要な教訓を学んだよ」

「それ以来隠遁生活を？」

リアムは微笑んだ。「まさか。私にも友人はいるよ、リリー。真の友人がね」

「昔からつき合いのある人たちばかりでしょう」とリリーは思ったままをいった。「新たにだれかとつき合う必要はないというわけね」

「だれしも歳を取るにつれ、決まった友人としかつき合わなくなるものじゃないかな。きみもそうじゃないか?」

「そうかもしれませんね」明らかに知り合ったばかりの彼女を、なぜここに招いたのか尋ねてみようとしたが、もっと重要な質問が心に浮かんだ。「私の思い違いかもしれませんが、邸内見学で大切な場所をはずしませんでしたか?」

リアムはいっそう深く椅子に体を沈め、不快な表情を浮かべた。「アトリエを見たいというのか」

「きっとだれ彼なく出入りさせたりなさってはいないでしょうけれど――」

「たまにモデルが来るぐらいで、私以外だれもアトリエに入れたことはない」

「それはよくわかります」リリーは言葉巧みにいった。「でも一目だけでも見せていただければ、感謝しますわ」

リアムの目に抜け目なさがきらりと光った。「どのくらいの感謝かな?」

「どういう意味です?」

「モデルになってもいいほど感謝するかということだ」

「あきらめが悪いのね」

「それが取り柄でね」

もしここが民宿だったり、小川が流れる野原だったら、断わることもできただろうが、ここではそうもいかない。「なぜまたこんな、太って盛りを過ぎた四十五歳の女なんかを描きたいのか、私には理解できませんけど、それがアトリエを見せてくださる条件だというのなら、しかたありません、モデルを務めますわ」

「結構だ。案内しよう」リアムはさっと立ち上がるとアトリエに続く細い通路への石の階段へ向かった。階段のところまでくるとリアムは振り返った。「きみは太ってなどいない。それにきみの年齢は四十五歳より上だ」

「違います！」

「いくら目のまわりに細工を施そうと、整形手術ではその背後にある人生経験までは隠しきれないものだ。きみは五十歳近い」

「四十七歳よ」

リアムは細い通路の上からリリーの顔をにらんだ。「きみの態度にはだんだん我慢がならなくなってきた」

「空気にだって我慢がならないんじゃありませんか」リリーはぶつぶついった。

リアムは口をゆがめた。「私のアトリエを見たいのか、見たくないのか？」

「もちろん、見たいですとも」彼のあとに続いて石の階段を上がり、細くむきだしの通路を伝って歩き、不安げに下の生活空間をちらりと見おろした。「板の上を歩いているような気分」

「いまに慣れる」

リアムの言葉はリリーがまたここに来ることを暗示していた。ある思いが浮かび、言下に彼の言葉を訂正した。「今日はモデルになりますけど、これきりですよ」

「いらいらさせないでくれ」通路の端に行き着き、リリーのほうを振り向いたリアムのシルエットが石のアーチに映った。まるで古代の戦士のように足を踏ん張り腕組みをしたリアムに見守られながら、リリーはかすかに官能的な戦慄を覚えた。

リリーはお得意の女王然としたまなざしを向けた。「なぜこうまでして私はアトリエを見たいのかしら」

「それは私が天才だからさ。答えはひとつ」

「おしゃべりはやめて、そこを通していただけないかしら」

彼の笑い声には深い満足の響きがあった。リアムは背を向けてアトリエに続く壁のカーブを進んだ。

「ああ、リアム……」リリーは感動のあまり唇に爪を押し当てた。アトリエは樹木の上につり下げられる形で造られ、独自の宇宙を成している。壁の五面のうち三面がカーブしており、完全にガラスだけでできた北側の壁を通して遅い午後の陽射しがきらめいている。頭上にはいくつも天窓があり、一日の時間帯によって刻々と変化する光に対応できるようそれぞれにブラインドが設けられている。むきだしの壁や家具、石灰岩の床に施された幾層もの鮮やかな絵の具の斑点模様が、このアトリエそのものをひとつの芸術作品に変えている。リリーはポール・ゲティ美術館に足を踏み入れたときと同じ感動を味わっていた。制作中の作品がイーゼルに掛かり、ほかの作品は壁に立て掛けてある。いくつかの大きな作品には特別の額縁がつけられている。リリーはすべてを目に収めようと目まぐるしく頭を働かせた。正式な教育はたいして受けてはいないかもしれないが、何十年間も独学で学んだことは多く、初心者では決してない。それでもジェナーの円熟した作品の数々を類別することは困難だった。ありとあらゆる芸術思潮の影響――歯ぎしりしたくなるような抽象表現主義、凝縮した思考のクールなエッセンスともいうべきポップ・アート、ミニマリズムの明確さがはっきりと見てとれる。しかしこうした感傷とは無縁のスタイルに、感傷的な色づけを施すという大胆な手法はリアム・ジェナー独自のものである。

リリーの目は壁面のほとんどを覆いつくすほどの、実物以上の大きさの未完成の聖母子像に吸いこまれた。およそ現代画家のなかで、牛の糞を画材に使ったり、マリアの額に猥褻な言葉を書きこんだり、星のかわりにコカ・コーラのマークを書き入れたりせず、まともな聖母子像を描けるのはリアム・ジェナーしかいない。現代美術の世界に生息する冷笑的な解体批評家たちに完璧な自信をもって、恥じることのない威厳を見せつけてやれるのはリアム・ジェナー以外にいないのだ。

心の内に感動の涙があふれそうになったが、涙を流すことはできなかった。それは、クレイグの期待に呑みこまれ失ってしまったアイデンティティへの涙、息子を手放した喪失感への涙だった。油彩画を見つめながら、リリーは自分がこれまで、絶対に手放すべきでない尊いものに対し、どれほど無頓着だったかを悟った。

マリアの髪に柔和なニュアンスを添えている一筋の青みがかったゴールドと同じ優しさで、リリーの肩をリアムの手がそっと包んだ。その触れ方が自然で必然的に思え、やっとの思いで涙を呑みこんだリリーはリアムの胸に抱かれたいという衝動を抑えなくてはならなかった。

「かわいそうなリリー」リアムは優しくいった。「きみは私以上に厳しい人生を選んできたようだね」

リリーはなぜリアムがそのことを知っているのか尋ねはしなかった。だがこの奇跡のような未完の油彩画の前に立ち、心を癒《いや》す手の温もりを肩に感じながら、これらすべてのキャンバスはリアム・ジェナーという人間を映す鏡なのだということが理解できた。荒れ狂う強烈さ、知性、厳しさ、そして彼が必死で隠そうとする情趣。リリーと違い、リアム・ジェナーは作品に人間性を投影させるタイプなのだ。

「座って」リアムはいった。「そのままの感じで」リリーは部屋の反対側に置かれた木の椅子のところまで連れていかれた。リアムはリリーの肩を撫《な》で、うしろに下がって作業台の近くにあった新しいキャンバスを手にとった。これがほかの人物なら、リリーはうまく操られていると感じたであろうが、人を操るという考えがリアムの心に浮かぶことはない。彼は何かを創作しようという欲求に駆られているだけなのだ。そして推し量ることのできない理由から、リリーもその欲求を共有した。

リリーの心にもはや不安はなかった。食い入るように聖母子像を見つめながら、多くの点で恵まれてはいるがある意味で不毛だったわが人生に思いを馳せていた。息子や自分の存在意義、愛と憎しみの対象であった夫のことなど、人生で失ったものにこだわることはせず、自分が与えられたものすべてについて考えた。彼女は優れた頭脳とそれを刺激する知的好奇心に恵まれている。もっとも必要な時期に美貌と美しい肉体の恩恵にあずかることもできた。だから、たとえ美しさが褪《あ》せていこうと、かまわないではないか。北ミシガンのこの湖のほとりでは、そんなことは重要でもなんでもない。マリアの像を見つめながら、何かが起こりはじめた。リアムの絵ではなく、ハーブ園のキルトが目に浮かび、自分がこれまで思い当たることのなかった事実が判然としてきた。ハーブ園は彼女の内面に新しく棲みついた女を象徴するものだったのである。誘惑するのではなく癒し、育《はぐく》む、より成熟した女。華やかな美貌ではなく、不可思議なニュアンスをそなえた女。内面が進化しつづけているのに、彼女は変化した自分自身をいまだ理解していなかった。なぜかキルトにその答えはあったのだ。

突然エネルギーの流れが体じゅうを突き抜け、リリーの指は膝の上でひきつった。裁縫バスケットと布地の箱が必要だった。いますぐに欲しい。あれがあれば、たったいまあれば、自分自身の深層心理をあばく鍵が見つけられるかもしれないのだ。リリーは椅子から急に立ち上がった。「急用ができたの」

完全に制作に没頭していたリアムはしばらくリリーの言葉が理解できない様子だった。やがてそのいかつい顔を苦痛に似たものがよぎった。「ああ、そんなことはやめてくれ」

「お願い。むずかしいことを頼んでるわけじゃないの。ちょっとだけ――すぐに戻るわ。車から取ってきたいものがあるの」

リアムはキャンバスから離れた。髪に手を突っこんだとき、額に汚れが残った。「私が取ってこよう」

「トランクにバスケットが入っているの。いえ、それといっしょに入っている箱も必要なの。私も――いっしょに行きましょう」

ふたりは細い通路を走り抜けた。もっとも重要なことに戻るために、双方がこの目的を果たすことに熱中していた。階段を降りながら、リリーの呼吸は小刻みなあえぎになっていた。キーを入れたバッグを探したが見つからなかった。

「なんでまた車に鍵なんてかけたりしたんだ?」リアムが怒鳴った。「ここは人里離れた辺鄙な地なんだぞ!」

「私はLAに住んでいるのよ!」リリーも叫び返した。

「ここだ!」リアムがテーブルの下にあるバッグをつかんでかきまわしはじめた。

「こっちへよこして!」リリーはバッグをつかむと自分でなかを探った。

「急いで!」リアムはリリーの肘をぐいとつかみ、彼女を押すようにして玄関まで行き、階段を降りた。途中でキーが見つかった。リリーはリアムからさっと離れ、リモコンを操作してトランクを開けた。

裁縫バスケットをつかみながら、リリーはほとんど涙ぐんでいた。布地の箱をリアムに押しつけた。彼はそれをほとんど見もしなかった。

ふたりは急いで家のなかに戻り、階段をのぼり、細い通路を伝って歩いた。アトリエに着くころには、息もたえだえだったが、それは激しい運動のせいというよりもむしろ興奮からくるものだった。リリーは倒れこむように椅子に座った。リアムはキャンバスのあるところに急いで戻った。視線が絡みあい、やがてふたりの顔に笑みが浮かんだ。

このうえなく甘美な瞬間だった。完璧に心が通じ合ったのだ。リアムは切迫したリリーの様子を疑問に思わなかったし、慌てて取りにいったものがただの裁縫バスケットだとわかった瞬間も、まったく軽蔑を示すことはなかった。どうしたわけか、リアムはリリーの創作への欲求を理解したのだ。ちょうどリリーがリアムの欲求を理解したように。

満たされた思いで、リリーは作業に没頭した。

外は少しずつ宵闇に包まれはじめていた。影の出ない照度を与えるために、工夫を凝らして配置されたアトリエの照明がともった。リリーのはさみが布地を切る。ミシン仕上げを施すまで、布地と布地をしつけ糸で大まかに縫い合わせておく。縫い目と縫い目が出合い、色が混ざり合う。模様が重なり合っていく。

リアムの指がうなじに触れた。リリーは彼がキャンバスを離れたことにまるで気がつかなかった。彼の黒いシルクのシャツに真紅が一筋、高価なスラックスにもオレンジ色の汚れがこびりついている。細かくカールした白髪まじりの髪は乱れ、生え際も絵の具でかなり汚れている。透明感のあるオレンジ色のブラウスの一番上のボタンにリアムの手が触れると、リリーの肌はチクチクとした刺激を感じた。リリーの瞳の奥をじっと見つめながら、リアムはボタンホールからひとつ目のボタンをはずした。やがてふたつ目もはずした。

「お願いだ」とリアムはいった。

リリーはとめなかった。彼がブラウスの片側をずりおろしても、絵の具に汚れた角張った彼の指がブラジャーのフロント・ホックをさっとかすめても、リリーは抵抗しなかった。それどころか首を垂れて縫い物を続け、あとは彼の手に委ねた。

若いころより豊満になった乳房が、こぼれるように露わになった。ブラウスの透ける素材をリアムが好きにアレンジするのをリリーは止めもしなかった。リアムは片袖を肘のあたりまでずりおろし、次にもう片方も同じようにおろした。乳房は肉づきのよいめんどりのように布地の巣の上で休んでいた。

キャンバスに戻るリアムの足が石灰岩の床の上でこつこつと足音をたてた。胸を露わにしたまま、リリーは裁縫に熱中した。

以前の彼女は自分のキルトは何かを慈しむものであると思っていたので、まさか性的な誘惑に関わることがあろうとはゆめゆめ考えていなかった。だがいまこうしてこんなことを彼にさせているところを見ると、キルトの持つ意味はもっと複雑なのだ。自分の性的な部分はもはや枯れてしまったと思いこんでいた。しかし肉体のこの燃えるような熱さは、それが間違いだったことを告げている。キルトはリリーの新しい個性の秘密を解き明かす鍵だったのだ。

肘のあたりにできた生地の流れをくずすことなく、脇に置いた箱のほうへ身をかがめ、古いヴェルヴェットの柔らかい切れ端を見つけた。官能的なえんじに、より暗い影を入れた深い色合いだ。ダーク・オパールのようなバジルの色。女性の肉体の秘密の色。布地の角を丸く切り落としながら、リリーの指は震えた。手を動かしながら生地が乳首をさっとかすめ、そのたびに乳首が丸くひき締まる。リリーはふたたび箱のほうへ身をかがめ、秘めた心を表わす、さらに深い色合いを見つけた。

しずくのような小さなクリスタルを加えよう。

くぐもった罵りの言葉が聞こえ、目をあげた。いかつい顔に汗をしたたらせながら、リアムがリリーをにらんでいる。絵の具で汚れた両腕をだらりと垂らし、足元には絵筆が転がっている。「ヌードは数えきれないほど描いてきた。こんなことは初めてだ……」首を振るリアムの顔につかのま戸惑いの色が浮かんだ。「もう続けられない」

リリーは突如として、含羞《がんしゅう》の思いに駆られた。にわかに立ち上がったのでキルトの切れ端が床に落ちた。彼女はブラウスをつかみ、かき合わせた。

「違う」リアムがリリーに近づいた。「違うんだ、そんな意味じゃない」

燃えるようなリアムの瞳にリリーは呆然とした。リアムの脚がリリーのスカートをかすめた。彼の手がいまかき合わせたブラウスの胸元からなかにもぐりこむ。両手で乳房を包みながら、リアムはそのふくらみのなかに顔を埋めた。乳首のあたりに唇を泳がせるリアムの腕に、リリーは思わず爪を立てた。

こうした愛欲の爆発は本来若者のものだが、ふたりはともに若くない。リリーはリアムの長く熱い硬直を感じた。彼の手がスカートのウェストバンドに伸びた。ふと正気に戻ったリリーは彼の手を押し退けた。いまの裸体ではなく、かつての裸体を彼に見せたかった。

「リリー……」リアムは抗議するようにかすれた声で名を呼んだ。

「ごめんなさい……」

リアムは臆病さにかまっていられる忍耐力は持ち合わせていなかった。スカートの下に入れた手をパンティに寄り添うように当て、ひざまずいたかと思うとそれを引き下ろした。リアムはリリーのスカートに……彼女の肉体に顔を押しつけた。温かい息が脚に染みこんできた。心地よい刺激だった。ほんの少しだけ脚を開くと、彼の息は秘宮に届いた。

リアムは石灰岩の床の上にリリーを座らせ、両手で顔を包みながらキスをした。女を知りつくした男の、深く巧みなキスだった。

ふたりは床の上に倒れこんだ。スカートは腰のあたりで絡まっていた。リアムはリリーの両脚に手を這わせ、開かせた脚のあいだに顔を埋めた。

リリーは足首を振り上げ、膝を開き、淫《みだ》らで精力的なリアムの唇の奉仕に、体を突き抜けるような歓喜を覚えた。やがて激しく強烈なオーガズムの大波に突如さらわれた。

リアムの肉体は力強く、りっぱだった。リリーは両腕を広げ、男の怒張を迎え入れた。彼の髪に指をまさぐり入れながら、彼の背中に脚を巻きつけ、激しいキスを受け入れた。背骨が硬い床に食いこむ。彼がもう一度侵入を試みようとしたとき、リリーはたじろいだ。

リアムは動きを止め、優しく漕ぎながら、自分の背が床に当たるように回転した。目の前で揺れるたわわな果実を手で包みながら、リアムは「このほうがいい？」と訊いた。

「いいわ」リリーはふたりにとって快いリズムを見つけようともがいた。

ふたりの動きが激しさを増すにつれ、キャンバスに塗られた絵の具がまわりで渦を巻き、色は鮮やかさを増して流れる液体となった。燃え上がる官能に突き動かされるように、ふたりの肉体は力強いリズムを刻んだ。快楽の果てまで駆けのぼると、ふたりを包んでいた宇宙がはじけ、鮮やかな白い光が砕け散り、あたりに降り注いだ。

リリーはゆっくりと意識を取り戻した。ブラウスとスカートは腰のあたりに寄り集まっていた。魔法にかけられたような感じだった。この男はその絵画の放つ魔力と変わらぬ魔法をリリーにかけてしまったのだ。

リアムがうめいた。「床でするには私は歳を取りすぎている」

リリーは慌てて飛びのき、体を隠そうと、ぎこちないしぐさで這いまわった。「ごめんなさい。私――私重すぎるの。きっとあなたを押しつぶしていたのね」

「こんなまねは、もうしない」リアムは寝返りを打って、一瞬たじろぎ、立ち上がった。リリーと違い、リアムは慌てて衣服を身につけようとはしていなかった。リリーはそんな彼を見ようとはせず、皺だらけのスカートを下におろしながら、自分のパンティがリアムの足元に落ちているのに気づいた。ブラジャーをつけるのに手間取り、しかたなくブラウスをかき合わせた。そんな彼女の手をリアムの手がそっと包んだ。

「聞いてくれ、リリー・シャーマン。私はこれまで何百人というモデルと仕事をしてきたが、絵筆を途中で放り投げて性的な行為に及んだことは一度としてなかった」

リリーはそんなの嘘だわといいかけて、はっと思い当たった。ここにいるのはほかならぬリアム・ジェナー、好みの細かさでは妥協を許さない男なのだ。「私――どうかしていたわ」

リアムの表情が険しさを増した。「きみの体は素晴らしい。豊かで華やかで、まさしく女性の肉体の理想形だ。光がきみの肌に、乳房に降り注ぐ様子を見たかい？ 惚《ほ》れ惚れするようだったよ。大きくて、肉づきがよくて、豊潤だ。絵筆では再現できないほどの美しさだ。乳首ときたら……」リアムはリリーの乳首に親指を当て、さすった。その目には絵を描いているときと同じ情熱が燃えさかっていた。「この乳首はシャワーを思い起こさせる。こくのある金色のミルクのシャワーだ」リアムのハスキーなささやき声ににじむ激しさに、リリーは戦慄を覚えた。「大地にこぼれ……川となり……きらめく金色の川は焦土の大陸を肥やすために流れていく」

なんと風変わりな、過大な表現をする男なのだろうか。あまりに突飛な想像に、リリーは言葉を失った。

「きみの体はね、リリー……わからないかな？　人類を誕生させた肉体なのだよ」

彼の言葉はリリーの住む世界で善とされているすべてに相反していた。ダイエット。自制。女性らしい肉づきではなく、骨っぽい体に対するこだわり。若さと痩身の精神文化。貧相で、魅力に乏しく、恐怖にみちた文化。

ほんの一瞬だが、リリーは真実を垣間見た気がした。女性の不可思議な力を恐れるあまり、この世界はその力の根源――女性の肉体の自然な形を抹消するしかないのだという真実を。

いまだかつて脳裏に浮かんだことのない不可思議なイメージだった。それはたちまち消えた。「もう――帰らなくては」リリーの心臓は胸の奥で激しく高鳴っていた。彼女は身をかがめてパンティをとり、裁縫バスケットに放りこみ、キルトの端切れを手でつかんだ。「とても……とても無責任な行為だったわ」

リアムが微笑んだ。「妊娠の心配でも？」

「いいえ。でもほかにも問題はあるわ」

「おたがい、相手を選ばないわけじゃない。私たちはともに辛い試練の末に、セックスは重要だということを学んだ」

「さっきのことを、あなたならなんと表現する？」リリーは床をさっと指さして訊いた。

「愛欲」リアムはリリーのバスケットからあふれでているキルトの端切れに向けてうなずいた。「きみの作っているものを見せてくれ」

リアム・ジェナーのような天才に自分の取るに足りない手工芸品を見せるなど、思いもよらなかった。リリーはかぶりを振りながらドアに向かったが、ふと心をよぎるものがあり、振り返った。

リアムは立ったままリリーを見つめていた。股間近くの太腿に青の絵の具の汚れが残っていた。一糸まとわぬ彼の姿は堂々としていた。

「あなたのおっしゃったとおり」リリーはいった。「私は五十歳よ！」

屋敷を出て小道を進むリリーの背中を、リアムの優しい声が追ってきた。

「それなら、臆病なんてとっくに卒業したはずだろう」

17

ダフニーは一番大切にしているものを詰めました。日焼け止め、棒つきキャンディの赤色をした両脇浮き袋、バンドエイドの箱（ベニーもキャンプに参加するからです）、お気に入りのカリカリ・シリアル、大きな音の出るホイッスル（ベニーもキャンプに参加するからです）、クレヨン、毎日一冊ずつ読めるだけの本、オペラ・グラス（いつ何を見たくなるかわからないので）、フォート・ローダーデールと書いたビーチ・ボール、プラスチックのバスケットとシャベル、退屈したときのための大判の発泡ビニールシート。

――「ダフニー、サマー・キャンプに行く」

火曜日を迎えるころには、調子が浮沈する『ダフニー、サマー・キャンプに行く』の著作とケヴィンを楽しませる努力とでモリーは疲労困憊《こんぱい》していた。ちなみに、楽しませてくれとケヴィンが要求しているわけでは決してない。それどころか土曜日の夕食以来、ケヴィンはめっきり不機嫌になり、モリーを避けるようにひとりで外出してしまう。そのうえ厚かましくも、まるでモリーのほうが居候しているかのような態度に出たりする。今日もストライキをちらつかせて、やっと外に連れだしたのだ。

ひとりにさせておけばよかったのかもしれないが、できなかった。ウィンド・レイク・キャンプ場を売却しようという考えを改めさせるには、ここは彼の子ども時代とは違って退屈な場所ではないと納得させるしかないからだ。残念ながらそうした試みはこれまでのところあまり効を奏したとはいえず、そろそろ次なる手を実行しないとまずい。あきらめの境地で、モリーはしゃにむに立ち上がった。

「見てよ、ケヴィン！　あの林のなか！」

「何やってんだ、モリー！　座れよ！」

モリーは興奮して跳び上がった。「カートランドの鳴き鳥じゃないかしら？」

「やめろよ！」

もう一度、少し跳び上がるだけでカヌーは傾いた。

「おいっ」

ふたりは湖に転がり落ちた。沈んでいきながら、モリーは三日前にふたりが交わした大地を揺るがすキスを思い出していた。あれ以来ケヴィンはモリーを避けている。たまに顔を合わせても、妙に他人行儀な態度をとる。ベッドをともにする気はないといっただけで、彼はモリーに興味をなくしてしまったのだ。もしあのとき……。

もしあのときがどうしたのよ、ばかね。もしケヴィンが毎晩あなたの部屋のドアをたたいて考え直してほしい、この部屋に入れてほしいと頼みつづけたら、とでもいうの？　まるでそんなことがほんとうに起きるみたいじゃない。

だが、たしかにケヴィンの顔にはときおり、抑えがたい欲望の翳りがよぎることがあり、そのせいでこの三日間モリーはベッドの上で叫びだしたいほどの懊悩《おうのう》に身悶えた。さらにそのことがモリーの著作にも影響を及ぼしていた。今朝もなんと、森のカエル、メリッサに向かって、「今日のベニーは特別セクシーよ」などという台詞《せりふ》をダフニーにいわせてしまったのだ。モリーはそんな自分にいやけがさして、ノートを放りだしてしまった。

モリーは頭上に転覆したカヌーの舷縁があるのを感じ、泳いでその下に入った。一蹴りしただけで船体の下のちょうど頭がおさまるほどのエア・ポケットに頭を出した。今回の沈溺《ちんでき》事件で、モリーはすっかりボケ役を演じることになった。

じつはケヴィンの気をふたたび惹きつけるのは、造作もないことなのである。着ているものを脱ぎ捨てればそれでいいのだ。だがモリーはケヴィンの単なる性的な遊びの相手では終わりたくなかった。モリーの望みは……。

モリーの思考はそこで止まった。だがそれも一瞬のことで、彼女の望みは彼の「友人」なのだと思い起こした。ケヴィンが不機嫌な態度を見せるようになって以来、モリーは友情が大切だと心から思うようになった。ベッドをともにすれば、ふたたびそうした関係を構築するチャンスはなくなってしまう。

またしてもモリーは、ケヴィンが性愛の達人ではないということをしゃにむに思い起こしていた。たしかにキスはうまい。それにふたりの短く不幸な性的接触は彼の睡眠中に起こったことである。だがケヴィンが快楽主義者でないことをモリーは観察によって見抜いている。彼に食べ物への執着はない。ワインの芳醇《ほうじゅん》な香りを味わうこともなく、しばし目の前の皿に置かれた料理の美しさを愛《め》でることもない。効率よく食事をし、テーブル・マナーも非の打ちどころがない。しかし食事は彼にとって肉体のエネルギー源以上のなにものでもないのだ。おまけに、富裕で美貌を誇るプロの運動家が性愛のテクニックを磨くのにどれほどのエネルギーを注ぐ必要があるだろうか？　彼を喜ばせようという女たちが列をなしているのだ。逆はない。

現実を直視しよう。ケヴィンとのセックスはロマッチックで夢のようなものでなくてはいけない。でも、そのために魂を売ることはしない。どれほど三日三晩の煩悶《はんもん》や、間の悪いときに膝ががくがくするほどの体の火照《ほて》りが苦しくとも、単なる情事は望まない。真の関係を築きたい。それが友情なのだと、モリーはみずからに念を押した。

転覆したカヌーの下からのぞく濡れたウサギの耳はどんな感じだろうと想像しているところに、ケヴィンが水面に頭を出し、モリーと並んだ。船体の下は暗く、彼の表情は見えないが、はっきりとした大声から彼の怒りが伝わってくる。

「やっぱり、ここだったか」

「方角がわからなくなっちゃったの」

「誓っていうけど、きみほど精神的協調に欠ける人間には会ったことがないよ！」ケヴィンは荒っぽくモリーの腕をつかむとぐいっと引き、体を水面下に引き下ろした。ふたりはやがて陽光降り注ぐ水面に頭を出した。

ウィンド・レイクは素晴らしい晴天に包まれていた。太陽は輝き、宝石のような青い湖水に、空に浮かぶふんわりした雲が映り、まるでモリーのメレンゲ・クッキーのようだった。それなのにケヴィンの表情は嵐の前触れのような怒りの雲に満ちていた。

「いったい何を考えている？　脅すようにして無理やり誘ったとき、きみはカヌー漕ぎなら任してといったじゃないか！」

水を蹴りながら、モリーは波止場にスニーカーを置いてきたことを思い出してほっとした。これはケヴィンと比べて賢明な判断をしたといえる。しかしそのとき彼はその後の成り行きについてのインサイダー情報を手にしていなかったのだから、しかたがないのだ。

「たしかにカヌー漕ぎはうまいわ。最後のサマー・キャンプでは六歳児のグループを乗せる担当だったのよ」

「その子たちはいまも存命かい？」

「どうしてそんなに文句をいうのかわからないわ。あなた泳ぐのが好きじゃない」

「ロレックスをはめているときは、御免だね！」

「新しいのを買ってあげるわよ」

「わかったよ。おれがいいたいのはさ、今日はカヌー漕ぎなんかしたくなかったってこと。やるべき仕事があったんだ。それなのに週末中、何か用事をすませようとすると、きみは、やれ泥棒がコテージを狙っているとか、断崖からダイビングしないと料理に集中できないとかいいだした。今朝もなんのかんのと理屈を並べたてて、結局プードルとキャッチボールをさせたよな！」

「ルーにも運動が必要なんですもの」そしてケヴィンには遊び相手が必要なのだ。ケヴィンは週末中、一時《いっとき》もじっとしていなかった。だがウィンド・レイクの魔力に屈して遺産を自分で管理することにしたから忙しいのではなく、もっぱらトレーニングに精を出し、大工仕事で鬱憤を晴らしていたのだ。いまにもさっと車に飛び乗ってもう戻ってこないのではないかと、モリーには思えた。

そう思うだけでモリーの気持ちは沈んだ。いまはまだ、ここを去りたくない。このキャンプ場には何か不思議なものがある。可能性が大気のなかで輝きを放ち、人をうっとりと魅了してやまないものが、ここにはたしかにある。

ケヴィンは転覆したカヌーの船尾に向かった。「さて、こいつをどうするかな?」

「底に足が触れる?」

「ここは湖のど真ん中なんだぜ! 底に足が触れるわけないよ」

モリーはケヴィンの不機嫌さは無視した。「あのね、私たちの指導員が一度ひっくり返ったカヌーを元に戻す方法を教えてくれたことがあったの。カプリストラーノ返しというやり方だったけど――」

「どうやるの?」

「十四歳のときのことですもの、思い出せないわ」

「じゃあ、なぜそんな話を持ちだすのさ?」

「思いついたことが声に出ただけ。だいじょうぶ、なんとかなるわよ」

やっとのことでふたりは船を元に戻したが、もっぱらケヴィンの人間離れした体力に頼るテクニックだったため、船にかなりの水が残り、部分的に浸水していた。汲みだしに使えるものはないので、やむなくそのまま漕いで戻ったが、ケヴィンを手伝ってカヌーを引きずりながら浜まで運び終えるころには、モリーは息を切らし、ぜいぜいとあえいでいた。だがモリーはなにごとも途中で音をあげる人間ではない。

「右を見てよ、ケヴィン！　モーガンさんがやってくるわ！」モリーは濡れた髪の束を耳のうしろにかけ、砂地に椅子を据えつけている、眼鏡をかけた華奢《きやしや》な経理士のほうを身振りで示した。

「いいかげんにしろよ」

「本当だって。あの人を追いかけたほうが――」

「きみがなんといおうが、どう見たってあの人は連続殺人の犯人なんかじゃない！」ケヴィンはびしょ濡れのTシャツをぐいと脱ぎながらいった。

「私の直感は当たるのよ。あの人の目つきは怪しいわ」

「きっと頭がいかれちゃったんだよ」ケヴィンがぶつぶついった。「絶対そうだよ。こんなこと、きみの姉さんにいったいどう説明したらいいんだい。その姉さんてのが、たまたまおれのボスなんだぜ」

「心配しすぎよ」

ケヴィンはくるりとモリーのほうを向いた。緑の目に燃え上がる怒りを見て、モリーは少々調子に乗りすぎたと悔やんだ。

「いいか、モリー！　お楽しみもお遊びもおしまいだ！　こんな時間の浪費より、おれはなすべきことが山ほどある」

「これは時間の浪費じゃないわ。これは――」

「おれはきみの仲良しなんかになる気はない！　わかったか？　きみは寝室の外での関係を望むわけだろ。結構だとも。それはきみの特権だからな。だがおれは親友なんかお断わりだ。今後はそのことを肝に銘じて、やたらに近づかないでくれ！」

モリーは足を踏み鳴らしながら去っていくケヴィンのうしろ姿を見つめていた。怒るのももっともだと多少は納得するものの、彼に対して失望の念を覚えずにはいられなかった。

サマー・キャンプは楽しいはずなのに、ダフニーの気持ちは晴れません。ダフニーがカヌーを転覆させてしまって以来、ベニーがずっと怒っているからです。輪になって目がまわるまでまわろうよ、と誘うこともなくなりました。虹の水溜まりに浸したように爪を一色ずつ違う色に塗り分けても、目をとめなくなりました。ダフニーの気を引こうとして、鼻先を水に入れてピシャピシャと音をたてたり、舌を突きだしたりすることも、もうありません。それどころかベニーは着ているものも野暮ったい、ベルリンから来たウサギのシスリーに愛嬌を振りまいたりしています。その子からウサギのチョコをもらったのです。

モリーはノートを置き、「セイ・ファッジ」の一番新しい箱を抱えて、居間へ向かった。居間で昨日のファッジの残りくずが入ったままのミルク・グラスボウルに箱の中身をあける。

カヌーを転覆させてから四日たち、その後毎朝コテージのキッチン・カウンターの上に新しい箱が置かれている。前の晩、彼がいったいどこへ行っていたのかという謎は、この箱がたしかに消し去ってくれる。スライテリン！

民宿に戻るというひとつの行動をのぞいて、ケヴィンはモリーとの接触を避けるためにはなんでもした。だがモリーのそばにいたくないという思い以上に、リリーに近づくことはもっと忌避すべき事柄だった。もっともモリーとの接触はさほど問題ではなかった。あれ以来ふたりがコテージで顔を合わせることはほとんどなくなっているからだ。

憂鬱な気分のまま、モリーはファッジを無理やりほおばった。今日は土曜日、民宿は週末のせいか満杯の状態だ。ぶらぶらと休憩室へ歩いていき、ホールのキャビネットの上に重なっているパンフレットを整頓した。求人広告が新聞に掲載され、ケヴィンは今日の午前中、志望者のなかから選んだ何人かと面接し、その間《かん》モリーは民宿の宿泊客たちを部屋に案内したり、トロイを手伝って新しいコテージの貸し出し手続きをすませたりした。午後に入って、著作のための休憩をとっているところなのである。

玄関ポーチの階段に立ったとき、前庭の脇にできた日陰のなかでひざまずいているリリーの姿が目にとまった。昨日のっぺらぼうの花壇に植えようと買った、ピンクとラベンダーのホウセンカの最後の苗を植えているところなのだ。ガーデニング用の手袋をはめ、芝生にひざまずいてはいても、リリーは女らしい魅力を発散している。モリーはリリーがお客だということは気にしないことにした。リリーが数日前、車のトランク一杯に一年草の花の苗を持ち帰ったときは、リリーが宿泊客であることにモリーもこだわった。だが「園芸が好きだし、癒される」という言葉どおり、あいかわらずケヴィンに無視されてはいても、いまのリリーからは張りつめたものがあまり感じられない。

階段を降りきると、マーミーが顔をあげ、大きな金色の目をぱちくりさせた。ルーはなかでエイミーといっしょにいるので、ネコは立ち上がり、近くにやってきて、モリーの足首に体をくねくねとこすりつけた。モリーはケヴィンほどネコ派ではないが、マーミーはネコにしては愛嬌があり、モリーとのあいだにかすかな愛情が芽生えつつあった。マーミーは抱かれるのが好きなので、モリーはかがんで抱きあげてやった。

リリーは苗のまわりの土を強くたたいた。「あなたも毎朝朝食を食べにくるリアムにいい顔をしなければいいのに」

「あの人のこと好きなんですもの」あなたも、でしょ。モリーは心のなかで思った。

「どうしてあんな人が好きなの。粗野で傲慢《ごうまん》で、自己中心的じゃないの」

「でも楽しくて知的で、そのうえすごくセクシーでもあるわ」

「気づかなかったわ」

「そうでしょうとも」

リリーは女王然と片眉をつりあげたが、モリーは動じなかった。最近リリーはモリーが敵であるということを忘れてしまうらしい。民宿でてきぱきと働く様子が「甘やかされたフットボール・チームの遺産相続人」のイメージにはそぐわなくなっているのかもしれない。モリーは一週間以上前のハーブ・ガーデンのときのように、今度も本音で語りかけてみようかとも思ったが、いまは自己弁護する気分ではない。

リアム・ジェナーは毎朝キッチンに現われてはリリーと朝食をとる。食べながらふたりはささいなことでいい争う。だがその口論も、ただいっしょにいる時間を延長したいためにしているように思える。いい争っていないときのふたりの話題は芸術から旅行、人間の本質といったことまで、じつに幅広い。ふたりは多くの共通点を持ち、明らかに惹かれ合っている。そしてリリーがその事実に逆らおうとしていることもまた、明白である。

リリーがリアムの家を訪れたこと、そしてリアムがリリーの肖像画を描きはじめたことをモリーは知った。だがもう一度モデルになってほしいというリアムのたびかさなる要請にも、リリーは色よい返事をしない。その日にどんなことがあったのだろうとモリーは思った。モリーはリリーが花を植えている花壇の近くにある菩提樹の日陰にマーミーを連れていった。ちょっとしたいたずら心から、「リアムって、きっと裸も素敵でしょうね」といってみた。

「モリー!」

モリーの陽気ないたずら心も、ハイウェイから共有地に向かってジョギングしてくるケヴィンの姿が目に入った途端、しぼんでしまった。彼は面接をすませるとすぐTシャツとグレイの運動用ショート・パンツに着替え、出発したのだった。彼はいっしょに朝食を用意しているときもほとんど口をきかない。意見をいうのが自分の義務だと信じこんでいるエイミーがそのことを指摘すると、今度はシャーロット・ロングにばかり話しかける始末だ。

この一週間というもの、ケヴィンはよそよそしい慇懃《いんぎん》な態度でリリーの気持ちを踏みにじってきた。だが、リリーはそのとき、園芸用のこてを地面にぐいと突きさした。「モリー、私、あなたの夫にはほとほと愛想がつきたわ」

それはモリーとて同じだった。

モリーはケヴィンがスピードを落とし、涼もうとする様子をじっと見守っていた。彼は頭を前に垂れ、両掌を背中に当てた。マーミーがケヴィンに気づき、身動《みじろ》ぎした。モリーは込みあげる怒りでネコをにらみつけた。嫉妬だった。ネコにそそぐ彼の愛情に嫉妬していたのだ。ネコの毛を撫でるケヴィンの様子が思い浮かんだ。あの長い指が深く沈み、……背筋にそって動く……モリーは鳥肌が立つのを覚えた。

気づくとケヴィンに対して理屈抜きの激しい憤りがこみあげてきた。他人の手にこのキャンプ場の運営を任せようとして、彼が午前中いっぱいを面接に費やしたことがまず腹立たしい。それに、これまでまるで親友のようにふるまっておきながら、ベッドをともにするのを拒んだとたんに、掌を返したように冷淡な態度をとる権利が彼にあるというのだろうか？カヌーのことで怒っているようにみせかけてはいるが、真実は別のところにあることは、ふたりともよく承知している。

ふとひらめいて、うしろを向いたモリーは、木陰をつくっている菩提樹の幹にネコを乗せた。上の枝をリスが揺らした。マーミーはピンとしっぽを立て、登りはじめた。

リリーは視界の隅でその動きをとらえ、くるりと振り返った。「いったい何を――」

「ほとほと愛想がつきたのはあなただけじゃないの！」より高いところへと登っていくマーミーを一瞥《いちべつ》したモリーは叫んだ。「ケヴィン！」

ケヴィンがこちらを見た。

「手伝ってほしいの！　マーミーが！」

ケヴィンが歩調を速め、急いでこちらに向かってくる。「マーミーがどうしたんだ？」

モリーは菩提樹を指さした。マーミーは地上から見てはるかに高い枝まで登ってしまっている。リスの姿を見失ったネコは悲痛な声で不満を訴えている。

「あの子、すくんでしまっておりられなくなってるの。かわいそうに、怯《おび》えているのよ」リリーはあきれたような表情を浮かべたが、何もいわなかった。

ケヴィンはじっと木の上を見つめた。「ほら、おいで。おりておいで」さらに腕を伸ばしていう。「ここへおいで」

「そんなことなら、私たちだってずっとやってるわ」モリーは汗にまみれたケヴィンのTシャツやランニング・シューズをまじまじと見た。むきだしの脚の毛ももつれている。こんな状態でも彼の美しさがいささかも損なわれていないことに、モリーは驚嘆していた。「あなたがあの子を追って木に登るしかないんじゃないかしら」ひと呼吸間《ま》を置いてさらにいう。「私に登れっていうのなら話は別だけど」

「冗談じゃない！」ケヴィンは低い位置にある枝をつかみ、木の幹に体を乗せた。

モリーは快哉《かいさい》を叫びたかった。「きっと脚がぼろぼろにちぎれてしまうわ」

ケヴィンは枝葉を揺らしながら上へ上へと登っていく。

「もし落ちたら、パス用の腕が折れてしまうかもしれないわよ。選手生命に終止符を打つことになるかもしれないわ」

ケヴィンの姿は枝に隠れて見えなくなり、モリーは声を張りあげた。「お願いだからおりてきて！　危険すぎるわ」

「ネコの声よりよっぽどうるさいぞ！」

「トロイを呼んでくるわ」

「そりゃいい。最後にあいつを見かけたときは、波止場にいたよ。のんびり迎えにいってくれば」

「そこに樹上性のヘビがいると思う？」

「そんなの、知るかい。でも森にはきっといるから、見ておいでよ」

枝が揺れた。「ここへおいでよ、マーミー。ここだよ、いい子だ」

悲痛な鳴き声をあげているネコがうずくまっている枝は比較的大きかったが、ケヴィンは大男だ。もし枝が折れて、彼が怪我でもしたら大変なことになる。モリーははじめて本気で警告した。「その枝に乗ってはだめ。あなたの体が大きすぎて無理よ」

「ちょっと黙っててくれないか！」

マーミーがうずくまっている位置から八フィートばかり離れた枝にケヴィンがさっと足を乗せるのを、モリーは固唾を呑んで見守った。彼はネコを安心させるような声を出しながら前へ進んでいく。もう少しで手が届きそうになったそのとき、マーミーはつんと頭をそびやかし、ひょいと下の枝に移り、どんどん下へおりていった。

モリーは裏切り者のネコが地面におり立ち、厳しい目でモリーのもとへ駆けだすのをうんざりした顔でながめた。リリーはネコを抱き上げ、リリーを見た。だが木からおりてきたケヴィンに向かっては何もいわなかった。

「マーミーはどのくらいあそこで動けなくなっていたっていったっけ？」地面に足をおろし

ながら、ケヴィンが尋ねた。

「そうね、ええと。恐怖の最中にあるときって時間の経過はわからなくなるものよ」

ケヴィンは疑うようにまじまじとモリーの顔を見て、ふくらはぎの内側にできた不快な擦り傷を見ようと体をかがめた。

「キッチンに軟膏があるわ」

リリーが前に進みでた。「私がとってくるわ」

「ぼくのために何かしようなんて思わないでくれ」ケヴィンが鋭い口調でいった。

リリーは歯をくいしばった。「いいこと、私もいよいよあなたの態度にいやけがさしてきたの。時機を待つのにも飽きてきたわ。いまここで、話し合いましょ」リリーはネコを下におろした。

ケヴィンは呆気にとられていた。リリーが強い態度に出ようとしないことに慣れつつあったので、どう反応してよいのか、戸惑っていた。

リリーは家の横側をさっと指さした。「先延ばししすぎたわ。私についてきなさい。それともそんな度胸はない？」

これはいわば試合でいうと目の前で振られた警告の旗のようなものだった。ケヴィンは迅速に反応した。「どっちに度胸があるか、いまにわかるさ」と怒鳴った。

リリーは猛然と森に向かった。

モリーは拍手喝采したかったが、やめて正解だった。くるりと振り返ったリリーがモリーをにらみつけてこういったからだ。「私のネコには指一本触れないで！」

「承知しました」

リリーとケヴィンは森に向かって歩み去った。

リリーは小道に散らばった松の針葉を踏みしめて歩くケヴィンの足音を聞いていた。少なくとも彼はあとをついてくる。わき起こった激しい怒りの勢いをかりて、やっと息子にふたりきりで話すチャンスを求めることができたというのに、三十年間抱きつづけた罪の意識がそんな怒りの炎を消そうとしている。彼女はこの罪悪感にはほとほといやけがさしている。そんな意識のおかげで、無力感に苛《さいな》まれるばかりなのだ。これ以上こんな思いを引きずって生きていくのは耐えられない。リアムは毎朝朝食を食べにきて彼女を悩ませている。朝食なと食べる気になれないのだが、さりとて避けるわけにもいかない。モリーは彼女が思い描いていたタイプとは違っていた。ケヴィンはまるで不倶戴天の敵を見るような目で見る。あんまりだ。

かなり前方で林が終わり、その前に湖が広がっている。リリーはその方向にぐんぐん進みながら、心のなかで彼がついてこないのならそれでもいいと強がっていた。もはや我慢の限界というところで、振り返り、ケヴィンをひたと見据えた。自分でもこれから何をいおうとしているのか、口を開くまでわからなかった。

「あなたを手放したことを謝る気はないわ!」

「それを聞いて驚かないのはなぜだろうね」

「あなたは嘲笑うだけでしょうけど、もし私があなたを手元に置いていたらいまごろあなたはどうなっていたか、一度でも自分に問いかけてみたことはあるかしら？　夢ばかり大きくてそれを実現させる術を知らない未熟な十代の母親とゴキブリだらけのアパートに住んで、あなたにいったいどんなチャンスが訪れたと思う？」

「チャンスなんてまったくなかっただろう」ケヴィンは冷ややかにいった。「あなたの行ないは正しかった」

「そのとおりよ。私は確信をもって、生まれたその日からあなたを愛してやまないふたりの両親を選んだの。豊かな食糧と広い遊び場に恵まれた素敵な家にあなたが住めることを確信したのよ」

　ケヴィンはうんざりした顔で湖を見つめた。「それに異論を差しはさむつもりはないよ。そろそろ終わりにしてくれないかな。用事があるんだ」

「わからないの？　私はあなたに会いにいけなかったのよ！」

「そんなことはたいしたことじゃない」

　リリーはケヴィンに近づこうとして、自制した。「いいえ大切なことよ。それに、あなたがこれほど私を憎むのもそのせいだということを私は知っているわ。あなたを手放したからではなく、会いにきてほしいというあなたの手紙に返事も出さなかったからよ」

「よく覚えていないな。ぼくが——いくつだっけ——たしか六歳ごろのことだろう？　そんなことをいまも気にしていると思う？」ケヴィンの作為のある無関心に辛辣《しんらつ》さが加わった。

「ぼくはあなたを憎んではいないよ、リリー。そんなことはどうでもいいのさ」

「いまでもあなたからの手紙はとってあるわ。どの手紙もね。私がその手紙にどれほど涙したのか、あなたには想像もつかないでしょうね」

「胸が張り裂けそうな話だ」

「わからないの？　あなたに会いにいくのを、何より望んでいたけれど、許してはもらえなかったの」

「それは聞き捨てならない話だ」

ケヴィンはようやく話を聞く気になった。リリーに近づき、ふしくれだったオークの木の根元で立ち止まった。

「六歳ではなかったわ。七歳になって手紙が来はじめたの。最初の手紙は黄色い線のある紙にブロック体の文字で印刷されていたわ。いまでもそれを持っているのよ」幾度も幾度も読み返したため、紙はぐにゃぐにゃになってしまった。

リリーおばさんへ
ぼくはおばさんがほんとのおかあさんだとしっています。おばさんのことだいすきです。ぼくにあいにきてください。ぼくはねこをかっています。なまえはスパイクです。としは七さいです。
ケヴィン
このてがみをかいたことをおかあさんにはないしょにしてください。おかあさんがしったら、きっとないてしまいます。

「あなたは四年間で十八通の手紙をくれたわ」

「ほんとに覚えていないな」

リリーはあえてケヴィンに数歩近づいた。「マイダと私にはある約束事があったの」

「どんな約束？」

「あなたを気軽に手放したわけじゃなかったのよ。信じられないでしょうけどね。私たちはあらゆることを話し合ったの。私は長いリストまで作ったわ」気づくと手をねじっていた。

リリーはその手を脇に垂らした。「たとえば体罰を与えないという項目があったわ。ふたりは体罰なんて加えそうもなかったけれどね。ティーンエージャーになったとき、あなたが好んで聞く音楽にケチをつけない、というのもあったわ。髪形は本人の好きにさせる、という項目もあった。当時私は十八歳になったばかりだということを思い出してね」リリーは悲しそうに微笑んだ。「十六歳の誕生日には赤いコンバーティブルをプレゼントするよう約束させたかったけれど、さすがに賢明なふたりには拒まれたわ」

ケヴィンが初めて微笑み返した。かすかな、口の片側がひきつったような笑みではあったが、少なくとも笑ったことだけは確かだった。

リリーはこの告白をし終えるまでは涙は一滴たりともこぼすまいと決意し、目をしばたたかせた。「でも私が絶対に譲らなかったことがひとつあったの。たとえ親の願いとはかけ離れていたとしても、つねにあなたには自分の夢を追わせるよう姉夫婦に約束させたの」ケヴィンが頭をかしげた。これまで装ってきた無関心は消えていた。

「姉たちはあなたがフットボールをするのをとてもいやがっていたわ。怪我をするんじゃないかと恐れていたの。でも私は絶対に約束を守るよう主張した。姉夫婦もあなたを止めなくなったわ」リリーはケヴィンの目をまともに見られなくなった。「交換条件として、私はあの人たちに約束を強いられたの……」

ケヴィンが近づく音がして目をあげると、細い一筋の光の射す場所に彼が足を踏みいれるところだった。

「どんな条件？」

声の感じから、答えはすでに知っていることがうかがえた。「二度とあなたに会わないという約束よ」

リリーはケヴィンの目を見られず、ただ唇を嚙みしめた。「当時、養子縁組は公然と行なわれてはいなかったし、たとえ行なわれていたにしても私は知らなかった。姉たちは実の母親が姿を現わせば、子どもがどんなに混乱するか説き示し、私も納得したわ。ふたりは、あなたが理解できる年齢に達したら、生みの母親がだれかを話して聞かせると約束してくれたし、ずっと何百枚という写真を送ってくれたわ。でもあなたに会いにいくことだけは許されなかった。マイダとジョンの存命中はあなたにはただひとりの母親しか存在してはいけなかったの」

「でもその約束を一度だけ破ったことがあったね」ケヴィンはほとんど唇を動かさずにいった。「ぼくが十六歳のとき」

「あれは思いがけない成り行きだったの」リリーはぶらぶらと砂地から突きだした大きな岩

のほうへ歩いていった。「あなたが高校でフットボールを始めたころだった。やっと、約束を破らずにあなたを見るチャンスが訪れたと気がついたの。金曜日にはグラドラピッズまで飛んで、だれにも気づかれないよう、メイクを落とし頭にはスカーフを巻き、めだたない服を着たわ。そして観客席に座り手には小さな双眼鏡を抱えていた。試合のあいだじゅうあなたの姿を追いつづけたわ。あなたがヘルメットを脱ぐ瞬間が待ち遠しくてたまらなかった。どれほどあのヘルメットが憎らしく感じたことか」

暑い日だったが、リリーは寒気を覚え、腕をさすった。「あなたが高校二年生になるまで、なんの問題も起きなかったわ。シーズン最後の試合で、あと一年はあなたを見ることができないことはわかっていた。私は家の近くを車で通りすぎてもなんの害もないと自分に言い聞かせたの」

「ぼくは庭で芝刈りをしていた」

リリーはうなずいた。「晩秋の小春日和で、あなたはいまのように汗をかいていたわ。私はあなたを見ることに夢中で道に近所の人の車が駐めてあるのに、まるで気づかなかったのよ」

「車を擦ったんだよね」

「あなたは手助けしようと飛んできた」リリーは自分の肩を抱きしめた。「私がだれかわかったとき、あなたは憎しみをたたえた目で私を見たわ」

「ぼくはただ、信じられなかったんだ」

「そのことでマイダに責められなかったから、あなたが話さなかったことはわかってた」リリーはケヴィンの表情をうかがおうとしたが、その顔からは何も読み取れなかった。彼はただランニング・シューズの爪先で落ちた枝をつついていた。

「マイダが亡くなって一年がたつ。なぜいまごろになってこんな話をするの？」

リリーはケヴィンの顔をまじまじと見つめ、首を振った。「私が何度電話をかけ、あなたと話そうとしたと思う？　あなたがそれをはねつけたんじゃないの、毎回」

ケヴィンはリリーの顔をひたと見据えた。「あなたとぼくを会わせないつもりだということを、両親はぼくに伝えるべきだったね」

「頼んでみたことはなかったの？」

ケヴィンが肩をすくめたので、それはなかったのだなとリリーにもわかった。

「ジョンは多少は妥協しようとしてくれたかもしれないけど、マイダは絶対に許してくれなかったでしょうね。そのことを電話で話し合ったのよ。マイダがあなたの友だちのお母さんたちと比べてずっと歳を取っていたことを思い出してちょうだい。それに彼女は自分が子どもに好かれる明るく楽しいお母さんじゃないことを、よく承知していたのよ。だから不安でしかたがなかったのね。それにあなたは強情な子どもだった。もし、私があれほどあなたに会いたがっていることを知っても、あなたは本当にそれを無視して自分のすべきことに専念できたかしら？」

「朝一番のバスでLAに向かったと思うよ」ケヴィンはあっさりといった。

「そんなことをしたら、マイダはきっと悲嘆に暮れたでしょうね」

リリーはケヴィンがもっとそばに来てくれるのを待った。ケヴィンを抱きしめ、失われた年月を取り戻す瞬間を夢みて、待った。だがケヴィンはただ、落ちていた松ぼっくりを拾いあげただけだった。

「うちには地下室にTVがあった。ぼくは毎週地下におりていって、あなたのショウを観たよ。音量は低くしていたけど、両親はぼくが何をしているのか、知っていた。ふたりはそのことに対していっさい触れなかった」

「あの人たちなら、きっとそうね」

ケヴィンは松ぼっくりのかけらを親指で擦った。そのたたずまいのなかにもはや敵意はなかったが、いまだ張りつめたものが感じられた。リリーの夢見るような感動の瞬間はとても訪れそうにもなかった。

「それでいまぼくにどうしろというの？」

こんな質問をすること自体、リリーに対して何かしてやろうという気持ちのないことの表われだった。リリーは息子に手を触れ、生まれた瞬間からずっとずっと愛しつづけてきたのだと告げることはできなかった。しかたなく「それはあなたが決めることよ」とだけいった。ケヴィンはゆっくりとうなずき、松ぼっくりを落とした。「話ができたから、このキャンプ場を去るつもりかい？」

ケヴィンの表情からも、その声の調子からも、どんな答えを期待しているのかはうかがい知ることはできなかった。またそれを尋ねるわけにもいかなかった。「苗を買いこんだから、植えてしまわなくては。あと数日はいるわ」

とってつけたような口実だったが、ケヴィンはうなずき、踵《きびす》を返して小道に向かった。

「シャワーを浴びなくちゃ」

ここを立ち去れとはいわなかった。こんな話をいまさらするなとはいわなかった。いまはそれでよしとしなくては、とリリーは思った。

ケヴィンは、モリーがお気に入りの場所、コテージの裏のポーチのぶらんこ椅子にノートを膝に乗せて腰かけているのを知った。リリーから聞かされた、肝を潰すような思いがけない事実を心のなかで反芻《はんすう》するのは辛いので、戸口からモリーをただじっと見つめていた。目をあげないところを見ると、ケヴィンの足音が聞こえなかったのだろう。それともあんなにばかげた態度をとっていた彼に対するつらあてに、ここぞとばかりに無視を決めこんでいるのだろうか。だが、そばにいて彼がどんな気持ちになるのかなど、まるきり頭にない彼女が、次々と気違いじみた冒険をもくろむとき、彼はいったいどんな態度をとればいいのだ。赤の水着のかわりに買ってやった、肌の露出の大きい黒いワンピースの水着を着て水辺ではしゃぐ彼女を、彼がのんびりながめているとでも思っているのだろうか？　寒くなると乳房にどんな変化が起きるのか、一度でも見下ろしてみたことはあるのだろうか？　ハイ・カットの水着がどれほど彼を駆り立てることか。その下に手を差し入れて、その小さな丸みを包みこみたいという思いに。それなのに、彼女は自分を無視するといって、彼を責めようというのか。無視なんかできるはずがないことが、彼女には理解できないのだろうか？

モリーが何かを書きこんでいるノートなど、脇に押しやって彼女を肩に担ぎ、そのまま寝室に直行したかった。だがそんなわけにもいかず、しかたなくバスルームへ向かい、またしてもシャワーのないことに悪態をつきながら、浴槽にひどく冷たい水をためた。急いで体を洗い、清潔な衣類を身につけた。この一週間というもの、ケヴィンはみずからを駆り立ててきた。だがなんの効果もなかった。大工仕事や塗装に精を出し、日々のトレーニングをこなし、走る距離を増やしても、彼女を抱きたいという欲望はつのる一方なのだ。テレビで試合のビデオを見ようとしても、集中できない。民宿に戻るべきなのだろうが、あそこにはリリーがいる。

刺すような痛みが心を突き抜けた。リリーのことはいまは考えたくなかった。街の小さなホテルのヘルス・クラブへでも行って、もう一度トレーニングしてきたほうがよさそうだ。ところがふと気づくとポーチに向かっていた。モリーに近づかないという誓いなど、どこかに吹き飛んでいた。戸口を通り抜けながら、いま自分にもっともふさわしい場所にいるという気がした。自分の身に起こった出来事に対する、この揺れる思いを理解してくれる唯一の相手がここにいるからだ。

モリーが目をあげた。悩みがありそうな相手に彼女がよく見せる、寛大な優しさにあふれたまなざしだった。意地の悪い態度をとったことに対するとがめなど、微塵《みじん》もうかがえなかったが、ケヴィンは遅かれ早かれたしなめられることは覚悟していた。

「無事にすんだの？」

ケヴィンは本音を出さず、肩をすくめた。「話をした」

だが強がりは彼女には通用しなかった。「またいつものいやみな態度をとったの？」

「話を聞いたよ。きみの聞きたかったのがこういう答えならね」彼もモリーの意図はよくわかっていたが、彼女のほうから話を聞きだしてほしかった。それはもしかすると、モリーが思いがけない事実に気づいてくれるような気がしたからかもしれない。

モリーはじっと待った。

ケヴィンは網戸のほうへぶらぶらと歩いていった。モリーがフックに掛けた鉢植えの植物が肩を擦った。「いくつか大事なことを打ち明けてくれたよ……よくわからないけど……いままでぼくが考えていたこととは違っていた」

「どんなふうに？」モリーは静かに尋ねた。

ケヴィンは一部始終を話した。ただ、自分の千々に乱れる思いについては触れなかった。事実だけを淡々と語った。

話し終えると、モリーはゆっくりうなずいた。「わかったわ」

自分もそう簡単にいいきれればどんなにかいいだろう。

「あなたもこれまで彼女に対して抱いていた考えを改めなくてはいけないわね」

「たぶん彼女は……」ケヴィンは両手をポケットに突っこんだ。「彼女はぼくに何かを求めていると思う。それは無理だ――」ケヴィンはさっと振り返った。「そんなに急に愛着を感じろといわれても、それは無理というものだ！」

ケヴィンの表情に限りなく苦痛に似たものがよぎり、モリーが答えるまでには長い沈黙があった。

「リリーだってそれほどすぐに希望がかなうとは思っていないはずよ。まずは彼女のことをもっと知るように努力すればいいんじゃないかしら。彼女はキルトを作っていて、それもすばらしい芸術性をそなえているの。でも自分ではそのことに気づいていないのよ」

「そうかもしれないね」ケヴィンはポケットから両手を出し、先週の金曜日から避けつづけてきたことをした。「なんだか気がおかしくなりそうなんだよ。二〇マイルばかり先にいいところがあるんだ。出かけようよ」

モリーが断わるだろうことはケヴィンにもすぐにわかったし、それを咎《とが》める気もなかった。とはいえひとりになるわけにもいかず、モリーの膝の上にのったノートを払いのけ、彼女の手を引いて立たせた。「きっと気に入るよ」

一時間後、ふたりはドイツ製の艶やかに光るグライダーに乗り、オーセーブル川の上をゆったりと滑翔《かっしょう》していた。

18

性的な白昼夢や空想に身をゆだねることは、きわめて正常なことです。ふさわしい相手にめぐり逢えるその日まで、そういうことで無聊《ぶりょう》を慰めるのはさらに健全な方法でもあります。

——「だれにもいえない私の性生活」
『シック』掲載用の原稿から

「ケヴィンがあなたと過ごすことにしてくれたみたいで、よかったじゃない。もしかしたら結婚カウンセリングも受けてくれるかもよ」エイミーはウェッジウッドの皿に苺《いちご》ジャムのケーキを移し終え、いつもの哀れむようなまなざしをモリーに向けた。

「結婚カウンセリングなんて必要ないね」ケヴィンがドアをくぐりながら鋭い口調でいった。足元にはマーミーがてくてくついてくる。ケヴィンたちはグライダーに乗るという冒険から戻ったばかりで、風にあおられた髪が乱れている。「必要なのはあのケーキ。もう五時だし、お客さんがお茶をお待ちかねだよ」

エイミーはしぶしぶドアに向かった。「ふたりに頼まれれば……」

「ケーキだよ！」ケヴィンが怒鳴った。

エイミーはモリーに、「最善は尽くしたけど、あなたを待ち受けているのは結局セックスのない生活みたいね」とでもいわんばかりの顔を向けた。そしてやっといなくなった。

「きみのいったとおりだよ」ケヴィンがいった。「あのガキ、むかつくよ。やっぱりキスマークをつけておけばよかったよ」

それは絶対に避けたい話題だったので、モリーはお茶をのせたトレイに気持ちを集中させることにした。皺だらけの服や風に乱れた髪を直す暇はなかったが、ケヴィンが近づいてきても決してそわそわと落ち着きのない態度をとらないよう、自分をいさめた。

「心配してるといけないからいうけどね、ダフ……この耳も、あのすごい叫び声からやっと回復しそうだよ」

「だって木に衝突しそうだったんですもの。それに叫び声なんて出してないわ」モリーはトレイを持ち上げ、ケヴィンに押しつけた。「ちょっと悲鳴をあげただけよ」

「それもすごい悲鳴をね。近くに木なんかなかったのに」

「女性のお客さまたちがあなたをお待ちかねなんじゃない」

ケヴィンは顔をしかめ、マーミーと行ってしまった。

モリーは微笑んだ。たしかにケヴィンがグライダーの操縦で経験豊かだというのは予想外のことではなかったが、これから離陸すると知らせてから離陸してほしかった。午後いっぱいをいっしょに過ごしたというのに、ふたりのあいだにはなんの進展もなかった。彼は朝の面接についてもいっさい説明しようとはしないし、彼女のほうもあえて質問しようとはしなかった。それに彼は今日は妙に神経過敏な反応を示した。一度偶然体がぶつかったとき、まるで火でも燃え移ったかのように飛びのいた。そばにいてほしくないのなら、なぜ彼女を招いたりするのだろう？

モリーはその答えを知っていた。リリーとの直接的な対面を終えたケヴィンはひとりになりたくないのである。

ケヴィンのことで動揺におとしいれている張本人が勝手口からキッチンに入ってきた。頼りなげな表情をたたえたその顔に、モリーは同情を感じずにはいられなかった。キャンプ場に戻る帰り道で、モリーはリリーの名前を持ちだしてみたが、ケヴィンはすぐに話題を変えてしまった。コテージでケヴィンが口にした言葉が胸によみがえった。「そんなに急に愛着を感じろといわれても、それは無理というものだ！」ケヴィンが親しい愛着というものを好まないという事実からも、それはよくわかる。彼がどれほど巧妙に人を遠ざけているか、モリーははたと気づいた。あれほどプライバシーにこだわるリアム・ジェナーより、ケヴィンのほうがずっと世捨て人のようだ。

「マーミーのこと、すみませんでした」モリーはいった。「ふとした思いつきだったんです。なにぶん、ケヴィンにはもっともっと興奮が必要なので」モリーは切り子ガラスの皿の縁を指でなぞりながらいった。「キャンプ場の生活が楽しければ彼はここを売ろうとは思わないでしょう。だから楽しませたいんです」

リリーはゆっくりとうなずいた。リリーの手はポケットから出たり入ったりしていた。彼女は咳払いをして、いった。「私たちの話、ケヴィンから聞いた？」

「ええ」

「すごく成功したとはいえないわ」

「でも大失敗というわけでもないでしょう」

悲痛なまでの、希望のきらめきがリリーの目に現われた。「そうだといいけれど」

「人と人との関係より、フットボールのほうがずっと簡単ですものね」

リリーはうなずき、指輪をいじりはじめた。「私はあなたに謝らなくてはいけないわね」

「そうですね」

リリーの微笑みにはどこか屈託があった。「私の態度は不当だったわ。いまではそう思っています」

「まったくおっしゃるとおりですわ」

「私は彼が心配でしかたないのよ」

「男を食うような金持ち女が彼の脆《もろ》い感情を傷つけるのではないかと心配だった、そうですよね？」

リリーはテーブルの下から出てきたルーを見おろした。「助けてちょうだい、ルー。あの人、怖い」

モリーは笑いだした。

リリーも微笑んだが、やがて真顔になった。「あなたについて判断を誤ったこと、お詫びするわ、モリー。あなたが彼を意図的に傷つけるはずがないと、いまは思ってます」

ふたりの結婚にまつわる事情を知っても、リリーの見方が変わるとはモリーには思えなかった。ケヴィンと交わした約束のためだけに、モリーは真実を伏せておいた。「ご存じないといけないからいっておきますけど、私はあなたの味方です。ケヴィンの生活にあなたの存在は必要だと私は思っています」

「それがどんなに私にとって大切なことか」リリーはじっとドアを見つめた。「お茶に顔を出そうかしら」

「ほんとに？　お客たちがどっと押し寄せてきますよ」

「なんとかなるわよ」リリーは背筋を伸ばした。「隠れているのはもうたくさん。あなたの夫も、なんとか私とまともに渡り合うしかなくなるでしょうね」

「それはいいことですね」

モリーがクッキーの入った皿と追加のティーポットを持って居間に入っていくと、リリーはまわりを取り囲んだ客たちに愛想をふりまきながらおしゃべりに興じていた。ケヴィンに向けるまなざしには愛情があふれていたが、彼は目を合わせないようにしていた。まるで、少しでも優しさを示せばわなに落ちるとでも思っているような感じだった。

子供時代の経験から、心を閉ざした人に心を向ける術が身についているモリーは、ケヴィンの慎重さを思うと気持ちが沈んだ。もし彼女にいくばくかの賢明さが残っていたとしたら。車を借りて今夜にもシカゴに戻っていただろう。

今日早い時間にチェック・インしたアナーバーの年配の女性がそばに来た。「聞くところによると、童話作家でいらっしゃるそうね」

「いまはあまり書いてないんです」まだ手をつけていない書き換えや、八月のローンを払うための小切手が切れないことが脳裏をかすめ、モリーは憂鬱な顔で答えた。

「私も姉もずっと童話を書きたかったんですけど、旅行で忙しくて書く時間がないんです」

「童話は時間があれば書けるというものではありませんよ」ケヴィンが背後から声をかけた。

「みなさんが考えるほど童話を書くのは簡単なことではありません」

モリーは驚愕《きょうがく》のあまりクッキーの皿を落としそうになった。

「子どもたちは魅力的な話を望んでいます。それを読んで笑ったり、怖がったり、何かを学んだりしたいんです。無理やり飲まされる薬のように押しつけがましくない話を待っているんです。たとえば『ダフニー、迷子になる』では……」ケヴィンは語りはじめ、並はずれた正確さで、モリーが読者の心をつかむためにどんなテクニックを使っているかを説明していった。

その後キッチンに現われたケヴィンに、モリーは笑顔を向けた。「私の仕事を弁護してくれてありがとう。感謝してるわ」

「みんな無知なんだよ」ケヴィンはモリーが翌朝の朝食のために出しておいたベーキング材料を顎で指しながらいった。「そんなに料理に精を出さなくていいんだよ。いつもいってるように、町のパン屋から取り寄せればいいんだからね」

「わかってる。楽しいからやってるの」

ケヴィンの視線がモリーのむきだしの肩やレースのキャミソールのあたりを泳いだ。あまりに長いあいだじっと見入っているので、まるで指で愛撫されている気がした。だがモリーはそれが愚かしい妄想にすぎないことを知った。彼の手は余ったクッキーを入れておくビスケットの缶をつかんだからだ。「きみはここのすべてが楽しいみたいだね。サマー・キャンプにまつわるいやな思い出はどうなったのさ？」

「私がサマー・キャンプに望むものがここにはすべて揃っているの」

「退屈で老人だらけのここに？」ケヴィンはクッキーを一口かじった。「変わった趣味をしているね」

モリーはこのことで彼と議論するつもりはなかった。そのかわりに、午後のあいだじゅう先延ばしにしてきた疑問を口にした。「今朝の面接について何も話してくれてないわ」

ケヴィンは顔をしかめた。「思うようにいかなかったよ。最初の男は、かつてはいいシェフだったかもしれないが、いまや酔って面接に来るようになってしまった。それと、もうひとり面接した女性のほうは、就労時間に制約を加えすぎるから使えない」

モリーの心は舞い上がったが、ケヴィンの次の言葉にまた沈んだ。

「でも、明日の午後もうひとり候補者が来ることになってて、電話で話した感じではなかなかよかったよ。日曜に面接してもいいともいってくれてるんだ。月曜日にトレーニングをすませれば、ぼくらは遅くとも水曜の午後にはここを出られるよ」

「万歳」モリーは憂鬱な顔でいった。

「朝の五時半にベッドから転がりでることがなくなると寂しい、なんていうなよ」

廊下でエイミーのしのび笑いが聞こえた。「トロイ、やめて！」

新婚夫婦が退出前のチェックをしてまわっているのだ。毎日午後のお茶のあとに、ふたりは急いでアパートに戻り、すぐベッドに飛びこんで、騒々しい音をたてながら愛し合っているのだろうと、モリーはにらんでいる。その後ふたりは夜の勤務のために民宿に戻ってくる。

「ついてるじゃない」モリーはつぶやいた。「私たちふたりの性的な欠陥について、あのふたりからありがたい講義を受けることができるわ」

「そんなの、絶対にごめんだ」なんの前触れもなく、ケヴィンはモリーの体をつかんで冷蔵庫に押しつけ、唇を奪った。

モリーにはこの行動の意味がはっきりとわかった。キスマークをつけるよりずっとましなやり方ではあるものの、このほうがずっと大きな危険をはらんでいる。

ケヴィンはあいた手でモリーの片膝のうしろをつかみ、持ち上げた。モリーはその脚をケヴィンの背に巻きつけ、両腕で抱きしめる。ケヴィンの片手はまるで当然の権利でもあるかのように、モリーのトップの下へともぐり、乳房を包みこむ。

これはみんな、演出なのよ。リリーはそう自分にいい聞かせながら、唇を開き、ケヴィンの舌を迎え入れた。小さな口のなかで彼の舌が不思議になじんだ。このままずっとキスを続けていたい、そんな思いが胸いっぱいに広がる。キッチンのドアが開く音がして、モリーは目撃者の存在をはっと思い出した。だが、もともと目撃させることが目的の行為である。ケヴィンは唇の温かみが感じられる程度に唇を離した。だがその目はモリーの唇をひたと見つめ、乳房を包んだ手も動くことはなかった。

「はずしてくれ」

エイミーが息を呑み、ドアがバタンと閉まった。やがて慌てて遠ざかる足音が聞こえた。

「きっと見られたわ」モリーはあえぐような声でいった。

「らしいね」ケヴィンが答えた。そして彼はまたキスを始めた。

「モリー、私ね——あら！　ごめんなさい……」

また急いでドアを閉める音がした。さらに遠のいていく足音。今度はリリーだった。

ケヴィンが憮然と罵りの言葉をつぶやいた。「ここを出よう」

ケヴィンの声にはテレビでグリーン・ベイへの勝利を宣言したときと同じ決然とした響きがあった。彼はモリーの脚を離し、彼の片手がさらに離れがたそうにモリーの胸の上を滑りおりた。

モリーはわれに返り、理性を取り戻した。「よく考えたらこんなことは……」

「もう考えるのはよせよ、モリー。なんだい、おれはきみの夫なんだぞ。いいかげん妻らしい態度を示してもいいんじゃないのか」

「妻らしいって、いったい——」

だが、ケヴィンは本来行動型の人間である。もはや言葉はじゅうぶんに尽くしたとばかりに、モリーの手首をつかみ、勝手口へ引きずっていく。

なんということだろう。ケヴィンはモリーをかどわかして……強制的にことに及ぼうとしているのだ！

どうしよう……そう、抵抗するのよ！　拒絶するの！

オープラ・ウィンフリーのトーク番組を観て、こうした事態におちいったとき、女性がどう対応すべきかについては正しい知識を得ている。声を限りに叫び、地面に倒れこんで暴行者を全力で蹴るのだ。番組に出演したその筋の権威の説明によれば、この作戦は虚を衝《つ》くことで優位に立つだけでなく、女性の下半身の力を利用するという点においてもきわめて理に適《かな》ったやり方だという。

叫ぶ。倒れこむ。蹴る。

「やめて」モリーは小声でいった。

ケヴィンはまるで聞いていなかった。庭を通り、コテージと湖を結ぶ小道を、彼女を引きずるようにして進んでいく。終了のホイッスル時にきわどい勝利をおさめようと奮闘しているときと同じように、彼の長い脚が地を蹴る。もしこんなふうにしっかりとつかまれていなかったら、モリーはつまずいていただろう。

叫ぶ。倒れる。蹴る。叫びつづける。モリーはさらにこんな部分も思い出した。『蹴っているあいだも終始叫びつづけなくてはいけない』――地面に倒れこむことを想像して、モリーは興味をそそられた。直感ではなかなかしそうにもない行動だが、たしかに賢明な対処法だといえる。女性は上半身の力では男性に及ぶべくもないが、もし暴行者が立ち、女性が倒れこんでいたら……立てつづけに強力な蹴りを相手の軟らかい部分めがけてあびせたら……たしかにこれはなるほどと思える方法である。

「あの、ケヴィン……」

「静かにしないと、ここで始めるぞ」

そう、これは間違いなく性行為の強制だ。

さいわいなことに。

モリーは考えることにも、またみずからの欲望に逆らおうとすることにも心底疲れてしまった。決定権が自分の手にはないと信じこもうとするのは、ひとえに人間性の未熟さの反映であることは自分でもわかっている。ケヴィンを性的捕食者とみたてようとするのは、もっといけない。だが自分の願いとはうらはらに、モリーは二十七歳にしては性的に成熟していない。自分の理想とする女性像とはほど遠いのが現実なのだ。三十路を迎えるころには性に関して自分で責任を持てる女性になれるだろうと思っている。だがいまそれを望んでも無理なので、すべてをケヴィンの手に委ねようとしているのだ。

ふたりはもつれ合うように小道を進み、『聖なる主イエス』の前も、『ノアの箱船』の前もぐんぐん通りすぎた。『荒野の百合』がすぐ前に迫ってきた。

モリーはケヴィンの性的な面での欠点を思い出し、行為のあいだもあともいっさい口にはすまいと自分にいい聞かせた。彼は本来わがままな人間ではない。女性から奉仕を受けることしか知らないのだから、前戯のなんたるかを知らなくても当然なのだ。ドアをバタンと閉め、ありがとう、とひとことといえばそれですむ。このところ眠りを妨げてきた、あの熱っぽい悪夢のイメージも、現実のまばゆいぎらぎらした光に当たり、消え果てた。

「なかに入れ」ケヴィンは乱暴にコテージのドアを開け、モリーを押し入れた。

選択の余地はなかった。どうすることもできないのだ。相手は体も大きく力もあり、いつなんどき暴力をふるうかわからない。想像上の相手としても、緊張を強いられる存在だ。

強制されることには抵抗を感じるものの、腰に手をあてた彼のしぐさがなんとも魅力的で、ギラギラとしたその目も不吉な輝きを放っている。

「この先このことでいっさい文句はいわない、いいな？」

これは進退きわまってしまった。文句をいうといえば彼は引き下がるだろうし、いわないといえば、抵抗すべきことを相手に許すことになる。

さいわいなことに、彼はさらに怒りの感情をも示した。「もうたくさんなんだよ！　ぼくらはガキじゃない。健康な大人だし、たがいに求め合っている」

なぜ彼は話などやめて、寝室に引きずっていってくれないのだろうか。髪の毛でなくとも、せめて腕をつかんで。

「必要なバース・コントロールの準備も万全だ……」

モリーは、準備しているものが拳銃で、もしそこに横たわり、いうとおりにしなければ、銃を突きつけるぞ、とでもいってほしかった。ただ、そこに横たわるだけではつまらないのは自分のほうだが。

「さあ、その小さな腰を振ってさっさと寝室へ向かってもらおうか！」

この言葉は完璧だし、さっとドアに向けた指の動きも申し分ないのだが、瞳のなかで燃えていた怒りはしだいに用心深さに変わりつつある。いつでもことを中止できる心の準備をしているのだ。

彼女は寝室へ急いだ。こんなことを重んじたり、重要視したりするわけにいかないからだ。彼女は残酷な（しかし美貌の）主人にその身を捧げなくてはならない美しい奴隷女なのだ。殴られる前に衣服を脱がなくてはならない奴隷女なのだ。

彼女はトップを脱ぎ捨て、ブラとショート・パンツで彼の前に立った。ほんとうはショート・パンツではなく、透けたハーレム・パンツ——自分から脱がなければ主人に引き裂かれてしまうハーレム・パンツなのだ。

モリーは首を垂れてサンダルを脱ぎ捨てた。さらにショート・パンツ——ハーレム・パンツを脚からずりおろし、脇に投げ捨てた。目をあげると、主人は戸口に立っていた。ことがこうもたやすく運んだことが信じられず、むしろ戸惑いを感じているような表情である。ふん、たやすく、ですって！　死が身近に迫っているというのに！

身につけているのはブラとパンティだけになった。モリーは顎をあげ、傲然と彼を見据えた。肉体は支配しえても、魂は奪えないのだ。

ふたたび自信を取り戻した彼が近づいてきた。自信があって当然だ。もしドアの外に護衛兵がずらりと控え、奴隷女が服従しなければただちに殺害しようとかまえていたら、だれだって大胆になれるというものだ。

目の前に立った彼は彼女を見おろした。緑の瞳が彼女の体の上をくまなく見ていく。もしまだトップを身につけていたとしたら、きっと短剣で……いや歯で切り裂いていただろう。

彼の傲然としたまなざしの動きに、彼女の肌は熱く燃えあがった。主人が奴隷女に満足しなかったら、いったいどうなるのだろう？　これほどに冷酷な主人のことだ。ただの服従では満足するはずもない。主人は協調性を要求しているのだ。もし満足できなければ、親友の心優しい奴隷女メリッサを死ぬまで拷問にかけると断言した主人の言葉が胸をよぎった。どれほど自尊心が傷つこうと、主人を満足させなくてはならない。

メリッサを救うために。

彼女はしゃにむにこの野蛮人に優しく接しようと、腕をあげ、りっぱな顎を両手で包んだ。もたれかかるように、無垢《むく》な唇を主人の無慈悲な……残酷で無慈悲で、そのくせ魅惑的な唇に重ねた。

彼女は溜め息とともに舌の先で主人をじらし、開いた口へそっと忍びこんだ。哀れな優しいメリッサの命を救うためには、しかたがないのだ。

主人は広げた手を女奴隷の背中にまわし、さらに上のブラのホックへと伸ばした。彼女の肌は震え、ホックがはずれた。

彼は彼女の肩をつかみ、キスの主導権を引き継いだ。そしてブラを剝ぎとり、脇へ投げ捨てた。

唇が離れ、顎が彼女の頰を擦った。「モリー……」

彼女はモリーではいたくない。モリーならば、いますぐに脱ぎ捨てた服を着なくてはならない。モリーは自滅型の人間ではないからだ。

彼女はひとりの奴隷女にすぎず、彼がうしろに退き彼女のむきだしの乳房をじっと見おろすあいだも、ただ頭を垂れ、獲物を前にしてきらめくエメラルドの目に自分をさらけだすしかないのだ。彼女は震えながら待った。彼がTシャツ——絹のローブ——を頭から脱ぎ、脇へ脱ぎ捨てるとき、コットンの擦れる音がした。彼に引き寄せられたとき、彼女は固く目を閉じていた。征服者の胸が裸の無防備な乳房に押しつけられた。

彼がついばむようなキスを始めると、彼女の体を戦慄が駆け抜けた。奴隷の金《きん》の首輪のように喉のまわりから、もはや彼女のものではない乳房へとおりていく。この乳房は彼のもの、体じゅうどこもかしこも彼のものなのだ。膝の力が抜け、たわんだ。彼女はこの状況を心から望みながら、必死に空想にしがみつかなくてはならなかった。

主人……奴隷女……主人の望むがままに従う奴隷。怒らせてはいけない。ただすべてを委ねる……キスのたどる道は肋骨からおへそ、腹へ、滑るように腰骨まで行き、親指がパンティのゴムをとらえた。

集中して！　あの酷薄な唇を思い描くのよ！　あの鋭い目も！　脚をゆるめ、開いて主人の手を滑りこませないと、奴隷女は恐ろしい罰を受けることになる。非情な主人……凶暴な所有者……彼女の――。

「パンティにウサギがいる」

どんなに独創的な心の持ち主でも、こんなに低くハスキーな忍び笑いを耳にすれば空想にしがみついてはいられない。モリーはケヴィンをにらみつけたが、ふたりのうち一方がいまだカーキ色のスラックスをはいたままなのに、一方がスカイ・ブルーのウサギの模様が入ったパンティしか身につけていないという事実に気づいて、落ち着かない気分になった。

「だからどうしたの？」

ケヴィンは真顔になってパンティの前の部分に指を擦りつけ、小さなウサギを撫でた。その動きにモリーは身震いした。「ただ不思議に思っただけ」

「フィービーからのプレゼントなの。びっくりさせようと思って、くれたの」

「たしかにぼくもそれを見てびっくりしたよ」ケヴィンはウサギを撫でながらモリーの首筋に鼻を擦りつけた。「これしかないの？」

モリーは息を吸いこんだ。「ほかにもいくつか……あるかもしれない」

ケヴィンはあいたほうの手をお尻に伸ばし、撫でさすった。「アナグマくんがついてるのもあるのかい？」

それも持っている。ベニーが小さなアナグマのお面をかぶっている絵だ。「もういいかげんに話すのはやめて……もとの……あの……征服に戻ってよ」

「征服？」ケヴィンはその長い指を脚のゴムの下にくぐらせた。

「なんでもない」彼の擦りつけるような指の動きに溜め息をもらしながら、モリーはいった。甘い愉悦がこみあげてくる。モリーは脚を開き、彼の望むまま動かした。

ケヴィンの指先が体じゅうを探索する。

知らぬ間にパンティも彼の衣服もなくなり、モリーのベッドの上でふたりは一糸まとわぬ姿で横たわり、
ふたりのじゃれあいも急速に真剣味を増した。ケヴィンはモリーの肩をつかみ、上に乗せ、奉仕の体位をとらせた。モリーは彼の体を小刻みに揺すりながら、両手で頭を抱え、彼の興奮を鎮めるようにキスを重ねた。

「きみは素敵だ……」ケヴィンは口のなかでささやいた。

だが彼の気持ちを逸らすことはできなかった。ケヴィンはモリーの膝をつかみ、自分の腰の上で脚を開かせた。そして猛り立つものが近づいた。モリーは彼の侵入にそなえて身がまえ、「お願いだから、ゆっくりやって。審判に残り二分の警告を出されたかのように急ぐのはやめて！」と叫びたい気持ちを唇を嚙んでこらえた。

あら探しだけは絶対にやめようと心に誓っていたので、しかたなくケヴィンの肩の堅い筋肉を嚙んだ。

ケヴィンは苦痛とも歓喜ともつかぬ、低くしゃがれた声をあげ、気づけばモリーはいつの間にか組み敷かれていた。緑の瞳に危険な輝きをたたえながら、彼はモリーの体のあちらこちらを訪れ、さまよった。

「じゃあ、バニー・レディも荒っぽい遊びをご所望なのかな？」

二〇〇ポンドの筋肉を相手に？　それは遠慮しておくわ。

あまりに早く発射しないように気を逸らしているだけなのよ、という言葉がつい口に出そうになったが、ケヴィンはモリーの手首をしっかりつかんで固定し、乳房を突如襲った。

モリーは叫んだ。まるで拷問だった。苦悶だった。苦悶という言葉ではいい表わせないほどの苦しみだった。唇がここまで混乱を引き起こすことができるのが信じられなかった。だがそれでも、やめてほしくはなかった。

モリーの乳房のなだらかな斜面を彼の唇がかすめて過ぎた。唇は花の蕾《つぼみ》を口にふくみ、もう一方の乳房に移り同じことをした。そしてなんの前ぶれもなく、蕾を吸いはじめた。

モリーがどれほど切なく身悶えても、ケヴィンは片手で縛りつけたモリーの両手を離そうとはしなかった。さらに自由な片手があちらへ、こちらへとさまよい歩く。

その手は胸から腹部へ、そしてその下の叢《くさむら》を梳《す》くように通っていく。だがそれはじらしだった。というのも、その手は急に内股に移動したからだ。

太腿が開いた。

彼は執拗に内股を攻めつづける。

モリーはじらしつづける指先を太腿から、激しく疼《うず》く部分へ移動させようとして、しきりに体をよじった。

ケヴィンにはそんな暗示は通じなかった。モリーを拷問にかけること、乳房をもてあそぶことに没頭していた。女性の体はこうした刺激によってオーガズムに達することがあると、話には聞いたことがあったが、モリーには信じられなかった。

だがそれは誤りだった。

衝撃の波は突如彼女をさらい、落雷のように体を貫き、宙に放り投げた。自分が叫び声を発した記憶はなかったが、反響が聞こえ、そのことを知った。

ケヴィンは愛撫の手をゆるめた。モリーは震えて彼の胸にしがみつき、息をはずませながら、何が自分の身に起きたのか懸命に理解しようとしていた。

ケヴィンはモリーの肩を撫で、耳たぶにくちづけた。ささやくその息が髪をくすぐる。

「けっこう感じやすいね」

ちょっと悔しいが、素晴らしく甘美な感覚を味わったのは確かだし、それは自分でも予想だにしなかった反応である。「たまたまそうなったの」モリーはそういうのがやっとだった。

「今度はあなたの番よ」

「ぼくはゆっくりでいいよ……」ケヴィンはモリーの髪をひと束、鼻先にあてながらいった。

「急ぐのが好きなやつもいるけどね」

肌に光る玉の汗、モリーの太腿に当てた分身の張りから見ても、自分で認める以上にケヴィンが急いでいることは確かだった。その隆々とした怒張が何よりもそのことを告げている。奇妙な気分だった……モリーはあの夜の彼の分身がどんな感じだったのか、あまり記憶がなかったのだ。ただ痛みを感じたことだけは覚えていた。そう考えると、自分のあの部分が小さすぎるのではないかという思いがふと胸をよぎった。

それを確かめるのはいましかない。

モリーは急いで彼の上に乗った。

ケヴィンがふたたびモリーを組み敷いた。彼の唇はモリーの唇のあたりをぐずぐずとさまよっている。いつになったら激しい動きを始めるのだろう？

「少しはおとなしく横になっていたらどうなのさ」ケヴィンがささやいた。

横に？「そんなの絶対にいや——」

ケヴィンはモリーの肩をつかみ、脇の下に指を差し入れ、またも道をたどるようなキスを始めた。今度はそのキスがとぎれることはなかった。

やがて彼女の膝に到達した彼の両手が、その膝を大きく開かせた。ケヴィンの髪が過敏になった太腿の内側を擦り、モリーは全身を戦慄が駆け抜けるのを感じた。そして彼の唇が彼女の秘孔をとらえた。

そっと吸い上げ、優しく挿入する彼の舌の動きの巧みさに、モリーは息もできないほど身悶えた。もっと……とせがむようにモリーはケヴィンの頭をつかんだ。彼の腰が崩れ落ちたとき、モリーはふたたび歓喜の荒波にさらわれた。

波がしだいに静まっても、ケヴィンも今度はじらすことはなく、モリーがすっかり忘れていたコンドームをつかんだ。ケヴィンはモリーの上でゆったりと体を伸ばし、緑の瞳でしげしげとモリーの目をのぞきこんだ。モリーの手にふれる彼の肉体は熱く、燃えるような遅い午後の陽が窓越しに射しこみ、彼の体を溶けた金のように輝かせている。掌に当たるケヴィンの筋肉はひくひくと痙攣し、抑制がもはや限界に達したことを知らせている。それでも彼はモリーのために懸命に一刻でも長くこらえようとしているのだ。

モリーは彼を迎え入れようと、股を伸ばすように大きく開いた。

ケヴィンは彼女をいたわるようにキスをしながら、ゆっくりと秘奥に侵入した。モリーは彼の慎重な心遣いが嬉しかった。ふたりの肉体はゆるやかに結合した。

だが肉根を奥深く沈めても、彼が激しい突きを始める気配はなかった。彼は静かになめらかに漕ぎはじめた。

その動きも甘美ではあったが、物足りなかった。モリーは自分がもはや彼の抑制を望んでいないことに気づいた。思う存分激しく動いてほしかった。この肉体を楽しみ、彼自身の悦楽のためにこの肉体を使ってほしかった。

モリーは両脚を彼の体に巻きつけ、腰をつかみ、彼の動きを駆り立てた。

自制の鎖がはじけた。ケヴィンは熱い分身を荒々しく女体の奥へ突き入れた。モリーは気の遠くなるような快感に甘いうめきをもらし、彼の突きに合わせて自身の腰を突き上げた。すべての感覚が燃えあがり、その感覚の焔《ほのお》のなかで身も心も焼かれているようだった。彼の肉体は雄大で、力強く、荒々しく……完璧だった。

太陽は熱く激しく燃え、ついに虹色の光彩とともにはじけ散った。ふたりは同時に恍惚《こうこつ》の極み、透明な光に満ちた虚空へと駆けのぼった。

ケヴィンはウサギ模様のパンティをはいた女性を相手に行為に及んだことはなかった。だがそれをいうなら、モリーと交わした性愛はこれまでのどの経験と比べても異質だった。その熱意、寛容さ……考えてみればこれは意外でもなんでもない。

ケヴィンはモリーの臀部の上で手を滑らせながら、この愛の行為の素晴らしさを思い返していた。最初は彼を怖い存在だと思いこもうとするような、彼女の奇妙な態度が気になった。ブラとウサギのパンティだけになって目の前に立ったときの様子が胸によみがえった。顎をそらし、胸を張ったその様子は、うしろにアメリカ国旗でもたなびいていたら、きわめてセクシーな海兵隊員募集のポスターのようだった。

選り抜きの、誇り高い、綿のようなしっぽ。

モリーが彼の腕のなかで身動ぎし、彼女の物語に登場する動物が穴にもぐるように、彼の胸に鼻をすり寄せた。だが鼻をすりつけようと、穴にもぐろうと、ウサギのパンティをはいていようと、モリーは体のすみずみまで女そのものだった。

そして大問題がひとつ。モリーを無視しようとして抱えこんだ仕事を今日の午後は何ひとつこなしていない。

モリーは彼の胸に当てた手を腹部に滑らせた。午後の名残りの陽光が彼女の髪を輝かせ、昨日彼女がシュガー・クッキーにのせた赤っぽい粒上のチョコレートのように、ところどころ赤い光を躍《おど》らせていた。ケヴィンはモリーと距離を置こうと躍起になっていた理由を次々と思い起こしていた。彼女の姉の不興を買わないために、今後彼女とは関わらないようにしようと考えたのが始まりだった。その姉というのが、今年こそスーパーボウルをめざすために彼が全力を捧げたいと願っているチームのオーナーなのだ。

チーム・オーナーならそのことで、スター選手に対してどんな厳しい処置をとりうるだろうかと考えてみたが、こんなときに考えつくはずもなかった。かわりに、自分の妻であり妻でないこの女性の、小さく癖のある肉体に潜んでいたとてつもない情熱について思いをめぐらせた。

モリーがふたたび鼻を鳴らした。「あなたは甲斐性なしじゃなかったわ。セックスの相手として、という意味で」

思わず口元がほころんだのを彼女に見られずにすんでよかった、とケヴィンは安堵《あんど》した。いつもわずかな弱みを握られただけで、結局服を着たまま湖を泳ぐはめになってしまうからだ。しかたなく皮肉をいってお茶を濁すことにした。「嬉しくてウルウルきそうだ。ハンカチとってくれないかな」

「私がいいたいのは、ただ――前回のことと比べて……」

「もういいよ」

「それしか比べるものがなかったから」

「頼むからもう――」

「フェアじゃないのはわかってるの。あなたは眠っていたし、不本意だった。そのことは忘れていないわ」

ケヴィンはモリーをぐっと抱きよせ、いつのまにか、こんな言葉を口にしていた。「もう忘れてもいいと思うよ」

はっと顔をあげ、彼を見上げるモリーの顔の上でさまざまな感情が交錯した。なかでも顕著だったのは希望という感情である。「どういう意味?」

ケヴィンはモリーのうなじを撫でた。「もはやすんだこと、ってことさ。もう忘れたし、きみのことだってとっくに許している」

モリーの目が涙でいっぱいになった。「本気でいっているのね?」

「本気だよ」

「ああ、ケヴィン……私——」

ケヴィンはあとに言葉が続くことを感じた。これ以上話をする気分ではなかったので、彼はふたたび愛の行為を始めた。

19

そのとおり！

――「男性の目的はただひとつ？」
『シック』誌用の原稿メモ

モリーはあずまやに座り、建ち並ぶコテージのほうをじっと見つめたまま昨夜のことをうっとりと思い出していた。モリーが今日の午後に共有地で開催する全員を招待したコミュニティのティー・パーティの準備は手つかずの状態である。朝食のあと、街まで出かけ、追加のケーキやソフト・ドリンクを買いこんできたが、茶菓のことなどとても考えられそうにもない。モリーの心はケヴィンのこと、ふたりの愛の行為のことでいっぱいだった。一台の車のドアがバタンと閉まり、モリーは白日夢から醒めた。目をあげると、ケヴィンが面接していた模範生が古いクラウン・ヴィクトリアの運転席に座っていた。面接を受けるために到着した彼女をちらりと見たモリーは一目で嫌悪感を抱いた。首にかけたチェーンからぶらさがった生まじめそうな老眼鏡が、この女性のクッキーは底が焦げることは絶対にないと告げていた。

ケヴィンが玄関ポーチに現われた。モリーは無意識に手を振ったが、すぐに後悔した。またその気になっているように見えるかもしれないからだ。まつげをしばたたかせたり、万感をこめた一瞥だけで、男を意のままに操ってしまうミステリアスな女性になれたらどんなにいいだろうと、つくづく思う。だがまつげをしばたたくのも、万感をこめた一瞥もモリーの守備範囲ではないし、第一ケヴィンだって女が意のままに操れる相手ではない。

共有地をこちらに向かってくるケヴィンの姿に気づいたルーはまたボール投げで遊んでもらおうと急いで駆けていった。彼を見つめただけでモリーの肌は熱くなる。黒のポロシャツとカーキのスラックスに覆われた彼の肉体がどんなものか、いま彼女は知っているのだ。

モリーの体に震えが疾《はし》った。昨夜の愛の交歓を彼が楽しんでいたことに疑問の余地はない――自分でもなかなかよくやったと思う。だがいくら自分はそう思おうと、相手がまったく同じ気持ちでいるとは限らないのが世の常であることは承知している。彼はとても……完璧だった。優しく、荒々しく、スリリングで、いままでの想像では思い描くことがかなわぬほど情熱的だった。彼への思慕はただでさえ、これまでに経験したどんな片思いより危険で、不可能で見込みのないものなのに、昨夜のことで思いはつのる一方である。

中ぐらいの歩調で歩いていたケヴィンがふと足を止めた。モリーは彼の注意をとらえたものがなんだったのか、目で確かめた。共有地の端にフットボールを抱えた九歳の少年が立っていたのだ。少年の名はコーディという。昨日『緑の牧野』にチェック・インする際、両親が紹介したのだ。

若い世代の客が来ることをケヴィンは知らなかったかもしれない。午後にグライダーで滑空した日とコテージの寝室にふたりでこもった日のあいだに、彼は一度も子どもの姿を見かけなかっただろうし、モリーもそのことにふれるつもりはなかった。

ケヴィンは少年のいるほうへ向かって歩きだした。ルーがあとをついていく。近づくにつれ、歩調が速まり、やがて子どもの前まできた。離れているので、彼が少年にどんな言葉をかけているのかモリーにははっきりとはわからなかったが、たぶん自己紹介したのだろう。子どもが相手が有名な運動選手だと気づいたときの常で、その少年も少し表情がこわばった。ケヴィンは少年を落ち着かせようと、頭を撫で、少年の持っていたボールをそっと手にとった。両手で何度かボールを小さくトスさせ、少年にまた話しかけ、共有地の中央に向けて合図した。しばし少年はわが耳を疑うかのようにただ目を見開いていた。やがて少年の足は地を蹴り、偉大なケヴィン・タッカーからの初めてのパスを受けとるために飛びだしていった。

モリーは微笑んだ。何十年もかかったが、ケヴィンはウィンド・レイク・キャンプ場でようやく遊び相手を見つけたのだ。

キャッチ・ゲームにルーも加わった。足元でキャンキャン吠え、だんだんゲームの邪魔をするようになったが、ふたりは気にしていない様子だった。コーディはやや足が遅く、ぎこちないプレーが可愛らしい。だがケヴィンは少年を励ましつづけた。

「十二歳にしてはずいぶんいい腕をしているね」

「まだ九歳だよ」

「九歳にしてはすごい！」

コーディは顔を輝かせ、いっそう頑張った。ボールを追う脚は上下に伸び、縮んで、ケヴィンがうしろ向きにトスしてみせると、少年はそのフォームを模倣《もほう》しようとして、うまくいかなくてもへこたれることなく頑張った。

半時ばかりそのプレーを続け、さすがの少年もへばってきた。だがケヴィンはキャンプ場の歴史に新たな一ページを加えることに気持ちを奪われていて、そのことに気づかなかった。

「なかなかいいぞ、コーディ。腕をリラックスさせ、体を腕のなかに持っていくんだ」

コーディはその指示に従おうとベストを尽くしつつも、いまやコテージのほうへ切望に満ちたまなざしを向けはじめた。だがケヴィンはこの少年に自分が味わったような孤独感を持たせまいという目的達成のために、ひたすら集中していた。

「おい、モリー！　この子すごくいい腕しているだろう？」

「そうね」

コーディはスニーカーをひきずり、ルーですら疲れを見せはじめた。だがまだケヴィンは気づかない。

モリーがいよいよ中に割って入ろうとしたそのとき、オブライエン家の兄弟――たしか六歳、九歳、十一歳だった――が『ヤコブのはしご』のうしろに広がる森のなかから駆けだしてきた。

「おい、コーディ。水着着ろよ。うちのママが浜へ行くっていってたぞ！」

コーディの顔が明るく輝いた。

ケヴィンは驚愕の表情を浮かべている。昨日チェック・インしたいくつかの家族は子ども連れだと彼に伝えなかったことをモリーは心底後悔した。そのときふと、ある不条理な希望がモリーの胸にともった。このことでひょっとするとケヴィンはここを売却するという考えを変えるかもしれない。

コーディはフットボールを胸に抱いたまま、落ち着かない様子でいった。「ミスター・タッカー、あなたとプレーできてほんとに嬉しかったです。でも……あの……もう友だちと遊ぶ時間になっちゃいました。かまいませんか？」コーディは少しずつあとずさりはじめた。「もしあなたが遊び相手がいなくて困るのなら、ぼくが——あとでまたここに来てあげてもいいですよ」

ケヴィンは咳払いをした。「いいから、きみは友だちと行きなさい」

コーディは鉄砲玉のように飛んでいき、オブライエン家の兄弟がそれを追って駆けていった。

ケヴィンはのろのろとモリーのそばに来た。あまりに当惑した顔をしているので、モリーはほどよい微笑を保つのに唇を嚙みしめなくてはならなかった。「ルーが遊んでくれるわよ」

ルーは切なげな声をあげ、這いながらあずまやの下に入ってしまった。モリーは立ち上がって階段の下まで行った。「いいわ、私がお相手してあげる。でもあまり強く投げないでね」

ケヴィンは呆然とした様子で首を振った。「あの子たちはいったいどこから来たんだい？」

「学校がやっと休みに入ったのよ。子どもたちが来るっていったでしょ」

「でも……いまどのくらいいる？」

「オブライエン家の男の子が三人、それとコーディには妹がいるの。それに、二家族にそれぞれ十代の女の子がいるわ」

ケヴィンは階段に座りこんだ。

モリーはおかしいのをこらえて隣りに座った。「今日の午後には全員と顔を合わせることになるわ。新しい週の始まりにあずまやでのティー・パーティなんかちょうどいいと思うの」

ケヴィンは黙りこくったまま、共有地のほうをじっと見つめている。

思わずくすっと笑い声をもらしただけですんだのは自分の人間的成熟の証だとモリーは思った。「遊び相手が逃げちゃって、残念だったわね」

ケヴィンはスニーカーのかかとを草にこすりつけた。「とんだ物笑いの種を作っちゃったよな」

モリーは心がなごみ、ケヴィンの肩に頬を乗せた。「たしかにね。でもあなたのような物笑いの種を作る人が世のなかにはもっといてほしいわ。あなたってほんとにいい人よ」

ケヴィンは微笑みながら彼女を見おろした。モリーも微笑み返した。そのとき突然ある思いが心に浮かんだ。私は彼にのぼせているわけじゃない。私は彼に恋をしているのだ。その思いにぞっとして、モリーは顔を背けた。

「どうした？」

「なんでもないの！」狼狽《ろうばい》を隠そうとして、モリーはぺちゃくちゃとしゃべりはじめた。「もう一組家族連れがやってくることになってるの。また子ども連れよ。今日チェック・インの予定なの……子どもは何人だったかしら。スミスさん。何人連れか——子どもが何人かはいわなかったそうよ。エイミーが電話を受けたの」

ケヴィンに恋をしているなんて！　だめよ、それはだめ！　さんざん辛い思いをしたくせに、まだわからないの？　人の愛情を勝ちうるのがどれほどむずかしいことか、子ども時代に教訓を学んだはずなのに、また性懲《しょうこ》りもなくあの破壊的な行動パターンを繰り返すというの？　あの夢や希望はどうしたの？　壮大な恋物語はどうしたの？

モリーは頭を抱えこんで泣きだしたい気分だった。モリーが求めるものは愛なのに、彼が求めるのはセックスだけなのだ。ケヴィンが隣りで身動ぎした。気分を紛らわせてくれるものは大歓迎なので、共有地の向こうのケヴィンの視線の先にあるものを目で探した。オブライエン家の少年たちが追いかけっこに興じているあいだに、コーディがトランクス型の水着に着替えていた。十四歳くらいのふたりの少女が浜辺から大型のラジカセを持って歩いてくる。ケヴィンは子どもたちや、ラジカセ、古い樹木、シャーベット色のコテージにつくづくと見入った。

「とても同じ場所とは思えないよ」

「同じじゃないわ」モリーはこういうのがやっとだった。「みんな変わってしまうのよ」モリーは動揺を追いだそうとして咳払いをした。「あなたが雇った女の人だけど、明日から来るの？」

「働くにはエイミーを解雇するのが条件だそうだ」

「なんですって？　だめよ！　エイミーはちゃんと仕事をこなすし、あなたの頼んだこともきちんとやってくれてるわ！　それにあの小生意気なからかいの言葉がお客さまには受けがいいの」階段から立ち上がってもうひとことという。「私本気よ。たしかにあのキスマークは隠すように注意したほうがいいと思うけど、解雇なんてとんでもないわ」

ケヴィンは答えなかった。

モリーは慌てた。「ケヴィン……」

「落ち着けよ、な？　もちろんエイミーをクビになんてしないよ。だからこそあのおばさんがぷりぷり怒って帰っていったんじゃないか」

「よかった。彼女、エイミーのどこが気に入らなかったの？」

「どうやら彼女の娘とエイミーが高校の同級生で犬猿の仲だったらしい。その娘とやらが母親似だとしたら、ぼくはエイミーに味方するよ」

「それは正しい判断だったわ」

「まあね。でもここはちっぽけな町だろ。だから短い候補者リストがもう尽きてしまったんだ。大学生はみんなマキナック島でひと夏アルバイトするのに出払ってしまったし、こっちが雇いたい人物は九月末までという短期の仕事には興味を示さないんだよ」

「それで答えが出たでしょう、ケヴィン。この土地は手放さないで、ずっとここを経営しなさいよ」

「それは絶対ないよ。しかしもうひとつ手は考えてある」ケヴィンは立ち上がってモリーを見下ろした。淫らな視線が彼女の体の上で躍り、ゆがんだ笑みが口元に浮かんでいる。「きみの裸もなかなかだったよ。って、もういったっけ？」

モリーは身震いした。「何考えてるのよ？」

ケヴィンは小声でいった。「今日もパンティに動物がいる?」

「忘れた」

「じゃあ、確かめなきゃ」

「だめよ!」

「そうかい? 別に差し障りはないんじゃないの?」

「あるわよ、エッチ」モリーは階段の一番上から飛びおりて、気持ちの乱れを解消できる格好の口実ができたことを喜びながら、共有地を駆け抜けた。だが安全な、宿泊客のいる民宿のほうへは向かわず、建ち並ぶコテージのあいだを抜け、その奥の森へと逃げていく……安全とはほど遠い場所へと。

ルーはこの新しい遊びが大いに気に入り、興奮してキャンキャンと吠えながらあとを追っていった。ふとケヴィンは追ってこないのではないかという思いが頭をかすめたが、それは杞憂《きゆう》だった。小道のはずれでつかまり、森へ連れこまれた。

「やめて! あっちへ行って!」モリーはケヴィンの腕を払った。「テーブルをあずまやに運びだしてくれる約束だったじゃない」

「パンティの模様が何か確かめるまでは、何も運ばない」

「ダフニーよ、これでいい?」

「昨日と同じ下着をつけているとでもいうのかい?」

「何枚か持っているのよ」

「それは嘘だね。自分で確かめるからいいよ!」ケヴィンは松林の奥へと引っぱっていく。

ルーがまわりを吠えまわるなか、ケヴィンはモリーのパンティのスナップに手を伸ばした。

「静かにしろ、ゴジラ！　大事な仕事の最中なんだから」

ルーは素直に鳴くのをやめた。

モリーはケヴィンの手首をつかみ、押した。「あっちへ行って」

「昨日の夜はそんなこといわなかったくせに」

「だれかに見られるわ」

「見られたら、ハチに刺されたから針を抜いてやってるんです、っていう」

「さわらないで！」モリーはパンティを押さえようとしたが、すでに膝までおろされていた。

「やめてよ！」

ケヴィンはパンティを見おろした。「アナグマじゃないか。嘘ついたね」

「はくときそんなに注意してなかったの」

「じっとして。もう少しで針が抜けるから」

モリーは溜め息をついた。

「ね？」ケヴィンはモリーの体に近づいた「ほら取れた」

半時ばかりして森から出てくると、見覚えのあるステーション・ワゴンが共有地のあたりに近づいてきた。その車がブレーキの音をきしませながら民宿の前に停まるのを注視しながら、これはただの偶然なんだとケヴィンは自分にいい聞かせていた。だがそのときルーが吠えながらその車に向かって駆けだした。

モリーも歓声をあげ、走りはじめた。車のドアが開き、ルーそっくりの犬が飛びだした。続いて子どもたちも出てきた。まるで十人くらいいるような騒々しさだが、じつは四人だけで、みなケイルボー家の子どもたちである。彼らはいまや不仲とはいえない彼の妻めがけて駆けてくる。

みぞおちのあたりに不安が広がる。ひとつ確かなことは、ケイルボー家の子どもたちがいるということは、つまりケイルボー家の両親もいるということだ。

ケヴィンが歩調をゆるめたとき、車の運転席側からシカゴ・スターズのあでやかなブロンドのオーナーがするりと降り立ち、助手席側から伝説的に有名なオーナーの夫が出てきた。フィービーが車を運転してきたことは意外でもなんでもない。この家庭では状況しだいで主導権がコロコロ変わるからだ。車に近づきながら、この夫婦がともにウィンド・レイクにおけることのしだいを快く思っていないのではないかといういやな予感がした。

ことのしだいはどうか？　この二週間の自分の行動を振り返ってみると、正気の沙汰ではないと思う。もう一カ月あまりでトレーニング・キャンプが始まるというのに、モリーと笑ったり、モリーに腹を立てたり、冷たい態度をとってみたり、モリーを誘惑したりしているだけだ。もう何日も試合のビデオを見ていないし、じゅうぶんなトレーニングもこなしていない。ただひとついえるのは、モリーと過ごすことが楽しくてたまらないということ。生意気で、人をいらいらさせ、子どもっぽくて、おまけに美人でもなく、寡黙でも控え目でもないどころか頭痛の種といってもいい相手なのに、いっしょにいると妙に気持ちが浮き立つのだ。

モリーがよりによってフィービーの妹だということが恨めしい。偶然バーで知り合った相手だったらどんなにか気楽だったのにと思う。キラキラ光るアイメイクに透けるようなドレスを着たモリーの姿を想像してみたが、脳裏に浮かぶのは彼のTシャツにアンダー・パンツをはいた今朝の姿だけだ。裸足を椅子の横木にかけ、美しい髪を顔のまわりでくしゃくしゃと乱したまま、ピーター・ラビットのカップのふち越しにブルー・グレイの瞳をいたずらっぽく輝かせていたっけ。

甥《おい》や姪《めい》たちと抱き合って挨拶しているモリーは、明らかに着衣が乱れていることも髪に松の針葉樹がからんでいることも忘れているようだ。それをいうならケヴィンの服装も大差ない状態で、目さきがきく人物ならふたりがいままで何をしていたかなど、たやすく看破してしまうだろう。

目さきがきくという点ではケイルボー夫妻の右に出る者はいない。ふたりはケヴィンに厳しいまなざしを注いだ。

ケヴィンは両手をポケットにつっこみ、なにげない様子をつくろった。「これは嬉しい驚きだな」

「ご同様です」温かみのある、かつての挨拶の仕方とはまるで正反対の儀礼的なフィービーの言葉。一方のダンは探るような目を向けてくる。自分はAFCのなかでも揺るぎない地位を約束された最高のクォーターバックなのだとケヴィンはみずからにいい聞かせ、内心の不安を振り払った。

しかしケイルボー夫妻が経営の指揮をとるかぎり、シカゴ・スターズには揺るぎない地位を約束された選手などいない。うまく立ちまわらないと、このことがどんな結果を招くかが鮮やかな映像となって胸に浮かんだ。もしふたりが、彼とモリーとの縁を切ろうと考えた場合、近々事務所に呼びだされ、大物トレードの対象になっていることを通告されるだろう。下位チームなら、フットボール関連の記者や通信社が選ぶベスト・プレイヤーに選ばれたクォーターバックを獲るためなら、ドラフト上位の新人選手数名など喜んであきらめるところはいくらでもある。きっと知らぬまにことが運び、気づけばどん底チームでプレーするはめになるのだろう。

　モリーの髪に絡んだ松の葉を食い入るように見るダンの様子を見ながら、自分がシルバー・ドームでライオンズのためにフォーメーションを知らせるコード番号を大声で叫んでいるシーンがまざまざと脳裏に描きだされた。

　モリーの抱擁を受けながらまわりを取り囲んだ子どもたちは甲高い声で口々にしゃべっている。「おばちゃま、私たちが現われて驚いた？　びっくりした？」

「ルー！　カンガがいっしょに遊ぼうって！」

「……泳ぎにいってもいいって、ママはいうんだけどね……」

「ジャングル・ジムからおっこちて、目のまわりにアザができちゃった！」

「その男の子ったら毎日電話をかけてくるんだけど、この子はね……」

「この子ったら、そこらじゅうに吐いたの……」

「パパはまだ早すぎるっていうんだけど……」

　モリーは子どもひとりひとりにかわるがわる注意を向けてやり、その瞳を間断なく同情や興味、楽しさできらきらと輝かせている。ここにいるのは紛れもない、彼女の家族なのだ。突如ケヴィンの心に鋭い痛みが疾った。彼とモリーは真の家族ではない。だからこれはどうやら疎外感ではないらしい。こんなごちゃごちゃした大家族をいつも夢みていた子ども時代の名残りの感情なのだ。

「あらっ！」モリーが甲高い声でいった。「スミスってあなたたちのことだったのね！」子どもたちも黄色い声をあげ、モリーを指さした。やーい、担《かつ》がれた！

ケヴィンは先刻、今日スミス家がチェック・インする予定になっているとモリーから聞かされたことを思い出した。スミス家登場か。ケヴィンは内心の不安がいっそうふくらむのを感じた。

モリーはルーを抱きしめている姉をじっと見つめながらいった。「予約を入れたとき、エイミーに本名を明かしたの？」

テスがクスクス笑った。これがテスであることはケヴィンにもわかった。もうひとりそっくりな顔の子がサンドレスで跳ねまわっているのに、サッカー用のジャージーを着ているからだ。「ママは本名をいわなかったのよ。みんなでおばちゃまを驚かせようと思ったの！」

「今週はずっとここに泊まっていくよ！」アンドルーが叫んだ。「ぼく、おばちゃまと寝たい！」

行け行け、アンディ。おまえはケヴィンおじちゃまにたったいま不義理をしたんだぞ。

モリーはアンドルーの髪をくしゃくしゃと撫でながら、何も答えなかった。同時にモリーは寡黙な子どもに手を伸ばした。

いつものように少し離れた場所に立ってはいても、ハンナの目は興奮で輝いている。

「まったく新しいダフニーの冒険物語を考えついたのよ」モリーはケヴィンがやっと聞き取れるくらいの小声でささやいた。「ストーリーはもうノートに書きつけてあるの」

「読むのが待ちきれないわ」

「浜辺を見せてくれる？　モリーおばちゃま」

フィービーからキー類を受け取ったダンはケヴィンのほうを向いていった。「コテージへ案内してもらえないかな。荷物をおろしたいから」

「いいですよ」そう答えたものの、じつはこのうえなく気が進まなかった。大切なモリーにケヴィンがどれほどの痛手を与えたのか見定めよう、というのがダンの今回の使命なのだ。痛手という言葉が心に浮かんだとき、自分こそ頭に痛手をこうむった被害者であるという気がした。

モリーは共有地の反対側にあるコテージを指さした。「『ガブリエルのトランペット』に泊まるのよ。ドアに鍵はかかってないわ」

ダンが車を移動させているあいだ、ケヴィンは草地を歩いていった。荷おろしは全員で効率的にすませたが、ダンという人間をかなりよく知っているケヴィンには、ダンがいつまでも思っていることを口に出さずにいるとは考えられなかった。

「で、ここの状況はどうなんだい？」ダンはステーション・ワゴンの後部扉を必要以上に力を込めて閉めた。

ケヴィンも同様に挑発的な態度をとることもできたが、ここはモリーが得意とする「だんまり」戦術でいくのが賢明だと判断した。浜辺で使う玩具《おもちゃ》がつまった洗濯カゴを持ち上げながら彼はいった。「ここの運営を任せられる人材を探すのがこれほど難航するとは考えてなかったんですよ」

「パパ！」ジュリーとテスが走りでてきた。アンドルーもついてくる。「午後のお茶の前にひと泳ぎしたいから、水着を出してよ」

「でもぼくはレモネードを飲んでもいいっておばちゃまがいってるよ」アンドルーは断言した。「だってぼく、お茶が嫌いなんだもん！」

「うちのコテージ見てよ！　すごーく可愛いでしょ！」フィービーとモリーがハンナを伴って出てきたので、ジュリーは戸口まで駆けていった。

モリーは緊張した表情をしていた。フィービーはデトロイト・ノヴェンバーで敗戦したときのライオンズのユニフォームのように冷ややかな目でケヴィンを見た。

「湖水は泳ぐにはまだ冷たすぎるわ」モリーは何ひとつ問題はないのだというそぶりで玄関ポーチの双子に向かって声をかけた。「おうちのプールとは違うのよ」

「水ヘビはいる？」

これは不安な表情のハンナからの質問だった。この少女の持つ何かがケヴィンの心をとらえる。「ヘビはいないよ。いっしょに行ってあげようか？」

ハンナの顔が感謝の気持ちで一〇〇〇ワットの明るさに輝いた。「ほんとに？」

「いいとも。水着を着ておいで。浜辺で会おう」ケヴィンはモリーを敵陣に置き去りにしたくはなかったので、いった。「おばちゃまもいっしょに行ってくれると思うよ。おばちゃまはあの湖で泳ぐのが好きなんだ、そうだろ、モリー?」

モリーは安堵の表情を浮かべた。「いいわ。みんなで泳ぎにいきましょ」

それに、これはこれでなかなか楽しそうだ。

ケヴィンとモリーはケイルボー家の子どもたちに「じゃあ、あとでね」と手を振った。歩きだしながら、ダンがフィービーに何ごとかつぶやくのが聞こえたが、はっきりと聞き取れたのはひとことだけだった。

「スライテリン」

モリーはケイルボー一家が遠ざかるのを待ちかねたように動揺を表わした。「コテージからあなたの荷物を運びださなきゃだめよ! あなたとベッドをともにしていることを、姉たちには知られたくないの」

あんなふうに森から出てきたところを見られてしまった以上、時すでに遅しという観は否めないと思ったが、ケヴィンはしかたなくうなずいた。

「それと、あなたもダンとふたりきりになるのは極力避けてちょうだい。きっとあなたを質問責めにするわよ。私も姉といっしょにいるときは子どもたちのだれかをかならず連れているようにするから」

答える前に、モリーはコテージに向かって歩きだしてしまった。ケヴィンは小石を蹴飛ばして民宿に向かった。考えてみれば、モリーがなぜこうもふたりのことを隠したがるのかわからない。公言してほしいわけでは、決してない。前途多難なことは事実なのだから。だがモリーは自分のようにデトロイトにトレードされる心配はない。ひとこと、放っておいてくれといえばいいのだ。

考えれば考えるほどモリーの態度には腹が立つ。自分がふたりのことを秘密にしたいのは当然だが、モリーがそうしたがるのはどうしても納得できない。

20

昔の女性は男の人を好きになると、カードやチェスをしたらかならず男の人を勝たせてあげていたのです。

――「無軌道なつき合い方について」『シック』誌への寄稿

モリー主催のあずまやでのティー・パーティが始まるまでには水着の着替えをすませることができた。当初午後五時の予定だったのを、子どもたちのことを考えて三時に変更したのだ。モリーは紙コップや店買いのケーキでは『ヴィクトリア・マガジン』の記事に掲載された写真と比べて見劣りがする、とフィービーにこぼしたが、モリーが上等の陶器を持ちだすより楽しい時間を過ごすことに重きを置いていることをケヴィンは知っていた。
彼はシャーロット・ロングやその友人のヴィーといっしょに歩いてくるリリーに会釈した。コテージの住人たちが短期滞在の民宿の客たちの好奇にみちた視線からリリーを隠そうとしていることに、彼は気づいていた。リリーに近づいて話しかけようかとも思ったが、何を話せばよいのかわからないのでやめた。

モリーはつねに跳びまわるプードルと騒がしい子どもたちに取り囲まれるようにしていた。髪には赤いハート形のバレッタ、ピンクのジーンズ、紫のトップ、スニーカーのひもは明るい青と、虹そのもの。そんな彼女を見るだけで、ケヴィンの口元はほころんだ。

「ジョージ!」四時をまわったころ、小型トラックから降り立ったリアム・ジェナーに向かって、モリーは跳びはねるようにして手を振った。「ジョージ・スミス! 来てくださってありがとう」

ジェナーは笑いながら近づいてきて、モリーを抱きしめた。ジェナーは年配かもしれないが、端整な容貌の持ち主であり、彼とバニー・レディがしっかりと抱き合っている様子を見るのは、ケヴィンにとってあまりよい気分のものではなかった。

「ぜひ姉に会ってくださいな。昔ニューヨークで画廊をやっていたんです。でもあなたの正体は伏せておきますね」

そう、それがいい。モリーの目がいたずらっぽく躍ったのに、ジェナーはぼんやりしていて気づかない。鈍い。

フィービーのいるほうへ向かいながら、画家はリリーの前を通りすぎた。早朝のキッチン・テーブルで来る日も来る日も拒まれることにいやけがさしてしまったのかもしれない。ケヴィンには解せなかった。もしリリーがジェナーと顔を合わせたくないのなら、なぜ毎朝朝食に出てきたりするのだろう?

ケヴィンはモリーとリリーの顔をかわるがわる見ながら、こうして手の掛かる女たちに囲まれているこの長い試練が不意に終わる瞬間をとらえようとしていた。ケヴィンは野球帽を乱暴にかぶりながら、今夜こそ試合のビデオを見ようと心に誓った。

男性客たちはフットボールの話をしたがり、ケヴィンとダンもそれに応じた。五時をまわったころ、大人たちは三々五々帰りはじめたが、子どもたちはまだ楽しそうに遊んでいた。ケヴィンは明日になったらバスケットボールの輪を設置してやろうと思った。浜辺には救命いかだも買っておこう。それに自転車だ。子どもたちには、ここにいるあいだは自転車があったほうがいい。

コーディとオブライエンがこちらへ駆けてくる。汗まみれの顔、汚れた衣服。真夏の子どもはこうでなくてはいけない。

「ねえ、ケヴィン！　ソフトボールしない？」

ケヴィンは自分の顔に笑みが広がっていくのを感じた。かつて礼拝堂が建っていたこの共有地でソフトボールの試合をする……「いいとも。みんな聞いて！　ソフトボールをしたい人は手を挙げて」

あちこちで手が挙がった。テスとジュリーは前に走りでてきたし、アンドルーは叫びながら跳びはねだした。大人たちも乗り気だった。

「ソフトボールはなかなかいいアイディアだわ」芝生用椅子に座ったシャーロット・ロングが甲高い声で楽しげにいった。「あなたが取りしきってよ、ケヴィン」

彼はシャーロットのちょっかいに苦笑した。「コーディ、キャプテンを務めたいか」

「うん」

ケヴィンはぐるりと見まわしてもうひとりのキャプテンを探し、テスを選ぼうとしたが、父親の足元に座り、プードルたちを抱きしめているハンナの様子に気持ちが動いた。手を挙げかけてその手を膝に戻すのを、見てしまったのだ、「ハンナ、きみはどうだい？　相手チームのキャプテンをやってみない？」

ダンがうつむきながらうなるのを見てケヴィンはびっくり仰天した。

「だめよ、ケヴィン！」テスとジュリーがいっせいに叫んだ。「ハンナはダメ！」

だがだれにも増してケヴィンを驚かせたのはモリーだった。子どもの心理に関してあれほど敏感なバニー・レディがこういったからだ。「あの……別の子を選んだほうがいいかもしれない」

みんなどうかしている。

さいわいハンナはまわりの人間の冷淡な反応にもくじけず、すっくと立ち上がるとショート・パンツの皺をのばしながら、ケヴィンに叔母そっくりの笑顔を向けた。「ありがとう、ケヴィン。私がキャプテンに選ばれるなんてほとんどありえないことよ」

「選ばれたのはあんたが――」

フィービーがあわててテスの口を押さえたが、その母親でさえ悲しげな顔をしていた。ケヴィンは全員に対して苛立ちを覚えた。彼は運動能力ではだれにも負けないが、小さな子どもを運動能力のなさゆえにけなすようなケチなまねは絶対にしない。ケヴィンはハンナを安心させるようににっこり微笑んでみせた。「だれがなんといおうと気にすることはないからね。まずチーム・メンバーを選んでごらん」

「ありがとう」ハンナは一歩前へ出て、居並ぶ顔ぶれを見まわした。ケヴィンはハンナが自分かダンを選ぶものと予想した。意外なことにハンナは母親を指名した。フィービーの運動神経のなさといったらひどいもので、いっしょにプレーするのがいやなばかりに、年に一度のチームのピクニックとそれに続くソフトボールの試合に出なくてすむように、その日は歯科医の予約を入れるのがスターズのベテラン選手の習慣になっているくらいなのである。

「ママを選ぶわ」

ケヴィンは前屈みになり、小声でささやいた。「念のためにいっておくけどね、ハンナ、男性陣のなかからも選べるんだよ。パパとか、ぼくとか。本気でママを一番に選ぶの？」

「本気さ」ダンがうしろで溜め息をついた。「またいつものとおり」

ハンナがケヴィンの目を見つめながらいった。「だれもママをチームに入れたがらないからきっとママは悲しむと思うの」

テスが十一歳という年齢にしてはきわめて辛辣な言葉を差しはさんだ。「それはママがどうしようもないからよ」

フィービーはふんと鼻で笑い、先刻支持しなかったことは棚に上げ、調子よくハンナの肩をたたいた。「気にしなくていいのよ、ハンナ。持って生まれた能力より勝とうとする心がまえのほうがずっと大切なんだからね」

ハンナと違いコーディは愚かな選択はせず、勝とうとする心がまえより持って生まれた能力を尊重した。「ぼくはケヴィンを選ぶ」

ダンが芝生用椅子から立ち上がって娘のところへ行った。「ハンナ、パパも来たよ。パパのことも忘れないでくれ。ハンナがもし選んでくれなかったら、パパは悲しいよ」

「パパは入れない」ハンナはダンに輝くような笑顔を見せたかと思うと顔をそむけ、リリーをじっと見た。リリーは年配のご婦人たちと庭いじりの話に花を咲かせており、ケヴィンが覚えているかぎりでは、手を挙げていなかった。「あなたを選ぶわ」

「私?」リリーは嬉しそうに立ち上がった。「ソフトボールなんてティーンエージャーのころ以来よ」

ハンナは母親に微笑みかけた。「これは素晴らしいチームになりそうよ、ママ。勝とうとする心がまえだけはじゅうぶんだもの」

コーディはここは一気呵成《かせい》とばかりに、ダンを選んだ。

ふたたびケヴィンはハンナに助言しようと一歩近づき、オブライエン家の長男を指さした。

「さっきスコットがフットボールのトスをやってるところを見ていたけど、あの子の運動神経はなかなかだよ」

「よけいな口出しはよせ」ダンが小声でいった。そしてアンドルーが下唇を突きだしたなと思ったとほぼ同時にハンナが三人目を指名した。

「アンドルーを指名するわ。ね、アンドルー。まだ五歳だからってだれもチームのメンバーに入れてくれないわけじゃないのよ」

「ぼくはテスを選ぶ」とコーディが素早く反撃した。

「次はモリーおばちゃまを選ぶわ!」ハンナが微笑んだ。

ケヴィンは溜め息をついた。コーディはこれまでのところ、現役のNFLのクォーターバックと元NFLのクォーターバック、北イリノイでも最高レベルの運動能力をそなえた少女たちをチームに擁したことになる。一方のハンナは、世にも稀《まれ》なほどソフトボールが下手な自分の母親と五歳にしては闘志だけはいっぱしの弟、それにモリーをチーム・メンバーに選んだ。……モリーは――カヌーを転覆させ、溺れかけ、概してスポーツ嫌いである。

コーディの選んだ次なるメンバーには先刻テスとサッカーボールを蹴り合っていた十代の少女、まるで戦車なみの体格をしたオブライエン家の次男、運動能力の優れた両親が入った。ハンナは見るからに根性なしの六歳のオブライエン家の末弟を選んだ。気弱な子どもが肌身離さず持ち歩くお守りタオルをこの少年も持っていて、さっきそれを生け垣のなかに隠しているところをケヴィンは見かけた。ハンナはその埋め合わせとして姉のジュリーを選んだ。ジュリーは少なくともダンスをやっているだけに筋力は確かだ。次に選んだのはリアム・ジエナーだが、選んだ根拠は「カンガとルーの素敵な絵を描いてくれたから」と、あまり理に適《かな》っているとはいえないものだった。コーディは十代の若者たちを残りのメンバーに選び、ハンナは参加を希望した年配者を選んだ。

これでは一方的な試合になるのは火を見るより明らかだった。

少年たちは装具をとりにコテージに戻り、関節炎が再発しているカンフィールド氏がアンパイヤを買って出て、全員が位置についた。

最初の攻撃はハンナのチームで、ケヴィンは投手としてマウンドに立ち、お守りタオルをレンギョウの植えこみに隠した六歳の少年と向かい合っていた。ケヴィンがうっかりモリーの顔を一瞥すると、その顔には果たして「もしライナスをストライクにとったりしたらあなたは私が考えていたような人ではなかったということで、当面ベッドでのことはないと思ってちょうだい、コンプレ・ヴ?」と書かれてあった。

ケヴィンは少年を歩かせた。

ハンナは次にアンドルーを打席に立たせた。ケヴィンの投球は緩やかだった。打ち損ねたものの、アンドルーのスウィングは幼い子どもにしては上出来だった。見ているとその表情には強情なほどの決意がみなぎり、五歳のころのダン・ケイルボーを彷彿《ほうふつ》とさせるものがあった。そのせいか次の一球には妙に力が入って厳しい球を投げてしまったが、アンドルーは屈することなく食らいついてる。

一方モリーは侮蔑《ぶべつ》的な表情を向けてくる。「この子はたった五歳なのよ、ばかね! まだ幼い子どもなのよ! 五歳の子からストライク・アウトを取ってまで勝ちたいわけ? もう今後いっさいあなたにウサギのパンティを見せることはないからそのつもりでね。絶対に、どんなことがあってもね。アディオス・ムチャーチョ!」とその顔はいっていた。

ケヴィンはもう一球緩い球を投げ、アンドルーはそれを右ショートへ打ち返した。守備についていたオブライエン家の長男はたかが幼稚園児の打球と見くびり、捕球に手間取った。その間《かん》にライナスは三塁に進み、アンドルーは父親が守る二塁に進塁した。

ダンが髪をかきむしった。

「ケヴィン?」ハンナがおずおずと声をかけた。「マクミュレンさんが次のバッターなんだけど、歩行器を使ってもいいですかって」

あとは推して知るべし。

ようやくコーディのチームに攻撃権がまわってきて、ケヴィンが打席に立った。ピッチャーのマウンドあたりで心優しき少女ハンナはモリー、フィービー、リリー、ジュリーという黙示録の四人の女騎手たちと寄り集まり話し合った。ようやく女たちは四方に散り、ピッチャーだけがマウンドに残った。

バニー・レディのモリーだった。

ケヴィンは頬がゆるんでしかたがなかった。これは面白くなってきたぞ。みんな、なんだと思う？　いよいよアナグマ・ベニーがダフニーをぎゃふんといわせる瞬間が到来するからさ。モリーは精一杯強気な視線を向けてくるがじつは緊張しているとケヴィンは踏んだ。それも当然だろう。全米最高殊勲選手。ヘイスマン賞候補。オールプロ。緊張しなくてはおかしいくらいの相手なのだから。

ケヴィンはプレートに足を乗せながらモリーに笑みを向けた。「頼むからぼくの頭をはずして投げてくれよ。この形のいい鼻も位置がずれればだいなしなんでね」

「ところがさ」ダンが背後から声をかけた。「そうは問屋が卸さないんだな、これが」モリーはウォーム・アップのつもりなのだろう、何回か腕をまわした。ケヴィンはバットを地面にコツコツと当て、モリーはなんて可愛いんだろうと思いながら球が来るのを待った。可愛いなんてものじゃない。噛みしめた唇はバラ色で、昨日の夜はこの胸に押し当てられていたあの胸はいま紫のトップに押しつけられている。球を離すとき、あのぴっちりしたピンクのジーンズのなかで小刻みに揺れる尻は昨日の夜と同じように——。

ケヴィンの頭を雑念がよぎっているあいだに、球はすっと彼の前を過ぎた。あれ……いまのは？

「ストライク・ワン！」カンフィールド氏が大声で告げた。ただのまぐれ、そういうこと。集中力の欠如はボールより魅力的な存在に気をとられたせい。ケヴィンはプレートから離れた。

いまのがまぐれだったことはモリーも承知しているのだろう。またも下唇を嚙みしめ、いっそう不安な表情を浮かべているからだ。ここはひとつ心理作戦を弄《ろう》してみようか。「ナイス・ピッチ、ダフニー。もう一度やれそうかい？」

「きっと無理」

モリーは明らかに緊張している。そしてそのセクシーなことといったら。全身全霊を捧げて打ちこむ彼女のベッドでの愛し方は最高だ。

モリーの尻が小刻みに揺れた。そのとき、彼女の尻の揺れたときの感触がケヴィンの脳裏をよぎった。

速球だったが、今度ばかりはケヴィンもきちんと身がまえていた。──ただし球は最後の瞬間に突然沈み、彼のバットは空を打った。

「素敵よ、モリーおばちゃま」

「ありがと、ハンナ」

ケヴィンは信じがたい思いだった。

「でかしたな！」ダンが背後からぼやいた。

モリーは人差し指で乳房の内側をなぞった。舌の先がふっくらした下唇をさっとかすめた。なんとモリーは彼の欲情を刺激しているのだ。試合が終わりしだい、家族がいようといまいと彼女を森に引きずりこんで、真のゲームを見せてやろう。

モリーは振りかぶり、球を離す瞬間にケヴィンの股間を直視した。ケヴィンは身を守るために本能的に一歩下がった。結局彼はほとんどの球を見逃し、弱いピッチャー・ゴロを打ち返しただけだった。ケヴィンは走りだした。モリーは球を一塁のジュリーに向かって投げ、ジュリーはどこか『白鳥の湖』のピルエットのような動きで捕球した。

ケヴィンはアウトになった。アウトに！　彼はバレリーナからバニー・レディに向けて順に視線を投げ、現実を理解しようと努めた。モリーの視線がケヴィンの顔から股間をさっとかすめた。やがてモリーの満面に笑みが広がった。「私がサマー・キャンプに九年間も行ったこと、話したかしら？」

「たしかに聞いたよ」こんな特殊なトリックがサマー・キャンプ仕込みとは思えない。このいたずらの名人が自分で考えだしたことに違いない。

モリーは一回の終わりまでにコーディには緩い球を投げ、ダンを歩かせ、オブライエン家の長男とその父親を打ちとった。

選手になった経験はなし。体育の上級2のクラスには絶対に選ばれることのない生徒。チームがフィールドから引き上げてくるとき、モリーがケヴィンの前をのらくらと通りすぎた。「いい感じ」

「たしかスポーツは苦手っていってなかったっけ？」

「スポーツは嫌いだといっただけ」モリーは彼の胸をちらりと見ていった。「そこにはちゃんと意味の隔たりがあるのよ」

このまま屈辱に甘んじてはなるまいと、ケヴィンはモリーにNFLの極上の冷笑を浴びせてやった。「今度このジッパーを凝視するときは、あおむけに寝たほうがいいよ」

モリーは笑い声をあげながらチームメイトのあとを追った。

リリーが最初の打者だった。全身の色をコーディネイトしたグッチを身につけ、ダイヤの指輪とブレスレットはキラキラとまばゆいばかりの光を放っている。リリーは豹柄のサンダルを脱ぎ捨て、蝶番《ちょうつがい》にダブルのCマークがついたシャネルのサングラスをはずし、バットを握った。慣らしのスウィングを何度かしたあと、ひどく慣れた様子でプレートの上に立った。まさしくその瞬間、ケヴィンは自分の運動能力はすべてロデオ乗りから受け継いだわけではないことを悟った。

リリーはケヴィンに向かって片眉をつりあげた。その瞳に光が射し、彼と同じ緑に輝いた。

『ぼくはおばさんがほんとのおかあさんだとしっています。おばさんのことがだいすきです……』

ケヴィンはリリーの逆鱗《げきりん》にふれたくはなかった。そこでど真ん中の打ちやすい直球を投げた。リリーはバットを大振りしたが、運動神経が錆《さ》びついているせいか、球をかすっただけだった。

「ファウル・ボール！」

ケヴィンが投げた同じような球を、リリーは今度はきれいに打ち返した。バットは鋭い音とともに球をとらえ、リリーは味方チームのやんやの喚声をあびながら二塁に到達した。誇らしい気持ちが心の奥からあふれ、ケヴィンはわれながら驚いた。

「素晴らしい」ケヴィンが小声でいった。

「全盛期はこんなものじゃなかったのに」とリリーがいった。

次の打者は心優しきキャプテンだった。いつもの不安な色をたたえた、しかつめらしい真剣な顔だ。彼女の叔母がときたまこんな顔をすることがある。ハンナのまっすぐな褐色の髪の色はモリーの髪よりいくぶん明るめだが、ふたりとも同じように頑固そうな顎を持ち、同じようにやや吊り目だ。ハンナはまじめだけでなく、こぎれいな子どもである。アメリカン・ガールのTシャツにも、プードルと遊んだりチョコレートケーキを食べた痕跡を残していない。ショート・パンツのうしろのポケットから小さなノートがのぞいているのに、ケヴィンは目をとめ、心のなかに温かいものが広がるのを感じた。ハンナはダンとフィービーの娘というより、むしろモリーの娘のようだ。生まれてこなかった彼の娘もこんな子どもになっていただろうか。

突如ケヴィンは胸苦しさを覚えた。

「あたしこんなこと、得意じゃないの」打席についたハンナが小声でいった。

ああ、こんなはずでは……ケヴィンは途方に暮れた。投球は外にずれた。

「ボール・ワン」

ハンナの表情にはますます不安が広がっている。「私は絵を描くほうが得意なの。それに文章を書くことも。ものを書くことはいい線いってるのよ」

「やめなさい、ハンナ」彼女の鈍感な父親が二塁から声をかけた。

ケヴィンは常づねダンこそ最高の父親だと認めていたが、はからずもそれが大いに間違っていたことが判明したわけだ。ケヴィンはダンになだめるような顔を向け、ごく優しい緩やかな球を投げた。あまりに緩い球だったので打席にも届かなかった。

「ボール・トゥー」

ハンナは下唇を噛み、途方に暮れたようにささやき声でいった。「これが終わったらどんなにほっとするかしら」

ケヴィンは気持ちがやわらぎ、打席を通過する球も同様にやわらいだ。ハンナはぎこちない小さなスウィングでバントした。

ケヴィンは球を追ったが、ハンナが一塁に到達できるようゆっくりと捕球した。まずいことにコーディが捕球に失敗したのでハンナは二塁に進塁した。

いっせいに歓呼の声があがり、リリーがグッチのパンツなど気にもせず本塁に滑りこんだ。

体育の上級3クラスには絶対に選ばれない生徒。選手に選ばれた経験はゼロ。

ケヴィンはハンナに向かってひょいと頭をあげた。

「バッティングは得意じゃないの」ハンナは迷子のようなか弱い声でいった。「でも足はすごく速いの」

「なんてこった」ダンがうんざりした声でいった。

ハンナに何か慰めの言葉をかけようとして、ハンナが叔母と目顔で合図するところが目に入り、ケヴィンは呆然とした。それは微笑みにすぎないものの、ありきたりの微笑みではなかった。狡猾《こうかつ》なペテン師のほくそ笑みだったのである。

ただ顔を見合わせるだけで叔母と姪のあいだに完璧な意思の疎通があるということに、ケヴィンは啞然とした。彼は騙《だま》されたのだ！　ハンナはモリーと同じく超一級のいたずら名人だったのだ。

振り返ると、ダンの少し申し訳なさそうな顔があった。「おれやフィービーもいまだに、ハンナが意図してやっているのか、たまたまそうなるのか判断がつかないんだよ」

「それを先に教えてくれなくちゃ！」

ダンは腹立たしさと父親らしい誇らしさがないまぜになった視線を末娘に注いだ。「こればかりは体験するしかないんだよ」

スポーツはときにあらゆるものの本質を暴きだしてしまうことがある。そしてまさしくこのとき、モリーが溺れかけたことからカヌーの転覆、そしてマーミーらしからぬ樹上の冒険までのすべてが明らかになった。モリーは終始彼を担ぎつづけてきたのだ。明らかに精彩を欠く投球内容に不満げなコーディが前に進みでて、ケヴィンは二塁を守り、ダンがピッチングを引き継ぐことになった。

騙しの名人ハンナが叔母と茶目っぽい目を交わし合い、ケヴィンにはその理由が読めた。フィービーが打席に立ったからである。

何かわくわくしてきそうだった。尻の振り方といい、唇の舐《な》め方、胸の突きだし方といい、承諾年齢以下の少年少女に目撃させるにはいささか刺激の強すぎるながめだった。ダンは汗をかきはじめ、フィービーが甘い声でささやき、気づいたときにはフィービーは一塁ベースを踏み、その間にハンナが三塁まで進塁していた。

いつしか大差がつきつつあった。

体育の上級クラスには絶対に選ばれない生徒チームの攻撃もようやく終わったが、それもひとえにキャプテンのコーディがピッチャーをダンからテスに変える抜け目なさを備えていたからにほかならない。テスには尻振りは通じないし、簡単に騙されることはないからだ。テスはいとも簡単に幼い選手たちを打ち取り、年配の選手を慇懃にしかし断固として退かせた。しかしながらそのテスをもってしても、最終イニングのモリーのホームランを阻止することはできなかった。

スポーツを嫌う人物にしては、モリーは確実にバットの扱い方を知っている。塁をまわるモリーの様子にケヴィンは性欲をひどくかきたてられ、自分でもばつが悪く、前屈みになって脚のこむらがえりを治すようなふりをしなくてはならなかった。脚をこすりながら、今週はモリーと添い寝をしようという子どもたちでモリーのベッドは満杯だということを思い出した。彼の知るかぎり今夜はジュリーの番、明日はアンドルーの番、その次はハンナ、最後にテスの番のはずだった。就寝時間を過ぎたら、こっそりコテージに入ってモリーおばちゃまを誘拐できるかもしれない。そのときジュリーは寝が浅いとモリーが話していたことを思い出した。

ケヴィンは溜め息をつき、頭の野球帽をかぶり直した。現実を直視しよう。残念無念、今夜のお楽しみはおじゃんだ。万能ケヴィンも形なしといったところか。

21

森はお化けが出そうに気味悪く、怖くて歯がガチガチと鳴りはじめました。もしだれも見つけてくれなかったら、どうしよう？　さいわいダフニーは大好きなレタスとマーマレードのサンドイッチを持ってきていました。

——「ダフニー、迷子になる」

リリーは長椅子にもたれ、パティオの隣りに生えたアメリカハナズオウの木から下がったウィンドベルの音色に耳を傾けていた。ウィンドベルが大好きだがクレイグは嫌って、庭に吊るすことを許してはくれなかった。リリーは目を閉じ、家のすぐ裏手にあるこの静かな一角を宿泊客がめったに訪れないことを喜んだ。

いったいいつまでここにいるのかと自分自身に問いかけるのをようやくやめた。去るべきときは、いずれわかる。今日はじつに楽しい一日だった。彼女が本塁を踏んだとき、ケヴィンはほとんど誇らしげな顔を見せたし、ピクニックでもあからさまに避けたりしなかった。リアムは避けたけれど。

「熱烈な崇拝者たちから隠れているのかい?」

リリーははっと目を開けた。民宿の勝手口から思慕する男性その人が出てきたので、リリーは心臓が止まりそうになった。髪はぼさぼさで、身につけているのはさっきピクニックで着ていた皺くちゃのカーキのショート・パンツと紺色のポケットつきTシャツである。彼女と同じく、ソフトボールの試合が終わっても、シャワーも着替えもすませていないのだ。

リリーはなんでも見とおしすぎる黒い瞳のなかをじっとのぞきこんだ。「午後の疲れを癒しているのよ」

リアムは隣りの赤色木材の椅子に置かれたクッションに深々と腰かけた。「ソフトボールに関して、きみは女性にしてはかなりの腕前だよ」

「あなたはめめしい画家にしては相当優秀よ」

リアムはあくびをした。「めめしいってだれのことなんだ?」

リリーは笑いをこらえた。ふたりでいるといつもこんな調子で、彼もそれに乗ってくる。毎朝彼が帰るまで部屋にいようと自分に誓うのだが、結局階下におりてしまう。リリーは彼とのあいだに起きた出来事がいまだに信じられないでいる。まるで魔法にかかったようで、あのガラスに囲まれたアトリエは異次元の世界の一角なのだという気がしてならないのだ。だがここは現実世界だ。

それに彼が自分といっしょでないとき楽しげな様子を見せることにも、いささか不快な気持ちを覚える。モリーと笑い合っていないときは、フィービー・ケイルボーと仲良くふざけたり、子どもたちをからかったりしている。彼のぶっきらぼうで威圧的な態度にもかかわらず、だれも彼を恐れていないことが、無性に不愉快なのだ。

「行ってシャワーと着替えをしてきなさい」リアムがいった。「私もそうする。そのあとで食事にいこう」

「ありがとう。でもおなかはすいてないわ」

リアムはうんざりしたように溜め息をつき、椅子の背に頭を乗せた。「断固としてこのことを排除しようとしているわけだね？　喧嘩《けんか》するチャンスさえ作らないつもりなんだな」

リリーは長椅子の脇に脚を休め、背筋を伸ばした。「リアム、私たちのあいだに起きたことは逸脱した行為よ。私ったら、最近あまりに孤独だったから、つい愚かしい衝動に走ってしまったの」

「単にタイミングと状況ってことかい？」

「そうね」

「つまりだれかほかの相手でもよかったということ？」

リリーはそうだといいたかったが、いえなかった。「いいえ、だれでもいいってわけじゃないわ。あなたはその気になれば魅力的になれる人ですもの」

「だれでもそうなれるさ。いいかい、われわれのあいだにはあるものが存在する。しかしきみはそれを直視する勇気がないんだよ」

「そんな必要がないんですもの。なぜあなたに惹かれているか、自分でも理由はわかってるの。ただの古い習慣なのよ」

「どういう意味なんだ？」

リリーは指輪をねじった。「つまりこれまでずっとそんなことをしてきたってことよ。社会的に優れた男性。牛の集団を支配する雄馬。シンデレラの悩みを解消してくれる、なんでも取り仕切る王子。あなたのようなタイプは私の致命的な弱点なの。でも私はだれかに面倒を見てもらわなくてはいけない極貧のティーンエージャーではないわ」

「さいわいなことに、私はティーンエージャーなんて嫌いだし、あまりに自己中心的で他人の面倒なんて見られるはずもない」

「あなたは私がいわんとすることを意図的に矮小化《わいしょう》しているわ」

「あまりにつまらん話をするからだ」

リアムの憎まれ口で話を逸らされたくなかった。それが明確な意図による言葉であることを知っていればなおさらである。「リアム、私は同じ過ちを繰り返すほど若くも愚かでもないの。そう、私はあなたに惹かれているわ。本能的に精力的な男性に魅力を感じてしまうのね。そうした男性が得てして女を手荒く扱う性向を持っているとしてもね」

「私はこんな会話はこのうえなく幼稚じゃないかと思うね」

「幼稚なのはあなたのほうでしょう。この話題が気に入らないから私を黙らせようとしてばかにしたような言い方をしているのよ」

「効果が上がらず残念だよ」

「自分でも少しは利口になったかと思っていたけれど、明らかにそうじゃなかったわ。もし世智というものが身についていたら、あなたにこんな態度をさせておくはずがないもの」リリーは椅子から立ち上がった。「よく聞いてちょうだい、リアム。私はかつて女を支配するタイプの男性に恋をして、懲《こ》りているの。夫を愛してはいたけれど、ときには憎しみすら覚えたほどだったのよ」

リリーは自分でもほとんど認めていなかった心の内をはからずも明かしてしまったことに驚愕していた。

「きみの夫は憎まれて当然だと思うよ。話を聞くとかなり横暴な男らしいから」

「あなたにそっくりよ！」

「そんなはずはないね」

「本当にそう思うの？」リリーはアメリカハナズオウの木をさっと指さした。「夫は私がウィンドベルを吊るすのを許さなかったの。私はウィンドベルが大好きなのに、夫が嫌うからという理由で自分の庭に吊るすこともできなかった」

「彼としてみればもっともな判断だったね。ウィンドベルはうるさいから」

リリーは胃が縮むような気がした。「このままあなたに恋をしたら、また最初からクレイグに恋をするのと同じだと思うの」

「比べられるのは御免こうむりたいものだ」

「彼が亡くなって一カ月後、寝室の窓の外にウィンドベルをひと揃い吊り下げたわ」

「われわれの寝室の窓には吊るさないでもらいたいね！」

「われわれの寝室なんてないじゃないの！　それにたとえあったとしても、好きなだけ吊るすつもりよ！」

「私がとくと頼んでもかい？」

リリーは焦れて両手を挙げた。「ウィンドベルの話をしているんじゃないの！　ただひとつの例をあげただけなの！」

「そう簡単に話を切り上げられては困るよ。この話題を持ちだしたのはきみのほうなんだから」リアムは立ち上がった。「私は件《くだん》のいまいましい物体が嫌いだということをきみに伝えた。だがきみはどうあってもそれを吊るすという。そういうことだろう？」

「気でもおかしくなったの？」

「質問に答えてくれ」

「そのとおりよ！」

「よし」リアムはまるで殉教者のような溜め息をついた。「それがきみにとってそれほどに重要であるのなら、思いどおりに吊るせばいいさ。だがそれに対して私が不満をもらすのはしかたないと思ってくれ。とんでもない音の公害なんだから。それと、きみのほうでも私の大切にしていることを受け入れてほしい」

リリーは頭を抱えた。「私の気持ちをかき乱すのがあなたの理想とする口説き方なの？」

「ただ私は自分の主張の正当性を示そうとしているだけだ。どうやらきみには理解できないようなのでね」

「わかるように教えてちょうだい」

「きみは自分を顧みない勝手な男とは金輪際関わりたくないという。私もそんな態度をとってみたことはあるが、きみはそれを受け入れなかった。それに、私がそんな態度をとれないということは、つまりほかの男ならもっと無理だということ。われわれには何も問題はないのだ」

「そんな簡単に片づけてしまえることじゃないわ！」

「私のほうはどうしてくれるんだい？」リアムは自分の胸に手をふれた。彼がこれほど脆《もろ》く見えたのは初めてのことだった。「私の致命的な弱点はどうなる？」

「何がいいたいのかわからないわ」

「自分以外の人間の気持ちを考えてみれば、わかるはずだ！」

彼の言葉にはクレイグの言葉のような棘《とげ》はなかった。リアムは彼女を傷つけるためではなく、駆り立てるために強い言葉を使ったのだ。「あなたには我慢がならないわ！」

「私のような男が何をすればいいというのだ？　控え目な態度をとる術《すべ》も知らず、いまさら新しい生き方を学ぶこともできない。いったいどうすればいい？」

「さあね」

「私は強い女に目がない。男が色よい言葉を口にせずともいちいち取り乱したりしない精神の強靭《きょうじん》な女。ただ私が恋する女は私に我慢がならないという。いったい何をよすがにすればよいのだ、リリー？」

「ああ、リアム……あなたは私に恋などしていないわ。あなたはただ……」

「少しは自分を信じたらどうなんだ」リアムはぶっきらぼうにいった。「きみのなかの新しい自分を」

リリーはリアムの冷酷な率直さというわなにかかったような気がした。彼は真の意味を知らないまま、あんな表現を使っているのだ。リアムのとらえる彼女の人間性と彼女が感じるみずからの人間性には大きな隔たりがある。

リアムは両手をポケットに突っこんでパティオのはずれまで行った。「きみは私をずっと拒みつづけてきた。きみを愛しているが、私にもプライドというものがある」

「当然ね」

「絵はほとんど仕上がっているし、きみにも見てもらいたい。木曜の夜、うちへ来てくれないか」

「リアム、私――」

「もしきみが来なければ、私は今後きみに会いにここへ顔を出すことはしない。決断してほしいんだ、リリー」

「私は最後通牒《つうちょう》というのが大嫌いなの」

「そうだろうとも。強い女は得てしてそれを嫌う」


ケヴィンは次の二日間、なんとかモリーとふたりきりになろうと躍起になったが、街へ自転車を買いにいったり、客の世話をしたり、ドアから顔をのぞかせるたびにどこからかひょいと子どもたちが現われたりして、まるでチャンスがなかった。ダンは二度ばかりケヴィンに話しかけようとしたが、一度は電話に邪魔され、二度目は客の車のバッテリーがあがったことで果たせなかった。火曜日の夜が訪れるころには、すっかり不満が鬱積して気が滅入り、事務所で観ようとした試合のビデオにも集中できなかった。トレーニング・キャンプまであと五週間か……ケヴィンは膝に乗っていたルーを押しのけるようにして床におろし、窓のそばへ行った。まだ七時にもなっていないのに、雨雲がたちこめ、あたりは闇に包まれつつあった。いったいモリーはどこにいるんだろう？

そのとき携帯電話が鳴った。机の上からひったくるようにして手にとった。「もしもし」

「ケヴィン、モリーよ」

「いったいどこへ行ってた？」つい怒鳴ってしまった。「お茶のあと話がしたいっていっておいたのに」

「正面の歩道をフィービーがこっちに向かってくるのが見えて、勝手口から逃げたの。フィービーはだんだんしつこく訊くようになってきたのよ。逃げている最中にばったりテスに会って、テスに気のある男の子の話をさんざん聞かされちゃった」

で、きみに気のある男のことはどうなのさ？

「問題はね……テスがいなくなったあと、ひとりで森を散歩しながらダフニーのアイディアを練ることにしたの。あれこれ考えているうちに、気づくと道に迷ってしまったのよ」ケヴィンはその日初めて安堵感を覚えた。電話を持つ手が緩んだとたん、腹が鳴った。考えてみれば朝食以来何も食べていない。サンドイッチでも作ろうとキッチンへ向かった。ルーが小走りでついてくる。

「森で迷ったのよ」モリーは強調するようにいった。

「おやおや」ケヴィンは笑いが声に出ないように努めながらいった。

「それにだんだん暗くなってきたわ」

「たしかにね」

「雨も降りそうだし」

ケヴィンは窓の外をちらりと見た。「ぼくもちょうど雨模様だなと思っていたところさ」

「それに私、怖いの」

「だろうね」ケヴィンは携帯電話を顎の下にはさみ、冷蔵庫からランチョンミートとマスタードのびんを出した。「で、近くのコンビニを見つけて電話しているの？」

「たまたまフィービーの携帯電話を持ってきてたの」

ケヴィンはにんまりして、食糧庫からパンのかたまりを取りだした。「抜け目ないね」

「キャンプでひとりで歩くときはかならず首にホイッスルをかけておくように指導されたの。ホイッスルはないから……」

「携帯電話を持ったんだ」

「安全第一でね」

「遠距離通信の恩恵だね」ケヴィンはチーズを取りに冷蔵庫に戻った。「そしてきみはいま道に迷っていると。木の幹に苔が生えているかい？」

「そんなこと考えもしなかった」

「北側の樹木には苔が生えるんだ」ケヴィンは夜になって初めての楽しい気分で、サンドイッチを作りはじめた。

「そういえばそんなことを聞いた記憶があるわ」

「コンパスとか懐中電灯をポケットに突っこんでは来なかったよね？」

「思いつかなかったわ」

「それは残念だ」ケヴィンはマスタードを余分にのせながらいった。「ぼくに探しに来いというのかい?」

「そうしてくれるとありがたいわ。あなたも携帯電話を持ってきてくれれば、道案内ができるし。ちょうど『ヤコブのはしご』の裏の小道から森に入ったの」

「それならぼくのほうも行きやすいよ。どうするかは——そこに着いたら電話する」

「どんどん暗くなってきたわ。悪いけど急いでくれる?」

「いいとも。すっとんで行くよ」ケヴィンは忍び笑いとともに電話を切り、座ってサンドイッチを楽しみはじめた。だがものの三口も食べないうちにまた電話が鳴った。「何?」

「足首をくじいたかもしれないって、いったかしら?」

「ううん。どうしたのさ?」

「なんか動物の穴に足を突っこんだみたいなの」

「ヘビの穴じゃないといいけどね。このあたりにはガラガラヘビがいるから」

「ガラガラヘビ?」

ケヴィンはナプキンに手を伸ばした。「いまちょうど『ヤコブのはしご』のあたりを歩いてるんだけど、だれかが電磁波を流しているらしくて、混信してるんだ。あとで電話するよ」

「待って、あなた番号を——」

ケヴィンは電話を切り、大声で笑い、冷蔵庫へ向かった。サンドイッチはビールといっしょに食べるとじつに旨い。口笛を吹きながらビールの栓を抜き、さあ食べるぞと腰をおろした。そのときあることが、ふと心に浮かんだ。いったいおれは何をしている？

ケヴィンは携帯電話を手につかむと、メモリーにあるフィービーの番号を押した。モリーに教訓をたたきこむ時間ならあとでいくらでもある。この二日間でいま初めてモリーとふたりきりになれるチャンスが訪れたのだ。「モリーかい？」

「そうよ」

「なかなかきみの居場所が特定できない」顎の下に携帯電話をはさみ、ビールとサンドイッチの残りを手に持ち、勝手口へ向かう。「叫び声をあげられそうかい？」

「叫んでほしいの？」

「そのほうが助かるね」

「私、叫ぶのはちょっと苦手なの」

「ベッドでは違うよ」ケヴィンは指摘した。

「何か食べてるの？」

「捜索にそなえて体力をつけなくちゃいけないからさ」ケヴィンはビールびんを手にしたままシャーロット・ロングに手を振った。

「なんだか小川がそばを流れているみたいなの。『ヤコブのはしご』の真裏から始まる小道のはずれよ」

「小川？」

「小川よ、ケヴィン！　野原の向こう側にある森から始まる小川。ここには小川はひとつしかないでしょ！」

モリーの話しぶりにだんだん怒気が感じられるようになってきた。ケヴィンはビールをすすった。「小川なんて覚えてないな。ほんとにあるの？」

「本当よ！」

「見ればわかるかもしれない」共有地で子どもたちが走りまわっていた。ケヴィンは足を止め、しばしそのながめを楽しみ、やがて任務に戻った。「風が相当立ちはじめたよ。小道がよく見えない」

「ここはそんなにひどくないわ」

「なら、道を間違ったのかも」

「『ヤコブのはしご』の裏から入ったんでしょ？」

ケヴィンはサンドイッチの残りを屑入れに投げこみ、件《くだん》の小道へ入った。「たぶんね」

「たぶんね、って、真面目にやってるの？」

これは間違いなく怒声だ。

「話しつづけて。受信の具合でどのくらい近づいたかわかるから」

「小川の音は聞こえる？」

「もう一度聞くけど、どの小川？」

「小川はひとつだけなの！」

「きっと見つかるって。きみが森で一夜を明かしたら、いったいどんな恐ろしいことになるのか、考えたくもないよ」

「そんなことにはならないわよ」

「だといいけど。どんなことになっても『ブレア・ウィッチ』を連想したりしないほうがいい」

「ブレア・ウィッチ?」

ケヴィンは窒息しそうな音、化け物のうめきをまねした声を出し、電話を切った。

まもなく携帯電話がまた鳴った。

「笑いすぎて脇腹が痛いわ」モリーはさりげなくいった。

「ごめんよ、あれ、ただのリスだったんだ。でもすごくでかかった」

「ちゃんとやる気がないんなら、私、家に帰るわ」

「わかったよ。でもぼくが着くまでに靴と髪のリボン以外何も身につけていないほうがいいよ」

「髪のリボンなんて持ってないわ」

「それじゃ脱ぐ手間がひとつはぶけるじゃないか」

結局のところケヴィンが着いたとき、モリーはまだ服を着ていたが、それも長くは続かなかった。ふたりはもつれ合いながらやわらかな草の上で生まれたままの姿になった。雨が降りはじめたころ、笑い声はやんだ。

唇をむさぼり合い、ケヴィンはわれを忘れた。待ち受ける柔らかな女体に進入しながら、一瞬何か神聖なものを視界にとらえた気がした。だがその幻影はあまりにはかなく、肉体の原始的な欲求によってかき消されてしまった。背中に激しい雨が降り注いだ。もっと、もっとと求めるように、彼女の指が深く彼の肩に食いこんだ。雨……女……組み敷いた彼女の肉体は激しい歓喜と快楽にもだえ、うねり、彼はこの性愛の世界にのめりこんだ。

一日、二日と日がたつにつれ、モリーはまるで物の怪《け》に取り憑《つ》かれたかのような行動に走るようになった。水曜日には、お茶の客が集まっているというのに、事務所でケヴィンのためにスカートをあげた。同じ日の夜、ふたりでおしゃべりしましょうというフィービーとの約束をすっぽかしてコテージの裏の森でケヴィンと密会した。次の日の朝は、ちょうどトロイがキッチンのドアを開けようとしたとき、ケヴィンがモリーを食糧庫に引きずりこんだ。モリーがあまりに大きな声をあげはじめたので、ケヴィンは慌てて彼女の口をふさがなくてはならなかった。その後モリーはケヴィンを空き家のコテージに引きずりこんだが、キッチンテーブルの上でありとあらゆる不自然な体位をとったために、筋肉が音をあげ、彼女はびくっと顔をしかめた。

ケヴィンはモリーと額を合わせ、自制しようと苦闘しながら震えるように息を吸いこんだ。

「こんなの気違い沙汰だよ。もうやめよう」

「冗談いわないで。やっと気分が乗ってきたばかりなのに。でもあなたがついてこれないというのなら、しかたがないわ」

ケヴィンは微笑みながらキスをした。そう、モリーはこんなゆったりとしたキスが大好きだ。彼はより慎重に胸や太腿を愛撫した。だがこれは危険なダンスで、モリーは続けることを望まなかった。やがてモリーは筋肉の痛みなど忘れ、愛の営みに没頭した。

その夜ふたりは食糧の買い出しという口実でケイルボー家のディナーの誘いを断わったが、キャンプ場に戻ったとき、いよいよふたりの運も尽きたことを知った。民宿の階段の上でフィービーとダンが待っていたからである。

22

ある日ナイチンゲールの森に悪い男がやってきました。本当は悪人で卑劣なくせにベニーの友だちのふりをしていました。でもダフニーだけはこの男の素性を見抜いていたので、ベニーに忠告しました。「あんな人、あなたの友だちなんかじゃないわ!!!」

「ダフニー、悪い男に会う」
ハンナ・マリー・ケイルボー作

ケヴィンが低い声で悪態をつくのが聞こえ、モリーは笑顔を取りつくろった。「あらおふたりさん、子どもたちからつかのま逃げだしたの?」

「あの子たちは共有地で懐中電灯を使った鬼ごっこに興じているわ」フィービーは階段を降りながら、モリーの皺だらけのドレスをじっと見た。

モリーはなんとか機転を利かせたかったが、いまだ下着を身につけていないという事実が不利だった。「アンドルーはきっとだいじょうぶね。あの子隠れるのが速いから」

「アンドルーは心配いらないよ」ダンがいった。「ここじゃ厄介ごとの種もなさそうだし」

「そうともいいきれないな」ケヴィンがつぶやいた。

フィービーは浜辺を通る小道のほうへ頭を傾げた。ゆったりしたスターズのスウェットシャツとジーンズを着ていても、実力者の存在感はいささかも損なわれていない。「ロング夫人が子どもたちを見ていてくれるそうだから、ちょっと散歩しましょう」

モリーは肩をまわしながらいった。「私は遠慮しようかしら。朝の五時半から起きているから少し疲れたの」日に三回も行為に及べば疲れもする。「明日ならいいわ」

南部訛りのダンの言葉にはいつになく厳しさが感じられた。「そう長くかからない。それにいくつか話し合いたいこともある」

「姉さんたちの休暇はもうすぐ終わるわ。ただ寛いで残った時間を楽しめばいいのに」

「あなたのことが心配で、寛げるわけないわ」フィービーが答えた。

「じゃあ、心配しないで！」

「落ち着けよ、モリー」ケヴィンがいった。「話し合いたいというんだから、少しぐらいつき合ってもいいじゃないか」

なんて低姿勢なの。それともリスキーな新しいゲームでも始めようというつもりかしら。ケヴィンがダンとフィービーを恐れてこそそしているのではないことは当初から知っていた。彼はただ危険を冒すのが好きなだけなのだ。「あなたには時間があるかもしれないけど、私にはないの」

モリーが十五歳のときからそうしているように、ダンがモリーの腕に手を伸ばしたが、ケヴィンは突然前へ出てそれをさえぎった。自分とダンとどちらがより驚いたのか、モリーはわからなかった。この動作をケヴィンは威嚇《いかく》のつもりで行なったのだろうか？

フィービーは雄鹿の角が激突する兆しを見て取り、夫のそばに寄った。二組の男女が視線を交わし合った。やがてダンが小道のほうへ歩きだした。「たったいま、話をする。さあ行こう」

清算のときがいよいよ到来し、逃がれる術もない。どんな質問をされるのか、モリーには予測がついた。だがどう答えればいいのかは、まるで思いつかなかった。

全員が黙りこくったまま、浜辺を過ぎ、最後のコテージが建ち並ぶ区域を過ぎ、森の端に沿ってひたすら歩いた。キャンプ場のはずれをしるす、背板で作った棚の横木のフェンスに着くとダンが立ち止まった。ケヴィンはモリーからわずかに離れ、柱で腰を休めた。

「あなたたちがここに来て二週間になるわね」フィービーがダンの手を離しながらいった。

「二週間前の水曜日からです」ケヴィンが答えた。

「このキャンプ場は美しいところだわ。うちの子たちも素晴らしい時を過ごしているわ」

「あの子たちが来てくれてよかった」

「あなたが自転車を買ってくれたこと、あの子たちはまだ信じられないくらい感激しているわ」

「そんなことをするのが楽しくてね」

ダンがこらえきれずに切りだした。「フィービーとおれはきみがモリーをどうするつもりなのか、知りたいと思っている」

ない。

「ダン！」モリーが叫んだ。

「いいんだよ」ケヴィンがいった。

「よくないわ！」モリーは義理の兄をにらみつけた。「それって性差別がお得意の南部ならではのナンセンスなのかしら？　どうして私が彼をどうするつもりかは尋ねないの？」できるだけ長くナイチンゲールの森に滞在することで、現実から逃避している現況では、その後の心づもりなどとても考えられなかったが、ここはなんとしてもダンを威圧しなくてはならない。

「あなたたちは結婚解消の手続きを申請しているところだったでしょう」フィービーがいった。「それなのに手に手をとって逃避行？」

「逃避行じゃないわ」モリーが答えた。

「ほかにどんな言い方があるのよ？　それに私がそのことで話をしようとすると、あなたはいつだって逃げてしまう」フィービーはジーンズのポケットに無理やり手を突っこんだ。「また例の火災報知器が始まったんじゃないの、モリー？」

「火災報知器って？」ケヴィンが訊いた。

「なんでもないの」モリーが慌てていった。

「いや、聞いておきたいね」

フィービーはモリーを裏切って秘密をもらしてしまった。「モリーが十六歳のとき、高校の火災報知器のレバーを引いてしまったのよ。火なんてまるで見ていないのに」

ケヴィンは好奇にみちたまなざしでモリーを見た。「なにかもっともな理由があったのかい？」

モリーはふたたび十六歳になったように感じながら首を振った。

「じゃあ、どうしてそんなことをしたの？」

「この話はやめにしない？」

ケヴィンはダンのほうに首を傾けながらいった。「あなたは、モリーが完全無欠だといつもいってるじゃないですか」

「事実そうだ！」ダンは怒鳴った。

モリーは不覚にも笑みを浮かべ、唇を噛んだ。「一時的な精神異常なの。十代の精神的に不安定な時期だったし、何をしでかしてもダンとフィービーは自分を守ってくれるのか、試そうとしたのね」

ケヴィンの目は思索的な輝きを帯びていた。「それで、生徒たちは避難したの？」

モリーはうなずいた。

「消防車は何台来たの？」

「とんでもないことよ……」フィービーがつぶやいた。「あれは重大な犯罪だったわ」

「第二級の重罪なのよ」モリーが憂鬱な顔でいった。「だからあとはかなり厄介だったわ」

「だろうね」ケヴィンはケイルボー夫妻に向き直った。「これがたとえどんなに魅力的な話でも――実際かなり魅力的ですけどね――あなた方の話したいことはほかにあるんでしょう？」

「たいしたことじゃないのよ！」モリーが叫んだ。「二週間前、私が弁護士との約束をすっぼかしたから、ケヴィンが私の家に現われたの。私が体調を崩していたから、新鮮な空気を吸えば体にいいからって、彼がここに連れてきてくれたのよ」

フィービーはその気になれば皮肉の名人である。「散歩じゃだめだったのかしら？」

「それは思いつかなかった」フィービーと違い、ケヴィンはモリーの秘密をもらしたりはしなかった。

だがこの部分について真実を話すのはモリーの義務である。「私は相当ひどい鬱におちいっていたの。でも姉さんたちにそれを知られたくはなかった。ケヴィンは自分では認めたがらないけど、相当な善意の人なのよ。それで彼は、もしいっしょに行かないとあなたたちのところに連れていって、ふたりの前に置いてくるっていったの。私はあんな情けない姿を姉さんたちに見せたくなかったのよ」

フィービーはがっくりと肩を落とした。「私たちは家族なのよ！　そんなふうに感じてはいけないわ」

「もう過去にじゅうぶん心配をかけてしまったからよ。元気なふりをしつづけたけど、あれ以上続けられないと思ったの」

「実際、健康状態はかんばしくなかった」ケヴィンがいった。「でもここに来て元気になりましたよ」

「あとどのくらいいるつもりかね？」ダンの表情はまだ懐疑的だ。

「そう長くはないと思いますよ」ケヴィンが答えた。「あと数日かな」

その言葉にモリーの胸は痛んだ。

「エディ・ディラードを覚えてますか？」ケヴィンが訊いた。「ベアーズの選手だった」

「覚えている」

「彼がここを買いたがっているんですよ。明日見にくる予定になってます」

モリーは胸が締めつけられるような気がした。「そんな話、聞いてないわ！」

「いわなかったっけ？　きっと何かで頭がいっぱいだったんだろう」

モリーとの行為で頭がいっぱいだったということか。だがエロティックな運動の合間にも、話す時間はたっぷりあったはずだ。

「それが終わればすぐにもここを出発できます」とケヴィンはいう。「今日の午後ビジネス・マネージャーと話したんですが、この夏が終わるまで業務を引き継いでくれる人材を見つけたそうなんです。以前この種の仕事に就いた経験のある夫婦だそうです」

モリーは頬をひと殴りされたようなショックを受けた。ケヴィンはシカゴで人材を探すようビジネス・マネージャーに要請したことなどおくびにも出さなかった。彼女はフィービーが火災報知器の秘密をもらしてしまったとき以上に裏切られたような思いがした。彼女がいやがっているのを知っているだけになかなか口に出せなかったということなのだろう。ふたりのあいだには真の意思の疎通も、共通の目標もない。ふたりの関係性における受け入れがたい事実がはからずも目の前で露わになってしまった。たしかにセックスは共有しているが、それだけの関係でしかないのだ。

フィービーは爪先でチコリーの藪《やぶ》をつついた。「それで、今後はどうなるの？」

モリーはケヴィンの口からその言葉が発せられるのは堪えがたかったので、かわりに答えた。「何も起きないわ。離婚の手続きをとって別々の人生を生きるのよ」

「離婚だって?」ダンが訊いた。「結婚解消じゃなくて?」

「結婚解消が成立するための根拠には限定的条件が必要なの」モリーは自分には関わりのないことでも話すような、個人的感情を交えない口調で話そうと努めた。「詐称か強要の証明が必要なんだけど、それは無理だから離婚するしかないの」

フィービーがチコリーの藪から目をあげた。「ひとつ訊きたいのは……」

次にどんな言葉が続くのかモリーは瞬時に悟り、なんとかそれを阻止しようと頭をめぐらせた。

「あなたたちふたりは、どうやらうまくいって……」

やめて、フィービー。お願いだからそれをいわないで。

「このまま結婚を続けることは考えてみたの?」

「いいえ!」モリーはケヴィンが答える前に急いで言葉を差しはさんだ。「そんなわけないでしょ。彼は私のタイプじゃないわ」

フィービーは片眉をつりあげ、ケヴィンは憮然とした顔をしている。モリーはそんなことはまるで意に介さなかった。ただただケヴィンを傷つけたいという一心だった。それでも現実にそれを実行するわけにはいかなかった。フィービーは彼のボスであり、彼にとってキャリアがすべてだからだ。

「ケヴィンにしてみれば、わざわざ私をこんな遠くまで連れてこなくてもよかったんだけど、とにもかくにも私を放ってはおけないと考えて、ここへ連れてきてくれたのよ」モリーは深く息を吸いこみ、彼がすべてを許してくれたこと、このことで彼には借りがあるのだということを思い返した。「彼の態度はとてもりっぱだったわ。すごく優しくて気づかいが細やかで。彼のことをそんな疑いの目で見るのはやめてほしいわ」

「べつに私たちは――」

「いいえ、そんな目で見ているわよ。そのために彼はむずかしい立場に追いこまれてしまったわ」

「日曜日にきみを森に引っぱりこんだとき、彼はその点を承知していたはずだがね」ダンが母音を延ばしてゆっくりいった。「それとも優しく気づかうのに忙しすぎて考えなかったかな？」

ケヴィンの顎のあたりにはまたあの厳しい表情が浮かんでいる。「いったい何がいいたいんです？」

「もしモリーを助けるのが人道主義の表われだとしたら、彼女とベッドをともにするべきではないといっているのだ」

「それよそれ！」モリーは叫んだ。「義兄さんはいま境界線を踏み越えたわ」

「こんなことは初めてではないし、きっとこれからもある。フィービーもおれも家族の様子にはつねに監視の目を怠らないつもりでいる」

「ほかの家族に監視の目を怠らないでいたほうがいいんじゃないのかな」ケヴィンが静かにいった。「モリーは自分のプライバシーを尊重してほしいといってるんですよ」

「きみが心配しているのはモリーのプライバシーなのか、それともきみ自身のプライバシーなのかい？」

またも雄鹿の角が激突したが、モリーは気にしなかった。「義兄さんたちは私にはもう説明義務はないということをいつも忘れているわ。私とケヴィンの関係だけど……気づいていないといけないからいうけど、同じ屋根の下で寝てもいないのよ」

「そんな言葉ではおれの目をあざむくことはできん」ダンが頑強にいった。

モリーはもはや遠慮しているわけにいかなくなった。「それじゃあいわせてもらいますけど、過去十二年間私は義兄さんたちがたがいに体をまさぐり合ったり、夜――これ本当よ――すごい声をあげたりするのを見て見ぬふりをしていたのよ。事実私とケヴィンは現在結婚しているのよ。近々離婚はする予定だけど、現時点ではしていない。だから私たちが何をしようとしまいと、討議の対象にはなりえないわ。理解してもらえたかしら？」

フィービーの表情に浮かぶ懸念の色が濃くなってきた。「モリー、あなたはセックスを軽く考えることのできない人よ。何か意味を伴った関係でなくてはいけないわ」

「そのとおりだ！」ダンがケヴィンに詰め寄った。「彼女が流産したことを忘れたのか？」

「もうやめてください」ケヴィンがほとんど口を動かさないままいった。

ケヴィンでは埒《らち》が明かないと判断したダンは矛先をモリーに向けた。「彼はフットボールの選手だし、これは彼らの精神構造の一部なんだ。意図的ではないにせよ、彼はきみを利用しているんだ」

ダンの言葉には棘があった。ダンは女を愛することがどんなことなのかよく理解している男である。それだけに彼の目にはケヴィンの気持ちがいかに浅薄なものなのか、よくわかるのだろう。

ケヴィンが急いで前に出た。「もうやめてくれといったはずだ」

モリーはもはやこんな状態が耐えがたくなり、本当は声をあげて泣きたいのをこらえ、言葉の攻撃を続けた。「間違いよ。私が彼を利用しているの。子どもを亡くし、仕事も行き詰まり、おまけに無一文。ケヴィンは私にとって格好の気晴らしなの。彼は二十七年間も優等生を演じつづけた私へのご褒美なの。さあ何かご質問は？」

「ああ、モリー……」フィービーは下唇を嚙みしめ、ダンはいっそう動揺していた。

モリーは顎をつんとあげ、ふたりをにらみつけた。「用がすんだら彼と別れるわ。だからそれまでは放っておいて」

『荒野の百合』のあたりまで来たとき、ケヴィンが追いついた。「モリー！」

「ひとりにしてちょうだい」モリーは鋭い口調でいった。

「おれはきみのご褒美なのかい？」

「あなたが裸のときだけね。服を着ているときは、受難の種」

「いやみな態度をとるのはやめろよ」

すべてが瓦解しはじめた。エディ・ディラードが明日現われ、ケヴィンはキャンプ場の運営を引き継いでくれる人物を見つけたという。さらに悪いことに、モリーの抱く思慕と同じ気持ちを彼が返してくれるだけの理由はまるでないのだ。

ケヴィンはモリーの腕をつかんだ。「彼らはきれいごとばかり並べ立てているね。あまり

いのだ。

気にしないほうがいい」

この胸を千々に乱れさせているのは姉たちではないのだということを、彼は理解していな

いのだ。

リリーは窓辺へ寄りながら、時計を見まいとした。ケイルボー夫妻はようやくケヴィンとモリーに詰め寄ったようだが、そんな全面対決が何かを生みだすとは思えない。息子もその妻もいまの関係を今後どうしたいかという明確な意思を持っていないようだ。だから家族に対しても、どう説明することもできないのではないかという気がする。

リリーはケイルボー夫妻が一目で気に入った。彼らがこの五日間いてくれたおかげで、この重い気持ちもいくぶん軽くなった気がした。ふたりは明らかにモリーを愛しているし、ケヴィンを彼女にとっての脅威と感じているようだ。だがケヴィンはモリーにとって危険な存在であるというより、彼自身にとって危険な存在ではないかという気がしはじめている。

九時半……リリーは隅に置かれた肘掛け椅子のほうへ行った。キルトのやりかけを置いているのだが、キルトではなく、雑誌を手にとった。リアムが最後通牒を突きつけた日曜日以来、キルトがまるで手につかない。今日は木曜日だ。

木曜日の夜、私のうちへ来てほしい……もしきみが現われなかったら、今後ここへきみに会いにくることはない。

彼に対する憤りを感じようとしてみたが、うまくいかなかった。彼がなぜあんなことをいったのか、リリーは完全に理解していたし、それを咎《とが》める気にはなれなかった。ふたりとも

遊びの恋をするような歳ではないのだ。

九時三十四分……リリーは階下の寝室を使うようになったケヴィンに思いを馳せた。同じ屋根の下に息子が眠っていると感じながら眠りにつくのは、いいものだ。廊下で会うと微笑みを交わし、二言三言、話をしたりもする。かつてなら望外の幸せだったはずだが、いまはそれではもの足りない。

九時三十五分……雑誌のページをめくることに没頭し、やがてそれもやめて床の上をうろうろ歩きはじめた。もし気にしなければ、人生の教訓も素晴らしいものなのだろうに。

十時半をまわり、リリーは無理やり服を脱ぎ、ナイトガウンに着替えた。ベッドに入り、ほんの一週間前までは楽しんで読めた本のページをじっとにらんだ。もはや筋などまるで頭になかった。リアム、とてもあなたに会いたい……彼はかつて出会ったどんな男性より非凡な男性だった。だが非凡といえばクレイグもそうだった。そして彼はいつも彼女を惨めな気持ちにさせた。

手を伸ばしてスタンドの明かりを消すと、世界はぐっと狭く、ベッドはこのうえなく寂しい場所に感じられた。

エディ・ディラードは大柄で、にこにこと愛想がよく、品性卑しき男だった。金のチェーンを首にかけ、げっぷをし、股ぐらをかき、どでかい札クリップに札束をはさんで持ち歩く類いの男である。

「おい、ケヴ。間違いないよな、ラリー？　こいつがケヴだよな？」

そうだとも、とラリーが同意した。こいつが間違いなくケヴさ。ディラードとその弟は黒のSUVに乗って昼近くに現われた。いまふたりはキッチンテーブルのまわりに座り、サラミ・サンドイッチを食べ、ビールを飲んでげっぷをしている。エディは釣り専用キャンプ場が持てる期待でほくそえみ、弟は兄にかわってそこを運営できる期待でにんまりしている。モリーが落胆したのは、このふたりの男どもが、取引きがもはや成立したとみなしていることだった。

エディの言葉を借りれば、男が体を休め、寛げて、女房の尻に敷かれる生活からつかのま逃れられる場所にしたい、という。この最後のくだりを、エディはウィンクとともに口にした。このことでも、エディ自身がだれの尻にも敷かれていないことは明らかだ。

モリーは吐き気を催しながら、バスルームでトイレタリー用品を入れるのに使っている鳥かご型のバスケットにフランス製の小さな石鹸を突っこんだ。エディと、見ているだけで胸が悪くなりそうな弟のラリーとどちらのほうがよけいに嫌いかわからない。ラリーは釣り専門のキャンプ場の運営を始めたら、ここの二階に住むといっている。

モリーは壁にもたれて首の長いびんビールを飲んでいるケヴィンに視線を投げた。ケヴィンはおくびをしなかった。エディが現われたとき、ケヴィンはモリーを追いだそうとしたが、モリーは頑としてその場に居座った。

「で、ラリー」エディは弟にいった。「この飾り立てすぎたコテージを塗り替えるのに費用はどのくらいかかると思う？」

モリーはつや消しガラスのシャンプーの小びんを落とした。「コテージは塗装し直したばかりだし、すごくきれいよ」

エディはモリーがそこにいることなどまるで念頭になかったらしい。ラリーは笑いながら首を振った。「べつに悪気はないんだよ、マギー。だけどここは釣り場になるんだし、男はフルーツみたいなカラフルな色が苦手なんだよ。おれたちとしては何もかも茶系でまとめようと思ってるんだ」

エディは首の長いびんをラリーのほうに向けた。「おれたちは中央の、なんてったっけ――共有地――のまわりのコテージだけを塗り替えるだけだ。残りのコテージは壊すつもりだ。維持費が高くつくんでね」

モリーは心臓が止まりそうだった。『荒野の百合』は共有地に面していない。彼女のピンクとブルーと黄色の、保育園のようなコテージが壊されてしまう。モリーはトイレタリー用品の入ったバスケットを捨てた。「あのコテージを壊すなんてとんでもないわ！　コテージには歴史が刻まれているのよ。それに――」

「このあたりはかなりいい漁場だ」ケヴィンが眉をひそめながら話をさえぎった。「オオクチバスにコクチバス、パーチ、クロマス。先週湖で七ポンドもあるカワカマスを釣り上げた人の話を町で聞いたよ」

エディは胃のあたりを撫でながらげっぷをした。「湖でボートに乗るのが待ち遠しいよ」

「この大きさの湖ではあなたの希望がかなわないんじゃないかしら」モリーは自棄気味にいった。「船外モーターつきボートの大きさに関してかなり厳しい規制があるのよ。水上スキーもできないくらいなのよ」

ケヴィンはモリーに辛辣な視線を向けた。「エディは水上スキーを好むような客を相手にするつもりはないんじゃないかな」

「ないね。釣人だけだ。朝起きてコーヒーの入った魔法瓶とドーナツひと袋とビールを持たせて、まだ霧が張ってるうちに湖に送りだす。一、二時間して湖から戻り、ビールと軽食をとって昼寝、ビリヤードをやって……」

「ビリヤードの台はあそこに置くのがいいよ」ラリーが玄関のあたりを指さした。「大型のテレビもいっしょにさ。部屋と部屋の壁をとっぱらえば、なにもかも一カ所にまとめられるよ。ビリヤード台もテレビも餌の店もさ」

「餌の店ですって！　このなかに餌の店を設けるつもりなのね！」

「モリー」ケヴィンの声は警告するような響きを伴っており、エディは彼に哀れむような目を向けた。ケヴィンは目を細めてモリーを見た。「あっちへ行ってエイミーの仕事ぶりでもチェックしてきたらどうなんだい」

そんな言葉は無視して、モリーはエディの説得に集中した。「ここのお客さまはもうずっと昔からの馴染み客ばかりなの。だからこのキャンプ場もこの民宿もいまのままの姿を保たなくてはいけないの。この家には骨董品が多く使われているし、保存状態も最高なの。経営利益だってあがっているのよ」大きな利益とはいえないが、少なくとも元は取れている。

エディは大きな口を開けて笑い、そのために口のなかのサラミ・サンドイッチがまる見えだった。彼は弟を指先でさした。「おいラリー、おまえは民宿を経営したいか？」

「したいよ」ラリーは鼻で笑いながらビールに手を伸ばした。「ビリヤード台と衛星テレビがあって、女がいなけりゃな」

「モリー……出てってくれ。いますぐにだ」ケヴィンがドアに向かって顎をしゃくった。ちびの女の出すぎた態度がようやくたしなめられて、エディは嬉しそうに小声で笑った。モリーは歯をくいしばり、やっとのことでこわばった微笑みを浮かべた。「出ていくわよ、ダーリン。あなたのお友だちが散らかしたあと片づけはきちんとやってちょうだいよ。このあいだあなたが洗い物をしたとき、ずいぶん水はねがひどかったから、ちゃんとエプロンはつけなさいね」

「尻に敷く」とはこういうことをいうのだ。

夕食のあと、モリーは胃の調子が悪いという理由で、今晩は自分のコテージで眠ってほしいと子どもたちを説得した。彼らにとってここで過ごす最後の夜だけに、気が咎めたが、選択の余地はなかった。モリーはジーンズに着替え、明かりを消し、開けた窓のそばにある椅子に丸まって寝た。そしてじっと待った。

ケヴィンが立ち寄る心配はなかった。ディラードと街へ出かけ、もしこの世に正義があるとすれば、そこでしたたかに酒を飲み、最後はひどい二日酔いに悩まされるはめになるはずだ。それに午後いっぱいふたりはひとことも言葉を交わさなかった。

お茶の時間に彼が腹を立てているのは一目でわかったが、自分も彼に腹を立てていたからいっこうにかまわなかった。あなたこそ大馬鹿者のコンコンチキよ！　キャンプ場を売るだけでも許しがたいのに、ここを壊そうという人物に売ろうとするなんて、良心のかけらもない行為だ。せめてそれを阻止する努力だけでも払わなかったとしたら、モリーは自分で自分が許せないだろう。

男たちが街から帰ったかどうか確かめるには、『荒野の百合』はあまりに孤立した場所にあった。だがキャンプ地は静まり返っているので、彼らの帰ってくる音は聞こえるだろうとモリーは踏んでいた。案のじょう、午前一時を過ぎたころ、車のエンジン音が窓から入ってきた。椅子の上に起きあがりながら、この計画が抜け穴だらけであることを危惧する気持ちになったが、これしか方法がないのだ。

モリーはスニーカーを履き、民宿から持ちだしてきた懐中電灯を握りしめ、ルーを置いて任務にとりかかった。四十五分後にはエディとラリーが泊まっている『神の子羊』のなかに滑りこんだ。男たちが街へ出かけてすぐ、どの部屋をエディが使うのか確かめておいたのだ。

部屋は腐ったリキュールの匂いが充満している。

近づきながら、モリーはカバーの下の大きくて愚鈍な泥酔した肉のかたまりを凝視した。

「エディ？」

肉塊は動かない。

「エディ」ラリーも目を覚まさなければいいがと案じながら、もう一度小声で呼んでみる。ひとりだけを相手にするほうがずっとたやすいからだ。「エディ、起きて」

身動ぎとともに体から臭気をふくんだ毒気が立ちのぼってくる。こんなに不快な人間をナイチンゲールの森に入らせるわけにはいかない。「うん……うん？」エディは無理やり目をあけた。「いったい……」

「モリーよ」彼女は小声でいった。「ケヴィンと別居中の妻よ。話があるの」

「何を……なんの話？」

「釣り場についてよ。すごく大切な話なの」

エディは起き上がろうとしたが、また枕に倒れこんでしまった。

「これほど重要でなかったら、わざわざ睡眠を妨げるようなまねはしないわ。あなたが着替えをするあいだ外に出ているわ。あっ、それと、ラリーは起こす必要はないからね」

「いま話さなくちゃなんないのかい？」

「残念だけどそうね。もしあなたが手酷《てひど》い失敗をおかしたくなかったら」モリーはエディがなんとか起きてくれることを祈りながら急いで外へ出た。

数分後、エディはよろけながら玄関から出てきた。モリーは指を唇に当て、ついて来るよう身振りで示した。地面に懐中電灯の光を当てながら、共有地の端を通り、『荒野の百合』の方向へ戻っていく。だがその手前で森のほうへ曲がり、湖に向かった。

風が立ちはじめた。嵐になりそうな気配だったが、なんとかこの任務を終えるまでは来ないでほしかった。エディの巨大なのっそりとした姿がモリーの隣りに不気味な影を落としている。

「いったいなにごとだ？」

「あなたにぜひ見てもらいたいものがあるの」

「朝になってからじゃだめなのかい？」

「それでは遅すぎるのよ」

エディは枝に一撃を加えた。「くそ。ケヴはこのこと、知っているのかい？」

「ケヴは知りたがらないの」

エディは立ち止まった。「どういう意味だ？」

モリーは地面に懐中電灯の光を当てつづけた。「つまり、彼は意図的にあなたを騙しているわけじゃないといいたいの。彼はただいくつかの事柄を無視しているだけなの」

「おれを騙すって、いったいなんの話をしている？」

「昼食のとき、愚かしい態度をとったと思われているのは知ってるわ。でもね私の言い分にも耳を傾けてほしかったの。そうすればこんなことは避けられたのに」モリーはまた歩きはじめた。

「何を避けるって？　いったい何がどうなってんのか、話してくれたほうがいいぜ、お嬢」

「その目で確かめればいいわ」

エディはその後も何度かよろめき、ようやく水際までたどりついた。木々が風で大きく揺れ動き、モリーは風に向かうように地に足を踏ん張った。「こんなものを見せなくてはならないのが私なのが残念だけど、じつは……この湖には問題があるの」

「どんな問題だ？」

モリーはお目当てのものを見つけるまで、懐中電灯の明かりをちょうど波が打ち寄せる水際に当てた。

水の上に死んだ魚が浮いていた。

「いったいこれは……？」

モリーは魚の銀色の腹の上で光を動かし、光を土手に戻した。「エディ、ごめんなさい。あなたは釣り専門のキャンプ場に望みをかけていたのにね。でもこの湖の魚は死に瀕しているのよ」

「死に瀕している?」

「ここは環境災害を受けているの。化学物質の不法地下廃棄場があって、そこから毒物が湖に染みだしてきているの。これを解決するにはそれこそ何百万ドルもかかるし、町にはそんな財力はないの。地元の経済は観光業に依存しているから、ここでは大規模な隠蔽工作が行なわれていて、問題点を公に認める人はいないのよ」

「くそっ」エディは懐中電灯をひったくると、死んだ魚にふたたび光を当てた。やがて彼は明かりを消した。「ケヴのやつがおれにこんなまねをするなんて、信じられん!」

これこそ彼女の計画のなかの最大の抜け穴である。モリーは芝居がかった表現で、その抜け穴を克服しようとした。「彼は現実を認めたくない精神の病にかかっているのよ、エディ。それも相当に重症なの。ここは彼の子ども時代の家。両親との最後の絆なの。それで彼は湖が死に瀕している事実を直視することができないのよ。だから彼はそんな事実はないのだと自分に思いこませているのよ」

「やつは死んだ魚のことをどう説明するつもりだ!」

じつによい質問だった。そこでモリーはとっておきのひとことを使った。「彼は湖に近づかないの。悲しいことね。彼の現実拒否があまりに深刻だから――」モリーはエディの腕をつかんで思いきりスーザン・ルッチになりきった。「こんなことをあなたに頼むのはフェアじゃないってわかってるけど……彼にはただ気持ちが変わったとだけ告げて、このことで彼を追及するのはやめてもらえないかしら？　誓っていうけど、彼は意図的にあなたを騙そうというつもりはないの。あなたたちとの友情を壊したと知ったら、彼、きっとめちゃめちゃ傷つくわ」

「でも、実際友情は壊れたと思うね」

「彼は普通じゃないのよ、エディ。精神の病なの。シカゴに戻ったら、絶対心理療法医の診察を受けさせるつもりよ」

「くそ」エディは息を吸いこんだ。「そんなんじゃやつの試合にも悪い影響があるだろう」

「スポーツ専門の心理療法医を見つけるわ」

エディは底なしの愚鈍ではないらしく、地下投棄場について質問をした。モリーはエリン・ブロコヴィッチ・シリーズのなかから記憶にとどめていた専門用語を使い、あとは適当にでっちあげて説明した。話し終えると、モリーは指が拳に食いこむほど緊張してエディの反応を待った。

「この話は全部確かなんだろうな？」エディはようやくいった。

「本当でないならどんなにいいか」

エディは足をもぞもぞと動かし、溜め息をついた。「ありがとよ、マギー。感謝するよ。おまえさんは正直だ」

モリーは止めていた息をゆっくりと吐いた。「あなたもよ、エディ。あなたもね」

モリーがベッドに倒れこんだころ、嵐がやってきた。だがあまりに疲れていたので何も聞こえなかった。翌朝、玄関の階段でドシンドシンと叩くような音がして初めて目が覚め、無理やりまぶたを開いた。まばたきして時計を見ると、なんと、九時をまわっているではないか。アラームをセットするのを忘れていて、ほかに起こしてくれる人もなかったのだ。だれが朝食の用意をしたのだろう？

「モリー！」

ええ、うん……。

ルーが部屋に駆けこみ、続いてケヴィンが端整な顔に雷雲のような怒りをみなぎらせて現われた。もうこれで例の計画の抜け穴のことで頭を悩ませなくてすむと思ったのに、その希望もついえたようだ。結局エディはケヴィンを追及したのだ。とんでもないことになってしまった。

モリーはベッドの上に起き上がり、彼の気を逸らしてみることにした。「せめて歯みがきするまで待っててちょうだい、兵隊さん。そしたら天国に連れていってあげるわ」

「モリー……」ケヴィンの声は警戒めいた低音だった。とにかく説明するしかない。

「小用をすませてくるわ！」モリーは急に立ち上がり、急いでケヴィンの前を過ぎてバスルームにこもった。

ケヴィンは平手でドアパネルをたたいた。「出てこいよ！」

「すぐに出るわ。何か用だったの？」

「そうだ、用はある。説明が欲しい」

「え？」モリーは目を固く閉じ、最悪の瞬間を待ち受けた。

「どうして湖にマグロが浮かんでいるのか説明してくれ！」

23

それは本当です。男性はとかく女性とものの考え方が違っているものです。そしてこれがあらゆるもめごとの原因になるのです。

――「男性が聞く耳を持たないとき」

『シック』誌への寄稿

ああ、どうしよう……モリーはできるだけ長く時間稼ぎをした。歯を磨いたり、顔を洗ったり、タンクトップを直したり、パジャマのボトムの引きひもをしめ直したりした。ケヴィンがなかまでついてくるのではないかと思いかけたが、彼が実際そんな必要はないとみなしているのは明らかだった。窓は塗装時に封鎖してあり、唯一の出口には彼が待ち受けているからだ。

風呂に入るなどもってのほかだし、さりとてみずからすすんで真実を話し、報いを受けるには時機を逸した感がある。おずおずとドアを開けると、ケヴィンがいまにも飛びかからんばかりの様子で壁にもたれていた。「ええと…あなた何をいってたんだっけ?」

ケヴィンは噛みしめた歯のあいだから言葉を引きずりだすようにしていった。「今朝朝食のあと浜辺へ行ってみると湖に死んだマグロが浮かんでいた。わけを説明してくれないか？」

「魚の回遊パターンに変化が生じたのかしら？」

ケヴィンはモリーの腕をつかんで居間に連れていった。悪い兆候がまたひとつ。せめて寝室ならまだ勝ち目もあったのだが。

「海水魚が淡水湖までやってくるというような回遊パターンの変化など、断じてありえないと思うね！」彼はモリーを無理やりカウチに座らせた。

昨夜のうちに魚を回収しておくべきだったのだが、放っておいてもそのまま沈んでいくものと踏んでいたのだ。嵐さえ来なければそのとおりになっていたはずだった。

もうぐずぐずとごまかしている場合ではない。義憤をぶちまけるときがきたのだ。「実際私がたまたまあなたより少々知能が勝っているからといって、魚について博識であるわけじゃないのよ」

これは最上の作戦とはいいがたかったようで、ケヴィンの言葉は相当に苛立っていた。

「しかとこの目を見て、魚のことは知らないといえるか？」

「それは……」

「エディ・ディラードがやってきて、結局キャンプ場を買うのは取り止めにしたと告げたことについても知らないというわけだな？」

「そういったの？」

「おまけにやつは帰り際になんていったと思う？」

「当ててみましょうか。『おめえなあ』、違う？」

ケヴィンは片眉をつりあげ、暗殺者の足取りのように静かにいった。「違うね。やつは『たまにゃ人の助けも必要だぜ』とぬかしたんだ！」

モリーは言葉につまった。

「どういう意味だと思う？」

「彼、なんていったんだっけ？」モリーはかすれた声で訊いた。

「いったいやつに何を話した？」

モリーはケイルボー家の子どもたちがよく使うテクニックに頼ることにした。「どうしてこの私が何かいったと思うのよ？　彼と話した可能性のある人はここにたくさんいるじゃないの。トロイ、エイミー、シャーロット・ロング。こんなのフェアじゃないわよ、ケヴィン。いつも何かあるとあなたは私のせいにする」

「それはなぜだと思う？」

「そんなの知らない」

ケヴィンは前にかがみ、モリーの膝に両手を当て、顔をぐっと近づけた。「それはおれがきみの本性をよく知っているからさ。それも詳しくね」

「そうね、いやその、そんなはずないわ」モリーは唇を舐め、彼の耳たぶをじっと観察した。体のほかの部分同様申し分のない形なのだが、彼女がつけたと思しき小さな赤い歯形がついている。「今朝の朝食はだれが用意したの？」

「おれがした」声の調子は柔らかいものの、モリーの膝に当てた手の力はいささかも緩めない。絶対に逃がさないつもりなのだ。「途中からエイミーが手伝ってくれたけど。きみは何か策を弄したね？」

「いいえ……ええ――知らない！」モリーは脚を動かそうとしたが、身動きがとれなかった。

「あなたにこのキャンプ場を売ってほしくなかった。それだけよ！」

「もっと詳しく話してくれ」

「エディ・ディラードは御しやすい相手よ」

「それは知ってるさ」ケヴィンは立ち上がったが、一歩も離れる気配はなかった。「ほかには？」

モリーはケヴィンと対等にやりあうために自分も立ち上がろうとしたが、彼の体に圧倒されて動けなかった。気持ちがかき乱されて、叫びだしそうだった。「それを知っているならなぜこうなるまで放っておいたのよ？　彼がコテージを茶色に塗り替えるなんて話している最中に、あなたはなぜそばに突っ立っていたのよ？　このコテージも、あなたが立っているこのコテージも壊す、民宿は釣りの餌を売る店にするなんて彼はいっていたのに！」

「このキャンプ場を買わなくちゃ、やつはその計画を実行できない」

「買わなくちゃ、って――」モリーは脚を強く動かして勢いよく立ち上がった。「何をいいたいの？　なんなの、ケヴィン？　どういうこと？」

「まずマグロの話を聞かせてくれ」

モリーは息が詰まりそうだった。今回の計画を考えついたとき、いずれ彼に真実を話さなくてはいけないと覚悟はしていた。これほど早くその瞬間が訪れるとは予想外のことだった。

「わかったわよ」モリーは数歩あとずさった。「昨日市場で魚を買って、夜になってから湖にそれを浮かべたのよ。そしてエディを起こし、彼に魚を見せたの」

しばしの沈黙。「で、やつになんといったんだ？」

モリーはケヴィンの肘を見つめながら、できるだけ早口で話した。「不法地下廃棄場の毒物が湖水に染みだして、魚類が死に瀕していると」

「不法地下廃棄場？」

「そうよ」

「不法地下廃棄場！」

モリーは急いでさらに一歩あとずさった。「話題を変えない？」

ケヴィンの瞳が怒りのためにあらゆる色に変化した。「エディはその種の魚が湖に棲むはずがないということに気づかなかったというのか？」

「暗かったし、あまり詳しく見せないようにしたの」もう一歩急いでうしろに下がる。だが今度は彼のほうが前へ出てきた。「それで、ぼくが汚染された湖に面したキャンプ場を売ろうとした理由をやつにどう説明したんだ？」

モリーはもはや神経がもちそうもなかった。「そんな目で見ないでよ！」

「この手をきみの首にまわし、締め上げたいという欲望に燃えた目かい？」

「それは無理ね。だって私はあなたのボスの妹だもの」

「だからこそ痕跡を残さないことを考えださなくてはいけないんだよ」

「セックスね！　おたがいに強い怒りを抱いたまま行為に及べばそれが刺激になって燃えると考えるカップルもいるのよ」

「じゃあいま体験してみるかい？　せっかくだからきみのいうことを信じてみよう」ケヴィンは手を伸ばしてモリーのトップの前を巧みにとらえた。

「ああ……ケヴ……」モリーは唇を舐め、ギラギラと輝く緑の瞳をじっと見あげた。

ケヴィンの手がモリーの下半身に伸びた。「断じてそんな名前を使わないでくれ。そしてこの行為を止めたりもしないでくれ。おれはどうしても、なんとしても、肉体を使った行為に及ばなくては気がすまないから」彼は体をモリーに強く押しつけた。「ほかの手段も考えたが、そいつを実行すれば監獄行きなんでね」

「いいわ、それならフェアだわ」モリーは身につけたものを脱ぎ終えたら、エディに何を話したのかを伝えようと思った。

だがそのときケヴィンに唇を奪われ、何も考えられなくなった。

自分の衣服を脱ぐのももどかしく、ケヴィンはモリーの衣服を剝ぎ取った。さらに荒々しくドアを閉め、ロックした。ケイルボー家のちびたちがいつなんどきモリーおばちゃまを訪問してくるかわかったものではないからだ。

「ベッドへ行け。いますぐ」

いいですとも。急いでいくわ。

「脚を開いて」

はい旦那さま。

「もっと大きく開け」

数インチ開く。

「二度も同じことをいわせないでくれ」

モリーは膝をあげた。こんなことをするのはきっとこれが最後になるだろう。危険な男といっしょにいてこれほど安らいだ気持ちになることは二度とないだろう。

ケヴィンのジッパーの音が聞こえた。荒々しい声が轟《とどろ》く。「こいつが欲しいか？」

「もういいから」モリーは両手を伸ばし、腕を広げた。「黙ってここへ来て」

モリーは何秒かあとには彼の重みを自分の体の上に感じた。彼の怒りはいまだ消えてはいなかったが、それでも彼女がもっとも感じる部分をまさぐる手を止めることはできなかった。低くハスキーな声。彼の息の熱さが耳のうしろの髪の毛ごしに伝わってくる。「きみのおかげでぼくは気が狂いそうなんだよ。わかってるのかい？」

モリーは固い彼の顎に頬を寄せながらいった。「わかってるわ。ごめんなさい」

ケヴィンの声には静かな厳しさがあった。「それでも、ぼくらは……」

モリーは唇を噛み、彼を抱きしめる腕に力を込めた。「それもわかってるわ」

これがふたりの愛の営みの最後になることを、彼は理解していなくとも、モリーはよくわかっていた。

ケヴィンはモリーの肉体の奥深くそして高く進入した。それをモリーが喜ぶことを知っているからだ。モリーは体を弓なりに反らせ、自分のリズムですべてを彼に捧げつくした。これが最後。これで最後だから。

いつもなら行為が終わっても、彼はモリーを胸の上に乗せ、ぴったり寄り添いながら話をする。どちらのほうが燃えたか。一番大声をあげたのはどちらか。『スポーツ・イラストレイテッド』誌より『グラマー』誌のほうがなぜ優れているか。だが今朝ふたりが戯れることはなかった。ケヴィンは顔をそむけ、モリーはそっとバスルームに入り体を洗い、着替えをした。

昨夜の嵐のせいで大気にはまだ湿り気が残っており、モリーはショーツとトップにスウェットシャツを肩にかけた。ケヴィンは網戸を張ったポーチで待っており、ルーが彼の足元にいた。コーヒー・マグから蒸気がたちのぼり、彼は森のなかをじっと見ていた。モリーは体を縮めるようにしてスウェットシャツの暖かさに入りこんだ。「残りを聞く心の準備はできた？」

「心の準備がいりそうだな」

モリーはみずからを駆り立てるようにケヴィンを見つめた。「私がエディに話したのは、たとえここを売ろうとしていても、あなたはこの土地に愛着を持っていて、湖に問題が生じているという事実を考えるだけでも耐えられないこと。そんな理由からあなたが湖の汚染という現実を認めない、いわゆる現実拒否の状態におちいっていること。あなたは意図的にエディをだまそうとしたわけではなく、しかたがなかったんだとも話したわ」

「こんな話をやつは信じたのか？」

「彼はとんでもないばかだし、私の話は相当説得力があったから」モリーはしぶしぶ話の続きを語った。「そして最後にあなたが心に病を抱えているっていったの。その点は申し訳ないと思うわ。心理療法医に診せるとも彼に約束したのよ」

「心の病だって?」

「それしか考えつかなかったの」

「おれのビジネスに口出しはやめようとは考えつかなかった?」ケヴィンがコーヒー・マグをドンと乱暴にテーブルに置いたので、コーヒーがテーブルに飛び散った。

「やめるわけにいかなかったの」

「なぜ? おれの人生を管理してもいいとだれがいった?」

「だれも。でも……」

ケヴィンはふだんは短気ではなく、忍耐強いほうだが、今回ばかりは怒りを爆発させた。

「この土地ときみとどんな関係があるっていうんだ?」

「問題は私じゃなくて、あなたとこの土地の関係なのよ! あなたは両親を亡くし、リリーとも距離を置こうとしている。兄弟もいないし、親戚もいない。だからこそ遺産とつながりを保つことは大切だし、このキャンプ場だけがあなたの遺産なのよ!」

「遺産なんてどうでもいい! それに本当のところ、このキャンプ場以上のものをおれは所有しているんだよ!」

「私がいいたいことは――」

「全額寄付したりするほど愚かじゃなかったおかげで、おれは何百万ドルも持っている。話はそこから始めようじゃないか。車も豪邸も、今後長いあいだ楽しみをもたらしてくれる各種有価証券類もある。お次はなんだと思う? 本当は自分のことしか頭にないくせに律義者ぶるやつらが大挙して押し寄せて奪おうとしても奪えない確固たるキャリアがあるんだ」

モリーは拳を握りしめた。「どういう意味なの？」

「説明してほしいことがあるんだよ。きみが自分のことはそっちのけで、おれのビジネスばかり気にして、それに多大な時間を費やす正当な理由があるならいってほしい」

「自分のことを、そっちのけになんてしてないわ」

「この二週間というもの、きみはこのキャンプ場のことであれやこれや筋立てを考えたり、計略を考えたりしてきた。本来エネルギーを注ぐべきところへは注がずに。きみのキャリアは危機に瀕している。いつになったら現実逃避をやめ、精魂傾けてウサギの話に取り組むんだよ？」

「現実逃避なんてしてないわ！　根拠もない話をしないでほしいわね」

「おれの考えを話そうか。きみがおれの人生とかこのキャンプ場にこれほど取り憑かれているのは、自分自身の人生に真正面から取り組むことから逃げるためなんだよ」

どうして話題がこんなところに行きついたのだろう？　「あなたは何もわかってないのよ。『ダフニーが転んだ』は契約更新以後初めての作品なの。私が内容を書き換えないかぎり出版社は原稿をいっさい受け取らないのよ」

「度胸がないだけだ」

「そんなことはないわ！　内容を変えろというのは無茶だと編集者を説得もしたのよ。でもバードケイジ側は頑として譲歩しなかったの」

「ハンナの話だと『ダフニーが転んだ』はきみの作品のなかでも最高の出来だそうじゃないか。そんないい作品を読めるのがハンナひとりとは残念だよ」ケヴィンはカウチに置いたモリーのノートを身振りで示した。「そして執筆中の新作もある。『ダフニー、サマー・キャンプに行く』」

「どうしてそんなこと、知ってるの？」

「こっそり見るのはきみばかりじゃなかったってこと。おれはきみの原稿を読んだんだよ。アナグマを露骨なほど不公平に扱っていることを除けば、これも賞賛を受ける本になるだろう。しかしきみが指示に従わないかぎり、この原稿が晴れて本になることはない。きみは指示に従おうとしているか？　答えはノーだ。結論を出そうとしているか？　これもノーだ。かわりにおれの問題に首を突っこみ、自分の問題から目を逸らしていられるピーターパンの世界、ネバーランドをぐずぐずと漂っている」

「あなたには理解できないのよ！」

「その点についてはきみのいうとおりさ。おれはいくじなしの境地を理解したことはないね」

「そんな見方はフェアじゃないわ。私はもうお手上げの状態なのよ。書き換えをすれば主義を裏切ったことになって、自分を憎むことになる。書き換えをやらなきゃ、ダフニーの本は消えるわ。出版社は前に出た本の増刷もしないし、新作も出さないわ。どちらにしても私は負ける。私は負けるしかないの」

「負けることはまったく闘わないよりましだよ」

「ましじゃないわ。わが家の女性たちは絶対に負けたくないの」

ケヴィンはじっと長いあいだモリーの顔を見つめていた。「ぼくの記憶に間違いがなければ、きみのほかに女性はひとりしかいない」

「彼女の功績を考えてみてよ！」興奮でモリーは思わず動いた。「彼女はそれこそ世界じゅうのマスコミから悪しざまに罵られても、スターズにかじりついていたでしょう。そして最後には実力で敵を黙らせた」

「敵のひとりと結婚したしね」

「――そしてスターズの勝利で敵を打ちのめしたのよ。男たちは彼女のことを頭のからっぽな金髪グラマーだと見なして、こきおろしたのよ。フィービーがスターズのオーナーとしてやっていくのは絶対無理だとみんなは決めつけていたけど、でもそうじゃなかった」

「その点はフットボールの世界の人間ならだれしも賞賛するよ。で、そのこととときみとのあいだにどんな関係があるというんだい？」

モリーは顔をそむけた。ケヴィンはすでにその答えを知っていて、それを彼女にいわせる気はないのだ。

「どうしたんだよ、モリー！　例の泣き言がきみの口から発せられるのをこの耳で聞きたいね。そしたら思う存分泣けるからさ」

「勝手にいってれば！」

「わかったよ、おれがかわりにいってやろうか。きみは失敗を恐れて執筆に本腰が入れられないんだよ。きみは自分の姉に対抗意識を抱いているから、リスクを負うことができないんだ」

「対抗意識なんて抱いてない、フィービーを愛しているわ！」

「その点を疑ってはいないよ。しかしきみの姉さんはプロ・スポーツの世界でも屈指のパワフルな女性で、きみはだめ人間なんだよ」

「違うわ！」

「だったら、そんなふりをするのはやめなよ」

「あなたには理解できないわ」

「じつはいろいろと理解できるようになってきたんだな、これが」ケヴィンは農家風の椅子の背に手で円を描いた。「じつのところやっと結論にいき着いたんだ」

「結論て何よ？　もういい、聞きたくない」モリーはキッチンに向かったがいき着く前にケヴィンが立ちふさがった。

「火災報知器の一件のこと。ダンはきみがすごくおとなしい、まじめな生徒だったといっていた。成績は優秀、受賞もたびたびだったという。きみはつねに完璧を目指して頑張りつづけた、そうだろ？　きみは優等生名簿の筆頭に名を載せ、ほかの子どもたちが野球カードを集めるように、善行章のメダルを集めようと努力していた。そんなおり、何かが起きる。どこからともなく力が働いて、きみは突如奇行に走るんだ。火災報知器のレバーを引き、全財産を寄付し、赤の他人のベッドに飛びこむ！」ケヴィンは首を振った。「すぐにそれを見抜けなかったことが、いまでは信じられない。だれひとり気づかないことも信じられないよ」

「気づかないって、何を？」

「きみの本性さ」

「まるでそれを知っているような言い方ね」

「優等生。それは本来のきみの姿じゃない」

「なんの話をしているのよ？」

「もし普通の家庭に生まれていたら、きみはどんな人間になっていたか、ということを話しているんだよ」

彼が何をいおうとしているかはわからなかったが、モリーは突如その場を逃げだしたくなった。

ケヴィンはモリーとドアのあいだに立ちふさがった。「わからないか？　きみは本来クラスのひょうきん者で、授業をサボってマリファナを吸い、車の後部座席でボーイフレンドといちゃつくような娘に育っていたはずなんだ」

「なんですって？」

「大学の授業を抜けだして、ヴェガスに行き、ストリッパーまがいの格好でパレードに加わるような娘だよ」

「ストリッパーまがい！　それってまるで――」

「きみはバート・ソマヴィルの娘じゃない」ケヴィンは哀れさをにじませた、吠えるような笑い声をあげた。「いやはや、きみはきみを生んだ母親の娘だったというわけさ。なのに、そのことにだれひとり気づかない」

モリーはがっくりとぶらんこ椅子に座りこんだ。ばかげた話だ。まるでＭＲＩ（断層撮影装置）のなかに長くいすぎた精神病患者の長話のようではないか。モリーが自分自身に抱いているイメージをまるきり逆にしようとしているのだ。「あなたは自分で何をいっているのかわかってない――」

彼女は突如文字どおり息苦しさを覚えた。「何をいっているのかわかってないー」残りを言葉にしようとしたができなかった。心の奥底で何かがようやく、あるべき場所にぴったりと収まったからだ。

クラスのひょうきん者……学校をサボって……。

「きみがリスクを恐れるのはフィービーに対抗意識があるからだけじゃない。きみはいまも完璧であるべきだという幻想を抱いたまま生きているから、リスクを恐れるんだ。それに、絶対的確信をもっていうけど、完璧であることはきみの持って生まれた人間性にはないものなんだよ」

モリーは考えようと躍起になったが、こんな緑の瞳に厳しいまなざしを注がれていては考えるほうが無理だった。「違うわ――あなたが話題にしている人物像はまるでピンとこないわよ」

「少したてば思い当たるはずさ」

あんまりだ。わかっていないのは彼女ではなくケヴィンのほうなのに。「私があなたの人生に害を及ぼしているある真実を指摘しそうになったから、話題を逸らそうとしているのね」

「おれの人生に害を及ぼすものなんてない。少なくともきみに出会うまではなかったね」

「ほんとにそうかしら？」モリーはみずからを戒めて口を閉ざそうとした。いまはそんな時機ではない。だがずっと心に秘めていた思いが、ついこぼれでた。「それがいかなる類いであろうとも、あなたが他人と感情的な関係を持つことを恐れているという事実はどうなの？」

「もしリリーとのことをいっているんなら……」

「違うの。そんな短絡的なことではないわ。そんなことならあなたのような鈍感な人でも察しがつくでしょ。もう少し深い読み方をしてみましょうよ」

「してみれば」

「年は三十二、裕福で、そこそこインテリで、ギリシャ神みたいな完璧な美貌をそなえ、まったくの異性愛者なのに、少しばかり変じゃない？　この絵に描いたような人物像に欠けているものはなんだと思う？　そう、思い出したわ……あなたは女性と一度も長くつき合ったことがないのよね」

「おい、いい加減にそんな……」ケヴィンはテーブルのそばに手足を伸ばして座った。

「どうなの？」

「第一、その主張の根拠はどこにある？」

「チームの噂話《うわさ》、新聞記事、私たちのことを綴った『ピープル』誌の記事。もしあなたがだれかと長い関係を持ったことがあったとしても、それは中学生時代のことよ。あなたの人生には多くの女性が出入りしている。でもそのなかのだれひとりとしてあなたの人生に長くとどまることはないのよ」

「なかにはいやというほど長く関わっている女もいるさ！」

「それじゃあ、あなたがどんな類いの女性を選んでいるのか考えてみましょうよ」モリーはテーブルの上で手を広げた。「あなたは興味をかき立てられるような才気煥発(かんぱつ)な女性を選んでいる？　それともあなたの底なしの根本的、保守的な価値観――この点については反論は認めないわよ――そんな価値観を分かち合える、尊敬に値する女性を選んでいる？　ところがどう？　いやはや驚いたことに、そんなタイプはひとりもいないのね」

「そこでまたぞろ外国人女性が登場するわけだろ。完全に思いこみだよ」

「いいわ、それじゃあこの際、外国人女性は除外して、牧師の息子がどんなアメリカ女性とつき合っているか見てみましょうよ。化粧が濃くて、肌の露出する服を着たパーティ・ガール。あなたのシャツによだれの跡を残し、下級レベルの数学で落第点をとって以来勉強とは無縁の女性たちよ！」

「誇張しすぎだよ」

「わからないの、ケヴィン？　あなたは意図的に真の関係を築けそうもない相手を選んでいるのよ」

「だからどうだっていうんだよ？　ぼくは仕事に集中したいんだ。女の機嫌をとったりいいなりになったりするのはごめんなんだよ。それに、三十三で身を固める気もないしさ」

「あなたは成長する気がないのよ」

「ぼくがかい？」

「それにリリーのことだってあるわ」

「またかい」

「彼女は素晴らしいわ。あなたがいくら彼女と距離を置こうと躍起になっても、じっとこらえて、あなたが迷いから醒めるのを待っているのよ。リリーのことではあなたは失うものは何ひとつなく、すべてがプラスになるというのに、あなたは自分の人生のひと隅さえ彼女に与えようとはしない。それどころかあなたの行動はまるで十代の少年みたい。わからない？私と同じく、あなたもあなたなりに、生い立ちの影響で心にゆがみを抱えているのよ」

「そんなことはないね」

「私の傷はわかりやすいわ。母親を亡くし、父親は子どもを虐待するような親だった。それにひきかえあなたは両親の豊かな愛情を受けて育った。でも両親が自分とあまりに異質だったために、あなたは両親との心の絆を実感できず、いまもそのことで罪悪感を抱えている。たいていの人は忘れ去ることができるけれど、あなたのように感受性の鋭い、傷つきやすい人はそれもできないのよ」

「知ったふうなことをいわないでくれ！」

「これは断言できるわ。自分が眠っているあいだに自分を襲うような気違いじみた女と道義心のためだけに結婚しようという男はまずいない。たとえその女がボスの妹だったとしてもね。あなたはダンとフィービーに脅されたかもしれないけれど、責任の所在を明らかにすればことはすんだのよ。ところが自分がそれを明かさないだけでは足りなくて、あなたは私が事実を明かすことさえ禁じた」モリーは冷えきった手をスウェットシャツの袖口に突っこんだ。「それに私が流産しかかっていたとき、あなたがとった行動もそうよ」

「あんなときはだれだって――」

「いいえ、だれもあんな行動をとりはしないわ。でもその行動のわけは、フットボールに関わりのない感情はいっさい抱きたくないからだとあなたは信じたいんでしょうね」

「ばかげた考えだよ！」

「試合を離れた自分に何かが欠けていることを、あなたは知っている。でもそれがなんなのか突き止めることは怖い。典型的な神経過敏、未成熟タイプのあなたは、自分の心のゆがみが原因で欠けているものを探せないんだと信じているから。自分の両親とさえ絆を保てなかった自分が他人と永続的な関係を保てるわけがない、と感じているのよ。フットボールの試合で勝利をおさめることに集中するほうが楽ですものね」

「永続的な関係だって？　ちょっと待ってくれ！　この話の真意はどこにあるんだよ？」

「そろそろあなたも大人になって現実世界のリスクを負うべきだという話をしているだけよ」

「そうじゃないね。このちんぷんかんぷんの話には何か意図が潜んでいると思う」

その瞬間までモリーにはまるでそんな意識はなかった。だがケヴィンはモリーが気づく前にものごとの本質を見抜いてしまうことがある。いまも彼の言葉が正しいことを認めたが、時すでに遅し。モリーは気が滅入った。

「きみはぼくらの永続的な関係を話題にしているんだと思う」彼はいった。

「ばかばかしい！」

「それが望みなのかい、モリー？　この関係を実際的な結婚に進めたいと考えているのかい？」

「十二歳の感情を持った相手と？　自分と唯一の血のつながりがある人に優しくすることも

できない相手と？　私はそれほど自己破壊的ではないわ」

「そうかな？」

「いったい私に何をいわせたいのよ？　私があなたに恋をしていること？」皮肉めいた言い方をしたつもりだったが、ケヴィンの驚愕の表情から彼に本音を読まれてしまったことは明らかだった。

脚がまるでゴムのように感じられた。ぶらんこ椅子の上の端に腰かけ、苦境から逃れる方法を考えようとしたが、心の痛手が大きすぎた。このことを見抜いた彼の真意はどこにあるのだろう？　モリーは顔をあげた。「だからどうだというの？　入りこんだ先が一方通行だということは承知しているわ。それに、向かう先を間違えるほど愚かでもないわ」

ケヴィンがこれほどの衝撃を受けていることが逆に辛かった。

「きみはぼくに恋をしているんだ」

モリーの口はカラカラに乾いていた。ルーはモリーの足首に体を擦りつけ、切ない鳴き声をあげた。これはいつもの片思いのひとつにすぎないのだといいたかったが、いえなかった。

「たいしたことじゃないわ」モリーはやっとの思いでいった。「あなたの胸に飛びこんで、あなたが同じ気持ちを抱いていないと泣きじゃくると思っているのなら、大間違いよ。私は人の愛情を請《こ》い求めるつもりはないわ」

「モリー……」

ケヴィンの声のなかに込められた憐憫《れんびん》の情がいやだった。またしてもモリーは合格しなかったのだ。男の愛を勝ちえるのに必要な溌剌とした人間的魅力も、美貌も、個性も足りなかたまらなかったのだ。

そんなまねはやめるのよ！

　悲憤が胸に広がった。今度は彼に対する怒りではなかった。自分の不安な気持ちがいやでたまらなかったのだ。もっと大人になれと彼をなじったが、その必要があるのは彼だけではない。どこといって欠点があるわけではないのに、劣等感を抱えて生きていくわけにはいかない。彼が彼女を愛せないとしたら、それは彼の損失である。

モリーはぶらんこ椅子から立ち上がった。「私、今日フィービーとダンたちといっしょに帰る。この傷心を抱えてひっそりとシカゴに戻ることにするわ。だいじょうぶ、なにごともなかったように元気でやっていけるわ」

「モリー、そんな一方的に――」

「もうやめなさいよ。また良心が疼きださないうちにね。私の気持ちに責任を感じたりしてはだめよ、わかった？　これはあなたのせいでもなんでもないんだから。埋め合わせなんてしなくていいの。ありふれた、世のなかによくある出来事のひとつなんだからね」

「でも……ごめん、ぼくは――」

「もういいから」モリーは静かにいった。怒りとともに立ち去りたくなかったからだ。ふと気づくとケヴィンのそばに寄り、彼の頬に手を伸ばす自分がいた。この手触りが好きだった。あまりにも人間的な脆さを含め、彼のすべてが大好きだった。「あなたはいい人よ、チャーリー・ブラウン。あなたの幸せを祈ってるわ」

「モリー、ぼくは決して――」

「ほら、私に行かないでってすがったりしないの」モリーは笑顔を作り、歩み去った。「楽しいこと、いいことにはかならず終わりがくるの。そしていまがそのときなのよ」モリーはドアに向かった。「おいで、ルー。フィービーを探しましょ」

24

ウサギがウサギを食う――シリーズの作品同士が売れ行きを競い合う状況となっている。

――某児童文学編集者

シカゴへの帰途、子どもたちの存在だけが救いだった。これまで姉に気持ちを読まれないようにするのは並大抵のことではなかったが、今度ばかりは心中を悟られてはならなかった。姉夫妻とケヴィンとの関係をこれ以上悪化させるわけにいかないからだ。

三週間近く閉めきっていたため、モリーのマンションはカビ臭く、出かける前以上にほこりっぽくなっていた。部屋を擦ったり磨いたりしたくて手がウズウズしてきたが、掃除は明日まで待とう。はしゃいで跳ねまわるルーに続いて、スーツケースを屋根裏の寝室に運び、またしゃにむに階段を降りて机のある場所へ行き、書類を入れた黒の箱を開けた。

床の上で脚を組んで座り、バードケイジ社と最後に交わした契約書を引っぱりだし、ページをパラパラとめくった。

やはり思っていたとおりだった。

モリーは天井まで続く窓をじっと見つめ、深く色づいた煉瓦の壁、こぢんまりしたキッチンをまじまじとながめ、堅材《かし》の床に躍る陽の光に見入った。わが家。

惨めな二週間を過ごしたあと、モリーはバードケイジ・プレス社のあるミシガン・アヴェニュー・オフィス・ビルディングの九階でエレベーターを降りた。モリーはぴったりした赤白のギンガム・チェックのワンピースのウェストに巻いたカーディガンをぐいと引きしめ、ヘレン・ケネディ・ショットのオフィスに向かった。あと戻り可能な地点はとっくに過ぎている。モリーはせめて目の下に塗ったコンシーラーが隈を隠してくれればいいと願った。

ヘレンは原稿やゲラ、本のカバーが散乱した机の向こう側でモリーを出迎えるために立ち上がった。蒸し暑い天候にもかかわらず、いつもの編集者らしい黒い服を着ている。まったく化粧けはないが、白髪まじりのショート・ヘアがこざっぱりとした印象を与え、指先にはなめらかな真紅のマニキュアが光っている。「モリーさん、またお目にかかれて嬉しいですわ。やっとご連絡いただけて本当によかった。あなたと連絡をとることを、なかばあきらめかけていたところだったんです」

「お会いできて嬉しいですわ」モリーは品よく答えた。ケヴィンがなんといおうと、彼女は生来品格をそなえた人間である。

オフィスの窓からシカゴ川の流れが細長く見えるが、本棚に並んだ色とりどりの童話に自然と目がいく。ヘレンが新任のマーケティング・マネージャーの話をしているあいだ、モリーは初期の五冊の『ダフニー・ブックス』の細長い尾根に目をとめた。『ダフニーが転んだ』

は決してこの仲間に入らないと思えば、胸の奥に刺すような痛みを感じるはずだが、そうした情緒的な感覚がいまは鈍くなっており、それ以上の感情は湧いてこなかった。

「やっとこうして話し合いの場が持ててよかったです」ヘレンはいった。「ご相談したいことがたくさんあります」

「話は簡単にすみますわ」モリーはさっそく本題に入った。バッグを開き、白い事務用封筒を取りだし、机の上に置いた。「これは『ダフニーが転んだ』の最初の前渡し金を弁済するための小切手です」

ヘレンの顔に驚愕の表情が浮かんだ。「わが社は前渡し金の返済など望んではいません。本を出版したいと思っているんですから」

「出版はできないはずです。私は書き換えはやりません」

「モリー、あなたが当社のやり方を快く思っていらっしゃらないことは承知していました。いまこそ問題点を解決したいと思います。当初からわが社はあなたのキャリアに利する方策だけを考えてきたつもりなんです」

「読者にとって最善なものだけが私の望みです」

「その点は私どもも同じ考えを持っています。どうか考えてみてください。著者というものはみずからの観点からだけ作品を見ようとするものですが、出版社はより大きな観点での判断を迫られます。メディアや地域社会との関係もそのひとつです。選択の余地はないとわが社は判断したのです」

「選択を迫られるのはだれしも同じです。一時間前、私もひとつの選択をしました」

「どういう意味ですか？」

「私は私自身で『ダフニーが転んだ』を出版しました。オリジナルのままで」

「あなたが出版した？」ヘレンが片眉をつりあげた。「なんの話をしているんです？」

「インターネットで出版したんです」

ヘレンは椅子から勢いよく立ち上がった。「そんなことはできません。契約があるんですから！」

「契約書の注意事項を子細に調べていただければ、私は私の全著作に関してコンピュータ処理をする権利を有することがおわかりいただけるはずです」

ヘレンは茫然自失していた。大手出版社ならこうした契約上の落とし穴には前もって手を打つものだが、バードケイジのような二流の出版社はそこまで手がまわらないのが実情である。「こんなことをなさるなんて信じられません」

「『ダフニーが転んだ』を読んだり、オリジナル版の挿絵を見たい子どもはだれでも読むことができるようになりました」モリーはここで御大層な演説をし、焚書《ふんしょ》と言論の自由に干渉することを禁じた憲法修正第一条を引用するつもりでいたが、もはや精根が尽きていた。モリーは小切手を前へ押しやりながら、椅子から立ち上がり、出ていった。

「モリー、待って！」

必要なことを成し遂げたのだ。もう立ち止まることはできない。車に向かいながら、勝ち誇った気持ちになろうと努めたが、精根尽きたという感じだけが心身を支配していた。ウェブ・サイトの立ち上げは、大学時代の友人が手伝ってくれた。『ダフニーが転んだ』の本文と挿絵のほかに、長年にわたってさまざまな団体から、内容や挿絵が児童の読み物にはふさわしくないと指摘されてきた本のリストを加えた。そのなかには『赤頭巾ちゃん』や、『ハリー・ポッター』の本、マドレーヌ・ラングルの『時機を得た妙案』『スパイ・ハリエット』や、『トム・ソーヤー』『ハックルベリー・フィン』、ジュディ・ブルームの本や、モーリス・センダック、グリム兄弟、アンネ・フランクの『アンネの日記』などがあり、リストの最後に『ダフニーが転んだ』を加えた。彼女はアンネ・フランクではないが、そうした素晴らしい本とともに彼女の本の名を入れることで、心が晴れた。ケヴィンに電話して、やっと自分のウサギのために闘ったのよとひとこといってやればどんなにいいかとモリーは思った。

食料品などを買うために何軒かの店に立ち寄ったあと、レイク・ショア・ドライブに乗り、エヴァンストンに向けて北上した。やがて、いまの住まいであるカビが生えたように古臭い褐色砂岩のアパートに着いた。二階建てのアパートそのものも大嫌いだが、タイ・レストランの裏手に設置されたごみ収集箱が見えるのがいやでたまらなかった。だが犬を飼えるという条件を満たすアパートのなかで予算内の部屋はここしかなかったのである。

ちっぽけな自分のマンションのことは極力考えまいとした。いまごろは見知らぬ人が引っ越してきているだろう。エヴァンストンには屋根裏部屋のついたマンションはいくつもないことから、あのビルには購入希望者のウェイティング・リストがあり、すぐに売却できることはわかっていたが、二十四時間以内にことが進むとは予想外だった。新しいオーナーが最終的な書類手続きをとっているあいだの割増しサブリース料を払ってくれたので、モリーは大慌てで賃貸アパートを探さなくてはならず、こうしてこの陰惨な建物に住んでいるのだった。だがそのおかげで前渡し金を返済する資金を手にでき、各種の支払いをすませることもできたのだ。

モリーは二ブロック離れた路上に車を駐めた。スライテリンの家主が建物に付随する駐車場の料金を月に七〇ドルとることにしているからだ。部屋に行くための使い古された階段をのぼっていると、窓のすぐ外で高架線を列車が鋭い音をたてて通りすぎた。ルーが戸口でモリーを出迎え、すり減ったリノリュームの床を横切るように跳ねまわり、シンクに向かって吠えだした。

「もうだめよ」

アパートがあまりに手狭で蔵書を置く場所もなく、ダンボール箱の上を這うようにしてキッチンのシンクにたどり着いた。用心しながら、扉をあけ、中をのぞいて身震いした。仕掛けた「心優しき」わなにまた一匹ネズミがかかっていたのだ。ここに住んでまだ数日だというのに、もう三匹目なのである。

この体験から『シック』の記事がもうひとつ書ける。「小動物を嫌う男もいやなやつとは限らない理由」先刻、料理にまつわる記事を投函したばかりなのだ。「男を嘔吐させない朝食——卵で彼の脳みそをスクランブルする」という題にしようと思ったのだが、封筒に入れる瞬間はっと正気を取り戻し、「早朝の刺激」に変更したのだった。

モリーは毎日何かを書いている。流産したあとのようになんでもすぐにあきらめて寝てしまうようなことはない。それどころか心の痛みと真摯《しんし》に向き合い、切り抜けるために最大限の努力をしている。しかし彼女の心はこのうえなく空虚だった。

ケヴィンが恋しかった。毎晩ベッドに横たわりながらじっと天井を見つめて、かつてこの体にまわされた彼の腕の感触を思い出した。そんなことがセックス以上に大切なこととして胸によみがえった。彼は本人以上に彼女を理解してくれ、あらゆる点で気持ちが通じ合う心の友だった。ただし、ある重要な点だけはそうではなかった。彼は彼女を愛していないのだ。

モリーは存在の奥底から出てきたような溜め息をついて、バッグを脇へ置き、わなといっしょに買った園芸用の手袋をそっとはめた。慎重にシンクの下に手を伸ばし、小さな檻《おり》の取っ手をつかんだ。少なくとも彼女のウサギはサイバースペースで自由に楽しく跳びはねている。ネズミを云々する以上に、それは大切なことなのだ。

ネズミが檻のなかを跳びはねだしたので、モリーは甲高い声をあげた。「やめてちょうだい。静かにして。あっという間に公園に連れていって放してあげるから」こんなときに男がいれば。

モリーの心はまたしても痛みと痙攣《けいれん》の発作に見舞われた。キャンプ場の運営を任せるためにケヴィンが雇った夫婦はいまごろ任務に就いているだろう。ということはケヴィンはシカゴに戻り、また異国の美女たちとパーティ三昧の毎日を送っていることになる。お願いです神様、どうか彼がそのなかのだれかとベッドをともにしたりしませんように。いまはまだ――。

留守番電話にリリーからのメッセージが何度か入り、元気でいるのかと尋ねていた。だがまだその返事はしていない。なんといえばよいのかわからないからだ。マンションを売りましたといえばいいのか。出版社とも手が切れましたというのか。いまも癒《い》えぬ心の傷を抱えたままだといえばいいのか。少なくともいまは弁護士を雇う余裕があるのだから、いまの契約を破棄して次のダフニー・ブックを別の出版社に売るチャンスはある。

モリーは体からできるだけ離して檻を持ち、鍵を取りにいった。ドアに向かおうとしたとき、ブザーが鳴った。ネズミのことで神経が立っていたので、モリーは驚いて飛び上がった。

「ちょっと待って」

腕を思いきりのばして檻を持ったまま、本の入ったダンボール箱をよけながら、ドアを開けた。

ヘレンが勢いよくなかに入ってきた。「モリーったら、まだ話は終わっていないのに飛びだしていってしまうんですもの。あらっ！」

「ヘレン、ミッキーよ」

ヘレンは顔面蒼白、胸に手を押し当てた。「ペット？」

「違うわ」モリーはダンボール箱の上に檻を置いたが、ルーはそれが気に入らないらしい。

「ルー、静かに！　ちょうど間の悪いときにいらしたようね、ヘレン。公園まで行かなくてはならないの」

「お散歩ですか？」

「これを公園で放すの」

「私――私もごいっしょします」

いつもは如才ない元担当編集者がこうも取り乱していることを喜ぶべきだが、モリー自身もネズミのおかげで取り乱していた。檻を体から離すようにして外へ出たモリーはくねくねと曲がったエヴァンストンの繁華街の路地裏を通り、湖畔にある公園に向かった。きちんとした黒のスーツにヒールの靴というヘレンのいでたちはこの暑さのなか、でこぼこ道を歩くにはふさわしいとはいえないが、ついてきてほしいとこちらからいったわけではないので、気の毒だと思わないようにした。

「引っ越されたとは知りませんでした」ヘレンがうしろから声をかけた。「幸いにもご近所のお宅をお訪ねして、あなたの新しい住所を教えていただくことができました。もっと家の近くで放したらどうなんです？」

「また戻ってこれないようにするためよ」

「それとも永久的なわなを仕掛けるとか？」

「それは絶対いやです」

平日にもかかわらず公園は自転車に乗る人びとや学生、ローラー・ブレードを楽しむ人たちで混んでいた。モリーは草の多いところで檻をおろし、ためらいながら錠前に手を伸ばした。それを引き上げたとたん、ミッキーは自由を求めて跳びだした。

ミッキーが向かった先はたまたまヘレンだった。

編集者は絞め殺されそうな叫び声をあげ、ピクニック・ベンチの上に飛び乗った。ミッキーは低木の植え込みに姿を消した。

「まったく、汚らしいわ」ヘレンはテーブルの上にがっくりと手をついた。

モリーも膝が少しがくがくするので、ベンチに腰をおろした。公園の端の向こうはミシガン湖が水平線まで続いている。モリーはダイビングするのに格好の断崖があるもっと小さな湖を思い浮かべた。

ヘレンはバッグからティッシュを出し、たたくようにして汗を拭きとった。「ネズミにも何か人の心を引きつけるものがあるんですね」

ナイチンゲールの森にはネズミはいない。新しい出版社を見つけたら、今度はネズミも物語に加えてみようと思う。

モリーはかつての編集者をじっと見据えていった。「訴訟を盾に私を脅しにいらしたのなら、無駄だと思いますけど」

「大好きな作家を訴訟なんてするはずがありません」ヘレンはモリーが渡した小切手の入った封筒を取りだし、ベンチの上に置いた。「これはお返しします。なかを見ていただければおわかりでしょうが、前渡し金の残りも小切手で入っています。ほんとうにモリー、書き換えに対してどれほど強い抵抗感を抱いていらしたのか、正直にいってくだされればよかったんですよ」

モリーはスライテリンのたわごとに答えを返すつもりもなく、封筒を手に取りもしなかった。

ヘレンのほとばしる感情が口調に出てきた。「わが社は『ダフニーが転んだ』をオリジナルのまま出版することにしました。冬のスケジュールに入れましたので、販売促進の手配を行なう時間はあります。広範囲の市場開発キャンペーンを予定していて、主な子育て誌にフルページの広告も入れますし、あなたに出版記念サイン会のツアーにも行っていただこうと考えています」

ようやく自分も陽の当たる場所に出たのだろうか、とモリーは信じがたい思いだった。

「『ダフニーが転んだ』はすでにインターネット上で購入可能です」

「当社としてはサイトはなくしていただきたいのですが、最終的な結論はあなたに決めていただこうと思います。ウェブ・サイトを維持なさるとしても、世の親たちは子どもたちのために実際の本を買ってやりたいと考えるでしょう」

なぜ名もない作家が魔法にでもかかったかのように売れっ子作家に変身したのか、モリーにはまるで考えられなかった。「私としてはこんなやり方ではないほうがいいと思いますけど」

「当社としてもあなたとの契約を見直すつもりでおります。新しい契約内容にはきっとご満足いただけると思いますよ」

モリーは報酬の増額ではなく、説明を求めたつもりだったのだが、彼女の内なる大物が目を覚ました。「その点については私の新しいエージェントと話し合ってください」

「もちろんです」

モリーには前もいまもエージェントなどいない。取るに足りない経歴では、エージェントなど必要なかったのだ。だが何かが変化したことは確かだ。「何があったのか、話してくれませんか、ヘレン」

「報道の生んだ結果なんですよ。二日前に売上高の数字が出たんですけど、あなたの結婚のニュースとＳＫＩＦＳＡの記事のあいだにあなたの本の売り上げが急上昇しました」

「でも私が結婚したのは二月で、ＳＫＩＦＳＡが私の本を攻撃の対象にしはじめたのは四月。いまごろ気づいたんですか？」

「最初の上昇に気づいたのが三月で、次は四月でした。でも数字は五月の月末報告を受け取るまでそれほど大きなものでもなかったんです。六月の予備報告ではさらに上昇しています」

モリーは座っていてよかったと思った。とても立っていられなかっただろうからだ。「でも報道は沙汰やみになってしまったのに、どうしていまごろになって数字が上昇しているのかしら？」

「そこがわが社としても知りたかった点なんです。そこでかなりの時間をかけて電話で書籍販売業者から話を聞きました。彼らの話によれば、最初大人たちが興味本位で本を買っていったそうなんです。あなたの結婚のニュースを耳にしたり、ＳＫＩＦＳＡの騒動を目にしたりした大人がね。けれど家に持ち帰ってみると子どもたちが物語のキャラクターに夢中になってしまい、シリーズすべてを買おうとしてまた書店に足を運んでいるそうなんです」

モリーは呆然とした。「とても信じられないわ」

「子どもたちが友だちに本を見せびらかし、ＳＫＩＦＳＡのほかのボイコット運動は支持した親たちまでもが『ダフニー・ブックス』は買っているそうです」

「こんなこと、にわかには信じられないわ」

「そうでしょうね」ヘレンは脚を組み、微笑んだ。「数年間の雌伏のときを経て、いっきに成功への階段を駆けのぼりましたね。おめでとう、モリー」

ジャニスとポールのヒューバート夫妻は民宿を任せるには申し分のない夫婦だった。ヒューバート夫人の卵料理が冷めていることもなかったし、底の焦げたクッキーを焼くこともなかった。ヒューバート氏はトイレの修理もいやな顔ひとつせずこなしたし、何時間でも飽きもせず客の相手をした。しかし、ケヴィンはこの夫婦を一週間半で解雇した。

「何か手伝いましょうか?」

冷蔵庫をのぞきこんでいた顔をあげると、リリーがキッチンのドアの内側に立っていた。夜の十一時半、モリーが去って二週間と一日がたっていた。ヒューバート夫妻を解雇して四日目で、何もかも目茶苦茶になっていた。

トレーニング・キャンプがあと二週間ほどで始まるというのに、準備は整っていなかった。リリーが仕事を手伝ってくれていることに礼をいうべきだとは思っていたが、そこまでの余裕がなく、気が咎めていた。リアム・ジェナーが朝食の席に姿を現わさなくなって以来、リリーの表情にはどこか悲しげな翳《かげ》りがある。一度そのことに触れてみたものの、言葉がぎこちなく、リリーもわからなかったふりをした。

「早く膨らむイーストを探しているんだ。エイミーのメモにそいつが必要になるかもしれないから、って書いてあって。早く膨らむイーストっていったいなんだろう?」

「私にはわからないわ」リリーは答えた。「私のベイキングは箱入りのミックス粉専門だから」

「そんなもの、くそくらえだ」彼は冷蔵庫の扉を閉めた。

「ヒューバート夫妻が恋しい？」

「いいや。ただ、奥さんの料理とご主人の細かい気配りはよかったけど」

「ああそう」リリーはケヴィンにじっと目を注いだ。ときおりこうした楽しい気分が憂鬱《ゆううつ》を紛らわせてくれる。

「奥さんの子どもへの接し方がいやだったんだ」ケヴィンはぶつくさと不満を口にした。時計回りか逆回りかなんて、ちゃんと芝が刈れていればどうでもいいことなのにさ」

「それにトロイはヒューバート氏のおかげで気がおかしくなりそうだった。

「奥さんのほうも子どもたちを無視したってわけじゃないわ。モリーみたいに、キッチンのドアに顔を出す腕白坊主たちにいちいちクッキーを配ってあげなかっただけよ」

「あの魔女ばあさんときたら、子どもたちをまるでゴキブリかなんかのようにシーッ、シーッと追っ払った。それに子どもたちにちょっとした話を聞かせてやる手間を惜しんだ。それがそれほど大変なことかい？　子どもたちに話をせがまれたら、消毒剤の入ったびんをちょっと置いたっていいと思わない？」

「子どもたちが実際にヒューバート夫人にお話をせがんでいるのを見たことはないわ」

「モリーには熱心にせがんでいた！」

「そうね」

「それにどんな意味があるの？」

「べつに」

ケヴィンはクッキーのびんの蓋《ふた》を開けたが、中身は買ったものであることを思い出してまた蓋を閉めた。かわりに冷蔵庫のなかに手を入れてビールを探した。「ご亭主はもっとひどい」

「芝を荒らすからと、子どもたちが共有地でサッカーをするなといっているのを聞いて、彼の命運も尽きたかなと見たわ」

「スライテリン」

「でも民宿のお客たちはヒューバート夫妻を気に入っていたわ」リリーは指摘した。

「それはコテージの客と違ってここに泊まっている客は子連れじゃないからさ」

ケヴィンはビールを勧めたが、リリーは首を振り、かわりに戸棚から水を飲むためのタンブラーを取りだした。「オブライエン家がもう一週間滞在するそうで、よかったわ」とリリーがいった。「でもコーディとクレーマー家の女の子たちがいなくなって寂しいわ。それでも新しく来た子どもたちは可愛いわあなた、また自転車を買ったでしょ」

「もっと幼い子たちのことを忘れてたんだ。」

「大きい子たちはみんなバスケットボールの球入れを楽しんでいるみたいよ。それにライフガードを雇ったのは正解ね」

「なかにはあまりに無頓着な親もいるからさ」ケヴィンはキッチンテーブルまでビールを運び、席に座り、ためらった。だが、これをあまりに先延ばしにしすぎたと思う。「これまでいろいろ手伝ってくれたこと、ほんとうに感謝しているよ」

「いいのよ。でもモリーがいなくなってほんとに寂しいわ。彼女がいると何もかも楽しくなるんですもの」

ケヴィンは自分が守勢に入るのを感じた。「そうでもないよ。彼女がいなくてもじゅうぶん楽しいことはあった」

「いいえ、楽しくなかったわ。オブライエン家の男の子たちはずっと不満をもらしつづけているし、お年寄りたちも彼女を恋しがっているわ。それにあなたはふてくされて、理性のない態度をとってばかりいる」リリーはシンクにもたれた。「ケヴィン、もう二週間たつのよ。いいかげんに彼女を迎えにいったらどうなの？　あなたが留守のあいだ、エイミーとトロイと私でここはなんとかするから」

リリーは気づいていないのか？　そんなことなら、すでにありとあらゆる角度から検討してみた。彼にとってこれ以上の願いはないのだが、さりとて結婚して身を固める気がないかぎり、迎えにはいけない。しかも彼にとって、それはどうしても譲れない一線なのだ。「それはフェアじゃない」

「だれにとってフェアなの？」

彼はビールびんのラベルを親指でつついた。「彼女は……ぼくにある感情を抱いているらしい」

「そうなの。それであなたのほうはそうじゃないのね？」

感情を抱いていないどころか、あらゆる感情が交錯して、どうしたらいいのかわからないでいるというのが本音である。だがどれも、何がもっとも大切であるかを見失うほどには強い思いではない。「五、六年先なら事情は違っただろうけど、いまのぼくは仕事以外のことにかまけている時間はないんだ。それに現実問題として、ぼくとモリーが長いあいだうまくやっていけると思うかい？」

「問題ないんじゃない」

「ばかな！」ケヴィンは椅子から勢いよく立ち上がった。「ぼくは体育会系だよ！　体を動かすのが大好きだ。それなのに彼女はスポーツが嫌いなんだ」

「スポーツが嫌いな人のわりに彼女、運動能力は優れているわ」

「たしかにそうかもしれない」

「泳ぎも素晴らしいし、飛び込みもチャンピオンのようよ」

「サマー・キャンプ仕込みさ」

「ソフトボールの腕前だってすごいわ」

「それもサマー・キャンプ仕込み」

「フットボールを知りつくしているし」

「それはただ――」

「サッカーだってやるわよ」

「テスとだけ」

「武道も学んだそうよ」

冬にモリーからカンフーの技をかけられたことを、彼は忘れていた。

「それに高校のときテニス・チームの選手だったとも聞いたわ」

「もうわかったよ。テニスは嫌いなんだ」

「それはたぶん、下手くそだからよね」

どうしてリリーがそれを知っているのだろう？

リリーの微笑みは危険なまでに思いやりにあふれていた。「モリー・ソマヴィルほど運動能力に優れ、冒険好きな女性はなかなか見つからないと思うわよ」

「きっとスカイダイビングには行かないんじゃないかな」

「絶対行くわよ」

ケヴィンは不機嫌な物言いをしていることを自分でも感じた。スカイダイビングはリリーのいうとおりだと思う。飛行機から押しだすときのモリーの悲鳴が聞こえるような気がする。だがパラシュートが開くころにはモリーは空の上に夢中になっているだろう。

それでも彼女の恋心に対しては、釈然としないものを感じ、怒りもある。そもそも初めから一時的な関係のつもりだったし、彼のほうが仕向けたわけではない。しかも約束はいっさい口にしていない。それに半分はほとんどまともな態度で接していない。

セックスのせいだ。それまでは何もかもうまくいっていた。しっかりと自制し、手出しさえしなければ、モリーの気持ちに変化は生まれなかったはずだ。しかしああして毎日ともに過ごせば、自制するのは無理というものだ。そのことで責められる筋合いはないと思う。

ふとモリーの笑い声が胸によみがえった。自分の唇の下であんな笑い声を感じたくない男がいるだろうか？　それにあのいたずらっぽい、目尻のあがったブルー・グレイの眼が意図的に性を喚起していた。そんな目で見つめられて、愛を交わし合うこと以外考えられるだろうか？

しかしモリーはルールを知っていた。この時代、この年代で、素晴らしいセックスは約束ではない。彼が感情的なつながりを持たないというたわごとは見当違いもはなはだしい。人との関係はちゃんと持っている。それも大切な。キャルとジェーン・ボナー夫妻がいるではないか。

数週間、話もしていないが。

ケヴィンはリリーの顔を凝視した。時間も遅く、心のガードも弱くなっていたのだろうか、ふと気づくと意図した以上に気持ちをさらけだしていた。「モリーはぼくのことである見解を持っているんだ。ぼくは認めないけどね」

「どんな見解？」

「彼女の考えではね……」彼はビールびんを置いた。「ぼくが感情の浅い人間だというんだ」

「そんなことはないわ！」リリーの目がきらりと光った。「なんてひどい言葉なの！」

「うん、でも問題はね――」

「あなたは複雑な人よ。ああ、もしあなたが浅薄な人間だったら、私のことなんてさっさと追っ払っているはずよ」

「ぼくは一度は――」

「あなたは肩を何度かたたいて、クリスマス・カードは送るよなんて約束する。そして私はそれで満足してビバリー・ヒルズに戻っていったはずよ。でもあなたは正直すぎてそんなまねはできない。だからこそ、私はここにいてもあなたの気持ちを思って辛かったの」

「そういってもらえるのは嬉しいけど――」

「ああ、ケヴィン……自分のことを浅薄だなんて考えてはだめよ。私はモリーが大好きだけど、もし彼女があなたのことをそんなふうにいうのを聞いたら、彼女と口論になってしまうわね」

ケヴィンは笑うつもりだったが、目頭は熱く、足は勝手に動いていた。そして気づいたときには腕を大きく広げていた。殻がくずれて落ちてしまっても、まだ虚勢を張っている男の胸に飛びこんでくれるかどうかは母親の気持ちしだいである。たとえ男にそんな価値がないとしても。

ケヴィンはリリーをもう離さないというように強く抱きしめた。リリーは生まれたばかりの子猫の声を思い起こさせるような声をあげた。

彼はリリーを抱き寄せた。「ずっと訊きたいと思ってたことがあるんだ」

胸のなかで震えるようなすすり泣きが聞こえた。

ケヴィンは咳払いをした。「音楽のレッスンを受けてピアノが苦手だと思ったことはあるかい?」

「ああ、ケヴィン……私はいまだに楽譜も読めないのよ」

「それから、トマトを食べて口のまわりに発疹ができたことは?」

ケヴィンの体にまわしたリリーの手に力がこもった。「たくさん食べればできるわ」

「サツマイモはどう?」しゃくりあげるような嗚咽《おえつ》が聞こえた。「みんなが好きなのにぼくは苦手だから、不思議だったんだ……」だんだん話すのがむずかしくなり、ケヴィンは黙りこんだ。同時に、これまでしっくり収まっていなかった心の断片がやっとひとつになった気がした。

しばらくのあいだ、ふたりはただじっと抱き合っていた。やがてふたりはやっと話しはじめた。一晩で何十年分もの空白を埋めようとして、言葉もつかえがちだったが、ひたすら話しつづけた。暗黙の同意で、ふたつの話題、モリーとリアム・ジェナーの話題だけは避けた。

午前三時にやっと階段の上で別れようとして、リリーはケヴィンの頬を撫でた。「おやすみ、私の大切な人」

「おやすみ——」ケヴィンは「おやすみ、お母さん」といいたかったのだが、それではマイダ・タッカーを裏切るような気がして、いえなかった。マイダは理想の母親ではなかったかもしれないが、心の底から彼を愛してくれたし、彼もその愛に応えたのだから。ケヴィンは微笑んだ。「おやすみ、リリー・ママ」

またしても大粒の涙がリリーの頬を伝った。「ああ、ケヴィン……ケヴィン、私の可愛い子」

彼は口元に微笑みを浮かべたままゆっくりと眠りに落ちていった。

数時間後、目覚まし時計のアラームにたたき起こされたとき、昨夜のことが胸によみがえり、リリーが自分の人生にとって永久に欠かせない存在となったことを考えた。気分がよかった。何もいうことはなかった。

だが、ほかの問題は未解決のままだ。

薄暗い人けのないキッチンにおりていきながら、ケヴィンは自分にいい聞かせた。モリーのことで罪の意識を持つことはないのだ。だがそんなことでは良心の痛みはおさまりそうもなかった。何か埋め合わせをしようと思いつくまで、モリーのことが頭から離れなかった。

やがてある考えがひらめいた。完璧な解決策だった。

モリーはケヴィンの弁護士の顔をまじまじと見た。「キャンプ場を私にくれるんですか？」

弁護士はモリーのパソコンが載ったダンボール箱の上で中央に体重をずらした。「昨日の朝一番に電話がかかってきたんです。いま書類の最終確認をやっているところです」

「そんなもの欲しくありません！ 彼から何かを受け取るいわれはありません」

「彼もあなたがそう答えるであろうことは予想していたんでしょうね。もしあなたに断られたら、エディ・ディラードにキャンプ場を売ってブルドーザーで地ならしをさせるつもりだと伝えるようにことづかっています。私もそれは冗談ではないと思いますよ」

モリーは叫びだしたかったが、ケヴィンがこうも高圧的で戦術巧みであることは、弁護士の落ち度ではないので、自制した。「私がキャンプ場を寄付するのを妨げるような条項はありますか？」

「いいえ」

「わかりました。お受けします。しかるのちにそれを寄付します」

「そんなことをなされば、彼は悲しむでしょうね」

「彼にティッシュ一箱を渡してください」

弁護士は若く、モリーに対して中途半端に浮気っぽい笑みを浮かべ、書類かばんをつかみ、家具のあいだを抜けてドアに向かった。七月の暑い日でもあり、弁護士はスーツを着ていなかったが、モリーの部屋にはエアコンがないので背中に汗のあとがついていた。「あちらへはいついらしてもかまいませんよ。ケヴィンはもういませんし、だれも管理していない状態ですので」

「いるはずですよ。運営を任せる人を雇ったんですから」

「どうやらその人たちは働いていないようですよ」

モリーはめったにばちあたりな言葉を口にすることはないが、とんでもない悪態をうっかり口にしそうになってやっと呑みこんだ。成功した児童文学の作家という地位に慣れるのにまだ四十八時間しかたっていないというのに、次はこれだ。

弁護士が去るなり、モリーはカウチの上を這って、受話器をとり、新しいエージェントに電話をした。契約の交渉にかけてはシカゴでもぴか一のエージェントである。「フィービー、私」

「あら、大作家先生！　話し合いはうまくいってるわ。でもまだあちらが提示している契約前渡し金の額には満足していないの」

姉の声にはこうした状況を楽しんでいるような響きが感じられた。「破産だけはよしてよ」

「ちょっと、そそられるな」

契約の交渉について何分か話したあと、モリーは感きわまってむせんだりしないよう最善の努力を払いながら、要点にふれた。「ケヴィンがこのうえなく優しいはからいをしてくれたの」

「高速進行の道路で目隠ししたまま歩くとか？」

「茶化さないでよ、フィービー」このことでは絶対に話の核心をはずすわけにいかない。

「彼はりっぱな人よ。じつは彼、私にキャンプ場をくれるっていうの。思いがけない贈物として」

「まさか冗談でしょ」

モリーは受話器を強く握りしめた。「私がどんなにあそこが好きか、彼はよくわかってくれているの」

「それはそうでしょうけど、でも……」

「明日さっそく出発するわ。どのくらい滞在するかは未定よ」

「少なくとも、契約交渉が終わるまであなたをあのうす汚いアパートに置いとかなくてすむんだから、私も感謝すべきかもね」

マンションを売るしかなくなったことを姉に打ち明けるのは屈辱的だった。妹の名誉を考えて、姉は金銭的救済を申し出ることはなかったが、だからといって何かと口出しをしないわけではなかった。

モリーは急いで電話機から離れ、キッチンテーブルの下で妙にクールな態度をとっているルーに視線を投げた。「なによ、はっきりいったらどうなのよ。たしかにタイミングは最悪よ。もう二週間待っていたら、元の家にいられて、エアコンの効いた部屋で寝そべっていられたのにね」

気のせいか、ルーは非難がましい顔をしていた。裏切り者はケヴィンが恋しいのだ。

「雑用を片づけましょ。明日の朝一番で北部森林地帯へ出発するわよ」

ルーは元気づいて耳やしっぽをぴんと上げた。

「あまり興奮するんじゃないの。長くはいないんだからね。本気よ、ルー。あの土地は手放すつもりなの！」

だがそれは本音ではなかった。モリーは皿の入ったダンボール箱を蹴ってよけ、これがケヴィンの頭ならよかったのにと思った。これは彼の罪悪感がもたらした行為。彼女に恋心を抱かれても応えることができない、彼なりの償いなのだ。

哀れみの心から出た偉大な贈物。

25

ダフニーはベニーと口をききません。ベニーも知らん顔をしています。メリッサは映画スターみたいなサングラスが見つからないで困っています。おまけに雨まで降りだしました。なにもかもめちゃくちゃです!

――「ダフニー、サマー・キャンプに行く」

リリーはキッチンのドアを開け、なかに入ってふと立ち止まった。モリーがテーブルでうたた寝をしていた。頭を腕に乗せ、手はスケッチブックのそばに置いたままだ。古いオーク材のテーブルの上に髪の毛がびんからこぼれた蜜のように広がっている。かつて彼女の仕事をよくも素人の道楽と決めつけたりしたものだといまでは思う。

十日前にキャンプ場に戻ってきて以来、モリーは料理をしたり客の世話をするかたわら、『ダフニー、サマー・キャンプに行く』の挿絵を仕上げ、新しい作品にとりかかり、『シック』誌の記事を書いた。新しい契約のおかげで経済的には安定したと話しているわりには息が抜けないようだった。モリーが努めてケヴィンに思いを馳せないようにしていること、心のなかでひそかに苦しんでいることをリリーは見抜いており、息子の首を絞めてやりたい気分だった。

モリーは身動《みじろ》ぎし、まばたきしながら目をあけた。目の下に隈ができていた。リリー自身の目の下にできた隈とそっくりだった。「お散歩は楽しかったですか?」

「ええ」

モリーは体を起こし、髪を耳のうしろにかけた。「リアムが来てたんですよ」

リリーの心臓は一瞬止まりかけた。彼が最後通牒を出してから数日後に街で見かけて以外、この二週間一度も会っていない。気持ちが楽になるどころか、会わないでいることがどんどん辛くなる一方なのだ。

「彼はあなたにあるものを届けにきたんです」モリーはいった。「お部屋に運んでもらいました」

「なんだったの?」

「自分で確かめるべきですよ」モリーは床に落ちたペンを拾い上げ、それを手でもてあそんだ。「あなたにさようならと伝えてくれといわれました」

キッチンは暑いのに、リリーは寒気がした。「どこかに行くの?」

「今日出発ですって。しばらくメキシコに住むそうですよ。光についていろいろ実験を試みたいって」

ショックを感じてはいけない。そばにいて彼女の気持ちが変わるのを待ってくれるとでも思っていたのか? リアム・ジェナーの芸術を知る人ならだれでも、彼が基本的には行動の人であることを知っている。「そうなの」

モリーは立ち上がり、同情に満ちた顔を向けた。「あなたの様子はそばで見ていても痛々しいです」

「かなり重症ね」リリーはクレイグと暮らしていたころの名残りで、つい鋭く切り返した。

「あなたがいなくなっても寂しくないということではないんですけど、ケヴィンがいなくなってもどうしてここにとどまっているんです？」

リリーは近いうちにシカゴでケヴィンに会う計画をたてていた。ふたりともたがいの関係を秘密にしておく気持ちはなく、ケヴィンは友人のボナー夫妻にそのことを知らせるためにすでにノース・キャロライナまで行った。最後に電話で聞いた話によれば、キャルの兄弟にも、その妻たちにも飛行機で隣り合わせた人にまでリリーとのことを話したという。

リリーはケヴィンにふたたび会えるのが待ち遠しくてたまらなかった。だがまだキャンプ場を去る気にはなれない。ここにいるのはモリーのためなのだと、自分にはいい聞かせていた。「私はあなたの手伝いをするためにここに残っているのよ、少しは感謝してよね」

モリーは水のグラスをシンクに運んだ。「それだけじゃないでしょう」

「ここは心安らぐところだし、ＬＡは嫌いだからよ」

「もしくはリアム・ジェナーのそばから立ち去ることができないからでしょ。彼にあんな冷たい態度をとったりして、彼はあなたにはもったいない相手ですけどね」

「そんなにあの人が素敵だと思うのなら、あなたのものにすればいいじゃないの。相手を支配したがる男性との結婚がどんなものなのか、あなたはわかってないのよ」

「つまり、あなたのほうが彼を思いどおりにできなかったわけですよね」

「私に対してそんな口調で話すのはおやめなさいな、お嬢さん」

「あなたはどうしようもなく愚かですね」モリーは笑った。「階上に行って、彼が残していったものを見たらどうなんです？」

リリーは女王の怒りをみなぎらせて、キッチンから堂々と去ろうとしたが、モリーがそんな演技を見破るであろうことはわかっていた。息子の嫁もマロリーと同じ類いの、寛大で率直な魅力の持ち主である。ケヴィンには自分が背を向けたものの価値が見えないのだろうか？

それなら彼女が背を向けた男のことはどうなのだ？　キルトは手つかずのままである。いま、目の前にあるものはただの布の切れ端でしかない。創作的なエネルギーのほとばしりもなく、生命の謎に対する答えが垣間見えることもない。

リリーは二階へ上がる階段を過ぎ、屋根裏部屋へ続く狭い階段を上った。ケヴィンはリリーをもっと大きな部屋へ移そうとしたが、彼女はここが気に入っている。

そっとなかへ入ると大きな縦長のキャンバスがベッドの端に立てかけてあるのが見えた。茶色の紙にくるまれてはいても、それがなんなのかはすぐにわかった。あの日の午後彼のアトリエで彼女が賞賛したマドンナの絵だ。リリーは編んだ敷きものの上にひざまずいて息を凝らし、包装をほどいた。

しかしそれはマドンナではなかった。リアムが描いたリリーの肖像画だった。

胸のなかから嗚咽がこみあげてきた。リリーは指を口に当て、這うようにうしろへ下がった。肉体の描写は情け容赦なかった。なめらかでなくてはならない部分のたるみも、皺やでっぱりも描かれている。片方の太腿の肉が座っている椅子の端からはみだし、乳房はたわわにぶら下がっている。

それでも描かれたその姿は神々しいまでに美しかった。肌は内面からにじみ出てきたような鮮やかな光に輝き、体の曲線は力強く流動的で、顔は荘厳な美しさをたたえていた。その姿はリリーでもあり、その年代ならではの智恵を身につけた典型的な女性像でもあった。

これはリアム・ジェナーの最後のラブレターだった。明敏で恐れを知らぬ、断固たる感情の表明だった。これこそ才気ある男の手によって暴かれた、勇気のなさゆえ自分自身では認めることができなかった、彼女自身の魂である。だが、もうすべてが手遅れかもしれなかった。

リリーはキーをつかむと階段を駆けおり、外へ出て車のあるほうへ向かった。トランクに積もったほこりに子どもたちのだれかが手の込んだウサギの絵を描いていた。やがてそれが出来がよすぎることに気づいた。これもまたモリーらしいいたずらだった。

手遅れ、手遅れ、手遅れ……キャンプ場からガラスでできたリアムの家へ猛スピードで向かう彼女の車のタイヤがきしんだ。長年愛情もなくなった夫に対してバリアを築きながらも、彼女は結局夫のいいなりだった。

手遅れ、手遅れ、手遅れ……車線の上にできた轍《わだち》に乗り上げながら、車が大きく揺れ、道がなめらかになったと思うと、家が視界に入ってきた。見たところ家に人けはなく、さびれた感じがした。

リリーは車を飛びおりると、ドアまで走っていき、ベルを押した。答えはなかった。拳でドンドンとたたき、次には裏手へまわった。彼はメキシコへ発つ……。ガラスに囲まれたアトリエ、天才のための木の家が目の前にそびえていた。なかに生命体が存在する気配はなかった。屋敷のほかの部分にもなかった。

うしろには湖水が陽光を受けて輝き、雲ひとつない青空が広がり、晴天が彼女を嘲っているようだった。横手にドアがあるのに気づき、駆け寄った。開くとは期待していなかったが、どっしりしたノブが手のなかでまわった。

なかは静まり返っていた。家の裏を通ってキッチンへ、次に居間へまわった。そこから狭い通路へのぼった。通路の端にあるアーチが彼女をリアムの聖なる領域へ招き入れた。なかへ入る権利はなかったが、入った。

リアムはアクリル絵の具のチューブをキャリイング・ケースに移しているところだった。このあいだとそっくり同じ、ここアトリエに彼女がいて彼は黒ずくめの服装をしていた。あつらえのスラックスに黒の長袖のシャツ。旅の装いである。

「何か用かね？」彼は振り返りもしないで怒鳴った。

「ええ、あるわ」彼女は息もつかずにいった。

彼はようやく振り返ったが、かたくなに引きしめた顎から彼が彼女を容易に受け入れるつもりがないことがうかがえた。

「あなたが必要なの」彼女はいった。

彼の表情はむしろいっそう傲岸《ごうがん》になった。これまでさんざんプライドを傷つけてきたのだ。

こんなことではすまないだろう。

リリーはリネンのサンドレスの縁をつかみ、頭から脱ぎ、脇に落とした。ブラの金具をはずして投げ捨て、パンティのウェストバンドの下に親指を滑りこませ、ずりおろし、足から脱いだ。

彼は無言のままそれをじっと見守っていた。その表情からは何もうかがい知ることはできなかった。

彼女は髪の毛に手を滑りこませ、うなじから髪を持ち上げた。片膝を曲げ、ウェストを少しひねり、何百万枚も売れたポスターと同じポーズをとった。

彼女の年齢と体重で、彼の前でこんなポーズをとることは滑稽《こっけい》な模倣でしかないはずだが、リリーはリアムが肖像を描いたときのように、身の内から湧きあがる力強さ、激しい性的興奮を覚えていた。

「私を取り戻すのにそんなことしか思いつかないのか？」リアムは嘲るようにいった。

「ええそうよ」

彼は前回来たときにはなかった、古いヴェルヴェットのカウチを顎で示した。「横になれ」

彼がこのカウチにほかのモデルを座らせたのかと思ったが、嫉妬ではなく、むしろ哀れみを覚えた。その女性がだれだったにせよ、リリーのような力を持ってはいないのだから。ゆったりとした自信にみちた微笑みを浮かべ、リリーはカウチに向かった。カウチはアトリエの天窓から光が入る場所にあり、リリーがその上に横たわると光は彼女の肌の上に降り注いだ。

リアムがパレットと絵の具をケースから出すのを見ても驚きはしなかった。彼が絵を描きたいという衝動を覚えないはずがないのだ。筒型のアームのひとつに頭を乗せ、彼がせっせと絵の具をパレットに移すあいだ、リリーは柔らかなヴェルヴェットにゆったりと落ち着いていた。ようやくリアムは絵筆を集め、彼女のいる場所にやってきた。

リリーはすでにリアムの呼吸が速まっていることに気づいていた。いま天才の瞳には欲望の炎が燃えさかっている。彼はリリーの前でひざまずいた。彼女は待った。満足感が心を満たしていた。

リアムはリリーの体に絵を描きはじめた。キャンバス上の肖像ではない。肉体に絵の具を塗っているのだ。

リアムはカドミウム・レッドをたっぷりとつけた柔らかな絵筆を彼女の肋骨の上に滑らせ、さらにマース・ヴァイオレットとプロイセン・ブルーを尻に塗った。肩と腹部にはオレンジ、コバルト、エメラルドをまだらに塗り、まるで海賊の短剣のように、投げ捨てた絵筆を歯ではさみ、乳房のあいだはウルトラマリンとライムで斑点を入れた。彼がターコイズと真紅を乳首に渦巻き状に塗ると、乳首は粒立った。リアムは太腿を押し開き、ヴィリディアンと青紫で彩った。

リリーはリアムの欲望とともにフラストレーションが大きくなっているのを感じ、彼が絵筆を投げ捨て、手で色の渦巻きを描き、肉をつかんでも驚きはしなかった。やがて彼女は我慢できなくなった。

リリーは跳ねるように立ち上がり、掌に塗られたルネッサンス・ゴールドの斑点で汚れをつけながら彼のシャツのボタンに手をかけた。彼の創作物でいることに飽き足らず、自分のイメージどおりに彼を創り変えたかった。彼女は生まれたままの彼の肉体に自分の体を押しつけた。体と体が重なると、色素は混ざり合い、溶け合った。またしてもベッドはなく、リリーはカウチからクッションを引きずりおろし、ふたりは息ができないほどに激しく唇をむさぼり合った。やっと彼が体を離し、彼女は体を開いた。「愛しいリリー……」リアムは創作と同じ激しい情熱で彼女のなかに進入した。

絵の具のために彼の尻に当てた太腿がつるつると滑り、彼女は強くしがみついた。彼の突きはいっそう激しく速くなった。ふたつの口と肉体が溶け合い、やがて完全にひとつに融合した。ふたりはともに世界の果てを転げ落ちていった。

その後ふたりは絵の具でふざけ合い、深いくちづけを交わし、甘い愛の言葉をささやき合った。シャワーを浴びながらやっとリリーは結婚するつもりがないことを告げた。

「だれが頼んだ？」

「いますぐにはしないっていうこと」とリリーは彼の大袈裟ないい方は無視して、いい添えた。「まず、しばらくいっしょに棲みたいわ。完全に自由奔放な生活を送るために」

「マンハッタンのはずれにある給湯設備のないアパートは借りなくていいんだろうね？」

「ええ。それにメキシコもなし。パリに住むの。素敵じゃない？　私はあなたの霊感の源泉になるかもしれないわよ」

「可愛いリリー、いまでもそうだということがわからないのかい？」

「ああリアム、あなたをとても愛してるわ。私たちふたりで……パリの第六区で古いシャネル・スーツを着ているおばあさんが所有しているアトリエを借りるの。そしてあなたと、あなたの天才と、あなたの素敵な素敵な肉体といっしょに住むのよ。私と私のキルトもいっしょ。そしてワインと絵の具とパリも」

「みんなきみのものだよ」リアムは豊かな力強い声で笑い、リリーの胸に石鹸を塗った。

「きみにもう愛しているっていったかな?」

「いったわ」リリーは心の底からの感情を込めて黒く情熱的な瞳に微笑みかけた。「ひさしの下にはウィンドベルを吊るすつもりよ」

「それじゃ眠れないから、一晩じゅうきみを愛さなくちゃならなくなる」

「ウィンドベルが大好きなんですもの」

「ぼくはきみが大好きだよ」


どこか超然とした感覚で、ケヴィンはフェラーリのスピード・メーターの指針が上昇するのを見守った。87……88。シカゴの一番はずれの郊外を過ぎ、有料道路の西に入った。もっとも重要なことに集中するのに、この落ち着かない気分を払拭できるのであれば、はるかアイオワまででも車を走らせてかまわない。

トレーニング・キャンプは明日始まる。それまで車を走らせるつもりでいる。

スピードを感じ取らなくてはいけない。焦げるような危険を。90……91。

隣りではその日の朝モリーの弁護士から届いた離婚届の用紙がシートから滑り落ちていた。

こんなことをする前になぜひとこと話してくれなかったのか? ケヴィンは重要なことを思

い出し、心を落ち着かせようとした。

選手生活はせいぜいあと五、六年しかないこと……。

スターズのためにプレーすることがもっとも重要であること……。

世話の焼ける女性にかまっている余裕はないこと……。

こんなことを考えつづけ、内なる声に耳を傾けることに疲れた彼はアクセルをますます強く踏んだ。

最後にモリーを見てからもう一カ月と四日になる。だから彼が予定どおりに自主トレを強化したり、試合のビデオを見たりできないという事実を彼女のせいにすることはできない。自主トレどころか、ロック・クライミングに行ったり、急流下りをしたり、パラグライダーに乗ったりした。だが何をしても心が満たされることはなかった。

わずかに安らいだ気持ちになったのは、数日前にリリーやリアムと話したときだけだ。ふたりはとても幸せそうだった。

ケヴィンの手の下でハンドルがぶるぶると震えていたが、彼の心はモリーと断崖ダイビングに行ったときの、より強い感覚にとらわれていた。

95。彼女がカヌーを転覆させた日のことはどうだ？　96。マーミーを追って木に登った日のことは？　97。ただ彼女の目のなかのいたずらっぽい輝きを見つめていたことは？

そしてふたりが愛し合ったことは？　あれは人生という大河のなかのほとばしる急流のようなひとときだった。

いまやそうした楽しみはすべて消え果てた。モリーといっしょにキャンプ地で自転車に乗ったときの楽しかったことといったら。そんなことを考えながらケヴィンはフェラーリ・スパイダーのスピードを98マイルにまであげた。

汗が腕を伝う。もしいまタイヤがパンクしたら、もうモリーに会えない。彼についてモリーが話したことはすべて本当だと伝えるチャンスもなくなる。彼女のいうとおり、ケヴィンの心はある種の恐れにとらわれていたのだ。

おれはモリーに恋をしている。

その思いが心のなかの隙間をようやく満たし、ケヴィンはアクセルから足を離した。シートにふっともたれると胸が崩れ落ちた気がした。リリーからもジェーン・ボナーからも指摘されたが、聞く耳を持とうとしなかったのだ。モリーは正しかった。彼のなかに、選手としての栄光と比べ自分には人間的な魅力がないというひそかな思いがあり、そのために次の一歩を踏みだせなかったのは確かである。とはいえこの歳になって過去の影を引きずったまま生きていくわけにいかない。

ケヴィンは車をすっと右車線に移した。これほど心が落ち着いているのはここ数カ月で初めてのことである。愛している、という彼女の言葉の意味を、ケヴィンはよくわかっていた。また自分が何をなすべきかも、わかっていた。今度こそ、それを正しく実行するつもりだった。

半時ほどあとに、彼はケイルボー家のドアベルを鳴らした。ジーンズにオレンジ色のインナーチューブを着たアンドルーが出た。「ケヴィン！　ぼくと泳ぎにいかない？」

「ごめんよ、今日はだめなんだ」ケヴィンはアンドルーの前をすり抜けた。「パパとママに会いたいんだ」

「パパはどこにいるか知らないけど、ママは事務所だよ」

「ありがとう」ケヴィンはアンドルーの髪をくしゃくしゃと撫で、家の裏手にある事務所に向かった。ドアは開いていたが、彼は閉まっているときと同じようにノックした。「フィービー？」

振り返ったフィービーは目を丸くしてケヴィンを見た。

「こんなふうに急に押しかけてきて申し訳ないけど、話があります」

「あら」フィービーは椅子に座ったまま蹴るようにしてこちらを向き、コーラスガールのような脚を伸ばした。モリーの脚より長いが、あれほど魅惑的ではない。白のショート・パンツに紫色の恐竜の絵が入ったプラスチック製のピンクのサンダルといういでたちにもかかわらず、やはり圧倒するような威風を感じさせる女性である。しかもスターズという世界では絶対的な権限がある。

「モリーのことです」

一瞬、ある種の思惑が彼女の表情をよぎったように見えた。「モリーがどうしたの？」

ケヴィンは一歩なかへ入り、席を勧められるのを期待して待った。だが勧められなかった。遠まわしな話はすべきでないし、彼も話をぐずぐず長引かせるつもりは毛頭なかった。「彼女と結婚したいと思ってます。実際に。あなたにも祝福してほしい」

期待したような微笑みは返ってこなかった。「どうして気が変わったの？」

「ぼくはモリーを愛しているし、この先もずっと彼女と人生を歩きたいと考えたからです」

フィービーは完全に無表情だった。彼女はモリーの気持ちを知らないのかもしれない。モリーは自分の気持ちを姉に隠しつづけることで、ケヴィンの立場を守ろうとしたらしいからだ。「彼女もぼくを愛してくれています」

フィービーはまるで心を動かされた様子を見せない。

ケヴィンはもう一度試みた。「彼女はこのことをきっと喜んでくれると思います」

「そうでしょうね。ともかく最初のうちはね」

室内の温度が十度は下がったように感じられる。「それはどういう意味なんです?」

フィービーは机から立ち上がった。プラスチック製の恐竜のサンダルを履いている女性にしては厳しい表情だった。「あなたもわかっているでしょうけど、私たちはモリーに真の結婚を望んでるの」

「それはぼくとて同じです。だからこそここまで来たんです」

「だれよりも妻を立ててくれる夫でなくては」

「そうなると思いますよ」

「虎の毛の縞模様はすぐに変わってしまうものよ」

ケヴィンはこの言葉の意味がわからないふりをするつもりはなかった。「たしかに自分の人生にフットボール以上のものが必要だと思い至るまでに時間はかかってしまったけれど、モリーを恋することで視点が変わりました」

机のまわりを歩くフィービーの懐疑的な表情には好意的なものはなかった。「将来のことはどうなの? あなたのチームに対する思いはだれもが知っているわ。ダンに選手を引退したらコーチに就任したいと話したことがあるでしょう。彼もあなたが最終的には経営幹部をめざしているという感じを持ったらしいわ。いまもその思いは変わっていないの？」

彼は心を偽るつもりはなかった。「選手生活を大局的にとらえるということは、選手生活に見切りをつけることではないですよ」

「いいえ、私にはそうは思えないわね」フィービーは腕組みをした。「率直な話をしましょうよ。あなたが望んでいるのはモリーなの、それともスターズなの？」

ケヴィンのなかですべてが動きを止め、しんと静まり返った。「まさかぼくが感じたような意味ではないですよね？」

「永久基盤を持つ経営者の家族と結婚するということは、経営幹部になるためのてっとり早い方法に思えるわ」

体を這っていた冷気が骨の髄まで凍らせた。「ぼくはあなたの祝福がほしいとはいったが、必要だとはいわなかった」立ち去ろうとしたケヴィンの背中にフィービーの言葉が追い討ちをかけた。

「モリーに今度近づいたら、スターズと縁が切れるものと思いなさい」

耳を疑うように、ケヴィンは振り返った。

フィービーの目は冷たく決然としていた。「本気よ、ケヴィン。妹はもうじゅうぶんに傷ついたわ。私はあなたが長期的な人生計画を実現するために妹を利用することは決して許しませんからね。もうモリーには近づかないで。チームを選んでも、モリーを選んでもいいけれど、両方はだめよ」

26

　ダフニーは最悪の気分でした。ゆううつな気分は大好きなオートミール・ストロベリー・クッキーを焼いているときにもつきまといます。何週間か前に森にやってきたネズミのマーフィと話をしているときも離れてはくれません。ピンクのバックパックにつめこんだ新しいピカピカのコインが背中でじゃらじゃら鳴っても、気分はよくなりません。メリッサの家に駆けていって元気づけてもらおうとしましたが、メリッサは新しい友だち、ブルドッグのレオと旅に出かける準備をしています。

　ダフニーがこんなに暗い気持ちなのは、ベニーが恋しいからです。ベニーはダフニーをときどき怒らせますが、やっぱりダフニーの一番大切な友だちなのです。でももう親友とは呼べません。ダフニーはベニーを愛していません。でもベニーはダフニーを愛していないのです。

　ダフニーは鼻をすすり、エレキ・ギターのひもで目をふきました。ベニーの学校の新学期が今日始まりました。

きっと楽しいことがたくさんあって、ダフニーのことなんか思い出すことはないでしょう。そんなことよりタッチダウンのことで頭はいっぱいのはずです。チューブトップを着て、フェンスから身を乗りだしてベニーの気を惹こうとする女の子ウサギたちもたくさんいるでしょう。外国の言葉で話し、ふっくらしたくちびるにはずむような胸をしたウサギたち。ダフニーのように彼のことを理解しているわけではなくて、彼が有名なこと、お金持ちなこと、そしてあの緑の目にひかれているだけなのです。そんなウサギたちはきっと知りません。彼がネコ好きで、ときどき楽しませてあげなくてはいけないことや、それほどプードルが嫌いではないこと、ダフニーに寄り添って寝るのがすきなこと、手は……。

モリーは黄色いノートパッドから紙を破り捨てた。こんな内容では『ダフニー、ダラスをする』ではなく、『ダフニーのゆううつ』になってしまう。モリーはボブリンクの野原をじっと見つめながら、人生のある部分がこれほど幸せでありながら、別の部分がなぜこうも不幸だったりするのだろうかと考えていた。

草の上に広げたスウェットシャツがむきだしの脚の下で丸く固まっていた。これはケヴィンのものだった。それを広げながら、モリーは人生の幸せな部分に気持ちを集中させることにした。

新しい契約のおかげで、モリーは全財産を寄付して以来初めての財政的安定を得た。また、新作のためのアイディアもあふれんばかりに湧いてくる。キャンプ場も民宿も満杯の状態で、責任を持たせれば持たせるほどエイミーとトロイは管理能力を身につけつつある。

キャンプ場に対してふたりは所有者と同様の気持ちを抱きはじめており、年間を通じて住めるように屋根裏部屋をふたりの居室にしてほしいという希望を出している。冬のあいだも、クロス・カントリーやスノーモービルの愛好者たち、あるいは単に田舎の冬を楽しみたい都市生活者のために民宿は開けておきたいとふたりはいっている。モリーはそれを許可することにした。ケヴィンがキャンプ場の運営を任せるフルタイムの人材を探していたが、まさしく灯台下《もと》暗し、だったわけである。

モリーはノートをつかんだ。『ダフニーのゆううつ』は書けなくとも、トロイに街で買ってきてほしい食品雑貨類のリストを書けばいい。エイミーはお茶の時間に出すための特別メニュー——ダート・カップケーキを焼いているところで、トッピングはグリーン・ココナツの砂糖がけとグミである。接客を手伝ってくれたリリーがいなくなって困ることは困るが、親しいつき合いができないことのほうがずっと痛手だ。リリーとブルドッグのレオの幸せに思いを馳せたとき、心が晴れやかに軽くなった。

うしろで何かが動く気配を感じ、ノートを置いた。客のひとりがモリーの隠れ場所を見つけてしまったのだ。今朝はこれまでレストランに予約を入れ、骨董店とゴルフコースまでの地図を作り、トイレのつまりを直し、割れた窓にテープを貼り、年長の子どもたちの屑拾いを手伝ってやった。

しかたがないとあきらめて、振り返ると——牧草地のふもとにかかったフェンスのところからケヴィンがこちらに向かってくるのが見えた。

モリーは呼吸することも忘れ、見つめた。彼のシルバーのレヴォスのフレームがキラリと光り、そよ風が彼の髪を乱した。着ているのは、カーキのスラックスにライト・ブルーのTシャツ。近くにきて、やっとTシャツの前にダフニーの絵がプリントされていることがわかった。

ケヴィンは立ち止まり、ただ彼女を見つめた。牧草地に脚を組んで座るモリーのむきだしの肩に陽の光が降り注ぎ、頭の近くを二匹の蝶がまるでリボンのようにひらひらと舞っている。彼女こそ曙《あけぼの》の見果てぬ夢、いままでどんなに必要か理解しえなかった夢そのもの。遊び友だちであり、秘密を共有できる腹心であり、血を騒がせる恋人でもある。彼の子どもたちの母親であり、老年期の伴侶でもある。彼女こそ彼の心の喜びなのだ。

それなのにモリーは彼をまるで森からさまよいでてきたスカンクかなにかのように見ている。

「何か用？」

いったいどうしてキスをせがまないんだ？　ようし……ケヴィンはサングラスをはずし、昔のプレイボーイの微笑みを浮かべてみた。「で、変わりはないの？」

彼はそんな言葉を使ったのか？　本当に「変わりはない？」とのたまったのだろうか？

それなら何を投げつけられても文句はいえないはずだ。

「最高に元気よ。素敵なTシャツね。私の所有物、脱いでちょうだい」

これが別れのときに「あなたの幸せを心から祈っている」などといった女の台詞《せりふ》だろうか。

「あの……きみがここを売るって聞いたけど」

「時間的余裕ができたらね」

「そしたらぼくが買い戻す」

「そんなことしないでしょ」モリーは立ち上がった。彼が手を触れたくてたまらないその脚に草が張りついていた。「トレーニング・キャンプに行ってるはずじゃないの？」

「トレーニング・キャンプ？」ケヴィンはシャツのポケットにサングラスを滑りこませた。

「ベテラン選手は今朝出頭しなければいけないのよ」

「ちくしょう。そいつは参ったな」

「フィービーに頼まれて来たの？」

「ちょっと違う」

「じゃあなんなの？」

「きみと話したかっただけさ。あることをいいたくてね」

「トレーニング・キャンプに行かなくちゃ」

「それはもういったじゃないか」

「電話一本であなたがなぜキャンプに行ってないのかわかるわ」

ケヴィンはまだその話題にふれたくなかった。しかたなく、両手をポケットに突っこんだ。

「まずはぼくの話を聞いたほうがいいんじゃないかな」

「携帯電話を貸して」

「車のなかだよ」

モリーはたしか彼のものだったはずのスウェットシャツをつかみ、牧草地のふもとに張られたフェンスに向かって大股で歩きだした。「家から電話するわ」

「無断欠席なんだよ！ おれはトレードされるんだ！」

モリーはくるりと振り返った。「トレード？ そんなはずないわ！」

「彼らはどうかしている。なのになんだって思いどおりにできるんだから」

「シーズンを棒に振るつもりじゃないのなら、そんなまねはできないはずよ」モリーはスウェットシャツの腕の部分をウェストで結び、速い足取りで彼のところにきた。「何があったのか話してちょうだい。詳しく」

「話したくない」ケヴィンは喉がしめつけられるような気がした。舌もなめらかに動かない。「ぼくが話したいのはきみがどんなにきれいかってことだ」

モリーは訝《いぶか》しげな目で彼をじろじろと見た。「私、最後に会ったときとちっとも変わってないわ。鼻が日焼けしたぐらいで」

「きみは美しい」ケヴィンはモリーに近づいた。「ぼくはきみと結婚したい。実際に。そして永遠に」

モリーはまばたきした。「なぜ？」

こんなはずではなかった。彼はモリーの体に手を触れたかったが、彼女のひそめた眉を見て気が変わった。「きみを愛しているからだ。心から愛している。これほど愛しているなんて、自分でも意外なくらいだよ」

完全な沈黙。

「モリー、聞いてくれよ。これまでのことはすまないと思ってる。自分の気持ちに気づくまで時間がかかったことも申し訳ないと思う。でもきみといっしょに過ごしていると楽しすぎて何も考えられなかったんだ。でも、きみがいなくなってから、何もかもうまくいかなくなっちゃったんだよ。そしてぼくはきみがぼくについて語ったことは正しかったと認識したんだ。ぼくのなかにはたしかに恐れがあったよ。ぼくはフットボールを人生のすべてにしていた。それだけが確信の持てるものだったからで、今年ぼくが無茶な行動に走ったのもそのためなんだ。心のなかに空洞があって、懸命にそれを埋めようと努力していたんだが、方法が間違っていた。でもいまはぼくの心にもう空洞なんてない。きみがいるからだ」

モリーの心臓は高鳴り、彼に聞こえてしまうのではないかと心配なほどだった。彼は本気でいっているの？　表情を見るかぎりそう見えるけれど……不安げな、動揺した真剣な顔。こんな顔は見たことがない。本気だったらどうするの？　子ども時代に精神的虐待を受けた彼女には強い生存本能があり、それが心に侵入してきた。「トレードの話をして」

「いまはやめようよ。ぼくたちのことを話そうよ。将来のことを」

「いま、この状況が理解できないで、将来の話はできないわ」

彼女があきらめるはずがないとわかっていながらなお、ケヴィンは話を逸らそうとした。

「きみに会えなくて寂しかったよ。きみがいなくなったら、幸せも消えた」

これこそモリーが求めていた言葉だった。だが……「フィービーに電話するしかないわね」

ケヴィンはフェンスのあるほうへぶらぶらと歩いていった。「わかったよ。きみのいうとおりにしようじゃないか」彼は片手を手摺りの上に当てた。「ぼくは今回だけは彼らにきちんと話を通しておきたかったんだ。だから彼らの家まで出かけていった。ダンはいなかったが、フィービーには会えた。ぼくはきみと実際に結婚したいので、祝福がほしいといったんだ」

モリーは何かにつかまりたかったが、まわりには何もなかったので、草の上にしゃがみ、膝を抱えて座り、息を吸いこむことだけに集中した。

ケヴィンはモリーをじっと見おろした。「もうちょっと嬉しそうな顔をしてもいいんじゃない？」

「続きを話して」

「フィービーはそれが気に入らなかった」ケヴィンはフェンスを押すようにして離れた。口のあたりに刻まれた皺が深くなった。「じつは彼女の意に染まないことだったんだ。ぼくが引退に向けての保険にきみを利用しようとしていると彼女はなじったんだ」

「理解できないわ」

「ぼくが引退後コーチになりたがっていることは周知の事実だ。ダンにも彼の経営幹部としての仕事について話したことがある」

モリーはようやく呑みこめた。「彼女はあなたがスターズでのあなたの将来の地位に対する保証のために私を利用しているといった。そうよね？」

ケヴィンは怒りを爆発させた。「ぼくには保証なんて必要ない！　実力はとっくの昔に証明ずみだ！　ぼくほど試合を知る者はリーグ内にはひとりもいない。なのに彼女はまるで無名の居候を見るような目でぼくを見たんだ。モリー、きみが姉さんを愛していることはわかるけど、フットボールは勝ってこその競技だ。いまや彼女に対する尊敬の念は消え果てたよ」

脚に力が戻り、モリーは立ち上がった。「続きがあるんでしょ？」

ケヴィンの表情には怒りと当惑が交錯していた。金色の人生になぜ錆が生じるのか理解できない、といった顔だった。「彼女はスターズかきみかどちらかを選べ、だが両方はだめだといったんだ。きみにもう一度会えば、このチームでのキャリアは終わりだともいった。きみに会わなければ、仕事はそのまま続けていいと」

温かいものが胸にこみあげてきた。「彼女の言葉を信じたの？」

「そのとおり、信じたさ！　これは彼女の損失だよ！　ぼくにはスターズは必要じゃない。もう彼らのためにプレーする気もなくなったよ」

愛すべき、おせっかいな姉……「彼女はあなたをぺてんにかけたのよ、ケヴィン。これは全部ぺてんなの」

「なんの話をしてるんだ？」

「彼女は私にもダンとのような壮大なラブストーリーを体験させたかったのよ」

「顔を見たけど、そんな様子は微塵《みじん》もなかったよ」

「そういうことについては、達人だからね」

「つじつまが合わないよ。ラブストーリーを体験させたいって、どういう意味だよ？　ぼくはきみを愛しているっていったんだぜ」

「彼女はロマンチストなの。私に負けないくらいに。普通のラブストーリーでは不十分なのよ。彼女は私が一生忘れられないようなことを経験してほしいと願ったのよ。あなたが結婚記念日に花を贈るのを忘れたり、私が車にへこみを作ったぐらいであなたが怒ったりしたときに、しみじみと思い出せるような思い出をね」

「きみはこの話がよくわかっているようだけど、ぼくにはさっぱりわからない」

「あなたが女だったらわかるわよ」

「そりゃ申し訳なかったね——」

「言葉は素晴らしいものだけど、なかには何か特別な忘れられない経験をする幸運な女性もいるのよ」これはきわめて基本的な事柄なのでぜひ彼には理解してほしかった。「わからない？　ダンはフィービーの命を救ったのよ！　彼女のためならすべてを捨てる覚悟だったの。だからこそ彼女は何よりも彼を大切にするの。フットボールよりも、彼の野心よりも、どんなものよりも。彼女はあなたとのことで私にも同じ気持ちを味わってほしいのよ。だからあなたに選択を迫ったのね」

「ぼくにある種の壮大でロマンチックな意思表示をさせるためだけに、彼女がチーム全体を危険にさらしたという話を信じろっていうのかい？」ケヴィンは叫びだした。「信じなくちゃならないのか？」

ケヴィンは彼女を愛している！　その目からも、苛立ったその声からも、それがひしひしと感じられる。彼が彼女のためにチームをあきらめようとしている。モリーの心は歌いだした。だがそんな歌声も別の騒音にかき消された。それは意外でもあり、必然的にも思えた。

火災報知器の鳴り響く音。

モリーはその音を無視しようとした。彼女にはスターズにおけるケヴィンの立場はいままでどおり安泰だということはわかるが、ケヴィンはそれを知らない。事実彼は犠牲を払おうとしているのだ。

そう思ったとたん、心は歌いだした。そう、これこそ生涯忘れえぬ瞬間なのだ。何ひとつ欠けることのない完璧な瞬間。

火災報知器さえなければ。

モリーは心の耳をふさいだ。「ちょっと怒ってるでしょ」

「怒ってる？　どうして怒らなくちゃならないんだよ？」

「フィービーにスターズを追いだされたと思っているから」

「ぼくがもうスターズなんてどうでもいいっていったこと、忘れたのか？　試合で大切なのは勝つことだということをよく理解していて、主力選手であるクォーターバックにアーサー王伝説のガラハッドを演じさせるためだけに何百万ドルもの財源を危険にさらしたりしないようなオーナーのもとでプレーしたいといっていたことも忘れたのかい！」

火災報知器の音はますます大きくなる。「それならあなたはたいした犠牲を払ったわけじゃないのね」

彼はチャンピオンらしく、一マイル先からでも空襲に気づくことができる。彼の表情は用心深くなってきた。「こんなことがそれほどきみにとって大切なことなのかい？　このロマンチックな意思表示というのが？」

カン……カン……カン……「お茶の準備にかからなくちゃ」

「こんなじゃ足りないというのかい？　もっと何かが必要なのか？」

「全然だめよ」

くぐもった罵りの声とともに彼はモリーをさっと抱き上げ、森へ向かっていく。「ロマンチックな意思表示にこんなのはどうだい？」

モリーは胸の前で腕を交差させ、足首を交差させ、不機嫌なポーズをとった。だが気分はよくなかった。「これが裸なら、セックスだわ。ロマンスじゃない」

あいにく、彼はキスもせず下におろした。耳のなかで鳴り響いていた火災報知器の音は彼の言葉によってかき消された。「ぼくがセックスとロマンスの区別さえつかないと思ってるんだな。男だからそういうところに鈍感だと決めつけてるんだな」

火災報知器の音が耳をふさぎたくなるほど大きく鳴り響き、偉大なラブストーリーはきりもみ降下を始めた。「それはあなたしか答えられない質問ね」

「わかったよ。じゃあその答えを行動で示そうか」ケヴィンは大きく息を吸いこみ、ひたとモリーの目を見据えた。「きみのためにスーパーボウルを勝ち取ってやるよ」

モリーはケヴィンの意気込みを感じ、心のなかで至福感がはじけ散るのを覚えたが、すべて火災報知器の音にさえぎられた。その瞬間モリーは自分がわが人生の根幹をなす疑問に直面しているのを知った。それは根幹をたどれば、あまりに幼くして精神的に遺棄された女児の心にいき着く疑問であった。ケヴィン・タッカーは彼女のためとあらば竜をも殺し、スーパーボウルをも勝ち取ってくれる強い男である。しかし、彼女が愛すべき存在とはいえなくなっても、その愛を貫く強さは果たしてあるのだろうか？　心の火災報知器を永遠に静めるためには、その答えが必要なのだ。

「まだ七月なのよ」モリーはいった。「スーパーボウル・サンデーまでにはあなたの名前さえ忘れてしまうわよ」

「断じてそんなはずはないね」

「なんでもいいけど」モリーは蚊の刺しあとを掻き、退屈そうな顔で最大級の憎まれ口をたたいた。「私の思い違いだった。私、結局あなたのこと愛してなんかいないみたい」

おのれの言葉にぞっとして、モリーはあわてて前言撤回をこころみようとしたが、やめた。ケヴィンの表情にはまるで動揺の色はなく、かわりに何か推し量ろうとする気持ちがうかがえたからである。

「嘘だ。ザクステン川の峡谷って聞いたことあるかい？」

「知ってても、いわない」火災報知器の音が数デシベル下がったような気がする。「つまらなさそうな話。愛してないっていったの、聞こえなかったの？」

「聞こえた。ともかくさ、そいつはスイスにあって、ものすごく危険な断崖絶壁なんだよ。でもぼくはその切り立った断崖から懸垂下降して谷底の岩にきみの名前を彫《ほ》ってやる」

そう、確実に火災報知器の音は弱まっている。モリーは足で草をたたいた。「感動的だけどスイスはスーパーボウルと同じくらい遠いわ。それに、実際問題として、あなたのいま話してることは少し絵空事すぎやしない？」

「パラペンティングというスポーツがあるんだ。山の頂上からパラシュートをつけて――」

「落ちていく途中で空に私の名前を書くっていうのでなければ、却下」

ケヴィンの目が光った。

「やっぱり気が変わった」モリーは慌てていった。「あなたはきっとスペルを間違えるわ。山は州の反対側だし、たったいまここでやれることはどう？　たしかに私はあなたを愛しているけど、正直にいうわ。いま出ている鉄人技はロッカールームの男たちには受けるかもしれないけど、そんなもので可愛い赤ちゃんや家庭料理は手に入らないわよ」

赤ちゃんや家庭料理！　愛すべきわが家！　そして魂の底から満足させてくれる男性の存在。

そうなれば、もはや火災報知器は永遠に鳴らない。

「それならより厳しい措置をとるしかないね」ケヴィンがいった。

ケヴィンはこの世のだれよりも彼女を理解している。理解しているからこそ、あきらめもせず、怒って立ち去りもしないのだ。モリーは心のなかの荘厳なまでの静寂に耳をすまし、この男の愛は絶え間なく善行を重ねることで勝ちえなくてもよいのだという思いに打たれ、感涙にむせび泣きたかった。

「ぼくはきみのためにスターズをあきらめようとしたけど」ケヴィンは抜け目ない表情で、念を押すようにいった。「どうやら、それでは不十分らしい……」

「そうだったわね……」ケヴィンの抜けたスターズなど、考えられない。彼はモリーを見据えたまま、いった。「だからそれ以上のものを捧げるよ」

「そんな必要ないわ」モリーは精一杯の愛情を込めて彼に微笑んだ。「テストは合格よ」

「もう遅い」ケヴィンはモリーの手をつかみ、キャンプ場に連れ戻そうとした。「おいでよ」

「ほんとにいいのよ、ケヴィン。もうだいじょうぶなの。私は――また火災報知器が鳴っただけなの。神経過敏だってわかってはいるけど、あなたが本当に私のことを愛しているのか、確かめたかったのよ。私――」

「もう少し速く歩けないかな？　さっさとこいつを片づけて、さっききみのいった赤ちゃん作りに励まなくちゃならないからさ」

赤ちゃん……今度はなんの支障もない。モリーは向かう先が浜辺であることに気がついた。

「なにもこんな――」

「ボートに乗るほうがよさそうだ。カヌーのことできみを信用できないってことじゃないけど、前科があるからさ」

「いま、湖に出ようというの？」

「まだ未達成の課題が残されている」ケヴィンは彼女を波止場に連れていった。「きみのなかにはまだ例の偉大でロマンチックな意思表示に対する憧れがある」

「いいえ、そんなことないわ！　ほんとよ！　もうじゅうぶんにロマンチックな意思表示は堪能させていただいたわ。スターズを私のためにあきらめようとしてくれたんですもの」

「それではきみを感動させられなかった」

「あなたの想像以上よ。かつてなかったほどに感動したわ」

「そういわれて本来ならころりと騙されるところだ」彼は波止場の端につながれたローボートに足をおろし、手を引いてモリーも乗せた。「明らかにぼくはまだダン・ケイルボーの基準に達していない」

「ううん、そんなことないわ」モリーは座った。「ただ私は……慎重になっていただけ」

「それに神経過敏でもあった」ケヴィンはひもをほどき、オールをつかんだ。

「それもあるわ。やっぱり湖に出ていく必要があるの？」

「あるさ」彼は漕ぎだした。

「本気じゃなかったのよ。あなたのこと、愛してないっていったとき」

「ぼくが気づかないとでも思ったのかい？　湖のど真ん中に行けば、ぼくがどんなにロマンチストかわかるよ」

「それがあなたの考えなわけね」

ケヴィンを深く愛しているだけに、彼に同調することに抵抗はなかった。「あなたのいうとおりよ。湖の真ん中に船を漕いでいくって、ロマンチックだわ」

「ぼくにはぼくのロマンがある」

ケヴィンはロマンスの本質についてはは皆目わかってはいない。だがこの甘い言葉を使う聖職者の息子はたしかに愛については知りつくしている。オールを漕ぐ筋肉の動きにつれ、彼の胸元に描かれたダフニーの絵が波打つ。「あなたのTシャツ気に入ったわ」

「フィービーのことはコミッショナーに報告するつもりだが、彼女の真意がきみのいうとおりだとしたらこのTシャツをチーム全員に着せたいね」

「あまりいい考えではないと思うわよ」

「みんな着るさ」ケヴィンは微笑んだ。「でもディフェンスには特別にベニーのTシャツを着せようと思う。きみの本が危機を脱してよかったよ。おめでとう。電話でリリーから聞いたんだ。家を売らなくちゃならなくて残念だったね。でもあの家じゃ、結局ぼくらふたりで住むには狭すぎたと思うよ」

モリーはドゥー・ペイジ郡のはずれにある古いヴィクトリア朝風の農家を思い浮かべた。たまたまいま、売りに出ているとフィービーから聞いていたのだ。そこなら広さはじゅうぶんだろう。

「もうそろそろ真ん中じゃないかしら」モリーはいった。

ケヴィンはうしろを振り返った。「もうちょっと先だな。このくらいになると水深もかなりあるっていったっけ？」

「聞いてないわ」

「ものすごく深いよ」

モリーは自分が満面の笑みを浮かべているのを感じた。「私、もう絶望的なほどあなたに恋してるの」

「それは知ってるよ。いま問題になっているのは、ぼくが絶望的なほど恋をしているかどうかだろ」

「約束するわ。もう二度とそのことを疑ったりしない」

「それを確かめようじゃないか」ケヴィンはオールを船に乗せ、船は波間をしばし漂った。ケヴィンはモリーを見つめ、微笑んだ。モリーも微笑み返した。

モリーは喉のあたりに心がつかえているような気持ちだった。

「あなたはだれよりも意志堅固な人よ、ケヴィン・タッカー。なぜ私がたとえ一時にせよ、あなたの気持ちを試そうとしたのかわからないわ」

「ときどききみは奇行に走る」

「フィービーはそれを『事件』と呼んでいるの。今日が最後の『事件』だった。人生でもっとも大切なものを失うリスクを負ったの。でもこれからは絶対にそんな過ちは犯さないつもりよ」モリーの目に涙があふれた。「あなたは私のためにスターズを捨てようとしたんですもの」

「何度でもするさ。しなくてすめばありがたいけどね」

モリーは声をあげて笑い、ケヴィンの顔にも微笑みが浮かんだ。だが彼はすぐに真顔になっていった。「きみがぼくほどフットボール好きでないことはよくわかっている。だけどここまで車で来るあいだ、ぼくの頭には、あるイメージがずっと浮かんでいた。ぼくが試合中にほかの選手たちと円陣を組み、相談を終えてふと五〇ヤード・ラインに目をやると」彼はモリーの頰に手をふれた。「そこには、きみがぼくだけのために座っているんだ」

モリーの脳裏にもそのシーンが浮かんだ。

「風が出てきたな」ケヴィンがいった。「寒くなりそうだ」

モリーの心のなかと同じように、空には太陽が輝いている。この先身も心も寒くなることはもうないと彼女は思う。「私はだいじょうぶ。最高の気分よ」

彼はいまも彼女のウェストに巻かれたスウェットシャツを目顔で示しながらいった。「そいつを着たほうがいい」

「必要ないわ」

「震えているじゃないか」

「興奮のせいよ」

「用心に越したことはない」ケヴィンが立ち上がり、彼女を立たせたとき、ローボートがわずかにぐらついた。彼はスウェットシャツをほどき、彼女の頭からかぶせた。それは大きすぎて彼女の膝まで届いた。彼は彼女の髪を一房、耳のうしろにかけた。「ぼくにとってきみがどれほど尊い存在か、わかるかい？」

「ええ、よくわかるわ」

「よかった」電光石火の早業で、まるで拘束衣のように空の袖をモリーの体の前で交差させ、袖口をうしろで結んだ。

「いったい何を――？」

「愛してるよ」ケヴィンはモリーの唇にさっと撫でるようなキスをすると、抱き上げ、横から落とした。

動転のあまり、モリーはしたたかに水を呑んだが、すぐに死に物狂いで水を蹴り、水面を目ざした。だが腕の自由が奪われ、そう簡単にはいかなかった。

「ほら上がってきた」モリーが水面に浮き上がると、ケヴィンはいった。「じつは少々不安になりはじめていたんだ」

「何をしてるの？」

「きみが溺れかけるのを待ってるのさ」ケヴィンはにやっと笑うと席にもたれた。「そのときはぼくが助けてやる。ダンはフィービーの命を救っただろう。ぼくも同じことをしてやるよ」

「ダンはまずフィービーを殺そうとしたりしなかったわ！」モリーは叫んだ。

「おまけつきだよ」

「これは愚かな行ないのなかでも――」モリーはまた水を呑み、咳きこんで、続きをいおうとした。だがあいにくまた体が沈みはじめた。なんとか上へ上がると、ケヴィンは水に入って彼女を待っていた。髪は目のなかにしずくを滴《したた》らせ、ダフニーは胸に張りつき、生きて、恋をして、充実したときを過ごす純粋な喜びに緑の瞳は躍っていた。こんなふうに彼を楽しませてくれる女性はこの世でただひとり彼女だけ。まただれよりも深い思慕で彼を愛してくれるのも、彼女だけである。

だからといって、反撃もせず屈服するモリーではない。「あなたに助けられるころには、疲労困憊《こんぱい》して眠るだけよ」

何秒もしないうちに、モリーはスウェットシャツが湖の底に沈んでいくのを見守った。

「楽しかったな」ケヴィンの顔は満面の笑みに輝き、その目は湖水以外のものでかすんでいた。

「子どもたちには見せられないわ」ケヴィンの体からダフニーのTシャツを剝ぎとるモリー

の目も涙にかすんでいた。

むこうみずな男と女はローボートの陰で船の舷縁とたがいの体につかまり、水にむせび、あえぎながら、一度は水面下で、もう一度は水の上で愛し合った。ふたりはようやく完璧な相手にめぐり逢ったのだ。そのあと何もいわずただ見つめ合うふたりの心は穏やかに満ち足りていた。

エピローグ

ウィンド・レイク・キャンプ場のあずまやの下に差しこまれていたノートにあったもの。著者不詳――ただしおよその見当はついている。

ナイチンゲールの森に住むすべての動物が洗礼式に集まった。ダフニーは二番目に上等のラインストーンのティアラ（一番上等のはロード・ラリーでなくした）をつけた。ベニーはマウンテンバイクをぴかぴかに磨いた。メリッサはフォーブール・サントノレ通りで買った渦巻き状のスカーフでまばゆいほどに輝いていた。彼女の新しい夫ブルドッグのレオはこの出来事に敬意を表して美しい絵を描き上げた。

儀式は木陰で行なわれた。儀式が終わると、動物たちは待ちかねていたように派手な色のコテージの陰からちょこちょこ走りでて、客たちのあいだを動きまわった。だれの目にも映らなくとも、もっとも小さな人間の目だけは彼らの姿をとらえることができた。

ヴィクトリア・フィービー・タッカーは父親の肩の上から緑の瞳を好奇心で輝かせながらベニーを見おろした。「どうしたの、おしゃれさん？」

「きみはどうなのさ？」

ねえ、なんか見覚えがある顔ね。

「きみのパパのこと、かなりよく知ってるんだ」

ダフニーがぴょんと前へ出た。「ボンジュール、ヴィクトリア・フィービー。ナイチンゲールの森へようこそ」ダフニーは赤ん坊と父親のりっぱな日焼けした腕を包む砂糖菓子のような白いレースとピンクのリボンを感嘆するように見やった。ヴィクトリア・フィービー・タッカーはすでにファッションに対するたしかな目を持っている。「私はダフニー、こちらはベニーよ。自己紹介しようとここへ立ち寄ったのよ」

「それと、きみがフットボールをしたいか確かめようと思って」ベニーがいい添えた。

ヴィクトリア・フィービーは洗礼式のピンクのリボンを口に詰めこんだ。見てのとおりあたしはいま忙しいの。

「皮肉な言い方は母親ゆずりだ」ネズミのマーフィが気づいていった。

ヴィクトリア・フィービーの父親が手を伸ばしてリボンを取り上げた。ヴィクトリアは父親の手を追い、お気に入りの歯固め、新しいスーパーボウル・リングをくちゃくちゃと噛んだ。父は彼女の額にキスするとそばにいる母親と特別な微笑みを交わした。そのそばで伯母のフィービーが、自分の騙しの才能が誕生の一端を担ったことに満足したように、新しい家族を目を細めて見ている。

「大人はよくわからないが」ブルドッグのレオがいった。「子どもたちは見分けられるよ。ケイルボー家、ボナー家、テキサス・テラローザのデントン家、あそこにいるのは旅行者だよね」

ヴィクトリア・フィービーは知ったかぶりが大好きだ。大人の客たちを指さすためにスーパーボウル・リングを打ち捨てた。あそこにいるでっかい男の人たちはパパの選手仲間でしょ。あそこにいるのはキャルおじちゃまの兄弟とママたちと子どもたち。ジェーンおばちゃまはいまダンおじちゃまと話してる。結構いい人なんだけど、きのうの夜、あたしを抱きながらあたしの脚に何か書こうとしたから、パパがペンを取り上げなくてはいけなかったの。

「私たちも前は恵まれなかったんだけどね。あなたのお母さん、いまとっても売れっ子みたいよ」

それにママはすごくいい匂いがする――お花とクッキーの。ママ大好き。とっても面白い本を読んでくれるんだもの。

「らしいね」ベニーがいった。

ダフニーがベニーをつついた。だがヴィクトリア・フィービーは父親の首に顔をすり寄せているところで、見ていなかった。ヴィクトリアはちらりとうしろをのぞき見た。これがあたしのパパよ。パパったらね、ママには内緒だけどおまえがパパにとって一番大切だよっていうの。それなのにいつもママの前でそういってはふたりで大笑いするのよ。

「いいご両親でよかったわね」メリッサが品よく意見をいった。

そうよ。でもふたりともあたしのほっぺにキスばかりするのよ。ほっぺがひび割れてしまいそう。

「そういえば、ロージー・ボナーが同じことをこぼしていたな」

ロージー・ボナー！　ヴィクトリア・フィービーは腹が立ってきた。ロージーはあたしのことが気になりすぎてくずかごのなかに隠そうとしたのよ。でもハンナがロージーにクッキーを手渡して気を逸らしてくれたの。ハンナだーいすき。

「私たちもあの子とはいつも特別親しかったわ」ダフニーがいった。「あの子があなたと同じ歳だったとき、彼女とよく遊んだわ」

「ハンナとはもう遊ばないの？」

動物たちは視線を交わし合った。「前と同じようにはね」ベニーがいった。「この世は変化していくし、いろいろなことが起きる」

ヴィクトリア・フィービーは未来の首席卒業生なので、その言葉を見逃さなかった。どんなことが起きるの？

「子どもたちはごく幼いときにしか、私たちの姿を見ることができないの」メリッサが優しく説明した。「歳を取るにつれ、見る力を失っていくの」

それは辛いことね。

「でも本のなかでは会えるんだ」ネズミのマーフィがつけ加えた。「それもまたいいものだよ」

「本はママにいっぱいお金を運んでくるしね」レオがいった。「私の絵ほどじゃないがね」

ヴィクトリア・フィービーの機嫌が悪くなった。ほんとうに申し訳ないけれど、いまの私には本なんて魅力がないの。それよりオムツかぶれをなんとかすることで精一杯なの。

「やっぱり辛辣《しんらつ》よ」めんどりのセリアがコッコッといった。

辛辣なことが大好きなダフニーはいまこそひとことといわねばと思った。「大きくなるにつれて私たちの姿が見えなくなってもね、ヴィクトリア・フィービー、私たちはいつもあなたやあなたの兄弟を見守っているわよ」

兄弟?!

「私たちって、守護天使みたいな存在なのよ」メリッサが慌てて口をはさんだ。

「毛の生えた天使だけど」ベニーがつけ加えた。

「大事なことはね」ダフニーが辛抱強くいった。「あなたはひとりぼっちじゃないってことよ」

兄弟って何人なの? ヴィクトリア・フィービーが尋ねた。だがそのときのことだ。あらっ! 行かなくちゃ! 父がヴィクトリアを母に手渡したのだ。

動物たちが見守るなか、ケヴィンは木の下に置かれたテーブルからレモネードのグラスを持ち上げた。「ここで乾杯の挨拶を行ないたいと思います」彼はいった。「私の大切な友人、家族に。とくにもっとも好ましい時機に私の人生に姿を現わしてくれた母のリリーに。そしてフットボール・チームの経営と遜色ない縁結びの能力を持つ、義理の姉のフィービーに」

彼は向きを変え、咳払いをして少し気取った声でいった。「そして一生をかけた愛の対象である……妻へ」ヴィクトリア・フィービーは母の腕からそっとあたりを見まわした。またパパとママがキスをしてる。いまはおたがいのキスだけど、お次はきっと私のところにやってきて、ほっぺにするに決まってるわ。

たしかに、両親はヴィクトリアにキスをした。

ダフニーが至福の溜め息をもらした。「私たちも出版業界でいい役割を果たせるようになったわね」

「幸福な結末ね」メリッサがうなずきながら同意した。

「それにしてもキスが多すぎるよ」ベニーがぶつくさいった。やがてベニーは顔を輝かせた。

「いいこと考えた。フットボールをしようよ！」

こうして、動物たちはフットボールを楽しんだ。その後動物たちは永久に幸せに暮らした。

訳者あとがき

この作品はコンスタントにヒット作を世に送り出しているアメリカ・ロマンス小説界のニュー・スター、スーザン・エリザベス・フィリップスの最新作である。本邦ではロマンス小説の栄《は》えある賞RITA賞を受賞した『ファースト・レディ』（二見文庫刊）に続く二作目に当たり、二〇〇一年に出版された彼女の初のハードカバー版の訳書となる。

ストーリーはシカゴの名門フットボールチーム『シカゴ・スターズ』のオーナーの娘として生まれながら、幼くして母を失い、冷酷で奔放な父に顧みられることなく寂しい少女時代を過ごした主人公の、報われぬ片思いの行方を描いた恋の物語である。舞台となるのは北ミシガンの森林地帯の小さな湖に作られた、カラフルなコテージが建ち並ぶキャンプ場だ。

主人公のモリーはまだそれほど名が知られていない新進の童話作家である。彼女の物語の主人公ウサギのダフニーが住むナイチンゲールの森にはいろいろな動物たちが住み、生き生きと生活を楽しみ、愛しあい、遊び、無邪気なドラマを作り出している。ケヴィンとモリーが訪れる湖のほとりに作られたキャンプ場は彼女自身のおとぎ話の世界に足を踏み入れたかのようなロマンチックな夢の空間なのだ。

モリーが密かに心を寄せているのは亡父から経営を引き継いだ姉の経営するシカゴ・スタ

ーズのクォーターバック、ケヴィン・タッカーだ。ダーク・ブロンド、きらめく濃いグリーンの目、端整な面立ち、そして頭脳的なプレー。ロマンス小説に登場するヒロインの恋の相手が美しければ美しいほど読者は心をそそられるものだが、その意味で、この小説の相手役ケヴィンは冒頭から読者の心をぐいとつかむ魅力を持っている。

ふたりが迷いこんだ『ナイチンゲールの森』にはほかにもさまざまな個性的な人物が登場する。ケヴィンの叔母だという中年の美しい女優、世界的に有名な画家、若い新婚カップル。こうした登場人物の織りなす人間模様はモリーの恋と複雑に絡みあいながら読者をときには涙させ、ときには微笑ませつつ夢中にさせていく。心がぽっと暖まり、読んだあとにはなんともいえない爽快感に包まれる。これこそがスーザン・エリザベス・フィリップスの作品の持つ魅力であり、彼女が多くの年代の読者に支持されるゆえんなのではないかと思う。

ここで少しだけアメリカン・フットボールについてふれておこう。日本ではいまだ馴染みのないスポーツに属しているが、アメリカではあれほど盛んな野球やバスケットボール以上にもっとも人気のあるスポーツであり、その盛り上がりは想像以上のものがあるようだ。球技でありながらコンタクト・スポーツであり、激しい肉体のぶつかりあい、飛び散る汗が観客の興奮をあおる。この競技の特性を考えれば、やはりルーツが狩猟民族ならではのスポーツといった感があり、農耕民族の日本人には人気がいまひとつというのもうなずける気がする。

全米フットボール連盟ＮＦＬ（ナショナル・フットボール・リーグ）はふたつのカンフェレンスに分かれ、毎年一月の最終日曜日に、それぞれの優勝チーム同士が王座をかけて戦うスーパーボウルは米国スポーツ界最大のイベントであり、この日は全米が熱狂することからスーパー・サンデーと呼ばれている。この物語のシカゴ・スターズのモデルはNFLでももっとも古い歴史を持つ名門チーム、シカゴ・ベアーズといったところではないかと思われる。野球などと比べるとゲーム・ルールはやや複雑であるが、重要なことはチームの、またゲームの要《かなめ》となるのがクォーターバックというポジションであることだ。指揮する、命令するといった意味でクォーターバックという動詞が存在するのを見てもわかるとおり、クォーターバックはいわばチームの司令塔であり、チームメイトの信頼を一身に背負い、冷静な判断と対応を行ない、正確なプレーを行なう実力を備えていなければ務まらない。ケヴィンが情熱を傾けるのももっともな役割なのである。

“This Heart of Mine”(この私の心)という原題のとおり、この作品は人間の心が持つ不可思議な要素を優しく見つめ、描いたスーザン・エリザベス・フィリップスらしい素晴らしい作品だと思う。最後に翻訳に関してさまざまなアドバイスをくださった方々にここで感謝申し上げたい。

ザ・ミステリ・コレクション

湖《みずうみ》に映《うつ》る影《かげ》

著者　スーザン・エリザベス・フィリップス
訳者　宮崎《みやざき》 槇《まき》

発行所　株式会社 二見書房
東京都千代田区神田神保町1-5-10
電話 03(3219)2311［営業］
03(3219)2315［編集］
振替 00170-4-2639

印刷　株式会社 堀内印刷所
製本　ナショナル製本協同組合

落丁・乱丁本はお取り替えいたします。
定価は、カバーに表示してあります。

ISBN978-4-576-03175-0
http://www.futami.co.jp/

幻想を求めて

スーザン・エリザベス・フィリップス
宮崎 槇［訳］

かつて町一番の裕福な家庭で育ったヒロインが三度の離婚を経て15年ぶりに故郷に帰ってきたとき……彼女を待ち受ける屈辱的な運命と、男との皮肉な再会！

トスカーナの晩夏

スーザン・エリザベス・フィリップス
宮崎 槇［訳］

傷心の女性心理学者が静養のため訪れたトスカーナ地方で出会ったのは、美しき殺人鬼などが当たり役の大物俳優。何度もベッドに誘われた彼女は…イタリア男の恋の作法！

再会

カレン・ケリー
米山裕子［訳］

かつて父を殺した伯父に命を狙われる女性警官ジョディと、スクープに賭ける新聞記者ローガンの恋。異国情緒あふれるニューオリンズを舞台にしたラブ・ロマンス！

あなたに会えたから

キャサリン・アンダーソン
木下淳子［訳］

失語症を患ったローラは、仕事に生き、恋や結婚とは縁遠い人生を送ってきた獣医のアイザイアと出会い、恋におちてゆく。だがなぜか彼女の周囲で次々と不穏な事故が続き…

晴れた日にあなたと

キャサリン・アンダーソン
木下淳子［訳］

目の病気を患い、もうすぐ暗闇の日々を迎えるカーリーと、彼女を深い愛で支えるカウボーイのハンク。青空の下で見つめ合う二人の未来は――？ 全米ベストセラーの感動作

恋はあまりにも突然に

スーザン・ドノヴァン
旦 紀子［訳］

プレイボーイの若手政治家ジャックのイメージ作戦のため婚約者役として雇われた美容師サマンサ。だが二人は本当に惹かれあってしまい…波瀾のロマンスの行方は?!

あやまちは愛
トレイシー・アン・ウォレン
久野郁子［訳］

双子の姉と入れ替わり、密かに想いを寄せていた公爵と結婚したバイオレット。妻として愛される幸せと良心の呵責の狭間で心を痛めるが、やがて真相が暴かれる日が…

愛といつわりの誓い
トレイシー・アン・ウォレン
久野郁子［訳］

親戚の家へ預けられたジーネットは、無礼ながらも魅惑的な建築家ダラーと出会うが、ある事件がもとで〝平民〟の彼と結婚するはめになり…。『あやまちは愛』に続く第二弾！

あなたの心につづく道（上・下）
ジュディス・マクノート
宮内もと子［訳］

十九世紀、英国。若くして爵位を継いだ美しき女伯爵エリザベスを待ち受ける波瀾万丈の運命と、謎めいた貿易商イアンとの愛の旅路を描くヒストリカルロマンス！

パッション
リサ・ヴァルデス
坂本あおい［訳］

ロンドンの万博で出会った、未亡人パッションと建築家マーク。抗いがたいほど惹かれあい、互いに名を明かさぬまま熱い関係が始まるが…。官能のヒストリカルロマンス！

奪われたキス
スーザン・イーノック
高里ひろ［訳］

十九世紀のロンドン社交界を舞台に、アイス・クイーンと呼ばれる美貌の令嬢と、彼女を誘惑しようとする不品行で悪名高き侯爵の恋を描くヒストリカルロマンス！

夜の炎
キャサリン・コールター
高橋佳奈子［訳］

若き未亡人アリエルは、かつて淡い恋心を抱いた伯爵と再会するが、夫との辛い過去から心を開けず…。全米ヒストリカルロマンスファンを魅了した「夜《ナイト》トリロジー」、第一弾！